임순득, 대안적 여성 주체를 향하여

지은이 이상경은 1960년 부산에서 태어나 서울대학교 인문대학 국어국문학과에서 「강경애 연구」로 석사를, 「이기영 소설의 변모과정 연구」로 박사학위를 받았다. 현재 KAIST 인문사회과학부 교수로 있다. 『강경애전집』(소명출판, 1999)과 『나혜석전집』(태학사, 2000), 『일제 말기 파시즘에 맞선 혼의 기록』(역락, 2009)을 펴냈고, 『한국근대민족문학사』(공저, 한길사, 1993), 『이기영―시대와 문학』(풀빛, 1994), 『강경애, 문학에서의 성과 계급』(건국대 출판부, 1997), 『인간으로 살고 싶다』(한길사, 2000), 『한국근대여성문학사론』(소명출판, 2002) 등의 책을 썼다.

임순득, 대안적 여성 주체를 향하여

초판 인쇄 2009년 5월 20일 **초판 발행** 2009년 5월 25일
지은이 이상경 **펴낸이** 박성모 **펴낸곳** 소명출판 **출판등록** 제13-522호
주소 서울시 서초구 서초동 1621-18 란빌딩 1층
전화 02-585-7840 **팩스** 02-585-7848 **전자우편** somyong@korea.com

값 27,000원
ISBN 978-89-5626-390-8 03810

ⓒ 2009, 이상경

임순득,
대안적 여성 주체를 향하여

이상경 지음

소명출판

책머리에

    평전이란 한 인간 전체에 대한 연구이며, 어떤 인물의 삶을 사실에 근거하여 '객관적'으로 재구성하고 거기에 대해 평전 작가의 논평을 곁들이는 것이라고 생각한다. 그리고 이러한 평전은 인문학의 정수이다. 인문학이란 결국 인간학이다. 어떤 인물에 대한 사실과 일화를 충분히 밝힌 다음 그 것들을 그가 살았던 사회적 문맥 속에서 적절한 자리에 배치하면서 의미를 비평적으로 재구성하고 한 개인이 처하게 된 위기와 결단의 순간들을 부각시킬 때 '위인전'이 아닌 평전이 탄생한다. 이런 관점에서 보았을 때 정확한 연보 작성, 일차 자료의 확보, 비판과 분석, 적절한 구성 등이 인물 연구에 필요한 작업이며 이런 작업이 제대로 안 된 상태에서 평전 작업은 쉽지 않다.

    한국의 인물 중에서 문학예술 분야, 특히 시인과 작가에 대해서는 그래도 인물 연구가 많이 되어 있는 편이다. 문인들은 작품 이외에도 그들에 대한 주변 기록 등이 상대적으로 풍부하기 때문이다. 그러나 일차 자료와 이

차 자료를 많이 남기고 있는 문학인들조차도 비어 있는 부분이 많고 제대로 된 신뢰할 만한 연보조차 그리 많지 않은 것이 국문학계의 실정이다. 이런 상태에서 평전을 쓰는 것은 엄청나게 품을 파는 작업이다. 기록의 편린들을 긁어모으고 기억을 되살려 내고 앞뒤 조각을 하나씩 맞춰 한 인간의 생을 재구성하는 작업이라니! 이것은 우리 역사의 굴곡과도 관련이 있다. 기록을 남기기 어려웠던 억압의 세월, 기록보다도 종이가 중요했던 궁핍, 전쟁과 이산의 과정에서 산일될 수밖에 없었던 원고 뭉치들.

나혜석으로 대표되는 바, 이름이 대중적으로 알려진 1920년대 초반의 신여성들 말고도 흥미로운 삶의 궤적을 그린 여성들은 많다. 특히 사회주의 계열의 여성들은 그 이전의 신여성과는 다른 사상적 지향을 가지고 연애와 결혼에 임했으며, 이들의 앞선 생각과 남달랐던 삶은 오히려 현대에 와서 더 많은 논의거리를 제공하고 있음에도 불구하고 그동안의 냉전 체제나 여성에 대한 편견 등으로 그리 주목을 받지 못했다. 게다가 이들은 직접 대중 운동을 펼친 활동가였기에 자기 기록을 거의 남기지 못했고 그런 점에서 근대사, 근대문학사에서 침묵 당했다. 그러나 일제 경찰의 신문 조서나 재판 기록, 당시의 신문 잡지의 기사 들을 모으고 그것을 여러 사회적 관계망 속에서 재구성할 수 있다면, 그리고 그들을 대변하는 작가가 있다면 우리는 그녀들과 어떻게든 접촉할 수 있을 것이고, 굴곡 많은 근대사가 낳은 새로운 종류의 여성상을 만나는 기쁨을 누릴 수 있을 것이다.

임순득이라는 아직은 낯선 작가가 바로 독자들이 1930년대의 새로운 여성들을 만나는 창이 될 수 있을 것이라고 생각한다. 나는 일찍이 강경애와 나혜석에 관련된 작업을 한 이후, 2000년대 내내 최정희, 임순득, 지하련 등 1930년대의 여성 작가들에 대해 관심을 가지고 글을 써온 셈이다. 강경애에서 출발한 여성 작가에 대한 나의 관심이 나혜석으로 거슬러 올라갔다가 임순득으로 내려온 형국이다. 내가 우리 근대문학과 여성문학을 보는 관점에서라면, 1910년대 세대는 남성의 부속물로서의 여성에서 벗어나 독자적인 인간이 되기를 갈망한 나혜석, 1920년대 세대는 개인의 해방에서 나아가 고통 받는 하층 계급과의 연대를 모색했던 강경애, 그리고 1930년대 세대는 식민지 조선을 "여성이 자립하기에 가장 어려운 환경"으로 규정하고 여성에게 씌워진 성적 · 계급적 · 민족적 억압이라는 삼중의 억압 저편의 새로운 삶, 대안적 여성주체를 꿈꾼 임순득으로 대표된다.

이번의 작업은 임순득을 중심으로 1930년대 후반부터 해방기까지 그리고 어쩌면 해방 이후 남한과 북한의 문학사의 엇갈리는 지점까지 보고자 하는 것이다.

1930년대 후반 문단에서 최정희는 '여류'스러움을 극명하게 드러내 보이면서 논의의 중심에 서 있었다. 이는 그의 작품이 구축한 '여성적' 세계가 1930년대 후반 문단의 관심을 끌게 된 것과 최정희 자신이 『삼천리』 지의 기자로서 문단의 중심에 있었다는 점이 상호 작용을 한 결과이다. '여성적'인 작가의 등장을 기대하는 문단 분위기에 부응하여 그러한 소재들을 최정희 스스로 발굴해 나갔을 뿐만 아니라, 기자로서 여성 문인들을 계속 지면에 등장시키면서 최정희 스스로 일종의 여성문단의 권력이 되었고 그런 만큼 '여류'문학의 파급력도 있었다. 이와 같은 시기에 최정희식 '여류'문학을 거부하고 새로운 종류의 여성문학과 문학론을 주장하면서 임순득이 등장했다. 임순득은 민족해방운동에 힘쓰면서 여성으로서의 정체성을 찾아나간 여성들과의 정신적 유대를 배경으로 하여, 그러한 '구성된 바 여성적인 것'을 비판하고 거부하는 평론 활동을 하고 작품도 썼다.

머릿속으로는 이런 그림을 그렸으나 나의 게으름과, 최근의 엄격한 논문 형식에 대한 요구 때문에 그러한 작업을 통으로 하기가 쉽지 않았다. 그래서 그동안 논의의 초점을 달리하면서 1930년대의 여성문학사와 임순득을 바라보는 논문들을 써 왔다.

다음의 논문들이 그것이다.

「임순득론, 혹은 여성문학사의 재구성」, 『한국문학평론』, 1999. 5.
「신여성론 다시 보기─여성운동가와 모던 걸 사이에서」, 『문학사상』 31-1, 2002. 1.
「일제 말기의 여성동원과 '군국의 어머니'」, 『페미니즘연구』 2, 2002. 12.
「임순득의 소설 「대모」와 일제 말기의 여성문학」, 『여성문학연구』 8, 2002. 12.
「식민지에서의 여성과 민족의 문제」, 『실천문학』 69, 2003. 02.
「1930년대의 신여성과 여성작가의 계보 연구」, 『여성문학연구』 12, 2004. 12.
「1930년대 후반 여성문학사의 재구성」, 『페미니즘연구』 5, 2005. 10.
「1930년대 사회주의 여성에 관한 연구」, 『성평등연구』 10, 2006. 02.

이것들을 모아서 보통 내는 개인의 평론집이나 논문 모음집의 모습으로 만드는 것을 생각해 보았는데 그러기에는 미흡하고 아쉬운 대목이 너무 많았다. 논문 형식에 맞추느라 미처 말하지 못한 부분, 논리의 완결성을 위해 논의를 반복할 수밖에 없었던 부분이 마음에 걸렸다. 그래서 이 논문들을 해체하여 작가 임순득의 평전 형식으로 재구성하기로 했다. 임순득의 삶과 문학의 궤적에 초점을 맞추면서 여성문학사 논의의 큰 틀을 가다듬는 것으로 방향을 잡고서 겹치는 부분은 빼고 모자라는 부분은 채워 넣었다. 작업에 시차가 있다 보니 보니 위의 논문들을 쓴 이후로 새로 알게 된 것, 생각이 바뀌게 된 것도 많다. 그러나 빼고, 넣고, 고치고 하는 과정을 이전의 논문과 대조하여 밝히는 것은 너무 번거로워서 일일이 밝히지는 않았다. 그러니 혹시나 이전 논문에 썼던 것과 이 책에 쓴 것이 차이가 난다면 이 책의 것을 나의 최종 견해로 읽어주시기를 바란다.

책은 크게 세 부분으로 구성했다. 제1부는 임순득 평전이다. 제2부에는 임순득의 작품들을 가려 실었다. 해방 전 시기의 작품은 이제까지 찾은 것을 모두 실었고, 해방기와 북한에서 쓴 작품은 찾을 수 있는 한도 내에서, 작가 임순득의 개성이 잘 드러나는 것으로 골라 실었다. 그리고 부록으로 임순득을 이해하는 데 도움이 될 만한 참고자료로 오빠 임택재 관련 자료를 찾아 실었다. 임순득의 오빠이기도 하고, 사방이 감옥인 그 엄혹한 시대를 살아가야 했던 고통 받은 식민지의 젊은 영혼을 기억하는 의미도 있다.

이번 작업에도 많은 분들의 도움을 받았다. 임순득 연구를 시작할 무렵, 임순득의 작품을 읽어놓고도 개인사에 접근할 길이 없어 망연하던 중, 일본 와세다 대학의 호테이 토시히로布袋敏博 교수를 통해 임순득의 오빠가 임택재라는 사실을 알게 되었고, 이것은 이후 관련 자료를 찾아나가는 작업의 길잡이가 되었다. 『경성트로이카』의 저자 안재성 선생은 1930년대 동덕여고보 교사 이관술과 그 당시 학생들의 생활을 더듬어 가는 답사길을 안내해 주었다. 그밖에도 여러 가지 자료나 소소한 사실 확인을 위해 여러 분들을 번거롭게 해드렸다. 일일이 이름을 밝히지는 못하지만 감사하는 마음으로 그 분들을 기억하고 있다.

카이스트 인문사회과학부의 조교인 박은영·김현정 선생은 자료를 옮겨 적거나 스캔하는 번거로운 작업을 도와주었다. 소명출판 박성모 사장의 한국문학 연구에 대한 열정과 애정, 그리고 헌신 없이는 이 책은 나올 수 없었을 것이다. 그리고 이번 작업에는 동학이자 동반자인 김재용의 도움이 컸다. 이 자리를 빌어 모처럼 고마움을 표한다.

나의 아버지는 일제 시대에 초·중등 교육을 받아 문자 생활은 한글보다 일본의 가나가 더 익숙한 세대이다. 아버지의 도움으로 조선총독부 측의 신문조서나 재판 자료, 특히 손으로 날려 쓴 문서들을 쉽게 읽을 수 있었다. 아버지께서는 당신이 살았던 시대의 사람들, 그러나 그 당시에는 미처 몰랐던 사람들에 관한 기록을 읽으면서 새삼스럽게 피식민지인이었던 과거를 기억해 내시고 여러 가지로 도움말도 해주셨다. 딸이 공부하는 것을 가장 기뻐하고 열성적으로 후원해주신 아버지께 이 책이 조그만 기쁨이 되기를 바란다.

2009년 4월 이상경 씀

책머리에

제1부 | 임순득의 삶과 문학 |

제1장 여성문학사와 임순득   15
  1. 여성작가의 계보와 임순득   15
  2. 1930년대 신여성과 대안적 여성주체의 이상   22

제2장 가족환경과 지적 성장의 배경   31
  1. 출생과 가족 환경   31
  2. 방정환의 소년운동   37

제3장 독서회와 학생맹휴를 통해 성장한 여학생   46
  1. 서울 여학생 만세운동   47
  2. 이화여고보 시절   54
  3. 동덕여고보 시절   66

제4장 새로운 세대의 대변자, 작가가 되다   77

  1. 새로운 세대의 사회주의 여성운동   77
    1) 경제적 자립을 위한 노력   77
    2) 여성지식인과 여성노동자의 만남   83
    3) 프롤레타리아 연애론과 '아지트 키퍼' 제도   87
  2. 작가 수업의 시기   98
  3. 임순득 문학의 출발점으로서의 「일요일」   107
    1) 시대의 억압에 맞서는 정신   107
    2) 남성에 대한 여성의 종속성 비판   110
    3) 민족문제의 인식   113
    4) 여성 지식인의 자화상과 감상주의 비판   117

제5장 여성평론가의 등장   120

  1. 여성적 글쓰기와 여성문학론   120
  2. '여류'문학과 '부인'문학   124
    1) 평론가로서의 출발   124
    2) '여류'작가가 아니라 여류'작가'이다   125
    3) '부인'작가로서의 강경애론   127
    4) '여류'작가로서의 최정희론   141

제6장 일제 말기 파시즘과 여성문학   152

  1. 오빠의 죽음   152
  2. 식민주의와 여성의 국민화   155
  3. 군국의 어머니 되기와 최정희의 여류문학   167
    1) 남녀간의 연애와 내선일체의 환상   167
    2) 미선계 여학교 출신 여성의 서양 비판   169
    3) '신체제'하의 생활 개선운동   171
  4. 파시즘에 맞서는 임순득의 여성문학   174
    1) '창씨개명' 문제와 이름의 상징성   175
    2) 여류 작가와 여성문학의 임무   178
    3) 민족의 해방과 여성의 해방   179

제7장 해방과 여성문학의 새로운 시작   188

  1. 해방과 여성   188

    1) 해방 직후의 임순득   188

    2) 북한의 여성 정책과 여성문학의 가능성   193

  2. 대안적 여성주체의 꿈   197

    1) 성적 · 계급적 · 민족적 억압 너머에 있는 것   197

    2) 자기 해방으로 나아가는 여성의 목소리   201

    3) 남녀평등의 이상과 가부장적 현실의 거리   205

    4) 강경애에 대한 헌사   208

제8장 전쟁 이후, 미완의 여성문학   214

참고문헌   223

제2부 | 임순득 작품 선집 |

1. 소설

    일요일   231

    대모   240

    가을의 선물   260

    달밤의 대화   270

    솔밭집   280

    우정   296

    딸과 어머니와   333

    어느 한 유가족의 이야기   348

2. 평론

    여류작가의 지위—특히 작가 이전에 대하여   381

    창작과 태도—세계관의 재건을 위하여   394

    여류작가 재인식론—『여류문학선집』 중에서   407

    불효기에 처한 조선 여류작가론   422

    『인간문제』를 읽고—간단한 약력소개를 겸하여   432

3. 수필

늪의 쐐기풀에 부침   443
타부의 변   447
작은 페스탈로치   449
오하의 아몽—연두감   453
처음 글 쓰는 분들을 위하여   455

부록1_ 임순득 관련 자료

임순득 연보   469
임순득 작품 목록   474

부록2_ 임택재 관련 자료

임택재 연보   479
시   482
진정서   504
증인신문조서   511

제1부 | 임순득의 삶과 문학 |

제1장_ 여성문학사와 임순득

제2장_ 가족환경과 지적 성장의 배경

제3장_ 독서회와 학생맹휴를 통해 성장한 여학생

제4장_ 새로운 세대의 대변자, 작가가 되다

제5장_ 여성평론가의 등장

제6장_ 일제 말기 파시즘과 여성문학

제7장_ 해방과 여성문학의 새로운 시작

제8장_ 전쟁 이후, 미완의 여성문학

제1장 여성문학사와 임순득

1. 여 성 작 가 의 계 보 와 임 순 득

　우리는 신여성의 대표자로서 '여성문인'의 면모에 주목해 왔다. 당시 저널리즘의 각종 지면에 오르내린 신여성 중에서 문학 분야에서 활동한 이들만이 연애와 결혼을 둘러싼 일화 수준의 보도 기사를 넘어서서 좀더 체계적이고 지속적으로 여성 자신의 생각을 표현하는 글을 남길 수 있었기 때문이다. 여기서는 식민지 시대에 활동했던 여성 작가를 1910년대 말에 등장하여 성적 억압으로부터의 자유를 추구한 제1세대, 1920년대 중반에서 1930년대 초에 등장하여 개인적인 자유주의만으로는 여성의 해방은 어렵다고 하면서 여성의 해방은 계급해방 없이는 불가능하다고 생각하는 데서 출발한 제2세대, 그리고 1930년대 중반에 등장하여 여성 개인의 자각이나 계급적 해방도 식민지라고 하는 조건에서는 쉽지 않다고 생각하게 된 제3세대로 범주화하고,[1] 임순득任淳得을 제3세대의 대표자로 설정하여 그의 생애와 작품세계를 통해 그가 속했던 일단의 여성들이 추구했던 새로운 종류의 여성의 삶과 생각을 그려보고자 한다.

1937년 조선일보 출판부에서 펴낸 『현대조선여류문학선집전경』은 이렇게 여성작가들을 범주화하는 데 매우 흥미로운 시사점을 준다. 1930년대에 들어서면서 문단에서 여성들이 '여류 문인'이라는 집단으로 인식되고 취급되기 시작하여 '여류 문인'을 내세운 기획들이 몇 번 시도되었고 그 결정판이 이 책이기 때문이다. 우선 1933년 1월 창간호를 낸 『신가정』은 창간호에서 '연작소설'이라는 기획으로 박화성 · 송계월 · 최정희 · 강경애 · 김자혜 다섯 명이 릴레이식으로 쓴 「젊은 어머니」를 연재했다. 작품의 완성도와는 관계없이 5명의 여성을 동원하여 독자의 이목을 끌려고 생각했으니 이들이 하나의 집단으로 눈에 띄기 시작했음을 짐작할 수 있다. 얼마 지나지 않아 5명 중 송계월은 죽고 김자혜는 잡지사의 기자로 있으면서 별다른 작품 활동을 하지 않았기에 큰 의미는 없지만, 이후 '여류 문인' '여류 작가'로 여성의 작품을 묶는 기획의 출발이 되었다. 1934년 12월에 나온

---

1) 여성 작가에 대해 범주화를 처음 시도한 김윤식은 3 · 1운동을 전후한 시기부터 활동을 시작한 김명순, 김일엽, 나혜석을 제1기로, 1930년대에 활동한 박화성, 강경애, 최정희, 노천명, 모윤숙을 제2기로 들고, 제3기는 이들이 '신체제문학—친일문학'에 참여하여 친일문인이 된 시기로 구분했다. 김윤식에 의하면 제1기의 여성들은 작품 없이 사교 활동으로 작가 행세를 하면서 사회와의 불화 속에서 파멸해 간 반면, 제2기의 여성들은 든든한 남성 후원자가 있어 사회에서 크게 일탈하지 않고 문단에서 여성의 영역을 구축해 나갔는데, 제3기에는 제2기 여성들의 남성 후원자가 친일로 가면서 따라서 친일로 갔다고 한다(김윤식, 「여성과 문학」, 『아세아여성연구』 제7집, 1968.12). 김윤식이 제시한 틀은 처음 시도였으며, 식민지 시대 여성 작가를 시기별로 범주화했다는 의의를 가지지만 식민지 시기 여성 문인들을 든든한 남성 후원자가 있는 경우와 없는 경우로 대별해 보는 방식에서 여성 작가의 주체적 활동은 배제되어 버린 형국이며, 또한 세대론의 틀로 본다면 제3기가 되는 신진 여성 작가에 대해 주목하지 못한 것이 아쉽다.

『중앙』에는 '여류작가 5인집'이라는 기획으로 백신애 · 최정희 · 장덕조 · 노천명 · 이선희의 소설을 한 편씩 싣고 있다. 그런가 하면『오오사카 마이니찌大阪每日新聞 조선판』에서는 1936년 4월 21일부터 6월 10일까지 '조선여류작가집'이라는 기획으로 백신애(「顎富者」), 최정희(「日陰」), 장덕조(「子守唄」), 노천명(「下宿」), 박화성(「洪水前後」), 강경애(「長山串」)의 단편소설 작품을 일본어로 번역하여 실었다. 당시 편집자는 이 특집이 "조선의 여류 작가 전부를 총망라"했다고 썼다.[2]

이런 과정을 거쳐 나온 1937년의『현대조선여류문학선집전경』에는 모두 15명의 여성 문인[3]의 작품이 실렸다. 이 선집에 소설을 실은 강경애, 김말봉, 이선희, 박화성, 백신애, 장덕조, 최정희의 7명은 당시 '여류작가' 논의의 중심이 된 사람들이다.[4] 여기서 주목할 것은 이들보다 이전에 활동했던 나혜석이나 김명순, 김일엽은 누구도 이 선집에 들어가지 못했으며, 이 선집이 나온 이후에 등단한 여성 작가들 — 임순득, 지하련, 임옥인 — 역시 별로 후대의 주목을 받지 못하게 되었다는 것이다.

제1세대의 작가인 나혜석羅蕙錫, 1896~1948, 김명순金明淳, 1896~1951, 김일엽金一葉 본명은 金元周, 1896~1971은 모두 1896년 생으로 1910년대에 여학교를 다니고 일본 유학 경험이 있으며, 3 · 1운동 이후인 1920년대 전반에 활발한 활동을 보였다.[5] 근대 계몽기에 설립된 사립학교와 일제가 식민지 통치를

---

2) 大村益夫 · 布袋敏博,『近代朝鮮文學 日本語作品集』, 綠陰書房, 2004, 130면에서 재인용.
3) 강경애, 김말봉, 김오남, 김자혜, 노천명, 이선희, 모윤숙, 박화성, 백국희, 백신애, 장덕조, 장영숙, 장정심, 주수원, 최정희의 15명이다.
4) 조선일보사에서는 1939년 초에 낸 또 한 권의 선집『여류단편걸작집』에는 강경애, 장덕조, 이선희, 박화성, 최정희, 노천명, 백신애의 작품이 실렸다. 앞의 것과 비교해서 김말봉이 빠지고 노천명이 들어간 것 외에 나머지 6명은 그대로이다.
5) 이들보다 앞선 시기, 대한제국기에도 외국 유학을 경험했던 소수의 여성이 있었으나, 이들 근대 계몽기의 여성은 자기 당대에 신여성으로 불리거나 자처한 적이 없었다. 다만 사회적 존재로서

시작하면서 설립한 공립 소학교를 거쳐 여성들도 중등 정도의 여학교에서 교육을 받을 수 있게 되었고 이들 중 일부는 외국 유학길에 오르기도 했다. 1910년대에 여학교를 다녔던 많은 여학생은 3·1운동에 참여했고 3·1운동 이후 1920년대에 성인이 되어 대중 앞에 나서서 사회적 활동을 시작했다. 1920년대 초반의 신여성들은 낡은 것과 새로운 것의 싸움, 즉 조혼과 가문 결혼에 맞서 자유연애와 자유 결혼을 실천하는 싸움을 개인의 선택과 의지로 수행하고자 했다. 실제로 중등 교육을 받고 '신여성'에 대한 기대를 안고 학교 밖으로 나온 신여성들은 무엇보다도 결혼 문제에 직면했고 많은 신여성은 조혼과 자유연애의 과도기에서 희생양이 되었다. 또한 신여성은 남성의 지배에서 벗어나 진실로 해방을 얻기 위해서는 무엇보다도 경제적으로 자립해야 한다는 생각을 갖기 시작했으나 그 생각을 현실화시킬 직업을 가질 수가 없었다. 게다가 겨우 일자리를 얻는다 해도 그것이 경제적 자립을 보장할 만하지 않았다. 이렇게 신여성들은 결혼이든 취업이든 뜻대로 되지 않는 상황에서 개인적으로 그 해결을 모색해야 했다. 성공적인 결혼은 나머지 문제를 해결해주는 것처럼 보였다. 그래서 연애와 결혼은 신여성 자신들에게 가장 중요한 화두가 되었다. 이들 신여성의 연애와 결혼의 상대자로 간주된 '신남성'들은 신여성을 연애와 결혼의 상대로 상정하고

의 여성에 대한 자각을 가지고 사회운동에 나섰고 때로는 양장을 하기도 했다는 점에서 후대에 신여성으로 평가되었다(「광무·융희 시대의 신여성 총관」, 『삼천리』, 1931.5; 「백화난만의 기미 여인군」, 『삼천리』, 1931.6). 이들은 여성으로서의 개성의 문제를 내세우기 전에 우선 국가 존망의 위기에 처한 대한제국의 '국민'의 일원으로서 자기 자리를 찾고 사회적 역할을 하는 것을 급무로 여겼다. 물론 여성을 억압하는 봉건적 가족제도에 대해 강하게 비판했지만 자신이 속한 공동체가 식민지로 전락하려는 상황에서 여성이 어떻게 공동체에 기여할 수 있는가를 화두로 삼아 여성 교육의 필요성을 강력하게 주장했던 것이다. 또 외교 업무 등으로 외국에 가는 남성들의 동반자로 외국 생활을 경험하고 양장을 하는 등 서구적 생활 양식을 익히고 구가한 여성들도 있었지만 이들은 아주 극소수로 상층 사교계에 속해 있었고 일반 대중들과 만날 기회도 거의 없었다(이상경, 「여성의 근대적 자기 표현의 역사와 의의」, 『민족문학사연구』 9, 창작과비평사, 1996).

동경하면서도 한편으로는 그들의 자기 주장이 가부장제에서 남성들이 누리는 특권에 위협이 될지도 모른다는 생각으로 두려워했고 조혼 같은 기존의 관습에서 벗어나기도 쉽지 않았다. 이런 상황에서 신여성의 연애와 결혼이라는 개인적 문제는 곧 사회의 풍속이나 관습에 도전하는 사회적 실천이 되었다. 이는 당사자도 그렇게 생각했고 남들도 그렇게 받아들였다. 그런 점에서 봉건적 가부장제에 맞서 여성 개성을 내세우는 문제, 그 중에서도 연애, 결혼, 정조 등 여성의 성적 자기결정권에 관련된 문제에 관심과 논의가 집중되었다.

제2세대의 작가로는 박화성朴花城, 1904~1988, 강경애姜敬愛, 1906~1944, 최정희崔貞熙, 1906~1990, 백신애白信愛, 1908~1939를 들 수 있다. 1919년의 3·1운동은 새로운 대중 운동의 전기가 되었고, 러시아혁명, 관동대진재 등으로 식민지 조선의 지식인들은 계급 문제와 민족 문제를 본격적으로 고민하게 되었다. 3·1운동 이후 1920년대 전반에 중등 정도의 여학교 교육을 받고 1920년대 후반에 사회로 나온 여성들 역시 이러한 사회적 문제에 눈떠갔다. 이제 여성들이 자기 개인의 문제를 기반으로 사회적 문제를 고민하기 시작한 것이다. 신교육을 받은 여성들의 수가 많아지면서 자유연애는 개인이 실천할 당위의 영역이 되었지만 경제적 독립 없이 개성의 독립이란 요원하다는 것, 개인의 힘으로 강고한 사회적 인습을 헤쳐 나가기란 쉬운 일이 아니라는 것을 여성들은 알게 되었다. 자유연애라는 화두의 혁명성이 사라진 자리에 계급이라는 새로운 인식 지평이 들어온다. 계급적 관점에서 사회 현상을 볼 수 있게 되고 계급 해방이 이루어지면 여성도 해방될 수 있을 것이라고 생각하는 여성들도 등장했다.6) 조선여성 동우회 같은 사회주

---

6) 1920년대부터 사회주의 운동에 몸담았던 허정숙이나 정종명이 애인과 동지를 구별하고 연애

의 계열의 여성 운동 단체도 결성되었고 좌우파 여성들이 민족협동전선의
견지에서 근우회를 만들기에 이르렀다. 이런 분위기에서 신여성들은 각자
가 처한 위치에 따라 대중에게 근대 문물을 전달하는 계몽자이고자 했고,
활동가로서 사회 운동에 투신하기도 했다. 박화성은 근우회 동경지회 회
장, 강경애는 숭의여학교 학생맹휴의 주동자, 최정희는 카프 제2차 사건으
로 검거, 백신애는 조선여자동우회와 경성여성청년동맹의 구성원이라는
경력을 가지고 있고 이것은 그들의 문학세계도 크게 규정했다. 제 1세대의
여성문인들에 대한 당대의 평가가 이론적인 차원이 아니라 남성 문인들의
잡담거리 정도였던 것에 비하면, 이들 제2세대 여성작가에 대해서는 산발
적이지만 '여류문학론'의 모습으로 논의가 오고 갔다. 앞에서 살펴본 두 권
의 여성문학 '선집'도 이들이 중심이 되어 있다. 이들 중 최정희는 자신의
여성주의를 강화하면서 1930년대 후반 제3세대의 '여류'문인으로 새로 출
발을 한다.

　　제3세대의 여성작가로는 최정희 외에 지하련池河連, 1912~?과 임순득1915~?
을 들 수 있다. 1930년대 후반부터 해방까지 박화성, 강경애, 백신애가 더
이상 작품 활동을 하지 못하는 상황에서[7] 소설가로는 최정희, 이선희, 장
덕조, 시인으로는 모윤숙과 노천명이 작품 활동을 했고, 신진작가[8]로 지하

관계는 끝이 나도 동지로서 일은 같이 한다든지, 혹은 정치적 입장이 달라지면서 연애 관계도 끝
을 낸다든지 하는 것은 양자를 구별하는 동시에 새로운 종류의 성적 정체성 찾기를 모색한 것으
로 읽을 수 있다. 이애숙, 「정종명의 삶과 투쟁」, 『여성』 제3호, 1989; 서형실, 「정열의 여성운동
가 허정숙」, 『여성과 사회』 제3호, 1992.

7) 1930년 전후 최정희와 비슷하게 작품활동을 시작했던 강경애, 박화성, 백신애는 여류작가 논의
　가 달아오르는 1937,8년 무렵이면 생산력이 떨어지고 있었다. 박화성은 재혼을 하여 목포에서
　큰 살림을 꾸려나가느라 작품활동을 하지 않았고, 강경애는 신병이 악화되었고, 백신애는 1939
　년 병으로 사망했다.

8) 김동리는 해방 후에 쓴 「여류작가의 회고와 전망―주로 현역 여류작가의 작품세계에 관하여」(『문
　화』, 1947.7)에서 강경애, 백신애는 죽었고, 가장 선배인 박화성은 침묵 중이기에, 해방 후의 현역으

련, 임순득, 임옥인이 등단했다. 그런데 최정희, 모윤숙, 노천명은 이미 1930년대 전반에 등단하여 문인으로서의 입지를 굳혔을 뿐 아니라 잡지사나 방송국, 신문사의 기자로서 작품 발표와 다른 사회 활동을 활발하게 하여 각종 저널리즘에 자주 등장했고 해방과 전쟁을 거치면서 남쪽 사회 여성 문단의 중심부에 있었기 때문에,[9] 1930년대 후반 여성문인이라면 보통 이들을 떠올리게 되었다. 특히 작가 최정희는 긍정적 의미에서든, 부정적 의미에서든 '여류작가'의 대표로서 일제 시대나 그 이후 남한의 문학사에서 '여류문학' 논의의 중심 대상이었다.

그런데 일제 말기 최정희, 모윤숙, 노천명의 활동이 결국은 일제에 적극 협력하는 것으로 귀결되었기에, '친일문학'을 논할 때면 곧잘 이들 여성 문인의 이름이 전면에 나오게 되었다. 그리고 유명했던 여성 문인 모두가 '친일 협력'의 길을 걸었다는 점에서 여성으로서 사유하는 것과 민족 구성원으로 사유하는 것은 서로 배치될 수밖에 없다는 논의의 유력한 증거가 되었다. 그리하여 민족주의의 입장에서는 '여성'의 문제를 사유하는 것은 민족을 분열시키는 것이라는 비판이, '여성적' 입장에서는 여성작가의 '친일 문학'이란 '민족'의 허약한 엘리트 남성에 대한 반발이라는 원초적 페미니스트 감정을 바탕에 깐 것이라는 일부 긍정이 나오게 되었다.[10] 그러나 신진 작가라고 부를 만한 임순득과 지하련의 작품을 보면 '여성'임을 강조하

로는 중견층에서는 최정희, 장덕조가 쌍벽을 이루고, '신진층'에서는 임옥인과 지하련이 쌍벽이라고 했다. 임옥인과 지하련은 일제 말 『문장』지 추천을 통해 등단했다는 공통점을 가진다. 김동리가 임순득을 언급하지 않은 것은 임순득이 해방 후 서울에 나타나지 않고 북쪽에서 활동을 했기 때문일 것이다.

9) 이선희, 임순득, 지하련은 해방과 전쟁기에 북쪽을 선택함으로써 1990년대의 남한문학사에서는 지워졌고, 장덕조는 대구에 살면서 서울 중심 문단과는 거리가 있었다.

10) 최경희, 「친일문학의 또 다른 층위—젠더와 「야국초」, 『해방전후사의 재인식』 1(박지향 외 편), 책세상, 2006.

는 것이 '민족'의 문제를 사유하는 것과 전혀 배치되지 않는다.[11]

이 글의 대상인 임순득은 등단 작품부터가 민족적 현실의 맥락 속에 여성 문제를 놓고 사고하는 것이었으며, 그가 일본어로 쓴 소설들도 식민주의에 저항하는 자세 속에서 새로운 여성과 모성의 모습을 추구한 것이었다.

2. 1930년대 신여성과 대안적 여성주체의 이상

1930년대에 여학교 교육을 받은 여성들의 수가 급증하면서 '신여성 되기'는 자라나는 여성들의 당연한 목표가 되었다. 1930년을 전후하여 유명한 신여성들의 이혼, 자살 등의 사건을 계기로 신여성의 부정적 측면에 대한 논의가 무성했지만, 그렇다고 해서 누구도 구여성의 삶으로 돌아가자는 주장을 하지는 않았다. 다만 '모던 걸'[12]을 비난한다든지, '참된' 신여성이 되어야 한다든지, '현대' 여성이어야 한다든지 하는 식으로 용어를 바꾸면서 바람직한 신여성의 이상을 논했다.

이 점에서 1920년대와 30년대 근대교육을 받은 여성을 지칭하는 데 사용된 '신여성'이란 말 속에는 신여자, 모던 걸, 양처의 세 담론적 태도가 혼용된 것으로 파악된다. '신여자'는 조선사회를 개조시킬 주체로서의 여성

---

11) 지하련의 이런 측면에 관해서는 李相瓊, 「植民主義と女性文學の二つの道―崔貞熙と池河連」, 『朝鮮學報』202, 2007.1 참고.

12) 모던 걸이란 말이 등장한 것은 1920년대 후반이다. 일본에서는 1926년 무렵 일반화되어 사용되기 시작했다고 하는데, 당시 조선에서는 『동아일보』 1927년 8월 17일자의 기사에서 「붉은 다리의 유행―동경의 모던 걸 중에서」라고 해서 동경의 긴좌 거리에 양장을 하고 맨다리로 돌아다니는 여성들이 나타나서 물의를 일으켰다는 소식을 전하면서 처음 모던 걸이란 말이 나온다.

을 가리키며, '모던 걸'은 신문물과 서구적 가치를 모방하는 것에 대한 부정적 반응이고, '양처'란 모방에 대한 긍정적 반응으로서 전자가 주로 사회활동가이거나 직업여성이라면, 후자는 주로 전업주부로 '신가정'의 안주인이 된 여성들이다. 1920년대 전반에는 '신여자'가 우세했다면 1920년대 후반과 30년대에는 서양/근대적인 것의 모방을 둘러싼 양면적 반응 양상으로 분화되었다. 1920년대 초에 등장했던 급진적 자유주의와 곧 이어 등장한 사회주의, 그리고 1920년대 말부터 본격화한 양처주부론자들이 그것이다. 1930년대에 들어서면 급진론은 사회주의와 양처주부론 모두에 의해 이미 공격을 받은 뒤라 거의 설 자리를 잃었고 사회주의자들의 논의가 추상적 계급론을 되풀이하는 사이 양처주부론은 점차 담론적 헤게모니를 얻게 되면서 여성에게 가정과 모성을 더 적극적으로 강조하는 분위기가 조성되었다.[13] 이의 연장선상에서 일제 말기의 총동원 체제에 호응하여 '군국의 어머니' 되기를 꿈꾸는 신여성도 나타났다. 그러나 소수이긴 하지만 거기에 저항하면서 조선 민중을 새롭게 발견하고 남성과 진정으로 대등한 관계에 설 수 있기를 꿈꾸는 대안적 여성주체를 추구하는 신여자도 있었다.

이런 담론 지형을 염두에 두고, 1930년대 초두 이광수가 「혁명가의 아내」[1930.1]를 쓰고 이에 대한 반박으로 이기영이 「변절자의 아내」[1933.5]를 써서 상대방에게 이념공세를 펼칠 때, 그것이 '아내'라는 제목으로 신여성을 둘러싸고 이루어졌다는 국면에 주목할 필요가 있다. 「혁명가의 아내」는 과거 혁명가였던 '공산'과 혁명의 동지로 만난 '방정희'를 주인공으로 하여 공산이 병이 들자 방정희가 색정을 이기지 못해 여러 남자들과 관계를 맺다가 결국은 둘 다 죽는다는 내용으로, 남편이 감옥에 있는 동안 남편의 친구와

13) 김수진, 「1920~30년대 신여성 담론과 상징의 구성」, 서울대 박사논문, 2005.

연애를 한 것으로 유명한 사회주의 운동가 허정숙을 떠올리게 했다. 한편 「변절자의 아내」는 첫 회 분만 발표되고 나머지는 검열에 걸려 원고까지 압수되는 바람에 전체를 알 수는 없지만 '민족'이라는 이름의 주인공을 등장시켜 이광수가 3·1운동 후 상해로 갔다가 애인인 허영숙과 함께 돌아온 사건을 묘사하면서 그것이 이광수의 변절의 시작인 것으로 풀어간다.

이들의 논쟁(혹은 비방) 속에서 혁명가(사회주의 계열)의 아내는 성적 방종이 도가 넘치는 '모던 걸'이고, 변절자(민족개량주의 계열)의 아내는 남편의 민족의식을 마비시키고 일신상의 행복을 구하는 '양처'이다. 물론 둘 다 '신여성'이다. 1930년대 초에 이런 소설이 나온 것은 당시 '민족(개량)주의'와 사회주의 양 진영이 대립이 격화하여 인신공격의 수준으로까지 갔음을 보여 준다. 그런데 여기서 우리가 눈여겨볼 대목은 양 진영 모두 '신여성'을 매우 부정적으로 그리고 있으며 그 초점은 성적 방종/허영이라는 것이다. 당시 민족주의 계열과 사회주의 계열의 대립이 극에 달했을 즈음, 이념 문제를 정면에서 거론하지 못하고 검열을 우회하기 위한 수단으로 소설의 형식을 취했다고 하는 상황적 요소가 없는 것은 아니지만, 그것이 '신여성'인 '아내' 즉 여성에 대한 비판의 형식으로 이루어졌다는 점에서 근대문학사에서 남성 중심주의를 상징적으로 보여 주는 사건이기도 하다.

그러나 이러한 남성들의 논쟁 바깥에서 한 무리의 여성들은 그 이전과는 다른 방식으로 개인과 사회 개조의 주체로 성장하여 활동을 펼치기 시작했다. 이광수와 이기영의 소설이 민족(개량)주의와 사회주의라는 작가의 입장의 차이에도 불구하고 공통적으로 부정적 존재로서의 신여성의 두 양상을 보여 주고 있다면, 다음과 같은 여성 필자의 글은 여성의 입으로 이광수 류의 신여성관(양처론)을 비판하고 '신여자'를 주장하는 글이다.

『만국부인萬國婦人』 창간호 첫 혈지頁紙를 펼치면 이광수의 「신여성의 십계명」이 실려 있다.[14] 그는 거기에서 무엇을 말하였는가. ①에 "건강하도록, 위생·운동·영양·생활의 규율에 주의하시기." 이 씨의 고마운 말씀이요, 또 굉장한 훈계요. 그러나 이 씨는 조선의 여성들이 그런 것을 알지 못하여서 건강하도록 위생·영양·생활의 규율을 지키지 못하는 줄 아는가. 이것이 사회 현실에 맹자盲者인 이광수 씨의 시대지時代遲의 망담妄談이 아니고 무엇인가. 이 씨여, 조선의 여성들은 그것을 모르는 바 아니나 그러할 경제와 시간이 없는 줄을 모르는가? 그러나 그렇지 않은 여성들도 있겠지. 부르주아의 처·첩, 고등 샐러리맨의 부인. 오, 이광수 씨가 생각하는 신여성은 이런 류의 여성이던가. 옳지, 이광수 씨는 부르주아가 경영하는 신문 편집국장 즉 그들의 대변자가 아니냐.

그러나 다시 ③에 "첫사랑은 남편에게." ④에 "민족 경제의 유의留意하여 '우리 것'주의를 지키시기"를 보면, 여기에서는 케케묵은 봉건적 의식이 발로되어 있다. 아직도 "첫사랑은 남편에게"란 생각으로써 모든 여성을 남편의 예속물로 만들려는 것이다. 이것이 봉건의식의 발로가 아니고 무엇이냐. 물론 성적性的 사랑은 남편에게 주는 것이 옳을 것이다. 그러나 오늘의 여성은 남편에게 첫사랑을 드리기 위하여 그들에게 예속물 노릇을 하고 있을 수는 없는 것이 아니냐? 이 씨의 머리에는 남편의 예속물로의 여성만을 생각한 모양이다.

다시 이광수 씨는 우리에게 무엇을 부기附記하는가 ⑨ "처녀여든 배우자 선택에, 아내여든 일하는 남편에게 정신적 협조를 주기에 힘쓸 것." 좋은 말이다. 그러나 금일의 여성은 배우자 선택, 남편의 정신적 협조 이외에 여성 독자獨自로서는 할 일이 없다는 말이냐? 그보다도 역사적 사회적 현실을 자각한 여성이라면 봉건적 윤리에 또는 자본의 앞에서 비인간적 야만적 생활을 하고 있는 절대

---

14) 이광수, 「신여성의 십계명」(『만국부인』 창간호, 1932.10)을 가리킴.

다수의 여성 대중을 위하여 또는 사회의 발전을 위하여 실천 의욕을 갖고서 운동선運動線에 나아가야 할 것이 아닌가!15)

여성이 독자적으로 일을 해야 한다고 주장하고 그 일은 바로 역사적 사회적 실천을 자각한 여성이 운동선에 나서는 것이어야 한다는 주장은 바로 이 시기 모던 걸도 아니고 양처도 아닌 조선 사회를 개조시킬 주체인'신여자'의 이상이라고 할 만하다. 그렇다면 1930년대에 이러한 '신여자'의 이념을 구현했거나 구현하고자 한 이는 누구인가.

1927년 말부터 소개된 콜론타이즘은 사회주의 운동에 대한 탄압이 극심한 조건 하에서 매우 제한적으로 수용되었다. 그래서 연애는 개인적인 일이고 완전하게 자유로운 개인의 자유로운 만남이 불가능한 조선의 현실에서는 사회적 임무가 우선한다고 보았다. 남녀 사이의 관계에서 성욕의 해소는 가능하지만 더 높은 차원의 이상적인 연애가 유예된 상황에서, 그리고 남성 지배적인 문화에서, 여성의 성은 도구적으로 것으로 되어버렸다.16) 가혹한 상황에서 수행해야 할 과업에 급급하여 성적 자기결정권 같은 것을 생각하거나 주장할 겨를이 없었다. 신여성이란 말이 구여성과 비교하여 더 가치 있는 것으로 생각되기도 했던 반면, 모던 걸이나 맑스 걸은

---

15) 고영숙高英淑, 「이광수 씨의 망담妄談—만국부인萬國婦人의 여인십계명을 박駁함」, 『신여성』, 1932.11.

16) 당시 남성 소설가의 작품에는 이런 측면에 대한 비판적 묘사가 자주 등장한다. 가령 이태준이 1931~1932년 『신여성』에 연재한 「구원의 여상」에서 "콜론타이는 처녀 아닌 대신에 당당한 일국의 외교관이 아니냐. 처녀? 흥"(184면)이라고 생각하며 자신을 호도하는 철없는 여성과 "나의 개인 행동에는 침묵해 달라, 그와 반대로 나의 사회 행동에는 엄정한 비판과 편달이 있어 달라."(210면); "당신과 나는 동지간이오. 보통 동지간과 다른 점이 있다면 당신은 여성이요 나는 남성이기 때문에 서로 자유로운 요구에서 동거 생활을 한 것뿐이지 결코 나는 당신을 소유하려 하지 않소. 마찬가지로 당신도 나를 소유할 생각은 단념하오"(214면)라고 하는 이기적인 남성이 등장한다. 인용은 이태준, 『구원의 여상』(태양사, 1937)에서 했다.

겉으로만 모던이나 맑스를 추구하는 경박한 존재를 가리키는 것으로 되었다.[17] 그런데 1930년대 각종 사회 운동이 지하화되고 여성들이 수행하는 사회운동이나 교육 문화 운동에 관해서 내놓고 말할 수 없게 되자 각종 저널리즘에서는 흥미 위주로 신여성 담론을 양산하면서 신여성이라는 말이 내포하고 있던 '해방에의 지향'과 '서구적 외양 추구'의 두 의미 중 서구적 외양을 추구하는 모던 걸이라는 측면만을 신여성을 가리키는 것으로 두드러지게 부각시켰다. 그 결과 1930년대에 숱하게 쏟아져 나온 신여성 비판문들은 대개 근대 문물의 소비자로서의 모던 걸을 비난하는 데에 치중하고 있다.[18]

그러나 실상, 1920년대 말부터 30년대 초반까지의 대중 투쟁 이후 식민지 조선 사회운동 전체가 공개적인 투쟁을 하지 못하고 운동이 지하화 되면서,[19] 수적인 비중은 적지만 사회주의 계열의 운동에서 노동자들과의

---

17) 다만 맑스 걸과 콜론타이스트는 약간 다른 뉘앙스로 사용된 것 같다. 허정숙이나 정종명을 조선의 콜론타이라고 하지만 맑스 걸이라고 부르지는 않았다. 이들의 나이가 30세 전후여서 '걸'이라고 부르기 곤란했던 측면도 있을 것이지만 '걸'에는 유행을 따르는 경박한 존재로 얕잡아 보려는 부정적인 의미가 담겨 있다.

18) 김경일은 『여성의 근대, 근대의 여성』(푸른역사, 2004), 28~30면에서 일본에서는 1910년대에 신여성이, 1920년대에는 모던 걸이 출현한 반면, 식민지 조선에서 1920년대에 출현한 신여성은 일본의 신여성과 모던 걸이 복합된 모습이되, 일본에서 주로 모던 걸로 일컬어지는 현상 ― 근대적 소비문화의 향수자 ― 을 조선에서는 신여성에게 적용하고 신여성을 비난하는 근거로 삼았다고 보았다. 그렇게 된 이유로 김경일은 일본에서 신여성은 1910년대 초반 세이토 동인들을 가리키는 말이었고, 모던 걸은 1920년대에 '직업을 가진 경제력 있는 여성'을 일컫는 말로 1920년대 일본 사회의 서구지향과 맞물려 긍정적으로 평가받을 수 있는 여지가 있다가 1930년대에 서구적인 것들을 부정하면서 비판받기 시작했던 것에 비해, 조선에서는 여성들이 사회로 진출하여 직업을 가지고 독립적으로 생활하기 극히 어려운 여건이었기에 경제적 기반이 없는 모던 걸은 '낭비와 퇴폐'의 상징으로 생각되었고 서구적 근대에 대한 비판과 조선의 모던 걸 논의가 동 시기에 진행되었기에 훨씬 더 비판받았다고 보았다. 조선의 신여성에 일본식의 신여성과 모던 걸이 포함되어 있다는 점에 필자와 김경일 교수는 견해를 같이하는 셈이다.

19) 1930년대에 사회주의 운동 쪽의 여성명망가들은 근우회의 해산과 함께 자기 자리를 찾지 못하게 되었다. 1930년대 중반이면 허정숙은 중국으로 가고 정종명과 정칠성은 특별한 조직적 활동 없이 개인적인 생활을 하게 된다.

결합을 외치면서 새로운 종류의 여성들이 등장하게 되었다. 그들은 1930
년대 초의 학생운동을 거쳐 혁명적 노동조합 운동과 당 재건 운동에 투신
하고 일제 말까지 운동에 헌신했다. 그런데 이들 여성활동가는 사건이 공
개될 때 남성활동가의 아지트 키퍼[20]로서 활동했다는 사실로 저널리즘에
서 주목과 도덕적 비난을 받는 경우가 많았고, 활동가 그룹에서는 그런 사
실 자체를 부인하는 방식으로 대응했다. 이 과정에서 여성들은 일제의 경
찰이나 저널리즘뿐만 아니라 운동권의 남성중심주의에 대해서도 비판적
거리를 가지게 되었다.

그러나 지하 운동에 몸담고 있던 이들 여성활동가들은 역사에서 '침묵'
당했다. 이들의 사상이나 내면의 성장을 보여주는 기록은 거의 없다. 운동
선상의 많은 지식인 남성들이 운동을 하면서 글도 쓴 데 반해, 여성들은 글
을 쓸 여유가 없었다. 이들이 체포되어 신문에 기사화 될 때에도 여성이라
는 이유로 그녀들이 활동가로서 원하고 추구한 것과는 거리가 있는 선정적
인 이슈의 인물로만 보도되었다.

일제 말기가 되면 과거 '양처현모'는 '군국의 모성'으로 그 생명력을 유지
했고, 부정적 의미로 사용되긴 했지만 '모던 걸'도 여전히 운위되고 있었던
것에 비해 사회주의 여성들은 존재 자체를 드러낼 수 없게 되었다. 그래서
이들에 대한 정보는 경찰과 법원의 신문 조서라든지 재판 기록을 통해서
얻을 수밖에 없다. 그것은 일제 당국의 기록이며 또한 매우 공식적이어서
개인사나 내면을 들여다보기에는 부족하다. 이후의 역사적 연구에서도 이

---

20) 아지트 키퍼란 일본에서 심한 탄압을 받았던 공산당이 권력의 감시의 눈을 피하고, 속이기 위
해서 여성당원으로 하여금 아지트를 관리하게 한 제도 혹은 풍습을 가리킨다. 상황이 더 열악했
던 식민지 조선에도 유사한 제도가 유행했다.

들은 배제 혹은 무시당하고 있었다. 바로 이 지점에서 1930년대 후반에 등장한 제3세대 여성 작가 임순득은 이들 세대의 대변자라고 하는 여성사적, 여성문학사적 의의를 가진다.

임순득은 1929년 11월부터 이듬해 3월까지 전국적으로 전개된 광주학생운동을 감수성이 민감한 15~6세 이화여고보 1학년 시절에 겪었고, 1931년에는 학생맹휴를 주동했다는 이유로 이화여고보를 퇴학당한 뒤 다시 동덕여고보에 편입했다. 당시 동덕여고보는 이관술 같은 사회주의자나, 신명균 같은 비타협적 민족주의자가 교사로 있으면서 학생들 사이에서도 각종 사회운동의 기운이 농후했고, 박진홍, 이순금, 이경선같이 일제 말기까지 운동에 헌신했던 여성들이 자라난 곳이다. 그곳에서 임순득 역시 이관술이 지도하는 독서회 활동을 하고 학생 맹휴를 조직하여 결국 동덕여고보에서도 퇴학을 당했다. 이런 여고보 시절의 경험은 이후 임순득이 작가이자 평론가로서 활동하는 밑거름이 되었고, 임순득은 '침묵' 당한 새로운 세대 사회주의 여성활동가들의 대변자가 될 수 있었다.

임순득은 「일요일」[1937]이라는 소설로 등단한 뒤, 연이어 세 편의 평론을 통해 '여류 작가'의 정체성 문제를 집중적으로 논했다. 첫 평론 「여류작가의 지위」부터가 그 당시 발간된 『현대조선여류문학선집』을 의식한 글일 뿐만 아니라, 특히 조선일보에 1938년 1월 28일부터 5회 연재한 「여류작가 재인식론」은 『현대조선여류문학선집 전경』에 대한 본격적인 서평으로서 제3기 여성 작가가 자기 앞 세대의 활동을 어떻게 보고 있는지를 보여주는 중요한 글이다. 여기서 임순득은 이 선집이 그때까지의 여성문인들의 창작의 성과를 집대성한 것인데도 불구하고 기성 평단의 누구도 주목하지 않고 망각되어 가는 것을 안타까워했다. 그리고 2년여 후에 쓴 「불효기의 여류작가론」에서는 앞선 여성 작가들에게는 더 이상 기대할 것이 없다고 하면서 여성 문학은 새롭게 출발을 해야 한다고 선언했다. 1938년 이후 강경애나 박화성이 더 이상 작품을 내놓지 못하고 있는 상황에서 최정희가 여류 작가의 대표로 인정되고 새롭게 등장하는 여성들의 작품도 최정희 식 감상주의를 따르거나 혹은 따르기를 강요받는 것이 현실이었는데, 최정희 식의 '여류'문학은 임순득이 소망하는 여성문학이 아니었다. 그리고 임순득은 직접 소설 창작에도 나서서 낭만적 사랑이나 본능적 모성에 휘둘리지 않고, 주변의 소외되고 억눌린 사람들의 고통에 연대감을 가지면서 피식민지의 여성이라고 하는 민족적 현실에 민감한, 그래서 그런 억압들을 넘어서고자 하는 대안적 여성 주체를 꿈꾸었다.

제2장 가족환경과 지적 성장의 배경

1. 출 생 과 가 족 환 경

임순득은 1915년 2월 11일 전북 고창에서 태어났다. 본적은 전북 고창
군 고창면 월곡리月谷里 276번지, 아버지 임명호任命鎬, 1878~1950, 본관은 豊川와
어머니 전주 이씨1877~? 사이의 2남 3녀 중 막내였다. 임명호는 양반으로서
전라북도의 '군속郡屬'으로 근무하기도 했고, 1934년의 시점에서 재산은
5,000원 정도이며 빚은 없다고 했으니,21) 경제적 사회적으로 상당히 여유
있는 집안이었다.

---

21) 任澤宰 供述,「被疑者訊問調書」, 1934.5.5.

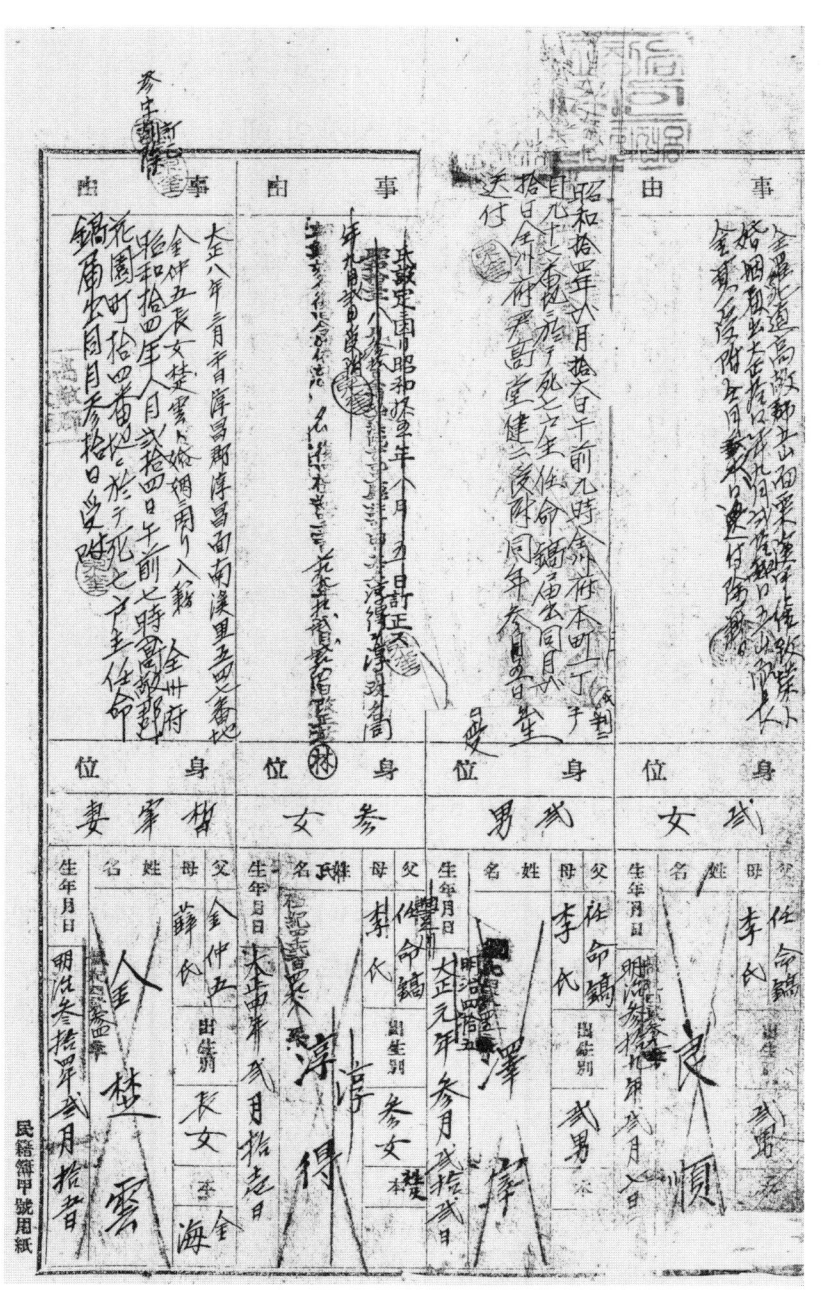

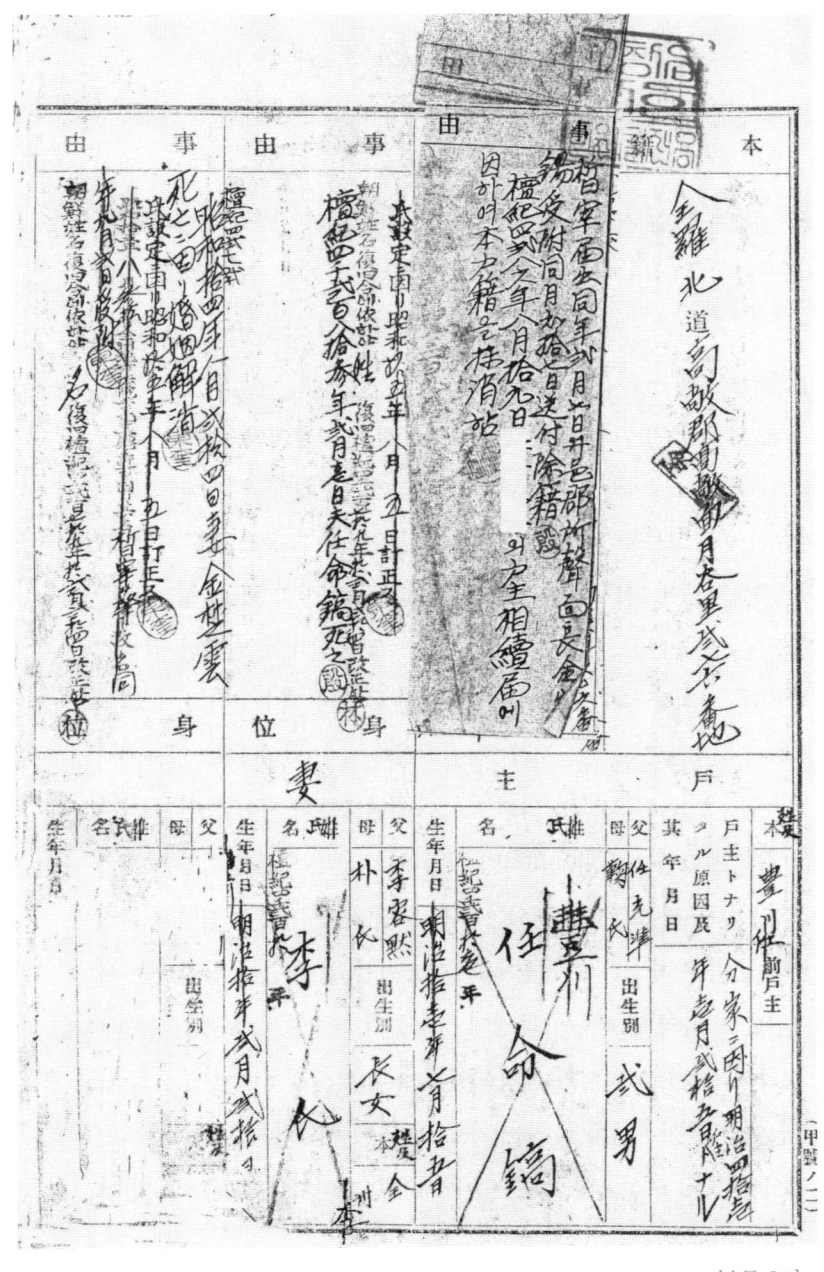

임순득 호적

큰 오빠는 임순득과는 12살이나 차이가 나고 학교에 다니느라 늘 서울에 떨어져 있었기에 성장기의 임순득과는 그렇게 많은 시간을 보낼 수 있었던 것 같지는 않다. 임순득에게는 언니도 두 명 있었으나[22] 바로 위의 언니하고도 거의 열 살 가까이 차이가 나니, 언니들과는 별로 교류가 없었던 듯, 임순득의 글 어디서도 언니에 대한 언급은 찾아볼 수가 없다. 반면 둘째 오빠는 임순득보다 세 살 위로서, 임순득의 지적 성장이나 교우 관계, 학생 활동 등에서 매우 큰 영향을 미쳤다.

둘째 오빠 임택재任澤宰, 1912~1939는 1912년 전북 고창에서 태어났다. 공립고창보통학교를 졸업하고, 1925년 고창고보에 진학한 임택재는 중간에 1년간 서울의 중앙고보를 다니기도 했으나 돌아와서 고창고보를 제6회로 졸업했다. 고창고보에 다니는 동안 문예반 활동을 열심히 했고, 성적도 좋았다. 1929년 4월 일본으로 가서 야마구찌山口 고등학교에 입학한 임택재는 1931년 여름 방학을 맞아 귀향하던 중 전북 금산군 예수교 성결 교회의 설교를 방해한 사건으로 금산서에 검거되었다 풀려났다. 또 일본에서 1932년 1월 일본노동조합전국협의회 오노다시멘트분회 명의로 반일 격문을 배포했다가 1932년 3월 치안유지법 위반 혐의로 검거되어 기소유예 처분을 받았고 야마구찌 고등학교에서는 퇴학을 당했다. 귀국한 임택재는 경성제대 입학 준비를 하느라고 서울에 와 있으면서, 1932년 10월경에는 서울에서 이관술 중심의 반제운동 동맹에 참가했다. 이 일로 해서 1933년 1월 종로 경찰서에 검거되었다가 석방되었고(임순득도 이때 검거되었다가 풀려난다), 1933년 여름 잠시 『신계단』의 기자로 있을 때 이재유를 만나게 된다. 그 후 이재유 그룹의 조선공산당 재건운동에 참여했다가 1934년 3월 '미야

---

22) 호적상으로 임순득은 '3녀'로 되어 있다.

께三芚 교수 사건'에 연루, 체포되어 1935년 12월 경성 지법에서 징역 2년, 집행유예 4년을 선고받고 출감했다.

이때 임택재는 2년 가까이 일제의 경찰에 시달리면서 건강을 상했다. 당시 가혹한 고문을 서슴지 않았던 일제 경찰의 수사 관행을 미루어 생각해도 그렇고, 남아 있는 세 장의 사진 —「신상기록카드」의 사진23) — 을 보면 1934년 3월 체포 후에 찍힌 세 번째 사진은 거의 딴 사람 같아 보일 정도로 늙고 인상도 어두워져 있다.

1935년 12월 집행유예로 출옥한 뒤 임택재는 달팽이 껍질 속에 들어 앉아 있는 것처럼 일상의 삶을 영위했다. 1936년 무렵 임택재는 서울 성북동에서 미곡상을 경영하면서 문학 수업을 한다. 1936년 11월에 발행된『낭만』창간호에 임사명任史冥이란 이름으로「고향」,「어두운 방의 시편들」,「독백」이라는 시를 발표했고, 1938년 3월『비판』에 시「말」을 발표했다. 4월에는 결혼도 했지만, 다음해인 1939년 2월 16일에 전주에서 사망했다. 사인은 폐결핵이라 하는데 실상 감옥에서 나올 때부터 건강이 좋지 않았으니 일제 경찰의 고문과 감옥살이의 휴유증이었을 것이다. 임택재가 죽은 지 얼마 안 되어 1939년 5월에 임사명이란 이름으로『시학詩學』제2호에 유고시「십년 또 십년」이 실렸다. 이 시에는 원산 태생의 시인 이정구李貞求가 그에게 쓴 시「병상에서—고 사명에게」가 함께 실렸다.

---

23) 일제에 의해 작성된 '신상기록카드'란 8 · 15 이전 일제의 경찰에 의해 검거 취조 받았던 인사들에 대해 일제의 경찰이 작성한 것이다. 간단한 인적 사항과 전과 기록, 혐의 사실, 그리고 사진이 첨부되어 있다. 이 신상기록카드는 당시 사진이나 기록을 잘 남기지 못했던 항일운동가들에 대한 가장 기본적인 정보를 전해주는 자료가 되었다. 이것을 모아 국사편찬위원회에서 영인한 것이『한민족독립운동사자료집 별집』총9권이다. 지금 구해볼 수 있는 임순득의 사진도 바로 이 신상기록카드에 첨부되어 있는 것이다.

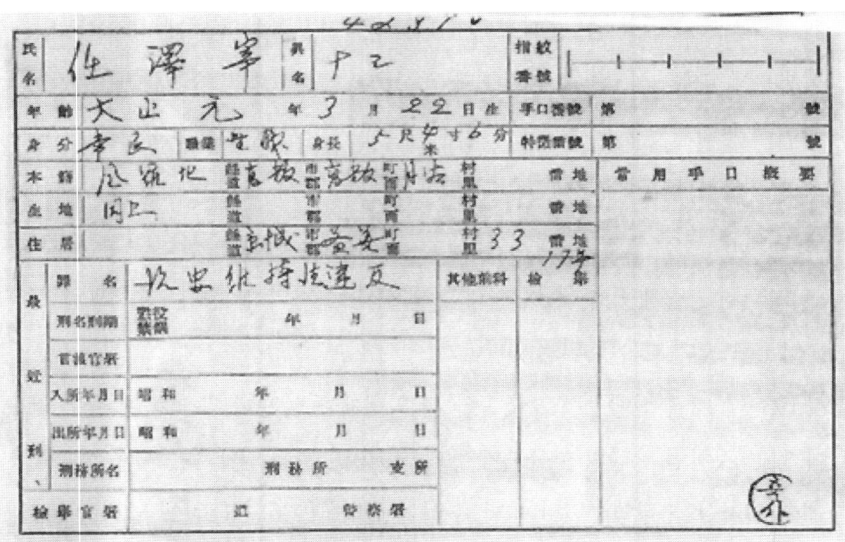

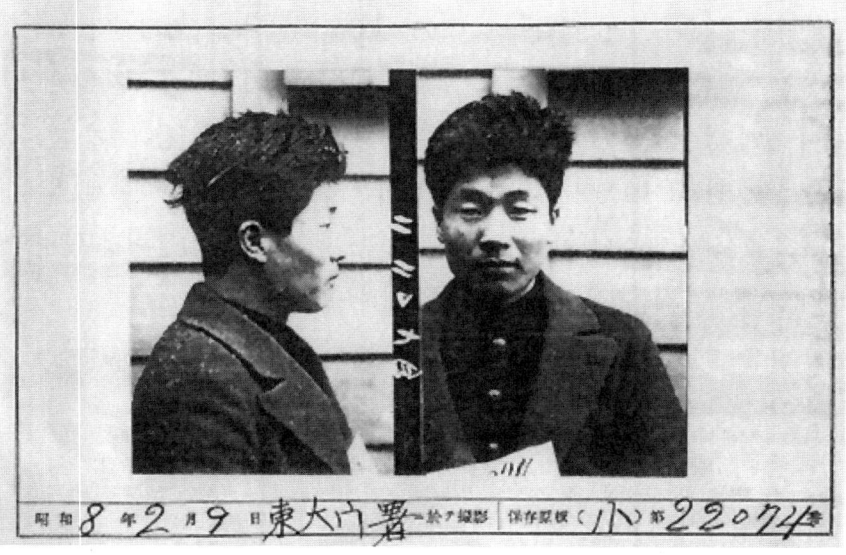

1933년 2월 검거되었을 때 작성된 임택재의 신상기록 카드

임순득, 대안적 여성주체를 향하여

임순득은 이런 오빠의 삶과 깊숙이 연관되어 있다. 동덕여고보 시절의 이관술과 관련된 조직 사건에 임택재도 들어 있으며, 그 시기 이후의 각종 사건과 인맥에 임순득과 임택재는 같이 등장한다. 이런 오빠의 활동과 이른 죽음은 임순득에게 많은 영향을 미쳤을 것이다. 자전적 요소가 짙은 등단작 「일요일」1937.2에는 감옥살이를 하는 남자 친구가, 해방 후의 작품 「우정」1948.12에는 일제 시대 사상운동과 관련해서 죽은 오빠의 삶이 묘사되고 있다.

한 여성이 예술가로 성장하는 데 후원자나 정신적 지주 역할을 하는 오빠의 존재는 여성사에서 그리 드물거나 낯선 것은 아니다. 임순득보다 앞선 시기 나혜석의 경우도 처음에는 오빠의 지적 자장과 교우 관계 속에서 출발하여 나중에는 그 세계로부터 뛰쳐나오거나 버림 받는 과정에서 한 사람의 여성 작가로 서게 되었다. 유사하게 임순득도 오빠 임택재의 세계로부터 출발했다.

2. 방정환의 소년운동

임순득 자신이 자기 집이나 어린 시절에 대해 말해 놓은 것은 없다. 그러나 소설이나 수필 등에서 얼핏 비치는 분위기로는 교양있는 유복한 가정에서 밝은 유년을 보냈을 것이라고 짐작된다. 1931년에 일제 경찰이 작성한 임순득의 신상기록카드에는 신분이 '상민常民'이라고 되어 있는데, 오빠인 임택재의 신문 조서에는 신분이 '양반'이라고 되어 있다. 또 아버지가 한방에 대해서 잘 알고 있다고 설정되어 있다든지,[24] 혹은 약종상을 했다든지 하는 전언[25]과 두 아들과 막내딸을 모두 서울과 일본으로 유학시킬 수 있었다고 하는 것으로 미루어 상당히 개명한 집안이었고, 경제적으로도 별로 어려움이 없었을 것이다.

임순득의 부모님은 논산, 고창, 전주 등지에서 살았던 같은데, 오빠 임택재의 고창고보 당시 학적부에 거주지가 본적지와 같은 것으로 보아서 임순득도 어린 시절을 고창군 월곡리에서 보냈을 것이다. 오빠인 임택재가 쓴 시 「고향」에는 반등산半嶝山이 언급되어 있는데, 아마 '고향'이라고 하면 떠오르는 산이었던 것 같다.

> 이 따를 무궁화 가득히 피는
> 녹수와 청산과 금수를 깔아놓은 땅이어니 밀어 밀어보아도
> 부끄러움 없는 매녀賣女같이 살을 내놓은 황토산과
> 메마른 냇바닥이 고향 산천이로다
> 심신에 박힌 이 모습 저 모습 내 고향이로다!
> 높이 빼어난 반등산 봉우리가
> 밤새 안개 끼어 보이지 않으면
> 번연히 알면서도 내 어린 마음은
> 아아峨峨한 그 용자容姿를 잃은 듯이 공허하였도다
> 의적 벽오碧梧의 전설 젊은 의병 박포대朴包大의 혼이 서식棲息하는 산이여.[26]

이 시에 나오는 반등산은 방등산方等山, 방장산方丈山으로도 불린다. 정읍,

24) 임순득, 「가을의 선물」, 1942.
25) 임순득의 이화여고보 시절 급우였던 전숙회의 전언.
26) 임택재, 「고향」 부분, 『낭만』 1, 1936.11.

고창, 장성에 경계해 있는 산으로 지리산, 무등산과 함께 호남의 삼신산으로 추앙받아 왔다. 반등산이란 하늘의 절반 가까이 오를 정도로 높고 장엄하다는 뜻이다. 백제가요의 하나로 『고려사』에 실려 있는 「방등산」, 『증보 문헌비고』에 실려 있는 「반등산곡半登山曲」에 나오는 바로 그 산이다. 이 노래는 곡과 가사는 없이 노래의 내력만 전한다. 방등산 혹은 반등산에 통일 신라 말기에 도적이 크게 일어 이 산에 근거를 두고 양가의 자녀를 많이 잡아 갔는데, 도적떼에 잡힌 여인이 자기를 구하러 오지 않는 남편을 원망하며 불렀던 노래라는 것이다. 이 도적떼는 통일 신라 말기 백제유민으로 구성된 의적이었고, 이들의 본거지였던 도적성이라는 성터가 지금도 남아 있다고 한다. 위 시에서 '의적 벽오'는 바로 이 내력을 염두에 둔 것으로 보인다. 반등산에는 벽오봉이라는 봉우리도 있고 벽오봉을 등산하려면 고창 월곡리에서 시작한다. '의병 박포대'는 1908~1909년 사이 활동한 의병장이다. 일제는 1909년 9월1일부터 10월30일까지 전라도와 그 외곽지대에서 항일의병 초토화 작전, 이른바 '남한폭도 대토벌작전'을 전개했다. 이때 의병의 부대장이었던 박포대도 장성군 옥동에서 체포되어 순국했다. 이 의적과 의병은 모두 자신의 나라를 빼앗은 것에 저항한 사람들로서, 이들의 혼이 깃들어 있는 산 아래에서 그들의 전설을 들으며 임택재와 임순득은 자랐다.

고창이란 지역의 분위기는 이채롭다. 당시 고창군민들은 대개 1894년 갑오농민전쟁의 유가족들이며, 의병투쟁의 희생자들이 많았는데 1922년에 군민대회를 열어 사립 고창고보를 세웠고, 그런 의미에서 고창군민들은 '북 오산, 남 고창'이라고 자부했다고도 한다.[27] 1920년대 후반 고창고보의

---

27) 민족 교육의 산실로서 고창고보는 남강 이승훈이 세운 평안도 정주의 오산학교에 비길 만하다

학생들의 색채는 대체로 좌경적이었고 소년동맹, 청년동맹, 노동조합, 신간회 등의 조직도 있어 회관까지 건립되어 있는 상태였다.

청년들은 노동회관에 집결하고 소년들은 소년회관에 모였다. 고창고보 학생들이 소년운동을 지휘했다. 어린이날 행사가 있게 되면 법석을 떨었다. (…중략…) 방정환 선생의 『어린이』 잡지도 돌려 읽었고, (…중략…) 회관에서 야학도 개설하고 강습소도 갖고 공일날이면 편을 지어 토론회도 가져주어 "눈을 활짝 뜨고 귀를 기울여 세계를 한 울타리로 하여 제 몫을 찾아 일해야 한다"는 말이 무엇을 뜻하는가도 암시 삼아 무서운 줄도 모르고 가르쳐주던 학생 형님들도 있었다. 일경이 이런 조직 활동을 그대로 두지 않았다. 광주학생사건을 계기하여 해산해 버리고 간판마저 떼어가 버렸다.[28]

1920년대 소파 방정환은 번안 동화집 『사랑의 선물』[1922]을 내어 크게 환영을 받았고,[29] 개벽사에서 『어린이』 잡지를 발간하면서(1923년 3월 20일 창간호 발행), 어린이 운동을 펼쳤다. 위의 고창읍내의 소년운동에서 보이듯이 『어린이』지는 그냥 읽을 거리가 아니라 1920년대 소년운동의 중요한 매체였고, 당시 자라나는 소년 세대에 미치는 영향력이 엄청났다.

이는 이런 소년 잡지에 대한 일제의 반응으로도 알 수 있다. 일제는 『어린이』지를 비롯한 아동 소년 잡지에 대해 매우 엄격하게 검열을 행했다.

는 뜻이다.

28) 60년사편찬위원회, 『고창중고등학교 60년사』, 고창중고등학교 고창고등학교 동문회, 1982, 216면.

29) 방정환이 유럽의 전래 동화와 창작 동화를 번안해서 낸 동화집 『사랑의 선물』은 1922년 7월 개벽사에서 초판을 발행한 이후 1928년 11월에는 11판을 발행했다.

1928년 조선총독부의 검열관은 "조선에서 주의자가 사회주의자와 민족주의자를 불문하고, 현실에서 그 운동의 대상을 변화시켜 주의의 강력한 기반을 양성하고 장래에 위대한 발전을 기획하기 위해 소년 소녀의 주의적 양성에 힘을 쏟는 것은 최근의 현저한 경향이다. 대개 보통교육 보급에 따른 독서력의 증대를 이용해, 지식을 구하고자 하는 소년소녀들의 욕망을 충족시켜 주의를 선전하는 것은 아닌지 의심할 필요가 있다"고 하면서, 검열할 때 다음과 같은 경우를 눈여겨 볼 것을 구체적으로 지적하고 있다.

민족적 의식을 환기시키는 기사로는 ① 조선의 역사적 인물의 위대성을 나타내는 전기물 ② 조선의 오래된 역사를 나타내는 기사 ③ 외국인 중 조국을 위해

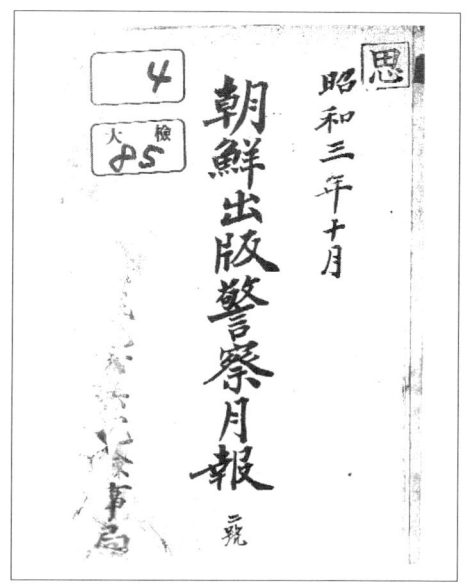
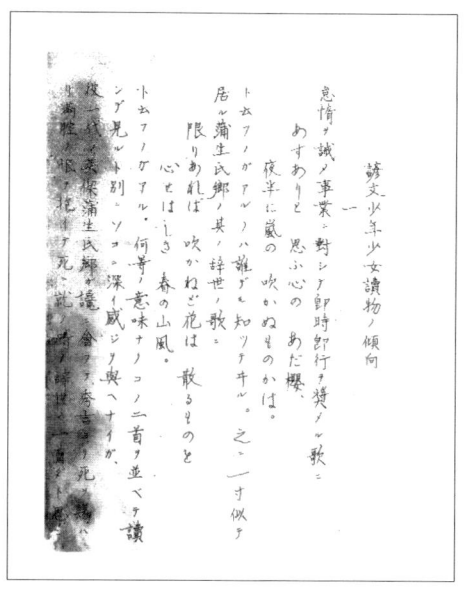

『조선출판경찰월보』 제2호의 표지와 그 속에 실린 논문의 첫 장

희생했던 인물의 전기 ④ 현재 조선인의 지위를 비관하게 하는 기사 ⑤ 병합 후 위정자 관헌에 대해 맞서려는 마음을 격발시키는 기사 등이 주된 것으로서, 그런 뜻을 노골적으로 표시하고 있는 것과 대화, 은어, 반어 등 표면적으로 드러내는 것이 이에 해당된다. 민족적 기사 이외에 ⑥ 계급의식 환기 ⑦ 계급적 반감 양성 ⑧ 현재 사회제도의 모순 등을 드러내는 것 같은 기사, 이야기 등도 적지 않다. ⑨ 단결의 미덕과 효과를 설명하고 있는 것도 있다.[30]

이후 실제 검열의 사례들을 보면 소년 잡지들에 대해서는 아주 사소한 것까지 삭제, 압수 등의 지시를 내리고 있다. 한편 독자 입장에서 보면 그런 탄압을 뚫고 나온 잡지를 읽는다는 자부심과 그 잡지들의 행간을 읽어내고자 하는 열망으로 독서모임에 참가했을 것이다. 그래서 『어린이』지의 독자가 상급학교에 진학하게 되었을 때 그들을 대상으로 방정환은 『학생』을 발행하기도 했다.

이런 분위기에서 임순득도 1920년대 후반 고창보통학교를 다녔으리라 짐작되며, 또한 『어린이』 독서를 중심으로 하는 소년 운동의 분위기 속에서 성장했을 것이다. 임순득이 일제 말기에 쓴 소설 「가을의 선물」에서 순수한 영혼을 가진 소년들을 보면서 자신의 그 시절을 회상한 대목에서 이를 짐작할 수 있다.

---

30) 조선총독부 경무국의 출판경찰(검열관)이 작성한 『조선출판경찰월보』의 제2호(1928.10)의 「언문 소년소녀를 대상으로 하는 출판물의 경향」이라는 일본어 논문(번역은 필자, 이하 특별한 언급이 없는 한 일본어 번역은 모두 필자의 것이다). 『조선출판경찰월보』의 문학작품 검열에 관해서는 이상경, 「『조선출판경찰월보』에 나타난 문학작품 검열 양상 연구」, 『근대문학연구』 17(2008년 상반기) 참고.

시골에서 태어나, 시골에 고향이 있고, 유년기는 그렇다 치고, 그 소년시대에 싹터 오르는 정신을 고 방정환 씨의 수많은 아름다운 이야기들로 보낸 그대 — 그런 그대들은 처음으로 피가 용솟음치는 것을 깨닫고 인생에는 감동할 만한 많은 아름다움이 있다는 데에 눈을 뜨고 행복으로 전율한 기억이 틀림없이 있으시겠지요.

그대들은, 자신의 인생을 더럽고 탁한 것에 물들이지 않고 살아가기 위해 언제나 마음의 창인 자기 눈동자의 초점을 모으고 계시겠지요.[31]

임순득은 자신의 세대를 '방정환 씨의 수많은 아름다운 이야기'를 읽고 자란 세대로 규정을 했다. 방정환의 동화책『사랑의 선물』과 그가 열성적으로 만든 잡지『어린이』지를 읽은 기억을, 물론 그런 책을 접할 기회와 여유가 있는 집안 출신에게 한정되는 것이겠지만, 자기 한 개인의 기억이 아니라 동년배의 기억으로 아무렇지도 않게 말할 수 있는 것은 소년운동의 기억이 있기 때문일 것이다. 임순득의 동덕여고보 선배였던 이효정李孝貞, 1913~의 시에서도 이런 독서체험이 드러난다.

방정환의 번안동화집『사랑의 선물』 광고 사진

내 어릴 적 어머니 바느질 하시던 모습
홈질 박음질 감침질
한 땀 한 땀

---

31) 임순득, 「가을의 선물」, 1942.

바늘 쥔 어머니 손은 물찬 제비
나 그 옆에 앉아
『어린이』 잡지 읽어 드렸지

내 어릴 적 어머니 바느질 하시던 모습
분홍 옥색 연두빛
색색이 장만해
어머니 솜씨는 난蘭잎의 고운 손
나 그 옆에 앉아
『사랑의 선물』 읽어드렸지

내 어릴 적 어머니 바느질 하시던 모습
차곡차곡 지어 놓은 옷들은
하나같이 아름다운 예술품
난 그 옆에 앉아
『사씨남정기』 읽어드렸지[32)]

이효정은 임순득보다 세 살 위인 동덕여고보 선배로서, 험난한 인생을
겪고 난 뒤 여든이 넘어선 시점에서 과거를 돌아보는 시를 썼는데 그 어린
시절의 기억에 방정환의 『어린이』지와 『사랑의 선물』이 뚜렷이 각인되어
있다. 이런 점에서 임순득이 말한 '방정환 씨의 수많은 아름다운 이야기'란
한 세대의 정신적 문화적 분위기를 말해주는 상징이 될 수 있다.

---

32) 이효정, 「어머님의 바느질」 부분, 『회상』, 도서출판 경남, 1989, 108~109면.

그보다 조금 이전 세대의 작가, 가령 강경애
1906~1946는 어린 시절, 어른들이 읽다가 던져
둔 『춘향전』 같은 고전소설을 통해 한글을 깨
치고 또 동네 사랑방에 불려 다니며 그 소설들
을 읽어주었다. 그런 뒤 여학교에 들어가면서
는 각종 일본 측 문학교양서나 서구 소설을 접
하게 되었다. 반면 임순득 세대의 여학생은 방
정환의 글을 통해서 한글에 접하고 세상을 보
고 문학적 감수성도 길러나가게 되었다. 구소
설이나 신소설도 접했겠지만 그보다는 서구의

동덕여고보 졸업 앨범 속의 이효정

동화, 위인전, 세계사적 지식 같은 것을 더 열독하게 된 것이다. 그리고 독
서라는 것이 그냥 개인의 경험이 아니라 독서 토론회 같은 사회화된 집단의
경험으로 이루어졌다는 것이 중요하다. 특히 여학생의 경우는 가장 중요한
사회화의 과정이 아니었을까. 이들 세대가 각종 독서회를 바탕으로 1929년
광주학생운동의 주역이 되고 또한 각종 조직 활동을 활발하게 벌이는 것에
서 독서경험의 차이가 문학에서 세대를 가르는 하나의 구실을 할 수도 있지
않을까도 생각해 본다.

제3장 독서회와 학생맹휴를 통해 성장한 여학생

임순득은 고향에서 보통학교를 마친 뒤 서울로 와서 1929년 4월 이화여자고등보통학교에 입학했다. 임순득과 나이 차이가 많이 나는 언니들이 어떤 교육을 받았는지는 알 수 없으나 큰 오빠는 서울에서 대학을 다니고 있었고, 작은 오빠 임택재는 고창고보를 졸업한 후 일본으로 유학을 간 때이다. 이런 가정 환경 속에서 임순득도 고향을 떠나 서울로 진학했다. 경제적으로 여유가 있고 개명한 집안의 딸이었던 것이다.

그가 이화여고보 1학년 때인 1929년 11월 3일에 광주학생운동이 일어났고 그 여파로 1930년 1월에는 이화여고보의 주도로 서울여학생만세운동이 벌어졌다. 이후 1930년대 전반기는 학생들의 동맹휴학 투쟁이 매우 활발했고 또 그런 운동 과정에서 학교를 나온 많은 학생들이 노동운동이나 농촌운동으로 뛰어들었다. 임순득은 아직 1학년이어서 서울여학생만세운동 과정에 뚜렷한 모습을 보이지는 않지만 그 이후의 동맹휴학 투쟁에는 주모자로 나서서 이화여고보에서 퇴학을 당하고, 또 동덕여고보에 편입해서도 마찬가지로 동맹휴학을 주도하는 등으로 일본 제국주의에 반대하는 운동에 적극적으로 참가한다. 그리고 이 과정에서 맺은 인연은 이후 임순득의 문학 세계를 규정하게 된다.

1. 서울 여학생 만세운동

서울여학생만세운동은 크게는 광주학생운동의 한 부분이지만 여학생들의 주도가 돋보였다는 점에서 여성사적으로 주목할 만한 운동이다. 1929년 11월부터 1930년 3월 초까지 전개된 광주학생운동은 그 이전 1920년대의 학생운동이 식민 교육이나 교사문제, 시설문제 등 교육 조건의 문제로 동맹휴학을 벌이던 전통과 배경 위에서 그러한 학원 운동에 머물지 않고 민족해방운동, 또는 독립운동으로 전개되었다는 의의를 가진다. 광주학생운동의 전개과정을 보통 3단계로 나누는데, 1929년 11월 광주의 만세운동이 제1단계, 12월 서울의 만세운동이 제2단계, 그리고 1930년 1월에 서울 시내 여학생들이 만세 시위를 시작함으로써 만세운동이 전국으로 파급되는 것이 제3단계이다. 이 제3단계의 기폭제가 된 서울 시내 여학생들의 만세 시위는 그동안 광주학생운동의 과정을 설명하면서 가볍게 언급되었고, 당시 근우회 간부였던 허정숙, 정종명, 박차정 등이 관련되었기에 '근우회 사건'이라고 불렀다. 그러나 운동의 주도 세력과 참여자 그 이후의 영향 관계 등을 두루 고려하면 '서울여학생만세운동'이라고 부르는 것이 사건의 핵심을 드러내는 데 더 적절하다고 생각한다.

1929년 10월 30일, 나주역에서 조선인 여학생을 일본인 남학생이 희롱한 데서 조선인 학생과 일본인 학생 사이에 시비가 붙었고, 충돌이 계속되었다. 11월 3일 일본 국경일의 하나인 메이지절明治節을 맞이하여 반일감정에 가득차 있던 광주고보생들은 신사神社에 참배하고 돌아오는 일본인 광주중학교 학생과 싸움을 벌이고 광주일보사를 포위, 윤전기에 모래를 뿌리는 등 왜곡보도에 항의했다. 이 싸움은 곧 광주 역전으로 파급되어 그 곳에 모여 있던 조선인 학생과 일본인 학생간의 대충돌을 야기하였다. 이런 일이 있은 뒤 1929년 12월 2일 밤과 3일 새벽 사이 서울의 공·사립학교와 시내 요소에 학생과 시민의 총궐기를 촉구하는 격문이 뿌려졌다. 가령 1929년 12월 2일 경성제국대학 예과 교실에는 '광주검속학생을 탈환하자'라고 쓴 전단이 잔뜩 뿌려져 있었다. 이에 호응하여 경성고보, 배재고보, 휘문고보, 청년학관, 경신학교, 보성고보, 이화여고보, 동덕여고보 등에서 가두시위와 동맹휴학이 일어났다. 서울의 웬만한 고등보통학교는 모두 궐기하여 서울의 각급 학교 학생이 봉기하면서 시위가 전국으로 확대되어 갔다.

이때 근우회에서는 광주에서의 학생들간의 충돌에 여성문제가 개재해 있는 것을 중시하여 좀더 조직적으로 여학생들의 시위를 조직하고자 했으나 학생들의 시위에 놀란 학교들이 조기 방학을 하는 바람에 계획이 무산되었다. 그러나 겨울 방학은 2주일 정도였고 1930년 1월 다시 개학을 하면

서울 여학생 만세운동을 배후 조직한 혐의로 검거되어
재판을 받을 당시의 허정숙(1930.3.24)

서 1930년 1월에 서울에서 시작된 시위는 3월까지 개성, 부산, 청주, 평양, 함흥, 춘천 등 각지로 번져 3·1운동 이후 가장 거센 항일운동으로 발전하였다. 특히 1월 15~16일의 시위는 서울 시내의 여고보와 여학교의 학생들이 주도하고 적극 참여하였다. 여학생들은 광주학생운동이 일본인 남학생이 조선인 여학생을 희롱한 데서 발단이 되었다는 점에 주목하여 여성들이 더 적극적인 문제를 제기하고 시위에 참여하여야 한다고 생각하였다. 그래서 여성들의 사회운동단체인 근우회의 지도를 받아 여학생들이 주도적으로 시위를 조직하고 서울 시내 거의 모든 여학교가 시위에 참여하면서 남학생들의 참여를 촉구하는 형식으로 시위가 이루어졌다. 이때 수많은 여학생이 시위에 참여하고 일제에 연행되어 고생을 했는데 그 중 다수가 이후 1930년대의 민족해방운동, 정치운동에 적극적으로 참가하게 된다는 점에서 일제 강점기 여학생 운동의 정점을 이룬 사건이다.

이 과정을 좀더 자세히 살펴보면 당시 여학생들의 생활까지 알 수 있어 흥미롭다. 1930년 1월 다시 새 학기가 시작되면서 학생들이 학교로 돌아오자 1월 12일 이화여고보의 최복순, 김진현, 최윤숙이 근우회 서무부장인 허정숙許貞淑, 1902~1991을 방문하면서 서울 시내 여학생 연합 시위를 계획하게 되었다.33) 학생들은 허정숙에게서 다른 여학교의 연락 가능한 인물을 소개 받아 연락을 시작했고 1월 15일 오전 9시 30분에 서울 시내 여학생들이 서로 연대하여 조직적으로 항일 시위를 일으키기로 했다. 기숙사나 자취방에 모여 구호를 정하고 플래카드를 만들고 태극기와 적기, 시위에 쓸 유인물 등을 제작했다.

1월 15일 오전 9시 30분 이화여고보 학생들은 1교시 시험을 치른 뒤 일제히 만세를 부르며 운동장으로 뛰어 나왔고 시위 중에 깨진 유리창 조각을 일본 경찰에게 던지는 등 격렬하게 시위를 벌였다. 몇몇 여학생은 담을 하나 사이에 두고 있는 배재고보를 향해 동참할 것을 촉구하였다. 이에 배재고보의 학생들도 시위를 벌였다. 근화여학교의 학생들도 운동장으로 몰려나와 시위를 벌이면서 정문 안에서 보성전문학교를 향해, "남학생이 자존심도 없냐!"고 소리를 지르고 학교 밖으로 나가려다 제지를 당했다. 이에 보성전문학교 학생들도 여학생들의 외침에 운동장으로 몰려나와 만세와 구호를 외쳤다. 그밖에 배화, 동덕, 실천, 정신, 보육, 태화 등의 여학생들도 만세를 부르면서 교문을 벗어나 가두시위를 벌이려고 했다. 경성여자미술학교 학생들은 경찰의 저지를 뚫고 안국동까지 진출했다. 각 학교에서는 교사와 일본 경찰이 나서서 학생들의 시위를 저지하려 들었고 시위에 참가한 여학생들을 마구잡이로 연행했다. 그 다음날인 1월 16일에도 경성여자상업학교, 진명여고보, 숙명여고보, 여자기예학교 등의 여학생들이 만세운동을 벌였다. 시위를 벌이면서 이들이 내세운 구호는 "학교는 경찰의 출입에 반대하라, 식민지 교육정책을 전폐하라, 광주학생사건에 대하여 분개하라, 학생 희생자를 모두 석방하라, 조선의 청년학생들이여 일본의 야만정

---

33) 근우회원인 박차정이 최복순과 동향인 부산 사람으로 박차정의 소개로 최복순이 허정숙을 만나게 되었다고 한다.

서울 여학생 만세운동을 보도한 『동아일보』 1930년 1월 15일 기사. 깃발을 선두로 이화여고보 학생이 시위를 벌였다는 기사가 크게 실렸다. 군데군데 검열로 판이 깎인 자국이 완연하다.

책에 반대하라, 각 학교의 퇴학생을 복교시켜라!"였다.

이 사건으로 서울 시내의 수많은 여학생들이 경찰에 연행되어 취조를 받았는데, 1930년 1월 27일 현재 102명의 여학생이 구속된 상태였으며, 1월 30일 서대문서의 취조가 종료되고 경찰은 여학생 40명을 검사국에 넘겼다. 이 중 여학생들의 연합 시위를 지도한 근우회의 허정숙, 이화여고보의 주동자 최복순, 김진현, 최윤숙, 시위 중 유리창을 깨뜨리는 등 과격행동을 한 임경애, 경성여자상업학교 학생으로 여학생 대표자 회의를 주도하고 격렬한 시위를 벌인 송계월, 또 하나의 대표자 회의를 주도했고, 시위 당일 가두 진출에 성공한 경성여자미술학교의 박계월, 그리고 붉은 깃발과 사회주의적 구호가 적힌 삐라를 제작하여 이화여고보의 시위에 흔들게 한 이화전문 휴학생 이순옥 7명은 보안법 위반으로 기소되었고 나머지 여학생은 석방되었다.

1930년 2월 20일 경성 지방법원에서 이들 8명에 대한 재판이 시작되어

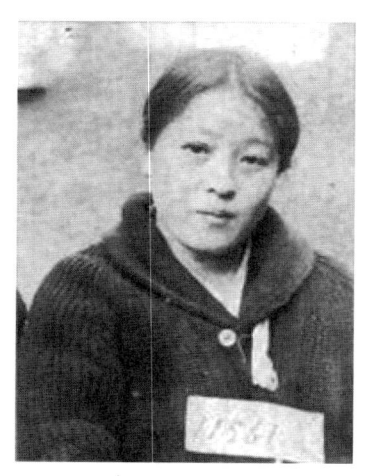

서울 여학생 만세운동의 주모자로 잡혔을 당시의 최복순(1930.1.29)

사실심리가 이루어졌다. 이렇게 여학생들이 집단으로 재판을 받은 경우가 없기 때문에 이 재판은 당시 많은 사람의 관심을 끌었다. 공판일에 맞춰 시내 휘문, 중동, 중앙고보 등이 '구속 학생 즉시 석방'을 내세우며 맹휴에 돌입했다. 3월 20일 검사의 구형이 있었고 3월 23일 판사의 선고가 있었다. 허정숙 징역 1년, 최복순 징역 8개월, 이순옥 징역 7개월에 집행유예 4년, 나머지 5명의 여학생 ─ 김진현, 임경애, 송계월, 박계월, 최윤숙 ─ 에게는 징역 6개월

에 집행유예 2년이 선고되었다. 서울여학생만세운동의 총지휘자격인 최복순崔福順, 1909~?은 1시간 반 동안 시종 침착하게 최후 진술을 했고 형이 선고되었을 때도 최복순은 미소를 띠었다고 한다. 실형을 선고 받은 허정숙과 최복순을 제외하고 1930년 3월 26일 집행유예를 받은 6명이 출감했다.[34]

이상 사건의 과정을 보면 근대여성교육을 받고 사회로 나온 신여성들의 여성운동 단체인 근우회와 아직 교육을 받고 있는 성장 과정 속의 여학생들이 민족 문제와 여성문제에 직면하여 함께 사회적 실천의 장에 나섰고 사회적 역할을 수행했다는 점이 중요하다.[35] 이 사건 이후 근우회는 조직적 타격을 받았지만 각 구성원들은 각자 자신의 전문적 영역에서 임무를 수행해 갔고, 또 서울여학생만세운동

서울 여학생 만세운동으로 검거되었을 당시의 송계월(1930. 1. 29)

---

34) 이상 서울여학생만세운동의 과정과 관련 인물에 대한 서술은 姜在彦, 『朝鮮總督府警務局極秘文書—光州抗日學生運動事件資料』, 東京 : 風媒社, 1979; 국사편찬위원회, 『한민족독립운동사자료집』 51, 52(번역본), 국사편찬위원회, 2002 등을 종합하여 재구성한 것이다.

35) 이 사건에 대해 이화백년사편찬위원회 편, 『이화 100년사(1886~1986)』(이화여고, 1994, 228~229면)에서는 다음과 같이 서술하면서, 근우회나 서울 시내 다른 여학교들과의 연계 같은 것은 생략하고 있다.

　"1930년 1월 15일 전교생이 운동장에 모여 만세를 부르고 플래카드를 들고 구호를 외치며 교외로 진출하려 하였다. 경찰의 제지로 교외 진출은 실패하고 플래카드 60개를 빼앗긴 채 주동자들이 체포되어 갔다. 주동자 색출에 비협조적이었던 서광진 선생이 17일 검거되었고 18일 이화학생 17명이 또다시 피검되어 도합 57명의 피검자 중 15명은 훈방되고 42명은 계속 취조를 받고 있었다. 16일부터 20일까지 학교는 휴교하였으며 사태가 수습되지 않자 휴교는 한 달 더 연장되었다. 18일 학교에서는 최복순, 임경애, 안임순, 함덕훈 등 12명을 퇴학시키고 양윤숙, 김진현, 최윤숙 등 여러 명에게 무기정학을 내려 수습하려 하였다. (…중략…) 1930년 최복순 등 11명이 검사국으로 송치되어 3월 19일 첫 공판이 경성 법원에서 열렸고 20일 구형이 있었으며, 23일 형이 언도되었다. 최복순, 김진현, 최윤숙, 임경애는 징역형을 받았고, 함덕훈, 윤옥분, 김복림, 최현수, 양윤숙, 안임순, 이옥련은 집행유예로 석방되었다."

과 그것을 이은 일련의 맹휴 사건을 통해 단련된 여학생들은 학교 밖으로 나와서는 각종 사회운동에 참여하고 작가로 등단하는 등 새로운 종류의 여성운동을 펼쳤다. 서울여학생만세운동에서 연락을 맡은 송계월宋桂月, 1913~1933은 기자이자 작가로 등장하여 당시 평단의 기대를 모았다.36) 조선공산당재건운동, 혁명적 노동조합운동에 투신한 박진홍, 이순금, 임춘자, 강귀남, 남남덕, 이현우, 이경희, 이경선, 이종희, 김재선 등은 1930년대 내내 투쟁의 자세를 견지하면서 일제 말기 경성콤그룹의 주요한 구성원이 되었다. 이들은 해방 후의 조선부녀총동맹에 실무책임자로 이름을 올리고 있다.

2. 이화여고보 시절

학생들의 만세시위운동은 1930년까지 지속되다가 일제의 탄압으로 수그러들며, 1931년부터는 동맹휴학의 성격도 다소 변한다. 즉 동맹휴교의 건수가 1920년대보다 줄어들고 비합법적 지하운동으로 변화하였다. 당시 언론에 보도된 상황을 중심으로 살펴보면 1931년 동맹휴교 건수가 49건인데 그 요구사항은 교장, 교사 배척이 22건, 수업료 인하 내지 철폐가 19건, 식민지 교육 반대가 9건, 언론 결사의 자유 및 학우회 허용 요구가 8건, 조선어 및 역사교육 요구가 3건, 기타 학내문제, 학생 복교문제 등이었다.37)

---

36) 1933년 1월 『신가정』은 창간호부터 '연작소설'이라는 기획으로 박화성, 송계월, 최정희, 강경애, 김자혜 다섯 명이 릴레이식으로 쓴 「젊은 어머니」를 연재했다. 이후 송계월은 요절하는 바람에 의미 있는 작품을 남기지는 못했다.

종교의 자유 등을 요구하며 이화여고보 학생들이 동맹휴학을 단행했음을 전하는 『조선일보』 1931년 6월 26일 보도

　　임순득이 시골에서 올라와 여학교에 입학했을 때의 분위기는 시위와 학생동맹휴학으로 반일 감정과 사회주의적인 정서가 높은 때였다. 그런 만큼 또 학생들 사이에 기독교의 보수주의에 대한 반감도 높았다. 임순득의 오빠 임택재가 일본 유학 중 방학 때 귀향하다가 중간에 교회의 예배를 방해한 사건으로 검거된 것도 이런 정서에 바탕한 것일 터이고 임순득도 그런 학생 일반의 분위기 속에 놓여 있었다.

---

37) 김호일, 『일제하 학생운동』, 독립기념관 한국독립운동사연구소, 1991, 169면.

이화여고보 1학년 학생으로 광주학생운동, 특히 서울여학생만세운동을 겪은 임순득은 3학년이 된 1931년 6월 25일 오전 8시 이화여고보 학생 2,3,4학년 백여 명이 벌인 학생동맹휴학 사건에 조숙현趙淑顯과 함께 주동자로 지목되어 서대문 경찰서에 체포되었다. 다음은 당시의 사건을 보도한 신문기사이다.

학계의 파란이 첩출하는 이때에 시내 정동 이화여자고등보통학교에서는 25일 오전 9시 5분경에 동교 3년생 모某가 전교 학생을 대표하여 진정서를 제출하고 2,3,4학년생 약 3백여 명은 수업을 거절하는 동시에 휴게 시간이라 하여 교정에 모여 협의를 거듭하고 삼삼오오로 교내를 순회하다가 각기 해산하였다는데 요구 조건은 1. 종교 신앙 자유권을 요구함, 1. 교원 4인 배척, 1. 교수 시간을 6시간으로 결정할 것, 1. 현 교육제도 반대 등이라 하고, 교수 시간을 여섯 시간으로 하여달라는 것은 동교가 미션 스쿨인 만큼 기독교를 강제로 신봉케 하는 까닭이라 하고, 교수 시간을 여섯 시간으로 하여달라는 것은 동교가 역시 종교 학교이므로 정과 외에 성경 과정이 있어 부담이 과대한 것이라는 바, 소관 서대문 경찰서에서는 동 급보를 듣고 4~5명이 출장하여 주모자와 이면의 조종자를 엄탐 중이라 한다.[38]

같은 기사가 『동아일보』와 『매일신보』에도 실렸는데 『매일신보』는 "그들이 학교 당국에 요구한 것은 전부 신교信教에 관한 것으로 기독교에서 경영하고 있는 학교 중에서도 왕위를 점령하고 있는 동교의 이번 동맹 휴교

---

38) 「이화여자고보 3백명 동맹휴학, 서대문 경찰은 주모자 엄탐, 신교 자유 등을 요구」, 『조선일보』, 1931.6.26.

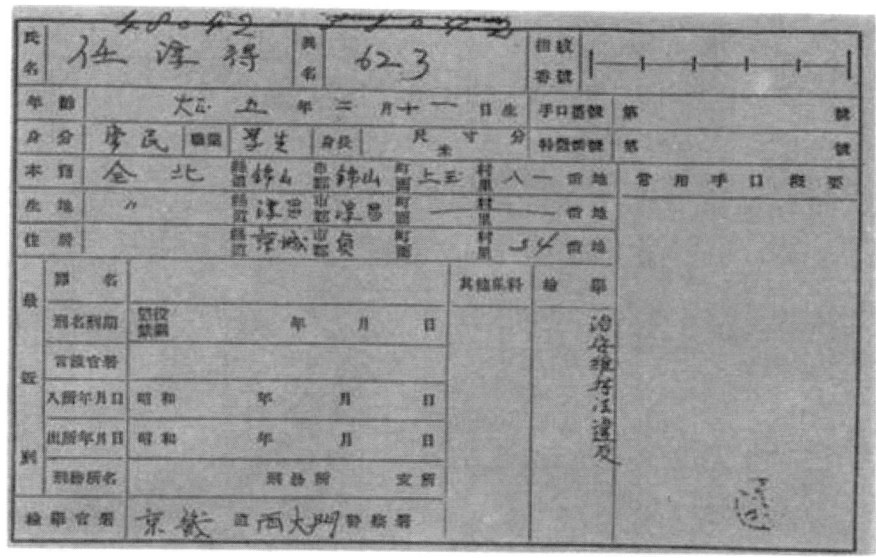

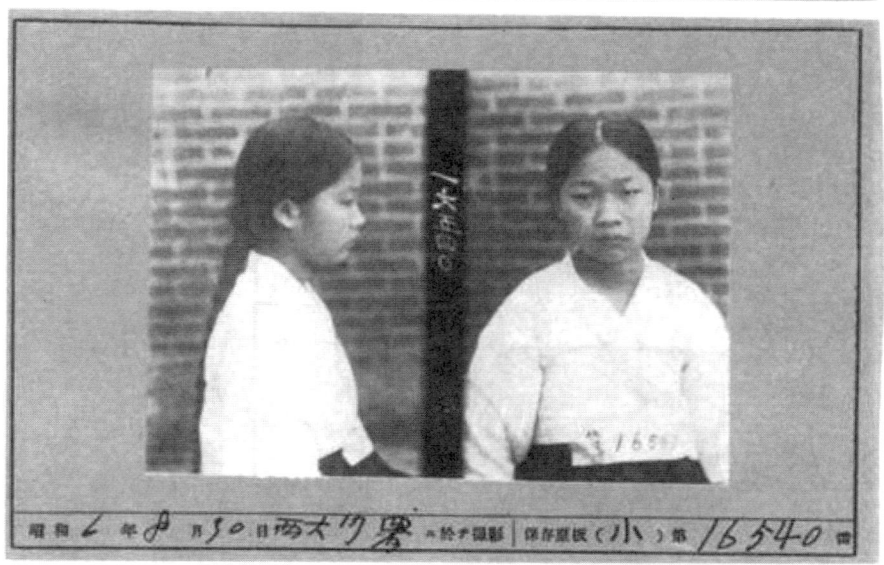

이화맹휴 주모자로 서대문경찰서에서 취조 받을 때 작성된 임순득의 신상기록 카드 1931.8.30

는 학교 근본 문제에 관한 것인 만큼 그의 귀추 여하는 매우 주목되는 동시에 기독교에서 경영하는 모든 학교에 미치는 바 영향이 클 것이라 한다"라고 하여 이 사건이 기독교 학교의 대표격인 이화여고보에서 기독교 교육에 반대하는 것이라는 데에 큰 의미를 두어 보도했다.[39]

이 사건으로 이화여고보는 7월 2일까지 임시로 휴교를 하였으며 학생들이 제출한 진정서의 요구 조건이 26일 소집된 이사회에서 거부되자 학생들도 강경해져 기숙사에 있던 학생들까지 퇴사하면서 휴교는 더 연장되었다. 그리고 경찰이 개입하여 학생들을 체포해 갔다.[40]

이 사건들의 보도에 임순득의 이름은 나오지 않지만 '3년생 모'라고 한 것이 바로 임순득이다. 이것은 당시의 서대문 경찰서의 사건 기록을 통해 확인할 수 있으며 더 확실하게는 당시 임순득과 이화여고보의 같은 반 반장이었던 전숙희의 회상과 증언을 통해서 확인된다. 전숙희도 1931년 이화여고보의 동맹휴학에 참가하여 서대문경찰서에 끌려가서 40일간 취조를 받으며 갇혀 있었다. 이 사건을 회상한 전숙희의 글은 우리에게 여학교 시절의 임순득의 개인적인 면모를 보여주는 귀중한 자료이다.

바로 내가 이화여고에 다닐 때 일이었다. 당시 이화여고의 교장은 미국인 여선교사 미스 취치[41]라는 교장이었는데 그분은 미국여성 중에도 특히 성격이 깔

39) 「신교의 자유를 절규코 이화여고보 동요—2,3,4학년 생도가 진정서 제출, 교회학교 영향 파대
頗大」, 『매일신보』, 1931.6.26.
40) 「이화여고 맹휴 첨예화, 이사회에서는 요구를 기각, 의연히 수업을 거절」, 『조선일보』, 1931.6.27;
「맹휴생은 경찰에, 학교는 휴학 연기, 7월 6일까지 휴학 연기, 이화여고 사건 속보」, 『조선일보』,
1931.7.2.
41) Miss E. Church : 1885~1972. 미국 오레곤 주에서 태어났고 1915년 미국 감리교회의 여선교사
로 조선에 파송되어 중등교육기관으로서 이화여고의 토대를 닦았다. 1929년 이화여고보의 교장
으로 취임했다.

끔해 모든 언행과 범절이 규율적이었다. 그분은 자기가 아끼고 신임하는 학생은 몹시 사랑했으나 싫은 사람은 극히 기피하는 성격이었다. 그래서 그를 사랑하는 제자들은 친구들도 많았지만 그 반면 적을 많이 만들기도 했다. 더구나 일본인들이 의식적으로 우리들에게 반미 사상을 고취시켜 미국사람이라면 공연히 트집을 잡고 흠을 보려드는 시절이었다.

그 당시 나와 가장 친하던 급우 중에 Y라는 소녀가 있었는데, 그는 열렬한 독서가였으며 능변가여서 나는 거의 반하다시피 그 아이와 붙어 다녔었다. 그런데 Y는 미스 춰치 교장과는 아주 사이가 나빠 언제든지 '저 교장이 이 학교를 그만두든지 내가 그만두든지 양단간에 결판이 나야한다.'고 입버릇처럼 말하곤 했다. 그러더니 하루는 Y가 교장과 몇몇 선생을 배척하는 동맹 휴학을 꾸며 나에게 가담할 것과 협조를 요구해왔다.(…중략…) 나는 우리 반 반장이었고 교내 도서관 책임자였으므로 내가 그러한 운동에 가담한다는 것은 실로 큰 책임을 저버리는 짓이 아닐 수 없었다. 며칠 밤을 고민했으나 결국 소용이 없었다. 워낙 개성과 고집이 강한 Y는 결국 상급 학급반 책임자들을 다 동원하고 매수해 일을 벌일 단계에 이르고야 말았다. 반대하는 나를 Y는 비겁하다느니 절교를 한다느니 하고 끊임없이 겁을 주었다. 세상 무엇과도 바꿀 수 없을 만큼 좋아하던 Y가 절교를 하겠다는 선언은 마치 나에게 사형 선고라도 내리는 것처럼 두렵고 또 슬펐다. 그래서 나는 미스 춰치 교장과의 의리고 인정이고를 생각할 여지없이 눈 꼭 감고 그들이 하는 대로 따라가기로 결심하고 맹휴 주모자의 한 사람으로서 교장 배척문에 사인을 함으로써 일을 터뜨렸던 것이다.[42]

---

42) 전숙희, 「우정과 배신」, 『문학, 그 고뇌와 기쁨』(전숙희 문학전집 1), 동서문학사, 1999, 137~140면.

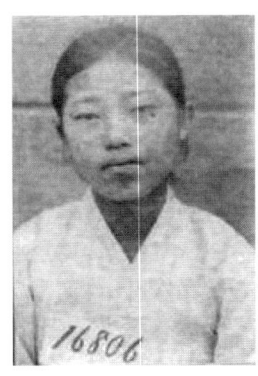

이화 맹휴를 모의한 혐의로 서
대문경찰서에서 취조를 받을
때의 전숙희. 1931.9.21

이 글의 Y가 임순득인데[43] '열렬한 독서가이자 능변
가'라고 했으니 매우 똑똑하고 활달하고 말 잘하는 학
생으로 급우들 사이에 인기가 많았던 모양이다. 임순득
에 대해서 전숙희는 일견 동성연애에 가까운 매우 친밀
한 감정을 가졌던 것 같다. 그러기에 그 이후의 냉전 체
제 하에서도 그를 그리는 글을 썼을 것이다. 전숙희는
또 다른 수필에서 당시 동맹휴학의 전개 과정도 자세하
게 써두었다.

내가 이화여고 3학년 때 스트라이크(동맹휴학) 사건이 벌어졌다. 3학년의 반
장이었던 나는 부득이 전교 스트라이크에 가담하지 않을 수 없었다. 주동은 우
리 학년의 Y라는 친구였다. 한 반이었고 나와는 독서 클럽 관계로 각별히 친한
사이였다.

어느 날 오후, Y는 자기 집에서 의논할 일이 있으니 몇 사람이 모이자고 하여
무심코 그의 집을 방문했다. 머리 좋고 똑똑한 아이들만 대여섯 명이 모였다.
그리고 Y와 그의 친척 오빠라는 남자가 한 사람 있었다. 나이 들어 보이는 그
남자는 이상하게 눈이 번들거리고 빼빼 마른 데다 인상이 험상궂었다. 원래 말
잘하는 Y는 열변을 토해가며 학교 당국과 몇몇 교사들의 학생들에 대한 태도가
틀려먹었다고 비난하기 시작했다.

낯선 남자는 Y의 말을 보충해가며, 선동적인 능변으로 우리들의 마음을 움직
이기 시작했다. 독선적이고 몰이해한 미국인 교장을 추방하고 몇몇 교사를 배
척하여 학원과 우리들의 자유를 쟁취하자는 것이었다. 일주일 후에 단행될 이

43) 이것은 필자가 전숙희와의 면담을 통해서 확인한 것이다.

일을 위해 각반의 반장들은 비밀리에 단결하고, 배척 선언문을 만들고, 각 부서를 정하고, 거사 날짜와 시간·방법 등도 논의했다. 그리고 이 자리에 참석한 사람으로 만약 발설을 한다거나 밀고나 배신행위를 하는 경우에는 전 교우의 이름으로 처단하겠다고 했다. (…중략…)

오전 수업을 마치고 정오가 되자 주모급의 한 학생이 교정에 있는 종을 울렸다. 이것을 암호로 전교생이 일제히 교정에 모였다.

이때 Y는 용감하게 단상으로 뛰어올라가 교장과 교사 배척문을 낭독하고 전교 동맹휴학을 선포했다. 황급히 쫓아온 선생님들은 그저 묵묵히 지켜보고 서 있을 뿐이었다. 나는 온몸이 떨렸다. 교정은 잠시 무거운 침묵이 흘렀다. 다음 순간, 전교생들은 교정 위 풀밭으로 가서 농성 대열로 주저앉았다. 삼사 일간의 휴학이 계속된 후 학교 당국은 몇 가지 조건을 들어주기로 하고 동맹 휴학은 일단 수습되었다. 뒤이어 주모자급으로 손꼽힌 우리들은 경찰에 수감되었다. 배후 조사를 위해서라고 했다.[44]

임순득은 자기 집에 친구들을 모아서 사전에 모의를 했고, 학내 문제에 대한 학생들의 불만을 단서로 항의 시위를 조직한 것이다. 그리고 그 시위에서 임순득은 3학년인데도 단상에 올라가 성명서를 낭독하는 주도적인 역할을 했다. 이때 이화여고보의 학생들이 여럿 서대문경찰서에 끌려가서 심한 고문과 취조를 받았다. 결국 4학년 조숙현만 남아서 기소되고 나머지는 훈방되었다.

이화여고보의 학생맹휴에 대해서는 더 이상 기사가 나지 않다가 1931년 9월 2일 발표된 '조선공산당재건준비회 사건'에 이화여고보의 학생맹휴를

---

44) 전숙희, 「감방 생활도 해보고」, 앞의 책, 141~145면.

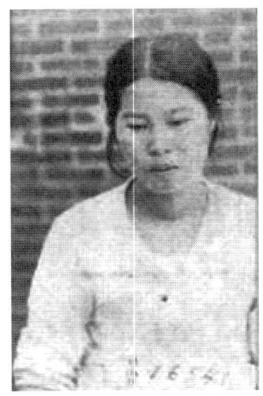

이화여고보 4학년 조숙현의 신상기록 카드 사진. 1931.8.30

조종한 혐의로 조숙현이라는 당시 19세의 이화여고보 4학년 학생이 검사국에 넘겨졌다는 기사가 보인다.

조선공산당재건운동의 준비위원회는 지방에 세포 단체를 조직하는 외에 각 부를 두고 또한 질서 정연하게 학생 계급과 노동자 사회를 조종하였다. 먼저 노동부와 학생부를 두었는데 이는 학생의 적화와 노동자의 좌경화를 목적한 것이었다.

(…중략…)

공장에는 좌익노동조합, 학교에는 독서회를 만들기로 하여 먼저 강위황姜渭璜은 고학생에 잠입하여 독서회를 만들고, 조숙현趙淑顯은 이화학교 내에서 중심이 되어 역시 독서회를 조직하였다. 이리하여 이들은 먼저 이화교가 종교 학교인 것을 이용하여 성경 학과 폐지, 신교의 자유 등의 조목을 들어가지고 사회주의의 종교 반대 운동의 기치를 동맹 휴학으로써 기치를 들었던 것이다. 이 계획을 인지하고 있던 시내 서대문서에서는 드디어 대 활동을 일으켜 일파의 결사 조직 내용을 적발한 것이었다.[45]

조선공산당재건준비회를 조직했다는 사건은 이운혁, 송도호, 허정숙, 정관진 등이 세브란스 병원에서 만나 '조선공산당재건준비회'를 조직한 뒤 웅기, 안변 등에 야체이카를 조직하게 하고 그밖에도 학생부와 노동부 등을 설치해 공장에도 뿌리를 박고, 이화여고보의 맹휴도 조종하였다는 것이다. 아마도 재건준비회 관련자 중의 누군가와 조숙현의 관련이 드러나자

---

45) 「신교의 자유를 절규코 동맹휴학을 선동―이화학당에 잠입한 조현숙(숙현의 오식)이가, 놀라운 그들의 계획」, 『매일신보』, 1931.9.12.

한꺼번에 그림을 그렸을 가능성이 높다. 당시의 일본 경찰이 그린 그림을 보면, 1930년 서울여학생만세운동 때 주모자로 처벌을 받은 이화여고보 출신 최복순과 최윤숙은 허정숙의 소개로 고려공산청년회에 가맹했다. 한 편 정관진으로부터 여자부 학생운동을 지시받은 이정순은 1931년 3월 초경 허정숙 집에서 정관진, 허정숙, 최윤숙과 만나 권유를 받고 공청에 가맹 입회하고 최복순과 협의하여 1931년 5월 15일 최복순의 소개로 공청에 가맹한 이화여자고보 4년생 조숙현에게 이화여고보 내에 독서회를 조직하라고 지시했다. 조숙현은 그 후 6월 15, 6일 최복순과 함께 임순득을 권유해서 고려공산청년회라는 명칭은 알리지 않고 단지 공산비밀결사라는 뜻을 알리고 입회시켰다. 나아가 6월 16,7일 조숙현은 이화여자고등보통학교 기숙사에서 4년 생 박복수, 김창희, 임순득 3명을 모이게 해서 독서회의 취지를 설명하고 그 자리에서 조직을 했고 이들이 중심이 되어 1931년 6월 25일 이화여고보의 맹휴 사건을 일으켰다는 것이다.[46]

복잡한 것 같지만 사실은 1930년 1월의 서울여학생만세운동을 주도하여 실형을 살고 이화여고보에서 퇴학 당한 최복순이 이화여고보 시절 한 방에서 자취를 했던 조숙현을 끌어들였고, 조숙현이 임순득을 끌어들여 1931년 6월 이화여고보에서 맹휴를 일으켰다는 것이다. 40여 일간 취조를 받은 끝에 조숙현은 최복순과의 관련이 드러나면서 기소되어 재판을 받게 되었고 임순득은 어리다는 이유로 기소유예 처분을 받았다.

이화여고보 맹휴를 배후 조종한 혐의로 다시 검거된 최복순. 1931.8.30

---

46) 京畿道 警察部長,「ソウル係 共産黨 再建設計劃 檢擧ノ件」, 1931.9.7.

이렇게 임순득은 17세 이화여고보의 학생으로서 학생동맹휴학을 주도했다가 퇴학을 당했다.

이화여고보 시절의 이런 경험의 흔적은 임순득이 해방 후에 발표한 소설 「4월의 축가」1948.4에 남아 있다. 해방 후 여학생들의 기념식 행사장에서 소설 속의 화자 '나'는 과거의 여학생 시절의 고초를 회상한다. "내 지금의 절반 나이도 못 되던 시절, 내가 아끼고 따르던 중의 한 사람—광주 학생사건을 겪은 이듬해 역시 봄철이었다"로 시작되는 회상은 친구의 오빠가 감옥에서 보낸 편지를 "개나리, 옥매화, 철쭉이 얼크러진 꽃그늘 잔디밭" 동산에서 읽다가 예배를 보러 가야하는 기숙사 사칙을 어긴 것이 교장 선생에게 발각되어 서대문 경찰서에 끌려가 고문 받은 경험으로 이어진다. 그 교장 선생은 "검은 차일처럼 우리를 내려 덮듯 굽어다 보고 섰는 것은 장대 귀신같이 키가 휘끈 큰 미국인 여교장 미스 홀47)이었다." 소설에서는 함께 끌려간 친구가 서대문 경찰서에서 고문을 받다가 죽었다고 회상하는데 그것이 사실에 근거한 것인지 소설화된 허구인지는 확인할 수 없다.

조숙현은 이 사건으로 재판을 받고 나온 뒤 일본으로 유학을 가서 도쿄여자체육학교를 졸업하고 간도 용정 광명고등여학교의 교사가 되었다.48) 그리고 1940년을 전후해 임순득의 큰 오빠와 결혼을 하여 학교 선후배 사이였던 임순득과 조숙현은 시누이와 올케의 관계가 되었다. 조숙현과 같이 이화여고보에서 퇴학을 당한 임순득은 동덕여고보에 편입을 해서 거기서

---

47) Miss A.B.Hall을 가리키는 듯하다. 이화여고보는 한국에 주재하는 북감리회 여선교회 선교사들이 이사로서 학교재정을 관장하고 있었다. 미스 홀은 1921~1943년까지 이화학교의 운영에 관여했다.

48) 연변정협문사자료위원회 편, 『연변문사자료』 제6집, 연변정협문사자료위원회, 1988, 80면에 따르면 1935년 조숙현은 광명학원 고등여학부의 사감이라고 되어 있다.

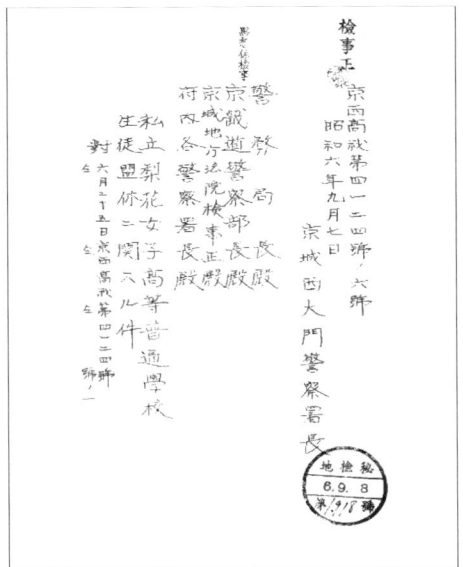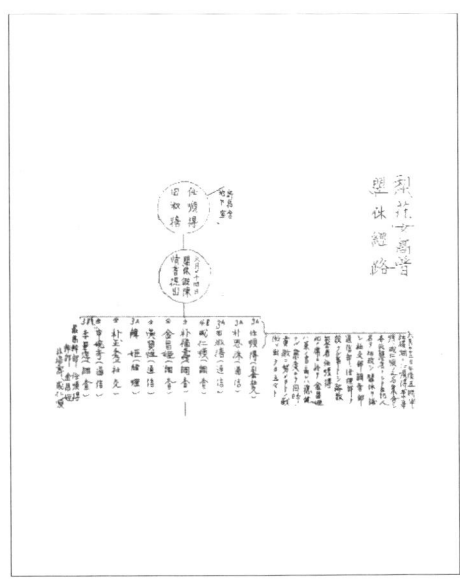

서대문경찰서장이 작성한 「사립이화여자고등보통학교 생도 맹휴에 관한 건」의 첫 장(좌)과 경찰이 그린 맹휴 조직도의 일부(우). 3학년인 임순득과 전숙희가 교내 맹휴의 주동자 자리에 있다. 1931.9.7

다시 독서회를 조직하고 학생운동을 벌였다.

3. 동덕여고보 시절

이화여고보에서는 퇴학을 당한 임순득은 1932년 동덕여고보에 편입했다.[49] 이때 동덕여고보에는 이관술李觀述[50]이 지리 및 역사 교사로 학생들

---

49) 임순득이 동덕여자고보에 입학했다가, 1933년 독서회를 조직했다는 혐의로 치안유지법 위반으로 종로서에 체포되었다는 사실은 大村益夫·布袋敏博 編, 「解說」, 『近代朝鮮文學日本語作品

의 인기를 한 몸에 모으고 있었고 한글학자인 신명균(申明均)51)은 조선어와 한문, 습자를 가르쳤다.

　일제 시대 서울에서 여학생의 중등 교육을 담당한 여학교는 공립 경성여고보, 사립 이화여고보, 숙명여고보, 진명여고보, 동덕여고보, 배화여고보, 그리고 경성여상 등이 유명한데52) 그 중 천도교 계통의 동덕여고보53)는 당시 기독교 계통 여성운동가들의 산실이었던 이화여고보와 쌍벽을 이룬, 사회주의 활동가들의 산실이었다. 서울 지역 활동가들 중 학생 또는 인테리 출신으로서 1930년대 새롭게 성장한 대표적인 여성활동가들 ― 박진홍 朴鎭洪, 1914~?, 1931년 6월 퇴학, 이순금李順今, 1912~1990, 1932년 3월 졸업, 1932년 3월 졸업,

---

集 (1939~1945)』(創作篇 6), 綠陰書房, 2001에서 처음 지적되었다.

50) 이관술 : 1902~1950. 경남 울산의 부유한 집안 출신으로 동경고등사범학교 지리역사과를 졸업하고 1929년 4월 동덕여고보 교사가 되어 1932년 10월 동덕여고보 재학생과 졸업생으로 이루어진 독서회를 지도했다. 1933년 1월 '반제동맹사건'으로 검거되면서 동덕여고보를 그만두었고 1934년 3월 병보석으로 가출옥했다. 1934년 9월부터 조선공산당 재건운동을 하던 이재유와 연결되어 활동했다. 조공재건 경성준비그룹 간부, 경성콤그룹 조직 등 활동을 계속하다가 1941년 1월 검거되었다. 1942~1943년경 출옥하여 비밀 지하 활동을 계속하다 해방을 맞았다. 강만길 · 성대경 편,『한국사회주의운동 인명사전』, 315~316면.

51) 신명균 : 1889~1940. 국어학자. 한성사범학교를 졸업한 뒤 교편생활을 하는 한편 조선어강습원에서 김두봉金斗奉 · 이규영李奎榮 · 최현배崔鉉培 · 이병기李秉岐 등과 주시경周時經으로부터 가르침을 받으면서 국어연구에 힘썼다. 1921년 조선어연구회의 창립 동인이 되어 동인지『한글』의 편집 겸 발행인으로 일하였다. 1931년 조선어연구회를 발판으로 조선어학회가 조직되자 회원으로서 기관지『한글』등을 통하여「한글맞춤법통일안」제정사업에 앞장섰다. 1933년『조선어문법』을 간행하였고 그 뒤 중앙인서관中央印書館을 경영하면서『시조전집』,『주시경집』,『가사집歌詞集』,『소설집』,『백옥루』등을 펴냈다. 1931년 신명균은 국어학자 이윤재의 뒤를 이어 동덕여고보의 조선어 교사로 근무했다. 1940년『동아』,『조선』이 폐간하고, 창씨개명이 강요되고, 1941년 2월의『문장』과『인문평론』의 폐간이 예정되었을 때, 그리고 그 이전에 뜻을 같이 하던 사람들이 전향의 몸짓을 보였을 때 ― 이헌구의 회상에 따르면 이윤재마저 까까머리에 국민복을 입고 다녔을 때(이헌구,「환산과 신명균」,『사상계』, 1965.1) ― 비관한 나머지 1940년 11월 20일 자결했다. 신명균의 생애와 사망 날짜는 박용규,「일제 시대 한글운동에서의 신명균의 위상」,『민족문학사연구』38(2008.12) 참고.

52) 그밖에도 정신여학교, 태화여학교, 근화여학교, 경성보육학교, 경성실천여학교, 경성여자미술학교 등이 있다.

53) 동덕여고보는 초창기 천도교가 교주였던 적이 있으며, 여고보로 승격할 때도 천도교 측에서 보증을 섰다고 한다. 동덕70년사편찬위원회 편,『동덕 70년사』, 동덕여학원, 1980, 90~102면.

　임순득, 대안적 여성주체를 향하여

이경선李景仙, 1914~?, 1933년 3월 졸업, 이종희李種嬉, 1912~?, 김재선金在善, 1916~?, 1934년 3월 졸업 등 — 은 모두 동덕여고보 출신이다. 1930년대에 혁명적 노동 조합을 결성하고 여성노동운동에 앞장을 선 사회주의 계열의 활동가였던 이들은 동덕여고보 시절부터 이관술을 중심으로 한 학교 내 독서회 활동 등을 통해 의식화되고, 맹휴 등의 투쟁 경험을 통해 단련되었다. 이들은 학교를 나온 후에는 직접 대중 속으로 투신하여 혁명적 노동 운동 등에 종사하였다. 이들의 활동은 지속적으로 학생층을 조직화하여 노동운동과 결합시키는 모범이 되었고, 여성 활동가들이 성장하는 토대가 되었다. 실제 여성노동자들이 많이 모여 있었던 경성 지역 노동운동에서 이들을 조직화하고 지도하는 데에 매우 중요한 역할을 하였다.[54]

이화여고보를 퇴학 당한 임순득이 동덕여고보에 편입한 것은 자연스러운 선택이었다. 당시 여고보 중 진명과 숙명은 일본인 경영의 학교였으니 맹휴의 주동자로 퇴학당한 임순득으로서는 입학할 수 없었을 것이고 정신은 이화처럼 기독교 학교였다. 동덕은 규모가 작고 이차로 가는 학교였기에 들어가기도 쉬웠겠지만 민족주의적인 기풍도 강했다. 동경고등사범을 나와 어느 학교에든 갈 수 있었던 이관술이 굳이 동덕을 택한 것도 그런 동덕의 분위기 때문이었다.[55] 일찍이 작가 강경애도 평양 숭의여학교의 기독교 교육 강요에 반발하여 맹휴를 벌였다가 퇴학당한 뒤, 1923년 이 동덕여학교에 1년 정도 몸을 담았던 적이 있다.

동덕여고보에서 임순득은 교사 이관술을 만나고, 또 그 이전의 세대와는 다른 방식으로 성장하고 활동하는 여성 동료들을 만나게 되었다. 이관

54) 변은진, 「1930년대 경성지역 혁명적 노동조합운동 연구」, 고려대 석사논문, 1991, 58면.
55) 안재성, 『이관술, 1902~1950—조국엔 언제나 감옥이 있었다』, 사회평론, 2006, 46면.

이순금(1936.6.30)

김재선(1936.9.29)

이경선(1936.1.6)

박진홍(1935.4.11)

술은 동경고등사범를 졸업한 직후인 1929년 4월 동덕여고보 교사로 부임하여 학생들의 인기와 신망을 한 몸에 받는 인기 교사였다. 울산에서 수만의 자산을 가진 부호의 아들로서 일본 유학을 마친 교사라는 점이 학생들의 호기심을 끌었으며, '친절하게 좌익적인 이야기를 들려주어 매우 존경'을 받고 있었다. 담당 과목인 지리와 역사 이외에 특별활동으로 운동부를 맡아 스스럼없고 소탈했던 그에게 학생들은 '물장수'라는 별명을 붙여주었다. 이관술은 학교 내에서 이순금, 박진홍, 이종희, 윤금자, 김길순 등과 함께 독서회를 조직하여 활동하였다.56) 이순금은 이관술의 동생이었다.

1931년 6월 임순득이 이화여고보에서 기독교 교육에 반대한다는 명분으로 학생맹휴를 꾸미고 있었던 그 때, 동덕여고보에서는 학교 건물 신축문제 및 전무이사 교체를 핵심요구조건으로 한 학생 맹휴가 일어났다. 4학년 박진홍·김운라金運邏, ?~?, 3학년 이경선, 2학년 김영원金始媛 등이 주도한 이 맹휴는 사회적 문제가 되었고 동창회57)까지 나서서 중재하여 새로운 학교 건물을 짓기로 하고 일단락되었지만 주동자였던 박진홍과 김운라는 퇴학을 당했다. 이때 동덕여고보의 교사 중 2,3,4학년 담임을 맡고 있던 박성환朴聖煥, 이관술, 신명균 세 사람은 학생들의 처벌에 항의하여 사표를 내었다가, 학생들의 항의로 반려된 바 있다.58)

훗날 작가 한설야는 이 사건 당시 교사였던 신명균이 일제 말 자결했을

---

56) 김경일, 『이재유 연구』, 창작과비평사, 1993, 161~162면.
57) 동덕여고보의 졸업생 모임이 '동진회'로서 1931년 6월 11일의 임시 총회의 의장은 박선숙이고 그 외 대표로는 오일순, 허복록, 윤경희, 윤금자 등의 이름이 보이는데(「동진회 임시총회」, 『동아일보』, 1931.6.11) 이들 중 박선숙과 허복록은 1930년의 서울여학생만세운동 당시 동덕여고보에서 주도적으로 활동했던 인물로 그중 박선숙은 뒤에 이관술과 결혼했다.
58) 「처분 학생으로 세 선생 사임─처벌된 생도의 복교를 요구하여, 동덕여교 분규 後報」, 『매일신보』, 1931.6.26. 2,3,4학년 담임이었던 세 사람 중 박성환은 여자로서 재봉, 도화 등을 가르치고 있었다.

동덕여고보 졸업앨범 속에 있는 교무실 풍경. 왼쪽부터 박성환, 이관술, 신명균이 나란히 앉아있다.

때 그의 죽음을 소재로 한 소설 「두견杜鵑」1941을 발표했는데, 「두견」에 의하면 동덕여고보의 맹휴는 다음과 같은 정황이었다.

그때 그 여학교는 모든 설비가 불충분했고 교사가 협착하고 낡고 어지러워서 도저히 그대로 나가기는 어려울 지경이었다. (…중략…) 그것은 지독히 추운 겨울날이었다. 그래서 학생들은 난로를 벌겋게 피우고 그 주위에 겹겹으로 둘러서서 쪼이느라고 한 학생은 제 치마에 불이 달린 것도 몰랐다. 결국 불이 속옷에 옮겨 붙기 시작한 때에야 (…중략…) 학생들은 그의 두루마기를 벗기려 하였으나 그는 중상을 입으면서도 기어이 벗지 않았다. 속옷은 낡고 추레한 것이었

京鐘警高秘第一九六三號

昭和八年十二月二十日

京城鍾路警察署長

京城地方法院檢事正殿

檢事正

京城地方法院檢事正殿

동덕여교보 독서회 관계자를 검거했다는 동대문경찰서장의 보고서. 1933.2.20

다. 그것을 간신히 두루마기로 싸고 있었는데 그것을 벗으면 속이 드러날 것이어서 끝내 그대로 뭉개었다. (…중략…) 그리하여 그 학생은 중상을 입고 병원에 입원하였으나 마침내 절명되고 말았다. (…중략…) 물론 그것이 그 동기의 전부는 아니었겠지만 어쨌든 그 뒤 학생들은 교주와 교장에게 교사를 신축해 달라는 진정서를 제출하였다. (…중략…) 일은 의외로 원만히 낙착된 셈이었다. (…중략…) 교주에게 직접 찾아갔던 세 학생은 수모자라는 이름 아래 학교를 물러나지 않으면 안 되게 되었다.[59]

맹휴의 계기가 된 사건에 대해 당시 동덕여고보를 다녔던 이효정은 이런 화재 사건을 없었다고 증언했다.[60] 하지만 여러 정황으로 보아 낡고 비좁은 동덕여고보의 학교 건물 때문에 문제가 생긴 것은 분명하다.

1930년대에 혁명적 노동조합 운동에 헌신하거나 조선공산당 재건운동과 경성꼼그룹의 주된 멤버로 또는 외곽의 지원자로 일제말까지 저항의 태도를 견지했던 사회주의 계열의 대표적 여성활동가들 — 이순금, 이경선, 이종희와 김재선도 이 맹휴에 참가하고 있었다. 이들은 서울여학생만세운동 때도 1,2학년으로서 열심히 참가했던 인물이다.

임순득이 1931년 여름 이화여고보에서 퇴학당하고서 1932년 봄 동덕여학교 3학년에 편입했을 때, 임순득은 자연스럽게 이들의 한 구성원이 되었다. 임순득은 1932년 10월경 이경선, 김영원과 함께 이관술의 지도하에 독서회를 꾸렸다. 1931년 6월 맹휴 당시 3학년이었다가 이제 4학년이 된 이

---

59) 한설야, 「두견」, 『인문평론』, 1941.4. 소설에서 안민 선생은 신명균을 모델로 한 것이다. 소설에서 이때 3명의 학생이 퇴학당했다고 하는데, 당시 신문기사로는 2명이다.
60) 안재성, 앞의 책, 72~73면.

경선과 김영원에다가 이화여고보에서 맹휴를 주도하여 퇴학당하고 편입해 온 임순득이 가세한 것이다. 이들은 『자본주의 구조資本主義のからくり』, 『임노동과 자본』 같은 책을 강독하면서 모르는 것은 이관술의 설명을 듣는 식으로 공부를 해 나갔다. 그러다가 1933년 1월 말 이관술과 이경선, 임순득은 독서회 사건으로 종로경찰서에 피검되었고 임순득의 오빠인 임택재도 피검되었다. 임택재는 일본의 야마구찌 고등학교에서 퇴학당하고 돌아온 후, 경성제대 법문학부에 입학할 준비로 서울에 와서 1932년 10월경부터 이관술의 집에서 하숙을 하고 있었다고 한다. 이 사건을 보도한 다음과 같은 기사가 있다.

지난 음 정초[61]부터 종로서에서는 경성동덕여자고보 3학년생 임순덕任淳德, 18[62]을 검거하고 연하여 동인의 형 임택재24와 동교 4년생 이경선 등 외 수 명을 계속 검거하여 방금까지 취조 중에 있으며, 다시 전남 광주 방면에서 다시 검거의 손을 뻗쳤는데 사건은 여학생끼리의 사회과학에 관한 독서회를 조직하였다는 혐의인 듯하다. 현재 치유법治維法 위반으로서 취조될 것이나 송국은 미정이라고 한다.[63]

동덕여자고보의 3년생 임순득任淳得, 18과 4년생 이경선을 위시하여 동교 교유 이모가 중심이 되어 조직한 독서회 사건은 그동안 종로서에서 취조 중이었으나 김도엽金度燁, 이치가와 아사히코市川朝彦 등의 당재건 사건으로서 동대문서에서

---

61) 음력 1933년 1월 1일은 양력으로는 1933년 1월 26일이었다.
62) 원문대로. 임순득의 오류이다.
63) 「반×격문사건, 여학생 독서회 사건, 좌익극단 사건, 속발하는 사건에 종로서 대분망奔忙」, 『대중』 창간호, 1933.4, 27면.

취조 중에 있는 사건과 긴밀한 관계가 있다는 것이 발각되어서 2월 20일에 독서회 사건은 동대문서로 이행되었다 한다.[64]

조사 받는 과정에서 이들이 '조선반제동맹 경성지방 결성준비위원회' 사건에 연계된 것이 드러났다고 하는데, 이 사건으로 이관술은 동덕여고보를 그만두게 되었지만 학생들은 불기소 처분으로 학교를 계속 다닐 수 있었다. 4학년이었던 이경선은 1933년 3월에 졸업을 했고, 4월에 4학년이 된 임순득과 김영원은 김재선과 다시 독서회를 조직하고 학생자치단체구성을 시도했다. 결국 학교에서는 경찰에 피검된 적이 있다는 이유로 1933년 7월 2일 임순득과 김영원을 퇴학시켰고, 이에 동덕여고보 학생들은 김재선이 중심이 되어 이들의 복교를 요구하며 동맹휴교를 벌였다.

임순득과 함께 동덕여고보에서 퇴학당한 김영원

부내 동덕여고보에서는 수일 전 4년생 2명이 사상문제에 관련되어 경찰에 피검되었다는 혐의로 퇴학 처분을 하였는데 동교 4년생 일동은 학교 당국의 처사가 너무나 가혹하다 하여 동맹휴학을 하려는 형세이므로 학교 당국에서는 금 3일은 휴교를 선언하고 3,2,1학년 생도 전부를 집으로 돌려 보낸 후 4년생의 행동 여하를 감시하는 중인데 장차 이 사건은 여하히 진전될는지 자못 주목 중이다.[65]

64) 「종로서의 여학생독서회 사건, 동대문서의 당 재건사건과 병합, 그 세포 관계로 동대문으로 이감 취조」, 『대중』 창간호, 1933.4, 26면.
65) 「동덕여고보 4년생 동요-출학생에 동정하여, 학교 당국은 휴교 선언」, 『매일신보』, 1933.7.4.

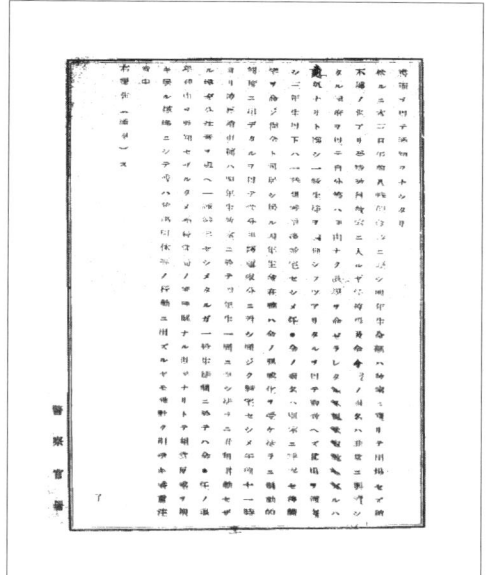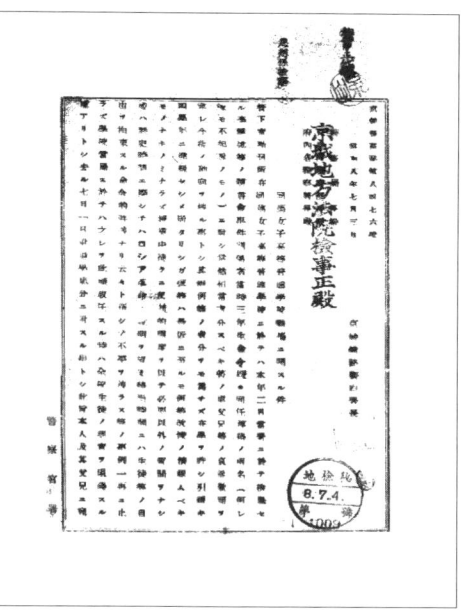

임순득과 김영원의 퇴학 처분에 반대하는 동덕여고보 학생들의 동요 사건을 보고하는 일제 경찰의 문서. 1933.7.3

부내 동덕여고보의 동요 사건은 그후 점점 확대되어 작昨 5일은 4년생 일동이 지리, 재봉, 영어 강사의 배척과 지난번에 퇴학 처분한 임순득 양 외 1명의 복교 조건 등을 교무 당국에 제출하고 맹휴를 선언하였는데 동 교무 당국에서 학생들의 요건은 조금도 □□할 수 없다 하여 자못 강경한 태도를 취하고 금 6일은 일반 학생에게 학부형 대동으로 등교치 아니하면 단연 처분을 하겠다는 통고를 발하였다고 한다.[66]

이 기사에서 보이는 것처럼 임순득과 김영원이 재판에 회부될 만한 특

---

66) 「동덕여교 분규─학교측 태도 의연 강경하여, 최후적 등교 통고」, 『매일신보』, 1933.7.7.

별한 혐의점은 없이 풀려났는데도 학교측에서는 단지 피검되었었다는 것만으로 퇴학을 시켰고 이것에 반발하여 동덕여고보 학생들이 맹휴를 일으킨 것이었다. 임순득, 김영원과 함께 독서회 구성원이던 김재선이 주동한 맹휴였는데 방학이 시작되면서 맹휴는 곧 종료되었고 사태를 되돌리기는 어려웠다. 이미 이관술은 교사직에서 쫓겨났고, 상황은 점점 어려워지고 있었던 것이다. 이때 징계를 받은 김재선은 이후 활동을 계속하여 경성꼼 그룹까지 가며, 임순득은 작가로서 이들 여성의 문학적 대변자 역할을 맡게 된다.

제4장 새로운 세대의 대변자, 작가가 되다

1. 새로운 세대의 사회주의 여성운동

1) 경제적 자립을 위한 노력

1936년 8월 24일자 『조선중앙일보』에는 「공장층에서 활약턴 대담한 인
테리 여성 – 이경선과 이순금 양인, 만록총중 홍이점萬綠叢中紅二点」이라는
상당히 선정적인 제목의 기사가 실려 있다.

전 조선에서 5백여 명의 검거를 낸 조선공산당재건동맹 사건 관계자 가운데
서 만록총중 홍이점의 격으로 꽃다운 두 명의 젊은 인테리 출신의 가장 ××적
여성이 있으니 하나는 제주도 모슬군 출생의 경성 동덕여자고등보통학교 졸업
생 이경선과 다른 하나는 그의 동창생인 부내의 익선동 33−17번지 이순금이

다. 그 중 이경선은 여권적인 공기가 높은 섬나라 제주도에서 자라난 만치 (…중략…) 동덕여학교를 재학하는 일방, 남녀 학생에게 좌익 팜프렛을 나누어 주며 아지 프로를 하기에 발분망식의 활약을 한 여자로서 한때에 경성 안팎의 학생 간에서는 이 이경선의 별명을 한국의 폴쉬비끼라고 불러 좌익 남녀 학생으로서 이 폴쉬비끼의 별명을 모르는 이가 없을 만치 되어 실로 미래의 로자 룩셈부르크가 될 소질을 풍부히 소유하고 있었다 한다.

　(…중략…) 이경선과 이순금은 (…중략…) 다시 이 조선 공산당 재건동맹 조직에 있어서 학생층과 여공층의 오르그 책임자로 있으면서 이경선은 영등포 모 공장에 이순금은 동대문 외 모 직물공장 여공으로 각각 잠입하여 일상 캄파를 통해서 수 개 처의 야체이카를 결성한 후 조직적으로 활동을 벌여 오다가 그같이 검거된 것으로, 그들은 감방 ××에 있어서도 가장 ×쟁적 행동을 보이고 있다 한다.

이 기사에서 강조하는 것은 동덕여고보 출신의 인텔리 여성이 여공이 되어 노동운동과 이재유 그룹의 조공재건운동에 적극 관여하다가 검거되었다는 것이다. 이 두 여성의 행적은 1930년대 사회주의 여성활동가들의 일반적인 특징을 보여준다. 이들은 1920년대처럼 특정한 계파를 통해서가 아니라 학교 안의 독서회 등을 통하여 사상이론학습을 하게 되는 경우가 많았고, 이를 기반으로 동맹 휴학 같은 직접적인 대중 투쟁을 벌인 뒤, 학교를 나와서는 대부분 공장의 노동자로 '대중 속으로' 투신했다. 또한 이들은 해방 직후 각종 사회운동의 중요한 책임자가 되었다.

특히 이재유 그룹의 조공재건운동에 관련되었고 일제 말기의 경성꼼그룹67)에까지 연결되어 당시 저널리즘의 주목을 받았던 여성들은 1920년대의 신여성과는 완전히 다른 면모를 보인다. 성장 배경과 경력이 다양하다. 직업을 가지고, 혹은 직업을 가지려고 노력하고, 독립적인 생활을 하면서 민족의 독립과 이상 사회 실현을 위해 노력하는 한편, 그 과정에서 전래의 인습은 뛰어넘는 성 역할을 하기도 했다. 이들의 선진성과 독특함은 일제의 조서나 재판 자료에 드러난 간단한 이력으로도 충분히 엿볼 수 있다.[68]

강귀남姜貴男, 大山貴男은 1911년 함남 홍원 출신이다. 1925년 아버지의 결혼 강요에 반발, 가출하여 서울의 여자고학생상조회에 가입했다. 1935년 10월 서울 낙원동에 있는 까페 동양구락부에서 여급 생활을 하면서 이재유, 김승훈 그룹의 연락원으로 활동하다가 검거되어 1937년 7월 징역 1년을 선고받았다. 석방된 후 1938년 12월 말 이순금의 소개로 이관술을 만나 경성꼼그룹 가담하게 되었고 1939년 5월 경 함흥의 조직을 지도하도록 파견되었다. 이상은 일제의 간단한 기록이고 그 이전 이재유 사건에 관련 검거되었을 때의 기사를 보면 당시 강귀남은 카페 여급으로 있으면서 활동을 벌인 이력으로 세간의 주목을 받았다.

강귀남의 신상기록 카드 사진
(1935.12.14)

부내 낙원동에 있는 카페 동양구락부를 자동차로 습격하여 그 구락부를 포위하고 그곳 여급 강경자[69]를 검거하였다. 강경자는 여자고학생상조회 회장으로 얼마 전에

---

67) '경성꼼그룹'이란 1938년 12월 말경부터 1941년까지 존재했던 조직이다. 박헌영, 김삼룡, 이관술, 이현상, 김태준 등이 관여했으며 해방 이후 재건된 조선 공산당의 핵심이며, 국내파의 핵심체였다. 경성꼼그룹에 대해서는 변은진, 「1930년대 경성지역 혁명적 노동조합운동 연구」, 고려대 석사논문, 1991; 김경일, 『이재유 연구』, 창작과비평사, 1993에서 자세하게 다루었다.
68) 京城地方法院豫審掛, 「豫審終結決定(德山仁義外 55人)」, 1943.10.25.
69) 강경자는 강귀남의 다른 이름이다.

도 검찰부에 검거된 이경선과 연락을 취하다가 이경선이가 검거되자 몸을 감추어 행방불명이 되었다가 지난 9월 상순에 전기 동양구락부 여급으로 들어갔던 여류사상운동가라 한다.[70]

이런 독특한 경력은 남남덕南男德도 가지고 있다. 이재유 후계그룹의 관련자로서 경성꼼그룹의 관련자들이 연계를 맺으려 노력하였던 남남덕은 1910년 경 충남 아산에서 태어나 그곳의 보통학교를 졸업한 뒤 17살 무렵 동경으로 가서 동경 호세이成石고녀를 다니다가 2학년 때 학비 관계로 귀향했다. 결혼했다가 곧 이혼하고 일본 고베神戸로 가서 또 다른 사람과 결혼하여 아들을 낳았지만 이혼한 뒤 중국 청도에도 갔다. 1936년 12월경 돌아와 평택에서 조일 카페 여급으로 취직해 있다가 1937년 8월에는 서울로 왔다. 서울에서 박진홍과 연계하여 활동하다가 검거되었다.[71] 아마 남남덕이 동경에서 여학교를 다니다가 귀향한 것은 결혼이라는 주위의 압력 탓이었을 것이고 억지로 결혼했다가 뛰쳐나와 독립적인 생활을 하면서 활동가들과 연결된 것으로 짐작된다.

이렇게 공부에 열망을 가진 여성들은 그 뒤 상급학교에 진학하거나 사회활동을 하면서 '독서회'를 통해서 사회의식에 눈떠가게 되었다. 게다가 이 두 사람은 까페 여급이라는 '모던 걸'의 외양을 하고서는 지하운동에 참여한 독특한 이력의 소유자인데 교사와 간호사를 제외하고는 여학교 정도 공부한 여성이 구할 수 있는 일자리가 거의 없었던 당시 상황에서의 선택

---

70) 「도경찰부 아연 긴장, '東俱'를 포위 습격, 여급으로 잠입한 사상여성 검거, 이재유 사건 관련?」, 『조선중앙일보』, 1935.10.4.
71) 京畿道 警察部, 「朴鎭洪外 十名ニ 對スル 治安維持法違反事件 意見書」, 1938.

이었을 것이다.

경성꼼그룹 사건으로 징역 2년을 선고 받은 임양려林良麗는 일찍이 강릉여자실업학교에서 맹휴를 벌여 정학을 당한 뒤 여공으로 취직하고 파업을 조직하는 등의 활동을 하다가 경성꼼그룹에 연계되면서는 간호사로 활동을 지원했다. 같은 사건으로 징역 1년 6개월에 집행유예 3년을 받은 이현우李鉉雨는 경성여상 졸업 후 다시 타이핑과 부기를 배우는 학교를 졸업하고 보육학교도 다닌다. 그러다가 경성여의전에 입학했는데 3학년 때 경성꼼그룹의 김삼룡의 조직에 관련하게 되었다. 이경희李敬姬는 빈곤한 가정에서 태어나 연초공장 여공 생활을 하면서 타이피스트 학원에도 다녔다. 1939년에는 조지아 백화점의 점원으로 취직해 있으면서 경성꼼그룹의 연락원으로 활동한다. 이 세 사람의 경력은 직업을 얻으려는 노력으로 점철되어 있다. 이들의 직업은 카페 여급, 여공, 간호부, 백화점 점원이다. 게다가 타이핑을 배우기도 했으니 사무원으로 취직도 했거나 하려 했을 것이다.

1920년대에 저널리즘에 오르내리면서 대중의 주목을 받았던 신여성의 직업은 전문직이랄 수 있는 의사나 기자, 아니면 직업이라고 하기는 좀 어려운 예술가 정도였다. 교사와 간호사를 제외하고는 아직 중등 이상의 교육을 받은 여성이 가질 수 있는 일자리가 없었던 1920년대에 비하면 1930년대에는 사무원과 판매원 같은 일자리가 생기고 도시에는 카페 같은 유흥과 소비 공간이 생기면서 직업이 좀 더 다양해진 셈이다.

이런 여성들 중에서 가장 핵심적으로 활동한 인물은 이순금과 박진홍이다.

이순금은 이관술의 누이동생으로서 고향에서 보통학교를 다니고 1929년 4월 서울로 와서 동덕여고보를 1932년 3월에 졸업했다. 이순금의 어머니는 첩이었다. 완고한 아버지가 반대하는 것을 무릅쓰고 오빠 이관술이 동덕여고보에 다니게 해 주었다. 1932년부터 조선공산당 재건을 목적으로 하는 경성 학생 RS협의회 사건, 같은 목적을 가지는 반제동맹사건, 적로 사건 등에 관여하여 1933년 2월 검거되었다가 3월 기소유예 처분을 받고 석방되었다. 이후 이재유와 연관되어 경성고무공장 여공들을 획득하여 적색노조 조직을 위해 노력했고, 1주일 정도 이재유의 아지트 키퍼로 있다가 1934년 1월 이재유를 검거하기 위해 들이닥친 경찰에 검거되었다. 1937년 7월 15일에야 서대문형무소에서 만기 출소했지만 출소하자마자 바로 박진홍과 연계하여 공산당 재건 운동에 나섰다가 금세 또 검거되었다. 1938년 6월 예심 면소로 나온 이후 경성꼼그룹에 참여하여 연락원 간의 조직 활동에 종사하다가 해방을 맞았다.

박진홍은 함북 명천 출생으로 1928년 4월 동덕여고보에 입학한 뒤 1932년 12월에는 경성 학생 RS 협의회 사건, 1934년 5월의 미아께 교수 사건, 1935년 1월에는 용산적로사건, 1937년 7월 출옥하자마자 체포되었다가 다시 석방, 1937년 12월의 조선공산당재건그룹 사건, 1941년 말의 경성꼼그룹 사건 등 치안유지법 위반으로 6회나 검거 및 투옥을 당했으며 그중 세 번은 정식 재판을 받고 형을 살아 전과 3범의 기록을 가지고 있다. 그 중간중간에 조선연초공장 여공, 조지아丁子屋 백화점 점원 등의 일도 했다. 그리고 1944년 11월에는 연안으로의 망명을 감행한 보기 드문 경력과 불굴의 투지, 열정의 소유자이다.[72] 박진홍이 어떤 동기에서 사회운동의 길에 나섰는지를 분명하게 보여 주는 기록은 없다. 다만 박진홍이 함북 명천 출신으로 사회주의적 기운이 농후한 지역에서 생장하였다는 것 정도만 언급되어 있다.

---

[72] 오미일, 「박진홍—비밀지하 투쟁의 레포로 활약」, 『역사비평』, 1992년 겨울호.

2) 여성지식인과 여성노동자의 만남

위에서 보았듯이 1930년대 사회주의 여성활동가들은 대부분 여학교에서 동맹휴학 같은 직접적인 대중 투쟁을 벌이고 학교를 나와서는 공장의 노동자가 되었다. '대중 속으로' 투신하여 혁명적 노동조합 활동을 벌인 것이다. 이런 여성지식인이 여성노동자와 만나 한글과 상식을 가르쳐주면서 여공들의 의식화와 조직화로 나아가는 과정을 보여 주는 예는 당시 노동문제를 다룬 소설 작품 「여직공」1931 속에 단편적으로 언급되어 있다.

방안에는 옥순이보다 먼저 순례와 또 낯모르는 여자(경옥) 하나가 와 있었다. 근주의 남편은 책이 한 여나무 권 꽂힌 조그만 책상 앞에 앉아 있다. 허푸수수한 머리, 핼쑥한 얼굴, 그러나 기름때에 새까맣게 더러운 셔츠 밑에는 노동에 굵어진 뼈가 내비치었다.

근주가 눈짓을 하니까,

"처음 뵈옵니다. 나는 강훈이라고 합니다. 옥순 씨 말씀은 근주한테 많이 들었습니다."

그는 자기 아내를 근주라고 동무 부르듯 하였다.

(…중략…)

"이야기는 있다 나중에 하고 자 우리 우선 이 책부터 같이 봐" 하며 옥순이 옆에 앉았다. 책 껍질에는 굵은 언문으로 '우리는 왜 가난한가?'라고 씌어 있었다. 옥순이는 모든 것이 웬 영문인지를 알 수 없었다. 그러나 하여튼 책을 보자니 보는 수밖에 없다. 근본이 옥순이는 공부가 몹시도 하고 싶은 터였다.[73]

---

73) 유진오, 「여직공」, 『조선일보』, 1931.1.2~22.

경옥이라는 여자에 대해 소설 속에서는 아직 별다른 의식이 없는 옥순이의 눈을 통해 "××회에 다니는 여자라면 모두 왈패고 부랑녀고 싸움꾼이고 표독한 줄만 알았던 옥순이는 지금 또다시 놀라지 않을 수 없다. 그렇게 얌전하고 아는 것이 많은 사람이 어찌해 ××회에 다니고 ××소에를 들어가는 것인가"라고 묘사하고 있다. '왈패고 부랑녀'라는 말 속에 그런 조직 활동을 하는 여성들에 대한 일반인의 시선이 드러나 있다. 그 시선은 전혀 근거가 없는 것은 아니지만 상당 부분 왜곡된 것이고 일제와 저널리즘의 공세 속에서 그 왜곡을 교정할 기회가 당시 여성들에게 거의 주어지지 못했다. 이 소설에서 경옥이라는 인물에 해당하는 현실의 인물로서 이순금은 공장 조직 활동을 하다가 검거되었을 때 여공들에게 글자를 가르쳐 준 일을 자신의 「진술서陳述書」에서 다음과 같이 설명하고 있다.

김복녀金福女가 세상 사람들이 책을 읽고 신문을 보기도 하는 것이 제일 부럽다고 말하면서 여가가 있으면 글자를 가르쳐 달라고 해서 그것을 승낙했습니다. 며칠 후에 자신의 공장에 자기처럼 글자를 배우고 싶다고 하는 사람이 있는데 같이 가르쳐 주시겠느냐고 말하기에 저는 한 사람을 가르치나 두 사람을 가르치나 시간은 같이 드니까 좋다고 말하고 세 사람을 모아서 지식 정도를 알아보았을 뿐입니다. 그리고 언제였는지는 잘 모르겠습니다만 이재유에게서 아는 여공이 있으면 자기에게 알려 달라고 부탁을 받은 기억은 있지만, 예심 결정서처럼 '이재유가 그들에게' 공산주의 의식을 주입하라고는 말하지 않았습니다.

그리고 그 부탁을 이행하기 위하여 그 사람들을 가르치려고 한 것은 결코 아닙니다. 마침 이재유가 부탁하고 동시에 김복녀가 그렇게 말하기에 승낙하였던 것입니다. 무지한 사람, 배우고자 마음먹은 사람을 가르치는 것은 좋은 일이라

고 생각하였던 것입니다.[74]

이순금이 1934년 1월에 검거된 후, 1935년 재판 과정에서 쓴 이「진술서」는 재판을 약간이라도 유리한 방향으로 끌고 가기 위해 쓴 것이기에 액면 그대로 받아들일 수는 없다. 다만 드물게 당시 사회운동에 참가한 여성의 육성을 담고 있다는 점에서 매우 소중한 자료이고, 그 산출 과정을 충분히 고려하면서 참고할 만하다. 여기서 '무지한 사람, 배우고자 마음 먹은 사람을 가르치는 것은 좋은 일이라고 생각하였던 것입니다'라는 말에는 자신의 지식욕에 비추어 상대방을 헤아리는 진솔한 마음이 담겨있다. 물론 새삼스러울 것 없는 말이고 그 이전에도 많은 여학생들이 계몽운동에 나섰지만 이들처럼 주어진 기득권을 버리고 존재 이전해서 계몽에 헌신하는 신여성은 1930년대의 이들에게서야 처음으로 나타났다고 할 수 있다.

이들의 노력을 박진홍은 해방 후에 다음과 같은 말로 정리했다.

가두에 있어서 지식여성의 민주주의적 교양과 애국적이고 희생적인 열성은 이들 농촌과 공장의 부인들의 무지를 깨우쳐 줄 가장 큰 힘을 가졌으며 또한 임무를 가졌다고 볼 수 있다. 이들 자신의 해방은 부녀 전체의 해방에서만 받을 수 있고 그것은 즉 자신들이 가진 지식의 기능이 이러한 사업 속에서 비로소 아름다운 지식이고 좋은 기능으로 빛나는 것이다. 몰라서 답답하던 부인들이 배움의 기쁨을 가지고 또한 그들의 살림이 풍성하여질 모든 방법을 서로 이야기할 수 있게 하는 교사의 책임을 진 것이 조선의 지식여성일 것이다.[75]

---

74) 이순금, 「陳述書」, 1935.12.13(일본어).
75) 박진홍, 「민주주의와 부인」, 『민주주의 12강』, 1946.9 (김남식 편, 『'남로당' 연구 자료집』 제1집, 고려대 아세아문제연구소, 1974에 재수록).

이재유와의 동거생활을 캐묻는 박진홍의 재판을 보도한 『조선일보』 1936.7.16

박진홍이 옥중 출산한 아들이 재판정에 나온 사진. 『동아일보』 1936.7.16

3) 프롤레타리아 연애론과 '아지트 키퍼' 제도

1930년대 조공재건운동과 각종 노동운동에 관여한 여성들도 활동과정에서 연애와 결혼 문제에 부딪혔다. 이들의 연애론을 살펴볼 수 있는 대표적 예가 이재유를 사이에 둔 이순금과 박진홍의 관계이다.

일제의 검거를 피해 지하에서 오랫동안 활동한 이재유는 1933년 이순금을 아지트 키퍼로 해서 지낸 지 일주일 남짓한 때인 1934년 1월 경찰의 습격을 받았다. 이재유는 달아났지만 이순금은 체포되었다. 그 뒤 이재유는 1934년 8월부터는 박진홍을 아지트 키퍼로 해서 일제의 검거를 피했다. 그러나 박진홍 역시 1935년 1월 이재유를 잡으러 온 경찰에 체포되었다. 이재유는 몸을 피해 달아났다. 박진홍은 옥중에서 이재유와의 관계에서 임신한 아기를 출산한 뒤 친정어머니에게 아이의 양육을 맡겼다.[76) 이순금과 박진홍은 감옥에서 만났고 이재유와의 관계 때문에 갈등도 있었다고 한다. 이재유는 결국 1936년 12월 체포되었는데 일제의 조사를 받을 때 대중들의 신망을 잃을 것을 두려워하여 이순금이나 박진홍과의 연애 관계를 부인했다.

이순금은 1937년 5월에, 박진홍은 7월에 석방되어 나온 뒤, 두 사람은 이재유를 사이에 두고 얽힌 껄끄러운 관계를 청산하고자 노력했다. 두 여성은 이재유의 운동 노선에는 동의했지만 자신들과의 연애관계를 부인한 것에 대해서는 함께 비판했다. 박진홍이 이재유의 옥바라지를 계속하기는 하지만 이순금이 새로운 사람을 만나 결혼을 하면 박진홍도 이재유와의 관계를 정리할 수 있다는 것, 이순금이 결혼을 하게 되면 이순금의 결혼 지참금을 운동 자금으로 쓸 수 있다는 것 등을 논의한 뒤 박진홍은 적극적으로 이순금의 중매에 나섰다.[77) 이순금은 약혼까지 했으나 결혼식 직전 모두

---

76) 이런 박진홍의 특별한 처지에 대해 당시 신문은 선정적인 투로 보도했다. 『동아일보』 1936년 7월 16일자에는 「우정이 부부애로!―피신하며 지하고 전전하다가 박진홍 만나 동거 생활」, 「옥중 출생의 '2세 이재유' 어머니 공판에 방청―지하로 전전하는 이의 애처 박진홍 심문. '용산적노 사건' 2일 계속 심문」라는 식으로 기사가 두 개나 실렸다.

77) 京畿道 警察部, 「朴鎭洪外十名ニ對スル 治安維持法違反事件 意見書」, 1938. 물론 박진홍이 이순금의 중매를 주선하느라 여러 남성들과의 만남을 주선했다고 하는 진술은 일제 경찰에 잡혔을 때 남녀 동지들 사이의 접촉 이유를 설명하는 그럴듯한 핑계이기도 했다. 그렇지만 이 경우는 이순금의 결혼문제가 상당히 진척되어 김순진이 이순금의 부모님에게 인사를 드리고 결혼식 날짜까지 잡은 상태에서 모두 검거되고 말았다.

박진홍과 이순금이 연적으로 유치장에서 만났다는 선정적인 제목의 기사. 『조선일보』 1937.7.28.

다시 검거되고 만다. 당시에 '동지적인 연애'라고 부르던 것의 빛과 그림자
가 동시에 드러나는 대목이다.

　이 대목에서 당시의 아지트 키퍼 또는 하우스 키퍼 제도를 돌아볼 필요
가 있다. 이것에 대해 일본의 여성학 사전은 다음과 같이 설명하고 있다.

하우스 키퍼 문제 : 전전과 패전 후 GOQ에 의해서 비합법화 되었던 시기, 심한 탄압을 받았던 공산당이 권력의 감시의 눈을 피하고, 속이기 위해서였다고 하는 제도 또는 관습에 관한 문제. 이 제도 내지 관습이 행해졌던 토양에는 남권 사회의 여성 멸시 의식이 있다. 아지트 키퍼 제도에서는 통상 당 상층 간부에게 젊은 여성 당원이 짝지워진다. 그녀는 레포나 아지트 유지, 문서의 관리 등을 맡고 세간에서 격리된 생활을 강요받는다. 게다가 당에의 '충성심'을 악용하여 '성적 봉사'까지 강요받는 경우도 있었다. 하우스 키퍼가 가장 번성했던 것은 1928년의 3·15 사건 및 1929년의 4·16 사건 이후 공산당이 지하로 잠행을 했던 때이다. 가장 비참한 예는 쿠마자와 테루코熊澤光子, 1911~1935의 경우이다. 테루코는 1933년 4월 입당, 당 간부 오오이즈미 켄죠우大泉兼藏의 하우스 키퍼가 되라는 명령을 받고 어쩔 수 없이 승낙하였다. 그해 12월 오오이즈미가 특고경찰의 스파이였던 것이 알려지고 테루코도 스파이 용의자로 당으로부터 조사를 받았다. 1934년에는 공산당원으로 체포되어 그 다음에 형무소에서 목매어 죽었다. 테루코처럼 비참한 죽음에까지 이르지는 않더라도 하우스 키퍼 제도가 초래한 영향은 컸다.[78]

일본 쪽의 설명이지만 거기에 영향 받은 일제하 조선도 그 양상이 크게 다르지는 않았을 것이다. '동지로서의 연애'를 꿈꾸었지만 실제는 남녀 사이의 관계에서는 성욕의 해소는 가능하지만 더 높은 차원의 이상적인 연애는 유예된 상황이었다. 그런 상황과 남성 지배적인 문화에서, 여성의 성은 도구적인 것으로 되어버렸다. 가혹한 상황에서 수행해야 할 과업에 급급하여 성적 자기 결정권 같은 것을 생각하거나 주장할 겨를이 없었다.

---

78) 鈴木裕子, 『岩波 女性學 事典』, 岩波書店, 2002, 644면.

위의 테루코와 비교할 수는 없지만, 자기 의지와는 상관없이 경성꼼그
룹의 지도자였던 박헌영의 아지트 키퍼가 되었던 정순년1922~2005의 예는
그것의 억압성, 반여성성을 잘 보여 준다. 정순년은 경성꼼그룹에서 활동
하던 정태식鄭泰埴의 오촌 조카였다. 정순년은 신교육은 받지 못했고 집안
에서 결혼시키려고 봐둔 남자가 있는 상황이었는데, 18세 때인 1939년 정
태식이 와서 사람이 필요하고, 시집 보내기 전까지 신학문도 가르치겠다고
하면서 정순년을 서울로 데려갔다. 서울에서 이순금에게 "공부도 하고, 우
리나라가 일본으로부터 해방을 해야 하고, 우리 국민은 공부를 해서 눈을
뜨고 사회에서 일도 하고, 독립을 위해서 일하는 선생님을 도와줘야 한다"
는 등의 교양을 받았다. 정순년은 이때 신학문을 배워 신여성이 될 꿈을 꾸
지 않았을까. 그러나 학교에 입학한 것은 아니고 1939년 겨울쯤 청주에 차
려 놓은 아지트에서 박헌영을 만난다. 박헌영은 1939년 9월 대전 형무소에
서 만기 출옥한 다음 경성꼼그룹의 책임 비서가 된 것으로 알려져 있다. 40
일쯤 청주에 있다가 다시 서울로 옮겨서 1년 정도 지냈다. 박헌영의 아지
트 키퍼로서 정순년이 한 일은 옷가지와 음식 준비, 집안 정리 같은 일이었
다. 정순년은 '레포(연락원)' 일은 하지 않았다. 정순년이 임신을 하여 해산
하러 1941년 초 청주로 내려오면서 다시는 박헌영을 만나지 못하였다. 정
순년은 아이를 낳고 백일이 채 되지 않아 상황을 알게 된 친정 부모에게 끌
려갔고 일 년 남짓 친정에 갇혀 있다가 원래 부모가 봐 둔 남자에게 강제로
시집을 갔다.79)

이런 정순년의 예는 스스로 사회운동을 선택해서 나아간 이순금이나 박
진홍의 경우와는 비교가 안 되게 비극적이다. 처음 정태식이 조카를 서울

---

79) 임경석, 『이정 박헌영 일대기』, 역사비평사, 2004, 534~537면.

로 데려갈 때부터 아지트 키퍼를 시키려고 했는지 단언할 수는 없지만 어쨌든 정순년의 의사는 완전히 무시한 채 정태식은 자기 편의대로 결정했다. 정순년을 아지트 키퍼로 만들기 위해 이순금과 정태식은 "그분은 세상에서 참으로 소중하고 훌륭한 선생이기 때문에 부모처럼 소중하게 모셔야 한다"고 수없이 교육을 시켰고, 정순년의 입장에서는 "머리는 밤송이처럼 새까맣고 손질을 말끔하게 한 덜 자란 머리를 하고" 키는 조그마해서 "처음에는 '이상한' 사람"이었는데 "오는 사람들이 모두 존경하다 보니까 정이 들었다"고 한다.[80] 물론 모든 '아지트 키퍼'가 그런 것은 아니었고, 아지트 키퍼란 감시와 체포의 위험 속에서 지속적인 관계로 발전할 수 없었으며 서로 원하지 않는데 부부관계로 위장하라는 요구는 조직에서 하지 않았다는 증언도 있지만,[81] 이는 원칙론으로서 그러했을 것이고 실제에서는 남녀평등과 성적 자기결정권에 대해 날카로운 의식 없이 관습대로 일상을 꾸린 사회주의 운동가들 속에서는 정순년과 같은 비극이 생길 수밖에 없다.

정순년과는 달리, 이순금이나 박진홍처럼 실제 공장에서 조직 활동을 하기도 하고 때로는 남성활동가의 '아지트 키퍼'로서 혹은 레포로 활동하기를 자처한 이들은 어떤 점에서 가장 첨단의 사회의식과 여성 의식을 가진 신여성이었다. 필요에 따라서는 수수한 여공이나 살림 사는 부인의 모습으로, 혹은 직업을 가진 모던 걸의 모습으로 돌아다녔다. 지하운동을 하면서 감시의 눈을 피하기 위해 아지트 키퍼로 활동하면서 동지로서의 연애를 실천하고 남성활동가와 실제로 부부 관계에 들어간 경우가 많았고, 또 그 상대자도 상황에 따라 바뀌었기에, 당시 인구에 회자되던 '게니아니즘'

---

80) 이정 박헌영 전집 편집위원회 편, 『이정 박헌영전집』 9, 역사비평사, 2004, 221~222면.
81) 안재성, 『경성트로이카』, 사회평론, 2004.

의 체현자라고 부를 만한 요소가 없는 것은 아니었다. 그러기에 이들의 성의식에 대해 '콜론타이즘'이라든지 '방종'이라는 비난도 있었다.

콜론타이는 1927년 무렵부터 주로 소설 『붉은 사랑』과 「삼대의 사랑」 1925을 통해 소개되었는데, 콜론타이가 생각한 남성과 여성 사이의 새로운 원리는 완전히 자유로운 두 주체의 동지적 결합[82]이었고 그 핵심은 '여성의 자율성' ― 사랑은 여성의 삶 속에서 부차적인 역할을 해야 하고 여성의 주요 임무는 자신의 일을 하는 것이어야 한다는 것 ― 에 있었다.[83] 그런데 당시에 저널리즘에서 콜론타이는 주로 성도덕과 관련하여서만 조명을 받았고[84] 특히 「삼대의 사랑」에서 제3세대인 게니아의 경우가 충격을 주어 콜론타이의 연애론을 입센의 '노라이즘'에 비견하여 '게니아니즘'이라고 부르기도 했다.[85]

「삼대의 사랑」에서 제1세대인 마리아는 사랑하지 않는 사람과는 혼인관계를 유지할 수 없다고 생각하여 남편을 버리고 애인을 따라나서서 올가를 낳았지만 그 애인의 사랑이 다른 데로 옮겨가자 관계를 청산해 버린다. 육체와 정신이 통일된 완전한 사랑과 그에 바탕한 결혼이 마리아의 이상이었다. 제2세대인 올가는 육체적인 사랑의 대상과 정신적인 사랑의 대상은 다를 수 있으며, 또한 사랑한다고 해서 반드시 결혼해야 하는 것도 아니라고 해서 어머니 마리아와 갈등한다. 올가는 남편과 친구 두 사람을 동시에 사랑하는 것이다. 그런데 제3세대인 게니아는 열렬한 사랑에 빠질 만한 시

---

82) 콜론타이, 신윤선 역, 『연애와 신도덕』, 신학사, 1947.

83) 비어트리스 판스워드, 신민우 역, 『알렉산드라 콜론타이』, 풀빛, 1986.

84) 홍창수, 「서구 페미니즘 사상의 근대적 수용 연구」, 『상허학보』 12, 2004.8.

85) B기자, 「현대 여성은 무엇에 고민하는가―해방이냐? 애욕이냐?」(『중앙일보』, 1932.1.7)에서는 입센의 소설 『인형의 집』의 주인공 노라와 콜론타이의 소설 『삼대의 사랑』의 주인공 게니아를 비교하면서 '노라이즘'과 '게니아니즘'이란 용어를 쓰기도 했다.

간적 여유가 없는 공산주의 활동가로서는 우연히 만나 둘이 함께 행복을 느끼게 되는 시간을 누리는 것으로 충분하다고 생각한다. 연애니 결혼 등으로 시간을 낭비하거나 서로 책임을 지울 필요는 없는 '이성적이고 냉정한' 남녀 관계를 추구하기에, 어머니의 애인과도 성관계를 가졌고 그것이 또 어머니의 연애를 훼손하는 것이라고도 생각하지 않는다. 사랑도 없이 몸을 허락하는 것이라고 비난하는 올가에게 게니아는 어머니처럼 사랑하다가는 일은 언제 하느냐고 되받는 것이다.[86]

이러한 게니아식 사랑은 소비에트 러시아에서조차 '물 한 잔 마시는 것처럼 성을 가볍게 여긴다'고 비난을 받았는데, 일본과 식민지 조선에서는 '아지트 키퍼' 제도와 겹치면서 일제가 당시 사회주의 여성 활동가를 대중으로부터 격리시키는 가장 큰 무기가 되었다. 저널리즘에서 '맑스 걸'이라고 부를 때는 사회주의 운동을 핑계로 성을 가볍게 여기는 방종한 여자라는 뜻이 부가되었다. 그러나 실상 낭만적 사랑보다는 우정, 감정적 애착보다는 일의 우월성을 강조하는 게니아는 감정에 얽매임 없이 덜 고통스러운 삶을 살고자 했던, 그리고 좀더 자율적이고자 했던, 콜론타이의 상상의 산물이며[87] 콜론타이가 꿈꾼 '신여성'이다.

일찍이 1913년에 콜론타이는 다음과 같이 신여성에 대한 자신의 이상을 피력했다.

그 여자들은 세계를 마치 틀리는 눈으로 해석하고 생활에 대하여 틀리는 반응을 나타내고 상이한 태도로써 이에 접근하고 있다. 과거 여성의 대군 속에서

---

86) 알렉산드라 콜론타이 외, 장지연 역, 『월요일』, 일송정, 1994, 83~140면.
87) 비어트리스 판스워드, 신민우 역, 『알렉산드라 콜론타이』, 풀빛, 1986, 443면.

움트는 새로운 여성의 탄생을 찾아내는 것은 별로 특수한 역사적 혹은 문학적 지식을 필요치 않는다. (…중략…) 그러면 이 새로운 부인이란 어떠한 여성인가? 그것은 그의 로맨스의 결말이 행복한 결혼으로 끝나는 순진가련한 소녀는 아니다. 그의 남편의 부정에 고민하거나 혹은 그 여자 자신의 죄로써 이혼에 조우하는 남편 가진 여인도 아니다. 부질없이 청춘기의 불행한 연애를 한탄하고 있는 노처녀도 아니다. 또 불행한 생활 조건 혹은 여자 자신의 방자한 성질의 희생이 되어버린 '애증愛憎의 여승女僧'도 아니다. 아니 그것은 전혀 새로운, 이때까지 알려지지 않은 제5 타잎의 히로인이다. 국가, 가정, 사회에 있어서의 온갖 노예화에 항의하고 여성의 대표자로서 부인의 권리를 위하여 싸우는 히로인. 이러한 타입을 점차 현저하게 내걸고 있는 거의 전부는 실로 독신 부인이다. 그렇다. '독신 부인'이다. 극히 최근까지의 여자의 원형은 '아씨'였다. 남편의 그림자며 부속품인 여자이었다. '독신 부인'은 이러한 종속적 역할을 연출하여 남편의 반사경으로 그칠 것을 그만두어 버렸다. 그는 독자의 내적 생활을 갖고 있다. 완전한 인간으로서의 이해를 좇아 생활한다. 그는 내적 생활에 있어서나 외적 생활에 있어서나 독자적이다.[88]

그리고 그런 이상적인 인물로서 결혼하지 않고 사랑에도 얽매이지 않는 완전히 자유로운 여자 게니아를 그려낸 것이다. 물론 거기에는 경제적 독립이라든지 육아의 사회화 같은 물적 조건이 뒷받침되어야 한다. 그 이전 허정숙이 '조선의 콜론타이'로 불렀는데, 사회주의 여성 운동의 계보를 잇고 있는 이순금이나 박진홍도 남녀 관계에서 상당히 자유로운 사고를 가졌던 것 같다. 그러나 이들은 이 문제를 공식적으로 논의할 여유가 없었기에

---

[88] 콜론타이, 신윤선 역, 『연애와 신도덕』, 신학사, 1947, 11~12면.

1938년 4월 8일자로 된 박진홍(좌)과 이순금(우)의 신상기록카드 사진

이들이 연애와 결혼 문제에 대해 어떻게 생각했는지 알기 어렵다. 다만 간접적인 자료를 통해 추측해 볼 수 있을 뿐이다. 일제 경찰이 작성한 기록에서는 이순금과 박진홍이 이재유 문제를 두고 서로 마음 상해했으나 이재유가 자기들과 맺었던 연애 관계를 부인하는 것에 대해서는 동성으로서 비판을 함께했다고 하니, 이들 그룹이 생각한 이상적 남녀 관계는 어떤 것이었을까. 구체적인 내용을 알기는 어렵지만 운동의 대의에 개인의 연애를 종속시키고 성을 하나의 도구로서 바라보는 '당시의 콜론타이즘'에 대한 무조건적인 수용에서 한 발 나아간 지점이었을 것이다.

박진홍의 생각은 그가 김태준과 함께 '연안으로 가면서 나눈 대화 중에서 일단을 엿볼 수 있다. 박진홍은 경성꼼그룹 사건으로 1941년 말 검거되어 3년간 감옥에서 시달린 끝에 1944년 10월 9일 출옥했다. 그 며칠 후 이재유는 끝내 1944년 10월 26일에 청주 보호교도소에서 옥사했다. 1936년 12월 25

일 체포된 후 바깥 세상을 보지 못한 채였다. 그리고 이재유가 죽은 한달 후인 1944년 11월 27일 박진홍은 김태준과 함께 연안 망명길에 올랐다. 김태준은 경성제대 교수를 지낸 국문학자로서 경성꼼그룹의 일원이었고 두 사람은 중국의 정세를 파악하고 중국의 무장 그룹과의 연대를 도모하기 위해 화북조선독립동맹을 찾아 나선 길이었다. 김태준과의 연안행은 몸은 힘들었지만 김태준의 친구가 말한 것처럼 '밀월 여행'이고 "밀월 여행 형태로서는 최대의 로만티시즘"이었다. 여행길에서 박진홍은 감정 표현을 잘 하지 않는 김태준에게 '이지와 감정, 그리고 도덕과 애정이 계급적으로 통일된 부부생활'이야말로 '참다운 부부생활'이라고 주장한다.

> P(박진홍—인용자)가 영국 황제의 심프슨 부인 사랑한 것을 극도로 예찬하는 나머지 그것을 마치 P는 내가 너무도 이지적이어서 애정의 세계를 이해 못한다고 야유하는 것 같이 들렸기 때문에 나는 P의 연애지상주의에 일격을 가하자, P는 나에게 적당한 비례로 이지와 감정이 그리고 도덕과 애정이 계급적으로 통일된 부부생활이 아니면 참다운 부부생활이라 할 수 없는 것이고 적어도 P의 요구하는 나는 좀 더 풍부한 정서가 없으면 안 된다는 것이다. 그러면서 나의 봉건적 이념에 사로잡힌 생활과 애정의 결핍이 P에게 접수되지 않는다는 것을 말했다.[89]

이지와 감정, 도덕과 애정이 계급적으로 통일된다는 말 속에는 그 이전 사회주의 계열의 활동가들 사이에서 벌어진 아지트 키퍼 문제, 위장 부부 문제에 얽힌 여성의 도구화에 대한 박진홍의 비판이 깔려 있다.

여러 구성원들이 체포, 검거되는 상황에서도 이재유는 경찰서를 두번이

---

89) 김태준, 「연안행」 제3회, 영인본 『김태준전집』 제3권, 458면.

나 탈출하면서 지하 활동을 계속하다가 1936년 12월 말에 검거되어 감옥살이를 하게 된다. 이재유는 '전향'의 물결이 몰아치던 '암흑기'에 선고받은 형을 다 채우고도, 전향을 하지 않는다는 이유로 풀려나지 못하고 있다가 1944년 10월에 옥사했다. 이관술은 1934년 3월 가출옥한 뒤 1941년 1월 검거될 때까지 지하로 잠적하여 계속 사회 운동을 벌였고 1942년 경 석방된 후에도 계속 지하 활동을 펼치다가 해방을 맞았다. 그의 동덕여고보 시절 제자였던 여성들도 유사하게 활동을 계속했다.

이런 상황 속에서 임순득은 작가이자 평론가의 길을 걷게 된다. 학생 운동이나 사회 운동에 관여했던 경험을 가진 여성 작가는 임순득 외에도 여럿 있지만 대개는 결혼 같은 것으로 이전의 관계망에서 떨어져 나와 한 개인으로서 작가의 길을 가게 되었다.[90] 그에 비하면 임순득은 여학생 시절의 경험을 기억할 뿐만 아니라, 일제 말기까지 굽히지 않고 저항의 자세를 견지했던 경성꼼그룹의 사람들을 가까이서 접하고 의식하고 있었고 이것은 그가 '삭풍에 항거하는 송백'을 욕망하며 버티는 중요한 힘이 되었다.

2 . 작 가 수 업 의 시 기

임순득이 1933년 여름 동덕여고보를 퇴학당한 뒤, 1937년 2월 「일요일」이라는 단편소설을 발표하여 작가로 등단하고 연이어 세 편의 평론을 발표

---

90) 강경애는 결혼과 함께 간도 용정으로 이주하면서 그 이전의 관계망에서는 떨어져 나왔다. 박화성은 두 번째 결혼으로 한동안 문단에서 떠나게 된다. 송계월은 요절했다. 백신애도 결혼으로 이전과는 다른 관계망으로 들어갔다. 최정희는 사회운동의 관계망 속에 있지는 않았다.

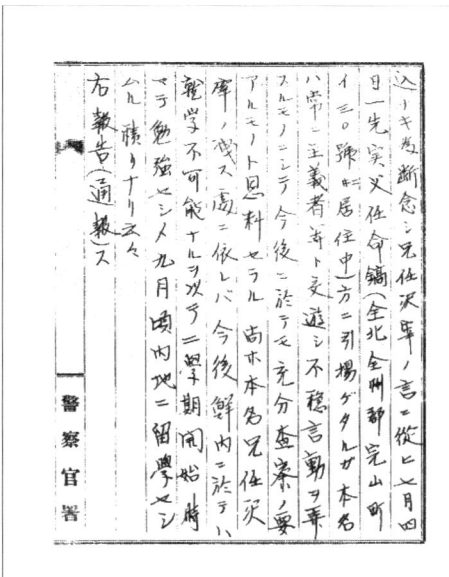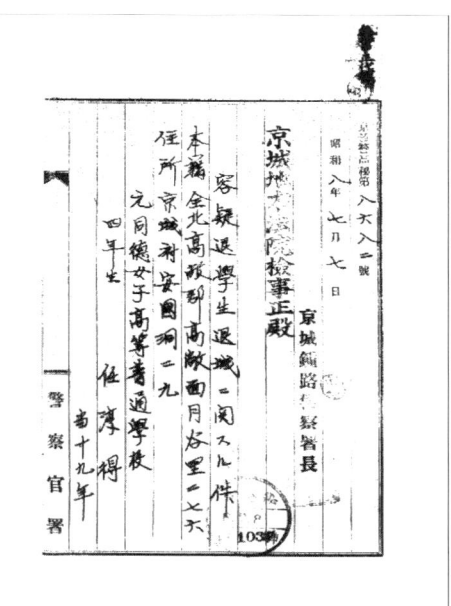

임순득이 일본 유학을 계획하고 있다는 일본 경찰의 보고서 일부. 1933.7.7.

하기까지 4년 가까운 기간 동안 무엇을 하고 지냈는지, 어떤 경로를 통해 작가와 평론가로서의 길을 걷기로 했는지에 관해서 분명하게 밝혀진 것은 없다.

1933년 7월, 일제 경찰의 사찰 기록에는 퇴학당하고 전주의 집으로 내려온 임순득이 일본 유학을 계획하고 있는 듯하다는 보고가 있다.[91] 또한 오빠 임택재가 1937년 3월에 일제경찰에 잡혀가 작성한 조서[92]에는 1936년 후반 임순득이 서울에 있는 '조선미술공예사'에서 기자로 일하고 있다는

---

91) 鐘路警察署長, 「容疑退學生 退城二關スル件」, 1933.7.7.
92) 任澤宰 供述, 「證人訊問調書」, 1937.3.4(일본어). 이재유 등에 대한 치안유지법 위반 등 피의 사건에 관해서 경기도 경찰부에서 사법 경찰리 경기도 순사 이태순을 입회시켜 신문한 것.

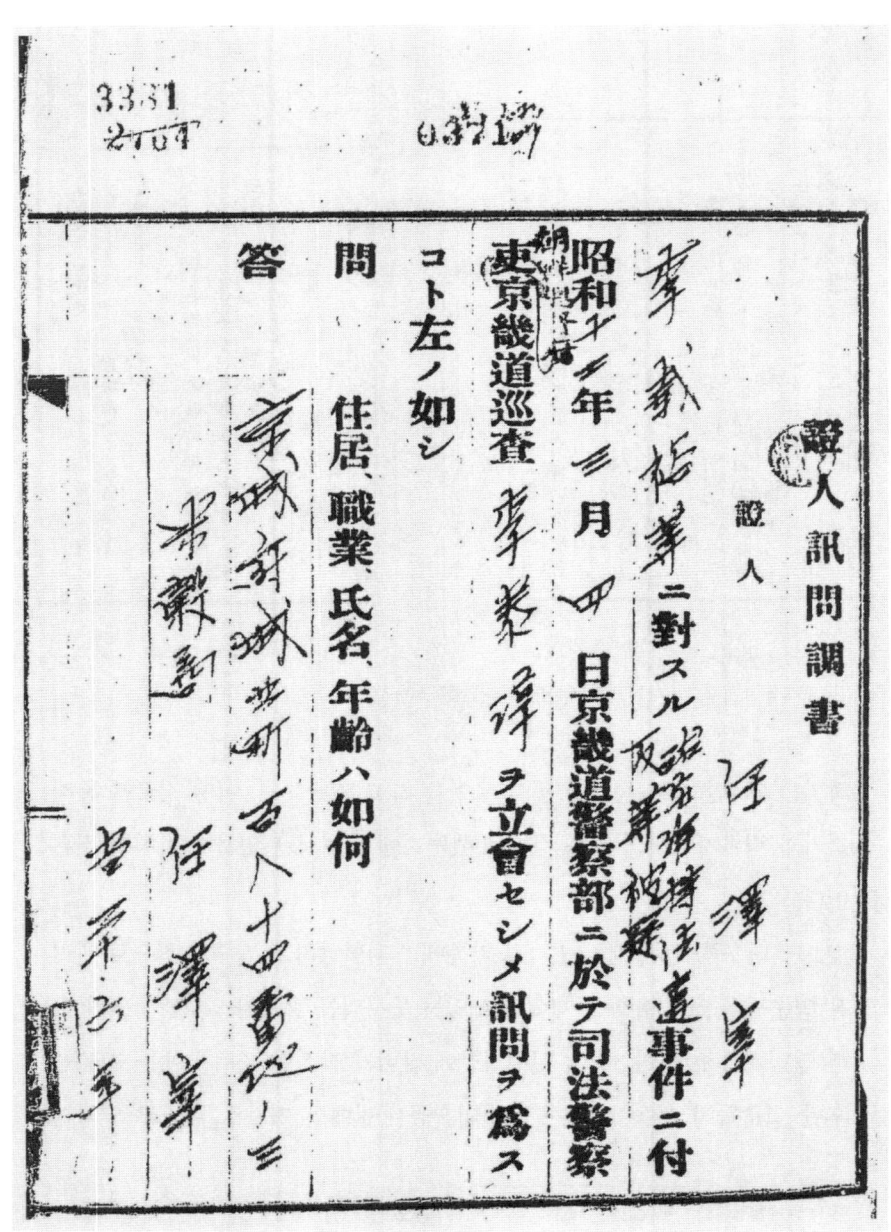

證人訊問調書

證人

李義植方ニ對スル治安維持法違反被疑事件ニ付昭和十二年三月四日京畿道警察部ニ於テ司法警察吏京畿道巡査李菜鐸ヲ立會セシメ訊問ヲ爲ス

コト左ノ如シ

問 住居、職業、氏名、年齢ハ如何

答 京城府城北新百八十四番地ノ三 任澤宰 當年二十年

京城府城北洞

李菜鐸

任澤宰

임택재가 공술한 「증인 신문 조서」 제일 첫 장. 1937.3.4.

임순득, 대안적 여성주체를 향하여

대목이 있고, 소설 「대모」에는 일본 유학 시절 미술사를 전공하는 선생과의 교류에 대한 언급이 있다.

간접적인 기록으로는 김문집의 평문 「성생리의 예술론―무명 여류작가 Y양에게」에서 Y양에 대한 부분이 있다.[93]

약혼하신 그이의 연구비를 돕기 위하여 용감하게도 그런 자리에 취직하셨다 하니 반가울 겸 놀랍습니다. 놀랍다는 의미는 장하다는 뜻이겠지마는, 실상은 천만 뜻밖이란 의미가 더 강하게 반영된 말입니다.

도대체 귀양이 약혼을 했다는 사실이 나로서는 의외요, 더구나 그 피앙세를 위하여 자기를 가위 희생했다는 소식이 도저히 내 귀에는 믿어지질 않습니다. 왜냐하면 나는 귀양을 알기로 약혼이니 결혼이니 또는 연애니 하는 그따위 성적 행위는 절대로 하지 않는, 이를테면 무성자無性者로 알았고, 그러니만큼 상대 남성을 위하여 자기 몸을 희생한다는, 여성 중에도 가장 여성다운 그런 여성인 줄은 더구나 예상하지 못했기 때문입니다.

여러 가지 원고를 통해서 얻은 나의 관찰을 솔직하게 말하면 귀양의 두뇌는 현하 조선의 어느 여류작가도 따르지 못할 만큼 좋다는 것입니다. 그리고 또 귀양의 독일어 지식은 여고사女高師 시대의 독학이라고는 하지마는 몇 년 동안 소위 그 놈을 전공했다는 나로서는 어림이 없을 정도입니다. 그러한 재간을 가진 그대는 마땅히 조선 최초의 여박사나 되었을 것인데, 박사는커녕 학교도 중도에서 집어치우고 난데없는 문학에 손을 적셨다는 것은, 우리 문학인으로서는 고마운 일일지 모르나 당신 자신을 위해서는 퍽 안타깝게 여기지 않을 수 없는

---

93) 이것은 임순득에 대한 최초의 연구논문인 서정자, 「최초의 여성문학평론가 임순득론―특히 그의 페미니즘 문학 비평을 중심으로」(『청파문학』 제16집, 1996.2)에서 일찍이 지적된 것이다.

임순득의 젊은 시절을 기억하고 있는 이구영과 그의 회고록『산정에 배를 메고』의 표지.

일입니다.94)

　또한 이구영의 회고담95)에 임순득으로 보이는 인물에 대한 회고가 있다. 물론 이구영의 회고도 세부 사실들에서 부정확한 것이 많아 전적으로 신뢰할 것은 못 되지만, 임순득의 소설이나 수필에서 나타나는 정황과 비교해 볼 때 상당히 사실에 가까운 것으로 여겨진다.

　임순덕96)이라고 나보다 나이가 다섯 살 정도 위인 여자가 있었는데,97) 그녀는 문학에 취미가 있어 일찍이 일본까지 가서 소설에 관한 공부를 하고 돌아왔다. 그

94) 김문집,「성생리의 예술론―두명 여류작가 Y양에게」,『문장』, 1939. 10.
95) 심지연,『산정에 배를 메고―노촌 이구영 선생의 살아온 이야기』, 개마서원, 1998.
96) 이름부터 득, 덕으로 정확하지 않지만 임순득을 가리키는 것은 분명하다.
97) 노촌이 1920년생이고 임순득은 1915년이다.

리고 귀국한 후에는 다시 시를 배우겠다고 해서 장하인
이라는 시인과 자주 만났다. 장하인은 프랑스에 가서
문학 공부를 하고 돌아와 문단에 시를 발표하면서 이름
을 날린 시인이었다. (…중략…) 여자 집에서 결사코 반
대해서 결혼을 못하게 되자 둘은 금강산 유점사로 도망
을 갔다. (…중략…) 이들은 강원도 고성에서 신혼 살림
을 차렸다.[98]

1934년 3월 체포된 후 서대문형무소
에서의 임택재. 1935.2.7

이들 몇 가지 기록을 종합해서 추측한다면, 임순
득은 동덕여고보에서 퇴학 당한 뒤 일본으로 유학을 간 것으로 보인다. 이
것과 김문집, 이구영의 언급을 합치면 임순득은 일본에서 '여고사'를 다녔
다. 당시 공부 잘하던 조선인 여자 유학생들은 대개 '약전'藥專(약학전문학교)
아니면 '여고사'女高師(여자고등사범학교)를 갔다고 한다. 당시에 '여고사'라고
하면 동경여고사나 나라여고사를 가리키는데 이곳을 마치면 중학교의 교
사로 갈 수가 있었다. 그런데 이들 여고사의 졸업생 명단에서는 아직 임순
득을 확인할 수 없었다. 졸업한 것이 아니고 김문집의 말처럼 중퇴를 한 것
인지도 모른다. 일본 유학을 중도에 그만 두고 돌아와서 서울에 있으면서
임순득은 본격적으로 문학 공부를 했을 것이다. 김문집은 Y양이 약혼자의
연구비를 위해 돈벌이를 하고 있다고 했고, 「일요일」에서 여주인공은 신
문사의 타이피스트로서 사상 사건으로 감옥살이를 하고 있는 남자 친구의
옥바라지를 하고 있다. 그런가 하면 해방 후의 소설 「우정」에서 주인공의
남편은 행동하지 못하는 지식인으로서 내면으로만 침잠하던 인물로 설정

98) 심지연, 앞의 책, 202~206면.

되어 있다. 어느 쪽이 임순득이 약혼자인지는 알 수 없다.

또한 1937년이면 오빠 임택재도 2년간의 감옥살이에서 풀려 나와 있는 상태이다. 1932년 말 이관술 중심의 반제동맹 경성지방조직준비위원회에 참가했던 임택재는 1933년 1월에 적색 독서회를 조직한 혐의로 검거되었다. 3월 기소유예 처분을 받고 풀려난 임택재는 잠시 남만희, 정용산과 함께 『신계단』의 기자 생활을 했다. 남만희는 이재유를 경성제국대학 교수인 정태식과 미야케에게 연결시켜 준 인물로 '조선공산당 재건 경성트로이카' 조직의 한 그룹이었다. 남만희와의 관계로 해서 임택재는 경찰의 취조를 수차례 받았다. 1934년 1월 이재유가 체포되면서 3월 임택재도 다시 체포되었다. 이재유는 4월 경찰서를 탈출하여 세상 사람들을 놀라게 하였고 이후 이재유의 동선에 관련된 수많은 사람들이 체포되고 가혹한 취조를 받았다. 이때 피검된 임택재가 '미야케 교수 사건'으로 징역 2년에 집행 유예 4년을 선고받고 감옥에서 풀려나는 것은 1935년 12월 말이다. 임택재는 1년 9개월의 구금 기간 동안 심신이 피폐해졌고 결국은 1935년 12월 6일 「진정서」를 쓰고야 12월 20일 집행유예로 석방되었다. 임택재가 경성지방법원 판사 야마시타 히데키山下秀樹 앞으로 쓴 「진정서」는 이전에 자신이 가졌던 생각이 잘못되었다고 하면서 부모에게 효도할 기회를 달라는 내용의 전향서이다. 일부를 아래에 인용한다.

저의 이 부끄러울 수밖에 없는 금일은 부모에 대한 정의 정당한 본연의 자세를 어기는 것으로부터였습니다. 저는 법률적으로는 무죄를 주장하기도 하였습니다만 지금의 저는 아무리 후하게 쳐도 올바른 것은 아니라는 것을 통감할 때 이제부터 내가 올바르다는 것을 보이기 위해서는 먼저 나의 원초적인 올바른 본연의 자세를 보존하여야 된다고 생각하는 바입니다. 효는 하나의 감정입니다, 신앙이 신에 대한 감정인 것처럼.

저는 이제 차가운 이론의 삭막함이나, 공허하게 울려 퍼지는 앙분怏憤의 쉰 목소리나, 자기에 대한 신념을 동반하지 않는 메마른 열정을 참고 견딜 수 없습니다. 이전에 그렇게도 저를 끌어당긴 '가능'이라고 하는 추상이, '이상'이라고 하는 아름다운 겉모습을 가지고 저를 고혹시킨 저 빵의 권리의 주장이 이제는 저의 앞에 단지 잔해로만 가로 놓여 있는 것을 봅니다.

(…중략…)

아아, 돌아가게 해주십시오. 집으로 돌아가게 해주십시오. 천백 번이라도 부르짖고 싶습니다. 많은 말을 늘어놓더라도 그 글자 하나 하나는 오로지 한 가지를 의미할 뿐입니다. 돌아가게 해주십시오.[99]

이런 '진정서'를 억지로 쓰게 하여 일제는 지식인들을 자책감에 빠지게 하곤 했다. 임택재는 감옥에서 나와서 성북동에서 쌀가게를 하면서 시를 쓰고 일상적인 삶을 꾸리려고 하였다. 그러나 이후에도 계속 감시를 받으면서 이재유 그룹 쪽에서 무슨 일이 생기면 불려가서 관련성을 취조 받곤 했다. 1936년 12월에는 조선사상범보호관찰령이 공포되었다. 이 법에 따르면 징역형을 선고받은 사상범이 형기를 마치고 출소하더라도, 거주와 취직, 여행의 자유가 제한되며 다른 사람과 접촉하거나 편지로 통신하는 것을 제한받을 수 있다. 집행유예로 출소한 임택재도 그 대상이 되었을 것이다.

임순득이 작품을 들고 문단에 나선 1937년이란 일제의 조선 통치에 새로운 한 획을 긋는 시기이다. 1936년 8월 26일 미나미 지로南次郎가 제7대 총

---

99) 任澤宰, 「陳情書」, 1935. 12. 5(원문은 일본어, 번역은 필자).

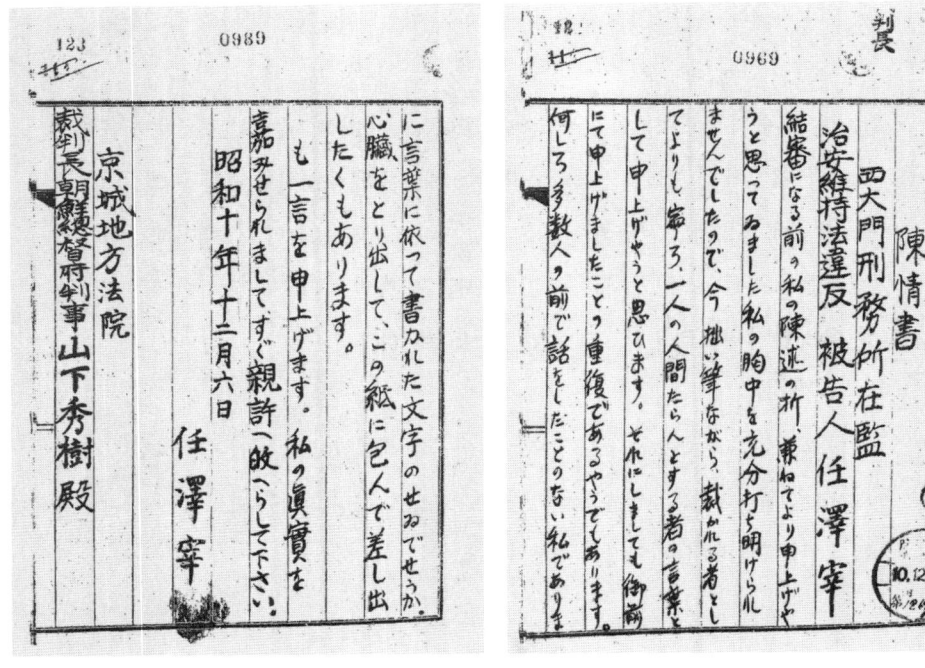

임택재의 자필 진정서 첫 장과 마지막 장

독으로 부임하면서 천명한 조선 통치의 방침은 '국체명징國體明徵, 선만일여
鮮滿一如, 교학진작敎學振作, 농공병진農工倂進, 서정쇄신庶政刷新'이었다. 요건대
조선 민족의 민족의식을 말살함으로써 이들을 황민화하고 세계 및 동아 정
세에 대응하여 반도를 병참기지화함으로써 대륙에 진출할 것이며, 그러기
위해서 반도의 노동력과 자원을 최대한으로 이용하겠다는 의도로 미나미
는 황민화 운동 및 수탈 행위를 전개했던 것이다.[100] 각종 대중적 사회운동
이 더 이상 가능하지 않게 된 상황에서 과거의 기억과, 자신이 당위로 설정
한 책무로 해서 양심의 고통을 받는 사람들, 전향의 물결 속에서 거기에 휩

100) 임종국, 『친일문학론』, 민족문제연구소, 2002, 23~25면.

쓸리지 않으려고 버티는 사람들 속에 임순득은 서 있었다. 상황은 점점 어려워지고 있었다. 이러한 때 임순득은 「일요일」을 발표하면서 작가로 나선 것이다. 같은 해에 발표한 평론 「창작과 태도」[1937]에서 임순득은 "위기의 시대에 '죽느냐 사느냐' 하는 문제를 생활 감정 속에서 풀어내는 문학은 자신에게 여가 선용이나 딜레땅티즘이 아니라 진실을 추구하는 일생의 사업"이라고 말하고 있다.[101] 작가들의 상투적인 수사일 수 있지만 시대가 시대인 만큼 비장함을 담고 있으며, 또한 이후 그의 작품 세계를 보면 임순득은 이러한 각오를 가지고 자기 세대 여성들이 도달한 지성과 감성을 대변하는 작가로서 자기를 세워 나갔다. 그의 등단작 「일요일」은 미나미 총독 통치 시기에 벌어질 어려움을 여성 지식인의 섬세한 감각으로 예견하고 있으며, 또한 거기에 맞서겠다는 의지를 표명하고 있다. 이것은 이후 임순득의 작품 세계에 일관되는 것이다.

3. 임순득 문학의 출발점으로서의 「일요일」

1) 시대의 억압에 맞서는 정신

「일요일」에서 신문사 타이피스트로 일하고 있는 강혜영은 모처럼 맞은 휴일을 어떻게 보낼까 궁리한다. "요새 읽기 시작한 에렌부르크의 소설이

---

101) 1937년경 박진홍을 만난 인정식이 그녀의 실천적 경험을 소재로 하여 위축된 조선 무산 대중을 자각시켜 프롤레타리아 여류작가로서 혁명운동의 일익을 담당할 것을 권유했다고 한다(김경일, 「이재유 연구」, 262면). 어쩌면 임순득도 이런 생각을 했을지도 모르겠다.

나 마저 읽을까? 성북동에 나가서 스케치나 한 장 그려볼까? 원남동 사촌 동생이나 데리고 책점이나 돌아다녀 볼까?" 고민하다가 감옥에 있는 애인 윤호의 옷을 빨기로 하고 집에 머무른다.

같이 산책하자고 찾아온 여학교 시절의 친구들은 윤호라는 존재를 까맣게 잊었다. "그까짓 건 세탁쟁이에게 맡기지, 이렇게 좋은 날 품팔아 가며 빨게 무어람!"이라고 오히려 혜영이를 조소한다. 그 다음 함께 차나 마시러 가자고 찾아온 고향 동무는 혜영이의 심리를 이해하고 함께 우울해 한다. "모처럼 일요일에 가벼운 기분으로 차 한 잔 마시러 가려는 마음을 안 주는 '때'의 무게에 대하여 조그만 반항"을 함께 했지만 그 친구도 무력하게 그냥 돌아간다. 저녁 무렵이 되어 영화나 보러 가자고 찾아온 사람은 "진실한 생활 태도에서 물러서는 사람"인 윤호의 친구다. "할 수 없다는 듯이 마음에 대한 변호의 여지를 조금씩은 남겨놓고 또 달리 생활이 세워질 것같이 믿으려 하면서 이대로의 사회 형태의 문화적 기분만을 해면처럼 섣불리 흡수하려는 꼴"에 혜영이는 반발을 느낀다. 조소, 연민, 회피, 이런 것들을 모두 물리쳤지만 혜영이는 자기 회의에 빠져든다. 무력한 존재로서, "이것도 저것도 모두다 목에 잠긴 가래침을 뱉듯이 뱉어 버리고 싶"은 심정이다.

「일요일」은 외부를 비판하면서 자신을 성찰하는 만만치 않은 지성과 섬세한 심리 묘사를 갖춘 소설이다. 1935년 카프가 해산하고 일제의 탄압이 심해지면서 운동선상에서 떨어져 나온 사람들의 추억과 회한을 담은 '후일담 소설'이 많이 나왔다. 그 후일담들은 '생활의 발견'이라는 쪽으로 쉽게 과거를 부정하는 면모를 보인다. 그러나 임순득의 소설에서 과거는 여전히 현재와 직결되어 있고 현재의 삶을 규정하는 지표가 되어 있다. 바깥에 있는 혜영에게 감옥에 있는 윤호는 "생활의 표식"이며, 혜영이는 "입을 달싹

달싹 하면서" 무엇을 기다리고 거기에 호응하여 무언가를 말하고 싶어하는 간절한 욕망을 가지고 있다. 자기의 무력함을 알지만 좌절로는 가지 않는 정신 세계가 임순득의 소설에는 있다. 임순득에게 1930년대 전반 대중운동이 활발하게 전개되었던 과거는 1930년대 후반에는 지하 운동으로 여전히 지속되고 있었기 때문이다.[102] 그 운동과 운동에 대한 믿음은 감옥에 있는 윤호로 상징된다. 혜영이는 윤호를 계속 사랑하는 자신의 입장을 '낡은 이데올로기'라고 조소하는 사람들은 '소금쟁이의 종족'이라고 생각한다.

소금쟁이는 흐르는 물 위에서는 결코 돌지 않는다. 거울같이 잔잔한 물이겠지만 생동하는 물결 있는 흐르는 물 위에서는 그 쾌활하고 만족할 수 있는 맴돌이를 못한다. 물의 깊이를 모른다. 흐름의 정신과 육체를 모른다. 안정된 평면이 현존하면 그만이다. 소금쟁이의 의욕이란 안온한 순간에 대한 욕심뿐이다.[103]

아무런 변화가 없어 보이는 표면 깊은 곳에서 여전히 역사의 물줄기는 흐르고 있다는 믿음을 바탕으로, 그것을 역설하는 소설이다. '물의 깊이'를 모르고 안온한 순간에 대한 욕심만 있는, 전향하는 세태를 향한 비판이다.

또한 혜영이가 여러 지인들의 출몰로 마음이 흔들릴 때 떠올리는 오빠의 편지는 캄캄한 현실 속에서도 간절히 무엇인가를 바라는 안타까운 심정이 배어 있고 그러한 절망과 안타까움이 있기에 혜영이의 갈등과 결단은 현실감을 가지고 있다.

…… 나는 한산한 가게 머리에 앉아서 밤이면 갈피 없는 눈으로 별도 안 보이

---

102) 임순득이 여고보 시절에 알게 되었고 여전히 신뢰를 가지고 있는 이관술과 이재유 같은 활동가들의 조직 활동이 있었기에 절망하지 않을 수 있었던 것 같다.
103) 임순득, 「일요일」, 1937.2.

는 캄캄한 하늘을 들여다본다. 황량한 시골 조고만한 읍의 저녁을 무엇이나 소리 들릴까 하고 무엇이나 발소리가 들릴까 하고……. 저 하늘에서 먼 나라의 요란한 음향과 폭풍과 멀리는 해조음이 행여 날아 내릴까 하고……. 혜영아, 하이네의 카민 위에 놓아둔 조개도 들물이 밀려오는 해안의 시각에는 거품을 내어 사락사락 움직이기 시작한다 하였다. 이것은 하이네의 시적으로 형상된 말이겠지만 그러나 내가, 젊은 이 내가, 장식용의 정물靜物만도 못하지……? 누구나 입밖으로 소리 내어서 그렇게 불러주지는 않지만 캄캄한 어둠은 갈피없는 눈으로 들여다보면 그렇게 생각켜진다…….[104]

아무런 소리도 내지 못하는 자괴감으로 자신을 장식용의 정물만도 못한 존재라고 느끼는 비애, 그러면서도 '입을 달싹달싹 하면서' 무엇을 기다리고 거기에 호응하여 무언가를 말하고 싶어하는 간절한 욕망. 자학하지만 좌절로는 가지 않는 정신 세계가 임순득의 소설에는 있다. 임순득이 느끼는 물의 깊이란 그가 여고보 시절에 관계를 맺었었고 여전히 신뢰를 가지고 있는 이관술과 이재유 그룹의 활동가들의 조직활동이 있었기에 상투적인 비유나 주관적인 희망 사항이 아니라 생활 속에서 느끼는 실감으로 표현될 수 있는 것이었다.

2) 남성에 대한 여성의 종속성 비판

「일요일」에서 윤호와 혜영의 관계에 대한 묘사 역시 단순하지 않다. 표

---

104) 위의 글.

면적으로 보면 혜영이는 윤호의 옥바라지를 하고 있다. 감옥에서 가져온 헌 옷을 빨기도 하고 결말에서는 윤호에게 넣어줄 털실 스웨터를 짜는 것으로 자신을 다잡는다. 활동가의 보조자 역할이다. 그러면서도 혜영이는 그것이 윤호와의 대등한 관계를 해치는 것은 아니라는 점을 애써 강조하고 있다.

> 될 수 있으면 그 고생을 나누어 하고 싶으리 만치 아끼는 윤호를 그런 곳에 남겨 놓고 자기 혼자 계절의 변화를 즐길 만한 마음은 추호도 움직이지 않았다. 더구나 윤호는 그의 생활의 표식이었다. (…중략…) 윤호라는 이름만에서도 혜영이는 마음의 매를 맞았다. 그러나 그것은 혜영이에게 윤호와 대등한 인격으로서 깎임이 아니라는 확신이 있기 때문에 실상 이러한 감정은 거리낌없이 자기에게 허락할 수 있었다. 내가 무엇인가? 나에게 생활이 있는가? 105)

남성인 윤호를 여성인 혜영이가 '생활의 표식'으로 삼고 옥바라지를 하는 것이 서로의 대등한 관계를 해치지 않는다는 것은 무슨 뜻인가. 윤호는 혜영이가 지키고자 하는 세계를 표상하는 기호일 따름이며, 문제는 혜영이 자신의 이성과 감정이라는 것이다. 사랑에 종속되어 사랑하는 남성과의 관계 속에서만 존재할 수 있는 그런 인간은 아니라는 것을 소설은 힘주어 말한다. 이 대목에서 우리는 이 소설이 쓰여지던 당시 일부 활동가 여성들 사이에서 이러한 방식의 남성 종속성에 대한 논란과 자기 비판이 있었으리라는 것을 미루어 짐작할 수 있다. 이론과 실천에서 스승이고 남편이었던 남성들의 행태에 문제를 느낀 여성들의 홀로 서기가 힘겹게 진행되고 있었으

---

105) 위의 글.

리라는 것이다. 여성운동가가 직접 사회운동에 나서기도 하지만 운동 전선에서도 여전히 보조적인 '아지트 키퍼' — 남성 활동가들의 생활과 연락을 위해 마련한 집을 지키고 살림을 꾸려가며 연락책 등의 구실을 하는 역할 — 라는 전통적인 '여성의 역할'에 제한되어 있거나 아니면 그것까지 겸해야 하는 것, 인간의 해방을 말하면서도 성별 분업과 여성에 대한 도구적 관점에 고착되어 여성을 대상화하는 것에 대해 문제를 느끼고 있는 것이다.

당시 운동의 실제에서 이런 일은 자주 있었다. 일제의 검거를 피해 지하에서 오랫동안 활동한 이재유는 잠시 이순금과, 이순금이 검거된 뒤에는 또 박진홍과 동거하면서 일제의 검거를 피했다. 그밖에도 당시 신문에서는 활동가들과 동거하면서 그들에서 침식을 제공한 여성들이 검거되었다는 기사가 자주 보인다. 동덕여고보의 학생으로 이관술의 아내가 된 박선숙朴善淑, 1909~?은 서울 이화동에서 담배나 과자 가게 같은 것을 하면서 조선공산당 재건 운동에 종사하는 공산주의자들에게 아지트를 제공했다.[106] 임신과 출산과 양육이 고스란히 여성의 몫이 될 뿐만 아니라 생계까지 떠맡게 되는 것은 인간해방을 꿈꾸는 활동가 집단에서도 마찬가지였던 것이다.

인간의 해방을 말하면서도 남성의 경우 성별 분업과 여성에 대한 도구적 관점에 고착되어 여성을 대상화하는 경우가 종종 있었고, 여성 자신도 자신의 '자각'보다는 남성의 사상을 자기 것으로 했던 경우가 많았다. 이런 행태에 대해 반성하고 경계하면서 남성을 향해서뿐만 아니라 여성 자신의 몸에 천성처럼 배어버린 습관에 칼날을 세우는 것이 여성들 내부에서 시작되었고 작가 임순득은 그러한 생각을 공적으로 표현하기 시작한 것이다.

---

106) 「여자 삼대 쓸쓸한 집, 역연한 생활 고투, 이관술과의 관계 회피하려는 박선숙과의 문답기」, 『매일신보』, 1937.7.30.

위 인용문의 혜영이의 발언은 이 점을 뚜렷하게 의식하고 나온 여성의 목소리이다. 그러면서도 아직 대안적 삶의 모습은 생각하지 못하고 문제를 제기하는 수준이다. 빨래하기에서 시작하여 스웨터 짜기에서 끝나는 수준에 머물러 있는 것이다. 그러나 이 비판과 반성은 이후 임순득의 작품활동의 중요한 과제가 된다. 소설에서는 여성 화자를 내세워 기존의 모순들을 껴안고 넘어서는 대안적 주체 세우기에 초점이 모아진다. 평론에서는 여성문학을 '여류문학'으로 '주변화'시키는 남성 중심의 문단과 그렇게 주어진 '여류작가'에 안주하는 여성작가에 대한 비판이 주가 된다.

3) 민족문제의 인식

「일요일」에서 눈여겨보아야 하는 대목은 이 작품이 스쳐 지나가면서이긴 하지만 '민족의 비애'를 말하고 있다는 것이다.

저녁을 일찍 먹은 혜영이는 겨우 하루를 넘긴 안도와 슬픔을 느끼며 들창문을 열어제치고 고랫재 냄새가 배어 있는 골목길을 우두커니 내다보았다. 어린애들이 와와 소리를 치며 몰려다닌다. 그러나 노래 부르는 아이는 하나도 없었다. 노래도 없는 어린이들이로구나 하고 입속으로 중얼거려 보고는 그것이 한없는 민족의 비애를 예감케 하는 것 같은 과장된 생각이 제쳐도 제쳐도 끈적끈적 달라붙었다.[107]

---

107) 임순득, 「일요일」, 1937.2.

뛰어 다니며 놀지만 노래는 부르지 않는 아이들에게서 '민족의 비애'를 '예감'한다는 것은 쉽지 않은 표현이다. '과장된 생각'이라고 그 비애를 무마하는 듯한 서술을 뒷동달아 놓았지만 정말 하고 싶은 말은 그것이 과장이고 기우이면 좋겠지만 그렇지 않고 현실이라고 하는 것이다. 이 작품이 발표되기 얼마 전인 1936년 8월 손기정 선수의 베를린 올림픽 마라톤 우승과 일장기 말소 사건을 기억한다면 민족의 비애라는 말속에 담겨 있는 울림은 매우 절박한 것이다. 게다가 그 예감은 아무리 '제쳐도 끈적끈적 달라붙'는, 인정하고 싶지 않은 사실이었던 것이다.

이 시기 사회주의자의 글 속에서 '민족'이란 말을 찾기는 아직 쉽지 않다. 민족적 특수성을 이야기하는 것이 사회주의적 국제주의에 어긋나는 것이라는 믿음이 만연한 시절, '보수적'이라는 딱지를 받기 십상인 것이다.

그런 만큼 임순득이 첫 작품에서 이 말을, 이 느낌을 쓴 것은 우연이 아니다. 이후의 작업에서 그는 계속, 그리고 더 강하게 이것을 표명하고 있다. 「일요일」을 쓴 다음 발표한 임순득의 최초의 평론 「여류작가의 지위」에 나오는 다음과 같은 대목은 예사롭지 않다.

여기에서 내가 우리라고 칭하는 것은 (……) 각각의 세계관이나 제작적制作的 유파類派의 상위相違를 간과하고 목전의 단일한 악의 장애와 싸우며 진정한 문화의 일익 ─ 문학을 건설하려는 갑, 을, 병, 정…… 을 의미한다.[108]

세계관이나 유파를 넘어서서 '단일한 악'과 싸우며 '진정한 문화'를 건설한다는 것은 제7차 코민테른[109]에서 결정된 바, 인민전선, 혹은 식민지에

108) 임순득, 「여류작가의 지원」, 1937.6.30~7.5.

서의 민족해방전선에 관한 테제를 풀어서 말하고 있는 것이다. 여기로부터 식민지에서는 계급 노선이 아니라 제국주의에 저항하는 민족전선의 형성이 필요함이 강조되었다.

임순득은 「작은 페스탈로치」라는 수필에서도 시골에서 교사를 하다가 서울에 다니러 온 친구를 통해 봉산탈춤과 고려자기를 새로 발견한 경험에 대해 말하고 있다.

"나 있는 데는 말야 저 봉산탈춤인가 뭣인가 요즈음 갑자기 유명해진 거 있잖어110) 그것과 같은 것이 있는데, 단오날 밤에 횃불을 피워 놓고 그 속에서 노는 데 참 뭐라고 할 수 없이 좋아. 그리고 그것을 구경하는 사람들도 물론 남녀노소 할 것 없이 시간 가는 줄도 모르고 놀이하는 사람들의 심정과 한데 엉키어 있는 그 융합된 미란 뭐라면 좋을까." 그는 소견머리 없는 보수주의자처럼 '조선 것'이라는 것을 억지로 좋다는 것은 물론 아니었다. 그것이 비록 거칠고 소박할지언정 인간이 가지고 있는 진지한 것을 표현하는 데 그 미美를 보았다는 것이다. (…중략…) 내가 모처럼 서울 올라온 벗을 대접한다 하여 영화관에 안내했다. 그러나 그는 그것을 좋아하지 않고 자기를 따라 오라 하면서 나를 덕수궁 미술관으로 끌고 갔다. 거기서 나는 두 가지의 사실을 경험했다. 하나는 부끄러운 말이나 내 자신 처음으로 고려자기란 것을 본 것이었다. 세상 사람들이 고려

---

109) 제7차 코민테른 회의 : 1935년 7월 25일에 개최되었다.

110) 〈봉산탈춤〉은 1937년 5월 조선민속학회 주최, 『조선일보』후원으로 열린 '향토 무용·민요 대회'에서 시연회를 가져 대 성황을 거두었고 1938년 5월에는 '조선향토예술대회'의 첫 작품으로 공연되었다. "인멸에서 부활로 찬연히 빛난 민예 대회"라는 찬사를 받았는데 1938년 9월에는 사리원에서 '봉산탈춤보존회'가 창립되기도 했다. 〈봉산탈춤〉은 뒤에 1941년 조선총독부에 의해 보존해야할 전통 1호로 지정되었다. 1937년의 발견은 '조선적'인 것의 발견, 조선학 붐의 한 자락인 것 같고, 1941년의 것은 '지방문화'로서 관제 민속이 전통으로 구성되는 길목을 보여준다.

자기의 좋은 점을 선전하는 것을 다만 관념적으로 내 임의로 처리하고 임의의 관념을 가졌을 뿐이다. 그러나 그 관념은 실물 앞에서 여지없이 깨어지고 새로운 눈으로 새로운 세계를 보아야 하는 것을 느꼈다.[111]

  조선적인 것을 말하는 것이 자칫하면 빠지기 쉬운 함정 ― 궁핍한 현실로부터 막연한 과거로의 낭만적 도피 ― 를 경계하면서 그것의 현실 연관성을 묻는 입장을 취하고 있다. 봉산탈춤에 남아 있는 공동체적인 정서, 고려자기가 도달한 문화적 수준에 대한 긍지 같은 것은 매우 조심스럽게 서술되지만 이것은 그가 일제 말기 '친일'의 대세 속에서 버티는 힘이 되었다.
  이러한 민족적 가치의 발견은 임순득의 지적 기반으로서의 이재유의 운동 노선을 떼어 놓고 생각하기는 어렵다. 이것은 1930년대 각종 사회운동가들 중에서 이재유에게서 두드러지게 나타나는 지향이었다. 민족 문제에 대한 이재유의 인식은 독자적 특성을 가지고 있었다. 주지하다시피 1930년대의 사회주의자, 공산주의자들의 대다수는 식민지하의 민족적 차별에서 출발하였으며 따라서 그 기저에는 기본적으로 민족주의 사상이 내재하고 있었다. 그런데 "이재유가 다른 공산주의자들과 구별되는 점이 있다면, 상당수의 공산주의자들이 현실적인 민족주의의 무능력과 한계에 촉발되어 그것을 민족개량주의로 매도하면서 계급주의에만 매몰되어 있었던 반면에 민족혁명적 관점을 일관되게 유지해 왔다는 사실일 것이다. 특히 1930년대 비합법 운동자들의 대부분이 계급문제를 중시하고 민족문제를 등한시했던 사실에 비하면 민족문제에 대한 이러한 인식은 당대 최고의 혁명가라는 명성에 걸맞은 것이었다. 이와 같이 그는 혁명적이었던 만큼이나

---

111) 임순득, 「작은 페스탈로치」, 1939.11.5.

민족적이었다."[112] 이 점에서도 임순득 문학의 출발점이 1930년대 전반에 대중적으로 전개되었던 민족해방운동의 지속이었다는 것을 다시 한번 확인할 수 있다.

4) 여성 지식인의 자화상과 감상주의 비판

「일요일」을 비롯해서 해방 전 임순득 소설의 주인공 ─ 화자는 모두 여성지식인이다. 「일요일」에서 혜영이는 계속 책을 읽고 있다. 이미 에렌부르크의 책을 읽던 중이었으며, 서점에 가는 것으로 일요일을 보낼까 궁리도 하고 결국은 책을 읽으며 지내기로 한다. 책은 그에게는 "마음을 가라앉히는 유일한 약"이기도 했다. 책 읽기는 뒤에서 살펴볼 「대모」의 중요한 소재이다. 「대모」에서 주인공의 친구는 스피노자를 되새기면서 슈니츨러의 책을 읽는다. 소설가와 평론가 두 여성이 마주 앉아 모파상과 발자크의 창작방법에 대해 논하고, 굴원과 도연명이 세상을 살아간 자세를 반추한다. 두 여성은 서양의 모세와 동양의 굴원을 합쳐 놓은 것 같은 인물을 동경한다. 이런 동서양 문학 전통의 인용은 임순득의 지적 교양이 만만치 않음을 보여주며, 또한 이전의 여성작가와 임순득을 구별하는 한 지표이기도 하다. 감각이나 체험뿐만 아니라 논리적으로 사물을 성찰하는 지성적인 여성작가의 출현이다.

임순득 이전 세대, 가령 나혜석이나 강경애와 임순득을 거칠게 비교해 본다면, 우선 나혜석은 자기 삶의 감각으로 문제를 포착했다. 물론 일본 세이

---

112) 김경일, 앞의 책, 272~273면.

토 여성들의 운동을 목격하고 엘렌 케이나 입센의 저작을 접했겠지만 나혜석은 자기 개인이 당면한 연애나 결혼문제를 해결하고자 하는 노력이 직접적으로 사회적 파장을 일으키게 되었고, 개인적으로 거기에 맞서기는 했지만 이것을 논리적으로 발전시킬 여지나 여유는 없었다. 개인적인 것이 곧바로 정치적인 것이 되어버렸고, 어떤 추상화, 보편화를 위하여 문학 수업을 하거나 또는 동서양의 지성사에 접할 기회도 여유도 없었던 세대이다. 강경애의 경우는 유년의 가난과 간도에서의 생활이라고 하는 남다른 체험으로부터 얻은 직관적인 계급의식이 창작의 바탕이 되었다. 그것은 문제를 사회적 차원에서 보게는 했지만 실제 삶을 구성하는 복잡한 관계들에까지 시선이 널리 닿을 기회와 여유를 강경애는 가지지 못했다. 강경애의 작품에서 인물의 행태가 거의 출신계급에 의해서 결정되는 단순함을 노정하는 것은 그가 직관적인 계급의식에만 의존한 탓은 아닐까.

이들에 비하면 방정환의 『사랑의 선물』이나 『어린이』지를 통하여 단편적이지만 다양한 교양을 습득하고, 기독교계와 민족주의계의 여학교를 모두 거치고 일본유학도 경험하면서 여러 종류의 사상과 또 그 사상을 실천하고자 하는 인간들을 접했을 임순득은 그만큼 복합적인 시선으로 사물을 볼 수 있게 되었을 것이다. 또한 피식민지인으로서는 계급해방이 민족해방과 동시에 추구될 수밖에 없다는 생각을 할 수 있게 된 1930년대 후반의 분위기와 이론을 따라잡을 수 있었던 관계망과 문학수업을 할 만한 여유가 있었던 개인적 조건 하에서 임순득의 지성이 가능하게 되었다고 생각한다.

지성은 단지 박식이 아니라 사물을 취사선택하는 시야를 제공한다. 지성은 박식을 바탕으로 하지만 그것을 바탕으로 현실에 객관적인 거리를 가지게 한다. 소박한 감상이나 안이한 타협을 비판적으로 보게 하는 것이야

말로 지성의 힘이다. 논리적인 자기 성찰을 가능하게 하는 것이다.

그 지식인적 면모를 가진 화자가 제일 경계하는 것은 소녀적인 '감상'에 빠지는 것이다. 감성에서 연유하는 자신의 '감상'에 거리를 두고 그것을 비판할 수 있는 이성적 능력을 임순득은 자기 자신과 동료 여성들에게 끊임없이 강조하고 있다. 그가 '여류작가'를 비판하는 것도 이 점에 있다. 이 비판과 반성은 이후 임순득의 평론과 소설의 중요한 과제가 된다. 평론에서는 여성문학을 '여류문학'으로 '주변화'시키는 남성 중심의 문단과 그렇게 주어진 '여류작가'에 안주하는 여성작가에 대한 비판이 주가 된다. 소설에서는 여성 화자를 내세워 여성의 주체 세우기에 초점이 모아진다. 성적 · 계급적 · 민족적 억압 저편에 있는 새로운 종류의 삶을 꿈꾸는 대안적 여성 주체를 모색하는 것이다.

제5장 여성평론가의 등장

1. 여성적 글쓰기와 여성문학론

우리 근대여성문학사의 출발 지점에서 나혜석은 여성의 경험을 글로 쓰는 행위는 일차적으로 여성 독자를 향한 것이며, 여성의 고유한 경험을 공론화하고 공유함으로써 여성의 문제를 좀더 객관적으로 인식하는 것임을 천명하는 여성문학론의 중요한 측면을 언급했다. 이것은 자신의 글쓰기 경험으로부터 우러나온 체험적인 여성문학론이다. 이에 비해 1930년대 후반 등장한 임순득은 자기 시대의 '여류작가 논의'를 비판하면서 '여류작가'도 여성 이전에 작가임을 강조하는 논쟁적인 글을 발표하면서 본격적인 여성평론가로 등장했다.

자전적 소설 「경희」가 발굴되어 한국 근대문학사에서 자기 위치를 정립하기 이전까지, 문인으로서의 나혜석은 「이혼고백장」으로 대표되었다. 김우영과 이혼하고 난 뒤에, 자기와 김우영이 연애할 때로부터 시작하여 행복한 결혼 생활과 구미 여행을 거쳐 이혼에 이르기까지의 과정과 심경을 솔직하게 써서 대중매체에 발표한 「이혼고백장」은 내용의 솔직함과 개인의 사생활을 자발적으로 공개한다는 형식의 파격성 때문에 당시 사회에 큰 파문을 불러일으켰고, 결국 나혜석이 당시의 주류 사회로부터 백안시 당하는 결정적 계기가 되었다. 말하기 좋아하는 사람들은 노출증적 광태라고 비난하기까지 했다. 그렇지만 「이혼고백장」이전에도 나혜석은 이미 「모된 감상기」, 「부처 간의 문답」같이 결혼한 여성으로서의 자기 경험을 솔직하게 드러내는 글들을 발표했으며, 사회적 비난을 받은 「이혼고백장」이후에도 계속 의연하게 「신생활에 들면서」, 「이성간의 우정」처럼 이혼한 여성의 입장을 드러내는 글을 발표했다. 이런 글들은 나혜석이 여성으로서의 자기의 경험과 생각을 드러내는 여성적 글쓰기의 자의식을 가지고 있었다는 점을 보여준다.

나혜석은 첫딸의 돌이 되었을 때, 즉 어머니 노릇한지 일 년이 되었을 때 여성이 어머니가 되면서 인간으로서의 자기 발전에는 엄청난 장애를 받는다는 점을 뼈저리게 느끼게 되었고 그런 의미에서 '자식은 모체의 살점을 떼어가는 악마'라고 하여 '모성의 신화'를 부정하는 글 「모母된 감상기感想記」113)를 써서 발표했다. 여성의 본능이라고 신비화된 모성을 자기의 생생한 체험을 근거로 하여 부정한 나혜석의 이 글은 한국의 여성해방론에서 획기적일 뿐만 아니라, 여성의 육체에 대한 논의를 기피하는 금기를 깨뜨리고 여성의 고유한 체험을 공적인 논의의 장으로 끌어내는 것이 바로 여성의 글쓰기의 목적이라고 하는 여성문학론을 펼쳤다는 점에서도 획기적이다.

---

113) 나혜석, 「모된 감상기」, 『동명』, 1923 · 1.1~1.21(4회 연재).

당시 사회의 금기를 깨뜨리는 나혜석의 「모된 감상기」가 발표되자 '백결생'이라는 필명을 가진 남성은 "임신이라는 것은 여성의 거룩한 천직이니 여성의 존귀가 여기 있고, 여성이 인류에게 향하여 이행하는 최대 의무의 한 가지인 것을 자각하여야 할 것"이라고 비난했다.[114] 이에 대해 반박하면서 나혜석은 자신의 글은 "단순한 본능에서 시시각각으로 발하는 순간적 직각直覺을 허위 없이 문자상에 나타낸" 것이며, "독자 자신도 필자 자신과 거의 같은 경우로 거의 같은 감정을 경험치 못하고서는 도저히 이해할 수 없는 불가사의한 것"이기에 자신과 같은 경험을 가진 '어머니'들이 읽고 공명하면서 경험을 함께 나누기를 기대했다고 밝혔다. 그래서 「백결생에게 답함」은 다음과 같은 희망사항으로 글을 맺고 있다.

> 나는 꼭 믿는다. 내 「모된 감상기」가 일부의 모母 중에 공명할 자가 있는 줄 믿는다. 만일 이것을 부인하는 모가 있다 하면 불원간不遠間 그의 마음의 눈이 떠지는 동시에 불가피할 필연적 동감이 있을 줄 믿는다. 그리고 나는 꼭 있기를 바란다. 조금 있는 것보다 많이 있기를 바란다. 이런 경험이 있어야만 우리는 꼭 단단히 살아갈 길이 나설 줄 안다. 부디 있기를 바란다.[115]

여성의 어머니 되기의 경험을 함께 하지 못했고, 재래의 신비화된 모성에 대한 고루한 관념을 가진 남성은 이해할 수 없는, 여성으로서의 곤혹스러움과 고통, 그런 여성의 경험을 공론화시켜 여성들과 공유하고 싶다는 것이 나혜석이 자기고백적인 글을 쓰는 이유였다. 이런 나혜석의 글쓰기론

---

114) 백결생, 「관념의 남루를 벗은 비애」, 『동명』, 1923.2.4~11(2회 연재).
115) 나혜석, 「백결생에게 답함」, 『동명』, 1923.3 · 18.

은 의식적인 여성문학론은 아니지만, 여성의 경험은 여성 자신에 의해 토로되는 것이 필요하다는 측면에서 여성들의 글쓰기를 적극 주장한 것으로 여성문학론에서 매우 중요하다.

이후에도 여성 작가나 시인들이 자신이 글을 쓰는 이유, 글쓰기가 가지는 의의 등에 대해 단편적으로 밝힌 경우는 있지만 여성문학론을 본격적으로 펼친 것은 임순득이 처음이다. 임순득은 최초의 여성평론가로서 1930년대 후반의 '여류문학'논의 속에서 여성 문학이란 어떠해야 될 것인가를 논리적으로 정리하고 여성문학에 대한 왜곡된 견해와 맞섰다. 우리 문단에서는 처음으로 '여성해방문학'에의 자의식을 가진 여성평론가였던 것이다. 여성 해방론은 계몽기 이래 중요한 담론이었고[116] 여성 운동의 차원에서 이루어진 여성 해방론은 있었지만 여성에 의한 것이든, 남성에 의한 것이든 본격적인 여성문학론이라고 할 만한 것은 아직 없었다. 임순득은 이러한 당시 문단과 평단의 척박함에 문제를 제기하면서 비평활동을 시작했다.

1930년대 후반 카프 해체 뒤의 온갖 비평적 언설의 난무 속에서 잡지의 상업적 관심과 맞물리면서 '여류문학' 논의가 남성 평론가들의 평단 일각에서 벌어졌다. 임순득은 이러한 논의에 대한 비판으로 자신의 첫 평문 「여류작가의 지위」를 써서 여류 작가는 여류이기 이전에 작가라는 것을 이론적으로 밝혔다. 그리고 1930년대 후반이라는 특수한 시기의 작가들이 갖추어야할 자세를 「창작과 태도」에서 논했으며 그러한 자세에 충실한 여성 작가가 남성 작가를 능가하는 창작 성과를 내고 있음을 작품론을 통해 「여류작가 재인식론」에서 입증했다.

---

116) 이에 대해서는 이상경, 「여성의 근대적 자기 표현의 역사적 의의」, 『민족문학사연구』 9, 1996 참조.

2. '여류'문학과 '부인'문학

1) 평론가로서의 출발

임순득의 두 번째 평문 「창작과 태도 — 세계관의 재건을 위하여」는 임순득이 당시 문단 상황을 진단하고 작가와 비평가가 취해야 할 태도를 논한 글로서 비평에 임하는 임순득 자신의 입장을 잘 드러낸 글이다. 평론문 발표 순서로는 두 번째 글이지만 내용상으로 보면 "문학은 일생을 바칠 사업이다"라는 말로 시작하는, 평론가로서 자신이 출발하는 자리, 혹은 결의를 밝히는 머릿글 같은 것이다. 그 글은 신인답게 선배 평론가를 비판하는 패기만만한 어투로 진행된다.

우리의 선배들은 문학상 제 문제를 부단히 파악하고 논의하여 왔으나 우리 문학의 침체와 부진과 혼돈을 설교하기도 그들이었다. 나는 나의 어린 눈에 보이는 침체 부진의 혼란을 들여다보면서 서러웠다. 그리고 속으로 생각하였다. 소를 몰고 쟁기를 잡고 하루 종일을 갔으나 아아! 논은 갈아 있지 않다! 하는 농부가 있다면 그는 논을 갈지 않은 것은 명백한 일이라고 (…중략…) 나는 이 황무한 우리 문학의 밭을 앞에 놓고 나의 무력이 너무 심한 것을 알면서도 어느 경솔한 선배를 본받아 목쉰 소리를 지르거나 없는 처방을 있는 체하는 대신, 나와 같은 새싹들에게 에워싸여서 작가 ABC의 견지에서 본 우리 문학의 환부를 집맥해 보고 싶어 마지 않는다. 무론 상대적으로는 우리 선배들도 미미한 싹에 지나지 않지만 좀먹고 시들고 세속에 아유를 배운 싹에서는 아름다운 꽃과 보람 있는 열매를 예상하기는 어려운 것이 아닐까?[117]

그 당시 말로는 리얼리즘을 주장하면서도 실제에 있어서는 일상의 파편적 삽화들을 나열하거나 개인의 특수한 심리묘사에 치중할 뿐 당면한 조선의 현실 문제에 대해서는 다루기를 회피하는 작가들을 비판하면서, 작가 나름의 세계를 바라보는 뚜렷한 관점이 필요하다는 것과 임순득 자신은 사회적 역사적 존재로서의 인간의 문제를 다룬 문학을 추구하겠다는 것을 주장한다. 즉 엄혹한 시대 환경에서 카프가 해산되고 난 뒤 전망을 잃은 작가들은 개인화되고 개별화되어, 자기 주변의 좁은 시야에 갇혀 사소한 일상의 문제만 건드리고 있는데, 세계 문학사상 위대한 작가들을 보면 그러한 '사소한 감정의 빛깔' 정도에 매몰된 경우는 없으며, 인간의 삶의 보편적 조건을 문제 삼고, 역사를 문제 삼을 때 훌륭한 작가가 될 수 있었다는 것이다.

2) '여류'작가가 아니라 여류'작가'이다.

「여류작가의 지위 ― 특히 작가 이전以前에 대하여」는 부제에서 드러나듯이 작가이기 이전에 '여류'라고 하는 생물학적 조건을 내세우는 문단의 현실에 문제를 제기했다. 즉 작가에게 '여류'라는 수식어를 굳이 붙여야 할만큼 작가로서의 여성과 남성이 본질적인 차이를 가지고 있는 것은 아니라는 것이다. 당시 일부 남성 비평가들이 주도한 여류작가 논의에서 '여류작가의 의의는 여자만이 담당할 수 있는 예술분야에 속한 일체의 여자만이 갖는 감정으로 여자만이 할 수 있는 형상화를 할 수 있다는 데에서 찾는 것이다. 여류작가는 그러한 명칭일 따름이다'라고 하는 것에 대해, 임순득은

---

117) 임순득, 「창작과 태도」, 1937.10.15~20.

당시 유명했던 한 여성 비행사의 이름을 들며 그녀가 비행을 하면서 중력과 거리를 정복하는 데 그녀의 성이 '여성'이라는 것이 무슨 문제가 되고 무슨 영향을 미치는가고 반박한다. 그리고 가치평가가 개입한 '여류'라는 말 대신에 생물학적인 구별을 위해서 임순득 자신은 '부인작가'라는 용어를 사용한다.

그런데 여성 작가에게 여성으로서의 특수성을 요구하면서 문단 한 구석으로 치워두는 것은 남성 평론가뿐만이 아니다. 임순득이 보기에는 일부 여성 작가들 역시 '여류' 작가라는 칭호가 가진 모욕에 대한 자의식 없이 학생 작문 수준에 지나지 않는 글들로 작가연한 경우도 있었다. 그러나 현실이 그렇다고 하더라도 이제부터라도 '여류' 명칭이 가지는 부당성에 자의식을 가져야 한다는 것이 임순득의 주장이다.

> 인제는 — 아직도 늦지 않다 — 우리는 그 여류작가를 작가로서 정당히 평가하기를 용의하지 않을 수 없다. 불행히도 현재의 부인작가들에게서 작가적 섬광의 대신에 생도 작문적 재능만을 발견할 뿐이라 하더라도 또 부인작가들 자신이 '여류' 작가라는 칭호 속에 자신의 모욕과 비극성을 의식함 없이 의연히 '귀여운 재재거림'을 한다하더라도 우리의 일마저 종래의 나쁜 습관에 쩔어서 왜곡되어서는 아니 될 것이라고 생각한다.[118]

「여류작가의 지위」 마지막에서 임순득은 지금까지의 그릇된 관행에 의해 "빈약한 월평들이 그때 발표된 여류작가의 작품들을 '여류작가'의 것으로 극히 단순하게 취급"했을 뿐, 정당한 비평이나 평가를 한 적이 없다고

---

118) 임순득, 「여류작가의 지위」, 1937.6.30~7.5.

기성의 남성 중심 평단을 비판했다. 그리고 이 비판에 대한 대안으로 임순득은 「여류작가 재인식론 ― 여류문학선집 중에서」을 쓰게 된다.

3) '부인'작가로서의 강경애론

「여류작가 재인식론 ― 여류문학선집 중에서」는 당시에 나온 최초의 여성문학선집인 『현대조선여류문학선집전경』에 대한 서평이다. 1937년에 출간되었을 때 임순득은 「여류작가의 지위」를 쓰면서 이미 이 선집에 대해 언급한 바 있다.

> 작품의 다양성에 관하여 생각할 때 작가가 단지 외로운 사람의 소세계, 그 조그마한 풍경, 사세些細한 정물을 무시할 것이라는 것을 의미하는 것은 아니지만, 그러나 『여류작가선집』을 들추어 볼 때 열다섯 사람의 작품은 모두가 미미한 것, 조그마한 것, 너무나 도도한 사회의 물결로부터 벗어난 강변의 어여쁜 조약돌만이 취재되어 있기 때문에 그것이 한 사람 한 사람에게 향하여 중요한 문젯거리가 되는 것이다. 그것들은 왜소한 정신만이 노리는 세계의 것이요, 결코 부인작가의 특징적인 세계의 것은 아니다.[119]

작품들이 개인의 사소한 일상의 문제만 다루고 있다는 것에 대해 불만을 표시하고 '여류작가'가 아닌 '작가'이기를 요구한 대목이다. 그런데 그렇게 가볍게 언급했던 이 작품집에 대해 근 1년이 지난 시점에서 임순득이 다시

---

119) 위의 글.

「여류작가 재인식론」의 발표 당시 모습

군이 논하게 된 것은, 이 작품집이 가지는 의미가 크고 특히 강경애와 박화성의 작품은 '여류'를 떼고 논하더라도 그 문학사적 의의가 남성작가의 것을 능가함에도 불구하고 기성 평론가들이 아무도 주목하지 않은 것에 문제의식을 느꼈기 때문이다. 15명의 수록 문인 중에서 특히 강경애, 박화성, 이선희의 작품을 예로 들어 비평하였다.

임순득은 강경애의 「어둠」이 가지고 있는 당대 문학사에서의 의의, 그리고 여성문학으로서 강경애의 문학이 이룬 성취와 한계를 논했다. 우선 이 작품이 제4차 간도 공산당 사건 관계자들의 사형을 증언120)했다는 점에서, 당시의 암울하고 절망적인 시대 분위기와 그 시대의 상징적 사건을 증언해야할 작가의 임무를 모두 방기하고 있을 때 어느 남

---

120)1930~1932년 사이 일제는 대토벌을 통해 수많은 사람들을 잡아들여 네 차례의 '간도 공산당 사건'을 만들어 내었다. 그 중에서 제 4차의 사건은 1936년 2월에 재판이 종결되면서 치안유지법 위반에 살인 방화 강도 등의 죄목이 곁들여져 18명의 사형수를 내었고 그들은 1936년 8월 사형당했다. 이 사건이 있고 반년 만인 1937년 1월 『여성』지에 강경애는 「어둠」을 발표했다.

성 작가들도 하지 못했던 일을 여성 작가 강경애가 해냈다는 점을 높이 평가하면서 '여류'라는 딱지가 얼마나 비본질적이며 문학적 현실과는 거리가 먼 것인가를 힘주어 밝혀보였다.

「어둠」은 용정의 한 병원에서 간호부로 일하는 영실이가 주인공인데 영실이의 오빠는 "우리는 없는 놈이니까 같은 없는 놈들을 동정하여야" 하며 "이러한 생지옥을 벗어나기 위하여 싸우지 않으면 안 된다"고 말하고 떠나 반만항일투쟁에 참가했다가 일제의 경찰에 체포되어 감옥에 있다. 영실이가 일하는 병원의 의사는 십년 전에는 가난한 환자에게 무료 치료까지 해주며 영실이와 동지이자 애인의 관계를 가져왔다. 그러나 세상 인심이 변하니 그도 변하여 다른 여자와 약혼을 하고 말았다. 그리고 그 의사가 전해주는 신문 호외에는 오빠가 사형 당했다는 기사가 실려 있었다. 영실이가 그 소식을 알게 된 날 맹장염 수술을 거들던 영실이의 눈에는 환자가 오빠처럼 보이고, 의사가 칼을 들고 오빠를 죽이려고 하는 것처럼 보여 의사에게 달려든다. 그러고서 미친 영실은 병원에서 쫓겨난다.

이런 줄거리를 가진 단편소설 「어둠」이 단순하게 오빠도 잃고 연인도 잃은 젊은 여자의 '광인수기'가 아니라 1930년대의 식민지 조선의 삶을 보여주는 사건에 대한 고뇌에 찬 기록이라는 점을 임순득은 지적했다.

실로 강경애 씨의 '어둠'은 우리의 머리에 아직도 생생히 기억으로 남아 있는 '사건'이 한 여자를 정신적으로 파멸시키고 만 세계이다. (…중략…) 후일 사가史家는 삼십 년대의 사회의 제 상諸狀을 진상眞相 그대로 전하여줄 것이다. 그러나 역사에 의하여 산 사람의 호흡, 맥박, 기분, 감정, 사색 및 그것들의 계기와 파동을 충분히 생활감정적으로 감득하지는 못한다. 그리하여 바른 손에 역사를 든 사람은 윈손에다 알고자하는 시대의 문학작품 중에서 그 '사건'을 제재로 해서나 어느 관련을 가지고나 취급한 것은 이 「어둠」 이외에는 없었다.[121]

임순득이 글을 쓰고 있는 1938년 1월의 시점에서 아직도 생생히 기억으로 남아 있는 '사건'이란 무엇인가. 그것은 제4차 간도공산당 사건 관련자로 일제의 경찰에 체포되어 서울로 압송된 사람들이 사형 선고를 받고 상고, 재심 청구 등을 하며 수년간 감옥살이를 하다가 형 확정 판결과 함께 전격적으로 사형을 당한 사건이다. 그 '사건'을 당시의 신문은 다음과 같이 전하고 있다.

철창 생활 7년 동안에 공판 전후 4년간 1심 2심에서 대량의 사형수를 내게 된 간도 공산당 사건의 주현갑周現甲, 이동선李東鮮 등 18명의 사형수에 대한 최후 언도 공판이 지난 6월 18일에 고등법원에서 개정되어 역시 상고 기각으로 원심 판결대로 사형으로 확정되었다 함은 누보屢報와 같거니와 경성복심법원에서는 지난 10일에 사형수들이 청구한 재심도 기각되었으므로 사형수들에 대한 일건 서류를 법무국으로 송치하였던 바, 동 국에서는 그동안 총독의 사형 집행의 명령이 있었으므로 재작일인 지난 21일과 22일 양일에 긍亘하여 서대문 형무소에서 경성복심법원 검사국 의전依田 검사의 입회 하에 사형을 집행하였다 한다.[122]

---

121) 임순득, 「여류작가 재인식론―『여류문학선집』 중에서」, 1938. 1. 28~2. 2.
122) 「간공間共 사건의 사형수 18명 사형 집행―21,2 양일 서대문 형[무]소에, 철창鐵窓에 신음 7개년」, 『동아일보』, 1936. 7. 24.

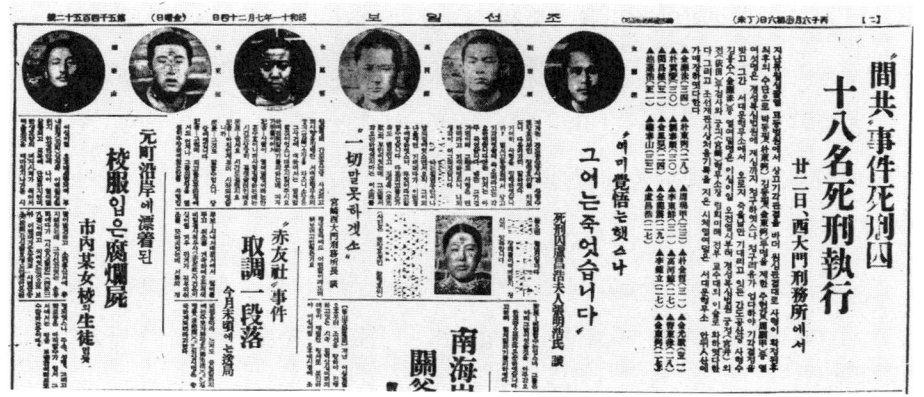

간도공산당 사건 관련자들의 사형소식 보도 기사. 『조선일보』 1936.7.24

　이 작품이 발표되었을 당시 소설을 읽은 사람들은 그것이 특정 사건을
가리키고 있음을 대뜸 알아챘을 것이다. 임순득은 「여류작가 재인식론」에
서 "스물두 사람, 그리고 특히 열여덟 사람의 사진을 실은 신문. 그 가운데
에 자기의 오빠를 헤이고 있는 영실이"라고 쓰고 있는데 실상 소설 「어
둠」에는 "사형수들의 사진을 실은 신문"이라고만 되어 있지, 그들이 18명
이라는 정보는 없다. 그런데 실제 사건 보도 기사를 보면 사형을 당한 사람
들은 18명이고 신문마다 그들의 이름과 사진을 실어 놓았다. 임순득이 소
설 「어둠」에서는 밝히지도 않은 사형수의 숫자를 18명이라고 서슴없이 쓰
는 것으로 보아 이 소설이 그 사건을 소재로 했다는 것은 당연한 상식이었
던 것이다.

　이런 사건을 겪는 동 시대의 사람들의 호흡, 맥박, 기분, 사색 같은 것은
신문 기사나 역사서의 기록으로는 전달할 수 없고 작가만이 그것을 전할
수 있다. 그런데 당대의 남성 작가들이 그러한 작가의 특권이자 의무를 저
버리고 외면하고 있을 때 강경애는 그 사건에 정면으로 대면했다.

그리고 영실이의 절망은 오빠의 사형뿐만 아니라 믿었던 의사의 배신이 겹쳤기에 더 커졌다. 그들은 과거에는 연인이었을 뿐만 아니라 동지였다. 그렇기 때문에 작가는 단지 사형을 집행한 일제 당국만이 아니라 의사 같은 배신자들이 오빠를 죽인 것이라고 미친 영실이의 입을 통해서 부르짖는다.

영실이는 눈을 뒤집고 나는 듯이 의사에게로 달려드니 의사는 얼결에 주춤 물러서다가 발길로 탁 차버렸다. 영실이는 시멘트 바닥에 자빠졌으나 단숨에 일어나 달려든다. 입술과 코가 터져 온 얼굴이 피투성이가 되어 버렸다.
"이놈 이놈! 오빠를 죽여. 아구 오빠 오빠, 호호호, 저놈."
간담이 서늘하게 부르짖는다.[123]

그런 점에서 이 작품은 간도공산당 사건 관련자의 이야기일 뿐만 아니라 과거의 이상과 동지를 배신하고 시속에 편승하며, 일제에 투항해 가는 사람들이 늘어가는 당대 상황에 대한 비유이며, "어둡다"는 것은 영실이가 쫓겨난 병원 바깥이 어두웠다는 것뿐만 아니라 작가 강경애가 앞날을 어둡게 느꼈다는 작가 심리, 작가의 현실 인식의 표현이기도 한 것이다.

그런데도 「어둠」이 담고 있는 의미에 대해서 기성 문단은 논의한 적이 전혀 없다. 여성 작가의 글이어서 무시해 버린 탓도 있고, 일제 당국의 눈치를 보며 자기 검열을 한 것이기도 하다.[124]

---

123) 강경애, 「어둠」, 1937. 1.
124) 최정희가 「흉가」(1936)를 발표하면서 '여류작가'로서 각광을 받기 시작한 문단 분위기를 미루어 생각하면 기성 문단이 생각하는 '여류 문학'에 강경애 작품은 멀리 있었다는 것, 그리고 정치적 소재를 기피하는 작가들의 안이함이 겹친 것으로 봐야 할 것이다.

통털어 이 땅의 작가들은 「어둠」의 배후 사건을 그들의 창작적 세계에서는 외국과 같이 여기었다. 언젠가 『문학평론』에 실렸던 정우상鄭遇尙 씨의 「성聲」125) 이 있었을 뿐이었다. 이 땅의 작가들은 그 두뇌와 심장의 반분半分씩은 치인痴人 이 되어있지는 않은가 — 하는 말을 누군가 하면 그들은 독설이라고 침을 뱉을 것 이다.

(여기에서 논급할 바는 아니지만 우리의 작가들은 반분은 치인이다. 한 사람 의 시마키 켄사쿠島木健作의 에피고넨조차 없다.)

그러나 강경애 씨는 바르게도 어둠을 감수하였다. 이 악착한 어둠을 문학화 하였다. 적어도 그렇도록 노력하였다. 그 어둠에 패배하여 정신적 파멸에 끌리 고만 주인공으로 형상화하였다 할지라도 강경애 씨는 적어도 사적史的인 한 업 적을 수행하였다.

오만은 무지의 최초의 형벌이다. 이 땅의 무지한 정신은 그 '사건'을 어느 의 미로나 문제 삼을 줄 몰랐을 뿐 아니라 씨의 「어둠」마저 그 오만에 의하여 레테 강에 띄워버리려 하였다.

하여튼 '여류문사'라는 특수칭호로 대하는 부인작가만이 어둠을 어둠으로서 문학화하려 하였다. 더구나 그 「어둠」가운데의 그 사건의 취급은 얼마나 높이 평가되어도 못지않은 것이 실감이 아닐 수 없다.126)

이렇게 엄청난 사건을 강경애만이 문학 작품의 소재로 삼았다는 것, 보

---

125) 정우상의 「성」은 1935년 11월 일본의 문학 잡지『문학평론』에 일본어로 발표된 작품이다. 간 도공산당 사건으로 사형 선고를 받고 항소 과정에 있는 인물 권팔용이 고문과 충격의 여파로 말 을 하지 못하게 되었다는 절박한 상황을 묘사하여 동정을 불러일으키고 그만큼 언론이 억압된 상황을 빗대었다. 또한 팔용의 아내 순이가 남편이 벙어리가 되었다는 말에 자신을 다잡으며 변 하지 않고 그와 함께 할 것이라고 다짐하는 결말을 맺고 있다.
126) 임순득, 「여류작가 재인식론」, 1938.1.28~2.2.

통 '스케일이 큰' 정치적인 문제는 '여류작가'에게는 어울리지 않으며 여류 작가는 그런 문제를 감당할 능력도 없다고 하는 통념이 그릇된 것임을 보여 준다는 점에서 임순득은 강경애의 「어둠」을 높이 평가했다. 여성 작가들의 관점이나 문학적 역량이 남성 작가들과 비교했을 때 뒤지지 않을 뿐 아니라 오히려 남성 작가들을 능가하는 것임을 「어둠」이 입증하고 있는 것이다. 간도공산당 사건 관련자들을 전격 사형시킨 사건에 대해 내로라 하는 남성 작가 평론가들이 침묵하고 있을 때 오히려 '여류 작가'라고 무시하던 여성 작가가 작가로서의 역할을 훌륭히 해낸 것을 들어, 여성작가들을 '여류'라 고 도외시하는 것이 얼마나 비합리적인 것인지를 힘주어 밝혔다.

그러면서도 동시에 임순득은 그 「어둠」이 본격적인 '부인 문학'이 되기 에는 미흡하다고 비판을 했다. 「어둠」에서 영실이가 절망하고 발광하는 '약한' 존재로 그려졌고 그것은 여성은 약한 존재라고 하는 통념에 작가 강 경애가 굴복한 것이 아니냐는 것에 비판의 초점이 놓여 있다. 소설 「어둠」 의 맨 마지막 부분은 다음과 같이 "어둡다"로 끝난다.

김서방은 어쩔 줄을 몰라 영실이를 뒤집어 업었다. 영실이, 그는 김서방을 쥐 어 뜯고 몸부림친다.

"이놈, 오빠, 아구 아구 어머니, 양말만 깁지 말고 빨리 나와요, 하하하 저놈이!"

김서방은 격리 병실로 뛰다가 몇 호실로 가란 말인고 아뜩하여 생각이 나지 않았다.

이번엔 위층 병실로 뛰어 오며 생각하니 역시 아뜩하였다. 그만 다시 수술실 문 앞으로 오다가 그도 모르게 욱 치밀어 오르는 감정에 층층 밖으로 뛰어나왔 다. 어둡다.

전등불이 환한 수술실에서 영실이가 발작하여 그곳의 정돈된 질서는 깨어지고 영실이는 캄캄한 어둠 속으로 내동댕이쳐진다. 철망으로 묶인 듯이 느끼던 영실이가 미친 뒤 쫓겨난 병원 밖이 어두웠다고 하는 결말 처리 방식에 대해서는 작가의 전망 결여라고 한계, 제한성을 지적하는 평가가 일반적이다.[127] 그런데 이런 결말에 대해 임순득 역시 그 한계를 지적하지만 그 원인에 대한 진단은 다르다. 영실이가 정신적으로나 육체적으로 오빠나 애인 같은 남성에게 너무 의존적인 존재였고 자기 자신의 주체성을 가지지 못했기 때문에 그렇게 절망할 수밖에 없었을 것이며, 으레 영실이는 혹은 여성은 그렇게 남성에게 의존적인 존재라고 생각하는 작가 강경애의 여성의식이 그런 절망적인 결말을 만들었다는 것이다.

씨는 작품 「어둠」에 있어서 성공하였을까? 그리고 「어둠」에 대한 작가적 감각이 우수하였을까?

씨는 어둠에 대하기를 너무나 겸손하게 하였다. 이 점이 씨의 첫째의 실패였다. (…중략…) 그리고 또 지주처럼 어렸을 때부터 믿어왔던 오빠의 죽음이 한 여성으로서의 모랄의 붕괴로 되고 말도록 만들었다는 점이다. 씨는 나에게 무고라고 말할지 모른다. (…중략…) 일개 약한 여성이 그만한 충격을 정당하게 견디기는 힘들었다. 그 위에다 사랑에 배반당한 깊은 비애가 겹쳤다. 근근이 간호부 노릇으로 생계를 세워 가는 고달픔이 있다.

---

127) 변화한 현실 속에서 영실이뿐만 아니라 작가 자신도 나아갈 길을 몰랐기 때문에 현실의 상황에 대해서도 현상을 묘사하는 데 그치고 만 것이다(이상경, 『강경애-문학에서의 성과 계급』, 건국대 출판부, 1997, 131면); 주인공 영실을 마지막에 미쳐 버리는 것으로 운명을 처리한 여기에는 당시 현실을 미쳐 버리지 않고는 견딜 수 없는 숨 막히는 분위기로 감수한 작가의 정신세계가 비껴 있으며 미래에 대한 신념이 부족한 작가의 제한성이 드러나 있다(은종섭, 「1930년대의 진보적 단편소설에 대하여」, 『출범전후』(현대조선문학선집 34), 평양 : 문예출판사, 2003, 15면.

인제는 신념도 오빠의 죽음과 함께 부서졌다. 이 현금叟수의 부인의 물질적 정신적 온도의 파악에서 근시적 리얼리스트는 발광이란 귀결을 구한다. 현실에 대한 작가의 파악은 너무나 사소하다. 부인은 약한 자! 오필리아 이후 아직도 리얼리스트들이 그 몽매를 깨이지 못한 고루固陋.128)

이 대목은 임순득이 생각하는 여성문학이란 무엇인가를 보여준다. 임순득은 우선 영실이가 남성에게 너무 많이 의존하고 있다는 것을 비판했다. 「어둠」에서 영실은 자기 자신의 뚜렷한 정치적 입장 같은 것은 없다. 영실에게 닥쳐온 시련은 오빠의 죽음과 의사의 배신이다. 영실이의 기쁨과 고난은 모두 오빠와 의사라는 남성과의 관계 속에서만 있고, 영실이 자신의 독자적인 일이나 생각에서 오는 것은 아니라는 것이다. 영실 자신이 당시의 변화하는 상황에 대한 정치적 판단 같은 것은 내리지는 못하고 있다. 또한 영실이가 사상과 생활의 지주로 삼았던 오빠와 의사를 한꺼번에 잃게 되었을 때, 고난을 견디지 못하고 발광하는 것으로 성격화한 것은 작가 강경애가 여성은 약하다고 하는 남성 지배 사회의 통념에 사로 잡혀 있었던 탓은 아닌가고 추측하고 있다. 남성 햄릿 때문에 여성 오필리어가 미치게 되는 셰익스피어의 시대처럼 지금의 작가들도 여전히 여성은 약하고 남성 의존적인 존재라고 하는 통념을 가지고 있으며 강경애 같은 훌륭한 여성 작가까지 그런 생각을 답습하고 있는 것을 비판한 것이다. 그래서 임순득이 존경하는 선배 작가 강경애에게 바란 것은 "부인작가로서의 특수한 문화적 의의"를 잊지 말 것, 즉 여성 작가로서의 자의식을 가지라는 것이었다.

---

128) 임순득, 「여류작가 재인식론」, 1938.1.28~2.2.

강경애 씨는 아마도 자기 스스로가 작품 「어둠」을 불과 삼십 항 미만의 조그만 작품으로 만들고 말기에 불만不滿하지 않으면 안 되었었다! 그리고 부인작가로서의 특수한 문화적 의의를 자기에게 부여하기를 잊지 않았어야 할 것이었다![129]

임순득은 「어둠」이 특별한 역사적 사건을 소재로 했다는 것에서 여성작가인 강경애의 투철한 작가 정신을 읽어내며 여성문학의 영역을 확장한 것으로 평가하면서도 남성 의존적인 여성을 그린 것에 대해서는 아쉬움을 나타내었다. 앞장에서 살펴보았듯이 임순득은 자신의 등단작인 「일요일」에서 감옥살이를 하는 연인을 옥바라지하고 있는 여성이 시류에 따라 변해가는 주변 사람들을 비판하면서 끝까지 자기를 지키는 모습을 그렸다.

임순득은 강경애에게 조선에서는 드문 여성 작가로서 한 걸음 앞서 나가기를 원했다. 임순득이 강경애에 대해서 이런 식으로 거리 두기를 할 수 있었던 이유는 임순득이 특정한 준거집단을 가지고 있었다는 점, 그들이 여성이었다는 것, 그래서 여성 의식을 가질 수 있었다는 점에 있다. 두 사람은 모두 일제 시대에 사회주의적 지향을 가졌던 매우 드물었던 여성 작가로서 여성 인물을 주인공으로 하거나 여성의 생활을 주된 소재로 삼음으로써 공론의 장에 나오기 어려운 여성의 목소리를 대변했다. 그러면서도 여성 문학에 대해서는 약간 다른 입장을 취한 것이다.

강경애는 1906년 생이고 임순득은 1915년 생이다. 거의 10년 차이가 나는 두 사람의 삶을 비교해 보면 흥미로운 공통점과 차이점이있다. 우선 공통점으로 들 수 있는 것은 두 사람은 다 여학교 시절, 기독교 계통 학교의

---

129) 위의 글.

교육 방침에 반대하는 동맹휴학 사건과 관련하여 퇴학 당했으며 일정하게 사회주의적인 지향을 가지고 있었던 점이다. 그러나 차이도 많다. 우선 성장 환경이 다르고 세대가 다르다. 강경애는 아버지를 일찍 여의고 매우 가난하게 자랐다. 빈곤의 체험은 강경애의 작품의 중요한 소재가 되었고, 강경애는 가난한 하층민의 내면을 대변하는 작가가 되었다. 임순득은 경제적으로 상당히 여유가 있는 집에서 성장했고 일본 유학생 출신인 오빠의 영향도 많이 받았으며 자신도 일본 유학 경험을 했다. 그래서 해방 전 임순득의 작품에는 극단적인 빈궁의 체험 같은 것은 안 보이며 지적이고 사색적인 여성 인물이 등장한다. 또한 두 작가 사이에 놓인 10년은 식민지 조선 사회의 사상적 지형도가 급격하게 바뀌는 시기이기에 사물을 보는 눈도 바뀌게 했다. 강경애는 1923년에 숭의여학교에서 퇴학을 당했다. 임순득은 1931년에 이화여고보에서 퇴학 당했다. 숭의여학교의 맹휴는 러시아 혁명 이후 유입되기 시작한 사회주의 사상의 영향하에 벌어진 부르주아 민족주의 비판 운동의 일환이었다. 당시 기독교는 부르주아 민족주의의 중요한 사상적 지주였다. 반면 1931년의 이화여고보의 맹휴는 똑같이 기독교 교육을 문제 삼았지만 훨씬 더 조직적으로 이루어졌고 의도한 것도 교육 내용 자체라기보다는 광주학생운동 이후의 항일운동에의 동참, 그러한 맹휴를 통한 학생들의 단련이었다.

퇴학 당한 후의 강경애의 행적에 대해서는 잘 알 수는 없지만 빈곤과 방황의 시기를 보냈던 것으로 추측된다. 즉 학교에서 퇴학 당한 뒤 강경애는 동료 여성 집단과 별로 관련성을 가지지 못한 채 개인적인 모색기를 가졌던 것 같고, 30년대 초 반만항일투쟁에 나섰던 사람들이 죽거나 멀리 이동하거나 혹은 이전의 신념과 양심을 버리는 모습을 보면서 절망감도 느낀다. 간도 용정에 살면서 남편 이외에 구체적으로 조직과 연관을 가지지 못했던 강경애의 생활 환경의 한계이다.

반면 임순득은 동덕여고보에 편입했다가 또 퇴학 당하지만 이런 과정에서 여성 활동가 집단을 만나고 연관성을 계속 가지고 있었던 것으로 보인다. 앞 장에서 살펴보았듯이 이화여고보와 동덕여고보 시절 임순득이 참가하고 주동했던 학생운동의 경험과 그때 맺었던 동료 여성들과의 관계망은 임순득이 작가로서 자기를 펼쳐나는 데 있어서 중요한 동기였으며 또한 문학 세계의 기반이 되었다. 임순득은 1930년대 후반 언젠가 일본 유학에서 돌아와 한반도 안에 있으면서 이재유 그룹과 모종의 관련을 맺고 있는 상태에서 절망하지 않고 끝까지 저항의 자세를 견지했다.

이러한 차이점으로 해서 강경애와 임순득은 작품 세계와 여성문학의 지향점에서도 차이가 생겼다. 1930년대 초 중반, 젊은 남성들이 반만항일투쟁에 참가하면서 남겨진 가족의 생계를 그 아내들이 짊어져야 했던 간도 지방의 현실 속에서 강경애는 계급적 자의식에 투철했고 하층민들의 삶 속에서 가족의 유지에 커다란 가치를 두었다. 반면 임순득은 1930년대 중 후반 서울 중심의 반제노동운동에 단신으로 참여했던 여성 활동가들의 성장을 배경으로 좀더 민족적이고 여성적인 자의식을 분명히 드러내게 된 것이다. 결국 임순득은 해방 후에 본격적인 강경애론[130]을 써서 일제 시대의 자신의 입장을 한 번 더 확인하게 된다.

---

130) 임순득, 「『인간문제』를 읽고―간단한 소개를 겸하여」, 1949.

「불효기에 처한 조선 여류작가론」 발표 당시의 지면. 제목과 이름 글씨는 임순득 것으로 생각된다

4) '여류'작가로서의 최정희론

박화성이나 강경애와 같은 여성 작가의 활동에 기대를 걸었던 임순득의
평필은 2년여 뒤에 당대의 여성 작가들을 질타하는 「불효기에 처한 조선
여류작가론」1940으로 다시 나타난다. 평론의 초두는 기대하였던 박화성이
나 강경애가 그 이후 뚜렷한 활동을 보이지 않는 것에 대한 실망감으로 시
작한다.[131]

자칫하면 나는 삼사 년 전의 졸고[132]에 의한 부인문학과 엄연히 구별할 '여류
작가'의 존재에 대한 우견愚見을 오늘에 있어서도 오히려 되풀이할 수밖에 없는
우리의 부인문학계의 정지와 빈곤에 푸념만이 앞을 서려 한다.

그러니까 안회남 씨 같은 소설가는 세상에서 제일 싫은 것을 열거하기를,

1, 여자가 쓴 글

2, 글 쓰는 여자

3, 여자가 글 쓰는 것

순서는 틀렸을지 모르나 ― 라고까지 필설에 올리지 않았던가? 우리는 소설
가 안회남 씨의 그 말에 일개 안회남 씨의 괴벽을 즐기는 부질없는 포즈에 불과
한 하찮은 요설이라고 귀넘어들을 수 없는 침통한 교훈을 얻었다고도 할 수 있
는 것이다.

더구나 불과 다섯 손가락으로 헤아릴까말까 하는 극소수의 부인 문필가 중
최근 이삼 년을 두고 강경애, 박화성 양 씨의 침묵이 계속된 것은 또한 묵과할
수 없는 우리의 부인문학계의 커다란 마이너스가 아닐 수 없다.[133]

---

131) 이때 박화성은 결혼으로, 강경애는 병으로 작품 활동을 하지 못하고 있었다.
132) 임순득 자신의 「여류작가 재인식론」(1938)을 가리킴.

그리고 그 실망감이 커서 기존의 여성 작가들을 진정한 의미의 여성작가로 부를 수 있겠느냐는 의문과 함께 그들의 행태를 비판하면서 새로운 여성 작가의 등장을 기대하는 쪽으로 바뀌었다. 그래서 평론의 제목도「불효기에 처한 조선여류작가론」이다. 여기서 '불효'란 동틀 무렵을 가리킨다.

곰곰히 생각해보면 이 땅에 있어서의 '부인문학'이란 어디까지나 미래를 위한 전망 속에 모셔 놓은 우리의 끊임없는 이상에 불과했고 그 명목에 상응할 부인 문학의 근거는 최초부터 없었던 것이 아니었던가? 대부분 그 작가적 출발이란 철철저 저널리즘의 일각에 작문 수필 기타 잡문 등속인 만치 계절의 화초적인 존재로서 비롯하였던 것이다. 황차 그 출발이야 어찌 됐건 그들의 그 후의 행방이 그 최초의 출발의 경지에서 일보도 차이를 보이지 않았다는 것, 단지 변화가 있었다면 저널리즘에 그들의 성명이 빈번히 활자화되는 도수와 함께 자타가 시인하는 '여류작가'의 직명을 받들게 된 정도이었다.[134]

기존의 저널리즘에 몸담고 있으면서 저널리즘의 상업주의에 힘입어 수필이나 일화 수준의 글들을 가지고 그것도 조선 여성 일반의 현실과는 동떨어진 생활 행태로 작가 행세를 하는 이들에 대한 임순득의 비판은 매우 신랄하다. 그들 때문에 다른 많은 여성 작가 지망생들과 일반인들이 '여류작가'는 "시들은 카네숀을 가슴에 안고 차茶 먹는 데를 출입하는 것으로서 진실로 문화적 분위기를 향수하는" 존재로 오해하게 되었다는 것이다. 그들의 작품의 경향 역시 그러하다.

---

133) 임순득, 「불효기에 처한 조선여류작가론」, 1940. 9.
134) 위의 글.

우리들은 때때로 그들의 출품물을 대할 때 불현듯 이러한 생각이 든다. 이 사람들도 조선 사람인가? 아니면 조선의 여자들인가? 하고. 우리의 생활 감정과는 하나도 통하지 않는 무엇 때문에 이 여자들은 이러한 문장을 농하는 겐가? 참으로 의아해 마지않는 소박한 독자의 슬픔에 붙들려 드디어 '여류작가'의 자부를 묵살하는 결과에 이르는 것이다. [135)](#)

이런 당대의 여성 작가의 부정적 모습에는 문단 저널리즘에 종사하는 남성 작가와 비평가 역시 책임이 있다. 그들이야말로 위에서 말한 부정적인 '여류작가'상을 만들어낸 장본인이기 때문이다. 임순득은 이들 남성들이 한 일이라고는 "그들이 이용할 수 있는 범위 내의 조폭과 경박과 우월감으로써 저주할 금일의 '여류작가'를 제조한 장본인으로서 역할을 하였을 뿐이다. 그리고 그들이 베풀 수 있는 친절이란 특별히 시설한 자선석에 여성문필가를 우대하는 정도의 왜곡된 페미니즘의 발휘였다"라고 신랄하게 비판했다.

이렇게 당시의 남성 중심 평단의 폐단을 비판한 임순득은 장덕조, 이선희, 모윤숙, 최정희의 작품 경향을 분석하면서 여성작가들의 분발을 요구한다. 이선희의 위악, 장덕조의 신중한 편협함, 최정희의 애틋한 하소연, 모윤숙의 미사여구에 실망을 토로하며 미래를 기약하는 것이다.

1930년대 후반, 시인 모윤숙, 노천명과 함께 최정희는 해방 전까지 식민지 조선의 여성문학의 대표자로 활동했으며, '여류문학' 논의도 이들 세 여성을 중심에 놓고 이루어졌다. 좌담회, 특집 등의 각종 지면에 이 세 여성은 거의 언제나 나란히 등장했고 간혹 이선희가 거기에 끼이기도 했다. 최

---

135) 위의 글.

정희는 '전주사건'[136]으로 감옥살이를 하고 나온 뒤에야 비로소 문학을 본업으로 삼고 새로 작품을 쓰기 시작했다고 한다. 1937년 4월 『조광』에 발표한 「흉가」야말로 자신의 진짜 등단작이라고 주장했고 실제로 「흉가」와 그 다음의 「정적기」에서 시도한 세계를 일제 말기까지 계속 추구 확장해 갔다. 주어진 바 그 이전까지 사회적으로 구성된 여성성을 운명으로 여기고 그것에 자학적으로 부응하는 모습은 일제 말 지속된 최정희 작품의 특징이며, 1930년대 후반의 '여류' 문학 논의에서 '여류'를 긍정하든 부정하든 그 잣대는 최정희 작품의 이런 특징을 염두에 둔 것이었다. 1930년대 후반 문단에서 최정희가 '여류'스러움을 극명하게 드러내 보이면서 논의의 중심에 서게 된 것은 그의 작품이 구축한 '여성적' 세계가 관심을 끌게 된 것과 최정희 자신이 『삼천리』지의 기자로서 문단의 중심에 있었다는 점이 상호작용을 한 결과이다. '여성적'인 작가의 등장을 기대하는 문단 분위기에 부응하여 그러한 소재들을 최정희 스스로 발굴해 나갔을 뿐만 아니라, 기자로서 여성 문인들을 계속 지면에 등장시키면서 최정희 스스로 일종의 여성문단의 권력이 되었고 그런 만큼 '여류'문학의 파급력도 있었다.

임순득은 '여류'문학을 비판하고 부인문학을 제창하는 쪽으로 나아갔는데, 최정희가 자신에게 비판적 입장을 취하는 임순득을 의식하고 있었던지는 분명하지 않지만,[137] 임순득은 최정희가 대표하고 있는 '여류'문학에 대해 처음부터 비판적인 입장을 취했다.

　　최정희 씨는 최근 속속 출품을 하였다. 「지맥」, 「초상」, 「인맥」 등. 씨의 소설

---

136) 1934년에 벌어진 카프 제2차 검거 사건. 최정희의 남편이었던 김유영이 검거되면서 최정희도 검거되어 9개월 만에 출감했다.
137) 최정희가 기자로 있던 『삼천리』지에 임순득은 전혀 등장하지 않는다.

을 읽고 우리는 무엇을 생각해야 하며 무엇을 받아들였는가? 그 애틋한 하소연에 시종하는 퇴색한 감상에 또다시 우리의 이마를 찌푸리게 한다. 여자 혼자서 살아가는 데에 따르는 정신과 물질의 양면의 생활에서 생기는 마찰 — 불안, 동요, 오뇌를 추구하려는 성실이 보이는가 하면, 어느덧 씨는 교묘히 '모성'이란 미명 아래 은둔소隱遁所를 만들었다. 그 은둔소에 숨는 것은 씨의 자유라고 하지만 화를 입는 것은 아이 — 생명과 동일한 아이였다. 우리들의 이상理想할 수 있는 어머니들은 자신의 불행에 대하여 자녀 앞에서 한번도 과장하거나 푸념한 일이 없던 것을 생각할 때 최 씨의 추구하는 모성애에 길들인 아이의 장래가 우리는 우려되는 것이다.138)

임순득은 최정희의 작품에서 추구하는 여성성과 모성을 인정하면서도 최정희 식의 여성성과 모성이 가지고 있는 부정적인 측면을 문제삼았다.

최정희의 「지맥」에서 주인공 은영은 자기가 재혼하면 아이들이 의붓아버지에게 구박을 받을까 봐, 또 아이들의 성이 바뀌는 것도 싫어서 사랑하는 사람과의 결합을 단념했다. '인내와 극기와 성실과 용기'를 가지고 '지상의 궤도'를 지키겠다는 것인데, 지상의 궤도란 기성의 법률과 관습이다. 「인맥」에서 선영은 남편의 흠잡을 데 없음이 싫어 친구의 남편을 사랑한다(고 스스로 생각한다). 그 사랑이 받아들여질 수 없는 것에 반발하여 엉뚱한 남자와 살림을 차렸지만 결국은 가정으로 돌아와 자기 남편에 대해 충실한 아내, 아이에 대해 참된 어머니로 사는 것이 그이에 대한 사랑을 지키는 길이라 생각한다. 그이가 있는 서울에 가고 싶은 열망은 "가구 싶어. 우리 웅아랑 같이 가믄 고만 아냐? 그렇지?" 라는 식으로 아이를 중간에 내세워 애

---

138) 임순득, 「불효기에 처한 조선여류작가론」, 1940.9.

매하게 얼버무린다. 「천맥」의 경우는 남편과 사별한 연이가 아이를 위해서 재혼했으나 오히려 아이에게 해가 되자 그만두고 자기 아이를 데리고 보육원의 교사로 들어가 모성의 확대를 꾀한다. 이번에는 아이는 잘 적응했는데 보육원장 성우 선생에 대한 이룰 수 없는 사랑 때문에 신에게 비는 것으로 자기 마음을 달랜다. 연이는 보육원의 다른 아이들보다 자기 아들에게 마음이 더 쏠리는 것과 아내 있는 성우 선생에게 마음이 기우는 것을 제어할 수 없다는 죄책감 때문에 신에게 매달린다.

이러한 최정희 작품의 여자주인공들은 여성의 가장 중요한 역할은 모성이라는 것으로 모성과 여성을 동일시하거나(「지맥」), 아이의 이해 관계에 어머니를 예속시키는 이데올로기를 강화시키고 있다(「천맥」). 「인맥」에서 여성의 자기 욕망의 추구를 자학적인 방식으로 발산하고 모성으로 갈등을 얼버무린 후 나머지 두 작품에서는 여성의 욕망보다는 이미 구성되어 있는 기존의 여성상에 맞추어 갈등을 해소하려는 경향이 강화되었다.

이런 최정희의 모성에 대해 임순득은 그렇게 아이를 위해 자신의 욕망을 접는다든지, 아이에게 어둡고 불행한 그림자를 드리우는 것은 아이에게도 좋지 못하며, 부질없이 자기 "개인의 완성만을 바라는 변질적인 정신녀"의 모습이라고까지 비판하고 있다.

임순득의 이 굉장한(!) 논문은 다음과 같은 거의 묵시록적인 어구로 마무리된다.

나는 그 메마른 산야가 기름진 옥토로, 그 왜목倭木이 울창한 초목지대로 변해야할 먼 미래를 상상할 수 있다. 그리고 저 먼 하늘가에는 지상의 일체를 신뢰한 한 마리의 솔개가 한가히 맴을 쳐 나르는 것을 생각할 수 있다. 이제 솔개는 사람의 간을 쪼을 필요가 없을 것이다. 그리고 코카사스의 암벽에 매달린 프로메테우스의 희생도 지구상에서는 존재하지 않을 것이다.

우리들은 이러한 미래를 사랑할 수 있음으로써 잘 살려고 하는 것이다. 부질없이 개인의 완성만을 바라는 변질적인 정신녀는 마음대로 지상에서 사라지기를 바라는 바이다.[139]

그렇다면 남성 중심 문단이 모든 여성 작가들을 '여류 작가'로 전락시키고 주변화시켰을 뿐만 아니라 여성작가 자신 그 여류작가라는 지위를 편안해 하고 있음을 날카롭게 비판하고, 그렇게 주어진 '여류작가'가 아니라 남성 여성 이전의 한 사람의 작가로서 다만 우연하게 그 사람이 여성이었을 뿐이라는 견지에서 '부인작가' 일 것을 주장한 임순득이 생각하는 '부인문학'이란 어떤 것인가?

임순득이 일본어로 쓴 수필 「늪의 쐐기풀에 부침」은 수필로 분류되어 있지만 임순득의 다른 일본어 소설처럼 자전적 색채가 짙은 '나'라는 화자가 친구인 '그녀'에 대해 이야기하는 구성을 취하고 있다. 그녀는 경성에 있는 여학교를 졸업하자 부모가 정해준 사람과 결혼을 했다가 스물 하나에 과부가

「늪의 쐐기풀에 부침」 발표 당시의 지면 모습

139) 위의 글.

되었다. 어린 딸을 두고 동경에 가서 양재 기술을 배우고 돌아온 그녀는 양장점에 나가면서 따로 부업까지 해서 겨우 두 모녀가 먹고 사는 처지이다. 과로가 쌓인 그녀는 죽은 남편의 제삿날 시골에 가서 앓아 눕기까지 하면서도 어린 딸에게 그늘을 드리우지 않으려고 하는 어머니이다. 그녀의 입을 빌어 작가 임순득이 피력한 이상적 모성이란 다음과 같은 것이다.

> "나는 말야, 남편이 죽었다는 사실에는 전혀 슬프지가 않았어. 그냥 젊은 사람이 죽는다는 것이 좀 슬펐을 뿐이야."
> A씨가 언젠가 나에게 이런 소리를 했습니다. 저는 A씨의 자신을 생각하는 슬픔이 아니라 죽은 사람의 죽음을 슬퍼하는 그 순수한 슬픔에 존귀한 모성을 느꼈습니다.[140]

생명 있는 것을 사랑하고 생명의 죽음을 슬퍼하는 마음이야말로 존귀한 모성이라는 것이다. 그녀는 또 과부가 된 뒤 딸과 함께 자립하기 위하여 온갖 고생을 마다 않는다. 작가는 그녀가 유학 가서 고생한 것을 다음과 같이 퀴리 부인의 고생에 비유했다.

> 아침은 우유 한 병, 점심은 건너 뛰고 저녁은 물에 만 밥으로 때웠다는 그녀의 술회로 추측하건대 윤이와 함께 살려고 그녀가 얼마나 필사적으로 노력했는지 알 수 있었습니다. A씨의 생활보다, 퀴리 부인이 소르본느에 다니던 학생 때 버찌의 영양 칼로리가 그녀를 배신하여 파리의 다락방에서 졸도했다는 에피소드에 감동하는 인간이 있다면 이는 필시 무신경한 사람일 것입니다.[141]

---

140) 임순득, 「늪의 쐐기풀에 부침」, 1939.4.

멀리 퀴리 부인에게 갈 것까지 없이 주변의 현실에서 여성이 자립하려면 겪어야 하는 엄청난 고통을 외면해서는 안 된다는 것, 과부의 자립이라는 것이 얼마나 어려운 것인지 알아야 한다는 것, 또한 그 어려움을 이기고 자립하는 모성이 있다는 것이다. 게다가 최정희 소설의 여성 인물들이 남성 인물과의 관계 속에서 아이의 자리와 자기 자리를 매기는 것과는 양상이 전혀 다르다. 과부가 된 그녀가 진정 가슴 아파하는 것은 일과 모성이 양립하기 어려운 여성의 처지에 관한 것이다.

그녀는 자기가 고생하지만 그것으로 아이에게 그늘을 드리우고 싶지는 않기에 부업을 하는 것도 아이가 잠든 뒤에만 하다가 건강을 해치는 지경에 이르는 것이다. 그러면서도 그녀가 염려하는 것은 아이의 기억이다.

> 내가 하루 종일 밖에 나가 일하고 있을 때, 좁은 방에서 할머니와 같이 색종이로 학이나 배를 접고 지내는 윤이가 나중에 유년기를 기억하고 어떤 기분이 들까라는 생각을 하면 마음이 편하지 않습니다. 나는 엄마라기보다는 그 아이의 배를 채워주는 존재, 그것도 빈약한 기계에 지나지 않는다는 초라한 생각이 들어 마음이 아픕니다.[142]

일하는 엄마의 육체적 고통뿐만이 아니라, 엄마의 일터가 집과 떨어지면서 아이와 공유할 시간이 없다는 정신적 고통에까지 모성이 당면한 새로운 국면을 밝히고 있다.

이렇게 임순득은 그 자신 부인작가로서 모성을 새롭게 구성하는 데까지

---

141) 위의 글.
142) 위의 글.

나아갔으며, 작가가 마침 여성이기 때문에 수행해야 할 역할인 '여성의 말하기'에 대해서도 지속적인 관심을 보이고 있다. 뒤에 쓴 소설 「대모」에서 작가의 분신인 평론가가 소설가 친구에게 "그렇게 지상성이 없는" "여류작가적인 모든 취미와 제스츄어"를 그만두라고 충고하지만, "하소연은 많이 할수록 좋은 거야. 우리들에게 하소연을 빼 봐. 아니 억제해 봐. 자폭하고 말 걸?"이라는 친구의 말에 "그녀의 슬픔을 들어주지 않으면 왠지 평생동안 책임감을 느낄 것만 같"다고 반응한다. 이런 말들은 여성문학이 여성에 대해서 가지는 치유 기능에 대해 임순득이 인식하고 있었음을 보여준다. 여성 자신의 말을 뱉어 내고, 들어주고, 공유하고 공론화하는 것이 여성문학의 중요한 과제라는 것이다.

이러한 임순득의 비평 활동이 가지는 의미는 두 가지로 정리할 수 있다.

하나는 임순득이야말로 여성 평론가라고 하는 뚜렷한 자의식을 가지고 비평을 시작했다는 것이다. 그 이전의 '여류문인'이라고 불리던 여성 중 많은 사람이 신문이나 잡지사의 기자 혹은 문단 사교계의 일원으로 양념처럼 문학 논의에 끼어 있었고 자신의 처지에 대한 비판적 자의식이 부족했거나 혹은 있었더라도 표현할 기회를 갖지 못했던 데 비해 임순득은 그런 문단 현실에 대해 뚜렷이 자각하고 그것을 비판하고 여성의 주체적인 입장에서 여성문학론을 수립하는 것을 자기 평론의 한 주요한 임무로 삼았다.

둘째는 당시에 문단 일각에서 남성 평론가들이 전개하고 있던 '여류문학' 논의에 대한 비판이라고 하는 대타 의식을 가지고 논의를 출발했다는 것이다. 이런 출발 지점은 임순득이 여류문학을 하나의 문단 분파로 설정하여 여성 작가의 작품을 통째로 변방화 하는 것에 반대하여 '여류'라는 말을 떼고 하나의 작가로서 여성 작가들을 평가하려는 노력에 힘을 기울이게 했다. 즉 여성으로서의 차이보다는 인간 해방을 지향하는 작가로서의 보편성을 여성 작가에 부여하는 이론적 노력에 훨씬 치중하게 되었다는 것이다. 이것은 남성과 여성의 '차이'를 중시하는 입장에서 본다면 남성처럼 말하고 남성적 기준에서 문학 작품을 평가하는 것으로 비판하고 싶을지도 모르겠다. 그러나 1930년대 문단에서 여성들이 받은 대접이 '차이'가 아닌 '차별'과 억압이기에 여성작가를 남성 작가와 동등한 자리에 놓고 비교하고 그 기준에 의해 남성 작가를 능가함을 밝히는 것은 문단 현실에서 각별히 필요한 작업이었다.

제6장 일제 말기 파시즘과 여성문학

1. 오빠의 죽음

1937년 2월 단편소설 「일요일」로 등단한 뒤 임순득은 1년 동안 3편의 평론을 발표했다. 그러고 나서 1년간은 쉬었다가 다시 1939년 4월부터 짧은 수필을 몇 편 썼다. 또 1940년 10월부터 1년 정도 공백이 있다가 1942년 10월부터 5개월간 일본어로 쓴 소설 3편을 발표했다. 그러고는 침묵으로 있다가 해방을 맞이했다. 두 번의 공백기를 살펴보면 첫 번째 공백기에는 오빠 임택재의 죽음이 놓여 있고, 두 번째 공백기에는 한글 신문 잡지의 폐간이 놓여 있다.

오빠 임택재는 1935년 12월 20일 석방된 뒤 호적상의 기록에 의하면 1939년 2월 16일 사망했다. 미곡상을 꾸리는 한편 임사명任史冥이란 필명으로 시인으로서 등단했지만 유고시를 포함하여 단 5편의 시를 남기고 있다. 1936년 11월의 『낭만』 창간호에 3편, 1938년 3월 『비판』에 1편, 그리고 죽은 뒤인 1939년 5월 『시학』에 유고시로 「십년 또 십년」이 실렸다. 유고시를 실을 때 편집자는 다음과 같은 머리말을 붙였다.

사명史溟은 불우한 젊은이의 한 사람이었다. 시에 대한 정열이 남만 못하지 않았음에도 불구하고 그가 남기고 간 시는 12편에 불과하였다. 그가 '가슴'을 앓아 일조일석 동안에 요절한 것을 슬퍼하는 뜻으로 여기에 그의 유고 한 편을 실리는 바이다. 그는 전주 태생으로 야마구찌山口에 학적을 두었다가 모종 사정으로 중도 퇴학하고 시작에 전념을 바치려했으나 뜻을 이루지 못하고 가버린 것이다. 마침 그의 벗 정구貞求 씨의 시를 얻어 같이 실리게 된 것은 기쁜 일이다.

알려진 바, 임택재의 행적과 일치하는 서술로서 임사명이 임택재임을 알게 해준다. 출옥한 뒤 임택재는 미곡상도 하고 「진정서」에서 "지금 저는 그 예감이 맞았다는 것, 게다가 더 많은 기쁨과 함께 그 사람의 복귀를 기뻐하게 될 즐거움에 가슴이 떨리고 있습니다"라고 쓴 것에서 짐작되는 바 결혼도 했다. 혼인 신고는 1938년으로 되어 있지만 실제 결혼 생활은 좀 더 일찍부터 였을 것으로 짐작된다. 그러나 임택재는 병으로 죽었다. 집행유예로 석방된 후 죽을 때까지 삼년 남짓한 기간 동안 임택재는 시를 썼다. 지금 남아 있는 임택재의 시에는 자신을 패배자 또는 배교자로 자책하거나(「독백」), 사방에서 총이 자기를 겨누고 있는 것처럼 공포스러워 하는(「십년 또 십년」) 시적 화자가 등장하고 있다. 서울 한 구석에서 쌀가게를 하면서 평범하게 살려고 하지만 「진정서」를 쓰고 나온 것에 대한 부끄러움, 언제라도 또 잡혀갈 수 있다는 두려움이 얽혀서 그의 삶은 여전히 힘든 것이었다. 게다가 석방된 뒤에도 임택재는 걸핏하면 '증인'이니 뭐니 하면서 경찰서에 불려 다녔으니 그의 죽음은 일제 경찰로 받은 고문과 감옥살이의 휴유증이었으리라.

임순득이 해방 후에 쓴 소설 「우정」에는 주인공의 오빠가 일제 시대에 '예방구금소'에서 죽었고 여성 인물 자신은 그 충격으로 첫 아이를 유산했다고 하는 서술이 있다. '예방구금소'란 일제가 1941년 3월 '조선사상범 예방구금령'을 공포하여 실정법(특히 치안유지법)을 위반할 우려가 있는 사람을 언제든지 잡아서 가둬놓도록 한 곳으로 비전향자들에게는 공포의 대상이었다. 임택재는 '조선사상범 예방구금령' 공포 이전에 죽었으니 「우정」의 서술은 허구화 된 것으로 봐야겠지만, 1936년 이미 '조선사상범보호관찰령'이 제정되어 임택재는 보호관찰의 대상이 되어 있었다. 「일요일」에서 오빠와 같은 이들의 상황을 언급했던 임순득은 오빠의 죽음에 대해서는 일제 시대에 아무 것도 쓰지 못했다. 쓸 수 없었을 것이다.

그리고 「우정」의 언급처럼 임순득이 이때 결혼을 했을 가능성도 있다. 시기를 특정할 수는 없지만 해방 전 임순득은 결혼을 했다고 이구영은 회고하고 있다. 그것도 집안에서 반대하는 결혼을 해서 강원도 산골로 도망가서 살았다는 것이다. 임순득의 개성으로는 있을 수 있는 일이라고 생각되는데, 다만 해방 전의 글에서는 임순득 자신의 결혼에 대한 언급은 전혀 없고 작중의 인물들도 혼자 사는 지식인 여성만 설정되어 있다.

1940년 10월부터 일본어 소설을 발표하기 전까지의 공백은 한글의 운명과 관련이 있을 것이다. 1940년 8월에 동아일보와 조선일보가 자진 폐간의 형식으로 폐간되고, 1941년 4월에는 순문학지와 종합교양지로 높은 평가를 받던『문장』과『인문평론』이 폐간되었다. 모어이자 민족어인 한글로 글을 쓸 수 있는 여지가 확 줄어든 상황에서 작가가 선택할 수 있는 길은 무엇이었을까. 1년의 공백 기간 후 임순득은 일본어로 소설 3편을 썼다.

실상 1941년 이후에도 한글로 신문과 잡지가 간행되고 작품집들도 다수 출간되었다. 단번에 언어 생활을 규제하기도 힘들거니와 일본어 해독율이 20%도 안 되는 상태에서는 원활한 식민지 통치를 위해서도 한글은 계속 필요한 상황이었다. 그러므로 식민지 조선의 일반 민중들에게 식민통치에 협력할 것을 선전하고 설득하는 글들은 여전히 한글로 많이 쓰여졌다. 총독부의 기관지였던『매일신보』가 해방되는 날까지 한글로 발행된 것이 이 사정을 잘 보여준다. 그러므로 한글로 발표된 작품이라도 적극적으로 일제의 식민 통치에 협력하는 작품이 있는가 하면, 일본어로 발표되었음에도 불구하고 식민지에서의 민족 문제를 날카롭게 제기하고 있는 작품들도 있다. 우리는 이미 이 시기 일본어와 한글 양쪽으로 창작을 하면서 식민 통치에 저항을 한 김사량의 문학 활동을 알고 있다. 임순득 역시 식민지 여성으로서의 정체성 문제를 제기하면서 일제의 식민 통치에 저항을 꾀하는 작품을 일본어로 썼다.

2. 식 민 주 의 와 여 성 의 국 민 화

보통 여성의 해방이란 여성이 국민국가 건설이라는 공적 영역에 참여하면서 시작된다. 공적 영역에의 참여가 동등한 공민권의 획득이라는 평등의 강조로 갈 수도 있고, 차이를 강조하면서 국가에 모성보호를 요구하는 쪽으로 갈 수도 있다. 어느 쪽이든 국민국가라는 공적 영역에 여성이 참여하면서 봉건적인 억압으로부터 해방을 추구하는데, 이와 동시에 여성은 근대 국민국가의 영역에 갇혀 타민족을 억압하고 자신의 완전한 해방도 이루지 못하게 된다. 이에 대한 비판으로부터 페미니즘은 국민국가의 경계를 넘어서야 한다는 주장이 나오게 되었다.[143] 그러나 민족의 해방과 여성의 해방이 동시적으로 추구되어야 했던 식민지에서는 그 양상이 달라질 수밖에 없다. 특히 일본이 식민지 조선에 대해 적극적으로 내선일체의 동화정책을 펼치는 1930년대 후반이면, 식민 '국가'로서의 일본과 피식민 '민족'으로서의 조선이라는 것이 명확하게 분리되고 이에 대한 여성의 반응도 각자의 처지에 따라 달라진다.

억압과 차별화의 식민지 정책을 펼쳤던 일제는, 전쟁이 지속되고 확대되면서 징병령을 핵심으로 하는 전쟁 동원을 목적으로 적극적인 동화정책을 펼쳤다. 조선 민족의 강제적 동원과 자발적 참여를 목표로 하여 일제는 조선인들에게 민족정체성을 부정하고 국가로 귀속할 것을 요구했다. 회유와 협박이 병행되는 동화정책이었다. 황국신민이냐 조선민족이냐 혹은 식민주의에 협력이냐 저항이냐의 갈림길이었다. 갈림길은 단지 명분상의 문제는 아니었고 각 개인이 그 이전에 추구해 온 해방의 방향에 따라 미래가 정해지는 지점이기도 했다. 독립될 가망이 없다면 차선책으로서 철저한 동화를 해서 평등한 대우를 받겠다는 것이 내선일체론의 논리였다. 개인의 자유를 추구하는 고독한 싸움에 지치고 절망한 나머지 차라리 평등을 약속하는 전체주의 국가에 귀속하여 평화를 얻자는 것이 전체주의의 논리였다.

---

143) 우에노 치즈코上野千鶴子, 이선이 역, 『내셔널리즘과 젠더』, 박종철출판사, 1999.

서양의 동양에 대한 침략과 멸시에 분노하며 동양이 단결하여 서양을 넘어서선다는 것이 대동아공영권론이었다. 이러한 논리는 일제가 벌인 '성전'에 기꺼이 동참함으로써 현실에서 실천되는 것이었다.

당시 일본의 여러 페미니스트들은 일제 파시즘이 요구하는 여성성을 받아들이는 방향으로 군국주의적 모성을 수용하고 전쟁에 동원되어 타 민족의 억압에 동참하였다. 자식을 기꺼이 '황군'으로 바치고 후방에서 전쟁을 지원하는 각종 노동에 참여하는 국민의 일원이 됨으로써 여성도 남성과 동등한 완전한 국민이 되리라 기대했다.

일제는 식민지였던 조선의 여성들에게도 같은 논리를 내세웠지만 조선의 여성들은 일본의 여성이 아니었다. 총동원체제하에서 여성의 국민화는 일본 여성에게는 군인을 많이 낳고 건강하게 길러내는 '모성'을 강조한 반면, 조선 여성에게는 다산이나 모성 보호보다는 가족주의를 벗어나 군대 가겠다는 아들을 말리지 말 것, 각종 생산 노동에 참여할 것, 그리고 '일본군 위안부'로서 동원되는 것이 더 강조되었던 것이다.[144)]

또한 일제가 조선 여성을 동원할 때 같은 조선 여성 내에서도 차이가 있었다.[145)] 강제나 취업 사기 등을 통해 일본군위안부로 동원된 여성들은 하층의 농촌 여성들이었던 데 반해, 고학력의 상층 여성들은 이들 여성에게 일본어를 가르치는 교사로 동원되었다. 1943년 10월부터 이화여전과 숙명여전은 '조선여자청년연성소' 지도원 양성기관으로 바뀌었고, 양성과를 마

---

144) 이 차이에 대해서는 가와 가오루河かおる, 김미란 역, 「총력전 아래의 조선여성」, 『실천문학』 67, 2002년 가을호 참고.
145) 오꾸야마 요꼬, 「군위안부 동원에 있어서의 한국인 여성간의 계층차에 관한 고찰―군위안부로 동원된 하층 여성과 동원되지 않은 상층 여성들의 사례 비교」, 『동덕여성연구』 제2호, 1997 참고.

친 여성들은 1944년 4월 설치된 여자연성소에 높은 월급을 받는 지도원으로 취직하였다. 이 여자연성소는 국민학교 초등과를 수료하지 않은 만 16세의 미혼자를 입소시켜 '수련, 일본어, 가사, 직업' 교육을 시킨다고 했는데, 실제로는 조선 여성들에게 일본어를 가르치는 것이 설립의 첫째 목적이었다. 그 전에 징병제 실시를 앞두고 국민학교를 나오지 못한 하층 조선 청년들에게 일본어를 가르칠 목적으로 이미 1942년 10월에 '조선청년특별연성소'가 설치된 것으로 미루어, 여자연성소도 전쟁에 하층 여성을 적극 동원하기 위한 것이 아니었던가 본다.146) 이렇게 고등교육을 받은 조선 여성들이 농촌에서 지도원 노릇을 하는 한편, 교육자와 문인 등 최상층 지식인 여성의 일부는 조선여성이 일본이 벌인 '성전'에 적극 참여해야 한다는 논리를 개발하였다.

일제가 중일전쟁과 태평양전쟁을 수행하면서 조선 남성을 병력으로 동원하려고 했을 때, 아들이 군인으로 나가는 것을 반대하는 어머니의 '가족주의'는 큰 장애물이 되었고, 이런 현상 때문에 일본 제국주의는 조선 여성을 향하여 일본 여성을 본받아서 '군국軍國의 어머니'가 되자는 대대적인 선전전을 전개했다. 조선의 지식인층 일부가 이에 호응하여 연설도 하고 글도 썼다. 그렇지만 정작 '군국의 어머니'가 되어야할 조선 여성들은 그것을 쉽게 받아들이지 못했던 것 같다.

일제가 조선에서 시행한 여성 교육의 목표를 보면147) '부덕의 함양'을

---

146) 위의 논문. 오꾸야마는 이 논문에서 연성소가 "쉽게 농촌 여성을 모을 수 있고 일본어를 가르칠 수 있는 기관"이었다는 점에서 전쟁에 조선 여성을 조직적으로 동원하는 기지가 될 수 있지 않았을까라고 조심스럽게 추측하고 있다.

147) 1911년 공포된 조선교육령에 의거한 여자고등보통학교 규칙에는 "부덕을 함양하고 생활상 유용한 지식기능을 가르쳐 (…중략…) 수신제가에 적절하도록 하고 경조부화輕佻浮華의 풍風을 따르지 않게 한다"라는 대목이 있고, 1922년의 제2차 조선교육령에서는 여성 교육의 목적을 "부덕

기본으로 하고, 시기에 따라 '경조부화한 풍조'를 막는다든지, '국민으로서의 자질'을 기른다든지, '충량지순한 황국신민'으로 기른다든지 하는 등을 약간씩 덧붙이는 식인데, 실제의 교육 현장에서는 '부덕의 함양'에 중심이 놓였다. 그런데 이러한 교육 방침은 전쟁이 지속되면서 '총동원'이 필요할 때 그 모순을 드러내게 되었다. '부덕婦德'을 닦는 양처현모주의란 가족주의의 테두리를 넘어서지 않았다. 전근대 시기의 가문을 대체하는 공동체로서의 근대적 국가의 형성이 지연된 식민지에서 '국민'과 '민족'은 분리되었고, 식민주의자들은 '국가'든 '민족'이든 피식민지인에게 환기시키고 싶어 하지 않았다. 그러니 제국주의가 식민지에서 시행한 교육이란 기본적으로 기능인을 길러내는 실업 교육이었다. 그렇지만 남성의 경우는 사회적 관계 속에 다양하게 포섭됨으로써 내면적으로라도 정치화의 길을 걷게 된다. 식민지 시대 억눌린 정치열이 문화 특히 문학열로 나타났다고 하는 것은 일반적인 분석이다. 반면 여성의 경우는 한 가족 내에서의 주부와 어머니의 역할만 강조된 채, 가족의 테두리를 넘어서는 공동체에 대한 관심은 차단되었고 관심을 가질 만한 기회도 거의 없었다.

태평양 전쟁 발발 이후 조선에서 징병령 시행을 앞두고 여성 교육을 맡고 있던 고등여학교의 책임자들이 벌인 좌담회는 그 상호모순을 잘 보여준다. 이 좌담회는 "역사적인 징병령 실시"에 대비하기 위하여 여성들이 "군인의 가족으로서, 군인의 아내로서, 또한 군인의 어머니로서 과연 어떠한

의 함양에 유의하며 덕육을 실시하고 생활에 유용한 보통 지식 및 기능을 가르쳐 국민으로서의 자질을 육성하고 국어에 숙달케 하는 것을 목적으로 한다"고 되어 있다. 1938년의 제3차 조선교육령에서는 "부덕의 함양에 뜻을 써 양처현모로서의 자질을 얻음으로써 충량지순한 황국여성을 양성"하는 것을 여성 교육의 목표로 삼았다. 홍양희, 「일제시기 조선의 '현모양처' 여성관의 연구」, 한양대 석사논문, 1997.

수양을 해야 될 것인가"를 논의하기 위한 것이었다.

    조동식趙東植, 동덕고녀 교장 : 과거에는 병역이라는 것이 없었으니까 어떻게 하면 좋은 어머니를 만들고 훌륭한 여자를 만들겠느냐는 순전한 양처현모주의를 취해왔고 (…중략…) 이지음에는 (…중략…) 국방상 책임이 여자에게 있어서 얼마나 중대하냐는 것을 여러 가지 면을 인식을 두텁게 해주도록 방침이 변해졌습니다 (…중략…) 자식이 꺼리고 아내가 꺼리고 어머니가 꺼린다면 누가 그 책임을 다하겠습니까.

    마쓰오카 스바야시松岡瑞林, 진명고녀 교장 대리 : 재래의 조선 여자교육이라는 것은 조선의 어머니로서 처로서 훌륭하게 만들어주는 것을 교육목표로 해 왔습니다. 따라서 조선여자들은 자기가 행복해지고 자손이 행복해지는 것만 바라왔습니다. 즉 자기 일신의 행복과 일가의 창성만을 바라왔습니다. 그러니까 종래의 여자교육이라는 것은 일신일대一身一代의 영예를 향유케 하는 것을 목표로 해온 것이지요. 이러한 교육을 받아온 사람들이 징병령 이후에, 황송하오나 폐하의 고굉股肱으로서 중대한 책임을 짊어질 수 있겠는가, 이것은 대단히 어려운 문제입니다. 그러니까 교육자로서의 급무는 (…중략…) 일본 국민으로서의 자각, 일본 여성으로서의 자각, 자기들의 자녀도 사유私有의 아들들이 아니라 폐하의 적자嫡子다, 어떻게 하면 폐하의 고굉으로서의 군인을 만들 수 있는가하는 책임을 깨닫게 하는 것이 중요한 임무일 것입니다.

    조동식 : 내지[148]는 자고로 국민 전체가 남녀를 불문하고 군軍의 지배, 군의 힘으로 살아나가는 줄 알고 왔습니다. 심지어 부모라 할지라도 자식이 군인이라면 함부로 하지 않았으니까요.

---

148) 内地 : 식민지 본국으로서의 일본을 가리키는 용어.

고도가와 칸琴川寬, 경기고녀 교장 : 내지는 봉건제도가 수백 년간 이어져 왔습니다. 황실은 초월한 고위에 계시고, 실권은 무력 쟁탈로 결정하여왔습니다. 무력으로 세도를 얻은 사람을 보면 대개가 다 미천한 집안에 태어나서 무예를 닦아 그 힘으로 출세한 것을 알겠는데, 이러한 사실들이 가정에도 영향을 주어서 군사일을 숭상하게 된 줄로 압니다.[149]

이처럼 조선에서 여성교육을 담당하고 있던 책임자들은 그동안 조선에서의 여자교육이란 것이 여성에게 자기의 행복과 자식의 행복만 바라는 '순전한 양처현모주의'를 목표로 해와서 일본 국민으로서의 자각이 부족했으며, 이것이 당시 전쟁에 임하는 일본 여성과 조선 여성이 크게 다른 점이라고 했다. 그래서 조선 여성으로 하여금 일본 여성으로서의 자각, 즉 일본 천황의 아들을 잠시 맡아 기르고 있는 만큼 그 아들을 훌륭한 군인으로 만드는 것이 여성의 임무임을 깨닫게 하는 것이 필요하다고 참석자들은 입을 모았다. 전쟁이 계속되면서 일제는 병력이 부족해졌고, 1938년의 지원병령에서 나아가 1943년에는 조선징병령을 시행하기에 이르니, 그동안 민족의식의 고양을 억제하면서 가족의 테두리 안에 양처현모의 역할로만 가둬두었던 조선 여성들에게도 일본 국민으로서의 자각을 강요하게 된 것이다. 이런 상황에서 일제는 대대적인 선전전과 직접, 간접적인 강제 동원 정책을 펼쳤다.

소설가 박태원이 짓고 '조선총독부 정보과 추천, 국민총력연맹 문화부 감수'로 나온 『군국의 어머니』는 일본 역사에서 '군국의 어머니'로 모범을 보인 여성들의 행적을 간단하게 소개하고 있다. 예를 들면 아들의 전사를

---

149) 좌담회, 「징병령과 여자 교육」, 『조광』, 1942.11.

영광으로 생각한다고 말하는 우리우 다모쯔瓜生保의 어머니, 남편이 전사한 후 바느질 등등으로 자식을 해군대장으로까지 키운 야마모토 히데스께山本 英輔의 어머니, 아들의 전사 소식도 의연하게 받아들이고 남편 을 따라 순사한 노기 시즈꼬 같은 여성과 일본이 진주만을 기습할 때 특공대로 전사한 군인 9명의 어머니 같은 이들의 행적을 미화하여 쓰고 있다. 박태원이 일본측 자료를 적당히 발췌하여 번역하면서 쓴 이 책의 머리말은 조선에 징병령이 실시되는 것을 즈음하여 일본 제국주의가 조선 여성에게 요구하는 바인 '군국의 어머니'를 다음과 같이 매우 쉽고 간결하게 정리하고 있다.

애지중지하여 기르시는 아들들이 정녕 내 아들인 듯 하면서도 실상은 내 아들이 아니요, 참으로 모두가 황송하옵게도, 천황 폐하의 귀하신 아드님이라는 것을 생각하여 보신 적이 있으십니까? (…중략…) 폐하로부터 황송하옵신 분부를 받자와 잠시 맡아 가지고 기르는 아들이다. 장래 '국가의 간성'으로 남부끄럽지 않은 인물을 만들어 놓자. 그리하여 다시 폐하께서 부르실 때 감격과 영광 속에 아들들을 도로 바치자. (…중략…) 내지의 어머님들을 힘써 본받고 배우셔야만 하게 되었습니다. (…중략…) 부디 세 번 네 번, 되풀이 읽으시고 또 읽으시어 그들의 정신을 배우셔서 한 분도 빠지지 마시고 위대한 '군국의 어머님들'이 되어 주십시오.150)

『어머니의 힘』151)은 제1부 반도편과 제2부 내지편으로 나누어 조선의

---

150) 박태원, 『군국의 어머니』, 조광사, 1942.
151) 김상덕, 『어머니의 힘』, 남창서관, 1943. 이 책의 저작 겸 발행자는 南昌熙라고 되어 있으나, "이 적은 책자를 전시하 총후를 지키는 어머니들에게 받들어 드리나이다"라는 헌사를 김상덕이 쓴 것으로 보아 김상덕의 저작으로 본다. 김상덕은 아동문학가였다고 하는데 이 시기에는 경성

과거 역사 속에서 '군국의 어머니'라고 할 만한 인물을 찾아내려는 노력을 기울였다는 점이 특색이다.[152] 그런데 이 책에서 거론된 조선 여성 중 아들을 씩씩한 군인으로 길러내어 군국의 어머니로 거론할 만한 여성은 신라시대의 화랑 김원술金元述의 어머니 지소부인智炤夫人뿐이다.[153] 그밖에 『어머니의 힘』에서 소개하는 조선 여성 중에서 아들에게 자기를 깨끗하게 지키면서 한 임금에 대해 절개를 지킬 것을 가르친 정몽주의 어머니 같은 경우는 조선 사람들을 일제의 전쟁에 동원하려는 책 편찬의 의도와는 어긋나며, 심지어 정인지의 어머니나 성간의 어머니 같이 자식에게 공적인 봉사보다는 사적인 안위를 도모하도록 지도한 어머니들도 들어 있다. 조선 여성들을 전쟁에 동원하기 위해 급조한 흔적이 역력한데, 특정한 목적의식을 가지고 찾으려 해도 한국의 역사에서는 일본의 '군국의 어머니'에 비견할 만한 여성을 찾기 어려울 만큼 양측 여성의 역사적 경험이 다르다는 것을 보여준다.

『일본의 어머니』는 일본 작가들이 군인의 유가족이나 혹은 후방 지원에 헌신하는 여성들을 인터뷰하여 1942년 9월부터 10월까지 일본의 『요미우리호찌讀賣報知신문』에 연재했던 것을 한글로 번역하여 책으로 낸 것이다. 식민지 조선의 신문에도 군인 유가족 방문기는 많이 실렸으나 '어머니'에

동심원장이라는 직책을 가지고 있다.

152) 제1부 반도편에서 제시한바, 조선 역사에서 모범으로 삼을 만한 여성들이 키웠다는 아들들의 이름을 참고로 제시하면 다음과 같다. 강감찬, 정문, 김원술, 김부식, 최의, 송유, 정몽주, 남효온, 박광우, 김유신, 석탈해, 동명성제, 성간, 정인지.

153) 지소부인은 신라시대 태종무열왕의 셋째 딸로 장군 김유신의 아내가 되었다. 원술이 당나라와의 싸움에서 패하여 돌아오자 김유신은 아들이 왕명을 어기고 가문의 명예를 저버렸으므로 목을 벨 것을 왕에게 청하였으나, 문무왕이 용서하여 주었다. 김원술은 부끄러워 감히 아버지를 보지 못하고 시골로 숨어버렸다. 김유신이 죽은 뒤에 원술은 어머니를 만나려고 하였으나, 원술이 아버지에게 자식으로서의 도리를 다하지 못한 사실을 탓하며 어머니 역시 만나기를 끝내 거절하였다. 이에 원술은 태백산으로 들어가 숨어버렸다고 한다.

집중된 기획은 없었다. 이 책은 일본에서는 아직 단행본으로 출간되지도 않은 것을 조선에서는 번역 출판하여 보급을 도모하였다는 점에서 조선 여성을 전쟁에 동원해야 하는 일제의 절박감이 눈에 띈다.154)

『어머니의 승리』는 청일전쟁으로부터 태평양 전쟁에 이르기까지 '거룩하고 성스러운 어머니들의 모습'을 일화 형식으로 쓴 것으로 조선인 지원병 중에서 1939년 최초로 전사한 이인석李仁錫의 어머니와 아내를 군국의 어머니로 각색하여 칭송하는 장이 들어 있는 것이 이채롭다. 또한 당시 조선 여성계의 지도자적 위치에 있었던 '대일본부인회 조선본부 이사' 김윤정金玩禎과 '덕화여숙장' 나가가와 닌도쿠永河仁德, 본명은 박인덕의 서문도 붙어 있다.155)

이상의 책들은 조선징병령 실시에 즈음하여 일제가 직접적으로 관여하여 출간한 것이며 강제적으로 보급하기도 했을 것이다.

이밖에도 일제가 여성을 전쟁에 동원하기 위해 벌인 선전 활동은 다양하다. 위에서 살펴본 바와 같은 선전 책자의 출판 외에도 각종 집회를 조직하고 당대의 문화인, 교육자들을 내세워 시책에 부응하는 연설을 하게 했다. 특히 당시 여성의 경우는 몇 안 되는 여성 단체 간부, 문인, 그리고 여학교 교육 책임자들이 그 역할을 수행했다. 이들이 행한 강연의 주제는 다양하지만 경제전의 전사로서 근로를 제공하고 생활 개선 명목으로 절약하여 공출하자는 것이 주된 것이었다. 노동과 내핍을 통해 전쟁을 후방에서 지원하자는 것인데 강연에서는 대개 공식적인 문구를 되풀이하고 실제로

---

154) 『일본의 어머니』는 조선총독부, 국민총력 조선연맹, 조선군사령부, 대일본부인회 조선본부가 추천하는 것으로 이 각 기관의 요직을 맡은 사람들이 추천사를 붙이고 있다. 역자인 야스모토 겐지康本健二는 창씨개명한 이름인데 역자 후기에서 자신이 목양 이석훈의 중학 후배라고 했다. 본명은 아직 밝히지 못했다. 내선일체사에서 1943년에 나왔다.
155) 김상덕, 『어머니의 승리』, 경성동심원, 1944.

신문 잡지에 쓰는 글들에서는 주로 구체적인 생활 개선 방법을 소개하였다. 근검 절약이라든지 가사노동의 합리화라든지 하는 생활 개선 방안은 그 이전부터 여성 교육의 중요한 내용이고 공식적인 담론으로 되어 온 것이기에 별 무리 없이 수용된 것 같다.

생활개선 운동에 대해서는 당시의 '여성 지도자'들이 구체적인 방안을 내놓은 것과는 대조적으로 '군국의 어머니'에 대해서는 상투적인 선전문구를 반복하는 것을 넘어서서 구체적인 이야기를 하는 경우는 극히 드물다. 일본의 다카무레 이츠에高群逸枝가 했던 것처럼[156] 여성 작가 자신이 군국의 어머니의 역사를 정리하거나 그 형상을 만들어 낸 경우는 없다. 남성 작가 중에는 친일에 앞장섰던 이광수가 일본어로 쓴 소설 "원술의 출정元述の出征"이란 작품에서 원술의 어머니와 아내를 '군국의 어머니'로 가공해 내었다. 역사 기록에는 원술의 어머니 지소 부인에 관한 것만 있는데 이광수는 원술의 아내라는 허구의 인물까지 설정하여 그야말로 군국주의의 현모와 양처를 만들어 낸 것이다.[157] 그밖에 이광수는 화랑 관창의 이야기도 윤색하여 군국의 어머니를 선전하였다.

그런가 하면 채만식의 『여인전기女人戰記』는 일본의 러일전쟁의 영웅 노기 마레스께를 끌어들여 군국주의 모성론을 구현하고자 한 대표적 작품이다. 여주인공 진주의 아버지 임중위는 노기 대장의 부하로 러일전쟁에서

---

156) 다카무레 이츠에는 대일본 부인회 기관지가 된 『일본부인』에 「일본 여성사」 시리즈로 여성 인물 열전을 연재하면서 다이난꼬大楠公 부인이나, 오쿠무라 이호코奧村五百子 같이 '총후를 지킨 여성들' 뿐만 아니라 호조 마사코北淨政子나 진구 고고神功皇后처럼 스스로 무기를 든 여성도 다루었다고 한다(西川祐子, 「戰爭への傾斜と翼贊の婦人」, 女性史總合硏究會編, 『日本女性史』 5, 東京大學出版會, 1982).

157) 이광수, 「元述の出征(원술의 출정)」, 『新時代』, 1944.4(일본어 소설. 이경훈 편역, 『이광수 친일 소설 발굴집 진정 마음이 만나서야말로』, 평민사, 1995에 수록).

죽었고 진주의 아들은 지원병으로 군대에 나가 있는 상태이다. 이 작품에서 작가는 "일본 여성은 사랑하는 아들을 나라에 바쳤으되 (…중략…) 속으로 슬퍼하였지 (…중략…) 남 앞에서 눈물을 보인다거나 하는 법은 전연히 없다. 여러 백 년을 나라와 남 위할 줄 모르고 오직 자아 본위, 가정 본위, 오직 일가족속 본위로만 살아온 조선 백성은, 따라서 어머니들의 군국에 대한 정신적 준비랄 것이 막상 충분치가 못하였다"라고 일본 여성과 조선 여성의 차이를 밝히고 있다. 소설은 진주가 아들을 지원병에 내보내고 또 아버지 임중위와 일본 여성과 사이에서 태어난 이복 동생이 일본군이 되어 누나인 진주를 찾아온다고 하는 등으로 '군국의 어머니' 진주를 그려낼 복선을 깔아두고 제1부를 마친 뒤, 8·15 해방으로 더 이상 쓰여질 수 없었다.

그렇다면 이런 식으로 사랑하는 아들을 전쟁터로 내보내는 것을 식민지 조선의 여성들은 어떻게 받아들였을까. 남성 중심 문단의 한 모퉁이에서 '여류'로서의 특권을 누리던 최정희는 동화의 논리를 수용하여 작품에서 내선일체론, 신체제론, 대동아공영권론을 여성의 시각으로 풀어내면서 전쟁에의 참여를 권유했다. 반면 끝까지 해방에의 전망을 포기하기 않고 새로운 삶을 모색하는 그룹에 속해 있던 임순득은 적극적으로는 민족 현실을 재발견하면서 민족의 해방과 여성의 해방을 함께 추구하는 길로 나아갔다. 그리고 이러한 갈라짐은 이미 1930년대 후반 '여류' 문학 논의에서 여성의 문제를 고립된 여성 개인의 문제로 보는가, 사회 속의 여성의 문제로 보는가 하는 시각과 문제해결의 전망의 차이에서 일부 예견된 것이다.

3. 군국의 어머니 되기와 최정희의 여류문학

여성 작가인 최정희는, 이광수나 채만식처럼 그렇게 쉽게, 남말하듯이, 웃으면서 자식을 사지死地로 보내는 군국의 어머니를 소설로 그려내고 선전할 수는 없었다. 그러나 자기 방식으로 역시 일제의 파시즘 체제에 동조하는 작품들을 썼다. 모윤숙, 노천명과 함께 여성문인으로서 각종 선전 집회의 연사로 나서고 신문이나 잡지에 논설들을 실은 것 외에도, 소설가 최정희는 「환상의 병사幻の兵士」(일본어, 『國民總力』, 1941.2)를 시작으로 「2월 15일의 밤2月15日の夜」(일본어, 『新時代』, 1942.4), 「여명黎明」(『野談』, 1942.5), 「장미薔薇의 집」(『大東亞』, 1942.7), 「야국—초野菊—抄」(일본어, 『國民文學』, 1942.11)와 같은 친일적 작품을 발표했다. 이들 작품은 그 이전 최정희 작품의 특징인 '여류만이 표현할 수 있는 세계'를 유지하면서 그것이 어떻게 쉽게 일제의 파시즘에 동조해 나갈 수 있었는가를 보여준다.

1) 남녀간의 연애와 내선일체의 환상

일본 남성과 조선 여성의 연애를 통해 내선일체를 구현하는 「환상의 병사」는 일본 군인이 조선 여성에게 한글과 아리랑을 배우면서 조선 민족 전체와 중국 민족까지 느끼게 되고 조선 여성은 일본 군인을 통해 전쟁을 자기 것으로 느끼게 된다는 내용이다. 토쿄에서 여자대학을 다니다가 집에 돌아와 있는 영순은 철도경비대 소속의 일본군 병사들을 만나고 특히 야마모토山本勇와 서로 끌리게 된다. 영순이는 일본 군인들에게 아리랑의 노래와 '언문諺文'을 가르쳐주었는데 일본 군인들은 '언문'이 조선의 집 모양과 비슷하다고 신기해한다. 중국전선으로 떠난 야마모토는 영순이에게 편지를 보내온다. 그 편지에는 동양 평화 ─ 신동아 건설을 목표로 하는 이념인 '일본 정신'을 세우는 방법으로 영순이 가르쳐준 아리랑과 '언문'을 익히고 있으며, '언문'으로 쓴 영순이의 이름을 보면서 영순이를 느끼고, 영순이의 친척 나아가 조선인 전체를 느끼며, 조선의 집 구조와 중국의 집 구조가 매우 흡사한 것을 깨닫고, 중국과 조선과 일본은 카미요[158]적부터 숙명적인 연관이 있다고 생각한다는 편지를 보내온다. 영순이는 자신도 야마모토를 알게 되었기 때문에 전쟁을 자기 자신의 것인양 생각하게 되었고, 어디선가 군대를 만난다면 야마모토를 만난 것처럼 기뻐하며 야마모토의 이념 아래에서 살겠다는 답장을 보낸다. 야마모토가 전사했다는 소식을 듣고 영순이 그의 명복을 빌 때, 그의 환영이 나타나 "일본과 조선과 지나支那는 카미요로부터 어떤 연관이 있다고 나는 믿고 있습니다. 당신도 그렇게 믿으시겠지요"라고 말한다.

일제가 '내선일체'를 내걸고 나섰을 때 작가 최정희는 서로에 대한 개인적인 이해를 바탕으로 그 공감의 폭을 개인이 속한 공동체에까지 넓혀가는 것이 내선일체의 길이라고 생각한 셈이다. 이 점은 조선적인 것을 없애고 일본인과 똑같아질 때 조선인에 대한 차별이 없어질 것이라고 하는 이광수 식의 내선일체론과는 다르다. 그러나 한 개인을 통해, 하나의 사물을 통해 그가 속한 공동체 전체를 느끼고 그에 융합되어간다고 하는 연애의 최대치를 이야기하면서도, 일본 남성 야마모토는 그것이 동양 전체를 자기 것으로 하는 느낌으로 되고, 조선 여성 영순이는 일제의 전쟁을 자기 자신의 전쟁으로 느끼게 된다는 점에서 여성의 희생과 헌신으로 이루어지는 연애소

---

158) 카미요神代 : 일본 신화에서 신이 다스렸다고 전해지는 시대

설의 상투적인 구조를 답습하고 있다. 그 전쟁에 휩쓸려 희생당하는 식민지인의 운명이 담겨 있지만 그것에 대한 비판적 깨달음은 보이지 않는다.

2) 미선계 여학교 출신의 서양 비판

최정희의 「여명」은 서양인이 경영하던 여학교를 다녔던 혜봉이가 교장과 영어 선생에 대한 그리운 추억 때문에 일제가 부르짖던 '영미귀축英米鬼畜'에 쉽게 동조하지 못하자, 같은 경험을 가진 여학교 동창 은영이가 학교에서 철저한 군국주의 교육을 받고 있는 아이들을 위해서, 즉 아이들이 아무런 의혹 없이 학교 생활을 잘 하고 황국신민으로 거리낌없이 자랄 수 있도록 '군국의 어머니' 역할을 받아들이라고 설득하는 작품이다.

> 왼손엔 십자가, 바른 손엔 칼을 잡았구, 성서와 아편을 한 품에 품구서 우리들이 사는 동양인이 사는 언덕 언덕 구석구석을 찾아다니며, 속이구, 유린을 하구, 강탈을 했는데, 우리는 그들이 부리는 요술, 마술에 걸려서 그것을 몰랐단 말이야. 누구에게 책임을 지울 수는 없지만 우리가 그들의 요술에서, 마술에서 헤어나 그들의 정체를 똑바루 볼 수 있는 이제 — 오늘에 와서두 그런 말을 한다면, 동양사람 된 자격을 잃은 사람이야. 동양의 피를 받구 동양의 산천 정기를 받은 사람들이라면 피가 뛰놀 것이요 팔을 부르걷어야 할 것이야. 혜봉이두 아무 생각말구 일어나야 해. 아세아 십억의 종족이 다 일어나는데 혜봉이 혼자서 그러구 있으면 어쩔셈이야 ……159)

---

159) 최정희, 「여명」, 『야담』, 1942.5.

이런 대동아공영권의 논리를 생활 감각에서 쉽게 받아들이기 힘들 때 '모성'이 동원된다. 그전의 작품에서도 해결하기 어려운 갈등을 최정희는 언제나 아이들을 기준으로, 아이에게 도움이 되는 방향으로 해결했다. 그런데 그런 해결은 한결같이 기존의 주어진 것, 지배적인 권위에 순응하는 것으로 된다. 이 점에서 「여명」은 최정희의 그 이전 소설의 연장이며, 그런 점에서 최정희 소설의 나름대로의 논리성과 일관성을 담보해 주고 있다.

내가 얼마큼 괴롭구 내가 얼마큼 번민스럽더래두, 그들의 즐거운 길을 위해서 그들의 광명한 길을 위해서 그들이 정의라구 생각하는 그 길을 위해서 나 자신을 그 아이들과 똑같이 백지로 만들테야. 그래서 그들과 똑같은 보조를 맞춰 나갈테야. 험한 산, 가시 언덕, 돌짝밭이래두 걸어야 한다구 결심했어. 우리는 다 잊어버리자구. 다 생각지 말자구. 망설일 것두 주저할 것두 없어요, 우리의 아이들을 위해서 그들의 행복을 목표로 삼고 나가면 그만이야, 그것이 곧 우리의 행복이야.[160]

자식을 위해서라면 무엇이든지 다 잊어버리고, 아무 생각도 않고, '백지'로 되어 주저할 것 없이 무엇이든지 할 수 있다는 대단한 '모성'을 이야기하고 있다. 이 점은 일본어로 쓴 소설 「야국野菊―초抄」에서도 마찬가지이다. 「야국―초」는 자기를 버리고 떠난 유부남의 아이를 키워 아이와 함께 지원병 훈련소 견학을 한 뒤, '당신'에게 보내는 편지 형식의 소설이다. '나'는 십년 전 '당신'과 헤어졌다. 나를 들국화 같다고 하면서 아내와는 이혼하고 싶다고 하던 당신은 내가 임신했다고 말하자 왜 주의하지 않았느냐고 나무

---

160) 위의 글.

라면서 낙태할 것을 권했다. 나는 '당신'의 지위와 명예를 위해, 숨어서 아이를 낳고 간호부 일을 하면서 아이를 키웠다. 아이는 학교에서 배운 대로 자기가 군인 나가서 죽더라도 울지 말라고 했는데 나는 처음에는 그 말을 받아들일 수 없었으나 아이의 앞날의 꿈을 가로 막지 않기 위하여 결국 그러겠다고 대답했다. "이제 저는 아무 것도 생각하지 않고, 승일이를 키우듯이 승일이를 위해 들국화를 아름다운 꽃, 강인한 꽃으로 가꾸기로 했습니다. 그게 제게 하셨던 당신의 행위에 대한 복수가 될 테니까요"라고 스스로 다짐하면서 편지를 끝맺는다.[161] 나는 들국화처럼 약한 존재지만 약한 여자에서 강한 어머니로 거듭나고자 한다. 여성 스스로 군국의 어머니로 거듭남으로써 여자인 자기를 버린 남성에게 복수하고 벗어날 수 있다는 것이다. 군국의 어머니가 되는 것으로 남성에게 복수하고 과거의 갈등으로부터 해방된다고 하는 것이니, 언제나 모성에 회귀하는 것으로 갈등을 해소하는 작품을 써 온 작가 최정희로서는 일관성을 가지는 것이며, 그런 만큼 최정희의 친일 소설이 자발성을 가지고 있다는 근거도 된다.

3) '신체제'하의 생활 개선운동

일본군이 싱가포르를 함락시킨 날의 감격을 바탕으로 최정희가 쓴 일본어 소설 「2월 15일 밤」과 그것을 확장한 한글 소설 「장미의 집」은 개인주의에 바탕한 자유주의와 자본주의를 넘어서는 전체주의로서의 '신체제'가 여성에게 가지는 의미를 잘 보여준다.

---

161) 최정희, 「野菊─抄」, 『國民文學』, 1942.11(일본어 소설. 김규동·김병걸 편, 『친일문학작품선집』 2, 실천문학사, 1986에 번역 수록).

언덕 위 장미로 울타리를 친 집에서 젊은 부부 영세와 성례는 행복하게 살았다. 성례는 언제나 "오늘보다 내일을 더 값있는 삶"으로 하겠다는 생각으로 살림살이도 재미있게 했다. 그러다가 대동아 전쟁이 일어나면서 생활개선을 하려고 한다. 돈이 없는 것도 아닌데 식모를 내보내고 구공탄도 피우면서 직접 살림을 하게 되니 남편은 아내가 자기에게 소홀히 한다고 불만이다. 드디어 성례가 애국반장이 되자 영세는 "난 그렇게 떠들썩하고 야단법석인 여자는 싫어"라고 하면서 애국반장을 그만 두라고 한다. 영세의 논리는 "여자가 그런 일 하는 게 아냐. 애국반장을 꼭 해야 충실한 국민인가. 여잔 특별한 일이 없는 이상 오히려 이런 전시일수록 다 각각 제 가정을 잘 지켜야 하는 거야. 그렇지 못한 여자란 천하 미운 거야 ……"라는 것이다. 그리하여 두 사람은 처음으로 부부 싸움을 한다. 그런데 남식이가 와서 자기 부인 문제를 하소연한다. 남식의 부인은 하인을 부리고, 백화점, 미용원, 영화관으로 돌아다니고, 책 한 자, 신문 한 줄 안 보는 여성이다. 이런 여성에 비하면 성례는 밖으로 나다니는 것은 비슷하지만 개인주의를 버리고 국가에 봉사하는 전체주의로 나아가는 것이기에 '신체제'하의 모범적 여성이다. 전시 총동원 체제에서 애국반 활동은 '가족 내의 여성'이라는 틀을 깨고 명분 있게 여성을 가정의 울타리 밖으로 끌어내는 해방의 길일 수도 있는 한 측면을 보여주는 소설이다. 이 지점에서 작가 최정희도 이전과는 다른 여성의 삶에 대해서 상상한다.

글쎄 그런 여자란 미울지 모르지만 미의 표준이란 늘 고정되어 있는 거라고 생각해선 안 되겠죠. 짱아같이 곱게 나르는 비행기가 아름다워 뵈던 때도 있었지만 그것보다 지금은 적의 비행기를 추격하여 맹렬히 싸우는 비행기가 장해

뵈고 아름다워 뵈지 않을까 생각해요. 거저 멍하니 앉아 쳐다보는 여자보다 저 하늘을 어떻게 하면 아무 일도 없이 곱게 지킬 수 있을까 하는 생각을 가지고 바라보는 여자쪽이 훨씬 더 아름다워 보일거라구 생각해요.[162]

그 이전 최정희 식의 여성스러움을 부정하는 말로 들린다. 주어진 여성성을 거부하는 성례는 해방을 추구하는 여성일 것인가. 그렇다면 영세가 성례의 변화를 못마땅하게 생각한 것은 성례가 가정을 소홀히 해서가 아니라 성례의 애국반 활동이 일본에 협력하는 길이기에 완곡하게 '여성해방'이라는 서구적 가치를 부정하는 식으로 사실은 애국반 활동을 우회적으로 비판한 것은 아닐까라고 생각해 볼 수도 있다. 아마 보수적 민족주의자 남성이라면 남식의 부인을 비난하면서 여자들은 모두 집안에 있을 것을 주장했을 것이다. 그러나 이 소설의 초점은 부인을 자기에게 묶어두려는 영세의 개인주의와 자기의 욕망만을 쫓는 남식 부인의 개인주의를 모두 비판하고 전체주의를 고무하는 것이다. 공적 영역에의 참여가 무조건 여성의 해방을 의미하지 않음은 이러한 성례의 해방이 바로 "대동아 전쟁이 일어나서 일억 국민이 다 한 덩어리가 되어 나라를 위해 새 생활 계획과 방침을 세우지 않을 수 없게 되었을 때" 남식의 부인 같은 다른 여성을 옭아매는 억압이 되기 때문이다.

---

162) 최정희, 「장미의 집」, 『대동아』, 1942.7.

4. 파시즘에 맞서는 임순득의 여성문학

임순득은 일찍이 최정희가 '모성'이란 미명하에 문제를 회피함으로써 아이의 장래를 망치게 될지도 모른다고 비판한 바 있다. 최정희가 아직 친일적인 작품을 쓰기 이전의 작품인 「인맥」, 「지맥」, 「천맥」 같은 작품을 여성문학적인 관점에서 보았을 때 최정희가 문제에 정면으로 대응하지 않고 '모성' 혹은 통념적인 '여성적'인 것 뒤로 숨어버린다는 비판이다.

여자 혼자서 살아가는 데에 따르는 정신과 물질의 양면의 생활에서 생기는 마찰 — 불안, 동요, 오뇌를 추구하려는 성실이 보이는가 하면, 어느덧 씨는 교묘히 '모성'이란 미명 아래 은둔소를 만들었다. 그 은둔소에 숨는 것은 씨의 자유라고 하지만 화를 입는 것은 아이 — 생명과 동일한 아이였다. 우리들의 이상理想할 수 있는 어머니들은 자신의 불행에 대하여 자녀 앞에서 한번도 과장하거나 푸념한 일이 없던 것을 생각할 때 최 씨의 추구하는 모성애에 길들인 아이의 장래가 우리는 우려되는 것이다.[163]

그리고 이러한 임순득의 우려는 현실로 나타났다. 아이를 위해, 아이를 핑계로, 대세를 따르는 — 당대의 권위 있는 진술에 기대는 — 최정희의 안이한 '모성'은 일제의 '군국의 어머니'에 부응하여 아들을 위하여 아들을 기꺼이 사지에 보내기에 이르는 것이다.

남성의 권위나 통념을 추종하는 최정희에게 우려스러운 눈길을 보냈던

---

163) 임순득, 「불효기에 처한 조선 여류 작가론」, 1940.9.

임순득은 일제 말기에, 일본어로 소설을 쓰면서도, 여성으로서의 '프라이드'를 지향했다. 그것은 주로 남성들이 내보이는 권위주의나 오만함을 부정하는 것은 물론, 주로 여성들이 내보이는 권위에 추종하는 태도나 지나간 과거에 연연해 하는 나약함 모두를 넘어선 것이며, 시류를 따르지 않는 고집이기도 한 것이었다.

1) '창씨개명' 문제와 이름의 상징성

소설 「대모」의 주 내용은 사촌 조카의 이름을 짓는 것이다. 나는 태어날 조카의 이름을 짓느라 소설가인 친구 고려아高呂娥와 의논한다. 여자 아이라면 굴원屈原이 『초사楚辞』에서 지조의 상징으로 사용한 풀 이름을 따서 혜원蕙媛으로, 남자 아이라면 유대 민족의 해방자 모세毛世와 굴원의 이름을 한 자씩 따서 세원世原으로 짓기로 한다. 소설의 원제목인 '나즈케오야名付親'는 이름을 지어준 사람을 가리키는 말로서 일본에서는 외할아버지가 아이의 이름을 지어주는 관습이 있다고 한다. 그런가 하면 임순득은 해방 후의 소설 「누나」에서 '대모代母'라는 용어를 쓰고 있다. 대

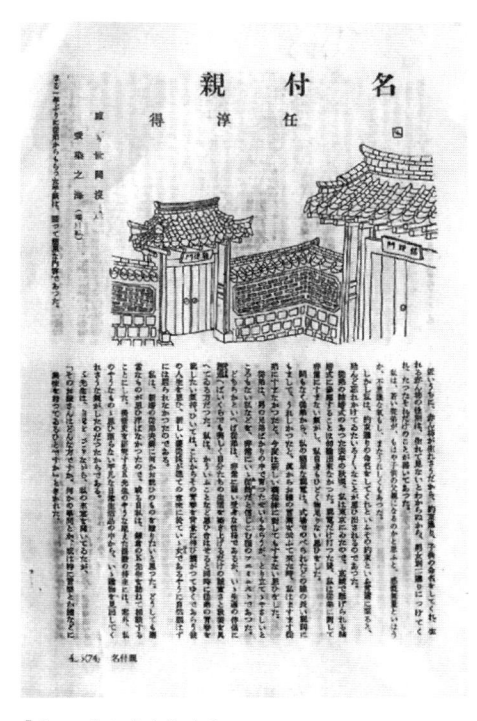

「대모」 발표 당시의 지면

모는 천주교에서 사용하는 개념이다. 1943년에 일본어로 소설을 쓰면서 임순득이 어느 쪽 용어를 염두에 둔 것인지는 확인하기 어렵다. 그러나 분명한 것은 이 작품이 새로 태어날 아기의 이름을 짓는 문제를 소재로 하여, 이름이라는 것이 한 인간의 정체성과 직결된 것임을 역설함으로써 일제가 실시한 '창씨개명'정책과 거기에 앞장서서 호응하고 나선 일부 조선의 지식인에 대한 비판을 담고 있다는 것이다.

일제는 1940년 2월 11월부터 6개월에 걸쳐 '창씨개명'정책을 실시한다. '창씨개명'은 조선인으로서의 귀속의식을 소멸시키고 일본에 동화시키는 소위 '내선일체의 최고단계'의 정책이었다. 이 정책의 정치적 배경의 하나는 역사적 전통과 혈연의식으로 유지되어 온 조선의 가족 제도를 서서히 일본화하려는 것이고, 또 하나는 징병제 실시를 겨냥하여 조선군인을 일본 군인과 똑 같게 황민화하려는 것이었다.[164] 일제는 조선어 사용을 금지하고 육군지원병제도를 실시하는 것과 함께 조선의 호적을 일제히 정비함으로써 전쟁 동원의 기반을 마련하였다. 조선의 문중을 없애고 일본식의 '가家'를 확립하려면,[165] 그 가를 대표하는 '씨'가 있어야 한다.[166] 또한 조선에서 징병제를 실시하려고 생각했을 때 일사불란과 규율을 목적으로 하는 군대는 구성원이 동질화되어야 한다. 그래서 일본식 씨를 새로 만들도록 요구한 것이다. '창씨'가 필요하게 된 것이다. 또 좁은 의미에서의 '군사적

---

164) 김영달, 「창씨개명의 제도」, 『창씨개명』(정운현 편역), 학민사, 1994, 50면.
165) 그 일환으로 식민지 시대 호주제도가 도입되었고 그것이 '전통'으로 왜곡되어 아직도 이 땅에서 호주제 폐지가 여성운동의 중요과제가 되어 있음은 잘 알려진 사실이다.
166) 한 예로 일본에서 여성이 결혼하면 남편과 함께 한 '가'가 되고 그 '가'의 구성원은 모두 같은 씨를 가져야 하니 남편이 처가에 데릴 사위로 들어가는 경우가 아니라면 주로 남편의 '씨'를 '가'의 것으로 하게 된다. 식민지 조선에서는 창씨개명정책과 함께 이것이 도입 시행되었다. 솔선수범하여 창씨개명한 이광수의 경우 자신은 香山光郎으로 부인 허영숙은 香山英子로 창씨개명했다.

동원을 넘어 스스로 조선인으로서의 최후의 정체성을 포기하고 일본인으로 살아가고자 하게 함으로써 식민지배의 최종 단계인 '정신의 식민화'까지 완벽하게 실현시키려 하였다.[167] 일본식 씨에 어울리도록 이름도 일본식으로 고치는 것이 '개명'이었다. 그리고 굳이 새로운 씨를 만들어서 신고하지 않은 사람은 6개월의 신고 기한이 지난 후에는 기존의 성을 일본식으로 읽는 것으로 씨를 삼도록 했다. 본인이 창씨를 해서 신고를 했든 그러지 않았든 본래의 성은 '성 및 본관'이라는 항목으로 호적의 아래 층위에 위치시킨 것이 소위 창씨개명이다.

식민지적 근대화의 수혜자인 공무원, 상인, 언론 문필 종사자들은 창씨개명에 상당히 적극적으로 호응했다. 그리고 그냥 손 놓고 있던 사람들은 하루아침에 자신의 성이 일본식으로 불러 씨가 되는 식으로(金은 카네, 南은 미나미) '창씨'를 당한 셈이다.

임순득 집안도 창씨개명했다. 호적상으로 확인되는 바는 1940년 8월 5일자로 토요가와豊川로 창씨한다. 당시 많은 사람들이 일본식으로 창씨를 요구받았을 때 본관을 가져다 '씨'로 설정을 했다. 임순득의 집안도 마찬가지였다. 그에 따라 임순득은 호적상으로 토요가와 쥰豊川淳이 되었다. 그러나 실생활에서 임순득은 토요가와 쥰의 이름을 쓰지는 않았던 것 같다. 지금까지 알려진 바로는 이런 이름으로 글을 발표하지는 않았다.

「대모」에서는 이런 상황에 빗대어 이름을 둘러싼 여러 고민들을 보여준다. 이름 짓기의 어려움, 이름의 소중함은 발자크가 구두 가게 이름을 짓는 데도 며칠 동안 파리 시내의 간판을 보고 다녔다는 삽화로 함부로 할 수 없

---

167) 홍일표, 「일본의 식민지 '동화정책'에 관한 연구─'창씨개명' 정책을 중심으로」, 서울대 석사논문, 1999, 73~74면.

는 것임을 강조한다. 이름 글자를 선택하는 데도 분명한 방향이 있다. 작중 화자는 한자 사전도 꺼내 보고 인명이 나오는 중국 책을 이것저것 뒤져보기도 하고, "고전에 조예가 깊은 홍명희 선생님을 찾아가 작명을 부탁해 볼까"라고까지 생각한다. 이 대목에서 임순득이 굳이 홍명희의 이름을 거론한 것은 그가 비타협적 민족주의자의 대표적 인물이었기 때문일 것이다.

그러고 난 다음 소설 쓰는 친구가 지은 주인공의 이름을 빌려 결국 '혜원'과 '세원'이라는 이름을 짓는다. 여자 아이 이름 혜원의 '혜'자에는 굴원의 절개를 담았다. 남자 아이의 이름인 세원은 이스라엘 민족의 해방자인 모세와 지조를 지키다 죽은 굴원의 정신을 담았다. 그 이름에는 그들이 살아가야 하는 시대, 그들이 갖추어야 할 품성, 즉 그 인간의 정체성이 담겨있다. 단 한 마디도 '창씨개명'을 거론하지 않지만 이름이라는 것이 한 인간에 대해서 가지는 상징성을 드러내고 이름에 빗대어 한 인간에게 기대하는 바의 해방의 열망을 강렬하게 제시한 것이다.

2) 여류 작가와 여성문학의 임무

그 이전 여류작가에 대해 남성 중심의 문단이 모든 여성 작가들을 여류작가로 전락시켰을 뿐만 아니라 여성작가 자신 그 여류작가라는 지위를 편안해 하고 있음을 날카롭게 비판하는 평문을 3편이나 발표했던 임순득은 이제 스스로 소설가로 나서 소설 속에서 다시 여류작가 문제에 대한 논의를 전개한다. 평론가인 나는 작가 지망생인 친구 고려아를 향해 "스피노자를 그렇게 표현한 젊은 철학도의 말을 아름다운 시구라도 되는 것처럼 말하는 너 자신이 소위 여류작가들이 좋아하는 여자주인공 그대로야."라고 하며

"그렇게 지상성이 없는⋯⋯" "여류작가적인 모든 취미와 제스츄어"를 그만 두라고 감상주의를 비판한다.

그러나 임순득이 여성작가가 해야 할 고유의 역할이 있다는 것을 부정 하는 것은 아니다. "하소연은 많이 할수록 좋은 거야. 우리들에게 하소연 을 빼봐. 아니 억제해 봐. 자폭하고 말 걸?"이라는 려아의 말이라든지 "그 녀의 슬픔을 들어주지 않으면 왠지 평생 동안 책임감을 느낄 것만 같았기 때문이다"라는 나의 말은 여성문학이 여성에 대해서 가지는 치유 기능에 대해 임순득이 인식하고 있었음을 보여준다. 여성 자신의 말을 뱉어 내고, 들어주고, 공유하고, 공론화하는 것, 즉 침묵의 소리를 대변하는 것이 여성 문학의 중요한 과제라는 것이다. 소설 속에서 일인칭 화자는 친구를 모파 상이라고 부르며 '동포'의 소리를 담은 '처절한 진실'을 쓰라고 요구한다. 「가을의 선물」에서는 작가 지망생인 친구의 처지를 빌어 여성이 작가가 된다는 것의 어려움을 말하고 있다. 낮에는 직장생활을 하고 잠을 줄여가 며 써도 아직 무명이라느니, 너무 양이 많다느니 하는 핑계로 발표 기회를 얻기가 어렵다는 것은 '무명 작가'였던 자신의 경험담이기도 할 터이다.

그러면 임순득이 공론화하고 싶었던 여성의 말은 무엇이었을까? 바로 자기 세대의 여성들의 억눌린 말들이었다.

3) 민족의 해방과 여성의 해방

「대모」에서 고려아의 소설 속의 여주인공 '혜원'이 살아가는 곳인 "현대 조선"은 여성이 "자립하기에 가장 조건이 나쁜 환경"이다. 임순득이 생각 하기에 이 시기 조선 여성의 절대의 화두는 '자립'이다.

소설 속 여주인공 혜원이 사랑할 수 있는 남자인 "신격화되지 않은 모세와 거만하지 않은 굴원"은 작가인 임순득의 이상적 남성상이기도 했을 것이다. 민족해방운동에 종사하면서 지조를 지키는 인물이란 임순득과 그 주변 여성들의 입장에서는 너무나 당연한 필요조건이다. 아마도 1940년대 전반, 일제의 억압이 극심하던 세월에 전향을 거부하고 옥살이를 계속하고 있던 이재유나 지하 활동을 계속했던 이관술이 그런 인물일 것이다. 식민지에서 무엇보다도 민족의 해방이 삶의 중심에 놓여 있다고 하는 것은 「일요일」에서부터 임순득의 일관된 입장이며 그는 일제 시대 끝까지 식민주의에 협력하지 않았다. 그런데 이 작품에서 더 유심히 읽어야 할 것은 '신격화되지 않은', '거만하지 않은' 이라는 수식어이다. 신출귀몰하는 재주를 가지고 강건하게 해방운동을 벌이지만 그가 하는 행동이 모두 다 옳거나 비판이 허용되지 않는 무오류의 신일 수는 없다는 것, 스스로 일관된 입장을 가지되 자신의 지조를 내세워 남을 경멸하면서 상처를 주거나 하지 않아야 한다는 것이다. 물론 그런 조건을 갖춘 남자인 '세원'이 현실에 있기 어렵다는 것은 안다. 모세나 굴원 같은 인물도 쉽지 않은 당시의 상황과 운동 풍토에서, 게다가 다른 사람을 억압하지 않는 인격이라니! 여성작가로서 임순득의 날카로움이 빛나는 대목이다. 진정한 인간 해방은 여성 해방 없이는 있을 수 없다는 것을 작가는 이렇게 쓰고 있다. 그리고 그런 인물이 나타나지 않을 수도 있겠지만 "타협은 하지 않을" 것이란다.

이 지점이 여성작가로서 임순득의 득의의 경지이다. 해방자 모세이고 지사 굴원이라는 필요조건을 갖추면서, 동시에 신격화되지 않고 거만하지 않은 남자란, 체현되어야 할 해방된 인간으로서의 충분조건이며, 그것들이 서로 분리되어서 구현되거나 추구되어서는 안 된다는 것이다. 스피노자를 좋아하는 남자를 좋아하는 여자에 대한 '나'의 비판도 같은 맥락이다. 「대모」에서 러아가 못다한 스피노자와 사과의 이야기를 연결하면 '내일 지구의 종말이 오더라도 오늘 사과 나무 한 그루를 심겠다'는 그 스피노자이다. 앞이 보이지 않는 시대, 미래를 기약할 수 없는 캄캄한 절망의 시간에도 미래를 위한, 희망을 잃지 않는 정신의 소유자, '파란 가을 하늘과 같은 인간', 스피노자인 것이다. '파란 가을 하늘' 이미지는 이미 소설 「일요일」에서도 한번 나왔다. 마지막 부분에, 감옥에 있는 윤호가 "내 마음대로 옷 빛깔을 해 입어도 괜찮다면 코발트 청색으로 해 입고 싶소. 활짝 개인 하늘빛으로 내 몸을 꾸미고 싶고"라는 말을 기억하고 혜영이가 그를 위해 코발트색 털실로 스웨터를 뜨겠다는 부분이다. 「일요일」에서는 긍정적으로만 그려졌던 이런 남성 인물에 대해 「대모」에서는 일정한 거리를 두고 있다. 그 5년 사이에 작가 임순득은 여성작가와 평론가로서의 자기 정체성을 확고하게 해 나온 것 같다.

앞장에서 이순금과 박진홍 그리고 이재유 사이의 관계에 대해서 살펴보았는데, 이들 여성 뿐 아니라 1930년대 사회운동에 나섰던 많은 여성 활동가들이 부딪혔던 중요한 문제를 임순득은 제기하고 있다. "노동자나 빈민 또는 인종적 정의를 위하여 목청을 높이며 사회 정의 운동에 참여하는 급진적 사상가들" 중에도 "잔인하고 불친절하고 폭력적이고 부정한 남성들"이 상당수 있었으니 "젠더의 문제에 관해서라면 그들은 보수파와 다를 바 없는 성차별주의자들이었"고 여성들은 이런 남성들과의 관계에 분노하면서 그 분노를 여성해방 운동의 촉매제로 이용했다고 하는 서구 여성운동의 경험[168]은 1930년대의 식민지 조선에서도 마찬가지였던 것이다.

---

168) Bell Hooks, 박정애 역, 『행복한 페미니즘』, 백년글사랑, 2002, 151면.

거기에 더해 또 눈여겨 보아야 하는 '나'의 문제 제기는 그런 인간이 존재하기도 쉽지 않지만 더 큰 문제는 그 남자가 어떤 남자이냐보다는 한 남자에 매달리면서 자기의 생활을 찾지 못하는 여성의 의존성에 관한 것이다. 지난 날의 연인에 대해 '파란 하늘과 같은 인간'이었다고 이상화시키고 거기서 헤어나지 못하는 친구 려아의 자세를 비판한다. 과거가 아니라 중요한 것은 현재이며, 여성 자신의 주체적 입장, 정신적 자립이 필요하다는 것이다.

> 난 그저 괜찮은 여자들이 이미 유물이 되어 버린 과거의 애정관계에 대해 언제까지나 소중하고 아련한 생각을 품는 바로 그 포즈가 여자 스스로를 비참하게 하는 게 안타까울 뿐이야. 허세라도 좋으니까 어째서 어깨를 펴고 의연하게 여자의 생활을 고집하려고 하지 않는 거야? 흔히 말하는 여자의 프라이드라는 것이 바로 그거 아냐?[169]

이렇게 작품에서든 평론에서든 여성 스스로가 기존의 가부장제 사회에서 여성에게 부여한 역할에 안주하고 남성에게 의존하려는 안이함을 가지고 있음을 예민하게 의식하고 있었기 때문에, 임순득은 해방 후 쓴 소설 「딸과 어머니와」 같은 작품에서 "자기 내면의 성차별주의와 직면하지 않은 채 페미니스트의 깃발을 치켜든 여자들이 종종 다른 여자들과의 상호관계 속에서 페미니즘의 대의를 배신"[170]하는 문제를 진지하게 다룰 수 있었던 것이다.

---

169) 임순득, 「대모」, 1942.10.
170) Bell Hooks, 박정애 역, 앞의 책, 37면.

임순득은 수필 「작은 페스탈로치」에서 시골에서 교사를 하다가 서울에 다니러 온 친구를 따라 박물관에 가서 '조선적인 것'을 발견한 경험을 쓴 적이 있다. 친구는 자기가 가르치고 있는 아이들에게 일러주기 위해 박물관의 전시품 하나라도 놓치지 않으려고 했다. 이 수필에는 봉산탈춤에 남아 있는 공동체적인 정서, 고려자기가 도달한 문화적 수준에 대한 긍지와 그 것을 자라나는 아이들에게 전해야 한다는 의무감이 매우 조심스럽게 서술되어 있다. 조선적인 것을 말하는 것이 자칫하면 빠지기 쉬운 함정 ― 궁핍한 현실로부터 막연한 과거로의 낭만적 도피 ― 을 경계하면서 그것의 현실 연관성을 묻는 입장을 취했는데, 그런 관점을 이어, 소설 「가을의 선물」에서는 그런 아이들이 자라나 어두운 식민지 현실 곳곳에서 오염되지 않은 자세로 버티고 있을 것을 기대한다. 소설은 가을날에 대한 다음과 같은 투명한 묘사로 시작된다.

마당 양지 바른쪽에서는 콩깍지가 톡톡 벌어지는 소리와 함께 귀엽게 윤이 나는 검은콩들이 튀어나오고 있었다. 순수라는 관념 형태를 사실화한다면 검은 콩의 튀는 모양을 바라보는 맑은 가을날의 하루가 아닐까 하는 생각을 하고 있었다. 그러자 왠지 마음이 포근해졌다.[171]

그 이야기 속에는 "인생을 오염에 물들이지 않고 살아가기 위해 언제나 마음의 창인 자기 눈동자의 초점을 모으고 있는" 이들에 대한 그리움이 담겨 있다. '나'의 친구 중 한 명은 딸만 둘을 낳고도 실망하는 남편의 눈치에 아랑곳없이, "앞으로 딸만 다섯은 더 낳고 싶다"고 하는 낙천적인 인물이

---

171) 임순득, 「가을의 선물」, 1942.12.

다. 소설을 쓰는 또다른 친구는 공무원 생활을 하면서 가정교사까지 하고도 밤 10시 이후부터 앉아 소설을 쓰는데 이번에는 3백 장이 넘는 장편에 도전하고 있다. "저널리스트는 먼저 그녀의 이름이 유명하지 않다는 것을 마땅치 않게 생각할 것이다. 그리고 여러 가지 트집을 잡을 것이다. 분량이 너무 많다는 둥, 한 번에 다 실을 수 없겠다는 둥." 이런 것을 예상하면서도 그 친구는 여전히 꿈을 간직하고 소설 쓰기에 열중하고 있다. 나는 박고지 넣은 김밥을 좋아하는 친구에게는 박고지를 선물로 보내고 소설 쓰는 친구가 보내올 소설을 받아 읽고 평을 해 줄 생각에 마음이 따뜻하다. 마침 자기들끼리 싸우다가 상처가 나서 찾아온 아이에게 약을 발라줬더니 그 아이가 밤에 몰래 석류를 두고 갔다. 그 석류를 보며 어린 시절의 순수함을 그대로 간직하고 있을 여러 벗들을 떠올리고, 그들이 여전히 간직하고 있을 열의를 공감한다.

— 시골에서 태어나, 시골에 고향이 있고, 유년기는 그렇다 치고, 그 소년시대에 싹터 오르는 정신을 고 방정환 씨의 수많은 아름다운 이야기들로 보낸 그대 — 그런 그대들은 처음으로 피가 용솟음치는 것을 깨닫고 인생에는 감동할 만한 아름다움이 많이 있다는 데 눈을 뜨고 행복으로 전율한 기억이 틀림없이 있으시겠지요.

그대들은, 자신의 인생을 더럽고 탁한 것에 물들이지 않고 살아가기 위해 언제나 마음의 창인 자기 눈동자의 초점을 모으고 계시겠지요.

그대들은 지금 어디서 어떤 생업을 하고 계시며 어떤 생활을 하고 계십니까. 저는 한없는 그리움으로 미지의 그대들을 부르고 싶은 그런 행복한 환희를 가슴 가득 느끼고 있습니다.[172]

---

172) 임순득의 「가을의 선물」에 대해 일본의 한국문학 연구자인 사에구사 교수는 1979년에 쓴 「1940

한쪽에서는 자라나는 아이들을 위해 '군국의 어머니'가 되기로 하고, 한쪽에서는 아이들에게 일러주기 위해 조선문화를 눈여겨 본다. 또 그 아이들의 투지와 순수에서 미래에 대한 희망을 보며 거기서 현재의 희망도 확신한다.

임순득의 일본어 소설 「달밤의 대화」는 시골에 살게 된 순희가 모처럼 서울에 있는 친구를 만나기 위해 기차역까지 나갔다가 되돌아오는 달밤의 여정을 묘사한 짧은 소설이다. 순희는 마을 소년 순동이에게 짐을 지워 기차역으로 나가면서 온갖 궁리를 한다. 달밤에는 지게를 지고 가는 순동이도 신비하게 보일 지경이다. 순동이와 함께 달밤을 걸어가면서 순동이의 피리 소리, 순동이가 꺾어다 주는 들국화 향기에 취해서 순동이와의 낭만적 사랑을 꿈꾼다. 기차역에 도착해서 밝은 불빛 속에서 생활에 찌들린 사람들을 보면서, 순동이 역시 그렇게 생활의 무게에 허덕이는 시골의 한 청년임을 깨닫고 그들과 슬픔을 나눌 수도 있겠다는 감상을 느낀다. 그러자 "막연하고 관념적인 공황상태에 있던 자신의 철없음을 쓰디쓰게 느끼며" 서울 여행길을 포기하고 돌아오면서, 서울 갈 여비를 보태어 순동이를 공부시키는 데 쓰기로 한다.

이렇게 순희가 마음을 바꾸게 된 것은 친구의 말 때문이다. 순희는 시골 마을에 살게 되면서 친구에게 약품, 운동화, 연료 등 시골 사람들의 생활 개선책을 의논한 적이 있었다. 거기에 대해서 친구는 "눈병을 앓는 사람들은 소금물로 눈을 씻으면 나을 거고, 맨발은 맨발로 좋다. 그런 사람들에게

년대 전반기에 대하여」에서 "맑은 정신과 상쾌함을 느끼게 한다." "이 괴로운 시대에 인생의 아름다움을 말할 수 있는 (…중략…) 문장을 쓸 수 있었다는 것은 역시 주목할 만한 일이다"라고 평가했다. 사에구사 도시카쓰三枝壽勝, 『사에구사 교수의 한국문학 연구』, 베틀북, 2000, 552~553면.

양말을 신기고 거기에 가죽구두를 신겨 청진이나 오사카로 보낼 작정이냐? 밤에는 어두워도 상관없지 않느냐. 올빼미나 미네르바의 사자라고 생각하면 더 좋지 않은가" 라고 야유했다. 의사가 되려다가 귀를 다쳤지만 좌절하지 않고 다시 약사가 되어 있는 친구의 야유에는 신체제하에서 벌어진 생활개선운동에 대한 우회적 비판이 담겨 있다. 근본적이 아닌 것, 청진이나 오사카에서 노예와 같은 노동을 하도록 하기 위한 것이라면, 그런 생활개선은 필요 없다는 것이다. 친구의 야유를 되살려 내고 순희는 문득 잊었던 '계몽'에의 열정을 떠올린다.

임순득은 「달밤의 대화」를 통해서 겉으로 보기에는 같은 '생활 개선운동'이고 '계몽' 운동일 수 있지만 그 속을 들여다보았을 때 1930년대 초반 열정적인 청년들이 전개했던 '계몽'운동과 지금의 관제 생활 개선운동은 차이가 있다는 것, 일상생활의 개선이라고 하는 것은 그것의 궁극적 목적을 생각해야 한다는 것, 일견 개선 혹은 진보라고 보이는 것이 실제로는 그런 것이 아닐 수도 있다는 것을 강조한 것이며, 그런 점에서 당시 교육자와 문인 등 여성지도자들이 신체제론에 발맞추어 내세운 '생활개선'이라는 것이 가진 반민중성을 우회적으로 비판한 것이다.

이 「달밤의 대화」를 마지막으로 임순득은 해방이 될 때까지 침묵으로 들어갔다. 이미 「대모」에서 조선이란 시공간은 여성이 자립하기 가장 어려운 환경이라고, 조선 민족이면 누구나 어렵지만 여성은 더 어렵다고 간파했던 임순득은 그 마지막 시간을 어떻게 견뎠을까. 「대모」의 여성 인물이 말하듯 "한가하게 남산이나 쳐다보"면서悠然見南山 버텨나갔을 것이다. 도연명의 시 「음주飮酒 5」의 한 구절인 이 구절은 고래로 어지러운 세상에 휩쓸리지 않고 사는 고상한 선비의 자세를 상징하는 구절이 되었다. 전문

은 다음과 같다.[173]

초막을 짓고 사람들 속에 살아도	結廬在人境
마차소리 시끄럽게 찾아오는 사람 없어서 좋구나	而無車馬喧
묻노니, 어찌 그럴 수 있는가	問君何能爾
마음이 속세를 떠나면 저절로 그리 된다네	心遠地自偏
동쪽 울타리 아래 국화를 꺾어들고	采菊東籬下
한가롭게 남산을 바라본다	悠然見南山
산 기운은 해질녘에 더욱 곱고	山氣日夕佳
날아다니던 새들은 짝지어 돌아오네	飛鳥相與還
여기에 자연의 참뜻이 있으니	此間有眞意
말하고자 하되 말을 잊었노라	欲辯已忘言

　산 속으로 피해갈 수도 없는 시대, 외국으로 망명할 수도 없는 처지, 시끄러운 세상 속에 있을 수밖에 없지만, 그 시류에 휩쓸리지 않고 살기. 임순득은 '내적 망명'을 시도했던 것이 아닐까.

---

173) 기세춘·신영복, 『중국역대시가선집』 1, 돌베개, 1994와 정민, 『한시미학산책』, 솔, 1996의 번역을 참고했다.

제7장 해방과 여성문학의 새로운 시작

1. 해 방 과 여 성

1) 해방 직후의 임순득

1945년의 12월 26일에 열린 조선부녀총동맹 결성식장에서는 투쟁을 이어온 여성들로 허정숙, 김명시, 박진홍, 이순금에 대한 환영 박수의 시간이 있었다. 허정숙과 김명시는 1930년대 후반 중국의 무장투쟁 그룹에 속해 있다가 해방 후 귀국을 하였고 박진홍과 이순금은 국내에서 경성콤그룹으로서 지하운동을 계속해 왔다. 박진홍은 1944년 11월 말 연안으로 갔다가 해방이 되면서 돌아왔기에 해외파라고 볼 수도 있겠지만, 그 자리에서는 국내에서 끝까지 버틴 인물로 소개된 것이다. 3일간의 대회에서 중앙집행위원과 지방대표자를 선출했는데 이순금(조직부), 이정숙(조직부), 이경선(선

전부), 박진홍(문교부), 임춘자(강원 지부)의 이름이 보인다.174) 이들은 1930년
대 중반 조공 재건운동과 일제 말기 경성꼼그룹의 관련자로서 끝까지 일제
에 맞섰던 여성들이다. 그리고 이들 중 다수는 서울여학생만세운동과 그
이후의 학생 맹휴를 통해 배출된 여성이다.

임순득은 해방 당시 삼팔선 이북 지역에 있었고, 서울 쪽으로는 오지 않
았던 것 같다. 서울에 있었다면 문학 단체나 여성 단체에 이름이 올랐을 텐
데 전혀 찾아볼 수 없다. 고향은 이남이었지만 일제 말기 결혼해서 살림을
차린 것이 강원도 회양군과 원산시 쪽이었던 듯, 해방기에 쓴 「솔밭집」이
나 「4월의 축가」, 「우정」처럼 자전적 요소가 보이는 작품에서는 회양군과
원산시에 관련된 지역이 자주 등장한다. 이구영의 회고는 이 시기의 임순
득에 관한 정보도 담고 있다.

해방이 되었고 (…중략…) 임순덕은 강원도 인민위원회 문화기관에서 발행하
는 문예지에 「들국화」라는 중편소설을 발표했다. 일제 치하에서 고통 받던 사
람들이 소련군의 도움으로 해방되어 자유를 누리고 민주 건설에 나서는 등 모
든 것이 제자리를 찾았다는 지극히 단순한 내용이었다. 이 글이 발표되자 (…중
략…) 러시아어로 번역이 되었다. (…중략…) 소련에서 잘 되었다고 번역이 되
자 그 다음으로 동독·체코 등지에서도 임순덕의 글이 번역이 되어, 임순덕은

---

174) 1945년 8월 17일 건국부녀동맹이 결성되었는데 시간이 경과하면서 정치적 입장의 차이로 황신
덕, 박순천, 유각경 등 일제 말기 친일적 행적을 보인 여성들이 탈퇴하고 조직을 재편성하여 조선
부녀총동맹으로 되었다. 1930년대 초의 근우회의 해소의 내부적인 요인은 근본적인 여성해방의
대전제는 민족 해방에 있다는 생각과 체제 내에서 여성이 권리를 확장하면서 여성해방을 실현하
려는 생각이 대립된 것에 있었는데, 이 대립과 해결 과제가 해방 후에도 그대로 이어진 양상이다.
宋連玉, 「朝鮮婦女總同盟—8·15 解放 直後の「女性運動」, 『朝鮮民族運動史硏究』 2, 東京 : 靑丘
文庫, 1985.

일약 국제적 작가가 되었다. (…중략…) 이들 부부는 짐을 꾸려 고성[175])을 떠나 평양으로 왔다. 그들 부부는 평양에 정착해서 글을 썼다.[176])

위 인용문에서 언급된 「들국화」는 현전하는 임순득의 유일한 작품집 『잊을 수 없는 사람들』에 실려 있다. 1947년 9월의 것으로 부기되어 있는 이 작품은 연보상으로 보면 해방 후 임순득이 쓴 첫 번째 작품이다. 해방 직후의 혼란한 시기, 삼팔선 접경 지역에서 죽고 죽이는 이념 갈등의 와중에 죽은 인물의 무덤에 들국화를 바치는 소련 군인의 인간미와 학식을 찬양하는 내용으로 되어 있어, 이구영의 회고를 신뢰할 수 있게 한다. 이 회고에 따르면 임순득은 해방 전부터 강원도 회양 근처에서 살다가 해방을 맞이했고 쏘련군과의 인연으로 평양으로 이주해 살게 되었다는 것이다.

이 점은 임순득 자신의 글에서도 간접적으로 확인할 수 있다. 1947년 12월에 발표된 소설 「솔밭집」에서 화자는 강원도 회양군 추지령 모퉁이에서 살다가 해방이 되면서 원산 시내의 여학교 교사가 된 것으로 되어 있다. 1948년 4월에 쓴 「4월의 축가」에서는 여학교 교사인 화자가 학생들의 졸업식을 보면서 과거 자신의 여학교 시절을 회상하는데, 그 시절에 기독교 계통 학교를 다니다가 일제의 경찰에 끌려가서 고초를 당했다는 말을 한다. 1948년 12월에 쓴 소설 「우정」에는 원산에 사는 화숙이 일제 시대 죽은 오빠의 추도식을 하러 친정에 다녀오는 길에 소련군 장교와 친분을 가지게 되었고 그와의 관계 속에서 주인공 부부가 평양에 직장을 구해 이사

---

175) 임순득이 살던 곳이 강원도 고성이었는지는 확실하지 않다. 소설 「솔밭집」에서는 추지령이 있는 강원도 회양군에서 살다가 원산으로 오게 되었다고 한다. 임순득 자신의 기록에는 해방 후에는 원산에서 살다가 평양으로 이사했다고 한다.
176) 심지연, 『산정에 배를 매고—노촌 이구영 선생의 살아온 이야기』, 개마서원, 1998, 202~206면.

하게 되었다는 이야기가 나온다. 이 세 작품은 화자가 지식인 여성으로 교사이거나 문학을 공부하고 있다는 것, 여학교 시절의 학생운동, 일제 말기의 오빠의 죽음 등 임순득의 자전적인 요소를 많이 담고 있는데, 대략 위 인용문의 회고와 일치하고 있다. 또한 수필 「강반ᇁ畔에서」에는 "우리가 원산을 떠날 때"라고 직접 말하고 있으며, 「처음 글 쓰는 분들을 위하여」에서는 "지방 어느 녀학교에서 작문을 맡아 본 일이 있"다고 밝혔다.

요컨대 해방 당시 임순득은 원산에서 여학교의 교사를 하다가 1947년 말 쯤 평양으로 이주했고 평양에서는 주로 '조선녀성사'에서 일을 하면서 작품활동을 한 것으로 보인다.

해방 후의 임순득을 기억하는 사람들이 임순득이 '녀성사'에서 일하고 있었다고 회고했고, 임순득 자신 『조선녀성』에 글을 여러 편 발표했으며, 유일한 작품집 『잊을 수 없는 사람들』이 '조선녀성사'에서 출판되었다.

평양에서 우연히 만났을 때 보니 장하인은 빨간 모자를 쓰고 장바구니를 들고 시장에 가서 장을 보아 오는 것이 일이었다. 그때 임순덕은 김두봉의 딸인 김명숙, 시인으로 이름을 날리자마자 월북한 신진순 등과 함께 『여성』이라는 잡지를 내고 있었다. 그러니 부부간에 하는 일이 거꾸로 되고 만 것이다. 부인은 대외적으로 활동을 하고, 남편은 집안에 들어앉아 살림을 하는 생활이었다.[177]

그들은 전쟁 전 어머니와 같은 청사에서 친근히 지내던 '여성사' 아줌마들이었다. 편집국장 임은길, 여류작가 임순득. 그 이후 수십 년 우리 자매를 각별히 사랑해 주신 분들, 후퇴길에서의 그 만남을 두고 옛말 하시던 어머니의 친구분

---

177) 위의 책, 206면.

들이시다.[178]

『조선녀성』은 북한의 유일한 여성 잡지로서 '조선민주녀성동맹'(약칭 녀맹)의 기관지이다. 1946년 9월에 첫 호가 발간되었다. 여맹은 1945년 11월 '북조선민주녀성동맹'으로 창립되었다가 1951년 1월 '남북 조선'의 여성동맹이 통합되어 '조선민주녀성동맹'으로 이름을 고쳤다. 현재 임순득과 관련해서 남한에서 볼 수 있는 『조선녀성』은 창간호부터 1950년 10월호까지와 1979년 이후의 것이다. 그 사이에도 지속적으로 발간되었지만 현재 확인해 볼 수 있는 자료에는 한계가 있다.

임순득은 1947년 10월 『조선녀성』에 처음 글을 싣는다. 「10월 밤 이야기」라고 해서 1917년 러시아의 10월 혁명과 관련된 시사 해설 같은 글이다. 이후 그는 『조선녀성』에 수필, 계몽적인 정론 등 많은 글을 쓰고 있는데 현재 볼 수 있는 자료 내에서는 여성을 계몽하는 정론 성격의 글이 가장 많다. 「녀성과 독서」, 「녀성과 미화」하는 식의 글이다. 「처음 글 쓰는 분들을 위하여」는 해방 후에 한글을 깨치게 된 여성들을 향해 부담없이 생활 글을 쓸 것을 권하며 그 요령을 일러주는 문장론으로 이태준의 문장론을 원용하고 있기도 하다. 또한 1950년 10월 이후부터 그가 더 이상 지면상으로 모습을 보이지 않는 1957년 사이의 『조선녀성』에도 임순득의 글이 더 있으리라 짐작되지만 자료의 한계로 논의하지 못했다.

해방 직후 시기의 임순득의 작품은 일제하 여성 문학의 전통을 잇는 측면과 해방 후 북한 사회에서 새롭게 전개된 변화한 여성의 삶의 조건에서

---

178) 성혜랑, 『등나무집』, 지식나라, 2000, 205면에는 1950년 말 김원주의 딸 성혜랑이 평양에서 후퇴하는 길에 임순득을 만난 사건이 기록되어 있다. 김원주는 당시 노동신문사 기자를 하고 있었다.

야기되는 문제를 맹아적으로 모두 보이고 있다. 특히 전통사회에서 가부장제의 인습이 유난히 강고했기에 제도적 해방이 여성에게 가져다 준 진보를 열광적으로 기뻐하면서 한편으로는 봉건적 유습이 아직 삶 속에 강고하게 남아 있는 채로 제도만 바뀐 상태이기에 그 제도가 일상의 삶에 적용될 때 생길 수밖에 없는 갈등 또한 놓치지 않고 보여준다. 이런 점에서 해방 직후의 임순득의 작품은 이후 북한 여성문학의 원형이 되었다.

2) 북한의 여성 정책과 여성문학의 가능성

북한에서 1946년 '북조선임시인민위원회' 명의로 제정한 세 가지 법령은 당시 북한 여성의 사회적 지위에 큰 영향을 미쳤다. 3월 5일의 「북조선 토지개혁에 관한 법령」은 여성도 남성처럼 토지를 분배받을 수 있는 근거를 제공하여 여성이 경제적으로 자립할 수 있는 환경을 제공했다. 6월 24일의 「북조선 로동자 및 사무원에 관한 노동법령」은 성별과 연령을 불문한 동일노동에 대한 동일임금 보장, 노동 여성에 대한 산전 산휴 휴가 보장, 모성 보호, 수유 시간 보장 등 여성의 노동권 확보와 모성 보호에 필요한 조항을 명시하였다. 7월 30일의 「북조선 남녀평등권에 관한 법령」은 제1조에 "생활의 모든 령역에서 여성들은 남자와 같은 평등권을 가진다"고 규정하여 남녀평등의 새로운 규범을 획기적으로 제시했다. 이렇게 법적으로 여성의 평등권과 사회 참여의 정당성을 보장한 이래, 1950년대 전후 복구 과정에서 여성의 사회적 진출이 당연시되었고 농업협동화 등을 통해 가족 단위가 해체되면서 가장의 권위가 약화되었다. 이러한 북한의 여성정책은 소련의 여성정책을 원용한 것이지만 그런 정책이 별 저항이 없이 채택되고 뿌리를 내릴 수 있었던 토양으로서 그 이전의 조선 여성의 역사적 경험 역시 매우 중요하다.

역사적으로 여성이 공적 영역에 참여하게 되는 근대적 경험은 대한제국기 계몽운동의 담당자들이 국민의 어머니로서 여성을 호명한 것이 시초이다. 따라서 국민을 길러 낼 여성에 대한 교육이 중요해졌고 여성에 대한 근대적 교육이 시작되었다.[179] 그러나 이 운동은 식민지화와 함께 중단되었고, 일제하에서 일본 유학 같은 고등교육을 받을 수 있었던 일부의 여성들은 '신여성'이 되었고, 3·1운동 이후 늘어난 여학교에서는 '현모양처'를 여성교육의 목표로 삼았다. 급진적이고 개인적으로 여성문제를 제기했던 신여성과 현실 안주적인 현모양처를 동시에 비판하면서 1920년대 중반 사회주의 여성운동이 등장했고 그들은 콜론타이의 '신여성'을 이상으로 삼으면서도 식민지 현실에서 민족운동에 참여했고 남성과 대등한 동지적 관계를 갈망했다. 한편 일제 말기 '전시 총동원 체제'는 독자성을 주장하는 '신여성'을 배제하고 '현모양처'를 국가 차원으로 확대한 '군국의 어머니'를 표어로 하여 식민지 조선의 여성을 전쟁에 동원했다. 이때 일제가 여성을 동원하면서 펼쳤던 논리는 해방 이후 남북한 양쪽에서 공히 국가가 여성을 동원하고자 할 때 원용되었고, 여성 자신에게도 익숙한 것으로 받아들여졌다.

소련의 여성 정책은 콜론타이의 '신여성' 모델과 크룹스카야의 '어머니─노동자' 모델이 논쟁하고 대립했는데 논쟁이 소련 전체의 권력 투쟁과 맞물리면서 크룹스카야의 '노동자─어머니' 모델이 주도권을 잡게 되었다. 콜론타이는 여성의 종속심리를 파괴하고 '지적인 질을 소유한 노동자'로서의

---

179) 이 과정에 대해서는 이상경, 「여성의 근대적 자기 표현의 역사와 의의」, 『민족문학사연구』 9, 1996 참고.

여성을 지향한 반면, 크룹스카야는 교육을 받고 남성과 동등하게 사회 전반에 참여하면서도 양육과 생활 관리를 과학적으로 수행하는 여성을 지향했다. 크룹스카야 모델은 마르크스주의의 노동자와 러시아의 전통적 모성상을 결합시킨 것으로 여성이 노동자와 어머니 역할을 훌륭하게 조화시키는 것을 말한다. 이 모델이 소련의 여성정책으로 제도화했고 다른 사회주의 국가에도 이식되었다.[180]

그런데 이렇게 여성에게 노동자와 어머니의 역할을 동시에 지우는 것은 동원의 시기에는 여성에게 가사노동과 사회적 노동이라는 '이중의 짐'을 지우기 십상이고, 경제 상황이 어렵거나 일자리가 부족한 때에는 어머니를 강조하면서 사회적 노동에서 배제하는 그럴싸한 명분을 제공하게 된다. 가령 해방 직후부터 한국전쟁 이전 시기까지는 북한의 공식 담론에서도 '남녀평등'과 '여성의 권리'를 강조하였는데, 한국전쟁기의 동원 체제에서는 그때까지 얻은 남녀평등과 여성의 권리를 지키고 그것을 준 국가에 대해 보답하기 위해 국가에 헌신할 것을 강조하게 되었다. 이때부터는 '남녀평등'이나 '여성의 권리'에 대한 논의는 사라지고, 국민으로서 책임과 의무를 다하고 주인답게 일하는 여성이 강조되었다.[181]

임순득의 해방 후 북한에서의 문학 활동은 평론가로서 여성문학론을 펼치는 것보다는 작가로서 작품 창작에 기울어 있다. 물론 그 소설들은 늘 임순득 나름의 여성문학적 입장을 견지하고 있지만, 임순득 자신이 여성작가임을 표나게 내세우지 않고 비평가로서 여성문학론 ─ 일제 시대에 내세웠

---

180) 차인순, 「소련여성의 경제적 지위」, 『여성연구』 36, 한국여성개발원, 1992년 가을; 박영자, 「북한의 근대화 과정과 여성의 역할(1945~80년대)」, 성균관대 박사논문, 2004, 30면에서 재인용.
181) 김석향, 「'남녀평등'과 "여성의 권리"에 대한 북한 당국의 공식 담론의 변화─1950년 이전과 1979년 이후 『조선녀성』 기사를 중심으로」, 『북한연구학회보』 10-1, 2006.

던 '부인문학' — 도 계속 더 발전시켜 나가지 않은 것은 해방 후의 북한의 상황과 관계가 있으리라고 생각된다. 북한에서 행해진 각종 여성 정책들은 제도적으로 남녀평등을 보장하고 있었기에 공식적으로 '여성문제'는 해결된 것으로 간주되었고 그런 만큼 특별하게 '여성문학론'을 세울 입지도 없었기 때문이다. 그래서 북한에서는 임순득뿐만 아니라 그 어떤 경우도 '여성문학'이라고 표방된 것은 없다. 그러나 실제의 현실은 이론과는 다른 것이고 여성의 입장에서 현실의 문제를 추구해온 임순득의 작업은 '여성문학'이 될 수밖에 없었다.

법령의 제정과 법령의 구체적 실천은 별개의 문제이며, 법령 자체도 여성들이 사회적 활동에 참여하는 것과 사회적 노동에 동원되는 양 측면을 모두 포함하고 있기 때문에 삶의 조건으로서 '여성문제'는 존재할 수밖에 없기 때문이다. 북한의 여성 정책은 여성이 전래의 가부장제적 억압으로부터 해방되는 길로 평등한 사회적 활동에의 참여를 보장하는 측면과 국가 생산력을 높이기 위해 모성을 효과적으로 동원한다는 양 측면이 혼재되어 있다. 시기에 따라 정책의 강조점이 달라지기는 하지만 참여와 동원, 혹은 그 결과로서의 해방과 억압이라는 이중성을 가지고 있는 것이다. 그런데 국가의 통제가 강한 북한 사회의 경우, 공식적 언어 이면에서 비공식적으로 발화되는 삶의 현실은 다성적 발화가 가능한 소설 장르를 통해서 가장 잘 드러날 수 있다.

임순득이 해방 후에 쓴 소설은 공식적으로 평등해진 여성의 지위와 비공식적인 개인의 삶에서 여전히 유지되고 있는 남성 중심의 관습이 서로 부딪히는 자리를 예민하게 포착함으로써 여성문학의 면모를 보인다.

2. 대안적 여성주체의 꿈

1) 성적·계급적·민족적 억압 너머에 있는 것

임순득은 1947년 12월 『조선문학』 제2집에 「솔밭집」을 발표했다. 『조선문학』은 북조선문학예술총동맹에서 발행한 것으로 1947년 9월에 창간호를 내었다. 『조선문학』 창간호에는 이북명의 「로동일가」 같은 당시 북한 지역의 대표적 문인의 작품이 실렸다. 그 두 번째호에 최명익의 「기계」와 함께 임순득의 「솔밭집」이 실린 것은 당시 문단에서 임순득이 이미 상당한 평가를 받고 있었다는 것을 보여준다. 앞에서 인용했던 이구영의 회고는 임순득이 소련군과의 친분을 덕에 유명해졌다고 쓰고 있는데, 임순득이 북한에서 낸 작품집 『잊을 수 없는 사람들』이 모두 '조쏘친선'을 주제로 한 것을 보면 이 점을 부인할 수는 없을 것이다. 그러나 또한 해방 직후의 여성작가들이 상황을 살펴보면 임순득은 당시 이북 지역에서 거의 유일한 여성작가이기도 했다. 해방 전에 등단했던 여성작가들 중 백신애와 강경애는 해방 전에 죽

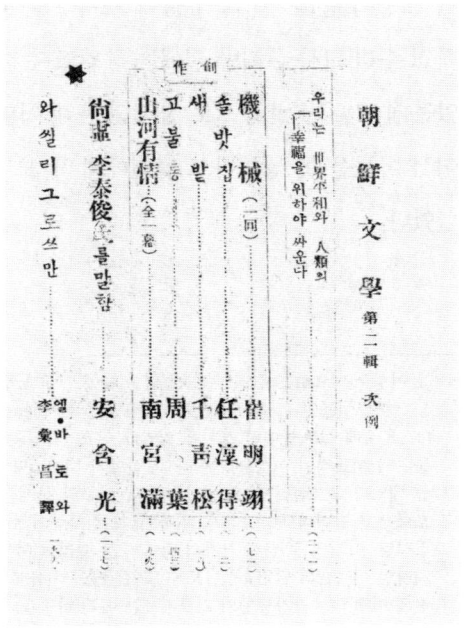

「솔밭집」이 실린 『조선문학』 제2집의 목차 일부

었고, 박화성은 작품 활동을 쉬고 있었다. 해방이 되었을 때 최정희, 장덕조, 지하련, 한무숙은 남쪽에 살고 있었다. 이선희는 원산 쪽에 살았던 것 같으나 확실하지 않고 1946년 「서울신문」에 「창」이란 소설을 발표한 뒤로는 자취를 찾을 수 없다. 이북 지역에는 임순득과 임옥인이 살고 있었는데 임옥인은 1946년에 월남했다. 그런가 하면 지하련은 1948년경 월북했지만 거기서는 작품활동을 하지 못했다. 즉 임순득은 일제 말기에도 작품 활동을 했으며, 친일 논의에서도 자유로운 입장이었고 작품의 지향도 분명했기에, 이북 지역에서 당장에 작품을 쓸 수 있는 여성 작가는 임순득밖에 없기도 했던 것이다.[182]

「솔밭집」은 자전적 면모를 띤 여학교 교사 '나'의 일인칭 관찰자 시점에서 해방이 용례어머니의 삶에 가져다 준 변화를 그렸다. '나'는 원산의 여학교 수리 교사로 해방 전에는 강원도 추지령[183] 모퉁이 샐경 들판에서 살았는데 그때 '솔밭집'으로 불리던 용례 어머니를 알았다. 그녀는 딸만 둘이어서 아들을 못 낳는다고 남편에게 세 모녀가 함께 구박과 학대를 받으며 살았다.

---

182) 여성 시인으로는 김귀련金貴蓮의 이름이 자주 등장한다. 해방 전의 문단에서는 들은 적이 없는 낯선 이름인데, 북조선문학예술총동맹의 시부과에 소속되어 기관지인 『문학예술』제2호(1948.3)에 「10년」이란 장시를 실었고, 『조선녀성』에도 거의 매번 시를 실을 만큼 초창기 북한 문단의 대표적인 여성 시인이다. 부산에서 태어났다는 정도만 알려져 있고 북한에서 시집을 한 권 내었다. 『조선녀성』은 창간호(1946.9)부터 문예란에 기성 작가의 문학 작품을 실었다. 창간호에는 김귀련의 시 「조국을 위하여」와 김사량의 소설 「총총걸음」이 실렸는데 이후 소설 쪽은 김사량, 이기영 등 남성 작가의 것이 주로 실리고 여성의 것으로는 1947년 11월호에 『조선녀성』기자인 이정숙의 단편소설 「모두 그 길을」을 처음 실은 이래, 이정숙의 작품이 많이 보인다. 그런데 이정숙은 작가동맹의 기관지에는 아직 작품을 싣지 못하다가 1952년 11월에 단편소설 「보비」를 『문학예술』에 발표한다.
183) 추지령은 강원도 회양군과 통천군의 경계에 있는 고개이다.

걸핏하면 간나만 둘 있으니 그까짓 깨어진 장독깨 질그릇만 하랴고 그전 구차한 살림에 심술만 늘어, (…중략…) 용례아버지는 비온 틈을 타서 곧잘 빨래를 해가지고 들어오는 아내에게 달려들어 함지박이 곤두박질치도록 머리채를 뒤흔들고,

"이 에미나야, 늙어 가면 뭘 바라고 살자니. 남처럼 저장이 있니 자식새끼가 있니. 허구한 날 일 귀신만 들려 애가 말러죽겠구나. 어쩌자고 하필 네 년이 내게 생겼단 말이냐. 김차술이 팔자가 이렇구나. 이년아, 선영 볼 낯이 없다. 이년아."

(…중략…)

"이년들 네 삼 모녀, 염병에 땀도 내지 말고 몰사죽음해라. 그럼 홀홀단신 북해도 탄광에 석탄무덤을 판들 오주명이 그놈한테 구박받는 거보다 낫겠다."[184]

이렇게 최하층의 남성가부장에게 학대 받고 살던 여성은 해방 후 토지개혁과 민주개혁으로 당당해지고 생활도 안정되었다. 동네일을 지도적 위치에서 해 내고 살림도 여유가 생겨 간식거리를 잔뜩 이고 인사차 여학교에 들러 자기의 딸들이 누릴 새로운 세계를 꿈꾸게 된 것이다. 해방이 한 여성의 삶을 어떻게 바꾸어 놓았고 또 바꾸어 놓을 것인가를 실감나게 보여주는 가장 인상적인 장면은 다음과 같이 용례 어머니가 근대적 부엌시설에 감탄하면서 자기 딸도 교육을 시키겠다고 하는 대목이다.

가사실습실 수도 장치, 으리으리한 찬장, 요리대, 모두 둘러보고 만져보며 희한해서 입만 떡 벌린다. 가스 불을 켜 뵈니 냄새도 역하지만 도깨비 불 같다고 끄려했으나 수도를 트니깐 반색을 한다.

---

184) 임순득, 「솔밭집」, 1947.12.

"아유 벽 새이서 물이 졸졸 흐른다니."

수돗물 줄기를 소금섬에 꽂아놓고 서슬을 받았으면 좋겠다는 것이다.

(…중략…)

"용롄 몰라도 우리 용순이 년만 해도 이런 데서 공부랑 허겠지?"

"그럼은요. 살림도 허지요. 그땐 따로 제 살림만 한다고 행주치마에 매이지 않습니다. 공동식당에서 밥 해주고 공동세탁소에서 빨래 해주고."

"그럼 에펜넨 집에서 낮잠만 자나, 온 벨 소릴 다한다."

"공장에 가 일 허구, 농장에 가서 기계 부려 노래와 함께 김을 매고 …… 집에 와선 신문을 보든 춤을 추든 산보를 가든……."

"원산 아줌마 이얘기 듣고 보니 도깨비한테 홀린 상싶소. 아모턴 사람의 자식은 가르치고 볼 일이지."[185]

용례 어머니에게 해방이란 자신은 미처 누리지 못한 '희한'한 삶 ─ 고된 노동에서 해방되고 학교에서 공부하는 것 ─ 을 딸들이 누릴 수 있게 되는 것이었다. 그리고 그 희한한 삶은 일제 시대 사회주의 여성운동에서 꿈꾸었으나 밖으로 소리 내어 말하지 못했던 강령이기도 하다. 식민지배자가 물러간 땅에서 공동 식당에서 밥 해주고, 공동 세탁소에서 빨래 해주는 가사노동의 사회화, 직장에서 일하고 나머지 시간은 휴식과 여가 활동으로 보내는 8시간 노동제라는 꿈. 도깨비에게 홀린 것 같은 '꿈'이었지만, 해방이된 마당에서는 그 꿈이 이제 실현될 수 있을 것이라는 기대가 「솔밭집」에서 용례 어머니라는 최하층의 여성의 입장에서 감격적으로 토로된 것이다.

---

185) 위의 글.

2) 자기 해방으로 나아가는 여성의 목소리

작가의 자전적 요소가 강한 소설 「우정」은 겉으로 내세운 것은 소련군 장교의 우정이지만, 그 이면에서 작가는 활달하고 진취적인 아내와 내성적이고 소극적인 남편 사이의 심리적 갈등을 통해 한 여성이 내적 외적 속박에서 벗어나 주체로 서게 되는 과정에 역점을 두었다. 소설의 주인공 화숙이는 한의사를 하는 부모 밑에서 오빠와 함께 순조롭게 자란 매우 활달한 여성이다. 반면에 남편인 세익은 외톨이로 거친 세파를 헤쳐 나오면서 인간관계의 차가운 면을 많이 보아 남의 일거수일투족에 민감하고, 그래서 다른 사람과 잘 지내지도 못하는 꽁한 성격이다. 일제말기 그는 미결감에서 독일어 사전을 외우다시피 하면서 독일어를 배워, 3,4개 국어를 구사할 만큼 어학에 능했지만 교육과정에서 외국어를 없애는 통에 학교에서 쫓겨나면서 훨씬 더 신경질적이 되었다. 그때 화숙의 친정 오빠는 사상 사건에 관련되어 감옥살이를 하다가 끝내 옥사를 했는데 그런 처남에 대해서도 세익은 신경질적이다.

"당신 오빠란 가장 단순한 위인이란 걸 알아야 하오. 어떤 의미에서는 사는데 고민도 없었다!"

"당신은 뭔데 그리 고민투성이고 단순치 못하시오?"

"나야 생각하는 갈대 아닌가?"

제법 세익은 무슨 빈자를 하려고 하였으나, 사실 자기도 생각하는 길을 조금도 준순逡巡하는 일 없이 다만 굳세게 나아가는 처형妻兄을 보고 정면으로 공격할 만한 아무 것도 없는 것이었다. 더구나 오만 사람들이 갖은 둔갑을 다하여 지하나 살 구멍을 찾는 시절에도, 동하지 않고 독감에서 장기의 형을 받고 그물을 뜨고 앉았을 모습을 눈앞에 그릴 때, '생각하는 갈대'의 자부하는 마음이란 마치 소지장처럼 바람만 불어도 흐르르 날 것 같다. 고만 울컥하고 세익은 가슴에 치밀어 오르는 자기혐오에 느끼한 선지덩이를 참지 못해 화숙에게 여편네가 장독 단속이나 할 게지 쥐뿔 나게 문학 공부가 뭐냐고 닥치는 대로 그저 행패를 부리던 그였다.[186)

이처럼 자존심은 강하면서도 소심하여 행동에는 나서지 못하고, 그 자책감으로 자기와 주위사람들을 조소하면서 신경질을 부리는 그런 남편을 화숙이는 일제 시대에는 이해하고 연민하면서 감내해 왔다. 그 시절은 시류에 휩쓸리지 않고 자기를 지킨다는 것 자체가 투쟁인 그런 시절이었기 때문이다. 그런데 해방이 되어서도 여전히 자폐적인 세계에 갇혀 아내에게 투정을 하는 세익을 화숙이는 더 이상 감내할 수 없고, "가시밭같이 까다롭고 턱턱 막히는" 세익의 그런 어두운 면에 져서는 안 된다고 생각한다.

세익에게 뚜렷한 항변 하나 못한 자기가 새삼스럽도록 못나 보였다. 그러고 보니 같이 사는 동안 실없이 주눅 들고 만 것을 아니 느낄 수 없었다. 이제부터는 이 천만 가지가 가시밭같이 까다롭고 턱턱 막히는 세익에게 져서는 안 된다는 생각이 머리를 쳐들었다. 무슨 한 가정을 영위하는 부부가 승부를 겨룬다는 것이 아니라 어둡고 꾀까다로운 것에 밝고 곧은 것이 짓눌러서는 안 되겠다는 강력한 욕구가 치미는 것이었다.[187)

---

186) 임순득, 「우정」, 1948.12.
187) 위의 글.

이 대목은 조금 확대 해석하면 '민족' 해방이란 과제 앞에서 문제를 느끼고는 있었으나 아직 전면에 내세우지 않았던 '여성' 해방의 목소리를 이제는 내어야겠다는 것이다. 그것은 남성과 여성 사이의 문제라기보다는 인간다운 삶의 문제로서, 즉 어둡고 꾀까다로운 것으로부터 곧고 밝은 것으로 나아가는 '자기 해방'의 과정이 필요하다는 것이다. 자기 해방의 과정으로서 해방 후에 화숙이가 남편과 벌이는 부부 싸움은 남녀 사이의 개인적인 생활에서도 해방이 이루어져야 진짜 해방이라는 것, '개인적인 것이 정치적인 것'임이 드러나는 생생한 대목이다.

수일 후 화숙은 친정에서 돌아와 그 차중담을 이야기하였다. 세익은 미처 다 듣기도 전에 주책없이 그따위로 굴고 다닌다고 퉁을 주는 것이었다. 마을 사람들까지 입맛을 다셔가며 그렇게 재미나게 들어 주던 이야기가 아닌가. 화숙은 뭐가 주책없단 말이냐고 대꾸를 하였다.

"당신은 아마 백 번 죽었다 깨어나도 그 해군 장교처럼 되긴 힘들리다. 왜 해방된 오늘날 자기 해방은 좀 못하세요? 나도 인젠 하고 싶은 말 다 하구야 살걸! 대담하고 솔직하게……."

"장하오, 안다니처럼 뿌로큰 잉글리쉬나 지껄이며 다니고…… 천박하긴!"

"당신 말 좀 고치세요. 천박한 게 그렇게 싫은 사람이 어떻게 그리 상대방을 수하자 다루 듯한 말씨야요? 말끝마다 나를 얕잡으면 그래 당신은 올라가는 것 같구려. 그리구 남의 이야기에 대하여 본의는 밀쳐놓고 자기 기호를 강요하는 그 이기적인 심뽀에 못 견디겠어요!"

"이건 누굴 보고 설교를 하는 셈이야?"

세익은 소리를 높이며 돌아 앉아 아이에게 젖을 물리고 있는 화숙의 가슴이 치받히도록 툭 찼다.

(…중략…)

"저 따위가 문학을 해? 항차 인간을 이해해? 남의 수난에 대하여 박수갈채를 치는 저 따위가 ……."

세익은 어느 타협할 수 없는 분노에 치받힌 듯 아내를 노려보았다. 차차 그 눈에는 적의에 가까운 증오 대신 애절한 호소로 변하였다. 그러나 화숙은 푹 곰삭은 모성의 포용의 힘을 가지기에는 너무도 젊고 아직도 남편을 대하는 데 대립적이었다.

"수난이라니……. 비장한 척 그 신파적인 몸짓 작작하시유. 역겨웁쉬다. 자기를 특별한 위치에 앉혀 놓고 모든 것을 용서해 주고 어루만져 주었으면 하지만 우리 현실은 아마 좀 더 바쁠 걸요. 심란하고 가차 없고 정신 차려야 해요. 이제 와서 동아줄 같은 신경을 못 가졌다고 한탄할 게 없지요."

식민지라는 시대적 억압 때문에 소극적이고 신경질로 될 수밖에 없는 남편을 이해하고 그에게 맞추어 자기를 억누르고 살던 한 여성이 해방을 계기로 새로운 사회적 관계를 맺어나가면서 남편에 대한 심리적 종속에서 벗어나 참된 동반자로 부부관계를 재설정하려는 노력을 과장되지 않게 그려내었다. 콜론타이가 설정한 '신여성'의 이상에 가깝게 여성이 개조되면서 남성도 함께 바뀌어야 함을 역설했다. 해방 후 북조선민주여성동맹의 기관지로 나온 『조선녀성』 1947년 3월호에는 「완전한 권리 있는 공민으로서의 쏘베트 여성」이라는 콜론타이의 글이 소개되고 있다. 해방 후에 콜론타이의 『신여성론』도 번역 출간되는데 이는 소련의 영향이라기보다는 해방 전 여성 활동가들이 꿈꾸었던 여성의 모델이 콜론타이가 제시한 '신여성'이었다는 데 있을 것이다.

이 무렵 남북한의 문단에서는 이기영의 「농막선생」, 이태준의 「해방 전후」, 채만식의 「민족의 죄인」 등 '해방 전후'를 그린 작품들이 많이 발표되었다. 지식인 주인공이 일제 말기를 어떻게 견뎌내었으며, 해방을 맞이하여 자신에게 남아있는 낡은 요소를 어떠한 과정을 통해 털어낼 수 있으며, 털어내어야 하는가 등을 진지하게 모색한 작품들이었다. 임순득의 「우정」도 해방 전과 후에 어떻게 인간이 바뀌어 갈 수 있는지를 분석한 작품으로서, 특히 변화한 사회적 관계 속에서 남성과 여성, 부부관계를 어떻게 새롭게 만들어 가야 할 것인가 하는 문제의식을 담았다. 다만 세익의 변화는 내부적인 것이 아니라 소련군 장교로부터 촉발된 것이기에 그것의 실효성 혹은 현실성은 확실하지 않다. 어쩌면 인간이 바뀌기란 쉽지 않다는 것, 제도를 바꾸는 것은 오히려 쉽지만 인간의 사고 방식이나 생활 습관이 하루아침에 바뀌는 것은 아니라는 것을 오랜 가부장제의 무게를 온몸으로 느끼면서 살았던 여성작가 임순득은 더 절실하게 보고 느꼈기에 그런 외부적인 요소를 끌어올 수밖에 없지 않았을까.

3) 남녀평등의 이상과 가부장적 현실의 거리

식민지 지배보다 훨씬 더 오래된 가부장제의 의식은 제도의 정비만으로 쉽게 바뀔 수 없었다. 이런 점을 집중적으로 다룬 것이 「딸과 어머니와」이다. 어머니는 해방을 맞이하여 '딸'의 어머니로서는 '지극히 소박한 진보적인 사상'인 남녀평등을 쉽게 받아들이지만 '아들'의 어머니로서는 여전히 남성 우위의 봉건적인 사상을 견지한다. 이런 어머니의 모순적인 상태를 드러내 보이는 것, 진정한 의미의 남녀평등은 쉽지 않다는 것이 이 소설의 주제이다.

일제 말 정신대를 피하느라 술망나니에게 시집을 갔다가 금세 과부된 '딸'을 둔 어머니의 처지에서는 남녀평등은 너무나 당연한 것이다.

적당한 후처 자리라도 진작 자리 잡아 주었으면 하고 바라는 것이었다. 그러는가 하면 이왕이면 초혼 자리를 만나 묵은 시름 씻은 듯이 잊고 살도록 되었으면 하고 어머니는 안 그려보는 꿈이 없었다.

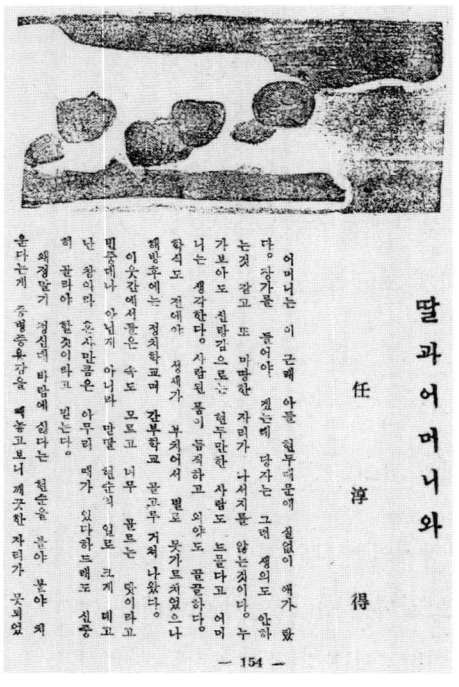

「딸과 어머니와」 발표 당시의 모습

"뭐 내 딸이 어데가 어쨌단 말인가. 다 세상 따라 남의 총중에 나가서 안 빠지고 일도 하겠다 ……."

이렇게 어머니는 이녁 딸에게 한하여서 자신만만하고 더욱이 지극히 소박한 진보적인 사상을 가져 일체의 인습도 뛰어넘게 되는 것이었다.[188]

그러나 번듯한 총각 '아들'을 둔 어머니로서는 도저히 남녀평등을 받아들일 수 없고 의연히 여성에 대한 정조 관념을 견지한다. 아들이 딸의 친구와 결혼을 하려는 것을 알고 어머니는 펄펄 뛴다. 며느릿감은 아

188) 임순득, 「딸과 어머니와」, 1949. 12.

들보다 연상일 뿐만 아니라 일제 시대 돈 많은 늙은이의 후처로 팔려가다 시피 시집을 갔다가 뛰쳐나온 전력이 있다. 해방이 되어 법률 공부를 하며 날로 아름답고 씩씩하게 활동하는 여성을 딸의 친구로만 볼 때는 어머니도 칭찬을 아끼지 않았다. 그런데 며느릿감으로 나서는 것은 용납할 수가 없었다. 요컨대 총각이 '헌 계집'에게 장가들 수는 없고 아들이 연상의 헌 계집에게 속았다는 것이다.

믿는 나무 고목이 핀다고 또 열 길 물속은 짐작해도 이편이 난 자식 속을 이다지도 몰랐던가. 이 억울함을 어느 뉘게 하소할 수도 없고 천지가 까맣게 쪼그라드는 것 같은 말할 수 없는 공허감을 느꼈다. 금방같이 자식에 대한 사랑도, 긍지도 물러나고 사진 속의 계집이 한없이 요망스러워 낯바대기를 박박 긁어 내동댕이치고 돌아앉아 버렸다. 한철 먹는 젓갈도 펄펄 뛰는 생물째로 절궈두어야 제 맛인데 이건 평생 보아야 할 외며느리가 남의 헌 계집이고야 말이 되는가. 필시 숫된 아들이 속은 것만 같다.

"에라 이 등신 같은 녀석!"

하고 호통을 치며 이 양복 입고 그 계집과 안동하여 어데고 싸댔을 생각까지 겹쳐 오매 혼자서 깔끔히 늙어온 과수의 본능으로,

"에이 치사해!"

하고 침이라도 뱉을 듯 발길로 걷어차는 것만으로도 부족하여 바짓가랑이를 와락 잡아 째며,

"내 집엔 못 들여놓지. 못 들여놔!"

하고 안간힘을 썼다.[189]

---

189) 위의 글.

한번 결혼한 여자는 '헌 사람', '금간 그릇'이어서 '께름함'을 느낀다고 하는 여성에게 일방적으로 강요된 정조관념을 '아들'의 어머니는 의연하게 가지는 것이다. 그런데 이런 어머니더러 딸이, "어머니 말씀대로 하면 저도 쓰레기통 참례나 해야겠어요. 연경이처럼 헌것이긴 매일반 아니예요?"라고 할 때, 어머니는 헌것이고 새것이고 사람 차별할 것이 못됨을 깨닫고 며느릿감을 받아들이기로 마음을 고쳐먹는다. 여성에게만 요구되는 낡은 정조관념의 허구성을 어머니의 모순된 상황 속에서 그려내었다. 그러나 실제 현실에서 그 깨달음과 실천은 쉽지 않았을 것이다. '남녀평등권법령'이 통과되었다고는 하지만 사람들의 낡은 생각과 습관이 그리 쉽게 고쳐질 수 없고 현실에서 갈등을 빚고 있는 상황을 임순득은 여성작가로서 날카롭게 포착한 것이다.

4) 강경애에 대한 헌사

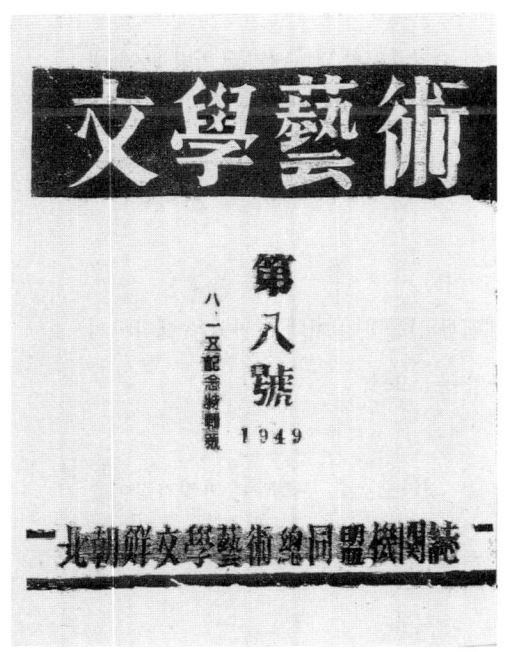

임순득의 평론 「『인간문제』를 읽고」가 실린 『문학예술』 제8호 표지. '북조선문학예술총동맹기관지'라고 되어 있다.

임순득이 해방 후에 쓴 유일한 평론은 1949년 8월 『문학예술』 제8호에 실은 「『인간문제』를 읽고─간단한 약력 소개를 겸하여」이다. 『문학예술』은 북조선문학예술총동맹 기관지로서, 1949년 3월 노동신문사에서 강경애의 『인간문제』가 단행본으로 나온 것을 기념하여 이 글을 실은 것으로 보인다. 일찍이 「여류작가 재인식론」에서 강경애의 「어둠」을 높이 평가하고 "좋은 작가여!"라고 감탄했던 임순득은 이제 본격적인 강경애론을 썼다.

실상 강경애의 『인간문제』는 1934년에 『동아일보』에 연재된 뒤 단행본으로 출간되지 못했기 때문에 제대로 된 평가도 받지 못했다. 당시의 인쇄와 출판 상황에서 신문 연재소설은 꼼꼼하게 스크랩하지 않으면 다시 찾아 읽기 쉽지 않았고, 작품이 연재되던 당시는 카프가 해산되고 맹원들도 검거된 상황이라 『인간문제』를 제대로 읽어낼 수 없는 상황이었다. 임순득도 해방 전에는 『인간문제』를 읽지 못했다. 만약 읽었다면 여성문학을 주장한 자신의 평론에서 언급하지 않았을 리가 없기 때문이다. 남성평론가들이야 말할 나위도 없다. 결국 강경애의 『인간문제』에 대한 최초의 소개와 평가는 1949년의 단행본에 실린 기석복의 「서문」[190]이고 임순득의 것이 두 번째가 된다. 그리고 그 이후 북한에서 강경애에 대한 평가는 기석복과 임순득이 내린 것을 거의 그대로 따르고 있다.

기석복의 「서문」은 강경애의 생애를 「자서소전」을 인용해 소개하고, 『인간문제』가 연재 당시에 검열로 삭제 당하기도 했다는 것, 소설 서두에 놓인 '원소 전설'의 의미, 선비와 간난이의 사회적 소생, 신철이, 덕호, 옥점이의 형상의 진실성, 리서방 형상의 부족한 부분들을 분석했다. 그러고 나서 『인간문제』는 "1930년대 조선의 정치 정세를 예술적으로 표현한 일대의 사상적 작품", "비판적 사실주의의 방법"을 사용했지만 "자연주의적 방법을 리용한 예들"도 많은, "사상적 예술적 방면에서 우수한 작품으로 새로운 민주주의적 문화를 창건하는 우리에게 유산물로 이바지 될 것이다"라고

---

190) 기석복, 「서문」, 『인간문제』(강경애), 평양 : 로동신문사, 1949.

평가하였다. 실상 기석복은 일제 시대에 식민지 조선에 있지 않았고 해방 후 소련에서 들어와서 노동신문사의 주필을 하던 인물이었다. 그런 만큼 일제 시대의 문학이나 문단에 대한 이해는 없는 상태에서 일반론 수준의 '서문'을 썼다.

이러한 기석복의 「서문」이 강경애의 작품을 소개하는 수준의 것이었다면 임순득의 평론은 같은 작가로서 또 여성문학을 주창하는 평론가로서 좀 더 적극적으로 문학사에서 강경애를 평가하는 입장을 취했다.

우선 드물게 보는 여성작가로서 특별히 귀중한 존재인 강경애가 일반 독자들에게 널리 알려지지 못한 것은 당시 시류에 따르는 여성작가가 아니었기 때문이라는 점을 지적한다.

강경애 씨와 같이 광범한 사회적 주제를 자기의 창작적 세계로 하여 그 주제를 일정한 과학적 세계관에 여과시켜 어데까지나 자기의 창작사업을 '사회생활의 도구'가 되게 하며 '사회적 투쟁에 참가하는 적극적 수단'이 되게 하며 따라서 '사회와 인민을 위하여 중요한 의의를 가진 사상의 표현형식'으로 삼았던 녀성작가는 거의 없었다고 하여도 과언이 아니다. 씨와 동시대의 녀성작가들의 작품세계가 과연 어떠한 것이었던가. 그에 대해서는 일일이 묻지 않기로 하더라도 어떠하든 그들의 작품이 진정한 인민의 벗이 되기에는 너무도 부패한 자본주의적 퇴폐가 아니면 유독한 세기말적 니힐에 빠져 불건전한 신음呻吟을 일삼고 있지 않았던가. 때로는 비록 민족을 일컫는 일이 있었다 할지라도 통틀어서 그것은 비인민적이며 적어도 인민의 괴로움과 또는 앞으로의 그의 희망과 행복을 위한 투쟁과 승리의 세계와는 거리도 인연도 먼 것이었다. 그리고 그는 반드시 당시의 녀성작가에만 한한 문제가 아니다. 그만큼 또 어려운 시대적 제약을

부정할 수 없었던 것도 사실이다.[191]

　이런 점은 이미 임순득이 1930년대 후반에 썼던 평론에서 지적했던 것을 좀 더 분명하게 정리해서 되풀이 말한 것이다. 흥미로운 것은 일제 시대에는 '여류'문학과 '부인'문학을 구별해서 썼던 임순득이 여기서는 '여성작가'라는 용어를 쓰고 있다는 점이다. 이것은 앞의 두 용어보다는 훨씬 중립적인 용어인데, 1949년의 북한에서는 더 이상 '여류'나 '부인'으로 구별해야 할 만한 문학적 현상은 없다고 생각한 것 같다. 그리고 실제로도 해방 전 임순득이 '여류' 문학이라고 비판했던 작가들은 해방 후 모두 이남 지역에 있었다.
　또한 여성이 '이중 삼중의 굴레'를 벗어나는 길은 노동자가 되고 노동자가 단결하는 데서 시작한다고 하는 맑스주의적 여성해방의 길을 『인간문제』가 그리고 있다는 점도 포착했다.

　　마찬가지 영세한 빈농의 딸로서 무지몽매한 채 악덕지주의 롱락적 희생물이 된 간난이와 선비가 점차 녀자도 이중 삼중의 굴레를 박차고 떳떳한 인간으로 살 수 있다는 자각으로부터 녀성로동자가 되어 부두로동자의 대열과 손을 잡고 그들에게 할 수 있는 공동적 전투에로 활약하는 것은 그들이 처한 절실한 현실 생활이 가르쳐 준 지상명령이었고 그들을 둘러싼 계급적 입장에서 당연히 도달할 귀착점이었다.[192]

---

191) 임순득, 「『인간문제』를 읽고―간단한 약력 소개를 겸하여」, 1949.8.
192) 위의 글.

여성이 쓰고 있는 이중, 삼중의 굴레란 성적, 계급적, 민족적 억압이다. 보통 여성의 억압을 말할 때는 성적, 계급적 억압을 가리켜 '이중'의 억압이란 용어를 사용하는데 여기에 임순득은 피식민지인의 경험으로부터 민족적 억압을 하나 더 넣었다. 1920년대 말 1930년대 초의 학생 맹휴의 세례를 받고 혁명적 노동조합 운동과 경성꼼그룹의 자장 안에서 임순득이 획득한 인식의 수준을 보여주는 것이라 하겠다.

다음으로 임순득은 일제 시대의 문학사에서 강경애가 간도지방에서 벌어진 항일무장투쟁을 의식적으로 작품 속에서 담아낸 매우 특별한 작가임을 처음으로 지적했다.

씨는 일찍이 생활에 쫓겨간 먼 이역 간도에서 빨치산의 진면목을 포착하고서 유격대에 들어가려고 한 일도 있었다. 그러나 씨는 천부의 예술적 재질을 들여 작가의 과업을 수행하였다. 그리하여 씨의 창작세계는 곧 씨의 향수의 노래이기도 하였던 것이다. 그러기에 (…중략…) 쫓긴 유랑민이 비참하게 패배의 잔명殘命을 이어가는 것이 아니라 조국광복의 투사로서 삭북朔北의 바위 밑을 뚫고 수림 속을 헤쳐 혁명적 력량을 장성시키는 그 영용한 모습을 누구보다 재빨리 볼 줄 아는 눈을 가졌던 것이다. 그러기에 당시 문인으로서 너무도 끔찍한 사실에 아연실색할 뿐 누구 한 사람 감히 엄두도 못 내던 간도공산당 20여 명의 사형사건을 단편 「어둠」 속에서 측면적으로나마 우리 인민들에게 보여 주었던 것이다. 또 단편 「유무」에서도 꿈의 형상을 빌어 원쑤 일제가 애국자들을 학살하는 장면을 보여주려 애썼던 것이다. 이렇듯 씨는 죽지 않은 조선인민의 혈투의 숨소리를 전 인민에게 전달하려 고심하였던 것이다.193)

193) 위의 글.

강경애가 항일 유격대에 들어가려고 한 적이 있었다는 것, 그것이 여의치 않자 창작으로 '죽지 않은 조선 인민의 혈투의 숨소리'를 전달하려 했다고 하는 문학사적 의미를 정확하게 짚어내었다. 그리고 그런 만큼 암흑과 반동의 시기에도 절망하지 않고 전향하지 않는 의지와 희망을 가지고 있었다는 것을 높이 평가했다.

　　그밖에 원소 전설이나 총독부 건물에 대한 묘사 대목에서 읽을 수 있는 바, 검열을 피하면서 일제의 패망을 예견하는 방법, 선비의 아버지가 덕호의 심부름으로 빚 받으러 가서 목격하는 장면에 대한 섬세하고 눈물 어린 묘사 방법 등을 높이 평가한 뒤, 임순득은 "『인간문제』는 민촌의 『고향』과 함께 해방 전 조선 문학작품 중에서 사상적으로 예술적으로 우수한 것의 하나일 뿐만 아니라 새로운 우리의 민주주의적 문학예술 창건에도 이바지하는 바가 많을 하나의 유산"이라고 자리매김했다. 그냥 훌륭한 것이 아니라 누구도 이의를 달지 않는 이기영의 『고향』과 같은 수준의 작품이라고 말하는 것. 이것은 일찍이 강경애의 「어둠」에서 당대 다른 남성 작가를 능가하는 여성작가의 가능성을 보았던 임순득이 뒤늦게 발견한, 일제 시대 여성작가의 수준이었다. '여류'문학과는 구별되는 '부인' 문학을 창작해야 된다고 주장했던 평론가 임순득이 자기 이론을 현실에서 튼튼하게 뒷받침해주는 작가를 뒤늦게 만났을 때 얼마나 기뻤겠는가. 또한 얼마나 안타까웠겠는가.

제8장 전쟁 이후, 미완의 여성문학

한국 전쟁 기간, 북한에서는 여성을 원활히 조직 동원하기 위해 그 이전에 이루어진 남녀평등정책을 상기시키면서 그것을 지키고 그것을 가능하게 한 국가의 은혜에 보답하여야 한다는 식으로 국가주의를 내면화하게 된다. 또한 전쟁에 나간 '남편과 오빠'를 대신하여, 그들을 뒤따라 생산 증대를 꾀하고 전사가 될 것을 요구받았다. 전후 복구 시기에는 여성노동력을 적극적으로 동원하면서 혁신적 노동자이자 노동자의 어머니라고 하는 이중의 부담이 공식적으로 여성에게 지워졌다. 이제 여성의 노동자화, 사회 참여는 해방의 기제이기보다는 강제 동원이라는 억압의 기제로 작동하기 시작한 것이다. 그러면서 해방 직후에 강조되었던 남녀평등이나 여성의 권리에 대한 논의는 점차 사라지게 된다. 여성이 가족주의와 국가주의에 종속되면서 대안적 여성주체는 다시 꿈이 된다.

한국전쟁 당시 임순득 역시 전시 동원 체제하에 여성 전사를 다룬 소설

「녀빨찌산의 수기-인민군대 전사인 아들을 위하여」와 「조옥희」를 썼다.

「녀빨찌산의 수기-인민군대 전사인 아들을 위하여」는 빨찌산이 된 어머니가 의용군 된 아들을 격려하는 편지 형식의 선전 선동 작품이다. 전시에 여성을 동원하는 방식이 보통은 남편이나 오빠, 아들의 원수를 갚고 뒤를 잇는다고 하는 구조를 취하고 있는 것에 비해, 임순득의 작품은 그 관계를 뒤집어, 어머니가 딸의 죽음으로부터 전사로 새로 태어나고 아들더러도 훌륭한 전사가 되라고 하는 것이 특색이다. 어쩌면 임순득다운 대목이다.

사십 평생을 같이한 남편의 죽음은 나를 통분하는 녀인네로 울부짖게 했으되 내가 낳은 어린 딸은 나보다 짧은 삶으로 값있게 죽었을 때 무딘 어미의 가슴에도 천둥번개가 치듯 증오의 불길이 번쩍였고 싸움의 마당에로 나를 이끌게 하였을 것이다.

나는 네가 네 아버지를 보아서 또 네 누나를 보아서 이 어미를 보아서 언제나 전투의 용사가 될 것을 바라며 믿는다.[194]

「조옥희」는 여성 빨치산으로 활동하던 중 체포되어 해주에서 고문당하고 죽은 전쟁 영웅 조옥희의 실화를 소설 형식으로 풀었다. 북한의 첫 '녀성공화국영웅'인 조옥희에 대해서는 시, 소설, 그림 등으로 전쟁 영웅 조옥희를 기리고 그를 본받자고 하는 작품이 많이 창작되었는데[195] 아마 임순

---

194) 임순득, 「녀빨찌산의 수기」, 1950.8.
195) 스치면서 제목만 확인한 것으로 박태원의 중편소설 「조국의 깃발」, 박팔양의 서사시 「황해의 노래」, 이석호의 그림 〈영웅 조옥희〉, 문학수의 「영웅 조옥희」, 영화 〈빨치산 처녀〉 같은 것이 있고 조옥희의 이름을 딴 '조옥희 해주교원대학'도 있다.

득의 작품이 그 최초의 것이 아닌가 한다.

한국전쟁 뒤에도 임순득은 계속 사람들의 관념 속에 남아 있는 여성 차별의식의 문제점을 드러내는 노력을 계속했다. 한국전쟁 이후 '전쟁 미망인'의 문제는 남북 양측에서 중요한 사회적 문제였다. 임순득은 「어느 한 유가족의 이야기」에서 젊은 나이에 과부가 되어, 시아버지와 두 시동생, 조카, 자기 아이까지 여섯 식구의 가장 노릇을 하는 유정덕이 협동조합의 후원으로 작업반장까지 하며 희망에 찬 미래를 그린다는 표면의 이야기 속에, 마찬가지로 젊은 나이에 과부가 된 아랫동서 옥금이가 다른 남자와 마음이 맞아 아이를 남겨 두고 집을 나간 것에 대해, 같은 여자로서 그녀의 심정을 이해하고 그녀의 행동을 옹호하는 진짜 주제를 담았다.

정덕의 남편은 일제 시대 결혼하자마자 징용에 끌려갔다 오고 한국전쟁 당시에 학살당했다. 시동생은 전사했다. 그래서 정덕은 시아버지와 친 부녀간처럼 의지하며 살아왔다. 시아버지의 모든 면을 존경하는 정덕으로서도 동의할 수 없는 한 가지가 동서 옥금에 관한 것이었다. 옥금이는 남편이 전사한 지 얼마 되지도 않아 아직 전쟁 중일 때, 평양에서 온 젊은 사람과 눈이 맞아 어린 아들을 손위 동서 정덕에게 맡기고 집을 나가버린 것이다. 그러나 정덕은 같은 과부의 처지에서 자기 몸은 힘들지만 옥금을 이해한다. 자신도 속으로 꿈꾸었지만 차마 하지 못한 일을 용감하게 실천한 옥금이를 성원하는 것이다.

아닌 게 아니라 그 당시의 정덕은 동서 옥금이가 물인둥 불인둥 모르고 새 정을 따라간 뒤 남들이 하는 대로 도저히 욕하고 비웃을 수는 없었다.
'홀시아버지 아래 조마구만한 아들 녀석 하나씩 바라고 새파란 청상과부가 한

지붕 아래 둘씩이나 뭐하자고……. 차라리 동세 자네라도 잘했네.'

이렇게 두둔하고 싶었고 어차피 뭇사람의 화살을 등 뒤에 맞으며 찾아간 길인 바에야 마음 단단히 먹고 잘 살기를 바랐던 것이다.[196]

그러나 시아버지는 작은 며느리를 용서 못할 뿐만 아니라 큰 며느리인 자기까지 의심하는 눈초리를 보내고 이 점에 대해 정덕은 "너무하신다"고 불복하는 마음을 감추지 않았다. 그런데 옥금이를 비난하는 것은 시아버지뿐만이 아니었다. 동네의 다른 여성들은 '도덕적 품성'을 내세워 내놓고 더 비난하였다.

회의에서는 후방 녀성들의 도덕적 품성과 관련하여 떠나고 없는 옥금의 문제가 또다시 말썽이 되었었다.

"원 사람이 살다가 실수도 하지. 너무 그러지들 맙시다."

이 한마디를 했다가 도리어 정덕은 콧방을 맞았다.

"정덕 동무, 남의 집에서 그랬담 봐, 동문들 그리 선선하겠는가?"

"인섭 엄마, 임자 같으문야 동네 큰 경사 터진 셈이네."

이렇게 유독히 입심 센 나인네들도 있었으나 암만해도 정덕으로는 그런 말들은 지나가는 비양청에 달렸지 같은 동성으로서 그렇게만 해치울 수는 없었다.

"나는 뻐젓하다"고 치마꼬리를 내두르면 다 될 일은 아닌 것이다.[197]

이 대목에서 정덕은 늙은 남성인 시아버지는 그럴 수 있다 쳐도 '동성'인

---

196) 임순득, 「어느 한 유가족의 이야기」, 1957.6.
197) 위의 글.

여맹의 사람들이 옥금이를 비난하는 것은 안 된다고 훨씬 더 강하게 생각한다. 그것은 정덕 자신이 여자로서, 과부로서 옥금과 똑같은 생각을 했기 때문이다.

> 이 조무래기들 하고 앞으로 어찌 살랴!'
> 그 생각만 하면 당장 눈앞이 캄캄하고 세상살이가 그 무슨 업원만 같았다. 어떤 때는 살그머니 자기 어린놈만 둘쳐업고 친정으로나 가서 눈앞에 아무 경난도 겪지 말았으면 하는 생각도 지나갔다. 그 마음 가운데는 그 당시 삼십이 되려면 아직도 몇 해 기다려야할 자기의 젊음에 대한 애석함도 있었고 남과 같이 구애 없이 희희낙락 살고 싶은 세상욕심도 섞여 있었다.[198]

이렇게 같은 처지의 전쟁 과부를 내세워, 그의 고민을 통해 옥금의 고민과 선택이 정당한 것임을 토로하고, 옥금이가 가출함으로써 현실적으로 제일 힘들어진 사람인 정덕 자신이 이해하고 용납한다면 다른 사람들이 옥금의 재혼을 남 말 하듯이 문제 삼아서는 안 된다고 하는 매우 강한 주장을 담았다. 이 소설에서는 심지어 시누이 춘단이가 "녀맹에선 또 도덕적 품성이지" 하고 입을 삐쭉이는 장면까지 넣어두었다.

이처럼 해방 이후 북한에서는 공식적으로 여성문제는 없는 것으로 공표되었으나 사람들의 의식과 관습에 깊이 배인 여성억압적 요소는 하루 아침에 타파되는 것이 아니어서 일상생활 속에서 다양한 문제를 일으키고 있었다. 임순득은 이 점을 소설에서 포착하고 그것의 해결을 모색하는 데 작가적 역량을 기울였고 일정한 성과를 거두었다. 이런 점에서 임순득은 일제

---

198) 위의 글.

시대 자신이 주장했던 바대로 '여류작가'가 아니라 '부인작가'로서 역할을 일관되게 행했음을 확인할 수 있다.

1957년의 이 작품 「어느 한 유가족 이야기」 이후에 임순득은 북한 문단에서 더 이상 모습을 찾아볼 수 없다. 소련파의 숙청과 궤를 같이한 것이 아닐까 짐작할 뿐이다.

그런데 이런 사건이 아니었다면 임순득은 계속 작품활동을 할 수 있었을까. 생각해 보면, 여성작가이고자 했던 임순득으로서는 소련파 숙청이 아니더라도 작가로서의 생명을 유지하기가 쉽지 않았을 것이라 생각된다.

북한 사회는 한국전쟁과 전후 복구기 그리고 1967년을 기점으로 '수령제'의 위계적 지배질서가 구조화되면서 여성은 직장에서는 생산 증대에 힘쓰는 혁신적 노동자이자 애정과 헌신성으로 노동자의 생활을 관리하는 노동자의 어머니, 가정에서는 '혁명하는 남편'을 보조하고 '혁명의 후비대'를 양성하면서 생활경제를 책임지는 혁명적 어머니로서의 역할을 수행하도록 강조된다. 해방의 기제였던 참여는 억압의 기제인 동원으로 바뀌어 갔고 해방 직후 시기에 희망차게 열정적으로 추구했던 '남녀평등'과 대안적 여성 주체의 꿈에서는 오히려 멀어지는 방향으로 정책과 사회 변화가 진행된 것이다.

이러한 변화를 상징적으로 보여주는 문학적 사건으로 이기영의 소설 『땅』의 개작 사건을 들 수 있다.[199] 해방 후 북한에서 전개된 토지개혁으로 변화하는 농촌 현실을 소재로 한 이기영의 장편 소설 『땅』은 1948년과 1949년에 단행본으로 출간된 후 소소한 수정을 거치다가 1973년에 대대적으로 개작된 판본이 다시 나왔다. 이 소설에서 남주인공 곽바위는 토지개

---

199) 이에 대한 자세한 논의는 이상경, 『이기영—시대와 문학』, 풀빛, 1994, 326~353면 참고.

혁으로 해방 전에 10여 년간 머슴살이를 하던 지주의 땅을 나누어 받은 뒤에 땅의 주인이 된다. 헌신적이고 창의적인 노력으로 생산을 증대하고 인민대표자회의의 도 대의원으로 선출되는 것이다. 여주인공인 전순옥은 지주의 첩이었던 과거로부터 쉽게 놓여나지 못함을 억울해 하면서 투신자살을 기도하는 우여곡절을 겪은 후에 새롭게 태어나 곽바위와 결혼하고 여맹위원장까지 되었다. 곽바위와 전순옥은 모두 한번 결혼한 전력이 있는 사람들이고 이들의 결혼은 주변의 축복을 받으면서 진행되었다. 곽바위의 아내는 일제 시대 곽바위가 감옥에 있는 동안 개가해 버렸고 전순옥은 지주에게 진 빚 대신에 첩이 된 것이었기에 두 사람의 결혼은 새로운 시대, 해방의 의미를 상징하는 중요한 사건이다.

그런데 1973년 판본에서는 이 대목이 남존여비의 정조관념을 유지하고 강화시키는 방향으로 바뀌었다. 즉 곽바위의 아내는 곽바위를 배신한 것이 아니라 굶어죽었으며, 전순옥은 지주의 첩이 아니라 정혼한 총각이 징용가서 죽는 바람에 수절하게 된 처녀로 되었다. 그래서 곽바위는 전순옥에게 '처녀장가'를 들게 되었다. 이 개작의 배경은 작가 이기영이 밝힌 바, 농촌의 새 주인공은 '새' 여자와 결혼해야 한다는 남존여비의 정조관념에 의한 것이고 그것은 또 '교시'로 내려진 것이었다.

당의 주인으로 된 곽바위 같은 농촌의 새 주인공이 결혼한다면 응당 처녀장가를 들었어야 할 것이었다. 그런데 이런 사람이 어째 지난 날 지주의 첩으로 살던 여자(비록 농채 대신 강제로 끌려 갔다 하더라도)에게 장가를 들게 하였는가? 이것은 나 자신이 해방된 농촌의 새 현실을 똑바로 인식하지 못하였기 때문에 범한 오류이다. 곽바위는 처녀와도 결혼할 수 있는 해방 후에 성장한 새 인물이다.

위대한 수령님게서는 『땅』의 이 부분이 잘못되었다고 정당한 지적을 해 주시
었다. (…중략…) 나는 교시를 받들고 이 부분을 깨끗이 고치었다.[200]

이 대목에서 임순득이 해방 후에 쓴 「딸과 어머니와」를 다시 떠올려 본
다. 총각인 아들이 자기보다 나이가 많을 뿐 아니라 결혼한 전력이 있는
'헌 계집'과 연애한다는 사실에 펄펄 뛰던 어머니가 역시 '헌 계집'인 딸의
입장에서 생각하면서 마음을 돌려먹었다고 하는 행복한 결말을 가진 이야
기. 개작 전의 이기영의 『땅 : 개간편』만 해도 곽바위와 전순옥의 결합은
이기영이었기에 가능한 장면이었다. 즉 일제 시대 이기영은 카프 작가 중
에서 누구보다도 여성의 해방에 관심을 가진 작가였다. 인습이나 남의 시
선에서 자유롭고 자신의 욕망에 솔직한 『서화』의 이쁜이, 『고향』의 방개,
갑숙이 같은 매우 적극적인 성격의 여성 인물을 형상하려고 노력했던 이기
영이었기에 해방이 된 후 전순옥 같은 인물도 그릴 수 있었던 것이다. 그런
이기영이 양쪽 모두 결혼 전력이 있는 남녀의 재혼으로 해방의 상징을 삼
고자 했는데, 『땅』을 읽었을 것이 틀림없는 임순득은 거기서 더 나아가 이
혼한 여성이 연하의 총각과 결혼한다는 상황을 설정했던 것이다.
　이런 임순득이 『땅』이 개작 당하는 1973년과 같은 상황에 적응할 수 있
었을까? 견딜 수 있었을까? 일제 말기 그 어려운 시기에도 임순득은 미래
를 상상하고 사랑했다.

나는 그 메마른 산야가 기름진 옥토로 그 왜목倭木이 울창한 초목지대로 변해
야할 먼 미래를 상상할 수 있다. 그리고 저 먼 하늘가에는 지상의 일체를 신뢰

---

200) 이기영, 「오직 충성의 한 마음으로」, 『조선문학』, 1974.4.

한 한 마리의 솔개가 한가히 맴을 쳐 나르는 것을 생각할 수 있다. 이제 솔개는 사람의 간을 쪼을 필요가 없을 것이다. 그리고 코카사스의 암벽에 매달린 프로메테우스의 희생도 지구상에서는 존재하지 않을 것이다.

우리들은 이러한 미래를 사랑할 수 있음으로써 잘 살려고 하는 것이다.[201]

해방 이후 현실에서 실현 가능성이 보였던 여성작가로서의 임순득의 미래, 성적 · 계급적 · 민족적 억압에서 해방된 대안적 여성 주체의 구성이라는 희망은 다시 꿈으로 멀어져 갔다. 그러나 거대한 현실의 변화 속에 미래를 사랑하는 북한의 여성 작가 누군가는 다시 그 현실에 균열을 내면서 새로운 시도를 하고 있지 않을까.

---

[201] 임순득, 「불효기에 처한 조선 여류작가론」, 1940.9.

참 고 문 헌

1. 자료

1) 일제 시대 신문 잡지

『동아일보』『조선일보』『시대일보』『중앙일보』『조선중앙일보』『매일신보』『어린이』『신여성』『제일선』『별건곤』『대중』『삼천리』『신가정』『여성』『조광』『조선문학』『낭만』『시학』 등

2) 북한의 신문 잡지

『조선문학』『문학예술』『조선녀성』『문학신문』 등

3) 국사편찬위원회 한국사데이터베이스 중 경성지방법원 편철 문서

西大門警察署長, 「私立 梨花女子高等普通學校生徒 盟休ニ關スル件」, 1931.9.7.

京畿道 警察部長, 「ソウル係共産黨再建設計劃 檢擧ノ件」, 1931.9.7.

東大門警察署長, 「朝鮮共産黨ノ建設ヲ目的トスル 秘密結社赤衛隊事件 檢擧ニ關スル件」, 1932.10.15.

鍾路警察署長, 「同德女子高普生 讀書會 檢擧ノ件」, 1933.2.20.

_____, 「同德女子高等普通學校 動搖ニ關スル件」, 1933.7.3.

_____, 「同德女子高等普通學校 生徒 動搖ノ件」, 1933.7.5.

_____, 「同德女子高等普通學校 生徒 動搖ノ件(續報)」, 1933.7.6.

_____, 「容疑退學生 退城ニ關スル件」, 1933.7.7.

東大門警察署長, 「同德女高普의 讀書會 組織ニ關スル件」, 1934.1.26.

京畿道 警察部長, 「赤色勞農組合全國協議會事件 第二次檢擧ニ關スル件」, 1934.5.17.

京畿道知事, 「城大教授 三宅鹿之助ヲ中心トスル 鮮內赤化工作事件 檢擧ニ關スル件」, 1934.8.31.

4) 정부기록보존소 문서

李順今, 「陳述書」, 1935.12.13.

任澤宰, 「陳情書」, 1935.12.5.

任澤宰 供述, 「被疑者訊問調書」, 1934.5.5.

任澤宰 供述, 「證人訊問調書」, 1937.3.4.

京畿道警察部長, 「朴鑭洪外十名ニ對スル 治安維持法違反事件 意見書」, 1938.

京城地方法院豫審掛, 「豫審終結決定(德山仁義外 55人)」, 1943.10.25.

5) 기타

김상덕, 『어머니의 힘』, 남창서관, 1943.

김상덕, 『어머니의 승리』, 경성동심원, 1944.

박태원, 『군국의 어머니』, 조광사, 1942.

야스모토 겐지康本健二 편역, 『일본의 어머니』, 내선일체사, 1944.

姜在彦 編, 『朝鮮總督府警務局極秘文書─光州抗日學生運動事件資料』, 東京 : 風媒社, 1979.

大村益夫・布袋敏博, 『近代朝鮮文學 日本語作品集』, 綠陰書房, 2004.

국사편찬위원회, 『한민족독립운동사자료집 별집』 1~9, 국사편찬위원회, 1999.

_____, 『한민족독립운동사자료집』 51・52, 국사편찬위원회, 2002.

김남식 편, 『'남로당' 연구 자료집』 제1집, 고려대 아세아문제연구소, 1974.

성혜랑, 『등나무집』, 지식나라, 2000.

심지연 글, 『산정에 배를 매고─노촌 이구영 선생의 살아온 이야기』, 개마서원, 1998.

이경훈 편역, 『이광수 친일 소설 발굴집 진정 마음이 만나서야말로』, 평민사, 1995.

이효정, 『회상』, 도서출판 경남, 1989.

전숙희, 『문학, 그 고뇌와 기쁨─전숙희 문학 전집』 1, 동서문학사, 1999.

채만식, 『여인전기女人戰記』, 채만식전집.

콜론타이, 신윤선 역, 『연애와 신도덕』, 신학사, 1947.

_____, 김제헌 역, 『붉은 사랑』, 공동체, 1988.

_____, 석미주 역, 『홀로 된 이별, 사랑』, 푸른 사상, 1991.

콜론타이 외, 장지연 역, 『월요일』, 일송정, 1994.

2. 관련 연구논문 및 논저

60년사 편찬위원회, 『고창중고등학교 60년사』, 고창중고등학교 고창고등학교 동문회, 1982.

이화 백년사 편찬위원회 편, 『이화 100년사(1886~1986)』, 이화여고, 1994.

동덕70년사 편찬위원회 편, 『동덕 70년사』, 동덕여학원, 1980.

강만길 · 성대경 편, 『한국사회주의운동 인명 사전』, 창작과 비평사, 1996.

김경일, 『여성의 근대, 근대의 여성』, 푸른 역사, 2004.

_____, 『이재유 연구』, 창작과 비평사, 1993.

김석향, 「"남녀평등"과 "여성의 권리"에 대한 북한 당국의 공식 담론의 변화―1950년 이전과
          1979년 이후 『조선녀성』 기사를 중심으로」, 『북한연구학회보』 10-1, 2006.

김수진, 「1920~30년대 신여성 담론과 상징의 구성」, 서울대 박사논문, 2005.

_____, '신여성', 열려 있는 과거, 멎어 있는 현재로서의 역사 쓰기」, 『여성과 사회』
          11(한국여성연구소 편), 2000.

김양선, 「식민주의 담론과 여성주체의 구성―『여성』지를 중심으로」, 『여성문학연구』 3(한
          국여성문학학회 편), 2000.

정운현 편역, 『창씨개명』, 학민사, 1994.

김숙녀, 「사회주의 사상의 수용과 여성작가의 정체성」, 『어문연구』 128, 2005. 12.

김윤식, 「여성과 문학」, 『아세아여성연구』 7, 1968.

김은실, 「민족주의 담론과 여성」, 『한국여성학』 10, 1998.

김재용, 『북한문학의 역사적 이해』, 문학과 지성사, 1994.

김호일, 『일제하 학생운동』, 독립기념관 한국독립운동사 연구소, 1991.

김현숙, 「북한문학에 표현된 여성의 주체성과 지향」, 『여성학논집』 16, 1999.

문옥표 외, 『신여성』, 청년사, 2003.

민윤식, 『소파 방정환 평전―청년아, 너희가 시대를 아느냐』, 중앙M&B, 2003.

박영자, 「북한의 여성정치 '혁신적 노동자·혁명적 어머니'로의 재구성」, 『사회과학연
          구』 13, 서강대 사회과학연구소, 2005.

_____, 「북한의 근대화 과정과 여성의 역할(1945~80년대)」, 성균관대 박사논문, 2004.

박용규, 「일제 시대 한글운동에서의 신명균의 위상」, 『민족문학사연구』 38, 2008. 12.

박정애, 「'여류'의 기원과 정체성―50~60년대 문학을 중심으로」, 인하대 박사논문, 2003.

_____, 「초기 '신여성'의 사회진출과 여성교육」, 『여성과 사회』 제11호(한국여성연

구소 편), 2000.

방기중 편, 『일제하 지식인의 파시즘체제 인식과 대응』, 혜안, 2005.

변은진, 「1930년대 경성지역 혁명적 노동조합운동 연구」, 고려대 석사논문, 1991.

서정자, 『한국여성소설과 비평』, 푸른사상, 2001.

서형실, 「정열의 여성운동가 허정숙」, 『여성과 사회』 제3호(한국여성연구회 편), 1992.

신주백, 「박헌영와 경성콩그룹」, 『역사비평』, 1991.

안재성, 『경성트로이카』, 사회평론, 2004.

_____, 『이관술 1902~1950─조국엔 언제나 감옥이 있었다』, 사회평론, 2006.

안종철, 「북한여성의 경제활동 정책에 관한 연구」, 『한국동북아논총』 제9집, 1998.

여성한국사회연구소 편, 『북한 여성들의 삶과 꿈』, 사회문화연구소 출판부, 2001.

연변정협문사자료위원회 편, 『연변문사자료』 제6집, 연변정협문사자료위원회, 1988.

오꾸야마 요꼬, 「군위안부 동원에 있어서의 한국인 여성간의 계층차에 관한 고찰─군위안부로 동원된 하층 여성과 동원되지 않은 상층 여성들의 사례 비교」, 『동덕여성연구』 제2호, 1997.

오미일, 「박진홍─비밀지하 투쟁의 레포로 활약」, 『역사비평』, 1992년 겨울호.

은종섭, 「1930년대의 진보적 단편소설에 대하여」, 『출범전후』(현대조선문학선집 34), 평양 : 문예출판사, 2003.

이명희, 「『어린이』 자매지 『학생』의 의미」, 『상허학보』 4, 2001.

이배용, 「일제하 여성의 전문직 진출과 사회적 지위」, 『국사관논총』 제83집(국사편찬위원회 편), 1999.8.

이상경, 「신여성론 다시 보기─여성운동가와 모던 걸 사이에서」, 『문학사상』 31─1, 2002.1.

이상경, 「일제 말기의 여성동원과 '군국의 어머니'」, 『페미니즘연구』 2, 2002.12.

이상경, 「임순득의 소설 「대모」와 일제 말기의 여성문학」, 『여성문학연구』 8, 2002.12.

_____, 「식민지에서의 여성과 민족의 문제─일제 파시즘하의 최정희와 임순득」, 『실천문학』 69, 2003.2.

_____, 「1930년대의 신여성과 여성작가의 계보 연구」, 『여성문학연구』 12, 2004. 12.

_____, 「1930년대 후반 여성문학사의 재구성」, 『페미니즘연구』 5, 2005. 10.

_____, 「1930년대 사회주의 여성에 관한 연구」, 『성평등연구』 10, 2006.2.

_____, 「『조선출판경찰월보』에 나타난 문학작품 검열 양상 연구」, 『근대문학연구』 17, 2008.

_____, 『이기영−시대와 문학』, 풀빛, 1994.

_____, 『인간으로 살고 싶다−영원한 신여성 나혜석』, 한길사, 2000.

_____, 『한국근대여성문학사론』, 소명출판, 2002.

이정 박헌영 전집 편집위원회 편, 『이정 박헌영전집』 9, 역사비평사, 2004.

한국여성소설연구회 편, 『페미니즘과 소설 비평·근대편』, 한길사, 1995.

임경석, 『이정 박헌영 일대기』, 역사비평사, 2004.

임종국, 『친일문학론』, 민족문제연구소, 2002.

전은정, 「근대 경험과 여성 주체의 형성 과정」, 『여성과 사회』 제11호(한국여성연구소 편), 2000.

정혜영, 「근대를 향한 시선」, 『여성문학연구』 제3호(한국여성문학학회 편), 2000.

차인순, 「소련여성의 경제적 지위」, 『여성연구』 36, 한국여성개발원, 1992.

카와모토 아야川本綾, 「조선과 일본의 현모양처 사상에 관한 비교 연구−개화기로부터 1940년대 전반을 중심으로」, 서울대 석사논문, 1999.

한국여성개발원, 『북한 여성의 지위에 대한 연구』, 한국여성개발원, 1992.

한국여성연구회 여성사분과 편, 『한국여성사』, 도서출판 풀빛, 1992.

홍양희, 「일제시기 조선의 '현모양처' 여성관의 연구」, 한양대 석사논문, 1997.

홍일표, 「일본의 식민지 '동화정책'에 관한 연구−'창씨개명' 정책을 중심으로」, 서울대 석사논문, 1999.

홍창수, 「서구 페미니즘 사상의 근대적 수용 연구」, 『상허학보』 12, 2004. 8.

가와 가오루, 김미란 역, 「총력전 아래의 조선여성」, 『실천문학』 67, 2002년 가을호.

비어트리스 판스워드, 신민우 역, 『알렉산드라 콜론타이』, 풀빛, 1988.

사에구사 도시카쓰三枝壽勝, 심원섭 역, 『사에구사 교수의 한국문학 연구』, 베틀북, 2000.

우에노 치즈코, 이선이 역, 『내셔널리즘과 젠더』, 서울 : 박종철출판사, 1999.

Bell Hooks, 박정애 역, "Feminism for Everybody", 『행복한 페미니즘』, 백년글사랑, 2002.

西川祐子, 「戰爭への傾斜と翼贊の婦人」, 女性史總合研究會編, 『日本女性史』 5, 東京大學出版會, 1982.

宋連玉, 「朝鮮婦女總同盟―8・15 解放 直後の「女性運動」, 『朝鮮民族運動史研究』2,
　　　東京：青丘文庫, 1985.

小山靜子, 『良妻賢母という規範』, 1991.

鈴木裕子, 『フェミニズムと朝鮮』, 明石書店, 1994.

＿＿＿＿, 『岩波 女性學 事典』, 岩波書店, 2002.

金子幸子, 『近代日本女性論の系譜』, 東京：不二出版, 1999.

米田佐代子, 「戰爭と女性―アジアの視點から」, 第3會 韓日젠더史 심포지움 發表文
　　　集 『鹿兒島・日本・韓國の新しい女』, 鹿兒島 國際大學, 2001.

武田美保子, 『新らしい女の 系譜 -ジェンダ-の言說と表象』, 東京：彩流社, 2003.

제2부 | 임순득 작품 선집 |

/1/ 소설

일요일
대모
가을의 선물
달밤의 대화
솔밭집
우정
딸과 어머니와
어느 한 유가족 이야기

1. 임순득의 작품은 해방 전의 작품은 가능한 대로 모두 찾아 실었으나, 해방 후의 작품
   은 현재 볼 수 있는 자료의 한계 내에서 임순득의 개성이 잘 드러나는 것으로 선택해
   서 실었다.

2. 바탕글의 경우는 현재의 어문규정을 따르는 것을 원칙으로 하되 작가의 특이한 말이
   나 사투리, 속어는 살려두고자 했다. 대화의 경우는 인물의 특별한 성격을 나타내는
   말들은 가능하면 살렸다.

3. 해방후 북한 지역에서 임순득이 발표한 글의 경우도 위의 원칙을 따르되, 두음법칙
   은적용하지 않았다.

4. 자료를 판독하기 어려운 부분은 □□로 표시했다.

5. 문장부호는 현재 쓰고 있는 것을 원칙으로 하고 당시 남용된 불필요한 생략부호나
   이음부호는 읽기에 편하도록 조절했으며, 관용어가 아닌 외래어는 현지음에 가깝게
   표기했다.

일요일

　C신문사 타이피스트인 강혜영이는 모처럼 노는 일요일을 어떻게 보낼까 하고 궁리하였다. 아침부터 전부 차지한 시간을 주체 못하는 것 같은 자기를 돌아보고 책상머리 거울에 비치는 포즈가 마음을 보글보글 끓게 하였다. 아무데도 나가지 말고 요즈음 읽기 시작한 에렌부르크[1]의 소설이나 마저 읽을까? 성북동에 나가서 스케치나 한 장 그려볼까? 원남동 사촌 동생이나 데리고 서점이나 돌아다녀 볼까? 두루 생각하다가 문득 수 일 전에 하루 결근하고 형무소에서 취하여 온 윤호의 헌옷을 빨기로 작정하였다. 그래 그는 부리나케 일어나서 앞치마를 걸치고 빨래를 시작하였다. 틉틉하게 땟물에 젖은 비누거품이 빨래판자 고랑에 자꾸만 밀려나감을 보고 혜영이는 그 어두운 방의 갖은 오욕이 무수한 때의 미분자가 되어서 옷 틈[2]에 박혀 있던 것이로구나 하는 생각에 마음이 오쓱오쓱 떨리는 듯하여지고는 마침내 어찌하면 값싼 비누냄새가 곧 윤호의 체취인 듯도 하였다.

---

1) 일리야 에렌부르크(Il'ya Grigor'evich Erenburg) : 1891~1967. 우크라이나의 소설가이자 시인이며 평론가. 작품에는 자본주의 사회를 풍자한 『트러스트 DE』(1923)를 비롯하여 풍자적 · 문명비평적 소설이 많다. 제2차 세계대전 중에는 신문사의 종군기자로 반파시즘의 에세이를 썼고 대전 후 평화운동가로 활약하여 세계평화평의회의 간부를 지내기도 하였다.
2) 원문은 '옷풍틈'.

빨래를 거의 빨아갈 즈음에 B유치원 보모로 있는 여학교 때의 동창인 M과 P가 청량리로 산보가지 않겠느냐고 찾아왔다. 혜영이는 나가기 싫다는 이유로 간단히 거절하고 빨래를 해서 줄에 널었다. M은 널어놓은 빨래를 만져보고는,

"웬 게 모두 남자 옷이야, 옳아 옳아 너도 디오니소스가 되었구나."

마치 '너도 내해야 육체의 욕망 앞에는 지고 말았구나. 나를 그처럼 모멸하더니 기어이 나의 길을 따랐구나' 하는 듯이 확신 있는 조소를 입 가장자리에 띄우며 혜영이와 P를 번갈아 보고 있다.

"얜 무슨 소릴 그렇게 해."

P는 M을 나무라듯이 흘겨보았다. 그러나 혜영이는 언젠가 P가 조용히 속살을 털어놓았을 때 하던 말 ― 청춘을 괴롭게 지내는 것은 어떤 경우라도 무의미한 일이라고 하던 말이 생각났다.

"그런데 대관절 가레3) 씨는 누구야? 언제부터 아무도 몰래 데끼루4) 했니?"

"얜 무슨 소릴 또 그렇게 해 그것 윤호 씨의 옷이 아니고 무에냐."

"오! 참 그렇던가. …… 그까짓 건 세탁쟁이에게 맡기지 이렇게 좋은 날 품 팔아 가며 빨게 무어람!"

"그게 더 정성인 줄 넌 모르니?"

"허긴 그렇기도 하지 그렇지만 ……"

아마 M은 그것은 낡은 이데올로기라고 말하고 싶었으리라고 혜영이는 그 뒤에도 생각하였다.

---

3) 가레 : かれ. 일본어 '그 남자'.
4) 데끼루 : できる. 일본어 '되다, 만들어지다'.

이렇게 그들은 서로 주고받고 하다가 밖에서 누가 기다리고 있다고 그냥 가버렸다. 혜영이는 불쾌하였다.

혜영이는 생각하였다. 소금쟁이는 수면 위에서 잠시라도 유쾌한 맴돌이를 끊어서는 안 된다는 듯이 돌고만 있다. 소금쟁이는 흐르는 물 위에서는 결코 돌지 않는다. 거울같이 잔잔한 물이겠지만 생동하는 물결 있는 흐르는 물 위에서는 그 쾌활하고 만족할 수 있는 맴돌이를 못한다. 물의 깊이를 모른다. 흐름의 정신과 육체를 모른다. 안정된 평면이 현존하면 그만이다. 소금쟁이의 의욕이란 안온한 순간에 대한 욕심뿐이다. 아아 소금쟁이들이여! M이나 P나 소금쟁이의 종족이 아닌가? 이 일요일의 흠 없는 향락을 탓하는 것이 아니라 그들의 소금쟁이인 생활에서 계획된 이날의 산보가 미움과 경멸을 무럭무럭 일으키게 하는 것이었다.

그러나 아닌 게 아니라 혜영이 자신이 생각해 보아도 이렇게 좋은 날 집에 들어앉아서 헌옷을 빨고 있는 모양은 초라하고 쓸쓸한 것이었다. 하늘을 우러러보면 정말 가을인 듯싶었다. 비 개인 뒤의 하늘이 씻은 듯이 깨끗하고 맑고 푸르고 높고 어쩌면 밑 없는 깊이를 들여다보는 것 같기도 하였다. 이러한 날 단 한번이라도 좋으니 윤호와 함께 교외의 한가한 논두렁길을 거닐어 보았으면 얼마나 좋을까? 그녀는 혼자 입 속으로 중얼거리며 끝없이 푸른 하늘을 한참이나 바라보다가 다시 빨래를 빨기 시작하였다. 윤호의 셔츠를 비누 묻은 손으로 이리 뒤척 저리 뒤척하면서, 어둠침침한 감방5)에 혼자 앉아서 책을 읽다 멍하니 앉아있지나 않는가? 비친다 하여도 아마 마음껏 내다볼 수 없지나 않는가? 이런 생각을 하면 할수록 윤호가 못 견디게 그립고 보고 싶고 눈물이 핑 돌기까지 하였다.

---

5) 원문은 '감광'.

혜영이는 빨래를 다 빨고 툇마루에 걸터앉았다.

가을 맛을 머금은 햇볕의 자릿자릿한 자극이 엷은 옷 속으로 숨어들었다. 책을 들었으나 눈이 헛갈리고 말았다. 햇빛에 상한 눈에는 펴놓은 글자가 파랗게 꿈틀거렸다. 가슴츠레하게 뜬 눈썹 사이로 오색이 영롱한 광선이 무수히 뒤헝클었다. 일종의 도취와 같이 의식이 물러난 듯하고 무엇인가 눈앞에 아른아른 하는 것 같았다. 똑바로 보면 시각이 퍼져버리고 어렴풋한 얼굴이 윤곽을 지을 듯 지을 듯하였다. 누굴까 하고 혜영이는 의식을 가다듬어 보려고 하고는 스스로 얼굴이 후틋해 오는 것을 느꼈다. 윤호? 아냐 아냐 하는 듯이 고개를 흔들고 앉은 자리를 휘휘 둘러보며 일어서 버렸다. 가슴이 조그만 비둘기같이 두근두근하였다.

'윤호 씨, 나는 윤호 씨의 환영을 보았구나.' 아무도 모르는 가슴을 혼자 포근하게 들여다 볼 수도 없는 자기를, 끝없이 안쓰럽게 여겨지기도 하였다. 그러나 무엇인가 치밀리는 힘을 혜영이는 또한 느끼지 않을 수 없었다. '에라, 단숨에 인왕산 꼭대기라도 올라가서 윤호가 있는 빨간 벽돌집이나마 바라보다 올까 보다' 하다가도, '그러면 또 무얼 하랴' 하고 살그머니 도로 자리에 주저앉았다.

이 마음 저 마음이 시소를 하였다. '아아 거리를 쏘다닐까 보다.' 그러나 혜영이는 바로 새하얀 웃음으로 경멸할 만한 남의 생각인 것같이 문질러 버렸다. 될 수만 있으면 그 고생을 나누어 하고 싶으리 만치 아끼는 윤호를 그런 곳에 남겨놓고 자기 혼자 계절의 변화를 즐길 만한 마음은 추호도 움직이지 않았다. 더구나 윤호는 그의 생활의 표식이었다. 지금 극도로 얽매인 윤호의 일생을 흔히 말하듯이 생활이 아니고 희생이라고 한다 하여도 혜영이의 생활감정의 초절6)인 것을 진심으로 느끼는 것이었다. 그렇기에 그의 사소한 심신의 움직임은 늘 윤호와 결합되지 않을 수 없었다. 그 위에다 윤호라는 이름만에서도 혜영이는 마음의 매를 받았다. 그러나 그것은 혜영이에게 윤호와 대등한 인격으로서 깎임이 아니라는 확신이 있기 때문에 실상 이러한 감정은 거리낌 없이 자기에게 허락할 수 있었다. 내가 무엇인가, 나에게 생활이 있는가, 이렇게 그는 윤호를 중심으로 하고 각양각색의 동심원을 그리는 것이었다.

혜영이는 푸른 하늘을 바라다보면 아마 세상이 허무한 것 같기도 하면서인지 긴 한숨이 풍겨 나왔다. 값싼 감상이거니 하고 돌이켜 생각하고 그에게는 마음을 가라앉히는 유일한 약 ― 책을 읽기 시작하였다.

오정이 좀 지나서 R여전에 다니는 한 고향 동무 S가 찾아왔다.

"점심 안 먹었지? 나가. 나 돈 있어."

혜영이는 요새 입맛을 잃어서 잘 먹지 못하나 갈 마음이 없다고 거절을 했다.

"그럼 차나 마시러 안 갈 테야? 이렇게 좋은 날 어쩌면 하숙에 붙어 있어."

"난 왜들 찻집에 다니는지 그 심리를 모르겠어."

S는 시름없이 마루에 걸터앉았다.

"아아 어데를 가든지 우울하구나! 먼 항해의 길이나 끝없이 떠났으면." 하고 세리프를 외듯이 S는 혼자 중얼거렸다.

둘이는 제각기 돌과 같은 서러움을 안은 듯이 무거운 침묵에 잠겨있었다. 서로 가슴속을 엿볼 수 있는 듯하면서도 꼭 다문 조개처럼 굳게 입술들을 다물고 있었다. 서로의 우정이 오랫동안 변함없을 믿음이 무거운 침묵

6) 초절超絶 : 다른 것에 비하여 유별나게 뛰어남. 또는 철학에서 초자연적인 절대적 존재.

속에는 스스로 숨어있으리라 하는 안심에도 불구하고 모처럼 일요일에 가벼운 기분으로 차 한 잔 마시러 가는 마음을 안 주는 '때'의 무게에 대하여 조그마한 반항인 것을 그들은 또한 절실히 느끼는 것이었다.

좁은 마당에 겸손하게도 가늘게 가로놓였던 빨래 넌 그림자가 어느새 폭을 넓혔다. S는 파라솔을 활짝 펴들고 서서 망설거리다가는 사뿐사뿐 돌아가 버리었다.

저녁을 일찍 먹은 혜영이는 겨우 하루를 넘긴 안도와 슬픔을 느끼며 들창문을 열어제치고 고랫재 냄새가 배어있는 골목길을 우두커니 내다보았다. 어린애들이 와 와 소리를 치며 떼로 몰려다닌다. 그러나 노래 부르는 아이는 하나도 없었다. 노래도 없는 어린이들이로구나 하고 입속으로 중얼거려보고는 그것이 한없는 민족의 비애를 예감케 하는 것 같은 과장된 생각이 제쳐도 제쳐도 끈적끈적 달라붙었다. 혜영이는 이럴 때 누구나 찾아주었으면 하고 기다려지는 자신을 돌보았다. 누군지 저편에서 손짓을 하며 걸어왔다. 그는 윤호의 친우였던 ─ 앞으로도 그들은 친우일는지 모르지만 ─ 지금 주간 신문의 편집을 맡아보는 H였다. "호오 ─ (H는 다른 나라의 감탄사를 우리나라에 수입할 필요가 있다고 주장하는 사람이었다) ─ 왜 그리 서글프게 하고 섰습니까? 백마 우지짖는 가을 하늘에 외로운 코스모스……."

H는 혜영이의 어설픈 웃음을 보고는 바로 쾌활한 얼굴을 가다듬어 버렸다. 그는 창밑에 선 채 머뭇머뭇하다가 W극장에 〈유령〉[7]을 보러가기를

---

7) 〈유령〉은 노르웨이 극작가 입센이 1881년에 발표한 3막 희곡. 『인형의 집』(1879)이 결혼과 가정을 파괴하는 것이라는 사회적 비난에 대한 해답으로서, 만일 노라가 사회인습과 타협하여 집을 나가지 않았더라면 어떻게 되었을 것인가를 그린 작품이다. 여기서는 이것을 원작으로 하여 만든 영화.

권하였다.

"평판은 좋찮어도 크레르의 작품이니까요"

"제가 언제 구경 가던가요?"

혜영이는 이 대답이 결코 자기의 하고자 하는 것이 아닌 것을 잘 알았다. 그러나 H와 같이 진실한 생활태도에서 물러난 사람들이 할 수 없다는 듯이 마음에 대한 변호의 여지를 조금씩은 남겨놓고 또 달리 생활이 세워질 것같이 믿으려하면서 이대로의 사회형태의 문화적 기분만을 해면처럼 섣불리 흡수하려는 꼴에 일종의 반발을 억제할 수 없기 때문이었다. 그러면서도 혜영이는 이러한 나 자신은 무엇인가 하고 의심할 때 어지간히 삐뚤어진 자기의 마음을 □□하고 싶었고 자기가 몹시 얄미워 보였다. 이것도 저것도 모두가 목에 잠긴 가래침을 내뱉듯이 뱉어 버리고 싶었다. '그것은 하늘을 향하여 침 뱉는 꼴과 무엇이 다르랴. 도로 내 얼굴에 떨어질 것을 …….' 이렇게 입속으로 중얼거려보지만 혜영이는 눈앞에 보고 있는 H — 윤호의 친우이기 때문에 더욱 H가 몹시 보기 싫었다.

H는 혜영이의 너무나 냉담스러운 대답에 멋쩍은 듯이 선웃음을 치며,

"구경 가는 게 그렇게 못마땅한 짓인가요?" 하고 조심스러운 어조로 말하였다. 혜영이는 아무 말도 하지 않고 픽, 웃기만 하였다. 자기의 서글피 웃는 웃음 속에는 '겨 묻은 개 똥 묻은 개'의 비유가 섞여있는 초조를 느꼈다.

연거푸 담배를 피우다가 돌아서서 끄덕 끄덕 가버리는 H의 뒷모양이 사라진 뒤에도 혜영이는 들창 밖 좁은 골목을 멍하니 들여다보았다.

점점 어둠이 깊어갔다. 거미줄로 더럽혀진 가등이 외로이 서있는 것을 보고 혜영이는 깊은 바다 밑에서 호젓이 인광燐光을 가진 물고기를 만나면 저럴까 하는 생각이 들었다.

혜영이는 언뜻 시골에서 조그마한 가게를 하고 있는 그의 오빠의 편지
가 생각났다.

…… 나는 한산한 가게 머리에 앉아서 밤이면 갈피 없는 눈으로 별도 안 보이
는 캄캄한 하늘을 들여다본다. 황량한 시골 조그마한 읍의 저녁을, 무엇이나 소
리 들릴까 하고 무엇이나 발소리가 들릴까 하고. 저 하늘에서 먼 나라의 요란한
음향과 폭풍과 멀리는 해조음海潮音이 행여 날아 내릴까 하고.
혜영아, 하이네의 카민 위에 놓아둔 조개도 들물이 밀려오는 해안의 시각에는
거품을 내어 사락사락 움직이기 시작한다 하였다. 이것은 하이네의 시적으로
형상된 말이겠지만 그러나 내가, 젊은 이 내가 장식용의 정물만도 못하지……?
누구나 입 밖으로 소리 내어서 그렇게 불러주지는 않지만 캄캄한 어둠은 갈피
없는 눈으로 들여다보면 그렇게 생각켜진다…….

혜영이는 오빠의 편지를 몇 번이고 되풀어 생각하였다. 처음 그 편지를
받았을 때는 막연한 슬픔 이외의 별다른 것을 느끼지 못하였으나 오늘밤
혜영이의 머리에 되살아온 그 편지는 마음을 다시금 쑤셨다. 또렷하면서도
역시 늘 막연하게 가슴에 웅클리던 어느 기대를 오빠의 글 속에서 똑 그대
로의 공감이 표현된 쓰라린 슬픔에 자기의 마음이 생것으로 부딪치는 것
같았다.

…… 입을 달싹 달싹하면서 한참 동안이나 창밖을 내다보았다.

혜영이는 자리를 깔고 누웠다. 마치 자기의 깊은 비애를 잊게 하는 것은

잠자는 것뿐이라는 듯이.

베개 밑에서 귀뚜라미가 찌릉찌릉 울었다. 이불을 덮었으나 오슬오슬 추운 것 같았다. 따뜻한 고향집 아랫목도 뒷동산에 익어 가는 감나무도 어린 동생들도 어머니도 이런 생각 저런 생각에 끼어서 그리워왔다. 그러나 윤호가 이러한 밤 아직도 홑이불로 얼마나 추울까 하는 생각에 문득 부딪치고는 그만 그의 생각이 온 마음을 차지하기 시작하였다. 그는 별안간 벌떡 일어나서 옷을 갈아입고 거리에로 나갔다. 털실가게에 가서 코발트색 비하이브를 한 폰드를 그 전부터 원이던 책장을 사려고 모아두었던 팔 원 가운데에서 사게 되었다. 집에 돌아오는 길로 밤늦게까지 앉아서 대바늘을 움직이었다. 한 오라기 한 구멍을 얽을 때마다 윤호에게 보내는 자기의 마음이 얽히는 것을 느끼었다. 더욱이 윤호가 언젠가 '내 마음대로 옷 빛깔을 해 입어도 괜찮다면 코발트색으로 해 입고 싶소. 활짝 개인 하늘빛으로 내 몸을 꾸미고 싶고 더구나 이러한 곳에 있으면 무한히 광대한 것의 색채를 내 몸에 감고 있다는 것이나마 늘 느끼고 싶소.' 하던 그의 말이 더 훨씬 무수한 말과 어울려 되살아 왔다. 혜영이는 팔 한 짝을 마치고 자리에 누워 잠이 들 때까지 알지 못할 기쁨이 가슴에 벅찼다.

그날밤에 혜영이는 짜다 만 팔 한 짝의 스웨터를 두루마기 위에 입은 윤호를 안았다. 그 모양이 너무 우스워서 깔깔깔 꿈속에서도 웃기까지 하였다.

『조선문학』, 1937. 2.

대모代母8)

만 1년 만에 사촌동생한테서 받은 편지는 매우 간단한 내용이었다. 곧 아기가 태어나니까 약속대로 아이의 이름을 지어 달라고. 태어날 아이의 성별은 모르니까 남자아이와 여자아이의 이름을 하나씩 지어달라고. 단지 그것뿐이었다.

어린 사촌동생이 벌써 아이 아버지가 된다는 생각에 감개무량하기도 하고 왠지 신기한 생각이 들기도 하고 기쁘기도 했다.

그러나 약속대로 이름을 지어 달라는 그 약속이라는 말에서 거의 잊고 있었던 여러 가지가 생각나는 것이었다.

사촌동생의 결혼식이 있었던 지난 가을, 나는 동경에 있었기 때문에 경성에서 있었던 결혼식에는 참석할 수 없었다. 축전을 보냈지만 사촌에게 굉장히 미안한 느낌이었으며 나 자신도 뭔가 부족하다는 생각이 들었다.

얼마 후 사촌동생에게서, 간단한 내 축전이 결혼식장에서 읽은 누구의 길다란 축사보다도 기뻤다는 진심 어린 답례를 받자 사촌동생뿐 아니라 그 아내가 되는 사람에게까지 더욱 미안한 기분이었다.

---

8) 원제는 '名付親'. 일본어로 쓴 소설이다. 김미란이 번역하고 이상경이 조금 더 다듬었다.

사촌동생은, 남자형제들 틈에서 자란 탓에 자상한 구석도 없는 나를 좋은 사촌누나라고 믿을 정도의 페미니스트였다.

사촌동생은 아주 약하고 소극적인 성격이었지만 좋은 반려자를 만나 아름다운 자신들의 생활을 쌓아갈 만한 성실과 교양을 가지고 있었다. 나는 그런 생각을 하며 사촌의 청춘을 축하하고 싶은 생각과 동시에 그 청춘 뒤로 이어질 그의 인생을 생각하며 사촌의 신부가 모든 점에서 좋은 여자이기를 바라지 않을 수 없었다.

나는 신혼의 사촌 부부에게 뭔가 축하를 해 주고 싶었다. 아무리 해도 적당한 것이 생각나지 않아 가마쿠라에 있는 K선생님을 찾아가 상담을 했다. 미술사를 연구하는 K선생님처럼 풍부한 식견을 가진 사람은 나 같은 보통 사람들은 미처 생각하지 못하는 평범한 일상생활용품 중에서 의외로 좋은 선물을 발견할 것만 같았기 때문이었다.

K선생님은 백발을 끄덕이면서 내가 찾아온 이유를 듣고 있다가,

"그 아내라는 사람은 어떤 사람입니까? 무슨 학문이라거나 음악이나 그림 같은 것에 흥미를 가지고 있는 사람이에요?"

라고 물었다.

나는 그 사람에 대해 전혀 모르고 있다는 것을 말씀드리고 "좋은 사람이기를 바라고 그렇게 믿고 있습니다"라고 대답했다.

"좋은 사람이라 ……. 어렵지만 참 좋은 말이군요. 당신의 말을 듣고 있으려니 좋은 걸 보여주고 싶어지는군."

그렇게 말씀하시며 K선생님은 일어나 장롱 속에서 족자簇子를 하나 꺼내 눈앞에 펼쳐 보였다. 탁본한 관음상이었다.

"선이 아름답지요? 이건 대동大同 것인데 경주의 그것과는 다른 아름다움

이 있는 것 같아요. 이걸 사촌에게 주시지요. 신부가 주로 생활하는 안방에 걸어놓고 아침저녁으로 보며 생활을 하다보면 좋은 2세가 태어나요. 선善과 미美를 갖춘 2세가 ……. 그럼 고모가 되는 당신이 이름을 지어주면 되지요."

K선생은 온화한 얼굴로 그렇게 말하며 족자를 내게 건넸다.

나는 몇 번 사양했으나 K선생님은 내게 가져가라고 자꾸 권하셨다.

"당신이 당신 나라에 돌아갈 때 송별 선물로 드리려고 생각했어요. 어차피 당신 거니까 그렇게 사양하지 마세요."

옆에서 차를 준비하고 있던 K선생님의 사모님도 그렇게 말씀하셨다.

나는 고맙게 받기로 했다.

이렇게 해서 나는 생각지도 않은 관음상 그림을 사촌동생 부부에게 선물하면서 K선생님의 말대로 이름을 지어주겠다고 덧붙였던 것이다.

그 후에 사촌에게 편지를 받았다. 관음상에 대한 감사 편지라고 생각하고 무심코 읽어보는데,

"…… 아내는 커피잔 세트를 훨씬 반가워하는 여자여서 귀중한 관음상은 돼지에게 진주격입니다. 그러나 관음상은 제 서재에 소중히 걸어놓았습니다. 누님을 가까이 느낄 수 있는 것만 같아 너무 좋습니다 ……."

편지가 거기서 끝났다면 좋았겠지만 계속 이어져 다음과 같이 쓰여 있었다.

"플로베르는 어렸을 때 좋아하는 여자아이에게 자신의 가슴속에서 두근거리며 고동치는 심장을 주고 싶었다고 했습니다. 제가 플로베르의 흉내를 내는 것은 아니지만 지금 어른이 되어서도 사촌누님께만큼은 제게 가장 중요한 두 귀를 그대로 드리고 싶습니다."

(말하는 걸 잊었지만 사촌동생은 음악을 하는 사람이었다.)

"관음상에 대한 답례는 되지 않겠지만 제 기억 속에는 어렸을 때 제 귀를 쓰다듬으며 귀여워해 주시던 누님이 아직 그대로 살아있습니다. 이럴 때는 유난히 클로즈업되는군요. 저는 지금도 누님의 그 손을, 그 소리를 느낍니다.

'정말 도톰하고 귀여운 귀야. 귓불을 정말 깨물어 먹고 싶어. 아마 오디보다 맛있을 거야.' 이런 소리를 하면서 누님은 조용히 언제까지나 제 귀를 쓰다듬는 것이었습니다. 누님은 잊으셨겠지만 저는 지금도 선명히 기억하고 있습니다. 실은 누님이 제 귀를 깨물어 먹어 주길 얼마나 바랐는지 모릅니다.

제 귀는 누님께 칭찬을 받았기 때문에 청각이 유난히 발달하게 된 것은 아닐는지요. 그렇다면 제가 음악의 길로 들어선 것도 실은 그 누군가의 덕이지요. 그것만으로도 저는 큰 은혜를 입은 것이며 지금도 그 누군가의 뭔가를 끊임없이 갈구하고 있습니다. 저의 부당한 욕심이라는 것은 잘 알고 있습니다만 제 자신도 어찌할 수 없는 마음입니다.

이런 제 마음이 누님으로부터 영원히 버림을 받는 원인이 될 수도 있겠지요. 이런 부담을 안고서도 침묵하지 못하는 저를 부디 꾸짖지 말아 주세요.

저는 곧 시골 중학교의 음악교사로 부임합니다만 아내를 가진 제 자신의 생활에 전혀 보람을 느끼지 못하고 있습니다.

저는 어렸을 때부터 오직 하나 제 인생에 바라는 것이 있었지만 이도 어느 틈엔지 묻어버렸습니다.

요즘 저는 빛이 없다고 할까, 뭔가 말할 수 없는 어두운 안타까움에 무기력한 하루하루를 보내고 있습니다. 스물넷의 젊은 나이에 염세주의자가 되다니 하면서 나름대로 분발해보지만 어찌해 볼 수 없는 상태입니다. 음악이라는 것도 하나의 타성으로 친근감은 느끼지만 음악 그 자체의 경지에 몰입할 정도로 강렬한 예술혼으로는 이어지지 않는군요.

도대체 저는 어떻게 되는 걸까요?

누님! 제발 저를 도와주세요. 누님이 계속 지켜보고 그렇게 도와주세요. 그렇지 않다면, 지켜봐 주시는 것만으로는 아무 것도 할 수가 없습니다. 그것만으로는 저는 일어설 수가 없습니다. 제가 일어설 수 있을까요? 저는 저는……."

점점 혼란스러워지는 필체로 해서 마지막에는 도저히 알아 볼 수 없을 정도였다.

나는 그에게 관음상을 보낸 것을 깊이 후회했다. 혹시 그것을 보낸 것이 원인이 되어 젊은 부부 사이에 델리케이트한 심리적인 마찰이 생기지 않았나 상상하는 것이었다.

사촌이 그 결혼을 비관적으로 보게 된 근본적인 원인을 생각해 보았지만 그것은 오히려 나의 마음을 어둡게 할 뿐이었다.

커피세트를 사랑할 줄 아는 여인의 솔직한 생활감정을 어째서 부드럽게 격려하고 높이려고 하지 않는 걸까……. 나는 사촌을 비난할 수는 없었다. 제3자의 입장에서 행하는 일방적인 나의 비난을 견디기에는 사촌이 너무나 이상주의자였기 때문이었다.

나는 어떻게 해야 좋을까? 아무리 세련된 누나가 되어 생각해 보아도 어떻게 해야 할지 당황스러웠다.

그때 내 마음과 가장 가까운 감정은 왠지 K선생님에게 죄송하다는 느낌이었다. K선생님의 아름다운 마음 씀씀이도 그 마음이 일단 현실화하자 이렇게 순수함을 계속 지니지 못하게 되었다. 아니 오히려 사촌 부부가 처한 현실적인 위치를 하나의 불행으로 보여주는 증거 역할밖에 되지 않았다.

나는 사촌에게 침묵할 수밖에 없었다. 그렇지만 사촌끼리의 상식적인 윤리관으로 그를 비난할 마음은 전혀 없었다.

젊은 영혼들이 정상적인 배출구를 찾지 못하고 왜곡된 형태로 어두운 고민에 빠지는 것은 우리 주위에 많이 볼 수 있는 비극이었다. 사촌도 그 희생자 중의 하나라고 한다면 과장일까?

사촌의 음악에 대한 회의가 언젠가는 음악 이외에는 자신의 길이 없다는 것을 깨닫는 하나의 과정이라고 생각하고 싶은 것은 낙관주의도 아니고 역설도 아니었다. 오히려 내게 허용된 사촌에 대한 최대한의 애정이었다. 그러나 나는 그런 의미를 써 보내는 것도 주저했다.

그 후, 사촌이 진주의 중학교에 부임했다는 것을 전해 들었다. 나는 그해 봄에 건강이 나빠져 고향에 돌아왔는데 사촌의 동정에 대해서는 친척을 통해 가끔씩 전해 들었을 뿐이었다.

얼마 전에 사촌이 그 동안 월급을 저축하여 선배에게 중고 피아노를 샀다는 소식을 전해 들었지만 아내가 임신을 했다는 소식은 없었다.

그래서 내 스스로 약속했던바 아이의 대모가 되는 건도 자연히 잊어버리고 오늘에 이르렀던 것이다.

나는 하루 종일 사전을 꺼내 여러 가지 한자를 음미하고 이를 두 개로 조합하여 보고 발음을 해 보고 인명이 많이 나오는 중국 책을 이것저것 찾아

보기도 하면서 좋은 이름을 지으려고 했지만 좀처럼 쉽지 않았다.

소용도 없는 한자를 종이에 엄청나게 많이 써놓은 채로 나는 어느 틈에 다른 생각에 빠지는 것이었다.

사촌은 어떤 내면생활을 하고 오늘날 아버지가 되려고 하는 걸까?

나는 사촌에게 소식도 전하지 않고 지낸 1년이 부끄러웠다.

그런 편지를 보낸 후 내가 이렇게 오랫동안 침묵한 것을 보고 사촌은 젊은 사람답게 수치스러운 감정을 참을 수 없었을 것이다. 그런데도 구애받지 않고 솔직하게 아이의 명명을 부탁한 것을 보고 오랫동안 보지 못한 사촌이 친근하게 느껴졌다.

이삼 일이 지나도 아이의 이름이 떠오르지 않아 나는 점점 초조해졌다.

고민한 끝에, 만나본 적은 없지만 고전에 조예가 깊은 홍명희洪命憙 선생님을 찾아가 작명을 부탁해 볼까라는 생각까지 했지만 차마 그러지도 못하고 있던 어느 날, 고려아高呂娥라는 소설을 쓰는 친구가 놀러 왔다.

이런저런 이야기를 하다가 나는 아기 이름을 짓는 것을 상담해 보았다. 고려아는 잠시 뭔가를 생각하다가,

"발자크는 구두 가게 이름을 만드는 데에도 며칠 동안 파리 시내의 간판을 보고 다녔다고 하잖아. 하물며 사람 이름을 짓는 데는 오죽하겠어?"

"그러니까 이렇게 부탁하잖아. 소설을 쓰는 사람이니까 나보다는 여러 가지로 경험이 있을 거 아냐."

"만약 여자아이라면 지금 생각하고 있는 작품의 여주인공 이름을 빌려 줄까?"

려아의 그 말에 나는 갑자기 기운이 나서 말했다.

"빌려주다니? 그런 섭섭한 소리하지 말고 그냥 줘."

"그렇지만 맘에 들지 않을지도 모르잖아."

"그렇게 거만 떨지 말고."

"그렇지만……."

려아는 그렇게 말하며 좀처럼 가르쳐 주지 않았다.

"그 여주인공은 행복한 사람이야?"

나는 그렇게 물었다.

"통속적인 의미로?"

"물론."

"행복하지 않아. 좋은 의미로 굉장히 여성스럽지만 거기에 안주하지 못하고 자신의 운명을 뒤집어 놓을 정도니까……."

려아는 마치 살아있는 인간이라도 되듯이 실감나게 말하는 것이었다.

"그렇게 마조키스트야?"

내가 그렇게 말하자 고려아는 한심하다는 듯이 나를 쳐다보는 것이었다. 나는 나의 쓸데없는 말이 부끄러웠다.

"미안해. 농담이야. 네 그 히로인이 살고 있는 시대는?"

"현대."

려아는 솔직하게 대답해 주었다.

"출생지는?"

"네, 조선입니다. 검사님."

"무슨 소리야? 조선의 어디냐고 묻잖아!"

"그녀가 자립하기에 가장 조건이 나쁜 환경입니다."

"흠, 그녀가 자립하기에 가장 조건이 나쁜 환경이라……. 이 검사님은 기억력이 나빠서…… 자, 그럼 그녀의 이름은?"

"호호호 …… 유도심문에 넘어갔네 ……."

그리고 우리 둘은 한참동안 웃었다.

려아는 계속 웃으면서 종이에 '신혜원愼蕙媛'이라고 써서 내게 보여주었다.

나는 그 옆에 '임혜원任蕙媛'이라고 써 보았다.

"혜원, 임혜원."

나는 입 속으로 중얼거리고 려아에게 말했다.

"혜라는 글자는 획수가 많으니 풀 초를 떼면 어떨까?"

그러자 려아는 풀 초를 뗀 '혜惠'는 흔하지만 '혜蕙'는 『초사楚辭』에 나오는 향기로운 풀의 이름으로 굴원屈原이 이 풀로써 자신의 절개를 상징화한 것이라고 설명해 주었다.

"혜원, 혜원, 임혜원."

나는 입 속으로 세 번을 중얼거려 보았다.

좋은 이름이라는 생각이 들었다.

그윽하고 향기가 있는 이름 같았다.

"내가 만약 남자라면 이 이름만으로 반 년 정도는 사랑에 빠지겠다."

내가 농담을 하자,

"겨우 반 년? 나라면 평생이다."

려아는 소녀처럼 얼굴을 붉히는 것이었다.

"자기 히로인에게 그렇게 반해서 어쩌려고?"

내가 놀리자,

"어쩌자는 게 아냐. 나 자신이 소설 속 인물의 운명을 한밤중에 생각하고 혼자 울 때도 있고 때로는 하늘을 날 것만 같을 때도 있는 걸. 그게 바로 내 생활 속에 녹아들어야 내 일상생활의 모든 동작과 몸의 오르가니즘을 유지하는 데 편리하거든."

"너는 속 편하겠다."

"속이 안 편한 사람은 어쩌는데?"

"어쩌기는? 당신 같이 자기 소설에 푹 빠진 사람을 곁에서 보면서 즐기는 거지."

"나쁘다!"

"나쁜 친구라서 미안해용!"

"끝까지 약을 올리네."

"네가 왔으니까 약을 올리지. 그렇지 않으면 하루 종일 ……."

"하루 종일 어떻게 되는데?"

"한가하게 남산이나 쳐다보고 있지."9)

"또, 또, 또 얼버무린다. 너는 너에 대해서는 전혀 말하지 않아."

"나에 대해서 말한다는 것은 하소연뿐이야. 그게 지금 내 오르가니즘이니까."

"말 싫다. 오르가니즘이라고 비꼬지 말아."

려아는 내 손끝을 꼬집고는,

"넌 하소연하는 것이 부끄럽지? 하소연은 많이 할수록 좋은 거야. 우리들에게 하소연을 빼 봐. 아니 억제해 봐. 자폭하고 말걸?

친한 친구가 있어 서로 끊임없이 하소연하고 서로 위로하고 위로받는

---

9) 도연명의 시 「飮酒 5」의 한 구절 '悠然見南山'을 인용한 것이다. "동쪽 울타리 아래 국화를 꺾어 들고 한가롭게 남산을 바라본다[采菊東籬下悠然見南山]"고 하는 이 구절은 고래로 어지러운 세상을 피해 사는 고상한 선비의 자세를 상징하는 구절이 되었다. 먼 곳으로 은거하지 않고 사람들 사는 곳에 섞여 있으면서도 마음속으로 거리를 유지하며 사는 방식을 가리킨다. 일종의 '내적 망명' 상태이다.

것에서 바로 불심佛心이 생기고 그럼으로써 세상이 살기 좋은 곳이 되는 건지도 몰라."

"호? 하소연 속에서 불심이 생긴다고? 불심은 보리수 그늘에서 생기는 건 줄 알았는데?"

"도대체 언제까지 그렇게 장난만 할 거야? 자 빨리 하소연해 봐. 하소연 ……."

고려아는 내게 빨리 하소연을 하라고 재촉했다.

"정말 어쩔 수 없는 사람이네. 하소연해봤자 소용도 없는 걸……."

"그렇게 세상 포기한 사람처럼 말하지 마."

"누가 세상을 포기했다고 그래? 난 너하고 이렇게 수다를 떨지 않을 때에도 즐겁고, 배가 고프면 식욕을 느끼고, 피곤하면 졸리고, 할 수만 있다면 푹신푹신한 솜이불 위에서 자고 싶고, 지금 맛있는 슈크림과 비프스테이크를 먹고 싶고, 순모 스웨터를 입고 싶은, 순하고 착한 민초의 하나야. 세상을 도무지 포기할 수 없는 사람이라고."

우리는 잠시 이런 저런 이야기를 하다가 입을 다물어 버렸다. 말이 없어지자, 특히나 친구하고 둘이 있으면서 할 말이 없어지자 분위기가 무거워졌다.

나는 쓸데없는 소리를 그만 두고 다시 이름 짓는 것을 화제로 삼았다.

"이왕 이렇게 된 거, 남자아이 이름도 생각해 주지 않을래?"

"남자 이름은 굉장히 어려워."

려아는 고개를 갸웃거렸다.

"신혜원이라는 네 히로인에게는 형제나 사랑하는 사람이나 친한 남성이 있을 거 아냐. 그런 사람들 이름은 전부 뭐라고 부르니?"

"그녀는 말야, 형제도 없고 거의 고아나 다름없는 고독한 사람이야. 그리고 사랑하는 사람이 좀처럼 나타나지 않는 거야. 적어도 신격화되지 않은 모세毛世와 거만하지 않은 굴원屈原을 반씩 합한 것 같은 성숙한 인격이 아니면 결코 사랑할 수 없는 사람이거든."

"만약 그런 사람이 나타나지 않는다면?"

"타협은 하지 않을 거야."

려아는 아무렇지 않다는 듯이 말했다.

나는 속으로 정말 그런 여자가 실재할까? 라는 것을 생각하면서 종이 위에 모세毛世와 굴원屈原이라고 쓰고 두 사람의 이름에서 한 자씩 빌려 모굴毛屈이라고 써서 려아에게 이런 이름은 어떨까 하며 보여주었다.

"호호호 …… 아무리 그래도 그렇지. 모굴은 너무 그로테스크하다. 호호호 ……."

려아는 참지 못하겠다는 듯이 소리를 내며 웃었다.

"그럼 아래 자를 하나씩 빌려서 '세원世原'이라고 하자."

라고 내가 말하자 려아는 활자의 아름다움도 없고 발음도 좋지 않다고 까탈을 피웠다.

난 먹을 갈아 붓에 듬뿍 묻혀 종이 위에 썼다.

여아 : 임혜원任蕙媛

남아 : 임세원任世原

내 글씨이지만 그렇게 나쁘지 않았고 여자아이 이름도 남자아이 이름도 훌륭해 보였다.

내가 하는 짓을 옆에서 보고 있던 려아는 종이에 쓰니 남자아이의 '임세원'도 품격이 있어 보인다며 신기하다는 얼굴을 했다.

"어떻게 할까?"

그래도 나는 주저했다.

"그렇게 정하자."

"성의 없어 보여 좀 마음에 걸려."

"전혀. 우리들은 좋은 사람만을 염두에 두고 명명을 했잖아. 마음에 거리낄 일 전혀 없어."

그러나 나는 이삼 일 더 생각해 보고 사촌에게 알리기로 했다.

바로 집에 돌아간다는 려아를 따라 나도 오랜만에 거리로 나갔다.

어느 호텔 식당에서 저녁을 먹은 다음 우리들은 멍하니 거리의 불빛들을 바라보았다. 이럴 때에는 쓸데없는 수다조차 나오지 않았다.

가을의 밤거리에는 짙은 안개가 끼어 있었다.

누구의 소설인지 기억도 나지 않지만 이런 밤에는 젊은 여자가 파란 망토를 걸치고 거리를 방황하는 것이 좋을 거라는 생각을 하기도 했다. 여자의 얼굴은 도스토예프스키의 소녀처럼 맑은 천사라도 괜찮고 마리네 디트리히처럼 퇴폐적인 여자도 좋겠다는 생각이 들었다. 아니 모딜리아니의 여자가 좋겠다. 우리들도 지나가면서 놀릴 수 있는 건 별로 재미없을 것도 같다. 에섹스를 포기하지 못하는 엘리자베스 여왕이 진한 화장을 지우고 미치광이 노파로 변해 이 동양의 조선의 밤거리를 헤매는 것이 더 재미있을 것 같다 ……. 그러나 그것도 역시 재미가 없다. 석굴암의 관음보살이 내려와 기다란 가사를 질질 끌며 조선의 젊은 햄릿인 마의태자와 어깨를 나란히 하고 산보한다면 이런 가을밤도 괜찮을 것 같다는 생각을 했다. 그러면

꿈처럼 흐릿하게 보이는 고풍스러운 덕수궁 건물 안에서 우아한 음악소리가 들리는 것이다 …….

내가 이런 상상을 하고 있는데,

"인류사에서 사과에 관한 네 가지 이야기가 있어. 알고 있니?"

라며 려아가 갑작스레 엉뚱한 말을 꺼냈다.

그녀는 디저트로 나온 델리셔스를 소중한 듯이 양손으로 감싸고 있었다.

"사과? 사과라면 트로이 전쟁과 관계가 있지. 그리고 뉴턴도. 시대가 시대지만 낙원에서 아담이 쫓겨난 거. 또 있단 말야? 하나는 뭔데?"

나는 세 손가락밖에 꼽을 수가 없었다.

"또 하나는 말이지 고려아 편찬의 인류사에 상세하게 설명하고 있어. 대략 설명해 줄까?"

려아는 그렇게 말하며 조금 사이를 두었다가,

"스피노자를 좋아하는 사람을 좋아하는 여자가 있었어. 그녀는 그가 극명하게 설명해 준 범신론汎神論에 대해서는 거의 잊었지만 다음과 같은 것은 선명하게 기억하고 있는 거야. …… 스피노자는 렌즈를 닦았습니다. 죽은 날은 일요일이었습니다. 죽기 전에 그는 하인에게 말해 닭을 한 마리 잡았습니다. …… 여자가 사과를 깎고 있을 때 그 옆에서 젊은 철학도가 그런 이야기를 하는 거야. …… 스피노자의 생애는 꼭 파란 가을 하늘 같았습니다 …….'"

"그건 아까 그 히로인이니?"

도대체 종잡을 수 없는 려아의 이야기에 흥미를 느끼며 그녀를 뚫어지게 바라보고 있는데 려아는 내 질문에 대답하지 않고,

"이런 가을밤에는 슈니츨러[10]의 소설이라도 읽는 게 좋겠다."

라며 아름다운 속눈썹을 슬프다는 듯이 깜빡거리는 것이었다.

　나까지 덩달아 슬퍼졌지만 바로 이어서 그런 나 자신에 대해 혐오감을 느꼈다.

　"그만 두는 것이 좋겠다."

　나는 려아에게 말했다.

　"뭘?"

　"여류작가적인 모든 취미와 제스츄어 말야!"

　"지독한 독설이네."

　"그렇잖아. 파란 가을 하늘과 같은 생애라니 너무 웃기잖아. 스피노자를 그렇게 표현한 젊은 철학도의 말을 아름다운 시구라도 되는 것처럼 말하는 너 자신이 소위 여류작가들이 좋아하는 여자 주인공 그대로야.

　과연 파란 가을 하늘과 같은 인간의 생애가 있을까? 그렇게 지상성이 없는……. 인간의 생애는 오히려 여름 하늘 같잖아. 흐리기도 하고 개이기도 하고 뭉게뭉게 뭉게구름이 피어오르기도 하고 무거운 납처럼 가라앉은 하늘이 되기도 하고……. 우리는 복잡한 인간 세상에 살고 있잖아."

　"넌 포에지가 결핍되어 있어."

　려아는 좀 기분이 상한 듯이 말했다.

　"려아. 너는 지금 억지를 부리고 있어. 나한테 포에지가 있고 없고가 문제가 아니잖아. 난 그저 괜찮은 여자들이 이미 유물이 되어버린 과거의 애정관계에 대해 언제까지나 소중하고 아련한 생각을 품는 바로 그 포즈가 여자 스스로를 비참하게 하는 게 안타까울 뿐이야. 허세라도 좋으니까 어

_____

10) 아르투어 슈니츨러Arthur Schnitzler : 1862~1931. 오스트리아의 극작가, 소설가. 20세기 전환기의 오스트리아 빈의 부르주아 계층의 삶을 해부한 심리극으로 유명하다.

째서 어깨를 펴고 의연하게 여자의 생활을 고집하려고 하지 않는 거야? 흔히 말하는 여자의 프라이드라는 것이 바로 그거 아냐? 내가 말하고 싶은 건 바로 이거야. 그걸 안다면 포에지의 가을 하늘이라도, 고치 속의 누에라도 상관없어."

잠시 묵묵히 있던 려아는 내 생각 탓인지 얼굴을 붉히며 고개를 숙인 채 이렇게 말했다.

"난 너한테 어리광을 부리고 싶었을 뿐이야. 넌 그걸 미소 지으며 받아들일 아량이 없었던 거야. 결국에는 자기 변명이겠지만."

"내가 아니라 너 자신한테 어리광을 부리고 싶었던 거 아냐? 여자는 자신의 슬픔이라거나 그 비슷한 것에 어리광을 부리니까. 이게 여자가 가지고 있는 가장 싫은 속성이야."

"그걸 좀 너그럽게 봐 주면 될 걸……. 가시처럼 찌르는 것만이 전부는 아니잖아. 넌 내 친구잖아."

려아의 목소리는 뭐라 말할 수 없이 가라앉아 있었다.

'넌 내 친구잖아'라는 려아의 말을 속으로 중얼거리며 지금까지 큰소리쳤던 나 자신의 독설이 조잡하고 경박하게 느껴졌다. 왠지 부끄러워진 나는 일부러 농담처럼 말했다.

"포에지와 아량이 결핍되어 죄송하군요."

"천만에요."

려아는 부드럽게 나를 바라보았다. 그리고 다시 말을 이었다.

"아까 네 말, 여자가 오만하게 어깨를 편다는 말 말야. 굉장히 좋은 충고였어. 내 약점을 찌르는 말이어서 오히려 속이 후련했어."

"또 시작이다."

"뭐가?"

"네 십팔 번의 마·조·히·즘."

갑자기 려아가 얼굴을 찡그리며,

"나 감시하는 거 그만 해. 난 네 옆에 있으면 유난히 초라해져. 너란 사람은 조용한 것 같으면서도 도무지 틈이 없단 말야. 하루 종일 한가롭게 남산만 바라볼 수 있는 사람이잖아."

그렇게 말하고는 정말 싫다는 듯이 나를 향해 손사래를 치는 것이었다.

순간 나도 가슴이 찔리는 것만 같았다.

나는 아무렇지도 않은 듯이 식은 커피 잔을 끌어당기며 생각했다.

아무 것도 모르면서 부주의하게 말을 흘리는 것은 수양이 부족해서라고 하더라도, 젊은 내가 하루 종일 한가롭게 남산을 보아서도 안 되는데, 상대방에게 초라한 느낌을 주는 것은 뭘까?

결국 내가 부덕해서이다 ……. 일단 생각이 여기에 미치자 나 자신이 한심해졌다.

나는 마음속으로 려아에게 사과하면서 그녀와 함께 자리에서 일어났다.

려아와 헤어져 혼자 버스가 끊긴 원남동의 조용한 도로를 지나 큰길로 나왔다.

나는 걸으면서 아까 호텔 식당에서 려아와 했던 말을 다시 반추해 보았다. 그리고 아랑이라는 말에서 갑자기 사촌동생에 대해 1년이 넘도록 소식을 전하지 않은 것이 바로 그 증거가 아닐까라는 생각이 들었다. 이러한 반성으로 점점 나는 우울해졌고 사촌 동생의 일을 곰곰이 생각하게 되었다. 이런 밤, 사촌은 먼 시골 마을의 생활에 쫓기면서 중고로 산 피아노 앞에서 번뇌와 슬픔, 분노를 달래기 위해 밤새 건반을 두드리고 있을 것만 같았다.

그러자 영화에서 본 불행하고 고독한 가난한 음악가의 모습이 뇌리를 스치는 것이었다.

"그럴 리가 없어. 사촌은 충분히 행복해. 젊은 아내가 있는 가정이 있고, 청소년을 상대하는 음악이라는 일이 있고, 피아노가 있잖아. 이건 내 감상일 뿐이야."

나는 일부러 나 자신의 어두운 상상을 지우려고 했지만 어디선지 피아노 소리가 들려오는 것만 같은 느낌에 몇 번이나 내 발걸음 소리에 귀를 기울였던 것이었다.

집에 돌아오자 뜻밖에도 사촌에게서 딸을 낳았다는 전보가 도착해 있었다.

전보를 손에 들자 눈물이 핑 돌았다.

누가 뭐라고 해도 너무 기뻤다.

'임혜원'이라는 이름을 보내야지. 려아에게 배운 것이지만 '혜惠'라는 글자를 자세하게 설명하는 걸 잊지 말고 써 보내야지.

설사 고려아의 히로인처럼 혜원이라는 이름을 가진 사람이 힘든 여자가 되어도 좋다고 생각했다.

아버지가 치는 피아노에 귀를 기울일 줄 아는 총명한 여자아이로 자란다면 좋을 것이다.

나는 사촌에게 1년 만에 긴 편지를 썼다.

어머니가 된 아내에게 아직도 불평을 터트리는 것은 아니냐고 쓰려다가 그만 두었다. 그 대신, 산후의 아내에게 하얀 도라지 백 근과 어린 닭 한 마리를 같이 끓여 아이의 일곱이레[11]가 지날 때까지 서너 번 마시게 하라고

---

11) 일곱이레七七日 : 아기 난 지 49일 되는 날. 이날까지 산모와 아이를 보살펴 주며 바깥 사람의

썼다. 이런 말을 쓰고 있으니 왠지 안심이 되었다.

'갑자기 아량이 생겼나?'

나는 서글프게 자조하면서 편지를 봉했다.

밤이 깊어진 모양이었다.

창문을 열고 보니 원뢰遠雷를 품고 있는 것 같은 밤하늘에서 비가 떨어지고 있었다.

어두운 창밖의 빗자국을 바라보면서 나는 혼잣말을 했다.

"…… 그래. 난 진짜 대모는 아냐. 아이의 대모는 고려아. 관음상도 K선생님의 선물이고 ……. 그러고 보니 나는 사촌 동생 부부에게 뭐 하나 나의 머리로 진심을 표현한 적이 없어."

그리고 이런 생각을 했다.

'…… 혜원이라는 아이의 백일에는 이런 선물을 가지고 진주에 있는 사촌 집에 가야지. 순면으로 진홍과 녹색의 이불을 만들어 네 귀퉁이에 수를 놓아야지. 이거야말로 나의 훌륭한 창안이잖아. …… 혜원이는 그 이불을 덮고 착한 아이로 자랄 거야. 그건 그렇고 '혜蕙'라는 향초는 어떤 형태를 하고 있을까? 혹시 상상의 풀꽃일 지도 모르지 …….'

내일은 빨리 도서관에 가서 식물도감을 찾아봐야지. 돌아오는 길에 사과를 사 가지고 려아에게 들러서 이름을 지어준 것에 감사를 해야겠다는 생각을 했다. 간 김에 려아와 함께 사과를 깎아 먹으면서 스피노자의 이야기를 들어줘야겠다고 생각했다. 그녀의 슬픔을 들어주지 않으면 왠지 평생 동안 책임감을 느낄 것만 같았기 때문이었다.

'넌 내 친구잖아.'

출입을 삼가게 한다.

얼마나 정이 넘치는 말인가!

진주에서 돌아와서는 가마쿠라의 K선생님에게 다시 한 번 관음상에 대
해 감사하다고 전하고 임혜원의 백일기념 사진을 한 장 보내면 어떨까 하
는 생각이 들었다.

비는 점점 거세졌다.

나는 쏟아지는 빗소리를 들으며 사촌이 아이를 위해 자장가를 작곡하고
있기를 바랐다. 그 말을 추신으로 쓰려고 다시 책상 앞에 앉았다.

나는 그날 밤, 빗소리에 상관없이 잠이 들 수 있다면, 혜초^{蕙草} 그늘에서
부드럽게 손짓하는 관음보살의 꿈을 꾸길 바라며, 사촌에게 보내는 편지에
펜을 움직였다.

(임오 10월)

『文化朝鮮』, 1942.10.

가을의 선물[12]

햇빛이 가득한 마당가에서 나는 박고지를 만들 작정으로 아직 덜 익은 박을 따고 있었다.

올 들어 처음으로 서리가 내린 날이었지만 따뜻한 봄날 같은 날씨였다. 마당 양지바른 쪽에서는 톡톡 콩깍지가 벌어지는 소리와 함께 귀엽게 윤이 나는 검은콩들이 튀어나오고 있었다.

순수라는 관념 형태를 사물의 모습으로 묘사한다면 검은콩이 튀는 모양을 바라보는 맑은 가을날의 하루가 아닐까하는 생각을 하고 있었다.

그러자 왠지 마음이 포근해졌다. 오랫동안 시골을 멀리하고 지냈던 나의 짧지 않은 청춘기의 방황과 고독도 시골이라는 것이 주는 친숙한 따뜻함에 정리되고 이끌리는 느낌이었다.

싹둑싹둑 가위를 움직이고 있으려니 마음도 가벼워졌다.

'멀고 먼 함경도로 시집을 간 친구는 박고지 조림을 넣고 만든 김밥을 좋아했다. 최근 일이 년 동안 그 친구에게 전혀 소식을 전하지 못하고 지냈다. 친구에게 이 햇박고지를 보내면 어떨까'라는 생각이 문득 들었다. 아마

---

12) 이 소설의 원제는 '秋の贈り物'이다. 김미란이 번역했고 이상경이 조금 더 다듬었다.

깜짝 놀라며 기뻐할 것이다.

그녀는 눈이 작은 사람이었다.

아랫입술이 튀어나오고 주근깨가 있는 조그만 얼굴이지만 누구에게나 매우 친절한 성품을 가졌다.

두 번째에도 연이어 딸을 낳자 은행원인 남편은 눈에 띄게 실망하는 눈 치지만 자기는 앞으로도 딸만 다섯은 더 낳고 싶다는 편지를 써 보낼 정도로 장난스럽고 재미있는 친구였다.

'박고지 덕분에 자기를 떠올리리라고는 꿈에도 생각지 못할 거야 …….'

하나도 상하지 않고 박을 전부 땄을 때는 너무 행복했다. 좋은 일이 있을 것만 같은 예감이 들었다. 그래. 오늘은 짝수 날이지. 우편배달부가 올 지도 몰라.

또 다른 친구인 림鈴이 작년 겨울부터 쓰기 시작한 장편소설을 곧 탈고 한다고 했다. 그 원고가 도착할지도 몰라.

300장이 넘는다니 소포로 오겠지. 오늘은 먼저 소포 통지서가 도착할 것 이다. 내일 아침이면 읍내 세무서에 근무하고 있는 옆집의 세리야마 상에 게 소포 도착 통지가 갈 것이다. 아무래도 저녁까지 못 기다리겠다. 내가 읍내로 나가야. 친구가 힘들여 쓴 소중한 원고를 읽기 위해서라면 왕복 4리 정도는 아무것도 아니지. 읍내까지 간 김에 우리 집에서 딴 대추와 밤 을 소포로 보내줘야지.

모파상, 수고했어! 라며 그녀의 노고를 충분히 치하해야겠다.

그래. 내가 림이를 모파상이라는 애칭으로 부르기 시작한 것이 언제부 터일까?

그녀가 공무원 생활이 고달프다고 하소연하면서도 부지런히 소설을 쓰기 시작한 때부터이다. 그녀는 게다가 가정교사까지 하고 있었다. 오후 4시에 퇴근을 하고 저녁 6시부터 10시까지 세 아이를 가르쳤다. 그 이후부터가 림의 시간이었다. 그래서 그녀는 곧잘 이렇게 말하곤 했다. 내가 화가였다면 밤 시간을 쪼개어 창작을 할 수도 없었을 거라고.

그녀가 이처럼 밤늦은 시간까지 피곤에 절어 쓴 작품에 대해 난 감히 비평이라는 명목으로 폭언을 서슴치 않았다.

"이것은 소설 장르에 속할 수 없어. 산문시라고 한다면 모를까."

"아무나 도스토에프스키의 『지하실의 수기』 같은 수법을 흉내 낼 수 있을 것 같아?"

"시각적인 아름다움 말고는 아무것도 보이질 않아."

"'동포'의 소리가 없으면 나는 인정할 수가 없어. 지열과 같은 인간의 소리. 소리가 없을 바에는 차라리 신음이나 오열이라도 상관없어. 그냥 슬픔이라고 해도 괜찮아. 죄의 심연이 결여된, 조그마한 재주로 요령 좋게 정리된 작품은 종방鐘紡13)의 진열장을 바라보는 거나 마찬가지야." 등등.

림은 나의 이런 요설을 가감해서 들을 만한 귀를 가지고 있었고 나의 폭언 속에 무언가 배울 만한 점이 들어있다는 것을 느낄 만한 아량을 지니고 있었던 것이다.

언젠가 그녀가 이렇게 말했다.

"너무 처절해서 진실을 쓸 수가 없어."

나는 과장이 심할지 몰라도 라오콘을 바라보는 눈으로 묘사하라고 충고했다.

나의 격려에 그녀는 300장이 넘는 장편에 도전하기로 한 것이다.

---

13) 종방 : 종연방적.

그 300장이 과연 빛을 볼 수 있을까?

저널리스트는 먼저 그녀가 유명한 작가가 아니라고 마땅치 않게 생각할 것이다. 그리고 여러 가지 트집을 잡을 것이다. 분량이 너무 많아서 한 번에 게재할 수 없겠다는 둥.

그래도 림은 갖가지 꿈을 간직하고 있을 것이다.

"300장의 원고료가 들어오면 우리 두 사람 봄에 경주에 놀러가자…….

돌아가신 어머니를 위해 비석을 하나 세워야지.

너에게는 슈트 한 벌 사 줄게. 너는 말랐으니까 낙타색 나사羅紗14) 계통 옷이 어울릴 거야……."

그러자 나는 림에게 말했다. 그녀의 꿈을 깨뜨리지 않도록 조심하며 긴급한 문제를 지적했다.

"먼저 림의 안경을 바꿀 것. 너의 근시가 더 이상 악화되지 않도록……."

나는 이런 생각들을 하면서 박 세 개를 잘게 썰었다.

그리고 빨랫줄에 널었다.

파란 하늘 아래 하얗고 부드러운 박이 아름답게 조화를 이루며 매달려 있었다.

모든 것이 풍성해 보였다.

살아 있다는 것을 사무치고도 겸허한 마음으로 맛볼 수 있는 무언가 깊은 것이 끊임없이 솟아나는 날이었다.

배추밭에 쪼그리고 앉아 벌레를 잡고 있는 듯한 어머니의 하얀 모습을 발견하고 나는 큰 소리로 말을 걸었다.

"엄마! 북쪽 지방 사람들은 박고지를 안 먹는대요. 박을 먹으면 나병癩病

---

14) 나사 : 포르투갈어 raxa, 두꺼운 모직물의 통칭.

에 걸린다고 절대 안 먹는다네요."

"그건 처음 듣는 소리구나. 여기서도 박 속이 입으로 들어가면 뭐가 난다고 하는데 그게 와전訛傳된 건가?"

"호호호 …… 와전되었다고요? 엄마도 유식한 문자를 알고 계시네요."

"저런 저런. 엄마를 놀리는 딸이 어디 있어?"

아버지께서 서재의 문을 열었다.

아침부터 뭔가를 쓰시느라 바스락바스락 얇은 종이 소리를 내고 있던 아버지도 우리들의 말소리에 끌렸던 모양이었다.

"정말 날씨가 좋구나. 안에서 꽃이 필 정도야."

아버지는 그렇게 말씀하시며 서재에서 매화 화분을 안고 나오셨다. 다음에는 소나무 분재를, 그 다음에는 선인장, 그리고 난 화분 등을 마루에 나란히 꺼내 놓고 돋보기 너머로 가만히 바라보고 계셨다.

온 마을이 정적에 잠겨 있었다.

정말 마을이 텅 비어있을지도 몰랐다.

그저께부터 여자들까지 몸빼 차림으로 총동원되어 벼 베기 공동작업을 하기 시작했던 것이다. 아마 온 가족이 남아 있는 집은 이 동네에서 우리 집 하나뿐일 것이다.

오늘 같은 오후의 평화로운 한 때가 자주 있는 것은 아니라는 생각이 들었다.

만약 이게 서리가 내린 추운 어느 초겨울의 하루라고 치자.

아마 지금 나는 나 자신의 삶의 방식을 거듭 회의하는 암울한 기분으로 가라앉아 혼자 방안에 틀어박혀 어느 나라의, 어느 시대의 인테리겐차를, 그 좌상을 …… 슬픈 필름을 감는 것처럼 마음을 조이며 돌려볼 것이고, 양

옆방에 계신 노부모의 서글픈 여생의 하루하루에 소리 없이 한없는 눈물을 흘리고 있을지도 모른다.

나는 계속 문 쪽에 신경을 쓰고 있었다.

우편배달부의 발소리가 너무도 기다려졌다.

그러자 타다닥 하는 발소리와 함께 서너 명의 국민학교 아이들이 달려오는 소리가 들리는가 싶더니 우리 집 문 앞 울타리에서 서성이기 시작했다.

내가 말을 걸었다.

"애들아. 무슨 일이니?"

그러자 네가 먼저 들어가, 아니 네가 먼저 들어가 하면서 서로 주저하는 듯한 소리가 들렸다. 나는 이상해서 대문 밖으로 나가 보았다.

옆 동네에 사는 아이들인 모양으로 내가 본 적이 없는 얼굴들이었다.

"무슨 일이지?"

아이들은 여전히 주저주저했지만 그 중에서 가장 나이가 많은 소년이,

"상처에 바르는 약을 조금 얻으러 왔어요."

라고 말하며 손에 쥐고 있던 조개껍데기를 내게 보였다.

"누가 다쳤니?"

"예. 얼굴을 물렸어요."

"물려? 누가? 어디에 있니?"

"우생偶生이라는 아이예요. 저기 있어요."

한 아이가 마을 우물가 포플러 나무 아래를 가리켰다. 나는 달려갔다. 우생이라는 아이가 얼굴 상처에 아주까리 잎을 대고 두 손으로 누르고 있었다.

손가락 사이로 피가 흘러나와 하얀 무명 윗도리까지 빨갛게 적시고 있

었다. 나는 우생을 집으로 데리고 와서 머어큐롬을 발라주었다.

졸졸졸 내 뒤를 따라 들어온 아이들 중 한 아이가,

"학교에도 이런 약이 있을까?"

라고 말하자,

"있을 리가 있냐? 요오드팅크 밖에 없을 거야. 그래서 지난번에도 문삼이 녀석이 꼴을 베다가 다쳐 뼈가 보였는데 읍내에 갔더니 빨간 약만 발라주고 하얀 붕대로 감아줬대. 그런데 90원이나 받았다잖아."

라고 말했다.

"이리 왔으면 좋았을 걸."

하고 다른 아이가 안타깝다는 듯이 말하는 것이었다.

나는 웃으면서,

"나도 90원 받아야겠다."

라고 말하자 아이들은,

"와, 너무 비싸다."

하며 일제히 웃음을 터트렸다.

지금까지 아무 말이 없던 우생이,

"정말이어요?"

하며 내 얼굴을 걱정스럽게 바라보았다.

나는 그 걱정스러운 눈을 본 순간 아차 했다.

이 어린 아이는 상처의 아픔보다는 상처에 바른 약값으로 돈이 든다는 현실에 억눌린 표정으로 나를 바라보고 있지 않는가.

별 뜻이 없는 아이들의 대화에서도 가난한 그들 부모들의 생활이 그대로 드러나고 있었다.

S읍까지는 거우 2리 정도밖에 안 된다 해도 부근의 마을을 합해 100호 정도의 C부락 일대는 무의촌의 불편함을 절실하게 느낄 수밖에 없었다.

작년 가을, 부모님이 시골로 이사 올 때 병원에 다니는 집안 청년이 구급약품을 마련해 준 것이 있었고 또 아버지께서 한방에 취미가 좀 있으셨기에 가벼운 환자에게는 간단하게 처방을 해주고 조그만 상처는 머큐롬을 발라 치료해 주기도 했다. 그 때문에 마을 사람들은 우리 집을 그런 대로 병원 대신으로 여기는 모양이었다.

지난여름 무더위가 계속되면서 이질 환자가 발생하여 어린 아이 둘이 죽고, 위경련을 일으킨 젊은 청년이 허무하게 죽었으며, 모자 셋이 장티푸스로 죽는 등, 도회지 사람들은 상상도 할 수 없는 무의촌의 비극을 나는 철저하게 눈으로 확인해야 했다. 의사가 있는 마을이라고 해도 그런 정도의 비극은 일어날 수 있다고 빈정거리며 생경한 역설을 내뱉는 사악한 무리는 없을 것이다.

"어쩌다가 이렇게 물렸니?"

눈에 보이는 천을 찢어 붕대 대신 감아주며 우생에게 물어보았지만 우생은 말없이 하얀 이를 내보이며 싱긋 웃을 뿐이었다. 나는 약간 안심을 했다. 얼굴을 물려 피가 철철 나오는 데도 웃는 우생을 앞에 두고 그 원인을 캐물을 필요는 없었던 것이다.

'너희들 싸웠구나? 물고 뜯고 싸우는 것도 좋지. 그래서 소년다운 투지를 키우는 것도 좋을 거야. 한 쪽 구석에 조그맣게 웅크리고 있어서는 안 돼. 상대가 없으면 돌담을 향해서라도, 마을의 커다란 나무를 향해서라도 도전을 하고 발산하는 것이 좋아.'

나는 아이들이 모두 돌아간 후에도 이런 생각을 하고 있었다.

그 날 저녁을 먹고 멍하니 난로 옆에 앉아있는데 마당에서 인기척이 났다.

장지문을 열고 보니 소년이 도망치듯이 대문 밖으로 뛰어나가는 것이 보였다. 이상해서 마루로 나오니 발밑에서 뭔가가 굴렀다. 집어 들고 방에 들어와 펼쳐보니 석류 세 개가 반쯤 벌어져 그 아름다운 속을 보이고 있었다. 나는 석류를 손에 든 채로 생각에 잠겼다. 누굴까? 우생이 치료비 대신 놓고 간 모양인가? 우생이보다는 조금 큰 아이인 것 같았는데 그렇다면 조개껍데기를 보여주었던 나이 든 소년일까? 또는 우생이를 깨물었던 소년이 미안한 마음을 대신해서 선물을 나에게 가지고 온 것일까? 누구이었든 소년의 숨은 마음에 나는 한없는 감동을 느꼈다. 집에 있는 약을 발라준 것 뿐인데 이렇게 예쁜 선물을 받아도 되는지 모르겠다고 나는 얼굴을 붉히며 흥분하고 있었다. 이 석류는 분명히 주인이 안 보는 사이에 땄을 것이다. 나는 촛불에 반짝이는 석류를 한없이 바라보다가 한 알 두 알 따서 펜 접시 위에 굴려 보았다. 은 쟁반은 아니어도 아름다운 소리가 났다.

나는 이 아름다운 오늘의 일을 림이에게 알려야지라고 생각하고 펜을 쥐었지만 답답할 정도로 도저히 씌어지지 않았다.

그러나 이것을 읽어주실 독자 들 중에 이런 분들이 있으신지요?

— 시골에서 태어나, 시골에 고향이 있고, 유년기는 그렇다 치고, 그 소년시대에 싹터 오르는 정신을 고 방정환 씨의 수많은 아름다운 이야기들로 보낸 그대 — 그런 그대들은 처음으로 피가 용솟음치는 것을 깨닫고 인생에는 감동할 만한 아름다움이 많이 있다는 데에 눈을 뜨고 행복으로 전율한 기억이 틀림없이 있으시겠지요.

그대들은, 자신의 인생을 더럽고 탁한 것에 물들이지 않고 살아가기 위해 언제나 마음의 창인 자기 눈동자의 초점을 모으고 계시겠지요.

그대들은 지금 어디서 어떤 생업을 하고 계시며 어떤 생활을 하고 계십니까? 저는 한없는 그리움으로 미지의 그대들을 부르고 싶은 그런 행복한 환희를 가슴 가득 느끼고 있습니다. 펜 접시 위에 있는 예쁜 석류 알갱이를 바라보노라면 그대들 한 분 한 분의 열의가 담긴 나날의 생활 감정이 몸 가까이 느껴집니다.

저는 웅크리고 있을 수 없습니다.

맑고 차가운 가을 달밤에, 할 수 있다면 우리는 고비 사막보다도 더 넓고 넓은 초원에 모여 지내면서 환향가還鄕歌라도 함께 부르며 춤추고 싶습니다. 그러면 제가 소년의 석류 열매 알갱이를 우리들의 맑은 청춘에 던져 넣으면 어떻겠습니까.

『매일사진순보每日寫眞旬報』 제305호, 1942. 12. 1.

달밤의 대화[15]

대단하지도 않은 일을 핑계로 순희泡姬는 가을이라는 그리운 계절을 좁은 방에서 벗어나 지내고 싶었다. 그래서 여로에 나섰다.

좁은 땅에서 캔 시골의 가을걷이 중에서 도시에서는 찾기 힘들다는 호두와 찹쌀, 고구마 등을 트렁크에 넣어 달이 환한 밤에 옆집의 순동順童이라는 소년을 시켜 지게에 짊어지게 하고 2리 정도의 산길을 걸어가고 있었다. 목포에서 11시 몇 분에 출발해서 오는 상행선 막차를 탈 작정이었다. 사변 전에는 하루에 몇 번이나 이런 벽촌에도 대형 버스가 지나다녔다고 하는데 지금은 이솝우화의 하나가 되어버렸다.

서리가 내릴 것만 같은 차가운 공기였다.

들국화가 제방 양쪽에 무리 지어 있었다. 이슬을 머금은 데다 맑고 차가운 중추의 달빛을 받아 뭐라 형언할 수 없을 만큼 아름다웠다.

순희는 들국화를 꺾어 나프탈린 냄새가 나는 웃옷의 칼라 단추구멍에 끼워 보았다. 걸으면서 그녀는 들국화에게 이야기를 하였다.

'경성에 가면 순동이를 내년 봄에 개업한다는 K의 약국에 써 달라고 부

---

15) 이 소설의 원제는 '月夜の語り'이다. 김미란이 번역했고 이상경이 조금 더 다듬었다.

탁하려는데요 …….'

순동은 소학교가 국민학교가 되던 해[16] 봄에 4학년으로 중퇴를 하고 지금은 가난한 부모의 농사일을 돕거나 나무를 하고 있었다. 너무너무 공부를 하고 싶어 했다. 지금도 밤에는 낡은 교과서를 들고 순희 집에 와서 공부를 하고 있었다.

'K라면 순동이를 야학에 보내주겠지요.'

들국화는 순희의 마음을 알기라도 하는 것처럼 흔들리고 있었다.

그러면 다음에는 들국화에게 K의 이야기도 해 볼까?

순희는 들국화를 향해 다시 이야기를 하는 것이었다.

'K는 지금 경성의 큰 병원에서 근무하고 있는 약제사예요. 그녀는 처음에는 의학을 공부하고 있었지요. 졸업을 2년 정도 앞둔 어느 해에 불의의 재난으로 고막이 파열되어 버렸답니다.

젊은 미래의 여의사는 청진이 불가능하게 되어 버렸어요.

한때는 심각한 고민과 절망의 구렁텅이에서 몸부림쳤습니다만 그녀는 약학 공부를 하기로 했지요. K에게는 그 어떤 것에도 꺾이지 않는 불굴의 의지가 있었습니다. 젊어서 과부가 된 불행한 노모의 외동딸인 그녀는 더욱 강해진 것만 같았습니다.

노모는 지금도 K가 결혼하기를 바라고 있습니다만 귀가 먼 며느리를 누가 바라겠냐고 쓸쓸하게 웃는 K의 모습이 들국화 당신 위에 겹쳐 보이는군요.'

라고 순희는 이야기를 마쳤다.

들국화는 한숨 쉬는 것처럼 희미한 향기를 순희의 가슴팍에 퍼지게 하

---

16) 1941년.

였다.

'들국화 씨, 한탄하지 마세요. K는 자기의 슬픔에 지극히 담담하답니다.

독일어를 잘하는 그녀는 조제실에서 한스 그림 동화에 열중하여 킥킥거리며 하얀 가운으로 입을 가리며 즐겁게 페이지를 넘기는 것입니다. 그러니 프로틴이 든 기침약을 안약으로 실수하기도 하지만 그것도 어쩌다 있는 실수이니까 괜찮잖아요.

그러나 이런 일도 있었어요.

언젠가 둘이서 베토벤을 보러 갔을 때 폭풍 속에서 포효하는 악성을 보고 "소용없어, 소용없어"라고 혼잣말을 하면서 K는 눈물을 글썽였답니다.'

순희가 다시 이야기를 마치자, 들국화는 이번에는 고개를 좌우로 흔들면서 묵묵히 있었다.

'들국화 씨, 그렇게 슬퍼하지 말라니까요. 난 그 옛날 친정 나들이를 하는 젊은 며느리보다 즐겁고 그리운 여로에 나선 거니까요.'

언덕 꼭대기에 이르렀을 때는 순동이도 하하 하고 거친 숨을 내쉬고 있었다.

두 사람은 말없이 이슬을 머금은 풀 위에 쉬었다.

순동은 안쪽 포켓에서 조그만 피리를 꺼내 달빛에 비추어 보고 있었다.

"불어 봐."

순동은 피리를 불지 않고 그대로 다시 포켓에 넣었다.

"아까 저녁에 뒤뜰에 있는 대나무를 잘라 만든 거예요. 아직 마르지 않아서 소리가 안 나와요."

순희는 고개를 깊이 끄덕였다.

태어나서 처음이 아닐까 싶을 정도로 아름다운 밤에 감동을 한 탓인지

가슴속에 뭔가가 움직이는 것 같았다.

"어, 저기 기러기가 날아가고 있네요."

소년이 하늘을 가리켰다.

"어머! 정말로 기러기가 날고 있네."

순희도 하늘을 우러러 봤다. 그러면서 그녀는 기러기의 행방에 잠시 넋을 놓고 무의식적으로 발을 움직인 모양이었다.

"위험해요!"

라고 소년이 소리치며 순희의 팔을 잡아끌었다.

밑을 내려다보니 깊은 계곡이었다. 순희는 갑작스러운 소년의 손에서 이상스러운 가슴의 고동을 느끼며 현기증이 나 뒷걸음질을 치면서 밑을 내려다보았다. 계곡에는 눈처럼 하얀 들국화가 무리지어 피어있었다. 순희는 눈을 감은 채 중얼거렸다.

"정말 아름다운 달밤의 꽃이야 ……."

순동은 깊은 계곡을 향해 내려갔다. 겁이 없는 농부의 아들은 꽃을 한아름 안고 절벽과 같은 언덕을 기어오르는 것이었다.

순희는 꽃다발을 안고 다시 순동의 뒤를 따라 산길을 걷기 시작했다.

순희는 향기로운 꽃다발을 향해서는 조그맣고 초라한 마음 속 이야기를 할 수 없었다.

"달님이 방안까지 비추면 좋겠어요."

무슨 생각을 했는지 순동이 불쑥 말을 꺼냈다.

"달빛이 있으면 밤에 등불이 없어도 좋은데 ……."

순희가 가만히 있자 이어서 그런 말을 하는 것이었다. 등불로 고생하는 벽촌에 사는 소년은 달빛을 향해서도 생활을 이야기하는 것이었다.

순희는 못 들은 척하고 아무 말도 하지 않았다.

'폴 베를렌느의 달밤에도 나는 복동이와 같이 새끼를 꼬고 있다…….' 이런 시를 읊은 시인의 감성도 생각나서 순희는 가슴이 저려왔다.

잠시 걷다가 순희는 순동에게 뭔가를 말하고 싶어졌다.

"요즘 늑대가 나타난다면서?"

"나타나지 않아요. 이런 달밤에는……."

"그래도 혹시 나올지도 모르잖아."

"그때는 제가 이 작대기 한 방으로 지켜드릴게요."

순동은 그렇게 대답하고 순희를 앞세우고 자기가 뒤에서 걷는 것이었다.

이럴 때 순희는 인생이라는 것이 정말 아름답다는 생각에 눈물이 넘치는 것이었다.

역에 도착했을 때에는 아직 열차시간이 많이 남아있었다.

순희는 역 앞에서 사과와 배를 한 봉지씩 사고 수고비는 아니었지만 종이에 빳빳한 50전짜리 지폐를 3장 싸 순동에게 주었는데 순동은 아무리 해도 받으려고 하지 않았다.

순희는 이렇게 좋은 길동무 소년에게 이런 교섭을 해야 하는 세상이 슬퍼졌다. 특히 순동에게 거절을 당하자 일종의 수치심까지 느껴졌다. 순희는 마음속으로 죄의식을 느끼면서도 말을 하지 않을 수 없었다.

"그러면 앞으로 내가 부탁을 못 하게 되니까 받아."

"그런…… 언제나 즐겁게 할 거예요. 그럼 이것만 받을게요."

순동은 과일 봉지만 받고 돈 봉투는 한사코 거절하는 것이었다. 순희는 종이봉투를 핸드백 안에 넣으면서 경성에 가면 순동에게 뭔가를 사줘야겠다고 생각했다.

달이 지기 전에 집에 돌아가라고 순동에게 몇 번이나 말했지만 순동은 "괜찮아요"라고 하면서 순희가 출발하는 걸 보고 가겠다고 했다.

순희는 순동과 역 안 벤치에 나란히 앉아 역 안의 광경을 멍하니 바라보았다.

땟물이 흐르는 하얀 옷을 입은 사람들이 아이를 업기도 하고 보퉁이에 매단 바가지를 소중하게 안고 있기도 하고, 더러운 보자기에 과일을 싸서 가슴에 품고 있기도 했다. 초라하고 서글픈, 누구도 생각할 수 없는 슬픈 영혼들이 거기에 있었다.

순희는 그들의 짚신에 붉은 흙이 묻어있는 것을 보았다. 저 사람들도 대개 산길을 걸어 왔겠지. 저런 바가지를 매달고 사랑하는 육친 누군가를 만나러 가는 거겠지. 그것도 기차를 타고! 누군가의 탄식을 나누기 위한 것은 아닐까? 아니면 바가지처럼 진정이 담긴 선물을 받을 때에는 서로 눈물을 흘리며 반가워하는 걸까? 노랗게 시든 바가지는 즐거운 표정을 할 수 없겠지만 그들은 누런 이를 보이며 웃을 수 있는 것이다! 그리고 서툴게 육친의 양손을 마주 잡을 것이다. 순희는 무리들 속에서 순동의 옆얼굴에 눈을 돌렸다.

밝은 전등불 밑에서 보는 순동은 달빛 아래에서 피리를 불고 기러기를 바라보았던 신비한 소년이 아니었다. 바가지를 매단 사람이 아직 그 고통을 조금밖에 맛보지 않았을 때의 표정, 조금 나이가 적을 뿐 막막한 그 표정에는 역시 말할 수 없는 슬픔이 묻어있었다.

'순동아! 너와 내가 함께 달빛 깊은 계곡의 꽃덤불 속에 잠들 수는 없는 것일까?'

다른 사람은 감상이라고 비웃을지 모르나 순희는 엄숙한 슬픔에 숨이

막힐 것만 같았다. 순희는 더러운 사람들 무리 속으로 들어가, "어디 가세요? 같이 기차에 타요"라고 말하며 하나하나 어깨를 부드럽게 두드리고 싶은 충동에 벌떡 일어섰다. 그때였다. 순동은 허리를 굽히고 짚신을 벗어 서너 번 벤치 다리에 두드렸다. 붉은 흙이 떨어졌다. 순동은 짚신의 심이 보이기 시작한 곳을 비틀었다. 순희는 생활의 표정을 적나라하게 본 것만 같았다. 순희는 지금까지 막연하고 관념적인 공황상태에 있던 자신의 철없음을 쓰디쓰게 느끼며 머리를 조용히 좌우로 흔들었다. 점점 얼굴이 붉어졌다. 순희는 순동에게 엄숙함을 느꼈던 것이다.

봄부터 여름 동안 순동은 맨발로 지냈다. 순동이만이 아니었다. 마을의 아이들도 대부분 맨발이었고 어른들도 여름이 되면 맨발이 되는 것이 드문 일이 아니었다. 가을에 신선한 짚이 나오자 순동은 아버지에게 배운 대로 짚신을 삼아 오늘 신고 온 것이다. 순동의 눈으로 보면 도회지에 가는 하이칼라의 짐을 지고 오느라 그런 신이 심이 나와 버린 것이다. 순동은 그렇게 생각하지 않을지 몰라도 순희는 그런 책임을 느꼈다. 순희는 순동에게 좋은 신발을 한 켤레 사다 줘야겠다는 생각을 했다. 운동구점에 가서 보면 등산용이나 축구용이나 튼튼한 신발이 있을지 모른다는 생각이 들었다. 그러나 그런 신발을 신어도 어쩔 수 없는 순동의 옷차림을 생각했다. 순동의 가정을 생각했다. 순동이 살고 있는 마을을 생각했다. 순희는 바로 오랜 방황에서 돌아와 살기 시작한 자신의 마을 생활을 생각했다. 그녀가 살고 있는 마을은 조선의 어디에서나 볼 수 있는 여러 가지 불편함만이 가득했다. 해가 뜨는 것으로 생활이 시작되고 일몰과 더불어 생활이 사라지기라도 하는 것처럼 밤이 되면 암흑 속에서 숨을 죽이고 있었다. 순희의 어딘가에 잠재해 있는 낭만성은 평화롭고 목가적인 안식과 쉼터를 생각하는 것이었다.

그러나 마을의 생활은 미소 지을 수 없는 폭풍이었다.

남자들은 해가 지면 새끼를 꼬지 않으면 안 되었다.

여자들은 바느질로 가족들의 남루한 옷을 수선하지 않으면 안 되었다.

마을에서는 석유를 구하기가 힘들었다.

램프는 자취를 감춘 지 오래되었다. 기름은 더욱 구하기 힘들고, 구했다 하더라도 도시의 전기료보다 몇 배나 비싼 값으로 배급되는 한 달 평균 겨우 2폰드의 석유는 새끼를 꼬는 남자들에게 줄 수밖에 없었다. 할 수 없이 시장에서 가느다란 선향線香을 사서 그 연기 나는 불빛 아래에서 옷을 깁거나 실을 잣고 베를 짜면서 농번기 전의 길고 긴 겨울밤을 보내는 것이었다. 그 때문에 봄이 되면 모두 눈병에 걸렸다. 안약 같은 것이 없어도 언젠가는 낫는 병이었다. 그들은 모두 묵묵히 근면하게 일을 하고 있었다. 고급스러운 자신의 모습을 발견하고 순희는 자기 극복의 과정에서 오는 복잡한 감동을 느끼고 오열을 하듯이 자기반성을 하는 것이었다. 오랫동안 잊혀졌던 계몽이라는 참된 언어가 생각났다. 이러한 말은 열렬한 울림과는 반대로 그 내용은 지나가는 폭풍 속에서 사라져 버렸던 것이다. 순희는 어떤 친구에게 마을의 무료 시료의 필요성, 점등 방법의 개선, 짚신의 해결책에 대해서 자신의 감상을 적어 보낸 적이 있었다. 그 친구는 이렇게 말했다. 눈병을 앓는 사람들은 소금물로 눈을 씻으면 나을 거고, 맨발은 맨발로 좋다. 그런 사람들에게 양말을 신기고 거기에 가죽 구두를 신겨 청진이나 오사카에 보낼 작정이냐? 밤에는 어두워도 상관없지 않느냐. 올빼미나 미네르바의 사자라고 생각하면 더 좋지 않은가고 순희의 소박한 감상을 비웃기라도 하듯이 야유했던 것이다. 잠시 순희는 매우 화가 났다. 이윽고 친구의 말이 야유는 아니라는 것을 깨닫게 되었을 때 그녀는 눈두덩이 뜨거워지는 것을 느꼈다.

이처럼 그녀는 그저 생각만 하고 계절을 보내며 달밤에 여로에 나선 것이었다.

순희는 개찰이 시작되었는데도 꿈쩍하지 않고 가만히 있었다. 순희는 순동이 이상한 얼굴로 바라보고 있는데도 들국화 다발을 트렁크에 넣어 담고는 개찰구와는 반대 방향으로 끌고 나왔다.

거기에서 그녀는 서울[17]로 가는 기차가 기적을 울리며 역을 떠나 질주하는 것을 바라본 다음 다시 역내로 들어갔다.

순동은 벽에 기대어 피리를 문지르고 있을 뿐, 순희에게 한 마디도 묻지 않았다.

"자, 집에 돌아가자."

순희의 말에 순동은 다시 지게를 짊어지고 순희에게 트렁크를 올리라는 눈짓을 했다.

"괜찮아. 내가 들게."

두 사람은 이번에는 좀 돌아가는 길이었지만 넓은 국도로 걸었다.

순희는 집에 가면 날이 밝기를 기다려 K에게 순동의 야학 건에 대해 자세하게 편지를 쓸 생각을 하며 걸었다.

그리고 20원 정도 밖에 되지 않는 돈이지만 왕복여비의 뜻 깊은 용도에 대해 이것저것 생각하는 것이었다. 순동이의 서울행이 실현될 경우 그 여비로 써도 괜찮고 순동의 손이 없어져 힘들 순동의 가족에게 전해도 좋을 것 같았다.

그래도 순동에게 왕복 5리나 되는 밤길을 쓸데없이 걷게 한 것이 부끄러

---

17) 원문은 경성京城.

웠다.

달은 많이 기울어서 주위가 마치 백야처럼 느껴졌다.

반듯한 길이 한없이 이어져 있었다. 순희는 먼 이국의 땅을 걷는 듯한 착각에 빠졌다. 추수가 끝난 논이 자작나무 숲처럼 보이기도 하고, 머나먼 별빛이 꿈속으로 손짓하는 것 같은 환각까지 …….

이 밤이 새기 전에 마을에 도착하는 것이 순희가 몰래 생각하고 있던 여로의 모습이었다.

하얀 길이 순희의 아름다운 심금과 공명하는 것만 같았다.

이 세상 것이 아닌 피리 소리가 순동의 안 쪽 포켓에서 울리고 있지 않은가!

"순동아, 춥지?"

순희는 자신의 오버를 벗어 순동에게 걸쳐주려 했지만 지게가 방해가 되었다. 아, 지게가 방해가 되었다 …….

『춘추』, 1943. 2.

솔밭집

    나는 웬일인지 여름철 바지런한 불개미떼를 볼라치면 으레껏 용례어머니 즉 솔밭집 생각을 하곤 하는데 사람이고 미물이고 할 것 없이 애바르게 움직이는 것을 보면 모든 허영 다 털어 바쳐 부축하고 아껴주고 싶은 것이다. 나의 이 적은 기록이 그러한 마음의 세례를 원한 나머지 옮겨진 것이라면 너무나 쑥스러운 또 부남 없는[18] 소리겠고 그렇다. 앞내 그 어디 강기슭 밀물에 몰려 남부여대 그대로 살 길을 찾아 강원도 땅까지 와서 발을 멈추고 살펴보니 흔하디흔한 통나무로 막을 치고 살 만도 한 아직도 후한 인심이어서, 자연 바람막이 의지할 데를 찾아 결국 샐경 벌판이 굽어다 보이는 금피골 앞산 산토끼와 노루며 풋꿩이 일쑤 뛰고 나르는 솔밭 속에 터를 잡았다는 그들의 이야기를 나는 나의 친애하는 고향사람들에게 알리고 싶은 것 그것뿐이다.

    예나 제나 성명없는 백성이라니 해방되기 전까지만 해도 용례네 일가는 그저 솔밭집이란 관사가 붙어서 불리워졌었다. 솔밭집 주인 김차술이는 솔밭집 나그네, 그 집 딸 용례 용순 자매는 솔밭집 큰 간나 작은 간나, 그리고

---

18) 원문대로.

용례엄마는 그저 솔밭집이라 하였다. 그 밑도 끝도 이름도 성도 없는 솔밭집이 이제는 동네 위원이 되고 정복술이라는 어엿한 이름이 쓰인 공민증은 물론 여맹증과 당증을 속가슴에 차게 되고 더욱이 까막눈은 떠서 지난 봄 토지 개혁[19] 때 분배받은 쟁촌 텃밭 보람으로 귀밑머리 풀어 머리 올리고 살림이라 이름한 지 근 20년 만에 처음으로 보아란 듯이 고추장을 담갔노라고 편지까지 보내는 그가 되었다. 모두 다 해방 후 민주개혁의 혜택이라 하면 그뿐이겠으나, 어찌하여 이러한 혜택이 우리나라 기나긴 역사 위에 이제야 찾아왔는지, 이러한 좋은 일을 이 지구상에 이룩하기 위하여 모색도 음성도 다른 먼 북방사람들이 숱한 인명을 앗기고[20] 피를 흘렸는가 싶으면, 이 세상엔 이름 없는 성자聖者의 숨결도 높아져 자꾸만 어두운 그림자는 사라져 감을 분명 우리는 믿고 남는 바이다.

하루 어느 날일까 나는 몹시 몸이 고달팠다. 한 달 남짓한 동안 국가시험을 두고 졸업반 학생이나 선생들 할 것 없이 밤잠도 제대로 못 자며 볶아치다 끝을 맺고 난 터이라 몸도 몸이려니와 마음마저 긴장이 탁 풀리는 게 한여름 햇살 맞은 호박 넌출[21]마냥 도무지 맥을 추지 못하겠다.

"에에, 한잠 자고 볼일이다."

직원 학습회가 끝난 오후 세 시다.

제비같이 날쌘 교장선생은 교육부에 일이 있어 휭 하니 올라가고 제일 진땀을 쏟아 애를 박박 쓰던 물리화학 선생이 그래도 더북이 쌓인 시험답안지를 들고 숙직실로 들어갔다.

---

19) 1946년 3월 5일 북조선 토지개혁법령이 공포되었다.
20) 원문은 '아스고'.
21) 넌출 : 길게 뻗어 나가 늘어진 식물의 줄기.

"우리도 좀 쉬어보자우요."

신문을 보다 말고 가사 안 선생이 내 등 뒤에 와서 소근거린다.

나는 내가 맡은 수리과 채점도 어제 시험위원회에 통과되었으므로 내일 성적고사 표만 짜면 정말 큰 짐은 부리는 셈인지라 슬며시 따라섰다.

지하실로 된 가사실에 내려서니 약간 찝찔한 냄새는 나나 써늘한 전신에 닿는 감촉이 단잠을 청할 만하다.

"이 다음 우리 농촌 휴게실엔 반다시 지하실을 두기로 합시다."

안 선생은 의자를 여러 개 맞대놓고 나부터[22] 먼저 누우라고 턱으로 가리키며 하는 소리였다.

"이를테면 실천에서 오는 결론이구려?"

"여부가 있나? 땡볕에 김을 매다 아이스크림이나 혹은 그 비슷한 문화적 청음료[23]를 두어 잔 떡 마시고선 라디오를 통해 조용한 음악을 들으며 오수의 한잠을 자고나면 왜 모두 쓰다하노프가 아니되겠수?"

"호호 …… 지식으로 학생들을 녹여내니까 만날 벽보엔 우리 안데부 절대 지지로군"

나는 그의 토실한 팔목을 베개 삼아 누워서 야릇한 우정의 충동을 느껴 마지않았으나 기실 입으로는 딴청을 부리는 것이었다.

"여봐 아까 그 땡볕이란 말 표준언가? 땡볕, 땡볕, 거 재미있는 말인데 ……"

되뇌는 내 말에 아무런 반응이 없다. 본시 몸이 부핀 사람은 마음도 곧 푸근하여 벌써 쌕쌕 잠이 들었다.

---

22) 원문은 '나버팀'.
23) 청음료 : 청량음료.

나는 일어나 창 가까이 작은 의자를 들고 가 앉았다.

창밖은 칠칠한 녹음이다. 매미소리마저 잠든 한여름 대낮 불볕이 내려쪼이는 저편 넓은 운동장 가엔 어느 백광이 역반사를 하여 종잇장을 던지면 활활 금세 소지 오르듯 타 없어질 것 같다. 그런데 어쩐 일인가, 한가한 내 백일몽을 깨뜨려 짙은 녹음 섞은 꽃철도 지난 라일락 숲인데 밤꽃 냄새가 풍겨오는 것이다. 그것은 정녕 해방을 맞기까지 추지령 모퉁이 수 년을 두고 내가 정들여 살던 샐경 벌판 그 싱그러운 바람기에서 느낀 밤꽃 냄새가 분명했다.

자연 용례어머니 솔밭집 얼굴이 떠오른다. 그는 이런 날도 호미자루 쥔 조밭 고랑에서 잰 가재걸음을 하고 있을 것이다. 후유 하고 불 뿜는 한숨 대신 인젠 더위가 치받치면 밭두둑 밤나무 그늘 아래 미리 떠다놓은 사기 주전자 냉수를 귀로 들이마시고 다시 부산나케[24] 타래타래 드리울 가을 조이삭에 마음은 급해 열손가락이 모두 호밋날인양 자갈며 잡초를 다스리는 솜씨도 내 살림의 새로운 욕심에 서리어 신이 날 것이다.

"발뒤꿈치에 아귀금[25]이 벌어지다니요? 반에서 나온 소비조합 고무신 덕도 크지만 인젠 이밥을 먹게 되니 왼 몸에 기름기가 도는구려."

작년 가을에 선거법령[26] 해설사업으로 회양 쪽을 나갔다가 돌아오는 길 중도에서 우정 나는 솔밭집을 찾아갔을 때 함께 금피골서 발목을 씻으며 하던 소리다.

"올 갈 지나면 엄마가 이고 원산 아줌마 찾아간대요. 그때 나도 원산 가

---

24) 부산나케 : 매우 부산스럽게.
25) 아귀금 : '아귀'는 물건의 갈라진 곳을 가리킨다. 아귀금이란 발뒤꿈치가 갈라져서 생긴 금을 가리키는 말인 듯.
26) 1946년 11월에 북한 전역에 걸쳐 각 도·시·군 인민위원회 선거를 실시하였다.

고프지만 용순이 넌 밥 해줘야 학교 댕기잖어요. 그래야 심술패기 아버지 입을 막지요. 허지만 아버지도 참 말씨가 고와졌어요. 원체[27] 세포회 때 엄마랑 위원장 아저씨가 닦아세지먼요. 해두 상기 아들 욕심에 입맛을 모른대요. 호호호."

용례 편지가 온지 하마 보름이 넘는데, 허실한 인사투야 모르는 사람들일 텐데 실없이 감자철도 짙어가건만 오지 못함은 혹 우환이나 끊지 않나, 있다 편지도 해보려니와 인제 방학하면 학생들 하기 특별지도를 끝마치고 좀 틈을 얻어 찾아가 보리라, 나는 그런 생각도 연방하는 것이다. 그 후 대엿새 지난 졸업식이 끝난 날이다. 허퉁한 강당에서 나는 피아노를 서툴게 두둥거리는데,

"선생님 손님이 찾아오셨어요" 하고 눈가장이 붉은, 아직 눈물기도 안 마른 졸업생이 달려왔다.

"인제 다 울었어? 여러분 사회에 나가 하나도 어김없이 우리 북조선 받드는 사람 돼야 허우."

"선생님들이 내내 우리들 엄마 되신다믄야 뭐 ······."

그러고는 돌아서서 검정 넥타이로 눈물을 닦는다. 하얀 네 줄 선을 두른 그의 수병복 넓은 깃고대 아래 털복숭아 같은 명치털이 보소소한 발치 근치를 나는 어루만지며 하는 말이다.

"장래 우리나라 공업기사 되겠단 사람이 이게 무슨 짓이지?"

"아이 몰라. 어서요 선생님, 저기서 걸어 오느만요" 하고 고개 들어 창밖을 가리켜, 바라다보니 웬일이야 뛰달음박질 쫓아오는 솔밭집의, 일에만 익은 허우적이는 그 두 손이 몸에 비겨 유난히 커 뵌다. 반가움이 친정동기

27) 원체 : 원채. 워낙.

나 다름없다.

마주 내달려 손목 잡고 운동장 가 통나무 그늘 토막의자에 자리 잡고,

"젊어지셨구려" 하고 나는 감개무량하게 처음으로 그의 나들이옷을 눈여겨 살펴보았다.

설핀[28] 가는 베치마에 예닐곱 새 베적삼을 싹 다려 입은, 땀내보다 쌀풀내가 풍기는 용례 어머니의 도르르 말린 앞섶을 펴주며 나는 눈시울이 더워와 혼이 났다.

"나야 뭐 먹는 게 살로 가는지 여름도 안 타는구먼. 어째 용례 아줌마는 훈장질에 고된지 눈 자욱이 꺼져가우?"

"호호호 망측해라 훈장질이라니 ……."

무심코 한 말이 무안을 준 모양이다.

그럴 때의 버릇으로 왼쪽 눈을 실눈을 지어 고개를 돌리며 인제 말버릇도 고쳐야만 한다면서도 읍에서 오는 여맹 선전부장이 노상 타이르건만 제 버릇 개 주지 못해 그렇다는 것이다. 치마고름을 늦추고 경단 코를 약간 벌름거려 큰 숨을 돌리고 나서,

"기숙사 계시면 입이 구퍼젰기[29] 올강냉이 살이 좀 오르기 기다리다 인제사 왔다우."

그러고는 저편 나무그늘 아래 부려놓은 륙색을 들고 와서 재빠르게 풀어헤쳤다. 그 신식 올개망태[30]는 용례아버지가 평양 가서 사왔다고, 지난 초봄에 참깨 두 말 가지고 평양 가서 석경[31]과 양은 쟁개비[32]도 사왔다는

---

28) 설피다 : 짜거나 엮은 것이 거칠고 성기다.
29) 구프다 : 고프다.
30) 올개망태 : '올가미 망태기' 정도의 뜻인 듯.
31) 석경 : 유리로 만든 거울.

것이다.

나는 내 무릎 위에 놓이는 강냉이를 보고 있는데,

"어여 잣지 않구서" 하고 재촉한다. 공 가지고 운동장에서 노는 하급반 단발머리를 손짓하는 그는 사람이면 다 먹이고 싶은 심성이어서 나는 저절로 웃음이 나왔다.

하마 가정경제 강좌로 방송국에 간 안 선생이 돌아올 법도 하련만 하고 혼자서 먹기도 면구스러워 몇 자루 직원실에 갖다놓고 이번엔 학교 쪽을 등지고 앉아 오두득 오두득 두어 자루 뜯고선 되돌아 앉았다.

"감자 현물세가 아홉 말이 나왔지만 아주 너끈히 가마니판 바쳤지요. 그저 돼지걸금33)이 젤이라서 호박만한 것도 캤다무다."

그때 우리가 샐경 떠날 때 용례 형제 두고 학용품 하나 보태 쓰도록 우리 여비의 여유를 좀 남겨 놓고 왔더니 그걸로 돼지새끼를 먹여 송아지도 한 마리 매게 되었다 한다.

"한 이삼 년 겪어보니 인젠 즘생 거두기 이골이 납다. 산 풀도 어찌나 잘 먹는지 용순인 학교 갔다 오믄 제법 꼴을 비어 나린다우. 그저 용례아버 이만 아들 하나 없는 게 아직도 한이지만."
하군 갑자기 그의 얼굴은 어두워진다.

걸핏하면 간나만 둘 있으니 그까짓 깨어진 장독깨 질그릇만 하랴고 그전 구차한 살림에 심술만 늘어, 비 오는 날 짚신 켤레나 좋이 삼다 말고, 또 갈아입을 윗치가 없어 잠방이만 차고 있던 용례아버지는, 비온 틈을 타서 곧잘 빨래를 해가지고 들어오는 아내에게 달려들어 함지박이 곤두박질치

---

32) 쟁개비 : 작은 냄비.
33) 걸금 : '거름'의 방언.

도록 머리채를 뒤흔들고,

"이 에미나야, 늘어 가면 뭘 바라고 살자니. 남처럼 저장이 있니 자식새끼가 있니. 허구한 날 일 귀신만 들려 애가 말러죽겠구나. 어쩌자고 하필 네 년이 내게 앵겼단 말이냐. 김차술이 팔자가 이렇구나. 이년아, 선영 볼 낯이 없다. 이년아."

말끝마다 이년이었다.

"딸자식도 없는 사람 있지 않수."

참고 암 소리 안하려다가도 윗목에서 삼고무락[34]을 골라서 머리카락만 한 실오라기라도 행여 버릴세라 찾다말고 오돌오돌 맞붙잡고 떠는 용례 자매를 턱으로 가리켰다.

"이년들 네 삼 모녀, 염병에 땀도 내지 말고 몰사죽음해라. 그럼 홀홀단신[35] 북해도 탄광에 석탄무덤을 판들 오주명이 그놈한테 구박받는 거보다 낫겠다."

그러고는 제풀에 흑흑 하다가 어느 틈에 용례가 봉당 줄에다가 널어놓은 추진 등지기를 걸치고 부슬비 속을 지게 지고 솔밭 새 좁은 길로 들어가면 산비둘기만 증이 나게 구슬프게 운다.

오주명이란 구레다로라고 창씨한 함흥서 소개[36] 온 농장주인이고 이 고을 경방단장이다.

"얘들아, 네들 아무 소리 오랍돌이[37] 가서 하지 마라. 구레상네 귀에 들어갔단 당장 낼버텀 쪽박신세다 응."

---

34) 원문대로.
35) 원문대로. '혈혈단신'의 잘못.
36) 소개疏開 : 공습이나 화재 따위에 대비하여 한 곳에 집중되어 있는 주민이나 시설물을 분산함.
37) 오랍돌이 : '이웃'의 강원도 방언.

어린 딸들에게 단속부터 하고 뭉테기로 빠진 머리털을 돌돌 뭉쳐 삿자리 밑에 집어넣고 맷돌을 당겨 불은 콩을 조리로 건져 슬슬 한숨 섞어 갈며 저녁채비를 하는 것이다.

그건 또 해방 바로 전 해 일이다.

돌개바람이 몹시 불던 김장철 어느 날 용례 어머니가 오주명이네 심부름으로 이십 리 길 읍에 간 것은 담배 피우다가 중학교 퇴학당해 집에서 빈둥거리는 성구 칫솔을 사기 위해서였다.

"촌 에미네가 뭘 알것소. 내 자전거 타고 핑 갔다 올게 응 엄마."

성구는 이내 백 원짜리 지폐에 눈을 빼앗겼다.

"아서 날씨도 거친데 감기 들어요 도련님. 사오면 어련히 줄라고."

하며 오주명이 여편네는 양복장 빼람38)에서 십 원짜리를 뭉텅이로 집어주고 용례 어머니에게 쪽지를 적어주며,

"여봐 솔밭네, 오오따니상네 가게 가서 라이옹표를 꼭 달래라구."

"나이옹 나이옹 …… 몇 개나 사실랍시오."

"한 개지 뭐야. 얼마나 야미 값에 비싼 줄이나 알지비?"

하고 오주명이 여편네는 푸르덩덩 분칠한 낯반대기를 씰룩거리며 밀창을 드르렁 닫아 버린다.

"아니 그래 라이옹 칫솔은 샀수?"

그 말을 다 듣고 하도 어이없어 내가 쳐다보는데,

"읍다고 글쎄 이걸 주느만요"

하고 가슴을 헤치고 충용忠勇이란 남색 글자 박은 검정털 칫솔을 내뵈었다.

---

38) 빼람 : 서랍.

"지금 시국이 어느 때라고 벨 지라리 말라고 그 집 오까미상[39])이 욕지거리 헙다. 그리고 뭐 요보노쿠세니[40]) 어쩌고 저쩌고."

"……"

"어쩌겠소. 또 이걸 사왔다고 타박이 여북허겠소. 내왕 사십 리 길에 다락이[41]) 일어 허벅다리에 핏줄이 뵈켜 쓰라려 죽갓쉬다. 가리띠가 스랴는지[42]) 웬수 년의 목숨이야 ……."

서리바람이 내릴 무렵에 삼베 속옷을 엉성히 입었으니 쇠가죽 아닌 담에야 배겨 내는 수가 있을까.

나는 배추 소 넣던 손을 씻고 솔밭집을 방으로 청하였다. 내게는 용례 어머니에게 맞을 만한 거추장스런 속옷이 없어 바깥의 낡은 미영[43]) 겹바지를 우선 갈아입도록 하였으나 굳이 사양하고 내종에는 용례 아범 이것이면 겨울 수월하게 나겠다고 신문지에 싸들고 갔다.

허지만 그런 것은 모두 지나간 날의 악몽의 한 토막인건 누구보다도 솔밭집 자신이 잘 알고 있어 지금 그는 금피골 봇물 쌓던 봄철에 있었던 크나큰 민주건설 이야기에 입에 침이 마를 새 없다.

"…… 지둔지, 고림정서까지 민청원들이 응원을 안 왔나. 꼭 한 달 열흘 만에 준공했다우."

"준공?"

"압따 못 알아듣나베? 민 위원장이 오세서 연설하는데 그럽디다나. 준공

---

39) 오까미상 : おかみさん. 안주인, 여주인.
40) 요보노쿠세니 : よぼのくせに. '조선놈 주제에'라는 정도의 뜻.
41) 다락 : 다래끼.
42) 가리띠가 스랴는지 : 가래톳이 서리는지.
43) 미영 : 무명.

이것이야말로 건국사업 중 큰 준공의 하나라고 ……."

"그럼 그전 천일농장이나 성업사 땅은 물 걱정 놓겠지요?"

"하면 …… 삼년 대한은 건디리란대"

"큰 역사를 수고들 하셨수다"

"염성집 메누리만 불쌍하지. 그악스럽게스리 바우뎅이 일어 잡다 허릴 삐어 앓다가 복막염으로 돌쳐 죽었잖우. 막상 말이지, 그 새댁도 앨 못나 장창 시어멈한테 오직 구박인가. 저년 닭의 새끼만도 못하다니, 낱알이 아까웁다니, 밥글갱이 주걱 씻어 부뚜막에 동갱이 치고 …… 이즈막엔 여성동맹이 에워싸준 바람에 시어멈 기승도 누그러져 팔자 좀 필라 했는데 ……."

눈물이 벌써 찔끔거리며 코 먹은 소리를 하다 말고 학교 지붕 추녀 밑 사층 베란다 이마에 '민주주의 조선 자주독립 만세' 하고 하늘빛으로 쓴 가로 길다란 슬로건 흰 판자를 읽던 솔밭집은 담쟁이 넝쿨 새에 수놓은 듯하다고 그 위에 드높이 펄럭거리는 태극기를 한동안 쳐다본다. 그를 학교 안팎을 한 바퀴 안내하였다. 음악실 피아노 건반을 눌러본 이 촌아낙은 무섭다고 질겁하는 데엔 나는 그만 그러지 말자 해도 웃음을 끝내 참지 못했다.

가사실습실 수도 장치, 으리으리한 찬장, 요리대, 모두 둘러보고 만져보며 희한해서 입만 떡 벌린다. 가스 불을 켜 뵈니 냄새도 역하지만 도깨비 불같다고 끄려했으나 수도를 트니깐 반색을 한다.

"아유 벽 새이서 물이 졸졸 흐른다니."

수돗물 줄기를 소금섬에 꽂아놓고 서슬[44]을 받았으면 좋겠다는 것이다.

우리 북조선 인민경제 계획만 제일차 제이차 이렇게 착착 오륙 년을 두

---

44) 서슬 : 간수.

고 진행 완수한다면야 샐경 일판은 물론이요 염수골 은적사 호양 두멧골 박죽데기까지 이렇게 설비가 안 되리라고 누가 장담하겠느냐고 나는 주변 없는 웅변을 들입다 토하는데, 죽어 다시 인도 환생하고 싶다고 자수물[45] 버리는 타일 박은 네모 사기판을 어루만진다.

"용렌 몰라도 우리 용순이 년만 해도 이런 데서 공부랑 허겠지?"

"그러믄요. 살림도 허지요. 그땐 따로 제 살림만 한다고 행주치마에 매이지 않습니다. 공동식당에서 밥해주고 공동세탁소에서 빨래 해주고."

"그럼 에펜넨 집에서 낮잠만 자나, 온 벨 소릴 다한다."

"공장에 가 일 허구, 농장에 가서 기계 부려 노래와 함께 김을 매고 …… 집에 와선 신문을 보든 춤을 추든 산보를 가든 ……."

"원산 아줌마 이 얘기 듣고 보니 도깨비한테 홀린 상싶소. 아모턴 사람의 자식은 가르치고 볼일이지."

솔밭집은 여전히 눈을 휘둥글 떠서 벽에 붙은 그림을 가리킨다.

"그건 저 서양나라, 서서[46]란 나라 어떤 호숫가 풍경이라우."

"호수?"

"왜 태천서 오자면 바다도 아닌데 커다란 물에 둘러싼 둠벙[47]같이 있지 않소? 잉어 많이 잽힌다는, 그게 호수라는 거라우."

그날 밤 기숙사로 같이 올라와 졸업생 송별회도 끝난 이튿날이지만 이 차회라고 용례 어머니가 가지고 온 올감자를 찌고 학교 목장에서 짜온 우유 한 되를 그 위에 쳐서 노나 먹다가 나중엔 달마중 가자고 학교로 내려가

---

45) 자수물 : 가시물. 개숫물.
46) 서서瑞西 : 스위스의.
47) 둠벙 : 물이 고여 있는 큰 웅덩이.

삼층 베란다는 홍거운 살롱으로 변하였다.

고원지대처럼 자욱한 안개 너머 숲 사이로 건너다 뵈는 바다에 어른거리는 고기잡이 불빛 저편 아득한 해심海心에는 무한한 정적과 함께 이 지구상의 질서를 유일하게 꼬박 지키는 듯 등대가 깜빡거리고 있다.

"참 꿈 같수다. 내 주제에 이런 선경에 다 와서 앉아보고 …… 저 꾀꼬리 같이 젊으나 고혼 처녀들 창가 소릴 듣고 …….".

"무얼 그리셔. 면 위원회 때 어련히 부락 부인대표로 등단했겠지?"

"아서 그런 말! 나야 한쪽 구석에서 못난 애비 상객 간 격으로 주눅이 들려서 …….".

"이 다음 누가 알겠어요. 김 장군과 악수할 날이 있을지 ……. 로서아서도 말이지 …….".

하고 나는 우베즈크 어느 변방 광부의 딸이 남의 첩으로 팔려가서 온갖 학대를 받다가 시월혁명 후 여성해방 덕으로 고등사범까지 나와 여기 같으면 도위원이 된 이야기를 하였다.

"내야 늙어가는 게 어떻거리오만 용녜 형제만은 사람구실 시켜야겠수. 작년 동짓달에 쌀 두 말 팔아서 처음으로 베붙이기 초마 하나씩 해주었더니 애끼고 반색하는 품새 ……. 고작해야 도라지 창에 찍힌 숭터 난 손발이나 하고 숯 산판에나 치워 없애질 년이 인젠 여학생들 뿐새로 노래가 제법이고 엎드리면 연필을 찾고 맨발로는 못 나갈 줄 알지 않소."

"가을에 용순이보다 한 반 위 삼학년에 넣세요."

"농사일 바뻐 손이 돌아가우? 삼동에나 인지 지둔지 학교 되면 몰라도."

지둔지 인민학교가 새로 창립되는 것은 접땟날 중대 발전소 동무를 만나 들었던 것이다. 주로 버스로 통학하는 발전소 학동들을 위해 북조선 전기총국의 원조와 근처 각 부락의 추렴으로 농한기를 이용해서 낙성식을 하리란 예정이라고. 지금 삼분의 일 가량은 진행 중이라 하였다.

"저는 원산 공장에라도 넣어달라고 원산 아줌마한테 청 좀 해보라지만 내야 못 멕이고 거두지 못한 한풀이나 해보게 한 몇 해 더 데리고 있구 싶거든요."

"정에만 끌리면 됩니까. 원산 내보내시지. 농사일은 성님이 좀 수고하더라도."

나는 속으로 어떻게 해서라도 그 앨 중학까지는 마쳐주라 막연히 생각도 해본 터라 이 짬에 바싹 서둘러 실행해 보리라 결심하였다.

"당자만 잘하면 전문대학 쏘련까지도 유학갑네다. 맘 놓고 제게 보내서요. 성님 예?"

용례 엄마는 내가 성님이라 부르는 게 거북해서 말문이 막힌 모양이더니 쏘련이란 말에 용기가 나는가 보다.

"정말이요, 흙 바람벽 꼬쿨[48]에 꺼시른 먹두리 년이 쏘련에도 갈 수 있단 말이요? 로서아 서울 대궐 안에는 금기둥이 세워있다지?"

그러고는 돌아가면 아범보고 상론해서 보내마고 대답은 늦추었으나 결심은 된 모양이다.

"모처럼 나왔으니 좀 노시다 가세요."

"「메누리」란 연극이나 구경합시다."

"연극? 제서도 보아쌌지. 샐경 패만 아니라 하리 신아간서도 단오 때 밀려와서 온통 북새를 꾸미고 전깃줄이 몸살을 쳤다우."

바다도 보고 송도원 휴양소 구경도 하자고 했으나 농사철에 그럴 수 없

---

48) 원문대로.

다고만 한다.

밤은 어지간히 깊었다. 모기도 별로 없고 바람기가 대낮의 복더위를 씻은 듯이 선선하다. 구석구석이 모여앉아 달과 더불어 소곤대던 여학생 하나가 뜻밖에 하는 소리다.

"선생님 낮엔 이 담쟁이 넝쿨에 어찌나 쉬파리가 끓는지 몰라요."

"요 매친 것아, 그게야 쉬파릴라고. 꿀벌이다 꿀벌이야. 인제 양구 석청인들 요만 하면 당할소냐. 어허야 듸야 올 가실 꿀 풍년도 영락없다 하노메라……."

즉흥인지 들은 풍월인지 한 학생이 목청을 돋우는데 사방에서 까투리 웃음이 4층 석조전을 굴릴 만하다.

우리 여러 사람이 촉촉한 옷깃을 여미고 천천히 돌층대를 딛고 운동장 복판으로 내려서니 강강술래라도 함직 손목 잡고 원무인양 뛰어진다. 그중에도 엉성한 솔밭집 달빛 아래의 그림자가 고향의 어머니 생각을 자아내게 한다. 소녀들은 일제히,

"우리 엄마 만세!" 하는 때 아닌 뭉친 소리에 솔밭집은,

"아이고 내야 천하 못난이래여. 겨우 종다래끼 차고 조이씨나 잘 뿌릴까. 도토리 주었다고 따귀 치던 산감독들을 글쎄 기냥……."
하고 팔을 내쳐 흔들며 그런 놈이 모아든 삼팔 이남은 언제나 바로 자고 이겠느냐[49]는 것이다.

이튿날 아침 용례 어머니는 고저 탄광 탁아소 보모로 가는 가사 안 선생 사촌동생인 졸업생과 함께 떠났다.

돌아오는 길, 나는 아무 소리 아니 하고 안 선생의 손목을 쥐니 그도 내

---

49) 원문대로.

손을 마주 흔든다.

　원산 바다 위에는 방금 아침햇살이 쫙 퍼지고 거리거리는 모두 해람50)의 전날 항구처럼 분주한 포부에 설레는 것이었다.

　그 중에도 나는 솔밭집이 가장 순풍을 만난 돛단배에 탄 사람같이 축복의 테이프를 던져주고 싶었다.

　그것은 오색이 찬란치 않아도 좋았다. 단성51)으로 물들인 붉은 빛깔이면 그만이었다.

『조선문학』 2, 1947. 12.

---

50) 해람解纜 : 닻줄을 풀다.
51) 단성丹誠 : 붉은 정성이라는 뜻으로, 마음속으로부터 진심으로 우러나오는 뜨거운 정성을 이르는 말.

우정

　남편을 기다리다 먼저 어린 것에게 저녁을 먹여 재워놓고 화숙은 자기도 한술 뜨고 수틀 앞에 나 앉았다. 아직 바늘구멍 하나 들어가기 전이라 퉁기면 팅 하고 북소리가 날 듯 하다. 새까만 비로드 바탕 한가운데는 원형으로 깃을 편 쌍 공작이 불로초를 쪼고 있고, 네 정방형 모서리에는 도형화된 희囍자가 흡사 건물의 주추처럼 자리 잡아 있어 알뜰히도 째인 방석 수본이다. 그 위에 수본을 그려 준 미술동맹 사람 말대로 진자주 선을 두르면 산뜻한 게 새 각시방에라도 놈 직하리라. 화숙은 무슨 어려운 장소에나 들어가는 것처럼 채 첫 바늘도 놓기 전에 매우 조심스러워졌다. 뿐만 아니라 함속에서 찾아낸 오랫동안 잊어버리고 있던 색실 상자를 꺼내어 그 속에 가지런히 누워 있는 갖가지 찬란한 푼사실52)을 보니 무지개 같은 꿈조차 눈앞에 어리는 듯 마음은 십 년이나 앳된 시절로 돌아가는데 만지는 손끝은 어느새 무디고 거칠어져 자꾸 실바람을 쥐어뜯는다. 적으나마 한 가정 살림을 칠팔 년 해온 화숙이다. 아랫목에서 쌔쌔 자는 승룡이가 네 살, 만일 그 위에 첫애가 제대로 자랐다면 하긴 벌써 학령이 되었을 것이다.

---

52) 푼사실 : 푼사. 고치를 켠 그대로 꼬지 아니한 명주실. 여러 색을 물들여 수를 놓는 데 쓴다.

목에 닿는 바람기가 약간 싸늘한 듯하여 일어나서 복도 유리문이며 방 안 밑창까지 겹겹이 닫고 나니 송뢰[53] 소리와 함께 찰싹거리는 잠든 황혼의 바다 소리가 아주 먼 거리를 둔 것처럼 아득히 들려온다.

화숙은 색실을 꼬아 첫 바늘을 찔렀다. 날짜를 헤어볼 것도 없이 쏘련군이 철퇴하기 시작하는 시월 보름은 앞으로 불과 이삼 주일도 못 남았다. 화숙은 남편과 여러 가지 생각하고 마침내 수방석을 하나 놓아 쎄르바에게 드리리라 한 것이다. 화숙 부부가 해방 이후 가장 친근히 지내는 쎄르바는 쏘련 해군 장교다. 최근에 상위로 승격했으나 입에 익은 대로 쎄르바 중위 중위 하다가 다시 상위로 고치노라면 "아무거나 좋습니다. 모랴고水兵 더욱 좋습니다" 하고 웃는 그를 처음 알게 된 것은 실은 화숙이 먼저였다.

해방의 감격이 상기도 뒤엉킨 두어 달 후 시월이었다. 화숙은 동해선 Y역에서 얼마 안 되는 친정엘 가는 길이었다.

"…… 오는 ×일 네 오라비 추도회를 한다고 마을 젊은이들이 서두는데 우리 늙은이보다 너희 내외가 참석하면 생광으로 알겠노라 ……"

이러한 친정아버지의 편지를 받고 화숙은 아직 고개도 못 이기는 어린 것을 업고 나선 것이다. 이런 딸보다 사위가 오기를 은근히 기다릴 친정 두 노인을 생각하였으나 화숙은 세익에게 같이 가잔 말도 미처 비쳐보지도 못하였다. 그날도 밤늦게 일터에서 돌아온 세익은 이튿날 아침 나가면서 하는 말이다. 어디 싸우다 죽은 이가 처형 하나 뿐이냐고, 이 바쁜 때 추도회니 뭐니 일 치르기들은 좋아한다고. 망자亡者에 대한 예의도 있으련만 사물을 재는데 깐깐하기 정교한 기계 속 같은 그인지라 말하자면 실속 없이 들떠서 일의 완급을 모른다 하여 저어기 못 마땅해 하는 것이었다.

---

53) 송뢰 : 소나무가 바람에 설레는 소리.

붐빈 역두에서 차 시간을 기다리고 서 있는 화숙은 말이야 다 옳고 그른 데 없다 치더라도 그다지 야속한 세익에게 뚜렷한 항변하나 못한 자기가 새삼스럽도록 못나 뵈었다. 그러고 보니 같이 사는 동안 실없이 주눅이 들고 만 것을 아니 느낄 수 없었다. 이제부터는 이 천만 가지가 가시밭같이 까다롭고 턱턱 막히는 세익에게 져서는 안 된다는 생각이 머리를 쳐들었다. 무슨 한 가정을 영위하는 부부가 승부를 겨룬다는 것이 아니라 어둡고 꾀까다로운 것에 밝고 곧은 것이 짓눌려서는 안 되겠다는 강렬한 욕구가 치미는 것이었다. 그러나 결국 아침만 해도 화숙은 세익으로 하여 마음이 뒤틀리고 만 것이다. 이왕이면 그의 말마디가 조금만 듣기 좋았던들 반찬 가지라도 해 놓고 흔연스레 떠났을 것이 아닌가. 화숙은 등에 업힌 것 생각도 잊은 듯 마치 표연히 길 떠나는 나그네처럼 애달픈 마음까지 겹쳐 왔다.

이윽고 내려가는 차가 닿자 화숙은 홈으로 밀려들어 갔다. 아이를 업은 데다 짐서껀 들고 쩔쩔 매던 차, 한 쏘련 군인이 군용차를 타게 해 주었다. 찻간에는 조선 할아버지 할머니 그밖에도 자기같이 아이 달린 부인들이 더러 타고 있어 일제한 군복 속에서 좀 어리둥절하던 것이 안도되긴 하였으나 어디 앉아야 좋을지 몰라 들어가는 대로 중간만큼 들어갔다 한쪽이 통 빈 칸 앞에 잠시 머뭇거릴 즈음 조그마한 지도책을 보고 있던 해군 장교가 담뱃불을 끄면서 성큼 일어나 앉으라고 자리를 가리키며 화숙의 든 짐들을 받아 얹어 주었다. 거리에서 지나치기만 하던 때와는 달리 바로 눈앞에 마주 앉고 보니 아무래도 말도 못 통하는 이국 사람이라 좀 주뼛하였다 그러나 해군 장교는 화숙의 무릎에 안고 있는 어린것의 작은 손을 만지며 부드러운 음성으로 이제 갓난 것의 성별과 이름이 있느냐고 일본말로 물었다.

"승룡이."

하고 가르쳐 주니

"슨 료 니."

천천히 하나하나 떼어서 하고 파란 눈을 들어 화숙을 쳐다보며 힘들다는 듯이 고개를 흔들었다. 그리고 그는 넓은 이마 위의 은회색 머리털을 가벼이 쓸어 넘기며 다시 어디까지 가느냐고 물었다. 지겨운 원쑤들의 말이었건만 그의 어줍은 발음을 들을 때 외려 일종의 애교와 구수함을 느끼며 화숙은 자기도 모르는 동안 긴장되었던 마음이 곧 풀어졌으며 어느 새 웃음이 돌고 말았다.

기차가 움직이자 어린것의 하얀 모자에 거림54)이 날려 오는 것을 보고 그는 자리를 바꾸어 주며,

"까레 니에뚜 마마 마릴끼 와곤 니에뚜" 하며, 그 얼마 뒤에 안 일이지만 조선에는 아직 모자차母子車55)가 없다는 것이었다. 화숙은 짐 속에서 실과를 꺼내어 권하였다

"오, 야블로까! 까레쯔끼 사과!"

빛깔 고운 것을 하나 골라 바지에 쓱쓱 문질러서 먹지는 않고 곱다고 "하라쇼 하라쇼" 하며 쳐다본다. 화숙은,

"야블로까, 홍옥 홍옥" 하고 이름을 일러 주었다.

"홍옥."

"니에뚜 홍 옥!"

"이, 루쓰끼 니에뚜!"

하며 손가락으로 높은 콧등을 바이얼린 키듯 슬근슬근 가로 문지르는 그

---

54) 거림 : 그을음.
55) 모자차 : 유모차.

의 익살에 건너편 군인들까지 모두 웃었다. 화숙이 불란서 말에는 비음鼻
音이 있다고 한 것이 실마리가 되어 아이 아버지의 어학 능한 이야기가 났
다. 중위는 그것을 듣자 여간만 반가워하는 것이 아니었다. 그리고 자기
도 영어와 독일어를 아노라 하며 로어도 아느냐고 물었다. 못한다고 화숙
은 민망한 듯이 고개를 저었다. 그도 머리를 좌우로 대단스럽게 흔들었
다. 일본 놈들이 배우지 못하게 압박한 일이며 그러나 자기는 로씨야의
문학과 예술을 좋아한다고, 화숙은 뿌쉬낀, 레르몬또프로부터 고리끼, 쏠
로호프에 이르기까지 아는 작품들을 들어서, 그리고 음악가, 화가, 무용
가 할 것 없이 이름 아는 대로 주어 섬기고 그를 놀라게 하였다.

저쪽에서도 와자지껄하게 웃음소리가 터졌다. 아까부터 아랫도리 고추
자지를 그냥 달래달래 내놓고 걸음마하기 시작한 조선 어린애에게 빵쪽을
들려주고 포도당56) 가루를 담쑥담쑥 귀엽게 받아먹는 것을 보느라고 자꾸
찍어 먹이고 있던 병사 한 사람이 아이를 덜렁 들어 목마를 태웠다 내리는
데 잡는다고 잡는 손이 병사의 모자를 벗겨 팽개쳐 버렸다. 둘러앉은 군인
들은 한꺼번에 모두 함성을 울리고 웃음을 터뜨렸는데 병사는 내려놓았던
어린애를 다시 공중으로 쳐들어 배에다 대고 입을 맞추는 통에 어린애조차
캑캑거리며 웃었다. 협수룩한 사십 가까운 아이 어머니는 한시름 놓고 하
는 대로 보고 웃고 있었다.

차안은 이와 같이 마치 허물없는 한 가족이 즐거운 려행이라도 하는 듯
화기애애하였으며 차창에는 아닌 게 아니라 아름다운 동해의 풍경이 한낮
의 밝은 햇빛 아래 가도 가도 다시 나타나고 있었다. 장교와 화숙은 이따금
말이 끊기기는 하면서도 서로 생각해 내어 주고받고 하는 동안에 차는 어느

---

56) 원문은 '당'.

새 Y역을 향하여 달리고 있을 때다. 그때까지 곁에 눕혀 놓고 자던 것이 어쩌다 "응애"하고 울면서 눈을 떴다. 장교는 자기 팔목시계와 어린것의 입을 가리키며 애기 젖 먹는 시간이 아니냐고 하였다. 젖 시간이라기보단 애기가 좀 히포콘데리라고 저의 아버지를 닮아 그렇다고 친한 사이처럼 장난말을 하였다. 그는 눈을 크게 뜨며 그 과장된 말을 대단 우습다고 한동안 눈가에 꼬막누비조개처럼 여울을 지며 자꾸만 웃고 나서는 원산에 동무 군의가 있으니 다음에 애기 아버지와 같이 가서 보이구 떼어버리자고 손으로 무슨 마귀라도 잡아내는 듯이 형용을 내서 말하는 그것은 여간 익살이 아니었다. 화숙은 다른 지명도 그렇지만 일본말로 된 지도를 보고 그대로 발음하는 것을 "겐산 야뿐스키, 까레스끼 원산" 하고 가르쳐 주니 그도 깨달았던지 내릴 때는 개찰구까지 짐을 들어다 주면서 등에 업은 아이에게 "슨론샤 원산"하고 이번에는 분명히 조선말로 발음하며 이다음 또 만나자는 뜻을 말하는 것이었다. 잘 가라고 자꾸 손을 흔드는 그 굵은 손마디하고는 반대로 해맑은 얼굴에 잘 어울리는 휘끈한 곤색 해군복 모습이 류진陸塵을 모르는 건강한 해양의 냄새를 풍기는 것 같았다.

 벼 가을이 시작된 들 가운데를 들어서니 멀리 동구 밖 낯익은 정자나무가 우렷이 보였고 거기에는 우리나라 깃발과 붉은 기가 쌍으로 나부끼고 있었다.

 어릴 때 미욱한 듯한 오빠의 어깨를 짓궂게 딛고 선머슴애처럼 오르내리던 늙은 팽나무에 새로운 가지가 무성히 퍼져 두 나라의 깃발이 휘날리는 것이다. 화숙은 어떤 새로운 힘을 얻은 듯 어린 것을 추거 업고 놓았던 짐을 다시 들고 재게 발걸음을 옮겼다.

수일 후 화숙은 친정에서 돌아와 그 차중담을 이야기하였다. 세익은 미처 다 듣기도 전에 주책없이 그따위로 굴고 다닌다고 퉁을 주는 것이었다. 마을 사람들까지 입맛을 다셔가며 그렇게 재미나게 들어 주던 이야기가 아닌가. 화숙은 뭐가 주책없단 말이냐고 대꾸를 하였다.

"당신은 아마 백 번 죽었다 깨어나도 그 해군 장교처럼 되긴 힘들리다. 왜 해방된 오늘날 자기 해방은 좀 못하세요? 나도 인젠 하고 싶은 말 다 하구야 살걸! 대담하고 솔직하게 ……."

"장하오, 안다니[57]처럼 뿌로큰 잉글리쉬나 지껄이며 다니고 …… 천박하긴!"

"당신 말 좀 고치세요. 천박한 게 그렇게 싫은 사람이 어떻게 그리 상대방을 수하자 다루 듯한 말씨야요? 말끝마다 나를 얕잡으면 그래 당신은 올라가는 것 같구려. 그리구 남의 이야기에 대하여 본의는 밀쳐놓고 자기 기호를 강요하는 그 이기적인 심뽀에 못견디겠어요!"

"이건 누굴 보고 설교를 하는 셈이야?"

세익은 소리를 높이며 돌아 앉아 아이에게 젖을 물리고 있는 화숙의 가슴이 치받히도록 툭 찼다.

"인젠 둘이만 살 때와도 달라요. 이 애가 말귀 알아듣기 전에 그런 버릇도 고칩시다."

밉살스러울 만치 화숙은 세익의 화를 돋우어 놓으려고 하였다. 그러나 세익은 외려 냉랭한 소리로 스스로를 비웃듯 중얼거렸다.

"나야 본시 가정지학이 있나. 길가 돌맹이처럼 굴러 다녔겠다 ……."

"만날 이죽거리는 게 장긴 줄 아남! 전과 달리 인젠 그러는 자기 자신이

---

57) 안다니 : 무엇이든지 잘 아는 체하는 사람.

부끄러워해야 한 땐줄 모르세요? 언제까지 뭐유? 그러구도 교양인으로 자처할까."

"되지 못하게 왜 이리 쫑쫑대는 거야?"

세익은 와락 눈앞에 와 다가앉는다. 두터운 근시 안경 속의 흰자위 많은 눈이 우렁 속 또아린 양 배배 틀어져 보인다. 그 바작바작 모난 성미는 차라리 칼날같이 뒤끝이나 없으면 좋으련만 매캐하니 가라앉은 음성하며 진피58)스럽기까지 하였다.

"정말이지 당신 그 중위 말대로 근치를 시켜야지 어떻게 그래가지고 이것 앞에서 부모노릇 하겠어요. 나도 어지간히 모자란 데 많은 녀자지만 그렇다구 해방된 이날에까지 ……."

화숙은 안타까운 듯이 말끝을 채 못 맺었다.

생각하면 그는 얼마나 지나온 세익과의 생활에서 결혼은 "인생의 분묘"라는 애꿎은 말에도 귀가 솔깃하도록 자기대로 외로웠던가. 마치 세익은 어느 역려59)에서 만난 속내 모를 길손같이 섬찍한 데가 있었다. 비록 벌족하지는 못하나 한방의의 량친 슬하 동기간 새에서 조촐한 인정을 둘레로 순조롭게 자란 화숙과는 달리 외톨로 거친 세파 속에서 살아온 세익은 항상 차가운 것을 더 많이 받는 사람이었다. 마음 놓고 살뜰한 이야기 한번 할 수 없이 하찮은 말끝에도 어느새 살이 돋는 성미였다. 녀자치고는 잔눈치보다 멍청한 구석도 없지 않은 화숙은 번번이 남편에게서 떨어진 의복 단추며 꼬맴새를 채근받거나 했으면 좋으련만 말도 않고 옹송거리고 앉아 자기로 바늘을 들기가 예사였다.

---

58) 검질긴 성미로 끈질기게 달라붙는 것, 또는 그런 짓을 하는 사람.
59) 역려逆旅 : 여관.

"인주세요. 말을 하지 그게 뭐람?"

무색한 화숙은 남편의 손의 것을 빼앗으려면 놓지 않고 그는 우정 고개를 틀고,

"말을 하라구? 언제까지 한두 살 난 어린앤가!"

그러군 찬바람이 나게 밖으로 횡 하니 나간다. 이런 일이 있을 때마다 사람은 반드시 산더미 같은 행복을 바라는 것은 아니련만 화숙의 가슴은 울화가 치밀다 못해 물 써든 가죽처럼 조여든다. 자기의 힘으로나 지혜 혹은 애정 등속으로는 도저히 세익의 해묵은 마음의 빙독氷毒이 풀릴 상 싶지 않았다. 그것은 세익의 몸에 지닌 바 교양이나 소신한 바 사상과는 별개로 자기도 모르게 나타나는 불초스런 성격적 결함이었다. 신접살림하는 딸을 보러 왔던 친정어머니는 사흘이 못 되어 송구스러운 듯 돌아갔다. 그처럼 집안에서는 세익은 곁의 사람이 부접[60]질 못하게 화기하고는 담을 쌓은 사람이었다. 외국어를 없애는 통에 교직에서 쫓겨나온 세익은 집안에서 발작적인 신경질을 번번이 부린다. 이 빠진 그릇이며 오그라진 숟가락을 볼 때마다 화숙은 설거지하던 손을 입추고 절로 한숨이 나왔다. 거기다가 개일 줄 모르는 련일 꾸무럭한 장맛날이나 계속되면 화숙은 미친 듯이 애가 터지는 것이었다. 행여나 싶어 방에 들어가 보면 세익은 여윈 가슴을 팔딱거리며 눈을 꼭 감고 누워,

"저리 가오."

하고 혼자 있고 싶어서겠지만 그 가는 손가락을 부챗살 펴듯 하여 내젓는다. 그러면 화숙은 화숙대로 제 설움에 휘감긴다. 그러나 화숙은 자기의 인생을 물 위의 기름처럼 맴돌게 해서는 안 된다고 생각한다. 서로 닿으

---

60) 부접 : 다른 사람이 쉽게 따를 수 있는 성품이나 태도. 원문은 '붙접'.

면 마음이 통할 수 있는 사람 한 쌍이 의좋은 등불을 달고 평생을 마음 놓고 살 수 있는 세계를 그리면 그릴수록, 이 시대의 우울과 민족의 슬픔이 더욱 뼈 아프게 사무쳐진다. 나가서 받는 사나이의 괴로움이 정상한 발산을 못해 자기에게 천노[61]로써 부닥쳐 옴을 모르는 바 아니다. 그렇기로 세익의 성격적 개변은 참으로 피안의 소원일 밖에 없는 것일까. 에누리 없는 눈으로 아무리 메쓰가 되어 샅샅이 허비어 보아도 뭇사람 앞에 내 사람이라고 자랑하기에 주저 않을 그날이 온다면 화숙은 그 하루의 기쁨을 맞기 위하여 '인종의 미덕'이 아니라 더한 련옥의 고초도 달게 받으리라, 제법 정렬貞烈을 새김질[62]해 보았던 것이다.

해안 통으로 툭 트인 길이었다.

먼 포구 밖의 바다 위에는 하얀 까치 여울이 일고 그 위에 뭇 갈매기들은 세찬 날개를 석양에 비치며 넘실거리고 있었다.

세익이 새로 생긴 기술 전문학교로 직장을 옮긴 지 얼마 안 된 일요일, 틈을 내서 화숙은 김장 준비로 같이 선창께로 걸어가고 있었다. 그 때 화숙은 친가에 갔다온 지 달포나 지나서 처음으로 쎄르바 중위를 만나게 되었다. 잊지도 않고 그는 화숙에게 안기운 '슨론샤'를 불러 주며 긴 검은 외투 그림자를 밟으며 성큼성큼 앞으로 걸어와서 세익과도 구지[63]처럼 악수하였다. 그리고 중위는 한참 찻간에서 화숙과 만난 이야기를 하는 것이었다. 세익은 몇 마디 독일어로 받고 나서 화숙을 보고,

---

61) 천노遷怒 : 어떤 일로 하여 일어난 노여움을 애매한 남에게 옮기거나 노여움이 남에게 옮아가는 것.
62) 원문은 '새금질'.
63) 구지舊知 : 전부터 아는 친구.

"중위가 외금강에서 돌아오는 길 승룡이가 Y역에서 오르지나 않나 홈에까지 내려 아이 업은 부인을 유심히 보았다오"라고 통역하여 주었다. 그 새 많이 똘똘하여졌다고 아이를 얼리던 중위는 자기 집으로 놀러 가자는 것이었다. 화숙은 속으로 매우 반가웠던 것이 사실이나 잘 아는 세익의 성민지라 앞나서지 않고 듬직하고 서 있었다. 그것이 도리어 세익의 마음을 너그럽게 하였을까. 몇 번 사양하던 끝에 그럼 집이라도 알아 두었다 다음에 따로 인사를 하자고 문자 그대로 우호적인 중위를 따라 그의 려사로 향하였다. 가면서도 주고받는다느니보다 열심으로 이야기하는 중위에게 간혹 머리만 끄덕이는 남편의 뒤를 따라가며 화숙은 저렇게도 사람에게 곁을 주지 않는 세익이가 노엽다느니보다 가엾고 불행한 사람이라고 생각되었다. 마음이 허심치 못한 세익은 그 걷는 걸음까지 자연스럽지 못한 것 같다. 세익의 그 걸음걸이에 대해서는 화숙은 결혼 당시부터 마음에 들지 않았다. 자기 아버지처럼 너무 헌거롭게 걷는 것도 우습지만 오빠처럼 왜 따북따북 당차게 걷지 못하느냐고 하였다. 소심한 종종 걸음을 아닌 체 때로는 눈에 거슬릴 만큼 세상을 도외시하는 오만한 걸음걸이에는 비위가 상하는 것이었다. 그러나 세익은 말한다.

"이건 즈이 집밖엔 사람이 없는 줄 아는지 걸음걸이까지 타박이야? 그래 닮을 게 없어 당신 오빠 걸음까지 닮겠소?"
하고 코웃음을 쳤다.

"당신 오빠란 가장 단순한 위인이란 걸 알아야 하오. 어떤 의미에서는 사는 데 고민도 없으렸다!"

"당신은 뭔데 그리 고민투성이고 단순치 못하시오?"

"나야 생각하는 갈대 아닌가 ……."

제법 세익은 무슨 빙자를 하려고 하였으나, 사실 자기도 생각하는 길을 조금도 준순⁶⁴⁾하는 일 없이 다만 굳세게 나아가는 처형을 보고 정면으로 공격할 만한 아무것도 없는 것이었다. 더구나 오만 사람들이 갖은 둔갑을 다 하여 지하나 살 구멍을 찾는 시절에도 동하지 않고 독감獨監에서 장기長期의 형을 받고 그물을 뜨고 앉았을 모습을 눈앞에 그릴 때 '생각하는 갈대'의 자부하는 마음이란 마치 소지장처럼 바람만 불어도 호르르 날 것 같다. 고만 울적하고 세익은 가슴에 치밀어 오르는 자기혐오에 느끼한 선지덩이를 참지 못해 화숙에게 너편네가 장독 단속이나 할 게지 쥐뿔 나게 문학 공부가 뭐냐고 닥치는 대로 그저 행패를 부리던 그였다. 이런 지나간 일들을 생각하며 화숙은 어느새 쎄르바의 숙소에 다다랐다. 그의 거처는 해안 통 양약국 이층 다다미가 열두 장이나 깔린 넓은 방이었다. 침대와 테이블, 의자 몇 개, 그리고 라디오와 약간의 서적들이 있을 뿐 별로 이렇다 할 장식물도 놓여 있지 않건만 방안은 그 주인의 인품이 짐작되리 만큼 어딘지 생활의 향기를 자아내는 분위기를 느끼게 하였다. 화숙은 어떤 신선한 호기심까지 동반되어 테이블 위에 놓인 젊은 여성의 사진을 유심히 보며 물었다.

"부인이세요?"

"그런 처녀가 있었지요."

중위는 고개를 갸우뚱하고 서서 한참 사진을 바라본다.

"왜 과거사를 쓰십니까?"

인사로 세익이 물었다.

"벌써 그는 우리 고향 오뎃사 스다르 묘지에 누워 있으니까요"

---

64) 준순逡巡 : 어떤 일을 단행하지 못하고 우물쭈물 함.

더 말을 잇지 않는 그의 얼굴에는 그리 여겨 그런지 약간 서글픈 웃음이 떠도는 것 같았다. 그들 부처는 묻지 않을 말을 물었다고 곧 뉘우치며 더워지는 얼굴빛을 숨길 수가 없었다. 그렇다고 그대로 잠자코 있을 수도 없는지라 그다지 의미도 없는 말을 화숙은 물었다.

"역시 오뎃사 처녀였어요?"

"그렇습니다. 허나 만나긴 학생 시대 레닌그라드에서였습니다. 그는 미술 학교에 다녔습니다. 우리 우크라이나 사람들은 조각을 잘 하니까요."

되려 손님의 표정을 살폈는지 그는 담담하고 명랑한 어조였다.

"나는 뉴라가 죽었다고 슬프지 않습니다. 그도 싸우다 죽었습니다. 독일 파쇼에게 희생된 것이 분하지요. 뉴라 뿐이겠습니까. 일찍이 공민 전쟁65)에 아버지를 잃고 혼자서 어린 나를 길러 주신 우리 어머니마저 그 놈들에게 희생되었습니다. 우리 쏘련에는 실로 그와 같은 사람이 많습니다. 파쇼 야만과 제국주의의 인류 사회에 범한 죄악을 우리는 용서할 수 없습니다."

주먹을 쥐기까지 하여 이야기하는 그는 안광조차 무섭게 빛나며 듣는 이의 고막에 너무도 생생한 파동을 울리는 어감이었다. 세익과 화숙은 다만 깊은 표정으로 듣고 있었다. 쎄르바는 잠시 다물었던 입을 벙싯 웃으며,

"나는 뉴라를 사랑합니다. 언제든지 …… 먼 조선에 와서도 사랑하는 마음 변하지 않습니다."

하며 군복 윗옷 안주머니에서 손수건에 겹겹으로 싼 것을 꺼내어 보여 준다. 전선으로 떠날 때 뉴라가 손거울 삼아 보라고 준 것이라 한다. 삿자리 무늬로 릴리프浮刻한 훈은燻銀제의 콤팩트였다.

"나의 뉴로찌까. 참으로 나쁜 사람입니다. 이런 유품을 남겨 놓고 갔으

_____

65) 공민 전쟁 : civil war의 번역. 내전.

니 나는 천생 박물관지기처럼 되었지요."

어느새 이렇게 웃음의 말을 하며 차 끓일 차비로 방안을 왔다 갔다 콧노래까지 부르는 그는 기쁨과 슬픔의 세계를 바다를 나는 물새처럼 자유로 하는 것 같았다. 화숙의 눈에는 어데 딴 세상에서 온 사람 같기도 하고, 혹은 자기가 딴 세상에나 온 것도 같았다. 아이를 맡기고 거들려는 화숙을 쎄르바는 종시 앉혀 놓으며 또 세익에게서 어린 것을 안아다 침대에 눕힌 다음 벽장문을 활짝 열어 제치고 있는 대로 빵이며 소시지 실과 같은 것을 내놓는다.

"기성품 요리뿐입니다만 두 분은 많이 잡수십시오."

하고 책을 뒤적이고[66] 있는 세익의 등 뒤에 와 가만히 손의 것을 빼앗는다. 식탁에 둘러앉아서도 쎄르바는 말이 통하는 세익과의 지우를 어떻게 기뻐해야 좋을지 모른다고 자꾸만 세익의 찻잔에다 포도주를 부어 권한다.

"그래 독문과를 하셨나요?"

세익은 싱긋이 웃고만 있다.

"대답을 하지 웃기만 하우?"

하고 화숙은 세익을 대신하여 자기 오빠가 예방구금소[67]에서 해방 몇 해 전에 비명으로 죽은 이야기, 그리고 그 여화를 입어 자기도 초산에 낙태를 한 것, 세익은 미결감에서 독일어 사전을 외우다시피 했다는 등 한참 늘어놓았다.

"내 후라우는 대단히 자가 선전을 좋아하는 소질이 있는 모양입니다."

---

66) 원문은 '두적이고'.
67) 예방구금소 : 1941년 2월 일제는 '비전향사상범'을 사회에서 격리 수용하기 위해 '조선사상범예방구금령'을 만들고 예방구금소를 설치했다.

세익도 한마디 대구하며 빨갛게 잘 익은 앵두알 같은 이끄라(연어알)에다가 홀짝 술잔을 마시는 것이었다. 중위는 그렇게 하여서 배운 어학이라면 더욱 빛나게 살려야겠다고, 조선 정부가 서면 외교관으로 진출하기 바란다고 감격하여 말하는 것이었다.

　"그건 안 될 걸요. 우리 히포꼰드리 선생님이 외교 무대에 나섰다간 손님이 모두 달아나겠어요."

　화숙은 고개를 가로 흔들며 깔깔 웃었다.

　"부인은 대단 슈뜨니짜(험구가)입니다. 히포꼰드리 없습니다. 일본 제국주의가 패망하면서 가지고 바다 건너갔습니다."

하는 쎄르바는 우리 다 같이 세익의 앞날의 진출을 위하여 축배를 올리자고 일어섰다. 세익도 따라 웃으며 일어섰다.

　그러는 동안 전등도 밝히지 않고 문학 이야기에 신이 난 화숙을 눈짓하며 세익은 고만 일어나자는 것이었다. 그러나 중위는 천만의 말이라는 듯이 새로 부인의 문학 공부를 위하여 축배를 올리자고 세익의 잔에다가 가득 가득 따르는 것이다. 중위는 간간히 세익이 권할 만큼 오히려 술을 즐겨 하는 것 같지 않았다.

　"로씨야 사람이 그런 법이 있나요 더구나 당신은 마도로슨데."

　"아닙니다. 못합니다. 그 대신 나는 노래를 부르겠습니다."

하고 선반 위에 걸린 발랄라이까[68]를 내리어 들면서 한 쪽 어깨를 가리키며, 실은 거기가 아파서 많이 못한다는 것이었다. 그것은 청진 상륙전에서 당한 관통 총창 자리라 하였다.

　"청진요?"

---

　68) 발랄라이까 : 우크라이나의 민속악기. 세 줄의 현악기이다.

순간 세익과 화숙은 충격적으로 소리치며 민망하고 감사한 복잡한 표정으로 중위를 쳐다보았다. 그는 혼연히 웃으며 아니라는 듯이 고개를 흔들었다. 그리고 천천히 줄을 골라 퉁기는 것이었다.

사랑하는 로씨야
내일은 우리 바다로 떠나리.
이른 아침 뱃전에 선
눈에 익은 푸른 손수건……

깊은 바닥에서 솟아 나오는 듯한 침중하고 굳센 그 멜로디는 한없는 광야의 저쪽으로 온 심신을 이끌어 가는 이상한 매력을 느끼게 하였다. 화숙은 물론 별로 자기 감정의 표시를 즐기지 않는 세익까지도, 아닌 게 아니라 보낸 세월의 욕됨이 무슨 위무慰撫의 보상이나 받는 듯 가슴 속이 후련하게 전신의 피가 부풀어 와 살이 찌는 것 같았다.

쎄르바는 무릎 위의 악기를 한쪽으로 치우면서 그 유순한 음성과 한가지로 유순한 얼굴에 웃음을 띠우며 부처를 쳐다보았다.

"나는 처음 조선에 와서 더러 가로상에서 보았습니다. 이상한 상형 문자와 함께 원색으로 그린 그림장을 펴 놓고 앉아 있는 사람들을. 사람들은 그 앞에서 자기의 일생 운명을 판단 받는 것이었습니다. 물론 당신들의 조상이 운명과 싸워 맥맥히 이어온 피의 전통이 있다는 것을 모르는 것은 아닙니다. 이제 그 전통을 대중적으로 침투시키고 앙양시킬 당의 노선에 총궐기함으로써 더욱 빛이 날 것입니다. 보십시오. 영원한 신비 속에 잠긴 북극 개발의 길을 발견하는 비행기 소리가 머리 위에 들리는 오늘, 천년의 오랜 꿈의 그림자에 집착하는 현상과는 무자비하게 싸워야지요. 물론 일조일석에 버리기 쉬운 일은 아니겠지만 그러나 종당은 버려야만 할 것입니다. 아마 미국 사람이 그것을 보았다면 사진으로 찍어 부패한 자기 본국 쩌날리즘에 양념을 치기에 바쁘겠지만. 쏘베트 사람인 나는 실례의 말인지 모르겠으나 여간 적막한 것을 느끼지 않았습니다. 쇠망적인 잔재물, 타력본원他力本願, 무지의 분묘……. 이런 것들이 오늘의 조선 땅 위에서는 한시도 자리를 차지할 시간을 주지 말아야 합니다. 그런 것들이 당신들의 새까만 수정같이 맑은 눈에 예사롭게 보일 리는 없을 것입니다."

세익은 잠자코 외면을 하였고, 화숙만, "수정같이 맑기야 중위 동무의 눈, 쏘베트 사람의 눈이지요. 조선 사람은 대부분 조금씩은 혼탁하여졌을지도 모릅니다. 인력거 탄 사람을 보고 당신들이 당장 내려 세우고 거꾸로 탄 사람에게 끌게 했다는 것을 목격하고도 사람들은 가책을 느끼기보다 오히려 항간의 웃음거리 이야기로 삼게 쯤 되었으니까요. 오랜 학정 아래 살면서 사람들은 의분해야 할 걸 옳게 의분하지 못한 그런 거세된 사람들도 없지 않아 있는 것입니다. 사실 부끄러운 일입니다."

이렇게 중위를 향하여서라느니보다 오랜 울적을 때 아닌 자리에서 분풀이 하듯 쏟아 놓았다. 쎄르바는 고개를 좌우로 크게 흔들며,

"부인은 너무 자기 학대를 합니다. 반성은 무엇 때문입니까? 자기 운명의 개척을 위해서만 필요합니다. 또 운명은 항상 적극적인 진실 앞에 열리어집니다. 아니, 강인한 의지력의 소유자만이 승리의 문전에 나설 수 있습니다. 오늘의 해방된 조선 사람 모두가 자기 운명의 주인공이 될 가능성과 자격을 가지고 있습니다. 당신들이 이미 잘 아시는 이 말을 왜 내가 강조하겠습니까? 내 말의 힘을 믿는다느니보다 우리가 한 자리에 앉아 이런 말을

하게 되었다는 이 사실, 이 친근성, 이 우정을 나는 감격 없이는 회상할 수 없을 것입니다. 조선! 실로 조선을 나는 존경하고 사랑합니다."

묵묵히 듣고만 있던 세익은 속으로 그렇다고 동감하는 것이었다. 평소에 그 모든 것을 반성하지 않은 바 아니지만 이렇게 이국 사람의 입을 통하여 솔직한 비판을 듣게 될 때, 더욱이 그의 론지가 사주역장에 이르러서는 정히 정문일침이 아닐 수 없다. 번개처럼 리조 오백년 역사가 그의 머릿속을 스쳐 가는 것이었다. 인민을 배반한 소위 위정자란 나라와 인민의 운명을 남의 손에 위탁하고 나약하게 이리 저리 자기 안도의 고식책만 지켜온 것이다.

"미하일 빠블로위취! 하긴 한때 나도 소위 지성적인 것에 내 인생을 의뢰해 보려던 일도 있었소. 따지고 보면 손금을 뵈려 모여드는 그 현상과 오십 보 백 보가 아니겠습니까. 그러나 이제 ……."

하다간 도루 입을 다물어 버린다. 마음에 있는 소리를 술술 털어 놓기란 세익의 성격으로서는 일종 불가능한 일이었다. 얼마나 그는 지금 속으로 쎄르바가 풍기는 로씨야적 마음에 흔들리었고 인공적인 도피적인 생명 없는 것에 반발하고 있는지 모른다. 그러나 자기의 이러한 마음의 고충을 좋은 성분의 토양에서 자란 작물과 같은 쏘베트 사회의 인간은 모를 것이다. 그러한 비애를 가진 자기라고 생각할 때 세익은 곁에서 자주 웃는 아내의 웃음소리도 귀에 거슬러진다. 쎄르바는 더 말을 기다리다가 세익의 부자연하게 중치가 막혀지고 마는 얼굴을 처다보고 양 어깨를 한번 으쓱하며,

"세익 다!"

불러 놓고 종이 위에다 커다랗게 해연海燕을 한 마리 그려놓고 마음대로

바다 위를 훨훨 나는 시늉을 하여 보인다.

해연? 이 즐거운 저녁에도 마음의 문을 활짝 열어 놓지 못하는 답답한 세익이가 무슨 수로 해연같이 자유로울 수 있단 말인가. 저 영민한 신경에 또 지금 남모르는 무엇을 감촉하고 맨송[69]하니 앉아 있는 것인지. 화숙은 혀끝에도 올리고 싶지 않은 말이언만 식민지적 한 개의 형을 보는 듯 마음이 괴로웠다. 더구나 쎄르바 앞에서 더욱 두드러지게 그게 나타나는 것만 같았다. 해방된 이 날에 안된 일이라고 생각해 보나 그리 쉽사리 닦여 소멸해질 리도 없을 것이 아닌가. 상대방의 추종에 자기 표정을 잃은 가냘프고 낡은 한심한 심정에 굳세게 반발하여 싸우지 못하는 자존심은 저렇게 세익과 같은 처치 곤란의 달팽이의 껍질을 등에 짊어지게 되는 것이 아닌가. 이 달팽이같이 오므라진 세익이 해연이 되는 그 비약의 조화는 무슨 수로 되는 것인가?

다른 사회 — 혁명의 불길과 함께 이루어지는 변화의 도가니 속에 대담하게 뛰어들지 않고는 불가능한 것이다. 만약 그가 그 변화의 도가니 속에서도 조그마한 자기를 주장한다면 그것은 자기 탈피를 거부하는 인색한 하나의 잔재물의 낙인을 찍힐 것이요, 인민의 이익에서 인민의 복무자라는 영예에서 벗어나는 위치에 설 것이다. 무서운 일이다. 사상과 성격의 통일은 오직 새 세대를 창조하고 지향하는 사람의 간절한 항로航路이다. 화숙은 착잡한 생각에 갈피를 잡지 못하는 듯, 그러나 이 방의 주인 쎄르바 중위가 풍기는 신선함과 밝은 빛을 놓쳐서는 아니 되겠다는 필사적인 노력을 무언중에 가지려는데, 세익은 또 가자고 일어서는 것이었다.

그러나 아직 이르지 않느냐고 시계를 보며 두 활개를 쩍 벌리고 막아서

---

69) 맨송 : 맨송맨송. 취한 기분이 조금도 없이 정신이 말짱한 모양을 나타내는 말.

는 쎄르바의 마음이 마치 두터운 우정의 포옹같이 보였다.

항구 안의 뱃소리도 고요하여지고 축항 끝의 등대불만 높이 밤하늘에 숫아 빤짝거리고 있을 때였다. 세익의 가느다란 열 손가락이 두툼한 쎄르바의 두 손아귀 안에 푹 쥐어져서 세 번 네 번 흔들리며 작별한 뒤에 부처는 별말 없이 앞뒤에서 걸어갔다. 화숙은 어린 것이 야기에 감기나 들지 않을까 포단을 푹 둘러씌우고 종종 걸음을 치는데 반대로 세익의 걸음은 느리다. 그는 마음 같아서는 앞으로 훤히 트인 바다 위로 훨훨 날아가고 싶은 어떤 내부에서 숫는 힘을 쎄르바의 이 층으로부터 담아가지고 돌아가는 듯하였다.

머리 위에 기러기 떼가 날아간다. 세익은 마치 새로운 여정에 오를 후조가 굳어진 깃을 펴듯 으쓱 상반신을 펴 보았다. 취안醉眼만도 아니다. 하늘이, 그 아래 내려 깔린 바다가 아름다웠다.

집에 돌아와 가만히 자리 위에 누운 세익은 전일의 지나친 자기 생각을 뉘우치며 앞으로는 자주 쎄르바 중위를 만나리라 하였다. 그러면 차차 딴 세계를 얻을 것이라고 소회를 털어 놓는 그는 허공 중에다 대고 뜻밖의 처형의 이름까지 부르며 자기의 슬픈 성격을 허물 말라는 것이었다. 듣고만 있던 화숙의 약간 후틋한 뺨 위로 어느새 따뜻한 것이 흘러내리며 갑자기 목이 메어지는 것을 간신히 누르고, "다 알아요. 다 알아요." 겨우 그 소리 밖에 못하는 화숙의 눈앞에는 남편의 남달리 영민한 신경이, 억압에서 억압으로 누질려 온 젊은 생애가 그림장같이 떠오르는 것이었다. 말을 아니 하는 그에게서도 같이 사는 동안 하나 둘, 들어 쌓인 이야기가 낱낱이 화숙에겐 측은한 것뿐이었다. 향학열에 불타는 그는 보잘것없는 가정 형편이라 어려서부터 갖은 고패를 다 겪어 온 사람이다. 소위 립지전 중의 인물에도 오를 만한 숱한 고생을 하였던 것이다.

　그날 밤 이후 쎄르바는 그들 내외의 따뜻한 마음의 울타리 안에 정淨한 자리를 차지하게 되어 서로 다심히 찾게 된 것이었다.

　열 시가 넘어서였다.

　수본의 글자를 두어 자나마 놓았을 무렵에야 세익은 돌아 왔다. 문을 드르르 열고 들어 서며,

　"여보! 여보!"

하고 화숙을 부른다.

　"나를 나와 마중하는 법을 잊었소?"

　웬일로 술이 취한 음성이다.

　앉은 채 수 바늘을 움직이고 있는 화숙의 곁으로 들어 온 세익은 모자도 안 벗고 그냥 구푸리고 들여다보며,

　"좋소! 새까만 바탕에 옥색 빛 글자가 썩 잘 어울리오."

　"무슨 연회가 있었어요?"

　"아니, 한번 알아 맞춰 보오."

　연송 기분이 좋아서 손가위며 골무, 실토스레[70]들이 자잘분히 흩어져 있는 화숙의 치마 앞자락에 초콜릿, 드롭스, 낙화생들을 호주머니에서 털어 내놓으며,

　"승룡아 이놈, 아버지 부르신다."

하고 뽐낸다.

　"자는 앨 가만 둬요. 뭘 해안통에 가셨댔구먼."

---

70) 실토스레: '실토리', '실톳'의 뜻인 듯.

"그것만 가지구 안 되지. 하하."

"난 더 몰라요. 아이 이상해 별안간 ······."

하며 바늘을 들고 세익을 쳐다보았다.

"아닌 게 아니라 해안 통엘 갔댔지. 그런데 이층에 불이 꺼졌어. 일찍이 자나 하고 밖에서 불렀더니 약국 쥔 말이 한 사날 전에 외금강엘 갔다고 ······. 쪽지 편지를 주더군. 급히 떠나게 되어 연락을 못했노라고 ······."

가만히 듣고 있는 화숙의 손 위에 살푼 손을 얹으며 세익은 말하였다.

"여보, 중앙으로 가게 됐소."

"네? 어디루요?"

"외무성 ······."

"외무성?"

화숙은 수틀을 밀쳐놓고 남편에게로 돌아앉았다.

"상위가 알았으면 얼마나 기뻐하겠어요?"

그래서 세익은 물론 집으로보다 해안통을 먼저 간 것이었다. 그러나 못 만나고 돌아오는 길 우연히 쎄르바와 친한 군의 미쎌렌꼬를 만나 실은 친구를 대신하여 축하를 하겠다는 그에게 끌려 레스토랑엘 가서 이렇게 되었다고 한다. 혼잣말처럼 세익은,

"그렇게 좋을 수가 없어! 쏘련 사람들 그렇게 좋을 수가 없어! 그 사람들의 좋은 것은 깊이가 한정이 없어."

하고 중얼거린다. 오직 그것을 아는 사람만이 가질 수 있는 감동이었다. 웃웃을 벗어 걸려고 벽 쪽으로 약간 비슬비슬 걸어가는 그의 등 뒤까지 기쁜 충동이 내리는 것 같았다.

화숙도 기뻤다. 남편의 3,4개국 어학의 실력을 잘 아는 터에 시골 기술

전문학교에서 언제까지 강의를 하는 것보다 적소에 배치되는 기쁨도 크려니와, "그까짓 어학은 해서 뭘 해. 식민지에 태어난 인테리의 비애는 될지언정 하등 자랑될 건 없어" 하고 전일 약 광고 쪼박이나 읽을 자유밖에 없음을 한탄하던 세익의 초라한 모습을 잠시 아니 생각할 수 없었다. 이제는 그러한 불행한 영상도 과거사로 사라지고 만 것이다. 위용을 떨쳐 세계를 향하여 당당한 보무를 내딛는 우리 조선민주주의인민공화국! 이 엄숙한 사실과 함께 새로 열려지는 남편의 앞길을 마음껏 축복하고 싶은 것이다. 더구나 그 소식을 가지고 우선 쎄르바를 찾아 간 세익의 심정을 화숙은 눈으로 보는 듯하여 기뻤다. 자꾸 바늘 끝이 거뜬거리도록 자기 역시 들뜬 듯하다. 세속적인 지위나 영달을 바라서는 아니지만 그러나 옛날과는 다른 것을 안다. 소위 그때의 출세가 어떠한 것이었다는 것은 오늘 너무도 뚜렷이 백일하에 판명된 것이지만 이 성스러운 조국 창건의 시기에 있어 기둥에 박는 자그마한 못 한 가닥이 된다는 것은 이 얼마나 영광스러운 일이랴.

"소환날이 언젠지, 못 만나고 떠나는 게 아니야요?"

"뭐가?"

세익은 무슨 다른 생각에 잠겼던 모양이다.

"상위 말이야요."

"간부부에서도 급한 듯이 말하니 곧 올라가야 하겠지만 어쩌도 다시 한번 왔다 가야 할 테니까……. 그리고 하마 그 새라도 돌아오는지 모르니 당신이 한번 가보오."

세익은 화숙의 어깨에다 손을 턱 얹고 "여보" 하고 부른다. 거슴츠레한 눈에 가득 정취가 잠긴 표정으로 아내의 얼굴을 처다보며 가슴에서 자아내는 무슨 술회라도 할 듯하였으나, 화숙은 쑥스러워 일어섰다.

세익은 옆에 너부죽 실하게 생긴 승룡이의 자는 머리를 쓰다듬으며 3년 전 바로 이 어린 것이 산성産聲을 울리던 때의 감격과 흥분을 마음속에 되풀이하여 보았다. 바로 해방 직후였다. 무엇에 기들린 사람처럼 시 자치위원회에서 뜬 눈으로 줄곧 며칠을 밝히고 하루 집에 돌아오는 방안에는 어느새 새 사람이 하나 누워 있었다. 산모도 건강하여 한창 바쁠 때 몸을 풀고 누워서 화가 난다고 바깥 소식을 이것저것 묻는 것이다. 외탁을 많이 한 갓난 것은 단정한 입모습이며 넓은 이마가 마음에 들어 자기도 모르게 세익은 아버지다운 기쁨에 겨웠다.

"이놈이야 말로 순전히 해방아로군!"

"누가 아니라우! 우리 반생도 토막쳐 버리고 이 애와 함께 새로 삽시다."
하고 웃던 아내의 말이 지금 와서 또 가슴에 크게 울려옴은 무슨 까닭일까.

"보세요."

생각에 잠긴 세익을 화숙은 불렀다.

"어쨌건 당신은 말예요. 막상 떠나게 되니 하는 말이지만 쎄르바 상위한테 대하는 태도는 아직도 수동적에서 더 못나가는 것이 불만이야요. 그 분이야말로 로씨야적이라 할까. 계산 없는 우정을 쏟는데 어디 당신이야 그래요? 그야 마음엔 다 있지. 당신 론법대로 하면 지나친 공경은 예의가 아니구 어쩌구 ……. 그러나 어덴지 그 해 못 본 성격이 뿌리가 남아 있는 것 같아서 …… 공연히 헌 상처를 건딘다고 날 불쾌히 생각마세요. 애가 씌워 그래요."

화숙은 못할 말이나 한 듯이 제물에 얼굴을 붉히며 사과 비슷 말하였다.

"다 접수하오."

세익은 기분이 좋은 듯하였다.

이제 쎄르바만 멀리 고국으로 돌아가는 것이 아니라 3년 동안 그와 얽힌 정의 땅을 우연히 한시에 그들 역시 떠나게 되고 보니, 세익보다도 더 한층 감회가 화숙의 가슴에는 억제할 수 없이 밀어 오르는 것이었다.

"당신이나 나나 많이 개진되었지 ……. 해도 당신 성미도 성민 데다가 어지간히 까탈도 부렸지 …… 유치할 만큼. 그 고추장 대접 엎어버리고 않다가 맨발로 눈 위에 ……."

하고 화숙은 웃었다.

그러지 않아도 세익은 지금 쎄르바와의 교우의 가지가지가 마치 연닿은 그림장처럼 흥분된 마음 위를 지나가고 있는데 아내의 되뇌이는 소리다.

"새삼스레 묵은 소리를 꺼낼 게 뭐요. 그러다간 승룡이도 알아듣게."

열적은지 벽을 향하여 돌아누우며 세익도 낄낄 하고 웃었다.

그것은 쎄르바와 사귄 극히 초기의 일이었다. 피차에 특별한 일이 없는 한 자주 토요일 밤 아니면 일요일 낮에 쎄르바의 이층을 세익이가 찾기도 하고 아니면 쎄르바가 등 너머 송도원 그들 집으로 오기도 하였다. 눈으로만 읽던 독일어 회화에 재미도 붙였지만 나중에는 그와 조선말과 로씨야 말의 교환 교수를 약속하였기 때문이다.

마침 쎄르바가 오게 될 차례의 날 눈이 많이 쌓인 아침이었다. 뜰 앞 눈만 치우고 들어가려는 세익에게 화숙은 골목으로 들어오는 올림받이 언덕의 눈도 치우라고 조반을 짓다 말고 눈가래를 얻어 왔다.

"가뜩이나 피곤한 사람을 보고 왜 이래."

허긴 세익은 전날 모스크바 삼상회의 지지 데모에 학생들을 격려하여 행렬을 마친 다음날이긴 했다.

"밟아서 다져지기 전에 치워야지 미끄러지면 어떡허우. 오늘 손님도 오시는 터에."

"거 지내[71] 섬세한 척 마오! 휘휘 감겨 사람이 옴짝달싹을 못하겠구려."

세익은 어설피 잡았던 눈가래를 놓고 곱지 못한 눈초리로 화숙을 쏘아보며 그냥 신경질적으로 배알았다.

"이래라 저래라 참견이 무슨 참견이요? 난 이젠 심정을 좀 굳게 가지고 살겠단 말이요. 동아줄처럼!"

"아니 그거하고 눈 치우는 거 하고 무슨 상관이람. 그야말로 남의 말을 동아줄처럼 뒤틀어 놓는 게 아니유?"

화숙은 자기 딴엔 재미나게 받는다고 한 말이 고만 화단이 되었다.

"내가 동아줄을 틀어 놓아? 그래 당신은 날 야유할테요?"

화숙은 어처구니가 없는 듯 남편을 뻔히 쳐다보았다.

"글쎄 야율 게 뭐야요? 아무 소리도 당신에게 대해선 말라는 겐지, 그런 독선적인 태도야말로 굵은 신경을 가지고 싶은 사람하군 먼 것 같군요."

"듣기 싫대두! 오나 가나 그 내게 닿는 소린 일체 듣기 싫대두!"

거의 발작에 가까운 일갈이었다. 경련을 일으킬 때처럼 그의 입이 씰룩거렸다.

"듣기 싫어도 할 수 없지. 회의 때 좀 더 단단히 비판 받아 싸지!"

일종의 통쾌감을 느끼며 화숙도 어성을 높였다.

"저 따위가 문학을 해? 항차 인간을 이해해? 남의 수난에 대하여 박수갈채를 치는 저 따위가 ……."

세익은 어느 타협할 수 없는 분노에 치받힌 듯 아내를 노려보았다. 차차

---

71) 지내 : 너무.

그 눈에는 적의에 가까운 증오 대신 애절한 호소로 변하였다. 그러나 화숙은 푹 곰삭은 모성의 포용의 힘을 가지기에는 너무도 젊고 아직도 남편을 대하는 데 대립적이었다.

"수난이라니 …… 비장한 척 그 신파적인 몸짓 작작하시유. 역겨웁쉬다. 자기를 특별한 위치에 앉혀 놓고 모든 것을 용서해 주고 어루만져 주었으면 하지만 우리 현실은 아마 좀 더 바쁠 걸요. 심란하고 가차 없고 정신 차려야 해요. 이제 와서 동아줄 같은 신경을 못 가졌다고 한탄할 게 없지요."

"뭐야? 무척 똑똑하구나!"

귀달이 털모자를 너풀거리며 세익은 입가에 성에가 엉기도록 숨을 몰아쉬며 장독의 고추장을 떠들고 부엌으로 들어가려는 화숙의 소매를 와락 나꿔챘다. 그 바람에 화숙은 "아이그머니나" 소리를 치며 미끄러졌다. 마당가 흰 눈 위에 엎어진 대접 것이 핏빛처럼 눈이 아프게 붉었다.

"저러니까 삼십 평생 친구 하나 없지."

화숙은 시큰거리는 허리를 매만지며 독살이 올라 마구 대들었다.

"오죽 하면 학생들이 고슴도치라고 부를라구 …… 작작 몸에 살을 좀 뽑구려. 나도 지겨워 죽겠어요. 허구헌 날 …… 쎄르바 중위야말로 숫된 사람이기에 저런 위인을 동무라고 찾아다니지."

그제는 세익은 들은 성도 아니 하고 그렇잖아도 구부정한 한쪽 어깨를 들성거리며 방으로 들어가 버렸다. 화숙은 다우쳐[72] 좇아가 남편을 잡아 흔들어 버리고 싶었다. 그 몸집에 비해 길게 패어 보이는 목이 마치 그의 꼬인 심청을 눈앞에 보여 주는 것 같다. 저다지 옹색하고도 파겁치 못한 사람과 한 지붕 밑에서 지나온 세월이 또다시 돌아다 뵈며, 또한 앞으로의 긴

---

72) 다우치다 : '다그치다'의 전라도 방언.

세월을 헤아리니 입안에서 신물이 괴도록 멀미가 났다. 따라서 참을 수 없는 슬픔이 치밀려 와 방에서 깨어난 어린 것에게 젖을 물리면서도 내쳐 느끼는 마음은 가라앉지 않아 그 서슬에 어린 것은 모금모금 몇 번이나 재채기를 하는지 몰랐다.

"오늘 통 집안에 사람 들여 놓지 마오."

조반상도 그냥 드르륵 밀어 내놓고 하는 소리다.

"장히 누가 찾아오는 사람이나 있는 것 같네. 중위보군 내 절교를 하라구 충고를 하고 말걸!"

하고 오금을 콕콕 박는 화숙은 제발 무슨 일이 있어 쎄르바가 찾아오지 말았으면 하고 빌었다. 오정이 지나고 점심때가 겨워도 이 집 문전에서 머뭇는 발자국 소리는 없어 고소하다 싶었는데 거지반 저녁때였다.

"신! 신!"

하고 현관을 두들기는 귀에 익은 쎄르바의 굵은 음성이, 따분한 침묵이 꽉 들어찬 온 집안을 흔들었다. 진종일 자기 방에 들어 엎드려 흉물처럼 말 한마디 없던 사람이,

"앓는다고 하오."

하고 그대로 토라질 뿐이다. 심술만 같으면야 둘러쓰고 있는 이불을 훌떡 벗겨 버리고 "자 여기 있습니다" 하고 들여 놓겠지마는 역시 그리 못하고, 감긴지 간밤부터 열이 나 지금 막 잠이 들었노라, 쎄르바의 파란 눈을 화숙은 바로 보지 못하였다. 걱정스러운 듯 고개만 자꾸 내졌고 섰던 쎄르바는 그냥 성큼 올라올까 봐 화숙은 당황하였다. 마침 그는 올라오지는 않았다. 그러나 돌아간 지 한 시간도 못 되어 다시 숨이 차서 달려와서 현관문을 두들겼다. 벌써 등불이 켜지고 부엌에서 저녁 채비를 하던 화숙은

마치 죄 지은 사람처럼 가슴이 두근거렸다. 쎄르바는 한됫병에 절반이 담긴 우유를 내놓는 한편 외투 포켓에서는 사과를 주섬주섬 집어 내놓고 미셸렌꼬를 데리러 갔더니 어데 나가고 없노라고 나중에 군의가 돌아오는 대로 곧 같이 오겠노라고 하는 것이었다. 화숙은 군의가 오면 수치스럽고 낭패된 생각에 미리 가슴이 설레었지만 긴 외투 자락에 길가 눈보라를 스치며 헐레 벌레 다시없이 신실한 발자국으로 뛰어가는 쎄르바의 뒷모습을 바라보며 따라가서 기운껏 등을 툭 쳐라도 주고 싶었다. 그때 와닥닥 방문 여는 소리가 나며 화숙을 떼밀고 옷고름도 푼 양 눈 위로 뛰어가는 세익은 무슨 기가 들린 사람 같았다.

"빠블로위취! 미하일 빠블로위취!"

불러 놓고 눈이 둥그레 돌아보는 그의 키 큰 목을 덥석 껴안았다. 찌뿌듯 가슴에 뭉쳤던 부자연한 일만 감정도 일시에 그가 맨발로 딛고 섰는 흰 눈에 씻겨 내려간 듯하였다. 모든 때문은 체모도 자존심도 한꺼번에 버리고 쎄르바에게 더운 입김을 보내며,

"빠블로위치! 용서하시오. 나는 아프지 않습니다. 아무데도 아프지 않습니다. 다만, 자기를 극복하지 못하기 때문입니다."

하고 격해진 감정을 참지 못하는 듯 느끼기까지 하였다.

"알았습니다. 알았습니다. 나쁜 놈의 히포콘데리 …… 토쓰까, 그저 바다 건너가지 않고 남아 있었습니다. 잘 알았습니다."

하며 그의 긴 두 팔이 세익의 등 뒤에 돌아와 두고두고 또닥거리는 것이었다.

"아무것도 아닙니다. 중위 동무! 미안합니다."

쎄르바는 자기의 가슴에 고개를 파묻고 자꾸 혼잣말처럼 중얼거리고 있

는 세익을 "알았습니다" 하고 등을 또닥거리면서도 너무도 가까이 보는 우울한 이 인간형을 감정으로는 이해하기 어려웠을지도 모른다.

알 수도 없이 쏟아지는[73] 눈물을 걷고 한참 뒤 화숙이 고개를 들었을 때 두 사람은 마치 무슨 기념 조각상처럼 흰 설원 위에 서로 끌어안고 있었다.

이튿날은 공일날이었다.

화숙은 밤과 달라 한겻지게[74] 수틀을 붙들고 앉아 있을 수도 없었다.

아침을 먹고 나서 세익은 자기 방에서 책장을 정리하고 있더니 잠시 승룡이를 데리고 밖으로 나갔다. 조용한 틈에 실이나 꼬아 놓을까 마루방 햇살을 등 뒤로 받고 앉아 있는데 옆집 여학생이 재봉틀을 빌리러 왔다.

"아유 선생님도 수를 놓으셔."

소녀는 안방 틀 앞에서 가 앉아 보자기를 펴며,

"호호 이거 보세요. 네?"

하고 색스러운 쪽도리 같은 것을 제 머리에 써 보인다.

"애그, 곱기도 하네. 돌려가며 잣을 다 물리구."[75]

"쏘련 군대에게 선사할 모자야요. 선을 좀 박을려구요."

"곰상스럽기도 하지."

화숙은 먼저 달래서 만져 보았다.

"그건 아무것도 아녜요. 어떤 앤요, 염낭에다가 버선, 은행, 장두, 바늘꽂이, 뽈룩이, 이렇게 여나믄 가지 부전[76]을 다 만들어 왔어요. 즈이 할머니

---

73) 원문은 '쏟히는'.
74) 한겻지게 : 한갓지게.
75) 잣을 물리다 : 색색의 헝겊 조각을 조그맣게 고깔을 접어 돌려가며 꿰매 붙이고, 다시 안쪽으로 엇먹여 붙여 마구리의 무늬가 잣 모양처럼 되는 것.

가 그렇게 가르쳐 주어서 했대요. 그래 모두 그게 유행이죠. 중세기적 민예품이라구요."

하고 학교 이야기를 한참 늘어놓던 소녀는,

"선생님 이번 우리 써클에서 환송 연극을 허기루 했어요. 애들이 모두 선생님 보구 극본 써 주시라갔대요. 예총에서도 그러라구 허던데요 뭐."

"온 극본일라구 ……. 이봐요, 근데 우린 평양으로 가게 됐어."

"에그, 왜요?"

"승룡이 아버지가 공작 이동이야. 인제 여러분과도 못 만나보구 어떻거우."

그런 저런 이야기를 하며 화숙은 자기도 이번에 평양에 가면 아이는 탁아소에 맡기고 직장엘 나갈 게라고 한 또래의 여학생처럼 신이 나서 이야기하였다. 소녀가 돌아갈 즈음에 세익이가 혼자서 못이며 짐바77) 같은 것을 사 가지고 들어 왔다.

"승룡이는요?"

"밖에서 놀갔대는군."

장도리며 빈 사과궤 같은 것을 챙겨 가지고 세익은 윗방으로 들어갔다. 이내 책궤 못 치는 소리가 탕탕 난다.

"거드리까?"

화숙은 소리를 쳐 보았다.

"그거나 빨리 하오. 이따 부를 때나 좀 와 주고 ……."

---

76) 부전 : 고운 색 헝겊을 둥글거나 혹은 병꼴로 만들어서 두 쪽을 맞대고 수를 놓기도 하며 다른 빛의 헝겊으로 알록달록하게 바르기도 하여 끈을 매어 차는 여자 아이들의 노리개.

77) 짐바 : 짐을 묶거나 매는 데에 쓰는 줄.

그러고 조금 뒤에,

"여보, 당신 이거 일기책들 어떻게 해? 내 놓는가?"

하고 세익이 물었다.

"그럼 넣지 말아요. 인주세요."

가서 화숙은 들고 와 앉아 이것저것 뒤적거렸다.

1947년 12월 ×일

어머니 Y촌으로 떠나시다. 세익이 전송을 나가다. 그만하면 어머니 마음 후련하시리라. 앞서 세익을 따라 〈이순신〉을 보시고 와서도 어머니는 연극 이야기보다 사위 마음씨에 대견해 하시던 것이었다.

"해방 덕이 크긴 크다. 사람은 열 번 된다 하지만 신 서방이 저리 사근사근해질 줄은 몰랐다."

아마 그 말씀을 집에 가시어서도 두고두고 되뇌이시겠지.

『조쏘문화』 이 동무가 외국의 서적 구입 건으로 상의할 일이 있다 하여 세익을 기다리다 가다. 행여나 싶어 쎄르바 중위의 이층을 들러보라고 하다……

한참 뒤적이다 다른 한 권을 펼쳐 보았다.

1946년 9월 ××일

여기에 오면 집시의 노래가

어떠한 토쓰까도 쫓아버리고

당신의 혈관을 뛰게 합니다.

노래에는 위로도 있고 사랑도 있네.

세익의 생일, 약찬을 베풀어 몇 사람 친지를 청하다. 오후 늦게 중위도 오다. 술들이 거나하게 취한 때다. 세익을 위하여 특히 중위가 불러준 로씨야 민요 집시의 노래 한 구절이다. 다른 사람은 몰라도 이날의 주인공은 의미심장하게 이 노래를 들었으리라. 그리고 오늘 처음으로 쎄르바는 세익을 쎄료샤라 불렀다 ……

우연히 이 페이지를 펴 보자 화숙은 고만 웃음이 나와,
"여보 쎄료샤 동무, 나도 한번 그렇게 부를까?"
하며 깔깔거리고 웃었다.
"무얼 그래? 물이나 좀 안 끓이고 …… 뭘 좀 먹고 해야지."
하며 세익은 옷을 털고 건너왔다.
그때 "엄마, 미샤 아저씨 와!" 하고 승룡이가 현관으로 뛰어 들어오는데, 손에는 삐삐 소리 나는 새 것으로 장식한 소라 나팔을 가졌다. 부처는 반겨서 같이 문께로 내닫는다.
"쎄료샤."
하고 들어서는 쎄르바는 그 흰 얼굴에까지 물이 들어 보이는 새빨간 단풍 가지를 손에 들고 왔다. 방에 들어오자 그는 늘어놓은 방안 짐을 보고 깜짝 놀라 부처를 바라본다.
"군의 못 만나셨나요?"
"사령부에 들렀다 바로 왔습니다. 이 단풍을 당신들에게 어서 뵈구 싶어서 ……."
세익의 간단한 이야기를 듣고 나자,
"축하합니다."

하고 다시 세익의 손을 흔들었다. 화숙은 부엌에 가 물을 얹어 놓고 실과 들을 내 놓았다.

"금강산 재미가 많았습니까?"

쎄르바는 승룡이를 무릎 위에 끌어 앉히며,

"많았습니다. 1945년 가을에 갔을 때보다 모든 것이 좋아졌습니다. 탐승로의 토목 공사도 완전히 복구되었거니와 휴양소 시설 가장 기뻤습니다. 특히 노동자들 휴양 마치고 돌아갈 때는 체중이 여러 킬로 무거워진다고 합니다. 모든 것이 삼년 전보다 하늘과 땅으로 다릅니다."

하던 쎄르바는 차를 가지고 온 화숙을 보더니,

"그렇습니다. 부인도 그때보다 딴 사람처럼 건강하여졌습니다."

하고 쎄르바는 처음 화숙을 만나던 동해선 차중 생각을 하는지 갑자기 갓난애 울음소리를 흉내내었다.

"슨론샤도 벌써 커서 이렇게 미샤 아저씨와 놀게 되었습니다."

하고 웃는다.

"미샤 아저씨도 세 개!"

하고 화숙은 손가락을 셋을 펴서 상위의 어깨를 가리키며 같이 웃긴 하였으나 주름이라면 과한 말이나 확실히 그의 넓은 이마에 그때는 못 보던 짧고 가는 선들을 아니 볼 수 없었다. 산을 타고 와 좀 꺼칠해졌다고 하겠지만 어찌했건 삼년 간의 객고가 적지 않았을 것을 잘 안다. 전장의 긴장이 일단 물러난 다음, 해방된 조선을 위한 그들의 노심과 조력은 실로 헤아릴 수 없다. 육지와도 또 다른 위험을 무릅쓰고 밤 도와 우리들의 해안선을 지켜준 그들의 수고도 지금 새삼스레 말 없는 어머니의 두호처럼 고마운 것이다.

거진 저녁때도 다 된지라 화숙은 혹시 마지막이 될지도 모르는 쎄르바와의 만찬 준비로 옆집 여학생을 부르려고 할 때, 다시 사령부를 둘러봐야겠다고 하며 그는 군대 일이긴 해도 그 새야 떠나겠느냐고,

"부인, 이제 쎄료샤 평양 다녀오거든 우리 축하회를 가집시다."

하였다.

"말씀도 …… 미샤 아저씨의 환송회를 해야지 저희야 뭐 ……."

"아닙니다. 쎄료샤, 앞으로 책임 중합니다. 지금 떠나는 건 적어도 조선민주주의인민공화국의 발전을 어깨에 메고 가는 길입니다."

"그러기에 빠블로위취! 나는 여러 가지 당신에게 참으로 무어라고 말씀 드릴는지 ……."

화숙은 자기 속마음의 말을 어떻게 그에게 전달했으면 좋을지 갑자기 말문이 막혀 버렸다. 평생을 같이하는 아내 된 자기로서도 얼마나 세익을 두고 슬퍼하였건만 어쩌는 수 없었던 인간을 딴 사람처럼 만들어 주지 않았는가.

"…… 이 3년 간 저만이 아는, 다른 사람은 모르는 변화를 세익은 많이 하였습니다. 저는 다 빠블로위취 당신의 힘이 컸다고 생각합니다. 더구나 당신은 ……."

흥분한 화숙은 그 이상 말을 더 못하고 고개를 숙여 잠시 느끼기까지 하였다.

"결국 그것은 세익 동무 자신의 힘입니다. 나야말로 여러 가지 모르는 지식을 쎄료샤에게 배우지 않았습니까? 다만 입때까지는 길이 막혔을 뿐이었지요. 하여간 기쁜 일입니다. 맨 처음 내 방 이층에서 쎄료샤를 만난 밤 상형 문자에 관련하여 이야기할 때, 나는 반드시 이 날이 있을 것을 확

신하였습니다. 조선 민족 참으로 영민합니다. 각 방면으로 나는 삼년 동안 눈으로 보았으니까요. 이대로 나간다면 앞으로 당신들은 쉬 완전한 자기 국가를 건설할 것입니다. 우리는 가도 그것을 믿고 갑니다.”

고개를 끄덕이며 말없는 두 사람을 보고 쎄르바는 말을 계속하였다.

“그리고 나 한 사람의 일로도 쎄료샤란 동무를 얻은 일 — 우연히 만난 쎄료샤의 좋은 부인 화숙 동무로 말미암아 둘도 없는 동무가 된 것이 참으로 기쁩니다. 부모도 없고, 사랑하는 뉴라도 잃어버린 나로서는 나의 많은 전우들과는 또 다른 영원히 잊을 수 없는 동무입니다. 또 나 보는 데서 자라난 슨룐샤! 나는 슨룐샤의 성장을 축복하고 싶습니다. 무한히 축복하고 싶습니다.”

하며 가슴 안 포켓에서 편시도 몸에서 떼어 놓지 않던 뉴라의 콤팩트를 꺼내어 승룡이 손에 잡혀 주는 것이었다.

“엄마!”

하는 승룡이만이 아니라 세익 부처도 아니 놀랄 수 없었다.

“옛말 삼아 이다음 슨룐사 색시 된 처녀에게 전해 주시지요. 하하…….”

쎄르바는 승룡이를 불끈 안아 올려 볼을 부비고 내려놓으면서,

“어차피 한 번 동해에 던져 그 맑은 물속에 영원히 맡겨둘까 한 것입니다.”

화숙은 그냥 우두커니 서서 남편에게로 시선을 돌렸다.

“건사하오.”

“그럼 받겠습니다. 고맙습니다.”

화숙은 잘 보관하여 두었다가 미래의 며느리 될 처녀에게 전하겠다고 하였다.

"······ 그리구 저건 변변치 않지만 완성하거든 가지고 귀국하셔서 좋은 부인 만나신 때 의좋게 써 주십시오."

하고 수를 가리켰다.

세익과 화숙과도 굳게 악수를 하고 쎄르바가 돌아간 다음 화숙은 곧 책상머리에 나 앉아 그 날의 일기에다 다음과 같이 썼다.

1948년 10월 ××일

잘 왔다 잘 있다 잘 돌아가는 쎄르바 상위에게 오랜 전진을 거친 객고를 털고 고국에 돌아가 편안히 휴식하십사 수방석을 만들어 올리기도 전에 우리는 귀중한 선물을 먼저 받았다. 늘 그와는 모두가 거꾸로 되고 만다. 더구나 우리들 자녀 먼 앞날의 행복까지 빌어주는 상위에게 보답하는 의미에서도 나는 그들의 좋은 기억과 영예를 기념코자 마음에 드는 작품을 하나 쓰고 싶다. 나의 아들 승룡이를 위하여서 그의 아내 될 이 땅의 처녀를 위하여서 또 그들의 무궁한 후손들을 위하여서 나는 쏘련 군인의 한 사람인 미하일 빠블로위취 쎄르바의 이름을 높이 찬양하리라 ······.

(1948.12)

『잊을 수 없는 사람들─조쏘친선작품집』, 조선여성사, 1955

딸과 어머니와

어머니는 이 근래 아들 현두 때문에 실없이 애가 탔다. 장가를 보내야겠는데 당자는 그런 생의[78]도 안 하는 것 같고 또 마땅한 자리가 나서지를 않는 것이다. 누가 보아도 신랑감으로는 현두만한 사람도 드물다고 어머니는 생각한다. 사람 된 품이 듬직하고 외양도 끌끌하다. 학식도 전에야 성세가 부치어서[79] 별로 못 가르치었으나 해방 후에는 정치학교며 간부학교 골고루 거쳐 나왔다.

이웃 간에서들은 속도 모르고 너무 고르는 탓이라고 빈정대나[80] 아닌 게 아니라 맏딸 현순의 일로 크게 데고 난 참이라 혼사만큼은 아무리 때가 있다 하더라도 신중히 골라야 할 것이라고 믿는다.

왜정 말기 정신대 바람에 싫다는 현순을 부랴부랴 치운다는 게 징병 징용감을 빼놓고 보니 깨끗한 자리가 못 되었다. 아무리 다급한 김의 일이라 할지라도 술망나니 놀량패의 사위란 자에게 걸핏하면 눈언저리에 먹통을 앵기우는 것을 볼 때면 차라리 딸이 눈앞에서 없어지기를 바랐다. 그러던

---

78) 생의 : 어떤 일을 하려고 마음을 먹음.
79) 성세가 부치다 : 명성과 위세가 모자라다.
80) 원문은 '빈중대나'.

것이 얼마 안 되어 딸 대신에 사위가 없어지고 만 것이다. 심한 주란[81] 끝에 저도 모르는 개죽음을 한 것이다. 중간에 걸리는 것도 없어 몸 가벼이 돌아온 딸을 보고 어머니는 불행 중 다행이란 너를 두고 이르는 말이라고 몇 번이고 되뇌었다. 그러나 한편 젊은 것의 신세를 그르쳐 준 듯싶어 애처로운 것이었다. 해방 후로는 제대로 자립하여 딴 생각도 없는 듯 새로운 사회생활에 열중해 있지만 언제까지 지금 마음 같을 수도 없을 것이며 세월이 잠시인데 아침저녁으로 허리에 찬바람이라도 감돌 나이에 이르면 서로 사람이 의지할 데가 있어야 하지 않는가. 어머니의 마음은 한시도 구름이 가실 날이 없는 것이다. 그러니까 딸 듣는 데서는 아들의 혼인말도 버젓이 못 꺼내는 어머니는 차라리 현두가 시속 젊은이들처럼 연애라도 하여서 며느리를 보았으면 하기도 한다. 그렇다고 아들을 찾아오는 녀자란 별로 없고 드나드는 딸의 친구들을 보면 나이가 동뜨거나 아니면 벌써 상대가 정해져 있거나 이편 딸처럼 한 번 불행을 겪은 사람이거나 하였다.

아들이 여러 날 지방출장이나 갔다 돌아온 때면 어머니는 가방에서 내놓는 헌 빨래를 주섬주섬 챙기면서,

"아이구 이 수발도 힘이 부쳐야 해먹지, 이젠 근력도 오늘 다르고 래일 달라가니 ……."

하고 중얼거리건만 젊은 것들은 자기들끼리 주고받는 이야기가 많아서 들은 성도 아니 한다.

한 번은 딸도 무슨 회의가 있다고 나간 때였다. 어머니는 단단히 마음먹고 아들이 무슨 보고서를 쓰노라 밤늦게까지 앉아 있는 책상머리에서 버선을 깁는다고 돋보기를 쓰고서도 바늘귀가 안 뵌다고 자꾸 아들에게 실바

---

81) 주란酒亂 : 습관적으로 술에 취하여 날뛰는 일.

람[82]을 내밀었다.

"두어두시지 않고, 누나보고 꼬매라면 되잖아요."

"네 뉘가 언제 그럴 틈 있다더냐?"

"인제 어머니도 그런 것 신을라 마시고 양말을 신으세요. 저 배급 나온 것 있지 않아요?"

"듣기도 싫다. 그래 기껏해야 늙은 어미 생각한단 소리가 그 따위냐?"

"갑자기 왜 이러십니까. 허 참 어머님도."

"남들은 내 나이에 손주를 몇씩 보고 있어. 이런 때도 무릎 아래 토실토실 기어다니는 게 있으면 이런 청승 안 떨지."

"하하…… 그럼 어머니 우선 강아지새끼나 한 마리 기르십시다."

겉으로 웃긴 하였으나 실상 현두는 가슴이 뜨끔하였다. 늙으신 삭신에 집안일을 도맡아하시는 것도 송구스러운 일이거니와 온종일 비다시 피한 집에 혼자 계시게 하는 것을 생각하면 항상 민망함을 참지 못하였던 것이다.

"현순이도 미쳤지. 동생 하나 있는 것 짝 지어줄 생각은 않고 밤낮 무에 그리 신바람이 나서 싸대는지."

앵돌아진 어머니는 평소에 안 하시던 일로 그 자리에 없는 딸까지 나무람하였다.

"누나야 뭐 어쨌습니까. 미처 어머니한테 여쭙지 못했지만 이야기 중인 사람이 있어요."

현두는 마침 잘되었다고 말허두를 꺼내었다. 실상인즉 언제 알려도 알려야 할 일이었으나 어머니의 성질을 잘 아는 터라 사실대로 직고를 하기

---

82) 원문대로.

에는 좀 자신이 없었던 것이다.

약간 놀란 어머니의 얼굴에는 갑자기 생기가 돌았으나 여직 마음을 옹송그린 참이라 면괴함을 감추려는 듯,

"그래서 ……?"

할 뿐이었다.

"아직 공부중이기도 해서 한 일 년 기다려야겠어요."

"온 그럼 진즉 말을 할 게지."

그제서야 웃음까지 짓는 것이었으나 한편 아들이 야속키도 하였다.

"네 뉘도 알겠구나."

"사람만 알지 그것까지는 모를 것입니다."

"아니 누군데?"

"차차 이야기하지요."

"일 년쯤이야 못 기다리겠느냐마는 그전에 날 한 번 뵈주어야 하잖니?"

그러나 아들은 웃기만 하였다.

"허기사 네가 고른 사람이라면 나도 마음 놓겠다만 …… 인젠 네 뉘가 걱정이다."

"그렇기나 말입니다."

그 다음부터 어머니는 곧잘 새 며느리 될 처녀를 상상해 보는 즐거움이 이만저만이 아니었다. 더러 현순이 없는 틈을 타서,

"네 뉘 없는 데서 한 번 만나게 해라."

하곤 한다.

현두가 혼인을 일 년 후에 미루는 것도 누이에게 안 되어서만 그러는 줄 짐작되는 어머니는 될 수 있는 대로 아들의 혼사에 대해서는 딸 앞에서는

닿지 않으려고 하였다. 그래서 현두에게 의중의 사람이 있다는 말도 하지 않고 어머니는 무슨 비밀처럼 딸 몰래 새 며느리 맞이할 준비를 하였다. 마음먹고 혼숫감을 골라서 떠 들이기도 하고 길을 가다가도 언제 섰는지도 모르게 은방 진열장을 들여다보고 주먹구구를 대보는 것이었다.

그러나 항상 어머니 마음에 걸리는 것은 딸의 일이었다. 일단 아들을 마음 놓고 나니 더욱 딸 일이 답답한 것이다. 적당한 후처 자리라도 진작 자리 잡아 주었으면 하고 바라는 것이었다. 그러는가 하면 이왕이면 초혼 자리를 만나 묵은 시름 씻은 듯이 잊고 살도록 되었으면 하고 어머니는 안 그려보는 꿈이 없었다.

"뭐 내 딸이 어데가 어쨌단 말인가. 다 세상 따라 남의 총중에 나가서 안 빠지고 일도 하겠다 ……."

이렇게 어머니는 이녁 딸에게 한하여서 자신만만하고 더욱이 지극히 소박한 진보적인 사상을 가져 일체의 인습도 뛰어넘게 되는 것이었다.

"얘야, 더러 혁명운동 한 사람들 중에는 늦게 초혼 자리도 있다더구나. 혹 마음 쏠리는 데라도 없니?"

어머니는 은근히 딸의 의향을 떠보며 재혼을 권하는 것이었다.

"저야 뭐가 급해요? 어서 며느리나 보시도록 하세요."

"그래도 네 꼴이 그래서야 어디 ……."

"고부끼리 오붓하지 못하실까 봐서 …… 그렇다면 전 합숙에 들어갈게요."

딸은 농 삼아 한 말인데 어머니는 펄쩍 뛰었다.

"저 말하는 것 좀 봐. 생사람 잡겠네. 열 손구락 찍어 안 아픈 손구락이 어디 있다구. 너도 얼른 짝을 만나 어미 구실을 해봐야 아느니라."

"그러기 누가 어머니 마음 모르는 줄 아세요. 제 일은 제가 알아서 할 테니 걱정 마세요."

흐린 여름날이 진종일 찌는 듯하다가 저녁때가 되면서 서기[83]가 좀 가시는 듯하였다. 어머니는 아침에 벗어놓고 나간 아들의 양복을 빨 량으로 이리저리 뒤적이는데 윗저고리 수첩 속에서 사진 한 장이 떨어졌다. 무심코 주워보니 녀자 사진이다. 다시 보니 다른 사람 아닌 연경이었다.

"아니 이런 일이라니!"

어머니는 기절하듯 방바닥을 쳤으나 여간 기가 막혀 소리도 안 나왔다.

이렇게 졸지에 마음에 큰 타격을 받아보기란 일찍이 청상에 남편의 주검을 앞에 놓고는 잘 없었던 것만 같다.

알고 보니 이 사진을 품에 안고 다니며 일 년 후에 혼인을 하겠다느니, 자세한 이야기는 차차 하겠느니 능청을 피웠단 말인가?

어머니는 분하고 치가 떨렸다.

요즈음 무슨 법률학교인지 다닌다고 공부에 바빠서 통 보이지 않는 연경이니 현두가 말한 의중의 사람이란 바로 이 몰골이 분명한 것이다. 믿는 나무 고목이 핀다고 또 열 길 물속은 짐작해도 이편이 난 자식 속을 이다지도 몰랐던가. 이 억울함을 어느 뉘게 하소할 수도 없고 천지가 까맣게 쪼그라드는 것 같은 말할 수 없는 공허감을 느꼈다. 금방같이 자식에 대한 사랑도, 긍지도 물러나고 사진 속의 계집이 한없이 요망스러워 낯바대기를 박박 긁어 내동댕이치고 돌아앉아 버렸다. 한철 먹는 젓갈도 펄펄 뛰는 생물째로 절귀두어야 제 맛인데 이건 평생 보아야 할 외며느리가 남의 헌 계집

---

83) 서기暑氣 : 더운 기운.

이고야 말이 되는가. 필시 숫된 아들이 속은 것만 같다.

"에라 이 등신 같은 녀석!"

하고 호통을 치며 이 양복 입고 그 계집과 안동하여 어데고 싸댔을 생각까지 겹쳐 오매 혼자서 깔끔히 늙어온 과수의 본능으로,

"에이 치사해!"

하고 침이라도 뱉을 듯 발길로 걷어차는 것만으로도 부족하여 바짓가랑이[84]를 와락 잡아 째며,

"내 집엔 못 들여놓지. 못 들여놔!"

하고 안간힘을 썼다.

"아니 어머니 웬일이세요?"

언제 들어왔는지 현순이가 눈이 휘둥그레해서 서 있다.

"온통 옷을 다 찢고 현두 애끼는 백세루[85] 양복을 ……."

현순은 무슨 영문인지를 몰라 돌아가며 방을 치다가 찢긴 옷자락 밑에서 할퀸 동무의 사진을 주워들었다.

"오라 더럽다. 그 간나 사진 당장 아궁이에 집어넣어!"

"대체 웬 망녕이세요?"

"냉큼 못 갖다 넣겠니? 그래 너희들 하는 일이 요 뽄새냐?"

어머니는 딸의 팔회목[86]을 잡고 사진을 나꿔채려고 버둥거렸다. 그 서슬에 비녀가 빠져 반백의 머리가 흐트러진 모양은 낯선 노파처럼 스스롭게만 느껴졌다. 새삼스레 어머니와의 사이에 어느 거리가 생기고 있음을 발

---

84) 원문은 '바지가래'.
85) 백세루 : 흰색으로 된 세루천. 세루란 서지(serge).
86) 팔회목 : 손과 팔이 잇닿은 자리의 잘록한 부분.

견하였다.

"에그 이 일을 어찌하나."

현순의 가슴은 약간 설레었다. 그래도 딸은 어머니를 믿고 싶었다. 동네 사람들은 어머니를 두고 인민반의 열성분자라고 말하듯 사실 당신도 자식들의 낯을 봐서라도 남에게 뒤져서는 안 된다고 새로운 생각을 받아들이기에 앞장서는 편이다. 단지 어머니의 리해가 고르지 못한 탓이려니 딸은 애써 대수롭잖게 여기려면서도 이미 느끼고야 만 거리감은 부정할 수 없어 마음 괴로웠다. 어떻게 해서라도 이것을 메꾸지 않는다면 이는 어머니에 대한 도리도 아니려니와 아우나 연경의 일도 낭패인 것이다.

젊은 딸은 마치 어려운 고비에 막다른 길라잡이 모양 한동안 이마에 손을 얹고 눈을 멀리 들었다.

"내가 수절하고 너희 오뉘 길러낼 젠 버젓한 세상 보고파 그랬지, 왜 어쩐다고 멀쩡한 자식 헌 짝을 맞춰줄까."

넋두리처럼 외우는 골똘한 어머니의 심정은 당장이라도 아들에게 달려가,

'이 자식아, 어미 대접이 이럴 수가 있느냐.'고 멱살을 쥐고 싱갱이라도 치고 싶도록 울화가 치미는 것이었다. 비록 구차한 살림일망정 단 하나의 아들이고 보니 매 생일마다 새 바가지 새 조리 기명 일습을 갖추어 오복을 빌어 왔거늘 하구 많은 사람 중에 그 배필이 이미 출가한 헌 사람이라면 금 간 그릇 보듯 속인들 좀 짠할 것이며 또 그 께름함을 어찌 참는단 말인가.

머리를 걷어 올리는 어머니의 손은 자꾸 떨려 비녀가 도로 떨어진다. 딸은 어머니의 등 뒤로 다가앉아 사뿐 어깨 위에 손을 얹었다.

"좀 진정하세요, 어머니."

"오라, 놔라."

어머니는 매정스럽도록 두 팔을 가로 흔들었다. 그 파닥거리는 품이 아이들이 떼를 쓸 때와도 같이 매련 없어[87] 현순은 저절로 웃음까지 나왔다.

"글쎄 어쩌자구 이러세요. 어머니가 제 기운을 당해내시겠어요?"

그제는 현순은 앞으로 돌아와서 어머니의 두 손을 모아서 꼭 쥐었다.

"어머니 말씀대로 하면 저도 쓰레기통 참례나 해야겠어요. 연경이처럼 헌 것이긴 매일반 아니에요?"

웃으며 말했건만 금세 어머니의 안색이 달라진다. 딸에게 손목을 잡힌 채 차차 해쓱히 빛을 잃고 싸늘하게 굳어져 가는 표정에는 마음의 당황을 감추려는 것이 력력히 읽을 수 있다. 그러나 현순은 이런 때에 알아듣기 쉽게 말해 두는 것도 좋으리라 생각하고 좀 과한 듯 싶었으나,

"제가 만일 누구에게 사진을 주었다가 이런 봉변을 당하면 장히 어머니 마음 좋으실 테지."

하고 입을 쫑긋하였다.

"온 세상에, 입 좀 못 다무니?"

어머니는 두 귀라도 막고 싶은 듯 손을 홱 뿌리치고 딸에게서 나 앉았다. 아물지도 않은 상처 딱지를 건드리는 것처럼 딸의 말은 미처 생각지도 못한 이녁 앞에 가로놓인 설움에 닿아 고만 가슴이 쓰라려 오는 것이다. 연경이를 두던하는 줄만 알고 있던 소리는 마디마디 제 신세 한탄이로구나. 자식 둔 부모 막말을 못하지 싶어 차차 어머니의 마음은 삭아오는 것이다.

"대체 연경이가 어떻다고 저러시는지 몰라. 오래잖어 판검사 되어 얼마

---

87) 매련 없다 : '매련'은 터무니없는 고집을 부릴 정도로 어리석고 둔함. '매련 없다'는 '매련하다'와 같은 뜻으로 쓰인 듯.

나 보람있게 살게라구."

현순은 눈앞에 동그마니 돌아앉은 어머니가 밝은 아우들의 생애에 있어서 만일 장해의 화신이라면 어머니를 변생變生케 하는 새로운 생명을 불어넣어야만 할 것이라고 생각한다.

일찍이 그에 대하여 조용히 이야기한 적은 없으나 현두가 연경을 어떻게 그의 마음속의 가장 좋은 자리에 살리고 있는 것쯤은 잘 알고 있다.

어머니의 성민지라 유독 사내아이인 현두에게 한해서는 엄격하였다. '홀어미 자식 호레스럽단 소리 들렸단 봐라.' 하고 웬만한 일에도 잡두렸다. 그렇게 자란 현두인지라 자연 소극적인 성격은 연경의 그 유다른 적극성과 강인한 자주성을 답답한 마음 신선한 공기를 찾듯 갈구하여 마지않았다. 더구나 해방 후로 하늘만 보고 뻗어가는 청대처럼 자기 성장을 하는 연경을 볼 때 현두는 자기에 대한 불만을 마치 그녀가 상쇄相殺나 해주는 것 같아 기쁘고 만족스러운 것이었다. 반드시 그와 함께 청춘을 같이할 때 두 사람의 힘은 얼마나 커질 것이며 자기는 자기대로 얼마나 또 새 기름 부은 기계처럼 신이 나서 속한 마력을 낼 것인가 하고, 그의 젊은 꿈은 연경에 대한 자력磁力으로써 부풀어 오를 대로 오른 것이었다. 이러한 아우의 새로운 인생을 위하여서 또 동무 연경의 지금까지의 쓰라린 과거에 대한 보상으로서도 그들의 결합은 꼭 성취시켜야만 할 것이라고 현순은 생각한다. 지금도 현순은 먼 지난날의 일이지만 전구電球공작소에 다닌다는 연경을 오랜만에 목욕탕에서 만났을 때의 일을 잊지 못한다. 현기증이 나서 여윈 몸을 가누지 못하여 자꾸만 현순을 붙들고 식은땀을 흘렸던 것이다.

"왜 언제는 그 앨 데려다 우리 형제처럼 기르려고까지 하셨다면서도 ······."

아닌 게 아니라 어머니도 연경이 생각은 못 잊는 것이다. 그렇다. 날품팔이꾼이었던 그의 아버지가 얻어 온 돌림병에 그의 어머니가 대신 죽었을 때 동생을 업고 어린 것이 애처롭게 울며 지게 관 뒤에 따라갈 때 차마 울타리 새로 넘겨다만 볼 수 없어 어머니는 남들이 꺼리는 죽음이었건만 외로운 호상을 하였고 조금만 심이 펴인다면 함께 데려다 기르고 싶었던 것이다. 그 뒤 뒤집 곁방살이로 떠나간 그들 부녀를 어느 공사마당에서 보았을 때 연경은 재강아지가 되어 흙 채질을 하는 것이었다. 먼지 속에 눈만 반짝이는 어린 것은 고달픈 홀아버지를 돕기에 물불을 모르는 것이었으나 해낮이 되면 빈속에 냉수만 들이키다 불볕 아래 쓰러지는 것이었다. 그 후로도 연경은 많은 어려운 집 자녀들이 그러하듯 생활의 혈로를 뚫기에 못 겪을 갖은 고비를 겪었거니와 그 어느 곳 하나가 원망을 세상에 할지언정 나무람 할 것이란 없는 것이다. 그러다가 마침내 그의 아버지마저 병석에 눕게 되자 단지 동생들을 건사하기 위하여 어떤 늙은 기업주의 후처로 들어갔던 것이다. 나이가 동떨어지기가 손부孫婦뻘이었다.

"아모려나 아슬아슬하게도 살어들 왔지."

하고 중얼거리는 어머니는 지금 자기가 무슨 생각을 하게 되었는지 아까같이 연경의 사진을 가지고 몸부림치던 일이 같은 자기 같지 않았다.

"누가 아니래요."

이렇게 대꾸하는 현순은 또 현순대로 해방 이듬해 정월 평양서 열린 류도六道 녀성대회에서 몇 해 만엔가 연경을 만났을 때의 일을 생각하였다.

"언니, 가난이 웬쑤 아니면 내가 왜 이렇게 되었겠수."

하고 목이 메던 그……. 되게 열병을 치르고 난 사람처럼 한 오큼도 못되게 성근 머리털을 목도리로 홈싹 싸는 그는 죽지 꺾인 날짐승처럼 처량하기도 하였다.

비록 불합리한 결혼인줄 번연히 알면서도 그래도 당초에는 육친을 위하여서라는 일종의 착각에서 오는 흥분된 영웅심까지 동반하였던 것이나 일단 들어가 놓고 보니 숱한 물력物力은 연경으로 하여금 길들인 암고양이가 될 것을 강요하는 세계에 지나지 않았다. 그러나 어려서부터 세파에 시달리는 동안 본능처럼 그에게 따르는 것은 자주적인 정신이었다. 뿐만 아니라 한 사람의 녀성으로서의 무참한 청춘의 울분이 서리었다. 차라리 눈앞에 곤욕을 당할지언정 뒤채어 보고 싶은 그는 하찮은 일에도 고이 체념할 수 없었다.

"늙고 무지한 게 제 말 안 들으면 두 말 끝엔 완력이구려. 정말 이 이상 머리채를 휘둘렀다간 내가 구신이 되고 말까봐."

그날 오후의 토론에 들어가 누구보다도 열렬히 연경은 녀성의 인권옹호를 부르짖어 만장 부녀자의 폐부를 찔렀었다.

그 이튿날로 연경은 입은 그대로 그 집을 뛰쳐나왔던 것이다.

"우리 조선이 일제의 철쇄를 벗어났는데 난들 왜 해방 못하겠수."

억한 심정에 가까스로 웃음을 짓는 연경의 손을 맞잡고 현순은 얼마나 굳은 우의友誼를 다짐했던가. 이제 그러한 연경을 어느 누가 한길을 막아놓고 물어본들 비웃을 사람이 있을 것인가. 또 그러한 연경이가 행복하지 않으면 대체 뉘게 그 권리가 있단 말인가. 그리고 그의 행복이 어찌 곧 현순 자신의 것과 구별된단 말인가. 오늘 민주개혁의 밝은 현실 앞에서 연경이 같은 녀자가 한 사람의 지어미로서의 자격을 다투는 마당에서 햅쌀의 뉘처럼 튕김을 받아야할 아무런 죄과가 있을 리 없다. 오히려 그 죄과는 튕기는 편의 우매함에 돌릴 밖에 없는 것이다.

현순은 어머니 무릎 앞에 바싹 다가 대었다.

"그래도 그런 말씀 하시겠어요?"

"……."

"네, 어머니?"

현순은 어머니의 대답을 듣기 전에는 물러나지 않겠다는 듯이 두 손을 깍지 끼고서 조용히 기다리고 있었다.

어머니의 여윈 가슴은 발딱거리는 잦은 숨소리뿐 좀처럼 말이 없다.

"그럴 바허군 다신 절 보고도 재혼하라고 마세요."

그제는 어머니의 긴 한숨이다.

"매친 것. 그럼 외도토리처럼 혼자 늙어죽을 텐가?"

거지반 입안에서 하는 소리다. 눈앞의 딸을 보니 진심인즉 헌 것이고 새 것이고 사람 추세[88]할 것이 못되었다. 다만 하나, 마마 자국처럼 어머니의 낡은 생각 가운데 그런 기성관념이 의미 없이 남아있었을 따름이다.

"난들 떼어놓고 연경일 생각하면 흠잡을 건덕지도 없다."

하는 어머니는 해방 후 연경이가 새 세상 좋은 일 한다고 제 일신도 안 돌아보고 어느 남자에 지지 않게 부지런하던 모습이며, 더욱이 저녁으로 놀러오면 자기를 붙들고 늦도록 글 배워준다고 차라리 자식들보다 극성으로 재낭[89]을 떨던 일까지 떠오르는 것이었다.

"단지 현두가 입때껏 있다 그렇게 되니 말이지. 것두 저희들 연분이라면 할 수 없다고도 하겠지만 어디 사람의 마음이란 그런가 말이다."

수굿한 어머니의 말은 그저 그렇단 술회일 뿐 이제는 오히려 딸의 무슨

---

88) 추세 : 세력 있는 사람에게 붙좇아서 따름.
89) 원문대로.

말을 기다리는 것 같았다.

"온 연분이랄 게, 성격이 맞고 사상이 일치해, 서로 리상이 같아 건강하겠다, 연분도 다 시대 따라 간답디다."

하고 현순은 호호 웃었다.

"사실 연경일 두고 현두 혼자서 애가 달지, 그 애야 공부 욕심에 눈코 뜰 새 없답니다. 그 사진도 제게 있는 걸 가져간 거예요. 좀 자세 알기나 하시고 화를 내시잖고."

"그러기 내 당초부터 현두가 괘씸탄 말이다. 나도 연경일 두고 한 번이라도 그런 생각을 해봤어야 말이지."

"또 저러시네. 괘씸한가 안 한가 이다음 반상회 때라도 한 번 공개토론에 부쳐보세요. 평소의 어머니답지 않다고 모두 웃지들 않나."

한동안 장죽에 담배를 붙여 물고 있던 어머니는 천천히 입을 열었다.

"허기사 남이 그런 소리 하면 나도 아마 봉건이라고 할라 ……. 다 제 앞의 일은 등잔 밑이 어둡다고 한 벌 씌어 안 뵈니라."

하고 피식이 웃으며 다시 장죽을 문다.

내뿜는 연기가 옆에서 보기도 시원스러웠다.

"어머니 오늘 톡톡히 사상 검토 받으셨지? 인제 연경이 오면 자아비판하실 일이 큰일이야."

"몰라! …… 현두가 양복을 찾으면 어쩌니?"

하고 열적은 듯이 딴청을 하였다.

"쥐가 쏠았다고나 하지요."

"아서 재수없단다, 그런 소리."

"그보다도 사진을 찾지 않겠어요?"

현순은 고개를 움찔했으나 어머니는 대롱 털던 손을 잠시 멈추며,

"인제라도 가서 네가 다시 한 장 얻어 오려무나."

하였다.

"참 그러기라도 해야지."

"친허다구 오늘 얘긴 입 밖에 내는 법 아니다."

어머니도 딸을 따라 일어나 사방 문을 열어제치며 후련하게 소낙비나 한 줄금 지나갔으면 좋겠다고 낮은 하늘을 내다보았다.

"오늘 날씨가 무더워서 괜히 어머니가 망녕을 피우셨지."

딸은 대야에 냉수를 가득 떠다 마루 위에 올려놓았다.

"자, 개운하게 세수나 하세요."

그러고 밖으로 나가는 현순을 어머니는 갑자기 불렀다.

"웬만하면 같이 데리고 오렴!"

『문학예술』, 1949. 12.

어느 한 유가족의 이야기

　곡식 바리를 들여다 쌓은 지 며칠 안 되어서다. 정덕은 돌아가는 말들이 그리 허황치는 않은 줄 알면서도 묵직한 현금 분배까지 받고 나니 한 해 년사 끝이 이와 같이 후하랴 싶어 얼떨떨하였다. 곡식이야 농사군의 딸로 나이 삼십이 넘는 이날 이 끝 내남의 것 없이 실컷 다루어 보았지만 이렇게 한꺼번에 45,000여 원이나 되는 지폐 뭉치를 손에 쥐어 보기란 난생 처음이었다.

　정덕은 이 기쁨을 시뉘 춘단이와 나눌 수 있는 게 다행스러웠고 이미 유명을 달리한 남편이나 시아버지와 그러지 못하는 게 한스러웠다.

　지금도 정덕은 남편 생각을 하면 가슴이 두근거리고 수줍음이 앞선다.

　시집온 지는 오랬으나 실속 있게 같이 지낸 동안이 얼마 안 된 탓인지 남편은 항상 먼 데 손과 같아 서먹한 그리움과 어려움이 떠나지 않았다면 시아버지와는 친 부녀간이나 다름없었다.

　철들면서부터 모든 환난을 같이하며 모시고 사는 동안 시아버지는 정덕의 힘이 되고 그늘이 되었던 것이다.

　정덕은 어떤 모임이나 사람들 속에서 시아버지의 말이 나오면 생전이나 사후나 한 가지로 일종의 긍지감을 느끼곤 한다. 철시가 바뀌어 로인 생전에 구미에 당겨 하던 음식가지라도 대하면 죄송한 마음에 가슴이 죄어 오기도 한다. 전에는 지각도 덜 트이고 넉넉지도 못하여 못다 공경하였다면 이제는 그 모든 것이 폈으나 모실 분이 세상에 안 계시니 어찌 원통하지 않으랴!

정덕은 일시적 적 강점 시기에 희생된 남편의 최후 모습과 함께 한 구덩이에 생매장 당한 마을의 청장년들의 시체를 따로따로 푯말 세워 감장하고 돌아온 날 시아버지가 하던 말을 잊지 않는다.

"똑똑히 정신을 채려야겠다. 천하에 못 당할 일을 당하고 그저 실수가 없다. 우리 문운리 마을이 이 꼴이 되다니 이제는 마을일도 우리가 꾸려나 가야겠다" 하고 혼잣말처럼 장탄식하였다. "아 참, 이 원쑤를 어찌 그저 두고 산담!"

정덕은 자기가 남의 뒷손가락질 안 받고 오늘 조합의 핵심이 되어 살아나가는 데는 시아버지의 그 장탄식 속에 맺혀 있는 굳은 결의와 마을에 대한 의무와 애착을 고비마다 가슴속에 키운 까닭이라고 생각한다. 정덕은 현재 문운협동조합의 제 3작업반을 맡은 조합 내의 유일한 녀작업반장이다. 차근차근 앞뒤 사리를 따져 흑백을 잘 가리는 통에 은근히 켕겨서 멀리하는 사람들도 없지 않으나 매사에 꿀릴게 없이 곧바르고 분별 있게 남의 아픈 사정을 이내이내 알아 차려 군중의 신망은 두터웠다. 이러한 자기를 만약 시아버지가 살아계셔서 옆에서 보아 준다면 얼마나 기뻐하시랴 싶어 징검다리를 건너뛰다 무심코 건너 온 냇둑을 다시 보던 그는 문득 걸음을 멈추고 말았다.

짧은 가재수염이 앙상하게 모난 턱을 떨며 땅거미 들기 시작한 어스름 속에서 지팡이에 강마른 몸을 의지하고 며느리가 들에서 돌아오는 것을 기다려 한사코 꼴단을 받아 내리려고 임의롭지 못한 몸을 움직이다가 쓰러지곤 하던 시아버지의 모습이 자꾸만 앞길에 밟혔던 것이다.

원쑤들에게 이래저래 허리만 다치지 않았어도 아직 정정히 살아계실 게 아닌가? 생각하면 시아버지의 생애는 못 겪을 액운을 많이 겪은 것도 사실이다.

동서 옥금이가 그렇게 되자, 즉 초중 교원을 하다 인민군대 나간 시아우가 전사하여 채 탈상도 맞기 전에 네 살 된 어린 기섭이 놈을 남겨두고 사랑채에 소개해온 평양 사람의 친척된다는 젊은이와 눈이 맞아 행방을 감춘 뒤 시아버지의 귀밑의 성근머리는 보리수염처럼 하얗고 꺼칠해졌다. 마치 죽은 자식보다 떠나는 며느리 뒷모습에서 거듭거듭 참척을 당하는 격이었다.

차츰 로인은 맏며느리 정덕을 보는 눈이 달라졌다. 애원하듯 때로는 불안한 시선으로 며느리의 문밖출입마저 초심90)해서 살폈던 것이다. 아닌 게 아니라 그 당시의 정덕은 동서 옥금이가 물인둥 불인둥 모르고 새 정을 따라간 뒤 남들이 하는 대로 도저히 욕하고 비웃을 수는 없었다.

'홀시아버지 아래 조마구만한 아들 녀석 하나씩 바라고 새파란 청상과부가 한 지붕 아래 둘씩이나 뭐하자고…… 차라리 동세 자네라도 잘했네.'

이렇게 두둔하고 싶었고 어차피 뭇사람의 화살을 등 뒤에 맞으며 찾아간 길인 바에야 마음 단단히 먹고 잘 살기를 바랐던 것이다.

다만 정덕은 또드락또드락 커가는 기섭이 놈이 자기를 엄마라고 해도 좋으련만 부디 '큰 오만!' 하고 부를 때면 어린것이라도 제 살붙이가 그리워 격을 두는 것만 같아 키운 정이 소용없나보다고 때로는 공연한 심사가 나

90) 초심 : 애를 태우는 것.

서 옥금이를 나무라기도 했다.

'에그 매정한 사람아, 어느 구석에 가서 세상 재미 다 보기에 저 어린 놈 가슴에 어미정을 따로 트게 하는가!'

스스로 생각해도 시아버지 돌아간 뒤의 이 3년간이란 정덕으로서 아슬 아슬한 고비였고 시련의 나날이었다.

당시 열네 살 먹은 시뉘 춘단이를 위로, 열한 살짜리 코홀리개 막내 시동 생, 여섯 살 먹은 자기 어린놈, 그리고 어미와 생리별한 다섯 살 된 조카, 이렇게 오구구 조무래기들만 정덕은 단손으로 먹이고 입히고 학교를 보내 고 해야만 하였다.

하다못해 아이들이 고뿔 하나를 앓아도 더 조심만스러웠고 혼자서 진료 소요 한약국이요 뛰어 다닐 판이다. 이러한 그에게 이웃 간에 사는 남편의 친구요 제대군인인 함응선이 부처는 음으로 양으로 정덕을 보살펴 주었다. 큰 일 몰이 밭갈이나 논갈이는 자기 일을 젖혀 놓고 성큼 해주었고 때 없이 드나드는 응선의 처 부전이는 보고들은 대로 남편에게 이야기하는지 연장 자루며 소 고삐, 심지어 두레박줄 같은 것도 닳아질 만하면 알맞춤 새로 갈 아주기도 했으나 정덕은 받은 정이 고마워서인지 도리어 서러워져, "너무 들 그러지 말아요!" 하고 될 수 있으면 남의 눈에 구구스럽게 보이지 않게 혼자서 해내려고 바드득거렸다.

그러기에 겉보기엔 다시 혼연스러워졌지만 마음은 노상 대목머리 베틀 앞에 나앉은 것처럼 총총하고 팽팽하였다.

이 결기와 긴장이 전후 농촌에 부과된 거세고 고된 일을 말없이 감당케 한 것이다. 30리 길이 동막이[91] 때도 자드락밭을 일구어 보습날을 세울 때

---

91) 동막이 : 물을 막기 위하여 둑을 쌓는 일.

도 그는 전에 남편이나 시아버지들의 일솜씨를 생각하고 흙짐도 더 지고 손바닥에 침도 더 뱉어 보탑[92])을 쥐었다.

'내가 내 힘으로 하지 누굴 믿고 하늘에서 낟알 떨어지기를 기다린담!'

그러던 차 빈농민, 피학살자, 유가족 및 후방 가족들이 20여 호 모여 문운리에서 협동조합을 무었을 때 정덕은 비로소 마음이 탁 놓여 목 놓아 울었다. 조합이란 집단은 전시의 품앗이반과도 달라 사람의 마음을 불각시로 한 덩어리로 뭉쳐놓는 위력을 갖고 있다고 정덕은 생각하였다. 그러기에 아침마다 마을 한복판 빈 터 버드나무 가지에 매달린 긴 포탄 깍지종이 울리면 세상없는 일을 집안에서 하다가도 놓고 논밭 일터로 달려가 하루해는 잡념 없이 어두워진다. 자주 한 자리에 모이게 되니 전에 없이 속사정도 털어놓게 되고 어지간히 소소한 일 사람과의 알력 같은 것에 속을 썩일 게 못되고 콩비지 하나라도 어떻게 지지면 맛있는가 하는 이야기로부터 심심하면 옛이야기며 우스개를 주고받는 새 일 자리는 굴어갔다. 그들은 자기가 한 일들의 엄청남에 놀라고 그 다음은 합심해서 하려 들면 못 하는 일이 없다는 결론에 도달했다. 그 증거로 숫한 폭탄 구덩이가 간데 온데 없고 전시에 벌거벗은 당산이 이젠 상전이 되어 오뉴월이면 신록이 설렁거려 애들은 오디를 따먹느라고 떠나질 않게 되었다. 이처럼 하는 일에 신이 나고 해놓은 일에 보람이 있으나 밤이 되면 회의에 갔다 오고 혹은 하품을 참아가며 제승기[93]) 발판을 드렁드렁 돌리다가 곤해서 집에 돌아와 자리에 누우면 도리어 잠은 천 리나 달아난다. 가을밤, 겨울밤이면 왜 그리 문풍지소리, 날아가는 밤새소리, 아랫목에 누워 자는 어린것들의 숨소리까지 …… 낱낱

---

92) 보탑 : 쟁기질하는 사람이 쥐는 쟁기의 손잡이.
93) 제승기 : 새끼틀. 볏짚으로 새끼를 꼬는 기계.

이 가려들게 되는지 모른다.

천심으로 깊이 잠든 이 어린 사람들의 머리맡에서 죄 많게 왜 이러는가. 자기를 나무라고 꼬집어도 보며 다시 잠을 청해보려고 천정의 서까래를 세어 보다가 정덕은 대롱대롱 대들보에 매달아 놓은 종이봉지에 눈이 갔다.

시아버지가 생전에 당귀요 지황 뿌리요 인동 넝쿨이요 하고 이웃에서 누가 속앓이만 하여도 그 봉지를 펼치던 뭉툭하니94) 구부정한 손끝이 눈 앞에 어른거렸다.

종이봉지들은 이미 누렇게 거미줄과 파리똥에 그슬렸으나 그것을 싸서 매달던 시아버지의 마음은 그 속에 그냥 담겨있을 것만 같았다. 정덕은 일어나 발돋움하여 그 중의 하나를 내려 먼지를 털고 불빛 아래서 펼쳐 보았다. 싸 하니 향긋한 약초 냄새는 좀이 먹어 바스라졌을망정 산 정기를 머금고 자란 그대로인 것만 같았다. 정덕은 코에 대고 갈증 난 사람이 물을 마시듯 거푸 숨을 들이키며 그 냄새를 맡으니 심한 신열 끝에 취한取汗이나 하고 난 때처럼 몸과 머리가 가뜬해지는 듯하였다.

"사람이란 맘성이 제일이니라. 맘성이 바르지 못하고야 제 아무리 태산을 떠온들 무얼 하리."

시아버지는 전일 왜정 하에 일본 북해도에 맏아들과 함께 징용 간 함응선의 집을 날씨 보아 이엉도 고쳐주고 가을이면 김장 구덩이도 파주었고 기장 모개로 삼노끈을 감아 방비도 탄탄히 매주었으며 또 마을에서 남자 손 없이 외롭게 사는 집을 지나는 걸음에도 간혹 들여다보는 것을 잊지 않는다.

해방이 되고 토지를 분여 받아 첫해 농사 추수를 들여쌓자 남들은 지붕

---

94) 원문은 '뭉뚤하니'.

에 기와를 인다, 재봉침이다 양복장이다 사들이는 판에 시아버지는 목돈을 들여 세멘 콘크리트로 액비통95)을 만들었을 때 소박한 마을 아낙네들은, "저 두상은 늙마에 거름 감투를 쓸 작정인가보다"고 지각없는 말들을 돌리는 것이었다. 그뿐인가 남들은 원 없이 찹쌀 약주를 마시며 돌림으로 풍년을 즐길 때 시아버지는 맏아들이 일보는 리 위원회에서 타도의 우량종 감자씨를 구해 오게 토의 되였을 때 절기가 절기니 만큼 그저 몸만 갔다 오는 것도 아니어서 막상 떠날 사람이 정해지지 않는 것을 알고 아들 보고, '내가 갔다 오자꾸나' 하고 황중미96) 좁쌀 서 말을 지고 먼 강원도 회양 땅을 찾아 가서 그 고장 주먹 다시 같이 굵고 붉은, 삶으면 분가루가 포시시 날리는 감자씨를 바꿔다 마을에 퍼뜨렸던 것이다. 그것도 사실은 설마 젊은 이가 없겠는가고 리에서들 만류한 것을 아들 몰래 그리 나섰던 것이다.

'내가 바로 그 어른의 맏며느리가 아닌가? 그 아버지의 심지를 받아 그 아들이 또한 나라 앞에 떳떳이 죽었거늘 그 아내 된 내가 밤이면 이러고 있으니 자그마니 내가 매치지 않는가?'

그제는 정덕은 잠 안 오는 밤이면 전등을 나직이 내걸고 바느질도 하고 혹은 강습 받은 영농 학습장도 뒤적여 본다. 다 아는 소리 같으나 "상전 시비에는 닭의 똥이 좋으며 또한 과수에도 좋은바 그것에는 린산 석회분이 많으며 ……' 하고 소리 내어 읽다가 문득 회양 감자씨 '얄로비자쩨야'에 대하여 앞서 농산반에서 민청원들이 떠들던 생각이 났다.

'옳지! 고구마보다 더 맛있는 회양 감자를 구덩이로 묻어 놓고 먹으면서도 이제 어느 누가 우리 아버님 생각을 할까? 모두다 그저 된 줄 알지. 이

---

95) 액비통 : 물거름통. 물거름이란 똥, 오줌같이 액체로 된 거름.
96) 원문대로.

다음 농산반 모임에 가서 학교 가주 나온 패거리들한테 한바탕 이야기 좀 해야지. 아마 그때 아버님이 그 감자씨를 가지러 눈 쌓인 추지령을 넘으시던 이야기를 하면 모두 가슴들이 뭉클해 올 걸.'

정덕은 그런 이야기를 눈이 똥그래서 듣는 민청원들의 불덩어리 그대로의 표정들이 잠든 시뉘의 얼굴 위에도 떠오르는 것 같았다.

시아버지는 동서 옥금이가 그러고 나간 뒤 속으로 된 응혈이 진 것처럼 얼굴에 차차 가짓빛 같은 진한 검버섯이 돋기 시작하였다.

60여 평생 자기를 희생하고 자기를 이기며 살아온 강직한 로인으로서는 이편 자녀나 살붙이에 대해서도 그만큼 요구성이 강하였고 사람은 마땅히 그래야 한다는 신조로 살아온 것이다. 조상 볼 낯이 없다는 그런 구식 생각이라니보다 졸지에 무슨 청천 벽력 같은 변이나 당한 듯이, '사람의 가죽을 쓰고 그럴 수가 있으랴!'고 말없는 심중의 통탄은 한밤이면 사잇벽이 흔들리도록 한숨을 짓게 하였다.

시아버지는 중년에 위로 두 아들과 아래로 돌 지난 막내둥이와 네 살 난 계집아이 4남매를 앞에 놓고 상처를 당하였던 것이다. 이웃 간에서는 재취를 권하였으나 자식들에게 다신어미의 서러움을 아니 보이겠다고 수 년을 꼬박 혼자서 지내다가 맏며느리 정덕을 맞아 들였던 것이다.

새 며느리가 마음에 든 홀시아버지의 기쁨은 비할 데가 없었다. 신부가 폐백을 드리며 큰절을 할 때 너무도 황감한 나머지 시아버지는 맞받아 재배를 하여서 한동안 인근 사람들에게 놀림을 받았던 것이다.

"예소. 이 사람! 언제적 례법인가, 이녁 자부한테 코가[97] 땅에 닿게 절을

---

97) 원문은 '코이'.

하다니."

　정덕은 열일곱에 6년 맏이인 신랑에게 시집 와서 이내 징용가고 없는 집에서 시아버지를 의지하며 살았다. 시아버지는 밤에 짚신을 삼다가도 까물거리는 방등 아래서 정덕이가 시동생들의 헌털뱅이며 버선짝을 깁든지 하면 슬그머니 나가서 군불을 지피기도 하고 어둠속에 물 초롱 소리도 없이 조용히 샘터로 나가 독을 채워주기도 하였다. 또 어떤 때는 "새 아가, 소요리(친정)나 좀 갔다 온!" 하고 영계 마리를 손수 맞잡아 다리를 묶어 다래끼에 넣어 주며 말미도 주었었다.

　그러기에 정덕은 "우리 아버님 같은 분은 세상에서 드물거야" 하고 우물길에서나 길쌈방에서 자랑하였다. 그렇건만 단 한 가지 동서 옥금이에 대한 시아버지의 태도만은 정덕도 "너무하신다"고 불복하는 마음을 감추지 않았다.

　아무리 정덕이가 옥금에 대하여 그만 마음을 푸시라고 에둘러서 비쳐보아도 로인은 입을 다물고 만다. 당신 눈에 흙이 들어간 연후라도 그 괘씸한 소위는 용납 못하리라고 긴 장지 눈썹을 양쪽에 곤추세울 때는 가슴이 써늘했다.

　그리 볼 탓인가 시아버지의 뒷목발치[98]는 더욱 가늘어지고 이마와 량볼에는 어둔 주름이 깊게 패여 거기엔 마음의 고통을 참는 기름땀이 송송 내배인 듯하였다. 아이가 제 사촌이나 이웃 애들과 조금만 찌국짜국 하여도 시아버지는 만사를 젖혀놓고 달려가, 안아다 무릎 앞에 앉힌 후 바라보는 그 눈엔 정덕으로서는 이해할 수 없는 우수에 젖어있는가 하면 자식을 버리고 간 천려[99]한 어미에 대한 호된 매질을 하는 혁노가 번득이듯 집안

---

98) 뒷목발치 : 목덜미 아랫부분을 가리키는 말인 듯.

개짐승도 슬그머니 그 앞에서 무서워 자리를 비켰다.

"아버님 기섭 어멈이 저를 믿기에 그러고 간 거예요. 고만 마음 푸시고 걱정 놓으시라요."

"넌 그건 말이라고 하니? 나 죽은 뒤 넌들 어찌 믿어서 ……."

하는 시아버지는 젊은 며느리 앞인 것도 가리지 않고 오랜 세월 참아 온 무거운 오열을 터트려 꺽꺽 숨넘어가는 소리를 내며 허리를 굽혀 그 자리를 피해 가는 것이었다. 로인은 아무리 딸자식같이 정든 며느리 할지라도 마음속에 있는 말을 못 다하는 것이다. 작은 아들 기섭이 아비를 기를 때만 해도 홀아비 자식이란 소리 안 듣게 하려고 먹는 것은 할 수 없었지만 남의 눈에 띠우는 입성만은 마음을 썼다. 그래서 쥐꼬리만치나마 얼마 동안 학교를 보낼 때 진종일 밭갈이한 피곤도 잊고 밤을 새다시피100) 헌 양말짝을 기워 신겨 원족을 보내곤 했던 것이다.

"아버님, 기섭이로 말하면 제가 있는데 뭘 그러시는가요. 이왕 간 사람 가지고 두고두고 그러시면 어디 그 사람 꿈자린들 편하겠어요?"

한번은 녀맹 회의에 갔다 와서 정덕은 그 어떤 흥분을 참지 못하고 시아버지 앞에서 처음이며 마지막인 항변과 주장을 세워보았다. 회의에서는 후방 녀성들의 도덕적 품성과 관련하여 떠나고 없는 옥금의 문제가 또다시 말썽이 되었었다.

"원 사람이 살다가 실수도 하지. 너무 그러지들 맙시다."

이 한마디를 했다가 도리어 정덕은 콧방을 맞았다.

"정덕 동무, 남의 집에서 그랬담 봐, 동문들 그리 선선하겠는가?"

---

99) 천려淺慮 : 생각이 얕다. 소견이 좁다.
100) 원문은 '패다시피'.

"인섭 엄마, 임자 같으문야 동네 큰 경사 터진 셈이네."

이렇게 유독히 입심 센 나인네[101]들도 있었으나 암만해도 정덕으로는 그런 말들은 지나가는 비양청[102]에 달렸지 같은 동성으로서 그렇게만 해 치울 수는 없었다.

"나는 뻐젓하다"고 치마꼬리를 내두르면 다 될 일은 아닌 것이다.

그 후 시아버지는 정덕이들이 달밤에 품앗이반에 나가 조이씨를 뿌리는 데 어린 딸 춘단을 시켜 밤참을 짓게 하여 손수 당신이 날라다 주고 돌아오는 길 밤늦게까지 일들을 하는 리 위원회에 들렀었다. 죽은 아들 생각이 나서 길도 더러 돌아 다녀 보았으나 로인은 그것도 부질없는 짓 같고 지금은 비록 얼굴은 다르나 거기 드나들며 일하는 젊은이들이 다 자기 아들만 같았다. 마라초 연기가 가득한 속에 산판을 투기며 서류 속에 묻혔던 서너 사람 얼굴이 일제히 기침을 하며 들어서는 로인을 보자 제 식대로 인사를 하였다.

"음 수고들 하네. 지내다가 방공막에 불빛이 좀 새더라니."

"너무 답답킬래 ……."

하고 서기장이 문을 닫고 포장을 잡아 당겼다. 방안을 둘러보고 구호 붙인 먹 글씨에 눈이 간 로인은 이 방안에 있을 사람인 자기 아들 생각을 더듬다 말고 입으로 딴말을 하였다.

"어서 일들 보게. 난 마음이 든든하이. 밭에서 시방 나인들은 씨를 뿌리고 안에서는 자녜들이 대계大計를 세우고, 우리가 미국 놈들 안 이기고 말이 되는가. 허허 ……."

---

101) 나인네 : 나인. 아낙네.
102) 비양청 : 빈정거리는 투.

로인은 웃었으나 속으로는 울었다. '에잉! 잠신들 내가 어찌 그저 있다니!' 로인은 그 길로 집으로 달려와 아무 모르게 헛간의 보습을 매노라고 거친 숨을 몰아쉬었다.

로인은 군대 나간 웅선네 미루등 밭으로 소를 몰았다. 밝는 날 웅선의 처 부전이가 나와 보고 깜짝 놀라, "아니 이게 무슨 조화래여!" 하고 자기 며느리에게 쫓아와 수다를 떨 일을 생각하니 로인은 빙긋이 웃음까지 나와 다친 허리가 걸리는 것도 잊고 이마에서 팥죽 같은 식은땀을 흘리며 쟁기채를 이리저리 돌렸다. 너무 정신을 쏟아 부어 땅만 보고 가는 통에 로인은 새벽녘에 불의에 저공하는 적기소리도 미처 못 들었던 것이다. 로인이 귀창103)이 째지는 작탄104)소리를 듣고 황망히 소를 골짜기에 밀어 내리듯하고 고개를 쳐들었을 때는 이미 허리를 맞아 순식간에 인사불성이 되고 말았던 것이다. 그리하여 로인은 근 1년간을 몸져눕게 되었고 마지막 몇 달은 거의 대소변을 받아내다시피 몸을 움직이지 못하였다. 그러나 추호도 도섭105) 없이 시중드는 며느리를 보고 시아버지는 과연 네 말대로 걱정을 놓겠노라고 입가에 웃음을 띠며 약그릇도 들었다. 그런가 하면 한편 정덕의 마음은 반대로 불안스러워졌다. 저러다 시아버지가 돌아가시면 어쩔 것인가 하루에도 몇 번이나 겁이 덜컥 났다.

'이 조무래기들 하고 앞으로 어찌 살라!'

그 생각만 하면 당장 눈앞이 캄캄하고 세상살이가 그 무슨 업원만 같았다. 어떤 때는 살그머니 자기 어린놈만 둘쳐업고106) 친정으로나 가서 눈앞

---

103) 귀창 : 귀청.
104) 작탄 : 손으로 던져서 터뜨리는 폭탄.
105) 도섭 : 주책이나 번덕.
106) 둘쳐업다 : 둘러업다.

에 아무 경난도 겪지 말았으면 하는 생각도 지나갔다. 그 마음 가운데는 그 당시 30이 되려면 아직도 몇 해 기다려야할 자기의 젊음에 대한 애석함도 있었고 남과 같이 구애 없이 희희낙락 살고 싶은 세상욕심도 섞여 있었다.

그러면서도 새벽이면 잠깬 어린것들의 재잘거리는 소리와 로인의 기침 소리에 습관처럼 벌떡 일어나 분주한 하루 일을 시작하는 것이었다. 시동생들의 학교 가는 시간 밥을 지어야 했고 시아버지의 약탕관의 불을 봐야 했으며 논일 밭일 다 다녀야 했기 때문에 나중에는 미처 다 거두지 못해 송아지와 돼지도 남의 손에 넘겨주어야만 하게 되었다. 어느 날 정덕은 조석으로 길들인 짐승을 제 손으로 우리에서 꺼내다 말고 황망히 우리 문을 도로 닫고 돌아서 버렸다.

"제가 잠 한 잠 덜 자고라도 이것들을 그대로 거둬야겠어요. 설사 남의 손에 넘기더래도 시아버님 생전에는 집안에서 즘생 소리를 끊치지 말게 할까 봐요."

정덕은 가지러 왔던 사람에게 되사정하듯 내놓지 않고 말았던 것이다. 이 말을 시아버지는 병문안 온 마을 사람들을 통해서 전해 듣고 다시 한 번 모든 것이 안심된 듯 편안한 임종시를 맞았던 것이다. 로인은 며느리 앞에서 웃으며 유언했었다.

"큰 아가, 네가 다 맡게 되었다. 준모 저놈이 크면 제 두 형 구실할 게고 또 춘단이도 네 말벗 일벗은 될 게다. 부디 인섭이, 기섭이를 봐서라도 네가 고생을 해라."

로인은 그렁그렁 목안의 가래를 뱉으면서 며느리의 손을 더듬으며 혹시 웅선이가 제대 되어 돌아오면 우리 일은 남 보듯 아니하리라고까지 하였으나 그 정황에 정덕은 그런 말이 귀에도 안 들렸다. 어린 시동생 남매가 아버지 앞에 무릎을 꿇고 앉아 바람맞이에서 꺼져가는 불빛을 지키려는 그런 절박한 눈으로 자기를 올려다보는 것을 보자 그만 정덕은 얼굴을 치마폭에 가리고 흐느꼈던 것이다.

그 후에도 정덕은 그 겁에 질린 듯한 시꺼먼 두 쌍의 왕머루알 같은 눈을 발발 떨며 자기를 올려 보던 것을 생각하면 헤쳤던 옷섶도 여미고야 만다. 만약시 이 어린 조무라기 넷을 귀찮다거나 무거운 짐으로 생각는다면 그는 천도에 어긋난 일인 줄로 알았다.

그렇지 않다면 이 정씨 집안에서 두 사람의 청장년이 나라 위해 싸우다 간 보람이 어데 있으랴 싶었다. 유정덕이라는 한 녀자가 자기들이 고향에 두고 떠난 늙은 부모를 모시고 또 어린 동생들과 자식들을 지키고 길러준 다는 그 믿음 없이 어떻게 자기 남편이나 시동생들이 원쑤가 노리는 총끝 앞에서 자신 있게 죽어갔으며 어떻게 고지의 돌격전에서 최후까지 용감했 으랴. 고향에 부모 처자를 두고 조국을 지키러 떠나간 사람들은 원컨대 안 심하고 고이 집을 지키는 자기들의 정렬한 아내와 누이들을 믿고 자랑하라 고 소리높이 외치고 싶은 정덕인 것이다. 다른 사람은 몰라도 자기만은 그 렇게 살 것을 깊이 맹세하였다.

시아버지의 사후 리 당이나 리 인민위원회에서 될 수 있으면 정덕의 짐 을 덜어주고자 아이들 중 큰 애들만이라도 유자녀학원이나 애육원에 보내 자고 혹은 본인이 희망하면 학교라도 가지 않겠느냐고 권하였을 때 정덕은 고개를 저었을 뿐 아니라 노여움을 탄 듯이 얼굴을 붉혔던 것이다.

"무슨 말씀들을 그리 하세요? 돌아간 아버님이나 인섭이 아버지를 봐서 라도 제가 어디 이 마을에서 손님 대접을 받을 처진가요. 원 참!"

그는 떨리는 손으로 가슴속의 것을 더듬어 옷 위로 꼭 그러쥐었다.

다른 사람은 몰라도 적어도 자기는 리 인민위원회 서기장을 하던 피학살자 유가족이다. 동시에 나라의 운명에 용감히 뛰어들 것을 그 사명으로 교양 받은 한 사람의 녀당원이 아니가. 그런데 좀 더 편안하고 마른 자리로 물러앉다니, 항차 남들은 죽을 둥 살 둥 모르고 고난과 애로와 싸우는 이 전후에!

"우리 같은 처지가 공화국치고 한둘일세 말이지, 참 저를 모욕 주어도 유분수지요." 이 말은 누가 시킨 것도 아니요, 자기도 모르는 새 튀어나온 말이다. 정덕은 자기의 음성에 자기 아닌 그 어떤 딴 사람들의 힘, 이를테면 시아버지나, 그 생애와 젊음을 못다 살고 간 남편이나 시동생들이 남기고 간 바로 그 힘이 자기의 체내에 쉬지 않고 핏줄을 타고 있다고 느껴진 것이다. 그 힘이 바로 가감승제도 제대로 못하던 정덕으로 하여금 3,40명 거느리는 작업반장의 역할을 담당케 했다고도 할 수 있는 것이다.

그러고 보니 그가 손에 쥔 돈뭉치가 바로 돈이 아니라 자기의 힘을, 성심성의 조합을 위해 바친 마음으로 오늘 원칙 바른 눈이 저울에 떠서, "옛수다 바로 이렇쉐다" 하고 눈앞에 보여준 것이나 다름없다고 생각되는 것이었다.

'안 그럴 수 있는가 말이다. 내게는 남의 세 곱 네 곱의 힘이 살고 있다. 못 감고 간 눈들이 몇인가 말이다. 조합에서야 지금 제5작업반장 함응선이가 군대식으로 맺고 끊고 잘 해 나가지만, 난들 못 따라 잡겠나.'

2년 전에 응선이가 제대 되어 돌아와 퇴락한 자기 집과 정덕의 집 거친 담장이며 뜨락을 둘러보고 주먹으로 눈물을 씻으며 잠자코 돌아가더니 그날 밤 새 옷을 갈아입은 자기 아내 부전을 앞세우고 말끔히 면도한 얼굴에 술병을 차고 와서 웃음을 띠며 말은 조용하나 뜻은 단호하게 정덕을 위로 했던 것이다.

"이 댁 아버님이 우리 집 밭갈이 하다가 가셨쉬다. 아니라도 내 성은 함가 성을 가졌지만 죽은 윤모(정덕의 남편)생각을 하면 정가 성 한가지요. 조선이 해방됐단 소릴 듣고 우리가 구사일생으로 밀선을 타고 북해도서 돌아왔쉬다. 저 죽으면 나도 죽고 저 살면 나도 살자고. 그래 전쟁이 나자 저는 후방에 나는 전방에. 해방 후 내가 공장으로나 뜰까 했을 때 윤모가 나를 틀어잡고 면당으로 갔지요. 내가 당 사업을 한 것도 사실은 윤모 덕이오. 그리고, 내가 집에 없는 동안에 ─ 왜정 때고 지금이고 ─ 진 신세를 어찌다 갚겠소. 변변찮던 저 사람도 갔다 와 보니 많이 사람이 되었고 ……."
하곤 웅선은 한숨 끝에 술잔을 쭉 들이키고 나서 옷고름을 만지작거리며 고개 숙인 자기 아내 부전이와 혼연스레 웃으며 그러나 점점 단정하게 도사려 앉는 정덕을 번갈아 보며,

"은혜야 갚기 마련이고 원수야 보복키 마련 아니겠소."
하고 제법 호걸풍을 내어 껄껄 웃던 것이다. 그때도 정덕은, 군대는 사람을 많이도 달라지게 만들어 놓았다고 감탄하였던 것이다. 속이 트인 품하군 좀 헤프고 늘 어정쩡해서 남편은, "놈팽이 근성을 뿌리째 뽑아야 하네" 하고 달구치던[107] 것 봐서야 얼마나 놀라운 개변인가.

정덕은 조합 사무실 뒷산 과수원을 옆으로 보며 걸었다. 먼발치로 보아도 벌써 나무 몸뚱이엔 흰 약칠을 했고 가지는 보기 좋게 전지한 게 알 수 있다. 흡사 리발소에서 애들을 가지런히 데리고 나온 때처럼 모록히[108] 키

---

107) 달구치다 : 꼼짝 못 하게 몰아치다.
108) 모록하다 : 여럿이 한데 모여 소담하다.

와 가지가 일제히 봄꽃 몽우리를 마련하고 있는 듯 그 자회색 도는 나무들이 비길 데 없이 사랑스러웠다.

"월남에선 사과 몇 알이면 양복 한 벌 값이라지. 외화 획득엔 그저 그만인 사과를, 그 중에도 홍옥과 국광을 어떡허면 실컷 따본다?"

"뭘 그러시오 혼자서?"

돌아보니 금시 같이 정덕이가 마음속으로 경쟁을 건 함응선이었다.

"녀맹에서 2·8절을 앞두고 써클 한다더니 인섭이 엄마도 한몫 낀 게로구려. 홍옥이다, 국광이다 외우고 다니게."

"연극은 민청에서 하고 녀맹에선 탈춤을 춘대요. 글쎄 민청에서 랭상모109)를 반대하는 개인농 할 역이 없다고 하기에 롱말로 내가 하마고 했더니 곧이듣고 정말로 시키겠다잖아요?"

"원 작업반장이 그럴 짬이 어디 있겠다구. 그리구 아무리 연극이라도 난 랭상몰 반대한다는 건 절대 반대요. 누가 그딴 각본 꾸몄소?"

"꾸미긴 여럿이 했나 본데 뭐 반대쟁이가 있어야 된다구들 하면서 그럽디다."

"연극보다 더 좋은 수가 생겼쉬다."

하고 응선은 말했다.

"어제 관리위원장이랑 도에 갔댔잖아요. 그래 해결했쉬다. 앞서 총회 때 내가 핏대 세워 주장하던 달구지 말이오. 다섯 대가 더 오게 됐으니 며칠 안 있으면 우리 조합 온 필지를 누비고 다닐 판인데 농로도 닦아야 하고 할 일이 자꾸 생겨서 야단이요."

---

109) 랭상모 : 냉상모. 냉상 모판에서 기른 모. 물모나 육상모보다 모를 튼튼히 키울 수 있고 일찍이 모를 낼 수 있으며 수확도 더 많이 낼 수 있다고 한다.

"길이야 닦으면 되는 게고, 끌 소가 그리 있나요?"

"형, 왜 그러슈? 흰 점백이랑 세 돌 잡이 검정 암소랑 아직도 달구지가 모자라 한이오."

"우리 3반엔 차례 오나요?"

"우선적으로 두 대요."

"거기 5반은요?"

"압따 밝히긴 세 대요."

"아니 그럼 다?!"

"하하……."

한바탕 웃고 나서 웅선은 자기가 제기하고 자기 욕심만 부리겠는가, 위원회 처사만 기다린다는 것이다.

그제사 열적은 듯이 정덕은 중얼거렸다.

"자기 반원들을 생각해야지 작업반장 체면만 지킬 건 또 뭐노?"

"념려 마슈. 아주먼네들 등짐이나 머리임은 면제됍네. 손수레 말이오. 딸딸이 같은 걸 숱해[110] 맡겼쉬다. 그럴래기 내 또 부기장과 악악 했지요."

할 말은 다했다는 듯이 함웅선은 조합 야장간[111]에 볼일이 있다고 정미소 옆을 척척 군대걸음 걷듯이 돌아갔다.

"참 좋은 사람이지. 함웅선이 저이가 돌아와서 얼마나 마을이 활기를 띠었담! 좋은 사람이 가고 없으면 그뿐일 줄 알아도 저렇게 뒤를 이어 자꾸 생긴다니까. 그런데 그 집에선 어쩌자구 영님이가 여덟 살이 잡히는 데도 상구 태기가 없을까?"

---

110) 숱해 : 아주 많이.
111) 야장간 : 대장간.

정덕은 부전이를 한번 중앙병원으로나 데리고 가 진찰을 시켜 보고 싶었다.

사립문에 들어서기가 바쁘게 정덕은 돼지우리부터 굽어보았다. 에미 돼지 사품에 낀 아홉 마리 새끼 돼지를 드르르 불러 모아 눈앞에 보니 몽실몽실 귀엽기라니 한이 없다. 시방 마을엔 저보다 큰 애돝112)들이 한 집에 두 마리 이상 쫙 퍼지고 있는 것이다. 두 해 전만 해도 농사만 위주하던 관리위원장의 반대를 무릅쓰고 도영 목장에서 모돈 두 마리를 가져온 자기의 승벽의 결과라고도 생각하나 그때 갓 제대해 온 함웅선의 절대적 지지가 없었던들 정덕이가 빈 달구지를 끌고 왕복 160리 길을 가냈겠는가 의문이었다.

"갔다 오시오. 리찬화 영웅이 따로 있는 줄 아시오? 내 사과 움만 끝나면 도중 마중 가리다."

하고 사기를 돋워 주던 웅선이다.

그러고 보면 이 한 이태지간에 실없이 정덕은 웅선에게서 배운 것도 많고 서로 새로운 힘을 쌓아 남다른 동지애로써 살아 왔다고 생각된다.

정덕은 노래라도 부르고 싶은 즐거운 마음으로 뒤뜰 안 닭의장도 보고 나서 부엌으로 들어섰다. 학교에서 돌아온 시뉘가 저녁을 지어놓고 올케 오기를 기다리고 있었다.

"먼저들 먹지 않고."

정덕은 언제 없이 자기가 이 집안의 가장인 듯 헌거로움까지 느끼며 부뚜막에 차려놓은 밥상을 굽어보고 나서 살강 밑 독속에 길어온 계란을 꺼

---

112) 애돝 : 한 살이 된 돼지.

냈다. 시동생과 아이들 학비에 보태 쓰려고 좀 한 날 아니면 입에도 안 대
는 것을 한두 개도 아니요, 흐뭇하게 식구대로 움파를 송송 썰어 기름에 지
져 커다란 접시에 수북이 담아가지고 방으로 들어왔다.

"언니 오늘 분배 턱을 잘 쓰는데."

춘단이가 좋아서 노란 계란 지지미를 젓가락에 꿰어 애들 앞에서 바람
개비처럼 뱅뱅 돌리며 수선을 떨었다. 정덕은 이렇게 오붓이 다섯 식구가
둘러앉아 밥을 먹는 것도 전에 없이 즐거웠다. 신통히도 이 세상에 없는 형
들을 닮아 가는 열네 살 막내 시동생의 콧대 센 사내싼[113] 얼굴을 한참 바
라보던 정덕은 물었다.

"우리 되련님 뭐가 제일 가지구 싶우? 내 이다음 장에 가면 대턱 쓸 테
야."

"내 턱은 여기선 해결 못할 걸! 평양이나 가야지."

소년은 씨무룩이 웃으며 제법 뽐낸다. 어머니 없이 엄한 아버지 슬하에
서 철들기 시작한 소년은 나이보다 어딘지 조달했으며 자기 주장이 서있어
때로는 정덕은 손위의 사람을 대하듯 조심이 갔다. 그래서 시방도 그 말을
어찌 받아야 될지 몰라 머뭇거리는데,

"스케이트가 욕심나서 그런 대여 언니!"

하고 춘단이가 냉큼 대답하자 정덕은 그만 호호 웃었다.

"원 크게 해결 못하겠네. 그까짓 스케이트를 가지고. 평양 안 가도 국
백[114]에 가서 주문해봐. 며칠 있다 올 텐데."

"해두 많은 데서 이것저것 고르는 재미가 있어야지."

---

113) 사내싼다 : 사내답게 씩씩하여 사내라고 할만하다.
114) 국백 : 국영백화점.

그러자 정덕의 어린 놈 인섭이도 조카 기섭이도 "난두 난두" 하고 밥숟 갈을 든 채 소리 치며 깡충거렸다.

"너희들은 구레용115)하고 운동화 하나씩이면 알아보갔구나.

고모가 그렇게 정해버리자 날치는 품하고는 아무 불평 없이,

"음 좋아! 그럼 모잔 이담에 사줘야 해!"

하곤 다시 볼이 미게 밥숟을 떠 넣었다.

"모자도 사자꾸나. 국물이나들 떠먹어라! 귀한 동태국이야."

그러는 춘단은 우연히 올케와 눈이 마주치자 어쩐지 부끄러워 이내 외면해 버렸다. 말은 아니 해도,

'언니! 1년만 더 참아요. 그러면 나도 학교를 나와서 한 로력 벌어서 언니와 애들을 도울 테니' 하는 듯하였다.

"우리 뉘 뭘 사 올릴까? 이번 분배엔 뉘가 방학 때 일한 로력 점수만 해도 무던히 들었는걸."

"잘 따지네. 관둬요. 언니 그런 소린."

"따지는 게 아니라 희망을 들어주고파 그래."

"정말? 그럼 난 소형 뜨락또르!"

올케가 눈을 흘기니까,

"거봐요. 아직 내 희망은 못해주는 것도?"

숭늉을 뜨러 나간 춘단은 주걱으로 벅벅 솥을 긁다 말고 생각난 듯이 부엌 샛문을 열고 보얀 김 속에서 소리쳤다.

"깜빡 잊었어. 아까 녀맹 위원장 왔던걸. 밤에 위원회를 가지겠다고."

"안 그래도 저녁 먹고 갈래댔네."

115) 구레용 : 크레용.

검정 북저리콩을 밥 밑에 놓은 구수한 숭늉을 올케의 밥그릇에 부어 주는 춘단은,

"녀맹에선 또 도덕적 품성이지."

귓속말로 묻고 나서,

"언니."

하고 어색한 얼굴로 정덕을 보았다.

"난 말이지 언니에게 의견이 있다구. 뭔가 하면 말이지. 나는 언니가 밤낮 조합일이다 뭐다 하고 집에 와도 일만 하고 참 안됐거든. 애들도 아버지 소리 한번 못 부르고 지나가는 인민군대만 보면 정신없이 따라가니 어데 됐수?"

정덕은 어린 줄로만 알았던 시뉘에게서 뜻밖의 말을 듣고 보니 감개무량하였다. 쌓이고 쌓였던 첩첩한 괴로움과 서러움이 단번에 사라지는 듯 터져 나오려는 눈물을 꾹 참고 춘단을 바로 보았다. 세월은 빠르다. 어느새 춘단은 커서 올케를 이해하기 시작했다. 올케의 가장 마음 아픈 곳을 어루만지기 시작하고 있다. 가장 허물없이 지내는 부전이도 차마 입을 떼지 못하는 바로 그 말을. 그 누구도 그 아무것도 구애하지 않고 극히 자연스럽게 말한다는 이 마음이야말로 단순히 리해나 동정에서 오는 인사말이 아니지 않는가. 밤으로도 자다가 무심결에 정덕의 젖가슴을 더듬던 시뉘의 조그맣던 그 손이, 시방 새 세대를 향하여 진군하는 광망의 길을 보다 넓게 닦기 위해 날마다 지혜를 키우면서 정덕들에게 커다란 기쁨과 위안을 안겨주려는 것이니, 어찌 마음의 감격 없이 받는단 말이냐! 정덕은 몇 달구지의 낟알 가마니나 현금 뭉치보다 더 귀중하고 고마웠다.

"뭘 그렇게 나만 봐 언니?"

"뉘!"

정덕은 덥석 춘단의 손을 끌어 잡았다. 10리 길 군 소재지까지 골바람 들바람을 쏘이며 학교 다니느라고 손이 터서 꺼칠하다. 장갑 하나도 미처 못 사주고 또 그것을 사 달랠 넘도 않고 서로 살아 왔구나 싶으니 아무리 자기가 잘한들 이편 살을 갈라 낳은 어머니 정에 비기랴. 일찍이 얼굴도 못 본 시어머니지만 만약 그 분이 살아계신다면 하다못해 치마폭을 뜯어서 이 불솜을 빼서라도 왜 벙어리장갑인들 못 꿰매 주겠는가.

정덕은 아직도 자기는 이 어린이들을 못다 생각하고 있다고 머리를 조아려 사과하는 마음으로 지난날을 더듬었다.

"내가 시집왔을 땐, 뉘가 말이요, 들창코에 입만 커다래 가지고 머리엔……" 하다간 입술을 자근자근 깨물고만 있었다.

"머리엔…… 하얀 서캐가…… 뭐 뻔하지 홀아버니 딸이…….

우정 춘단은 례사롭게 받아넘긴다.

"그것만이 아니야. 한번은 내가 소요리에 갔다 오니깐 말이지……"

더 참지 못하고 정덕은 옷고름을 눈으로 가져갔다. 그는 일만 감정이 북받쳐와 이 집을 떠나 잠시도 살 수 없는 뼈끝까지 사무치는 의리와 정리를 몸으로써 느끼며 어떤 커다란 안도감과 만족감을 느꼈다.

"갔다 오니깐 말이지."

하고 방바닥을 내려다보며 겨우 목에서 나오는 떨리는 음성으로 말하였다.

"아버님은 들에 나가셨는지 안 계시고, 부엌에는 반만 열린 솥 안에 불면 날아갈 듯한 노란 조밥에 파리가 웽 하니 날고 있지 않겠수. 그것을 뉘랑 도련님이 때 없이 드나들며 손으로 한 오큼씩 파다 먹었는지 온 부뚜막엔 노란 모래알이 깔려있거든요 그리고 둘째 오빠는 꼴짐을 받쳐놓고 토방에서 고금인지 세상 모르고 앓고 있고 또 저 되렌님은……"

하고 윗목에서 공부를 하고 있던 준모를 가리키는데 그도 팔소매로 얼굴을 가리며 황망히 문을 열고 밖으로 나가버렸다. 잠시 방안은 시뉘 올케의 흐느끼는 울음소리만 들려왔다. 거기에 벽 괘종소리만 똑딱똑딱 두 사람의 마음을 분초를 뛰어넘어 더욱 가깝게 해주는 것 같았다.

정덕의 눈앞에는 지금도 선하다. 일찍이 꽃 떨어지기 전에 어머니를 잃은 어린 시동생은 배가 북통만 해 가지고 여름이면 자주 배앓이를 하였다. 정덕은 친정에서 돌아오는 길로 보퉁이를 채 풀어 헤뜨리기도 전에 발에 밟히는 어지러운 것을 치우고 나서 쑥불을 한 화로 피워 해질녘의 드센 모기 떼를 쫓아낸 다음 앓는 사람을 방에 눕히는데 무엇인가 작은 그림자가 아무 소리 없이 치마폭에 꽉 매달렸다.

입때까지 뒤 개울가 나무 그늘에 엎드려 혼자서 고부러지게 감자를 한 바가지 깎던 어린 춘단이가 인기척에 올케가 돌아온 것을 알고 그냥 달려온 것이었다.

"물을 길어다 어서 아버님이 돌아오시기 전에 저녁 진지는 지어야겠는데 착 매달려서 영 떨어져야 말이지……. 그 다음부턴 내가 얼씬만 해도 언니야 어데메 가니? 하군 어떤 땐 뒤보고 나오면 오도카니 뒷간 앞 살구나무 밑에 앉아 있질 않겠나. 그 다음 난 소요리도 잘 안 갔댔다우."

차차 마음의 격동도 지나간 정덕은 담담히 웃고 말하는데 춘단은 외쳤다.

"고만 좀 둬 언니!

그러며 벌떡 일어나더니 야무진 목소리로 말을 이었다.

"난 지금도 학교 갔다 와서 언니가 조합에서 그저 안 와 있으면 괜히 허퉁해서 막 노래를 부르지 않아. 그러면서 생각해. 이젠 애들에게 그런 생각

안 주게 내가 언니 대신 하리라고. 그러니까 언닌 마음 턱 놓아도 돼! 정말이야!"

정덕은 시뉘의 말을 귀담아 들으면서 윗목 벽에 준모가 써 붙인 글줄을 가만히 눈으로 읽었다.

"학습하고 또 학습하자. 학습 없이는 전진하지 못한다."

그날 밤 녀맹 위원들이 모인 것은 미루땅 휴경지 20정보를 개간하면 린산 비료가 계획 외에 근 800톤이 더 필요하니 그것을 녀맹반적으로 해결하자는 토의를 위해서였다. 위원들의 앙양된 분위기 속에서 의견들이 백출했다. 그 중에도 눈 속에 깔린 산등성이 낙엽을 긁어모으고 마을에 있는 크고 작은 세 개의 저수지 얼음을 깨서 그 밑바닥 개흙을 퍼 올리는 방법이 채택되었다.

"민청에서 나서기 전에 녀맹 돌격대를 조직해야겠어."

"그럼 래일 녀맹 총회를 열고 모레쯤 조합에다 선포하자우. 아무도 손 못 대게."

저마다 흥분한 녀맹 위원들은 집으로 향하였다. 정덕이가 돌아오니 춘단은 그저 자지 않고 이불 속에서 책을 보며 올케를 기다리고 있었다. 그런데 쪼르니 잠든 세 어린이들 머리맡에는 크고 작은 색색의 메리야스 윗내의가 하나씩 놓여 있었다.

"웬 거나 이게 다?"

"그것뿐인 줄 알어?"

하고 춘단은 이불장 위의 종이꾸러미를 펼쳐 보였다. 장갑 두 켤레가 나왔다.

"아까 교장선생님이 가지고 오셨어요. 언닐 기다리다가 가신걸."

"……."

"난 이건 누가 보냈나 알겠어. 암만 언니가 비밀로 해도."

"비밀은 누가 비밀?"

"전에 아버지도 그리셨고, 언니도 통 작은 언니 말은 안 하지 않아요?"

"누가 하기 싫어서 안 하는 줄 아우? 자연 안 하게 되는 게지."

정덕은 폭신한 장갑에서 손을 빼며 그 진자주 고운 빛깔이 떠나간 동서 옥금의 애절한 마음 같았다.

풍문에 들으면 그는 평양서 남편과 함께 어느 생산 협동조합에 다닌다고 한다.

전쟁이 한참 심하던 1952년도 일이었다. 포연 속에서도 이 산골 문운리에는 복사꽃 살구꽃이 구름안개처럼 활짝 피었다 진 늦은 봄날이었다.

감자밭 초벌 김을 매고 점심 먹으러 오니 빨래만 마당 가득히 널려 있고 동서는 보이지 않았다. 텃밭에서 무엇을 숨는가 가보아도, 헛간으로, 외양간으로, 우물로 온통 찾아봐도 보이지 않았다. 이상한 예감이 들어 부엌에 들어가니 점심상을 차려놓은 찬장 앞에 종이쪽지가 칼도마 밑에 찔러 있었다.

"형님, 저를 백 번 죽일 년이라고 나무라셔도 다시 할 말이 없어요. 저 대신 기섭이를 부탁합니다. 더 큰 죄를 짓기 전에 저는 형님 눈앞에서 떠납니다. 제 롱 안에 옥색 모본단 자투리가 있어요. 아버님 진갑 때 토수[116]라도 해서 드리세요. 제가 이다음 사람 구실하고 살면 형님 신세 잊지 않겠어요 ……."

쪽지를 읽고 나서 정덕은 후들후들 떨리는 가슴을 안고 쓰러지듯 마당

---

116) 토수 : 토시.

으로 뛰어 나왔다. 어린 기섭이 놈은 아무것도 모르고 시아버지가 져다놓은 섶 잎에서 묵은 도토리 깍대기[117]를 줍느라고 골몰해 있었다. 정덕은 아무 말 없이 기섭이를 끌어안고 그냥 흐느꼈다.

"그렇지. 스물세 살에 너 하나 바라고 이 산촌에서 살 네 어멈이 아닌 줄 알았지만, 설마 이다지도 갑자기 이럴 줄은 몰랐구나."

옛날에 가는 년이 물독에 물 길어 놓고 가랴 했건만 옥금이가 마당 가득히 빨래를 흰 눈같이 널어놓고 간 것이 더 정덕의 마음을 아프게 하였다. 그러려고 시아버지 뜯개옷도 풀다듬이해서 어떤 때는 바쁜 김밭에 나가는 것도 늦구워 가며 꾸미개를 하고 있던 것이다.

인제는 그것도 수 년 전 일이고 또 옥금이로 말하면 이미 동서도 아무것도 아니건만 그 가무잡잡하니 사람의 마음을 끌게 하는 가을 밤송이에서 금세 빠진 밤톨처럼 자색으로 윤기 도는 그 쌍꺼풀진 눈이며 송골매처럼 그 당차고도 날쌘 몸매가 앞서 선하였다. 전쟁 전 평화 시기 마을 써클에도 잘 나가 젊은이들의 인기를 끌던 그는 자기도 연극배우가 될 수 있다고 몹시도 멋진 것을 좋아하더니 이제는 평양 가서 원 없이 멋지게 살겠지 싶었다.

지난 3·8절[118]이었다. 주소 성명도 없이 마을 인민학교 교장 선생 앞으로 편지와 아이들 학용품이 보내왔던 일이 있었다. 그때, 편지에는 정기섭이 정인섭이 정준모 세 학생에게 변변치 않은 물건을 선물하니 적당히 노나 주기 바란다고 써 있었다. 이 문운리에 부임해온 지 얼마 안 되는 젊은 교장은 이 사실을 신문에도 낼 만한 미거라고 다소 틀을 차리면서 학부형회 때 연설하듯 말하였다.

---

117) 깍대기: 깍지. 껍데기.
118) 3·8절: 3월 8일 여성의 날.

"결국 유가족으로서의 모범을 보이는 유정덕 동무를 인민들은 존경해서 이런 원조가 있다고 보아집니다. 유정덕 동무는 앞으로 더욱 아동 교육사업을 위하여 가정과의 련계를 긴밀히 해주실 것이며 나아가서는 이 문운리 농업 증산을 위해서도 모범을 보일 줄로 믿는 바입니다."

이때 누구보고 말은 아니 했지만 정덕은 직감적으로 보낸 사람이 누구인가를 알고도 남았다. 교장에게 온 편지를 찬찬히 보지 않아도 그것은 틀림없는 옥금이 글씨였다. ㅂ자를 위 아래 막아서 ㅂ자로 쓴 거며, ㄹ자를 실뱀처럼 흘려 쓴 거며, 지금도 그 필적 그대로 쓰는 그가 그리웠고 만나보고 싶었다. 왜정 때 소학교도 좀 다녔다는 옥금이는 해방 후 같은 성인 학교에서도 정덕의 류가 아니고 받아쓰기와 짤막한 글짓기도 잘했으나 한글을 제대로 쓰지 않고 건방을 피워 휘둘러 쓰는 통에 그때 성인 학교 강사이던 정덕의 남편은,

"제수님, 제발 글자를 곧이곧대로 써 버릇합시다."

하고 학습장 검열 끝에 말을 하면,

"에그 외목나라에 오면 눈 둘 가진 사람이 병신 축에 든다고 여기선 초로 써도 숭이로군."

하고 철자법도 제대로 숙달 못한 채 이내 중급반으로 뛰어간 옥금이었다.

만약 평양 주소만 알면 옥금을 한번 찾고 싶었다. 그래서 그늘 밑 사람처럼 그러지 말고 오면 가면 서로 터놓고 지내자고 하고 싶었다. 그러고 보니 정전 직후 회의 때 한 번 가 본 평양이 얼마나 달라졌을까. 함응선이 처를 진찰도 시켜볼 겸 겸사겸사 갔다 오리라 마음먹었다. 두루 흥분한 정덕은 시뉘를 위하여 소형 뜨락또르 아니라 더한 것이라도 사주고 싶은 충동이 일어났다.

"참 내가 통이 커졌거든."

정덕은 스스로 생각해도 놀라웠다. 전에 조합에 안 들었을 때는 버선볼 하나 받자 해도 헝겊조각을 아끼려고 어지간히 이리 꼬물 저리 꼬물 하던 것 보아서 언제 이리 속이 틔었을까.

'조합에서 그야말로 주인이 되어 일을 하니 왜 의량[119]인들 안 생길까.'

그는 잠들려고 불을 껐으나 좀처럼 잠이 안 온다. 잠 안 오는 밤은 전이나 다를 바 없건만 이제는 그전의 밤과는 다른 것이다. 자기의 30여 년의 지난날을 돌아다보아도 이날 밤처럼 자기의 확충된 힘을 느끼고 흥분하여 잠 못 잔 적은 그 어느 때도 없었다. 이날 밤 이러한 사람이 어찌 이 문운리에 자기 혼자뿐이겠는가.

그는 일어나 불을 다시 켜 부엌으로 내걸고 치마를 입고 나갔다.

찬장에서 놋그릇을 모조리 꺼내어 구해 두었던 기왓가루로 가만가만 돌려가며 닦았다.

"시뉘만 졸업하면 그 다음엔 내가 공부를 좀 해야겠다. 내가 배워만 오면 온 조합 사람들이 알고 써먹게시리 배워도 단단히 배워와야지."

첫닭이 홰를 치며 "꼬끼요" 하고 길게 울기 시작했다. 닦은 그릇들을 뜨물에 씻어 가지고 마른 행주를 치려고 방으로 들어오려는데 밖에서 삐거덕거리는 달구지 소리가 난다. 외재 추파 밀밭에 거름바리를 싣고 가는 응선이가 분명했다.

"아주먼네들, 밀밭 거름은 다 냈으니 쇠똥 개똥이나 모읍세다."

필경 그는 이날도 자기 반 녀조합원들을 손쉬운 일로 돌리려고 저리 새벽부터 서두는 것일 것이다.

---

119) 의량意量 : 생각과 도량을 아울러 이르는 말.

"저런 사람들과 함께 일하면야 어느 누가 천착[120]을 한다구 오금을 애껴?"

놋그릇들을 말끔히 마른행주질을 쳐 윗목에 포개놓고 나서 정덕은 치마 위에 작업복을 겹입고 다시 부엌으로 나왔다.

금년도 정덕이들의 조합에서는 벼와 옥수수 도합 지난해보다 150톤 증산 계획인 것이다. 그것이 금년도 내세운 340만 톤 중의 한 부분인 것이다.

처음 340만 톤 소리를 듣고 어떤 조합원들은 "아이구머니나!" 하고 반신반의했으나 이제는 아무도 놀라지 않았다.

"되지 않구."

모두 저마다 옴니암니 조합이 내세운 숫자를 따져보고 맞춰보며 모든 것에 자신이 있다는 듯이,

"그저 시절만 잘해줍소!"

하고 비는 마음이었다.

조합원들은 자기들이 지은 곡식더미가 산처럼 가려지는 곳에 공장과 학교가 줄지어 늘어가는 5개년 후의 장엄한 광경도 지금부터 넉넉히 예견되어 가슴이 울렁거리도록 기대되는 것이다.

정덕은 근 10년 전에 시아버지가 남의 웃음거리가 되며 만든 커다란 액비통을 돌아 잿간에다 아궁재를 한 삼태기 부으며 식구도 준 지금에 와서 저 액비통을 채울 일이 더럭 걱정스러워졌다. 그는 부랴부랴 헛간에서 마당비를 들고 뒤뜰로 나섰다.

서리 위에 새벽 달빛이 이마가 시리도록 환하다. 정덕은 잠 못 잔 머리건만 오히려 새 정신이 든 듯 차차 분홍빛으로 틔어 오는 동녘 하늘을 쳐다

---

120) 천착 : 천주학. 카톨릭.

보았다.

날씨는 오늘도 쾌청할 모양이다. 겨울 날씨가 좋으면 바람은 맵짠 법이나 되레 들일하는 몸엔 달아 오른 속을 식혀주어 좋은 것이다.

구석구석 비질을 하는 그는 "농사를 하면 버릴 것이 없느니라"던 시아버지의 말이 이처럼 실감 있게 느껴진 적도 없다 싶어 앞뜰을 거쳐 사립문 밖까지 쓸어 나갔다. 이러다가 외재로 거름 나르는 함응선이와 마주치면 한 번 뻐길 판이다.

"우리 녀맹에서 간밤에 채택한 계획을 알기나 하우?"

하고 욱박아 주며 어서 손수레나 타스로 마련해다 조합 마당 앞에 갖다놓으라고 '지시'하려는 것이다.

— 1957. 4 —

『조선 문학』, 1957.6.

제2부 |임순득 작품 선집|

/2/ 평론

여류작가의 지위―특히 작가 이전에 대하여
창작과 태도―세계관의 재건을 위하여
여류작가 재인식론―여류문학 선집 중에서
불효기에 처한 조선여류작가론
『인간문제』를 읽고―간단한 약력 소개를 겸하여

여류작가의 지위 특히 작가 이전(以前)에 대하여

지금까지 역사에서는 한 개의 나쁜 습관이 지속되어 왔다. 예를 들면 작가를 논할 때에도 마치 성적 차이를 각각의 본질에서 가지고 있는 것처럼 작가와 여류작가를 구별하여 왔다.

다 아는 바와 같이 여자와 남자 사이에는 생리적 차이 이외에는 아무런 심구深溝도 서로의 사이에 놓여 있지 않다.

그러므로 나는 여기에서 여류작가라는 특이한 어느 얄궂은 의사意思로 날조된 존재를 취급하고 싶지 않다. 다만 역사적 사회적으로 생활과 의식과의 모든 부면에서 제약당한 여자로서의 작가에 관하여 무엇인가 말하지 않으면 안 될 것 같다.

지금까지의 여류작가는 그들이 여자이기 때문에 가져진 핸디캡으로 말미암아 채독121)되어 온 것을 좀처럼 반성하지 않은 것 같이 보인다.

우리의 문학은 지금껏 수많은 사람들의 깊은 애정과 타는 정열 속에서 고락의 길을 닦아 오고 있다. 그러나 그 애정과 정열에도 불구하고 우리의 사회생활의 역사에서 길러온 나쁜 습관을 버려본 일이 없다. 그리고 현재

---

121) 채독茱毒 : 중독.

그것을 버리려는 기운도 조후[122]도 보이지 않는다.

부인은 예술 활동에 있어서 '작가'가 될 수 없이 영원히 '여류작가'밖에 운명 지위지지 않을 것인가?

어떤 사람은 불확실하게 중얼댈지 모른다. '그처럼 진보적인 로베스피에르도 사회생활의 집중적 표현인 정치활동에서 부인을 □□하였다. 부인의 세계는 가정이다.'라고. 정말 시민사회에서 부인은 가정이라는 소 세계를 받았으며 다만 포근한 위무용으로서만 사회 활동에 □□되어 왔다.

이제는 발전을 그치고 퇴영과 혼돈과 야만에서밖에 그 자체를 발전할 수 없는 시민사회 체제는 그 고민을 어루만져주는 것은 이밖에 도리가 없다는 듯이 아름다운 산품産品의 인격화를 부인에게서 구한다고 할 수 있으리 만치 부인은 '우대'되어 있다. 그리하여 이 경향은 예술분야에까지 침윤하였다. 그리고 이 시민사회의 분망한 탕아인 저널리즘은 여류작가를 만들어내고 그 귀여운 돌을 어루만지게 되었다.

할머니의 늙은 귀여움과 동리사람들의 무책임한 어여뻐함에 전 어린 아이는 건강하게 성육할 수가 없다. 황차況且 핸디캡이 수여되고 여류이기 때문에 화병과 같이 꾸며진 부인작가는 건전한 문학과 싸우는 정신이 되기는 너무나 열악한 조건을 그 배양처로 삼았다.

금일의 부인작가는 작가로서 출발을 하여 우연히 다만 성적[123]으로 여자였다는 것이 아니고 그 발생에서부터 여류작가로서 예정된 메뉴에 속한 인적 표현인 것이 본상本相이었다. 아아 이것이 불행의 시초였다.

여자라는 우연을 등에 짊어진 인간은 그러므로 작가일 수 없을 것인가?

---

122) 조후兆候 : 징후, 조짐.
123) 원문은 '性格'.

어떤 사람은 위와 같이 말하는 나에게 거친 목소리로 말을 퍼부을지도 모른다. '여류작가의 의의는 여자만이 담당할 수 있는 예술 분야에 관한 일체를 여자만이 갖는 감정으로 여자만이 할 수 있는 형상화를 할 수 있다는 데서 찾는 것이다. 여류 작가란 그러한 명칭일 따름이다.'라고.

나는 지금 소박한 표현으로 이러한 말을 누군가가 할 것같이 상상하여 쓰면서 일종의 이상스러운 느낌을 갖는다.

그러면 왜 여류작가라는 특수한 체취를 발산하는 명칭이 소용되는가?

상기와 같은 말을 부인 작가에게 향하여 할 수 있는 사람은 결코 여류작가를 생각할 수는 없을 것이다. 블루스 양[124]이 청조호靑鳥號로 파리에서 극동에 날아온다 할 때 사내들의 감각만이 여류비행가라는 것을 발명한다. 품에 안을 수 있고 그 금발을 수중에 희롱할 수 있는 사랑스러운 파리잔느가 험악한 항로를 날아오는가 하는 사내의 감각이 그를 여류비행가로 부른다.

왜 블루스 양이 중력과 거리를 정복한다는 데에서 특히 여류라는 것이 연결되어 문제되는가? 인간이 자연과의 싸움을 결행하는 데에서 그가 우연히 여자라는 것이 그처럼 문제되는가?

버스걸, 쇼걸 등등이 고자[125]측의 더 큰 수취의 대상이라는 의의 이외에 대 사회적으로 다른 의의가 부여되어 있는 것처럼 타락한 시민사회의 습관은 동양同樣한 눈을 비행가에게도 작가에게도 보내는 것이다.

이제는 ─ 아직도 늦지 않다 ─ 우리는 그 여류작가를 작가로서 정당히

---

124) 영국의 여류 비행사인 빅터 블루스가 일본에 온 것은 1930년 11월이다. 그녀는 9월 25일 블랙번 블루버드기로 런던을 출발하여 페르시아 만에서 인도의 카라치, 하노이, 상해, 경성 등을 경유하여 11월 21일 오사카에 도착했다. 18,000km의 단독 장거리 비행이었다. 블루스는 런던으로부터의 머나먼 길을 혼자 62일 동안 날아온 것이었다. 카노 미키요, 편집부 역, 『최초의 여성 비행사 박경원의 삶과 죽음─여자의 날개로 날고 싶다』, 프레스빌, 1996, 160~162면.
125) 고자雇者 : 고용주.

평가하기를 용의用意하지 않을 수 없다. 불행히도 현재의 부인작가들에게서 작가적 섬광 대신에 생도 작문적 재능만을 발견할 뿐이라 하더라도, 또 부인 작가들 자신이 '여류작가'라는 칭호 속에 자신의 모욕과 비극성을 의식함이 없이 의연히 '귀여운 재재거림'을 한다 하더라도, 우리의 일마저 종래의 나쁜 습관에 절어서 왜곡되어서는 아니 될 것이라고 생각한다.

우리 문단의 습관은 생도 작문적 재능을 작가 소질과 너무 혼동하였다. 전자로부터 혹은 후자에로 발전되어져야 할 것이리라. 그러나 전자만인 것은 결코 후자로서 평가될 게 아니었다. 또 신진 중견 심지어는 대가라고 불리워지는 작가들 가운데에서 어떤 사람들을, 그들 자신이 자처하고 저널리즘이 사령을 준 이외에, 누가 참으로 그 명칭에 마음 깊이 수긍할 수 있을까. 그럼에도 불구하고 우리에게 문학이 없다고도 생각지 않았고 작가가 없다고도 더구나 생각할 수는 없었다. 그러므로 어떤 조급한 사람이 '여류문단'이라거나 여류작가의 세계를 특수하게 취급하여 그 문학적 의의를 말소하려는 노력을 보인다거나 문학다운 어느 초애[126]도 성장할 수 없는 용암熔岩의 평반平盤이라고 하는 일이 있다면 그처럼 안 된 일은 없을 것이다. 아무도 실상은 이러한 두려울 만한 생각을 사람들 앞에 표백表白한 일은 없지만 여러 사람들이 이러한 부정적 기분을 가진 것은 명백한 일이다. 나는 여기에서 사람들이 믿을 수 있을 만한 예증을 잡아낼 수는 없지만 다음 일을 생각한다면 암묵의 가운데서 그 악한 기분이 흐르고 있었던 것은 사실이라고 볼 수 있을 것 같다. 즉 빈약한 월평들이 그때 발표된 여류작가의 작품을 '여류작가'의 것으로 극히 단순하게 취급하는 일은 있을지언정 우연히 그 작품의 작자가 여자였다는 것뿐인 관점 아래서 정당한 비평이라거

---

126) 초애草芽 : 풀의 싹.

나 평가는 하여진 일이 없었다.

지금까지의 나의 이야기는 우리 문학이 거의 저널리즘이라는 어□에 의거하여 왔다는 불행을 도외시한 것같이 생각하는 사람이 있을지 모른다. 그러나 이러한 객관적인 불행은 어느 때든지 그것만으로 사물과 사태를 그냥 결정지어버리지는 않는다. 그것이 문제되는 정도로 문학에 제공하는 주체 역시 문제되는 것을 잊어서는 안 될 것이다.

전날에는 이 주체의 문제가 문제되기 위하여 소박하게나마 한 뭉치로 힘을 이루어서 뭉쳤다. 이 뭉치에 의하여서는 문학이 정당한 발전을 밟기 위하여 문학이 정상하게 존중되어지고 사회의 문화를 책임진 일익으로서의 성실을 밟기 위하여 그리고 예술가는 따라서 낡은 문화의 상여를 짊어지고 갈 뿐만 아니라 새로운 문화의 화차花車를 이끌고 올 행복을 얻기 위하여 필요한 노력이 미미하게나마 불충분하게나마 또 많은 불순을 포함하여서나마 지불되었었다. 거기에서는 여류작가라는 적면127)할 관념은 형성될 수 없었다. 다만 그 때 정치활동에서는 어느 정도까지의 성실한 여자의 움직임이 있었음에도 불구하고 예술적 활동에서는 아직 그 맹아 이외에 더 나은 성육成育은 없었을 따름이었다.

인제는 그 소박한 뭉치나마 산산이 부서지고 만 지 몇 해가 지났다. 무엇인가가 그 뭉치의 해체를 원하였을 뿐 아니라 그 뭉치를 구성한 요소들의 사회적 생리 그것이 이산을 더 빨리 만들어냈다.

사람들은 갑자기인 것같이 밀려온 어두운 해조의 앞에 피곤하였다. 문학은 인제는 문화의 대신에 그 피곤한 무리에게 호구糊□로서만 의의가 있는 것 같은 현상을 초래하였다.

---

127) 적면赤面 : 낯이 붉어짐.

아무도 성실한 소리를 얕게나마 중얼대지 아니하였다.

제각기 흩어져서 제각기 웅크렸다. 앞에의 눈을 못 가졌을지언정 뭉쳤던 예전의 향수조차 잃어버렸다. 무치無恥한 변절이 있는가 하면 목쉰 소리로 원칙만이 외쳐졌다. 그도 저도 아닌 사람들은 초라하게 양심과 세속이 불안정한 길 위를 어슬렁거렸다. 이러는 동안 더욱더욱 곪아가는 시민사회의 임파액淋巴液들은 그러기에 그러한 한 가질 수 있는 언론과 행동의 자유를 이용하여 더욱 화농化膿하였다. 마치 그것은 감독자가 외출한 뒤의 불량소년의 무리였다.

평론가는 요설을 늘이고 다른 사람을 타매唾罵하는 데에서 쾌락을 얻기를 좋아하고, 혹은 사 들인 혹은 우연히 본 서적을 자랑하고 재처 먹기에 급하여 악취 나는 배설을 하고……. 그리고 불행히 여자였던 작가들은 글을 쓰는 모든 부인들과 함께 통틀어 '여류작가'가 되어지고 말았다.

부인작가들은 여류 작가에로 전락하였을 뿐만 아니라 여류작가인 것에 안주지安住地를 발견한 듯이 보였다.

나는 이 말을 몇 번이나 되풀이하였다. 그러나 이 단순한 되풀이 말속에는 진실로 작가 ― 특히 부인작가들의 기본적인 문제가 숨어 있지 않을 수 없다. 종래와 같은 습기에 젖어서 곰팡을 의연히 피우거나 그렇지 않으면 우리의 문학 발전을 위한 공동자로서 정려[128]를 하거나의 결정이 감추어 있는 것이다.

여자인 작가는 우리 문학의 발전을 위한 공동자라야만 한다. 일정한 사회에서 그 사회의 문화적 수준은 그 사회에 속한 부인의 문화적 수준에 의하여 척도 된다는 진리를 신뢰하는 우리는 우리의 부인 작가의 문학 활동

---

128) 정려精勵 : 힘을 다하여 부지런히 일함.

과 그 성과에 의하여 척도 되는 것을 생각할 수 있으며 따라서 우리 문학 발전을 위한 주요한 과제로서 부인작가의 문제는 결정적인 의의를 갖는다고 생각한다.

여기에서 내가 우리라고 하는 것은 특별한 의미를 갖는 것은 아니다. 다만 조선 문학(문화, 그리고 광의의 문화까지)을 위하여 늘 발전의 상^相에서 성실과 진실과를 획득하려는 사람들을 모두 포함하여 친애한 호칭으로 부를 따름이다. 우선은 각각의 세계관이나 제작적^{製作的} 유파의 상위를 간과하고 목전의 단일한 악의 장애와 싸우며 진정한 문화의 일익 ─ 문학을 건설하려는 갑, 을, 병, 정 …… 을 의미한다.

여기서 우리는 잠깐 부인 그 자체를 극히 개념적으로나마 논의의 중심으로 하지 않을 수 없다.

원시 공동사회에 있어서는 남녀의 차이는 자연의 극복과정에서 다만 성적 차이밖에 아니었다. 그리고 그 주체적 차이에 기^基한 노동의 분담이 이미 생겼다 할지라도 사회생활 그 자체의 전체 속에서는 하등의 구별도 차이도 질적인 결정성을 가지고 나타나지 않았다. 그러므로 그때의 예술 ─ 노래나 춤에 있어서도 남녀 각각의 특이한 사회생활을 반영한 것이 각각이 성립할 수 없었고 그러한 필요도 없었다. 노래 부를 때 음성의 고저만이 남녀를 구별하였을 뿐이고 다만 있는 것은 인간의 노래였을 뿐이다.

그러나 씨족 공동체가 각개의 가족애로 분화되고 따라서 사유 재산의 발생과 함께 모권은 부권으로 옮고 이것은 어머니의 정조를 요구하였다. 정조라는 관념은 성애가 물질적인 것으로 말미암아 순수하게 보존될 수 없다는 위험 아래서만 발생하였다.

씨를 배태하는 것으로부터 방어되어져야 하였고 그리하여 부인은 가정이라는 궤짝 속에 감추어진 생존이 가능하여 더욱더욱 생산노동에서도 사회활동에서도 물러나게 되었다.

이에서 부인의 역사적 사회적 불행은 시작되었다. 인류의 역사는 부단히 발전의 길을 걸었다. 그러나 우리들 부인은 여자이기 때문에 의연히 그 악한 운명을 짊어지고 사회발전의 뒤를 질질 끌려갔다. 물론 사회 각 단계에 상응한 부차적 의상을 입은 채로.

인류는 다만 내재한 성적 차이에만 그치지 아니하고 생활 운명 — 존재의 내용과 형식에 있어서, 또 감정 성격 심리 — 존재의 내면적 발효 운동에 있어서 사회적 진통을 괴로워하고 있다.

여기에서 부인작가라는[129] 특수한 존재는 가장 중요한 의의를 가지고 문학—문화 위에 등장하게 된다. 그것은 마치 계급사회에서 그 종언을 담당할 계급이 가장 특수한 존재성으로서 역사 위에 등장하는 것처럼. 그리고 계급이 이제는 계급이기를 폐廢하는 것처럼 부인작가이기를 양기揚棄[130]하기 위하여.

이 까닭으로 우리의 상황에 응하여 우리의 부인작가는 우리 문학의 공동자이다. 이 까닭으로 부인작가에 속한 모든 문학적 과제는 가장 긴절한 당면의 문제이다.

문학은 문화이다. 그러므로 문학에 있어서의 부인의 역할과 활동은 문화에 있어서의 부인문제에 강하게 적극적으로 작용하는 것이다.

근년 부쩍 늘어서 수많은 사람들이 작가되기를 원망願望하는 현상은 다

---

129) 원문은 '부인작가라면'.
130) 양기 : 어떤 사물에 관한 모순이나 대립을 부정하면서 도리어 한층 더 높은 단계에서 이것을 긍정하거나 살려가는 일, 지양.

아는 바이다. 이것은 기쁜 일인 동시에 슬픈 현상인 것같이 생각된다. 그것이 현재의 우리 문학의 주관적 객관적인 마이너스의 부분에 열정과 성실을 가진 플러스로서의 양의 증대라면 우리는 미구에 긍정적인 행복을 가질 수 있을 것이다. 만일 그것이 어느 퇴락의 잔편殘片들이 문학이라는 중요한 사업을 그릇 평량評量함으로써 안이한 기분으로 제다諸多의 구실과 함께 항적降積하여서 된 양의 증대라면 문학은 의연히 꺼칠하게 말라갈 것이다. '예전 사회주의 하던 사람보다 지금 문학한다는 사람 수효가 더 많다' 하는 말이 항간에 떠돈다고 들을 때 이런 관찰 속에는 실상 우리 문학의 성장을 위하여 비관적인 질료가 숨어 있는 것이다.

아무튼 우리는 이 수적 증대에 놀랄 것은 없다.

우리는 등한等閑에 부칠 일은 하나도 갖지 않았으면서도 등한에 부쳐서는 정말 아니 될 수다의 과제를 너무나 등한히 감추어 두었다. 그 중의 하나가 이 수많은 문학 지망자들을 여하히 건강한 문학 운동 — 우리 문학의 건설 발전 속에 섭취할까 하는 것이다.

서양에서는 중세기부터 성육된 문학의 역사와 전통이 우리에게서는 겨우 최근 사반세기에서밖에 볼 수 없다. 그러므로 우리 문학은 아직도 창설의 시기를 벗어났다고 할 수 없다. 물론, 단테, 세익스피어, 레싱, 푸쉬킨 등의 문학이 각각 이, 영, 독, 러의 문학에만 역사적 전통적 의의를 갖는 것만이 아니고 나날이 폭과 깊이를 더하여 가는 현대문화의 세계성은 그들을 우리의 문학에까지 필요하고 중요한 의의, 선대적先代的 유산으로 베푸는 것이지만 그럼에도 불구하고 우리의 역사적 사회 생리와 언어로써 형성되는 우리의 독특한 문학은 그들로부터 전통과 사적 의의를 그냥 계승되어질 수는 없는 것이다.

이 까닭으로 우리는 우리 문학 독자의 창설기를 갖는 것이고, 그리고 아직껏 그 창설의 일은 완성되지 못하였다.

왜 그러냐면,

'나는 생도시대 작문을 잘 지었다.' '나는 어려서부터 문학서적을 사랑하고 좋아하였다.' '동무들이 나의 단순한 이야기에서도 문학적 센스가 풍부하다고 말한다.' 예를 들면 이러한 수많은 '나'들이 그냥 그대로 문학에 달려든다.

문학이 인민의 것. 인민의 허물없는 벗이면 벗일수록, 문학이 굳이 문닫은 바벨탑 안엣 것이 아니면 아닐수록, 문학은 일생의 사업이 될 것이며, 단순하고 불용의不用意한[131] 이유 아래에서 '야유'여서는 아니 되는 것이다. 그러므로 우리의 문학 지망자들에게는 다른 나라에서보다 더 많이 문학 이전의 문제가 강렬히 문제되어야 하며 따라서 우리는 아직도 우리 문학 창설의 사업을 완료하지 못한 것이다. 다른 나라에도 물론 이 땅에서 보는 바와 같은 단순 경솔한 불용의한 문학지원자를 볼 수 있겠지만 거기에서는 문학에 들어가는 문은 '협착한 문'이고, 우리에게서 보는 바와 같이 넓은 문이 함부로 열려져 있지 않기 때문에 사정이 다른 것이다.

우리는 이것을 결과로부터 귀납하여보면 더 확실하다. 우리의 문단에는 작가(평론가)의 파렴치, 무지, 누열,[132] 태만, 비굴, 아유阿諛, 변절, 날조, 대언장담, 허언, 표절…… 등등이 그다지 사람들을 괴롭히는 일 없이 행하여지고 있다. 이것은 외적인 방면에서의 명령이 아니고 진실로 창작의 윤락淪落, 내적인 성실의 소리에 귀 기울이지 않는 데에서 생기는 것이다. 문화

---

131) 불용의하다 : 마음의 준비가 없다.
132) 누열陋劣 : 더럽고 비열함.

인으로서의 자의식이 정당하게 작가의 내부에 일상생활 면에 있어서뿐 아니라 낱낱이 감성 지성의 움직임에 있어서 가져진다면 이러한 작가의 존재는 있을 수 없을 것이다. 즉 그 작가의, 문학 이전의 텅 빈 작가만이 그 악덕을 저지른 것을 의미한다. 그리하여 이 땅에 있어서는 문학에의 문은 함부로 활짝 열려진 문, 그리고 그 안은 잡초가 우거진 쑥대밭!

옛날 에피메니데스라는 철학자가 있었다. 그는 현재에 대한 모든 욕망을 버리고 동굴 속에서 명상과 사색에 파묻혔다. 그의 자제自制는 58년을 지속하여 왔으나 말리려야 말릴 수 없는 그의 내부의 힘은 드디어 그 동굴을 벗어나 인간의 생활의 파도 위에 나타나게 하였다. 그는 생신生新한 청춘을 얻은 듯이 생활의 지상성地上性에로 복귀하여 있다.

사람들은 그의 문학적 재질에 못 이긴 조급한 개화를 필요하게 여기지 않는다. 물론 사람들은 그의 작가적 실천을 통하여서 그의 부단한 정려는 자기 자신과 함께 발전시킬 수 있을 것이기 때문에 58년의 문학 이전을 필요로 하는 에피메니데스가 될 것은 오히려 우스운 일이지만, 그러나 에피메니데스의 전설은 우리들 자신의 문제를 위하여 풍요한 시사를 준다.

문학은 말하자면 우리가 이상하는 생활, 충실하고 발전된 생활, 또는 선과 정열과 복지를 갖춘 생활, 이러한 생활에 대한 모든 열망이 사상 내지 상상 위에 있어서 직접적으로 실현 — 직접적으로 감정感情되는 실현을 목적하는 것이다.

그러므로 작가는 예하면 갑순이는 을수를 사랑하였다 하는 경우에 갑순이와 을수의 세계는 달팽이 껍질 속의 세계와 같이 고립된 세계의 주인이 되어서는 안 된다. 갑순이와 을수뿐 아니라 을수로부터 갑순이를 빼앗아 가는 돈 있는 병철, 기타 정희, 무식 등등이 작가 혼자가 상상하는 다양하고 상세한 사행事行으로 구성한다 하더라도 우리에게 문제가 되는 것은 결코 그런 것이 아니요, 작가가 생과 정신의 조화적인 종합을 그 작품을 통하여 자기의 본질로 하는가 안 하는가, 그 작품을 통하여 작가의 감수성이 독자에게 그의 환희, 그의 황홀을 전달하는가 안 하는가, 또는 작가가 창조한 인간들을 통하여 내적인 소리에 의하여 움직여지는 존재로서 개인을 발견할 수 있을 뿐 아니라 더 강력한 결정적인 소리, 사회의 소리가 울려 나오는가 안 하는가가 문제된다.

이에서 우리는 여류작가로 전락된 부인작가를 문제 삼을 때 부인작가를 위요圍繞하는 객관적 제 조건이 그렇게 만들었음을 보는 동시에 부인작가 자신이 그들의 서러운 운명을 양성[133])한 것에 상도[134])하지 않을 수 없다.

작품의 다양성에 관하여 생각할 때 작가가 단지 외로운 사람의 소 세계, 그 조그마한 풍경, 사세些細한 정물을 무시할 것이라는 것을 의미하는 것은 아니지만, 그러나 『여류작가선집』[135])을 들추어 볼 때 열다섯 사람의 작품은 모두가 미미한 것, 조그마한 것, 너무나 도도한 사회의 물결로부터 벗어난 강변의 어여쁜 조약돌만이 취재되어 있기 때문에 그것이 한 사람 한 사람에게 향하여 중요한 문젯거리가 되는 것이다. 그것들은 왜소한 정신만이 노리는 세계의 것이요, 결코 부인작가의 특징적인 세계의 것은 아니다.

그 지위로부터 역사적 현실적으로 유래하는 바의 부인의 정신적 온도 — 전통에 의하여 전하여진 부인의 생활, 운명, 감정, 성격, 심리와 어느 신

---

133) 양성釀成 : 어떤 분위기나 기분을 자아냄.
134) 상도想到 : 생각이 미치다.
135) 1937년 조선일보사 출판부에서 펴낸 『현대조선여류문학선집전경』을 가리키는 것으로 보인다. 여기에는 강경애, 김말봉, 김오남, 김자혜, 노천명, 이선희, 모윤숙, 박화성, 백국희, 백신애, 장덕조, 장영숙, 장정심, 주수원, 최정희의 15명의 작품이 실렸다.

앙과 상상의 양식, 도덕, 사물에 대하는 특정한 방법 및 사유의 방법 — 를 통하여 나온 아아[136]한 바위, 한강의 탁류는, 조탁된 조그마한 구슬, 심곡에 조잘거리는 세류보다도 그들의 문학에 있어서 취재되기 바라는 바이다.

부드러운 미풍, 가을 하늘의 코스모스의 탄식보다도 쩡쩡 소리를 내는 압록강의 해빙, 그에 뒤잇는 부풀어 오른 수량, 한여름 창궁의 굉음, 삭풍에 항거하는 송백 이것들이 더 많이 욕망되는 바이다.

『조선일보』, 1937.6.30~7.4(5회 연재)

---

136) 아아峨峨 : 뾰족하게 솟은 모양.

창작과 태도 　세계관의 재건을 위하여

　　문학은 사람의 일생을 바칠 사업이다. 이 말은 퍽 무서운 말이다. 그러면서도 전율이 물러난 다음 가슴속에 무한한 감정을 샘솟게 한다. 문학은 나에게 여업도 딜레탄티즘도 아니다. 그것은 진실의 길이다. 나의 생의 각오를 위한 터다.

　　문학은 사람의 '사느냐 죽느냐'[137]의 문제를 생활 감정적으로 해결한다. 더구나 문화의 전면적 위기의 강박감이 인생 위에 관념화하려는 시기에 있어서는 그러는 한 문학은 모랄[138]인가 생각한다. 문학은 전체적으로 모랄을 붙들고 생활의 속을 꿰뚫지 않을 수 없으리라고 생각한다. 나는 이 문학의 머나먼 구석에서 우리 문학을 위한 희미한 싹이 되기를 원하면서 나의 생의 준비를 조금씩 조금씩 확보해 가려 한다.

　　이러한 나에게 우리 문학의 여러 선배들은 수많은 업적을 남겨주었다. 나는 얼마나 감사를 하였는지! 그러나 우리의 선배들은 문학상의 제 문제를 부단히 제기하고 논의하여 왔으나 우리 문학의 침체와 부진과 혼돈을

---

137) 원문은 'To be or not to be.'
138) 모랄 : 모럴(moral). 당시에 문학평론에서 '모랄론'이라는 식으로 많이 사용되었기에 역사적 용어로 그대로 두었다.

설파하기도 그이들이었다. 나는 나의 어린 눈에 보이는 침통, 부진, 혼돈을 들여다보면서 서러웠다. 그리고 속으로 생각하였다. 소를 몰고 쟁기를 심고 하루 종일을 갔으나 아아 논은 갈아 있지 않다!

"수많은 동포사이에 끼어서 서로 이야기를 주고 받고 하노라면 좋은 취미의 기분 좋은 직단139) 위에서 모두와 함께 있는 것 같은 생각이 든다."(뻴드락) 그러므로 나는 이 황무한 우리 문학의 밭을 앞에 놓고 나의 무력이 너무나 심한 것을 알면서도 어느 경솔한 선배를 본받아 목쉰 소리를 지르거나 없는 여력140)을 있는 체하는 대신, 나와 같은 새싹들에게 에워싸여서 작가 ABC의 견지에서 본 우리 문학의 환부를 짚맥해 보고 싶어 마지않는다. 물론 상대적으로는 우리의 선배들도 미미한 싹에 지나지 않지만 좀먹고 시들고 세속에 아유를 배운 싹에서는 아름다운 꽃과 보람 있는 열매를 예상하기는 어려울 것이 아닐까.

나는 맨 먼저 나를 위하여 그리고 넌지시는 동학을 위하여 작가 입문의 제일과를 써 보려한다.

작가는 무엇인가 어떠한 것인가 ― 를 사람들은 픽 웃어버릴 수도 있지만 슬프게도 우리의 문학권 내에서는 실상 발표되는 작품을 통해서 보면 선배들의 것에서까지 "대체 이 분네는 작가가 장난꾸러기인 줄 아는가" 하는 생각이 들 만하기에 나의 이야기가 거기서부터 시작함은 사족이라고 치울 수가 없을 상 싶다.

작가는 인간이다. 일정한 문화의 고도高度에서 발견되는 인간이다. 이 의미에서는 작가는 선택된 특권 가진 인간이다. 그러기에 진실한 작가가 자

---

139) 직단織緞 : 비단.
140) 여력膂力 : 완력, 육체적으로 억누르는 힘.

기의 작가적 긍지를 갖는 것을 우리는 존경할 수 있다. 이 평범한 진리를 웃는 사람이 있을 수도 있다. 그러나 조선의 처지에 있어서 이 평범한 말이 최고의 강조음으로 외쳐지지 않을 수 없다는 것은 지나친 규환叫喚이 아니다.

작가는 인간이기 때문에 자연 이야기는 인간이란 것을 생각해 보는 것부터 시작된다. 인간은 어느 때든지 인간 그 자체인 것이 아니다. 인간은 항상 현실적인 사회적인 역사적인 인간이다. 인간은 벌써 순수한 자연으로서 존재하지 않고 구체적으로는 늘 역사적 사회적이라는 것을 잊을 수 없다. 인간에 대한 사색은 역사를 통해서 그리고 역사 그것의 정당한 이해를 통해서 완성되어진다. 그러므로 여기에서 만일 작가라는 것이 사회 분업의 고도의 분화에 따라 생긴 한 개의 직업(프로페션)으로서만 우리의 흥미를 끈다면 그것은 나의 논설의 대상은 아니다. 문학이라는 고귀한 일생의 사업에 있어서 주체적으로 파악되어져야 할 작가, 적어도 이십 세기적인 문화의 영역에서 그 일익의 담당자로서 간주되어진 작가를 나는 나의 논의의 대상으로 하기 때문에만 작가를 도중에서 조정141)된 것으로서 취급할 수 없는 것이다.

이러한 것으로서의 작가는 그러므로 그가 역사적 사회적 실재의 자격에서 당연히 세계관을 근원적으로 거부할 수가 없다. 이렇게 선정적先定的으로 결론을 말하면 사람들은 '문학을 한다는 것과 작가가 인간이라는 것과 무슨 상관이 있느냐.'하고 입을 삐죽거릴는지도 모르겠다. 그러나 작가라는 대상을 주체적으로 파악한다는 것은 문학이라는 객체 그 자체가 주체적이라는 것도 의미할 뿐 아니라 정말 그것을 의미한다.

---

141) 조정措定 : 어떤 존재를 증명하고 그 내용을 증명함.

나는 나의 방해자에게 구니[142]함이 없이 이야기를 전진시키겠다. 역사 그것의 정당한 이해는 진리와 마찬가지로 유일한 것이다. 그리하여 이것은 단 하나의 옳은 세계관에 의하여 도달되고 이에 의하여 작가는 문화인으로서의 자의식을 정당하게 보지할 수 있다. 세계관은 제각기의 얼굴들이 제대로의 주장을 하는 것처럼 잡다하게 동일한 정당성을 주장하는 것이 아니다. 사람들이 진실을 사랑하면 할수록 가장 옳은 세계관에로 자기를 접근시켜간다.

우리는 도중에서부터 어느 지정指定에서부터 대상의 사색을 인도하여서는 안 된다. 작가의 문제에 있어서도 그가 작가인 데서부터 출발한다면 어느 논의도 천명되지 않는 위험을 갖게 된다. 우리에게는 작가인 것은 한 개의 사회적 역사적 인간이다. 그러므로 그가 의식주에 의하여 초발적初發的인 그의 생명이 지속된다는 것을 잊지 않음과 함께 그가 각각 이 상이한 정도에서나마 작가로서 문화의식을 갖고 있고 사소한 의미에 있어서의 인텔리겐차라는 점에서 그가 일정한 예술관에서부터 일정한 세계관에까지 사색의 단계를 고도로 갖는다는 것을 수긍한다. 그러므로 작가에게 있어서는 세계관을 갖는다는 것, 가질 수 있다는 것은 말하자면 한 개의 생리적인 것이다. 이것에서부터 나에게는 다음의 것이 명료하여진다. 즉 문학에 있어서도 세계관은 어디까지나 근원적인 것이다. 문학은 한 개의 개념으로서 존재하는 것이 아니고 사회적 역사적 문학적으로서 구체적으로 논의의 대상이 되기 때문에 문학에 대한 정당한 이해는 문학의 주체 — 작가를 포함한 것으로서의 — 와 객체와의 불가분의 관계에서 파악되기를 요구하고 따라서 가능한 문학의 구체화는 그것의 세계관이 원리적인 의미에서 근원적

---

142) 구니拘泥 : 어떤 일에 얽매임.

으로 결정성을 띠게 된다.

나는 회상한다. 몇 해 전부터 '사회주의적 리얼리즘'의 문제가 문제되었을 때 어떤 경술한 사람들은 세계관과 문학상의 방법과를 기계적으로 분리하여 놓고 그것들이 작가에게 있어서 절연絶緣적으로 있을 수 있는 것 같이 환상하였다. 그리고 동경에서 도쿠나가 스나오[143)가 그렇게 애써서 변증법적 유물론을 공부하였으나 아무런 문학상의 소득을 얻지 못했다고, 이제는 입을 잃은 구라하라 고레히토[144) 씨에게 게걸대었을 때, 이곳의 세계관을 갖기를 겁내는 자 문학의 헐한 취향臭香을 호흡하기만 즐기는 자들은 거봐란 듯이 문학상에서의 세계관 무용無用에 손뼉을 쳐 보내었었다.

방법의 문제를 세계관의 문제에로 환원하는 것은 명백한 오류이다. 그러나 그와 동일하게 방법의 문제를 세계관의 문제로부터 기계적으로 분리하는 것도 오류이다. 세계관이라거나 이데올로기만으로는 소설을 쓸 수 없다 하여 이 점만이 소설을 쓰는 특수성은 아님은 명백하다.

문학은 사회적 구체적으로는 이데올로기다. 그러므로 세계관을 통하여서 창작이 완전하게 되는 것은 한가지로 세계관은 창작을 통하여서 완성된다는 상호 침투를 무시하고서는 창작 — 따라서 방법의 문제와 세계관의 문제에서 사람들은 절름발이의 이해밖에 얻지 못한 것이다. 리얼리즘만으로

---

143) 德永直 : 1899~1958. 소설가. 쿠마모토현 출신. 인쇄소의 노동쟁의 경험을 바탕으로 한 출세작 『태양이 없는 거리』를 『戰旗』에 발표. 1929년 일본프롤레타리아작가동맹(NALP)에 가입, 드문 노동자 출신 작가로서 활약했다. 프롤레타리아 문학운동이 쇠퇴해 가는 중에, 사회주의 리얼리즘에 의거하여, 유물변증법적 창작방법을 비판한 「창작방법 상의 신전환」(1929)을 발표했으며, 같은 해 나프를 탈퇴하고 1930년 『文學評論』 창간에 참여한다.

144) 藏原惟人 : 1902~1991. 일본의 문학평론가. 토쿄 출생. 러시아문학을 전공했다. 1926년부터 마르크스주의 문예평론가로서 활약한 일본프롤레타리아문학운동 이론의 제1인자였다. 1932년 검거된 뒤에도 전향하지 않았다. 1932년에 평론집 『프롤레타리아와 문화의 문제』, 『예술론』 등을 내었다.

는 결코 편편의 현실에서 아무리 우수한 형상을 통해서라도 그 어느 것도 문학화할 수 없다. 편편에 긍해서만[145] 지극히 협소한 한계에서만 그것은 문학적일 수 있을지언정 한 개의 문학으로서 성취되지는 못할 것이다. 리얼리즘의 관찰의 객관성은 세계관과 방법과를 기계적으로 분리하는 곳에서는 상상할 수 없는 제목이다. 사회주의적 리얼리즘을 리얼리즘 일반론과 동일시하여서는 안 된다. 사람들은 톨스토이, 고골리, 발작크, 세르반테스 등을 인례引例하여 문학상의 방법의 세계관에 대한 무연성無緣性을 주장하기를 즐겨하지만 아무도 세계관만으로 창작이 가능하다고 하지는 않는다. 그리고 세계관의 불철저를 이유로 하여 문학작품을 그냥 부정적으로 평가하지도 않는다. 방법에 대한 세계관을 원리적인 의미에서 근원적이라는 것은, 그리고 방법과 세계관과의 복잡 미묘한 관계라는 것은 발자크와 고골리 등의 인례로 인하여 반전되는 눈꼽만한 여지도 없다.

방법은 방법일 뿐이다. 방법으로서는 문학상에 있어서도 철학상에 있어서와 같이 이를테면 리얼리즘은 공허한 것이다. 문학에 있어서 현실의 반영을 운위할 때 사람들은 결코 '객관적 현실의 반영' 일반을 운위하는 것이 아니고 여하한 현실의 반영인가를 운위할 것은 명백한 일이다. 이때에 우리는 세계관과의 연관 없이 아무런 문학상의 방법을 논의할 수 없을 것이다.

그러므로 작가에 있어서 앞에서 말한 바와 같이 그가 역사적 사회적 인간이라는 점에서뿐만 아니라 그가 그의 문학에 문학상의 방법을 도입함으로써 무의식적 '원시적' 창작태도를 계속하기를 원하지 않는 한, 가장 중요한 작가 이전의 과제는 세계관의 확립이 아닐 수 없다. 이 말은 결코 철학적 수업을 마치지 않고는 작가로서의 출발은 금알[146]되어야 할 것을 의미

---

145) 긍亘하다 : 뻗치다. 극진하다.

하지 않는다. 그러나 예술가의 예술적 충동은 거의 본능과 같이 그의 예술가적인 싹을 싹트게 하고 어느 말리려야 말릴 수 없는 성장을 예시豫視하게 하는 것이면 그럴수록 더구나 우리의 처지에 있어서는 작가의 충동적 '원시적' 출발은 거의 부당한 것이 아닐 수 없으리라고 생각된다. 우리 문학의 무잡147)한 덤불밭에 임하자면 더구나 우리 문학의 신체의 억센 고질에 대한 도규자148)를 자기에서 발견한다면 그는 세계관에 의한 무장을 게을리 하여서는 안 될 것이다. 우수한 세계관에서만 우수한 방법을 찾는다.

어느 모에서는 작가에게서 세계관을 거부하는 소리가 실상 두런두런 하고 있다. 작가는 물론 철학자는 아니다. 세계관은 그러나 철학자의 사변적인 왕홀王笏이 아니다. 세계관은 문화인의 자격증일 따름이다. (이제 가장 첨예한 대립이 두 세계관의 사이에 깊은 분구分溝를 짓고 있다. 이윽고 진보의 군고軍鼓가 창공과 대지에 울릴 것이다. 부패한 창자의 세계관은 퇴영의 사슬에 얽히어 역사의 마찰에서 생긴 구렁에 넘어져 있을 것이다. 어느 세계관이 우리의 세계관이라야 할 것인가는 명백하다.)

작가에게서 세계관을 거부하려는 의도는 그 동기에 있어서 경솔이 아니면 악의이다. 그것은 작가의 거세를 원하는 주어呪語다.

그러한 사람의 문학은 기껏 아마 갑순이와 을수의 남남149)한 이어150)일 것이다. 화월花月에 보내는 강마른 영탄일 것이다. 박테리아에 가득 찬 눈방울일 것이다. 앙상한 늑골의 불룩거리는 동요일 것이다. 그러나 문학의

---

146) 금알禁遏 : 금지.
147) 무잡蕪雜 : 사물이 되는대로 뒤섞여서 어수선함.
148) 도규자刀圭者 : 의사.
149) 남남喃喃 : 재재거림.
150) 이어耳語 : 귀엣말.

대상은 프로메로이스로부터 크림, 사무긴이쁘로부터 아라사 …… 뿐만 아니라 백두산에서 록키산맥까지의, 그 왜소한 '문학자'의 근시안을 압박하는 사회와 개인과의 동태動態요, 물결이요, 그의 좁은 청역을 훨씬 넘는 음향이요, 법칙과 개인의 싸움이요, 뇌정151)이요, 전체에 긍하여 트래저디, 개개에 긍하여 코메디, 파토스, 드라마이요, 감성과 생활의 앙양 …… 이다. 이러한 거대하면서 미세한 문학의 대상의 앞에서 작가가 이를테면 '유물론·변증법적 유물론으로부터 어느 자유를 얻는다면 그는 관념론 내지 속류 유물론의 포로가 되는' 자유를 얻고 말 것이다.

그는 발자크를 인례하기를 좋아하지만 우리가 그에게서 리얼리티를 발견하는 대신 발자크 자신은 그랑데 영감을 미워하면서 사멸하여 가는 중세에의 눈물을 흘렸던 것이다.

우리는 발작이나 고골리보다 더 훨씬 높은 단계에서 생활하고 있다. 우리는 엄동을 막기 위하여 입은 외투를 벗어 치우고 베일을 가져 입는 우열愚劣은 조금도 할 필요가 없음은 명백하다. 발자크나 고골리에게는 아직 털외투가 발견되지 않았거나 혹은 구하지 않고 그들의 예술가적 □구□衰가 외투의 역할을 다행히 하였었다. 곁에 있는 털외투를 거부하고 외양간의 언치152)를 선택한다면 그의 이름은 작가에게서 세계관을 거부하는 자이다.

그는 말한다. '작가에게 필요한 것은 작가의 양심이다.'라고. 이 말에 한해서는 옳다. 그러나 세계관을 거부하고 양심을 대치하는 것은 일종의 사기다.

양심이라는 것은 말하자면 개인의 현재의 능력과 사정의 본질적 제한의

---

151) 뇌정雷霆 : 천둥.
152) 언치 : 마소의 등을 덮어주는 담요 따위.

범위 내에서 자기의 가치의식에다 어느 통일을 주려하는 요구. 그리고 그 요구의 발달과 완성을 그것의 현실적인 내용으로 하는 것이라고 볼 수 있다. 그러므로 당자에게는 양심은 형식적으로는 퍽 단순하지만 내용적으로는 퍽 풍부할 것을 의미하고 지식, 추구, 설명, 논증 등을 구비함으로써 과학적 철학적 판단과 양심적 판단과의 차는 구극 목적에 대표되는 본질상에서는 없게 된다. 그러나 이러한 것으로서의 작가의 양심이 운위되지는 안하였다. 그가 철학과 세계관을 배척함으로써 말하는 양심은 인격^{Person}에 있어서의 명령자로서의 윤리적 개념이 아니다. 이 양심에 있어서는 직각성_{直覺性}의 전부적_{全部的} 위치와 의의가 아무런 사회성과의 관련이 없이 주관 속에서 사유적으로 사유되어졌을 뿐이다. 혹시는 그 사람은 단순히 어느 절조적인 의미에서 양심이라는 단어를 사용하였을지도 모르지만 이것은 그냥 웃어버리기에도 너무나 어린 짓이다. 이를테면 슈베르트가 그의 지극한 곤궁에 고생하면서도 자기의 예술적 자유를 위하여 어느 귀족의 초빙에도 매각되지 않은 것은 그의 예술가적 양심의 명령에 의한 것이라고 들을 수 있지만 이것은 결코 주관적 직각성의 정언명법에 의하는 것이 아님은 명백하다. 그러므로 이 민중음악가가 귀족적 자선적 패트런을 물리친 것을 비사회적·개인적, 주관적 '양심'에 의한 행위라고 볼 수 없고, 일정한 슈베르트의 예술가적 태도에서 나온 것, 따라서 슈베르트가 실상 가졌던 기독교적 세계관의 우수한 비판성에 의거했던 것을 몰각할 수 없는 것이다.

세계관의 절연 분리에 있어서의 작가적 양심은 결국 넌센스에 지나지 않는다. 그러므로 세계관과 대립시켜 놓은 '양심'은 아무런 윤리적 개념으로서는 주장될 수 없다.

"태초에 로고스가 있었느니라 …… 태초에 '양심'이 있었느니라. 그것은 넌센스였느니라!"

'양심적인 작가'라는 말이 있다. 이 말에서 우리는 진실을 위하여 진지하게 걸어가는 존경할 만한 작가를 발견한다. 그의 문학을 통하여 진실을 파악하려는 그의 고투가 눈앞에 역력히 보이는 것 같다. 그는 맹막盲膜이 아프도록 현실에서 진실한 것을 분간해 내려고 시력을 집중한다. 상상력과 기왕의 교양이 최고의 긴장 아래에 있는 관찰의 객관성에의 지향과 격투를 하고, 비속한 것 왜곡된 것 허위의 것을 물리치려고 두 손을 그래도 태양에 향하여 뻗친다. 그는 아직도 괴로운 길을 걷고 있다 …… 우리는 그가 드디어 최고의 최선의 세계관을 획득하게 되는 날을 눈앞에 선하게 보는 것 같다.

또 한 작가가 있다. 그는 얕지 않은 정도로 유일한 최고의 최선의 세계관을 원리적으로 파악하고 있다. 사물의 인식 그 제 운동의 법칙, 사유의 방식……. 이러한 사색을 신체적으로 확보할 만한 방법의 준비를 가지고 있다. 그러나 그는 문학에 있어서 세계관과 그에 기基한 방법이 육체화되지 못한 것을 어찌할 수 없다. 그는 전자보다는 구救해 있지만 고투의 정도에 있어서는 그만 못하지 않다. 그러나 전자보다는 훨씬 우월적 핸디캡을 가진 것, 실상 작가적 재질을 간과하는 가정을 한다면 후자의 창작은 전자의 것보다 훨씬 나을 것을 본다.

나의 생각은 다음으로 옮아간다.

톨스토이『코카사스』의 코삭크의 생활과 쇼로호프의『고요한 돈』의 코삭크의 생활과의 대비, J·죠이스의 거대한『유리시즈』와 바르뷔스의 겸손한『크라르테』와의 대비, 시마키겐사쿠[153]의 제 작의 삼십 년대 인텔리

---

153) 島木健作 : 1903~1945. 일본의 소설가. 동북제대를 중퇴하고 농민운동에 참여했다. 일본공산당에 가입했다. 1928년 검거된 후 1929년에 전향 선언을 하고 1934년부터 전향문제를 다룬 작품

겐차의 고민과 이시자카요지로[154]의 『보리는 죽지 않는다麥不死』의 교원의 그것과의 대비. 주제의 판이에 인한 어느 양적 차이만 있는가? 주제의 판이마저 무엇에 기인하는가? 지금 여기에서 우리는 작품과 작가와를 구체적인 연관에서 문제 삼기 때문에 우리는 또한 가치판단의 기준을 갖는다. 우리는 관찰의 우열을 빤히 들여다본다.

우리는 여기에서 작가와 작가의 문학 그의 세계관 방법의 문제를 다만 사변적으로 취급할 생각은 처음부터 없다. 구체적으로 일상적인 현실적인 문제로서 고찰하고 있다. 이 1937년의 날의 작가 중에서 일정한 교양의 도度를 갖지 않고 일정한 이데올로기적 지배하에 있지 않고 순수하게 '현실에 대해서 눈을 뜨고' '현실을 잘 보는' 어느 사람을 상상하는 것은 무지한 가설이다. 여기에 인용한 구는 『조광』 9월호에 이운곡李雲谷씨가 쓴 「문학과 철학의 세계」의 이야기에 있는 말이다. (이하 동, 강조는 인용자) 이 씨는 그 이야기 속에서 진실한 말을 많이 하였음에도 불구하고 유감스럽게도 진실치 못한 표백表白을 많이 하였다.

그리고 이 씨의 이야기의 톤에서는 실상 세계관의 무용無用 밖에 여음이 없다. "세계관은 창작과정에 있어서 제1 근본인 계기가 되는 것은 절대로 아니고 그 창작 과정에 있어서 마치 (…중략…) 그 출산의 고통을 완화시키 (…중략…)"는 산파의 임무를 함에 불과하다고 말하지만 이 말은 산파가 분만을 위한 필연적 계기가 아닌 것처럼 세계관은 창작에 있어서 우연

을 썼다. 『생활의 탐구』(1937)는 지식계급의 양심을 지키는 것으로 독자의 호응을 받았다.
154) 石坂洋次郎 : 1900~1986. 일본의 소설가. 아모오리현 출신으로 중학교 교사로 있으면서 지방색이 짙고 유머가 넘치는 작품 『젊은 사람』(1933), 『보리는 죽지 않는다』(1936) 등을 발표하여 문명을 떨쳤다. 제1회 '미타문학상'을 수상하였던 『젊은 사람』이 1938년에 불경죄, 군인무고죄로 고소당하기도 했다. 통속적이며 사상으로 미숙하다는 평을 받기도 하였으나, 젊고 발랄하며, 구상이 재미있어 서민생활과 잘 어울린다.

적인 계기밖에 안 된다는 것을 의미한다. 물론 이 씨는 문학을 의미하지 않고 다만 "창작 과정"만을 문제 삼았으니까 그의 이야기는 죄를 가진 것이지만 수많은 작가와 과학자가 그들의 "세계관의 제약을 물리치고 참된 현실을 그대로 이해 흡수하였다"는 이야기에서 현실 파악을 위한 세계관의 무력을 암암히 강조한 것을 보면 이 씨에게는 문학에 있어서도 세계관은 아무래도 좋은 우연적 모멘트다. 우리는 이 씨가 세계관 무용을 증명하는 수많은 예증을 든 이상으로 관념론적 세계관의 수많은 피해자를 들 수 있다. 파브르는 그만한 천재적 곤충학자이면서도 신학의 노예이었다. 텐느는 그만한 통찰력과 사회학적 기초를 가지면서도 기껏 관념론적 비평가에 그쳤다. 톨스토이는 그의 우수한 리얼리즘을 통하여 과감한 짜르 정치의 공격자이면서도 원시 기독교의 자연경제에의 동경憧憬에서 객사客死하였다 ……등등.

이 씨는 말한다. "우리들의 사회적 현실에 대한 정확한 이해는 무엇보다도 먼저 세계관에 의해서 되어지는 것이 **아니고** 그 전에 현실 그 자체에 의해서 먼저 강요되는 것이다. 여기에서 **먼저 현실에 대해서 눈을 뜨고**……" 운운.

그리고 그 말에 앞서서 존재가 의식을 규정한다는 말을 하였으나 그 위대한 명제마저 식도에 박힌 꼬챙이같이 저작[155]되지 못하여 있다. 이 씨가 그렇게 말하지만 우리들은 이렇게 말해야 한다. "우리들에게는 인제는 세계관은 현실적인 것이다." 고도의 문학 과정에서는 더구나 존재와 의식과의 강렬한 상호침투를 조금이라도 몰각하는 짓은 속류 유물론의 악의만이 감행한다. 맑스의 자본론의 방법은 자본주의라는 현실에 대하여 뜬 맑스의 눈에

---

155) 저작詛嚼 : 음식물을 씹음.

만 의한 것이 아니다. 현실에서 그는 세계관으로서의 변증법적 유물론을 파악함과 함께 여기에서 그의 우수한 방법은 출생하였다.

문학은 우리에게 일생의 사업이다. 진실한 생활의 과정이다. 덤불밭에서 태어난 우리는 우리 문학의 다행한 짝으로서 최고최선의 세계관을 획득하고 함으로써 작가의 도정에 오르는 것을 문화인이란 자연적 자격에 있어서 강요되어진다. (끝)

『조선일보』, 1937. 10. 15~20(5회 연재)

여류작가재인식론 『여류문학선집』중에서

인제야 『현대조선여류문학선집』을 운위하는 것은 때를 지낸 감도 있다. 이은상 씨의 서정적 서문에도 불구하고 이 선집은 아무에게도 버림을 받은 것처럼 망각되려 한다.[156]

이 선집이 어쨌건 우리들의 부인작가의 창작적 집적으로서의 집성인 것은 틀림이 없는 바일 것이다. 우리의 부인작가들은 그들의 문학적 존재를 정당하게 그리고 또 정상하게 주장할 수 없다손 치더라도 우리들은 그들의 집적을 무시로써 대할 수는 없다.

---

[156] 조선일보사 출판부에서 낸 『현대조선여류문학선집전경』을 가리킨다. 1937년 4월 26일에 초판을 내었고, 6월 30일에 3판을 발행한 것으로 되어 있다. 이은상은 당시 '조선일보사 출판부 주간'이라는 직책으로 서문을 실었다. 그 중에는 다음과 같은 구절도 있다. "규방의 문을 깊이 잠그고 저 이아정李雅亭 같은 이는 부의婦儀를 제정하여 '여자는 부엌으로만 가라'고 하였을 때도 여인의 성조聲調, 오히려 담 밖에 넘어 나왔거늘, 하물며 여학女學의 사방문四房門이 열린 지 벌써 반 세기에 가까운 오늘이겠느냐. / 단아한 그대로 그 따뜻한 정회를 봄 물결처럼 문단의 산각山脚(산기슭)에 밀어주는 이 있고, 정숙한 그대로 그 상냥한 심서心緖를 가을바람처럼 예원의 봇물 위에 불어보내는 이 있다. / 이같이 서로 받들어 우리 문화의 탑을 높이 쌓는다. 사녀士女의 섞어 부르는 우아한 화성和聲이 전일의 단조單調와 다르잖으냐. / 우리는 남북을 통하여 이미 이만한 십수가의 여류를 얻은 것이다. 추러서 몇 편씩을 한데 모으고, 여기서 이 시대 여성의 부르짖음을 듣고자 한다. 여기서 이 시대 여성의 얼굴을 보고자 한다. / 바라건댄 백세 후에 오히려 이 소리 들릴지어다. 다시 빌건댄 천재 후에 또한 이 얼굴 보일지어다." 책은 많이 팔린 듯한데, 아마도 그것의 작품성이나 문학사적 의의를 평가하는 본격적인 평문은 없이 '여류'의 모음집이 나왔다는 것을 축하하는 인상 비평들만 있었던 것에 임순득은 문제의식을 느꼈을 것이다.

씨는 뿌려진 것이다.

싹도 튼 것이다.

그것의 건강한 발육을 위한 일체는 거부되어서는 아니 될 것이다. 그리하여 나는 여기에서 아무도 들어 말하지 않던 이 선집에 대하야 몇 마디를 안 할 수 없다.

이 선집에는 십수 인의 '여류문인'의 많은 '작품'들이 실려 있지만 나는 차차 천명되어질 이유에서 두 사람의 작품을 주로 하고 이 소론을 전개하려 한다.

1. 강경애 씨의 「어둠」

> 나는 잠을 이루지 못하고 있다.
>
> 불도 꺼졌다.
>
> 주위는 캄캄하고 악마놈이 끈직끈직하게 따라다닌다. (푸쉬킨)

많은 작가들이 각각이 독특한 형상을 통하여 '어둠'을 그려왔다. 그러나 어둠은 어느 때든지 악마의 나라였다. 인육人肉이 광명에 대한 싸움에서 끊임없이 만나는 것 부딪치는 것, 그리고 혹은 피치 못할 인간의 운명을 느끼고 물러서려는 것, 어디까지나 극복하고야 말리라는 강렬한 의지를 고취시키는 것으로서의 어둠은 문학이 인간의 부단한 비극성의 문학적 취급에서 그 사회적 의의를 얻는 한, 제작적 의욕에서 언제나 취급되어지지 않을 수 없었다. 이제 우리는 강경애 씨의 「어둠」을 보게 된다. 씨는 '어둠'에서 무엇을 보았던가. 무엇이 '어둠'이었던가?

우리가 지금 세계사적 사건의 한 와중에 있는 것은 누구나 다 아는 바이다. 각 개인이 진상眞相의 절실감을 자기의식 위에서까지 절실하게 느끼고 안 느끼는 것에 불관하고 금년의 심각한 격동은 그 진행을 진행하고 있다. 그리고 이 진행은 그것에 선행한 일련의 진행과의 계열에서 일어난 것임은 또한 재언을 요치 않는다.

실로 강경애 씨의 「어둠」은 우리의 머리에 아직도 생생히 기억으로 남아 있는 '사건'이 한 여자를 정신적으로 파멸시키고 만 세계이다.

> 손은 다시 포케트 속으로 들어간다. 땀이 뿌찐뿌찐 나고 팔이 후루루 떨린다. 신문을 쥐었다 놓았다 망설이다 살금살금 끌어내었다. 눈에 칼날이 스치는 듯 산득산득해서 바로 볼 수가 없다. 절반 머그러진 사형수들의 사진 틈에 목이 상큼하게 패인 오빠가 툭 튀어들었다. (『선집』, 110면)

그 전全페이지의 호외, 스물두 사람, 그리고 특히 열여덟 사람의 사진을 실은 신문. 그 가운데에 자기의 오빠를 헤이고 있는 영실의 심적 경험을 영실이 외의 사람들은 타산他山의 돌로 여기고 말 수 있을까. 나는 그 사건에서 발생하는 또는 그 사건을 싸고돌아 회오리치는 저널리스틱한 감각이라거나 분위기라거나 및 그것들을 받아들이는 오합烏合의 감수성을 말하는 것은 아니다. 전율이라거나 처참이라거나 어느 말 못할 잔인이라거나 심지어는 스릴을 제치고 그 사건의 맨 밑바닥에 남는 것 — 본질이 어떻게 한 개의 전류처럼 사회의 층층을 통하여 전도傳導되었을까. 그리고 그 전도는 땅 속에 헛되이 누설되고 말았는가 ― 그 점과의 관련에서 이 어둠을 생각하지 않을 수 없다.

후일 사가史家는 삽십년대의 사회의 제 상諸狀을 진상 그대로 전하여줄 것이다. 그러나 역사에 의하여 산 사람의 호흡, 맥박, 기분, 감정, 사색 및 그것들의 계기와 파동을 충분히 생활감정적으로 감득하지는 못한다. 그리하여 바른 손에 역사를 든 사람은 왼손에다 알고자 하는 시대의 문학작품 중에서 그 '사건'을 제재로 해서나 어느 관련을 가지고나 취급한 것은 이 「어둠」 이외에는 없었다.

통털어 이 땅의 작가들은 「어둠」의 배후 사건을 그들의 창작적 세계에서는 외국과 같이 여기었다. 언젠가 『문학평론』에 실렸던 정우상 씨의 「성聲」이 있었을 뿐이었다. 이 땅의 작가들은 그 두뇌와 심장의 반분半分씩은 치인痴人이 되어있지는 않은가 ― 하는 말을 누군가 하면 그들은 독설이라고 침을 뱉을 것이다.

(여기에서 논급할 바는 아니지만 우리의 작가들은 반분은 치인이다. 한 사람의 시마키켄사쿠島木健作의 에피고넨조차 없다.)

그러나 강경애 씨는 바르게도 어둠을 감수하였다. 이 악착한 어둠을 문학화하였다. 적어도 그렇도록 노력하였다. 그 어둠에 패배하여 정신적 파멸에 끌리고만 주인공으로서 형상화하였다 할지라도 강경애 씨는 적어도 사적史的인 한 업적을 수행하였다.

오만은 무지의 최초의 형벌이다. 이 땅의 무지한 정신은 그 '사건'을 어느 의미로나 문제 삼을 줄 몰랐을 뿐 아니라 씨의 「어둠」마저 그 오만에 의하여 레테강에 띄워버리려 하였다.

하여튼 '여류문사'라는 특수칭호로 대하는 부인작가만이 어둠을 어둠으로서 문학화하려 하였다. 더구나 그 「어둠」 가운데의 그 사건의 취급은 얼마나 높이 평가되어도 못지 않는 것이 실감이 아닐 수 없다.

씨는 조그마한 졸렬한 콘크리트의 건물을 세운 것에 지나지 않는다. 그러나 그 주위에는 결구가 묘하더라도 게딱지만한 움집들이 즐비할 뿐이다. 늘어져 있는 것들은 수공적 초옥일 뿐이었다. 그 졸렬하나마 조그마한 콘크리트의 건물은 얼마나 당당하고 주위의 게딱지집의 주인들을 비예하기에 족한가……

씨는 어둠이란 집터를 다듬을 줄 알았다. 그 역사적 사건이란 철근을 건물의 중핵에다 세울 줄 알았다.

강경애 씨는 그의 작가적 용의用意에 있어서는 이만치 준비할 줄 알았다. 그러나 씨는 작품 「어둠」에 있어서 성공하였을까? 그리고 「어둠」에 대한 작가적 감각이 우수하였을까?

씨는 어둠에 대하기를 너무나 겸손하게 하였다. 이 점이 씨의 첫째의 실패였다. 어둠은 어둠 자신의 폭력에 있어서 결코 약하거나 유화한 것이 아닌 것처럼 사람은 역시 이 어둠에 대할 때 그것의 폭력에 지지 않는 힘과 횡포함을 가지지 않으면 안 될 것이다. 어금니에는 어금니로! 조상 때부터 내려온 귀중한 철리를 잊어서는 안 될 것이다.

나는 결코 강경애 씨가 일 간호부가 어둠인 현실과의 격투에서 쉽사리 패배하게 하였다는 점을 생각하기만 하는 것은 아니다. 또는 영실이 드디어 발광하고 말게 되는 것이 두 개의 따로따로 떨어져서 펄렁거리는 인자𤘩子 — 오빠의 사형과 의사의 배반 — 로 말미암은 것을 생각하기만 하는 것은 아니다.

더 훨씬 말하고자 하는 것은 씨는 실상 '어둠'의식에서보다도 발광한 영실이 김서방의 등에 업힌 채 규환하면서 나간 밖이 어두웠기에 어느 경박한 작가들이 하듯이 어두운 밤을 감각적으로 붙잡아서 어둠을 만들지 않았는가 하는 비난을 받기에 그다지 어그러지지 않은 점이다. 그리고 또 지주처럼 어렸을 때부터 믿어왔던 오빠의 죽음이 한 여성으로서의 모랄의 붕괴로 되고 말도록 만들었다는 점이다. 씨는 나에게 무고라고 말할지 모른다. 아무렴! 나 역시 그렇기를 원한다.

작품 「어둠」 속에서는 어둠의식이 강력하게 파악되어 있지 못하기 때문이다. 영실의 발광은 — 이 발광을 문학적으로 승인한다 하더라도 — 말할 것 없이 '어둠'의 폭력이 만든 것이다. 씨는 바르게도 오빠, 늙은 어머니, 병원, 간호부, 실연 그리고 발광에 이르기까지의 씨가 가능한 대로의 심리적 연관을 준비하였다. 그러나 그 각개의 계기는 어둠의 폭력으로부터 모르는 사이에 탈락하여 버리고 말하자면 일 사사적私事的인 사행事行에 옮고 말았다. 그러므로 씨는 실상 희곡적 크라이막스를 의도하였을 것임에도 불구하고 발광은 마치 우발적인 것과 같은 느낌을 주고 말았다.

일개 약한 여성이 그만한 충격을 정당하게 견디기는 힘들었다. 그 위에다 사랑에 배반당한 깊은 비애가 겹쳤다. 근근이 간호부 노릇으로 생계를 세워 가는 고달픔이 있다.

인제는 신념도 오빠의 죽음과 함께 부서졌다. 이 현금現今의 부인의 물질적 정신적 온도의 파악에서 근시적 리얼리스트는 발광이란 귀결을 구한다. 현실에 대한 작가의 파악은 너무나 사소하다. 부인은 약한 자! 오필리아 이후 아직도 리얼리스트들이 그 몽매를 깨이지 못한 고루固陋.

강경애 씨는 아마도 자기 스스로가 작품 「어둠」을 불과 삼십 항 미만의 조그만 작품으로 만들고 말기에 불만不滿하지 않으면 안 되었다! 그리고 부인작가로서의 특수한 문화적 의의를 자기에게 부여하기를 잊지 않아야 할 것이었다!

영실이 꽃다운 분장을 갖출 필요는 없다. 씨에 의하여 소여된 주인공 영실 그대로써 더 훨씬 현실과의 격투에서 높이와 강력을 보일 수 있었을 것이었다. 영실의 발광은 안이한 절망에서보다 다이나믹한 사석[157]이 될 수 있었을 것이다.

강경애 씨여!

"탁수濁水와 설박[158]이 어두운 하늘을 뚫고 내려쏟아 대지는 악취를 뿜는다. 잔혹한 악수 첼베로는 눈비에 젖은 백성에게 개와 같이 짖다. —단테"

당신의 문학에서 대담하게 어둠과 격투하기를 바라 마지않는다. 좋은 작가여!

2. 박 화 성 씨 의 「춘 소 春宵」

「어둠」은 말하자면 소재 그 속에 다량으로 된 열정을 손쉽게 현현시킨 작품이었다.

그리고 작가의 문학적 포착력과 구조력의 일정한 고도가 용의된 아래에서는 그 영실이 드디어 발광에까지 이르는 심리적 점차 고음高音은 그만치 심각함을 가지고 진전할 수가 있었다. 그러므로 강경애 씨의 문장의 미숙이 씨의 작가적 수련이 비교적 짧은 것을 보이면서도 씨의 다행한 작가적

---

157) 사석撤石 : 돌을 던짐.
158) 설박雪雹 : 눈과 우박.

전도를 우리에게 그만치 뚜렷이 보여줄 수가 있었다.

그러나 이제 우리에게 「춘소」를 보여주는 박화성 씨는 적어도 이 『선집』 가운데에서 그리고 아마 우리문단에 있어서 유니크하다고 보지 않을 수 없다.

평범한 너무나 평범한 세계의 것을 자기의 작품의 세계로 하려는 노력은 얼마나 귀중한가! 그러나 그것은 몹시도 곤란한 길이다. 박화성 씨는 그 곤란으로 말미암아 「춘소」에 있어서 많은 실패를 끽하지 않을 수 없었지만 현현되기 어려운 열정을 작가적으로 포착하려고 애쓰는 씨의 모습을 우리는 얼마나 경애하여도 모자라지 않을 것이다.

사람들은 화려한 것을 좋아한다. 씨크한 장신將身, 세련된 회화, 문명적 제 기구, 향그러운 커피, 자극된 화장, 힘과 사색의 자재自在를 가진 사람들, 그들의 감정의 델리커시.

하지만 「춘소」의 주민, 그들의 언어, 습속, 그들의 세세한 일체를 도합하여도 몇 푼어치가 안 되는 생활양식 ― 이런 것들을 발견할 때 웬만한 작가들은 거의 벽역159)하여 온 것이 우리 문단의 습관이었다. 그러나 우리의 박화성 씨는 들리는 소리로써 자기의 작가적 열정을 외치는 대신 아랫배 속에서 소리없이 느끼었다. 적어도 『백화』를 제외한 씨의 제 단편은 씨가 그러하였던 것을 보여주었다. 도회의 아가씨들은 아무도 그 이름을 부르고자 하지도 않는 양림이와 양림어머니를 다정하게 작품화에까지 손을 이끌어 주었다. 기아의 감각을 눈꼽만치도 실감할 줄 모르는 여러 작가들 틈에서 씨는 "일찌감치 나가봐야 아침거리가 생기든지 말든지 하지 않는가?" (『선집』 147혈)하는 양림아버지의 영상을 보이려 노력하였다.

---

159) 벽역辟易 : 상대편을 두려워하여 물러나 피함.

사회는 크고 복잡하고 그 자신 엄청나게도 무거운 것이다. 이것의 맨아래층에 깔려서 생활을 갖는다거나 그것에 대하여 무엇인가를 꾸민다거나 할 줄 모르면서도 언제나 생활을 생각하고 있는 창맹을 부단히 자기의 문학 의식 위에 올려놓을 때, 더구나 현하적 사회 특질에 있어서는 문학의 가치 판단에서 일정한 기준적 의의를 갖지 않을 수 없다. 이 원리를 무□하다고 하는 사람이 있다면 간단히 예시를 하리라. 이『선집』의 43~56혈 김말봉 씨의 소설「편지」와「춘소」중의 임의의 1,2행을 대비하여 보면 — 갓 미망인이 믿었던 남편에게 속았다고 경신輕信하여 "야릇한 질투의 감정은 마침내 은희의 가슴에 어떤 복수의 불더미를 들여 놓고나 말았다."(48혈) 그러나 꾀를 써서 미망인 은희가 데려온 질투의 대상이 의외 남자 고학생이었던 것을 알고는 눈물을 흘렸다. 그러나 이것은 결코 은희가 남편의 결백이 증명되었다는 의미에서 새삼스럽게 남편을 추모하여 우는 것은 아니었다. 은희는 갑자기 자기가 인간으로 생겨났다는 것이 견딜 수 없이 슬퍼진 것이다."(55혈) — 이것이 14혈이나 들여서 써놓은 소설이었다. 김 씨는 무엇을 수행하였을까? 아마 마이너스를 짊어졌었다. 미망인 은희가 수백 명 실재한다 하더라도 그 소설을 통하여서 우리는 의연히 아무런 진실한 감정도 문학성도 문학적 스토리도 찾을 수 없는 것이다. 더구나 '갑자기' 인간으로 생겨난 '견딜 수 없는' 비애는 실상 현대 생활 과정에서 때 없이 숙명적인 토스카의 병고를 겪고 있는 현대인에게서일지라도 무어라 할 관념적 희롱인가!

김 씨의 소설에 대하여 이제 나는「춘소」에서 1,2행을 뽑아 놓아보리라.

"사실 채소장사 일 년 만에 채소 쉰 단을 저녁 쉴 참 때 전으로 다 팔아버리고 일어서기는 처음 일이거니와 또한 마지막 일일 것도 같다."(156혈)

인간은 각각 자기의 작위적 생활 위에서 존재적 진실을 밝힐 수 있다.

그러므로 양림 어머니가 저자에서 느끼는 그렇게도 강렬한 불안은 그의 내심적 방황이 사회의 기생적 존재들에게 모멸당하고 망각되어진 구렁에서 일어난다 하더라도 진실하게는 은희의 발하는 감정적 체취보다는 소재만으로도 작품적으로 더 높은 고도를 보이는 것이다.

이와같이 박화성 씨는 실로 무시되어진 하층민의 생활, 생활고, 감정, 그 속에서 자라는 어린아이 ─ 양림이 ─ 의 슬픈 정경을 얼굴이 시퍼래진 어머니 ─ 양림어머니 ─ 와 함께 울고자 한다.

이에서 나는 이를테면 이기영 씨를 연상한다. 이 씨 역시 가난과 가난한 사람들을 제재 삼기 좋아한다. 그러나 이 씨는 가난이 쫄쫄 흐르는 궁상을 피우기는 하였을지언정 시정적 건조 속에서 뒷골목 퀴퀴한 고랫재 냄새를 피우는 것이 이 씨의 제 단편의 특징이다. 이기영 씨는 서궁한 감을 준다. 박화성 씨와 같은 소박한 페이소스(157, 165혈)라거나 살구꽃이 "여전히 낙화를 날리"는 춘소의 목포 유달산복(나는 「춘소」 이곳의 것인가 상상한다)의 움집 세계가 서정성을 띄고 독자의 심상에 떠오르는 다감을 갖추지 못하였다. (물론 나는 이기영 씨의 선배적 의의를 잊어버리고 있지 않는다. 다만 박화성 씨의 장점을 뚜렷이 하기 위하야 이 씨의 실패의 부분을 대조하였을 뿐이다.)

그러나 박화성 씨는 왜 그리도 비속의 위험 속에 함부로 몸을 내던지는가!

박화성 씨는 「춘소」에서 일정한 시각에서의 현실의 파악을 수행하지 못하고 신문소설적으로 어느 야마를 겨누었다. 미리 일정한 스토리(스지)를 짜놓고 실상 「춘소」라는 작품은 홍미를 중심에다 놓고 말았다. 그럼으로 사이상이라거나 사이상 어머니라거나 잡혀간 아들 영복이라거나 등의 인물과 그들이 출장하고 화제에 오르는 일들이 양림이 가족의 생활을 중심으로 하여 놓여 있지 못하고 갈래갈래 흩어지고 말았다.

아아, 그리고 그 '구린내 나는 말썽'은 정말 작품적으로도 구린내 나는 것이었다. 박화성 씨의 약점이요 실패는 바르게도 씨가 눈을 향한 현실에 대하여 강화된 통찰을 수행하지 못한 것, 사건에 대하여 시정적市井的 강인함으로써 추구하지 못한 것에 있었다. 양림 어머니가 그처럼 "창자 밑바닥에서 올라오는 넋두리 울음을 울었다"는 것에서 작자는 그 쓰라린 울음을 의식 — 환언하면 겨누어서는 안 되었었다.

씨가 살구꽃이 한창 핀 이 땅의 어느 농촌을 갔을 때 다만 아아 아름답다 하고 탄미하는 소리를 낸다면 씨의 눈은 벌써 건너편에 솟은 갈미봉에나 주의를 끌리고 말 것이다. 그 마을의 자연미, 형태미, 비극미, 그리고 씨가 가질 수 있는 대로의 감수성과 문화 사회인적 예지의 힘에 도움을 받을 때 씨는 다른 발언을 가질 수 있을 것이다. 아아 아름답다 할 때 그것은 비속인 것이다. 많은 사람의 흥미의 투표가 씨의 그 단순한 발언에 행하여진다 하더라도 작품의 인터레스트 메이킹interest making이 성공한 것은 아닌 것이다.

그러므로 박화성 씨는 한 개의 요행이라거나 의외의 말썽이라는 우연에 의하여 양림 가족의 생활 그 속에 숨어있는 기쁨과 슬픔의 기복을 강화할 수 있다고는 여길지언정 본질의 사건적 표상이라는 오산을 피하였어야 하였었다. 작가에 있어서 최대의 위험은 펜을 듦과 함께 이지고잉easygoing의 원망을 일으키는 것이다. 신체의 빈약을 감추기 위하여 아름다운 장신을 하여서는 안 될 것이다. 모든 우연적인 표상의 옷을 다 벗겨놓고도 그러고도 남는 아름다운 신체를 작가는 창조해야 할 것이다. 실로 우리의 박화성 씨는 인내와 격투에 있어서의 강인함을 씨의 창작 위에서 용의해야 하였다.

3. 이선희 씨의 계산서

실제로 우리나라의 생활에서는 아직도 일상 적어도 노라적 의식이 강조되어져야 하는 형편에 있다. 우리의 부인문제에서 노라는 이미 해결제의 것이라고 경신하는 사람은 없을 것이다 실상 수많은 부인들이 자활을 위하여 소위 직업전선에 나서고 있지만, 그것은 의식되어지지 않은 노라적 행동의 현상이다. 그러므로 또한 수없는 직업부인들은 '인형의집'에로 도로 들어가고 있는 것이다.

부인의 취직율의 격증은 고용주의 인건비 문제에서 직접적으로 기인된 경제적 현상이기 때문에 그것은 결코 그 자체 문화의식적 현상이 아닌 것이다.

그것은 시민사회 자체가 입센적 노라의 역사적 발전 성장 때문에 생기는 시민적 고뇌와 마찰을 배제하려는 자기운동을 부단히 하고 있기 때문이다. 오랜 전통으로부터 탈출하여 부인이 스스로의 운명의 창조를 하게 하기는 시민사회는 차마 경험할 수가 없었다.

시민사회가 상향선에 올라 있을 때에만 인형 집에서 탈출하는 것에서부터 부인의 문제가 진보적 노선에 오르게 되었을 뿐이다. 이에서 우리는 왜 부인들의 사회의식이 노라 이전적인 것에서 이처럼 쭈물거리는가 하는 개탄을 할 때에 "아무렴, 여자니까!" 하는 핸디캡을 생각하는 것이 얼마나 어리석은가를 알 수 있다. 사회생활의 공식표현 ― 도사카쥰[160] 씨의 표현을 빌려 말하면 ― 이 부인문제에 있어서 진보적 경향의 억압으로 나타난 것

---

160) 戶坂潤 : 1900~1945. 일본의 철학자. 마르크스주의의 입장에서 일본이데올로기를 비판했다.

은 뚜렷하다. 여자교육이 사범적으로나 사회적으로나 노라 이전의 것 ─
'부덕'의 기초 위에서 수행되어 있고 그것의 능동적 비판성이 의연히 그 공
적표현에서 잠재워져 있는 한 그러한 것이다. 그러므로 시민적 범주에 속
한 부인문제가 문학상에 나타날 때 아직도 노라에 이르지 못한 것은 작가
의 죄가 아닐 것이냐.

이선희 씨의 「계산서」는 그러므로 인제야 겨우 '소형가정'의 미몽에서
깨이는 매서운 '계산하는 부인'을 그린 작품이라 하더라도 시대에 뒤떨어
진 낡은 이야기를 쓴 것은 아니다. 더구나 씨의 도회적인 세련된 수법 ─
비유하여 말하면 ─ 으로 그려진 「계산서」는 내용을 생각할 겨를 없이 그
생신한 맛을 느끼게 하여 준다. 박화성 씨의 문장의 시골 냄새와 대비하면
일종의 '멋쟁이'의 감까지 일어나게 한다.

이선희 씨는 「계산서」에 의하여 현대의 애정문제에 있어서 부인이 받아
야 하는 채권의 가액을 평정評定하였다. "무릇 한 개의 부부생활이 해소될
때는 그 아내된 자가 그 남편된 자에게 변상해서 받아야 할 것이 있다."(108
혈) 그러면 무엇을 받아야 하는가? 그렇게도 서로 사랑하던 '나' 라는 사람
의 부부가 그들의 애정의 과실의 생산에 부수하여 야기된 불행으로 말미암
아 남편의 배리를 가져오게 하였을 때 '나'라는 버려진 아내는 남편된 자의
"생명을 받아야 수지가 맞을 것 같다."(108혈)

씨에 의하면 그것은 "모든 아내된 자의 계산서"인 것이다

무서운 발언이었다! 지금껏 배리한 남자편, 횡포한 남자에게 향하여 이처
럼 매섭게 선언한 부인작가는 없었다. 그처럼 소형가정에서 카나리아와 같
이 아름답고 곱게 이쁜 아내가 불신에 대한 강렬한 결산을 거침없이 하기로
드는 7개월의 심리적 경과는 아마 이선희 씨의 독단161)이 아닐 수 없다. 약

한 자 — 부인에 대한 못난 미신의 타파를 위하여 「계산서」는 부인 자신에 향해서뿐만 아니라 사회 자체에 향해서 한 개의 선언을 한 것이다.

그러나 씨는 이 선언의 형상화에 있어서 너무나 순수한 애정에 국한하여 계기를 구하려 하였다. 그것은 일종의 추상화이다. 이론과학에 있어서는 그러한 추상화는 이론의 과학적 투명과 냉철을 위하여 취하여지는 방법일지라도 소설에 있어서는 형상화의 파괴이다. '소형가정'은 끝끝내 소형가정에 지나지 않는다. 계기적인 애정문제를 순수하게 취급하려면 할수록 (만일 그것이 가능하다면) 생활의 진실한 면모에서 해야할 것이다. 이선희 씨는 한 중대한 계산서를 부부문제에 있어서 작성하기 위하여, 더 나아가 말하면 부인적 견지에서의 휴머니스틱한 창작태도로서 나온 것이다. 문학의 완롱화에 대하여, 문학의 스포츠화에 대하여, 강한 반대자로서 나온 한 작가임을 우리에게 감지케 하면서 씨는 부부문제의 진실한 생활면을 소한히 한 감을 주었다. 작품의 단편적 구성은 그러므로 성급한 부주의를 일으키기 쉬운 것이다. '소형가정'을 통하여서가 아니고 수많은 갑순이와 을수가 영위했을 현대적인 부부생활을 통하여 「계산서」가 이루어졌다면 씨는 현재 수행해 놓은 것보다 더 훨씬 고도의 것을 쉽게 해 놓았을 것이다. 이번에 장편소설을 쓸 기회를 갖게 된 것이 발표되었다.

우리의 부인작가 중 제일의 스타일을 가진, 그리고 범범치 않은 작가적 감수력을 가진 씨가 정녕 우리를 만족케 할 역작을 부단한 노력으로써 보여줄 것을 바라마지 않는다. 바라건대 비속한 흥미와 값싼 '아마'와 치졸한 우연으로 말미암아 불성공에 그친 '신문소설가'들을 비예睥睨하여 주기 바란다.

---

161) 독단獨壇 : 독무대.

부탁 ―『선집』가운데에서 장덕조 씨를 이번에 언급치 못한 것은 나 자신이 분하다.

씨의 문장을 좋아한다는 이유에서보다도 나는 씨에게서 누구보다도 우수한 문학 쎈스를 찾기 때문이다. 이 작가는 우리의 부인작가 중에서는 제일 작품이 유행가성을 안 가진 작가이기 때문이다. 후기後機가 있을 줄 안다.

『조선일보』, 1938.1.28~2.2(5회 연재)

불효기^{拂曉期}에 처한 조선 여류작가론

'현 조선의 여류작가의 세계'에 관한 무엇을 쓰라는 게 본지 편집인의 부탁이었으나 나는 이 부탁을 어떻게 받아들일 것인지 참으로 난처하지 않을 수 없었다. 생각하면 이 땅에 있어서의 부인문학이란 아직까지도 '여류작가'라는 특이한 명칭으로 불리워지는 극소수의 사람의 손끝에서 그의 본질의 정상^{正常}한 발육이 방해된 감이 없지 않은 것이었다. 이때까지의 예를 보아 그 유명한 '여류 작가의 세계'를 해부하고 관찰한다는 것은 마치 무슨 흥행물을 구경하는 심리와 흡사한 안가^{安價}한 호기심이 아니면 무책임한 저널리즘의 교활성에 이용당하는 것을 의식한 나머지의 얄궂은 자기 학대에서가 아니면 아무도 친절한 붓을 들어보지 않았다 하여도 과언은 아니리라.

자칫하면 나는 삼사 년 전의 졸고에 의한 부인문학과 엄연히 구별할 '여류작가'의 존재에 대한 우견^{愚見}을 오늘에 있어서도 오히려 되풀이할 수밖에 없는 우리의 부인문학계의 정지와 빈곤에 푸념만이 앞을 서려 한다.

그러니까 안회남 씨 같은 소설가는 세상에서 제일 싫은 것을 열거하기를,

1, 여자가 쓴 글

2, 글 쓰는 여자

3, 여자가 글 쓰는 것

순서는 틀렸을지 모르나 ― 라고까지 필설에 올리지 않았던가?[162] 우리는 소설가 안회남 씨의 그 말에 일개 안회남 씨의 괴벽을 즐기는 부질없는 포즈에 불과한 하찮은 요설이라고 귀넘어들을 수 없는 침통한 교훈을 얻었다고도 할 수 있는 것이다.

더구나 불과 다섯 손가락으로 헤아릴까 말까 하는 극소수의 부인 문필가 중 최근 이삼 년을 두고 강경애, 박화성 양 씨의 침묵이 계속된 것은 또한 묵과할 수 없는 우리의 부인문학계의 커다란 마이너스가 아닐 수 없다. 비록 그 침묵의 내용이 양 씨에게 있어서는 타인의 넘겨다볼 수 없는 심오한 의의와 반성을 갖춘 도저히 제삼 자의 용인을 허치 못할 어느 각오의 결행일지언정 우리는 이해 대신 불만이 더 앞서는 것이다.

스펜서가 그의 주음의 수일 전에 그의 저서인 『종합철학』 18권을 무릎 위에 올려놓고 싸늘한 그 책의 무게와 촉감에 "나는 책보다도 오히려 귀여운 손자가 원이었는지도 모른다" 고 말했다는데 우리의 강 · 박 양 씨의 침묵이 그러한 의미와 상통되는 거나 아닐는지? 아무튼 스펜서는 『종합철학』 18권을 남겨놓았음으로써 비로소 그 독백에 정채精彩가 나고 가치가 붙고 따라서 훨씬 침통한 무게를 갖추게 됨을 강 · 박 양 씨를 향하여 말하고 싶은 것이다.

곰곰이 생각해보면 이 땅에 있어서의 '부인문학'이란 어디까지나 미래를

---

162) 안회남은 「여성과 문학」(『문장』 1939.10)에서 "나는 소설 쓰는 여자도 싫고, 여자가 쓴 소설도 싫고, 소설 속에 나오는 여자도 싫고 하지만 베아트리체를 단테가 숭상한 것처럼 한 여자를 애인으로 섬기는 것만은 좋아한다. 그러므로 나는 결단코 여성 모욕자가 아니다. 그 반대다. 옛날 내가 여성과 소설에 대하여 위와 같은 말을 하였다가 여성모욕자라고 굉장히 비난을 받았는데 그것은 남의 말을 알아들을 줄도 모르는 저능적 해석이었다"라고 했다.

위한 전망 속에 모셔놓은 우리의 끊임없는 이상理想에 불과했고 그 명목에 상응할 부인문학의 근거는 최초부터 없었던 것이 아니었던가? 대부분 그 작가적 출발이란 철저히 저널리즘의 일각에 작문, 수필, 기타 잡문 등속인 만치 계절의 화초적 존재로서 비롯하였던 것이다. 황차況且 그 출발이야 어찌됐건 그들의 그 후의 행방이 그 최초의 출발의 경지에서 일보도 차이를 보이지 않았다는 것, 단지 변화가 있었다면 저널리즘에 그들의 성명이 빈번히 활자화되는 도수와 함께 자타가 시인하는 '여류작가'의 직명을 받들게 된 정도였다.

　우리들은 때때로 그들의 출품물을 대할 때 불현듯 이러한 생각이 든다. 이 사람들도 조선사람인가, 아니 조선의 여자들인가? 하고. 우리의 생활 감정과 하나도 통하지 않는 무엇 때문에 이 여자들은 이러한 문장을 농하는 건가. 참으로 의아하여 마지않는 소박한 독자의 슬픔에 붙들리며 드디어 '여류작가'의 자부를 묵살하는 결과에 이르는 것이다. 그러나 문제는 이 묵살하는 사람들의 지나친 결백에서 오는 병적 오만의 두려움보다도 더 두려운 것은 문학에 뜻을 둔 젊은 후진에게 끼치는 악영향에 관한 대책의 강구에 있는 것이다. 그 예는 최근 『여성』지에 게재되는 새로운 집필가의 수필, 꽁트 등을 비롯하여 투고 소녀의 시구에 이르기까지의 경향을 살펴보면 능히 그 악영향의 심도를 추측할 수 있는 것이다.

　그들은 시든 카네이션을 가슴에 안고 차먹는 데를 출입하는 것으로써 진실로 문화적 분위기를 향수하는 양 오신誤信하는 것이 아닐까? ―

　그들을 견제하고 지시할 완명163)한 도학자였던 우리의 선대의 면영面影을 얼마나 우리는 경외와 함께 회상하는지 모른다. 참으로 기왕의 부인문

---

163) 완명頑冥 : 완고하고 세상물정에 어두움.

필가는 이러한 유형 무형의 '여류작가의 모형'에 대하여 책임을 져야 할 것이다. 그 책임은 그러니까 무슨 여파에 휘몰리어 지방의 민중 앞에서 '작문'을 소리 높여 낭독하거나 또는 청춘좌 여배우의 퇴물과 구별하기 어려운 저조의 감상적 기분에 도연164)하여 부질없이 전파를 남용하는 일은 삼가야 할 것이다. 이 나의 말은 그러한 기회와 시간과 혹은 지면을 피하라는 것은 결코 아니다. 문제는 그때에 취할 태도며 각오일 것이며 요컨대 문학 이전의 인간일 것이다. '여류작가'의 어휘가 가져오는 천박한 허영심 같은 것은 개재할 수 없는 엄숙한 사실 — 수천 수백의 민중의 눈동자를, 청각을, 그리고 낱낱의 호흡의 심도를 전신적全身的으로 느낄 수 있다면 그들은 감히 그러한 무분별을 감행할 수는 없을 것이 아닐까? 그러나 우리는 이러한 결과에 대하여 오로지 그들 자신들에게만 전 책임을 돌려버린다면 우리는 적지 않게 불복할 수밖에 없다.

이제 새삼스럽게 논위論謂할 것도 없이 우리들이 향수(?)하고 있는 이 땅의 파행적인 문화현상이 가져다준 소치임은 알고도 남는 바이지만 자연 부인과는 그 사회적 운명을 달리한 문화의 담당자인 남자들이 그 우위한 조건을 문화에의 공동자로서의 여성 전반에 향하는 손길을 대체 어떠한 정도의 성의로 활용하였던가 물어보고 싶은 것이다.

(이 나의 물음에 대하여 자족의 웃음을 띄우는 남자의 속성은 당초부터 이 경우에는 문제치 않는 바다.)

부인의 곤란한 삶의 노정에 있어서 그들이 베풀 수 있는 공헌이라면 그들이 이용할 수 있는 범위 내의 조폭과 경박과 우월감으로써 저주할 금일의 '여류작가'를 제조한 장본인으로서의 역할을 하였을 뿐이다. 그리고 그

---

164) 도연陶然 : 거나하게 취함.

들이 베풀 수 있는 친절이란 특별히 시설한 자선석에는 여성문필가를 우대하는 정도의 왜곡된 페미니즘의 발휘였다. 아마 이것은 남자의 자유스러운 사교의 혜택을 입지 못한 이 땅의 불행한 남성들의 가소로운 나이트[165]적인 일면이라고 보아도 결코 무계無稽한 일은 아니리라. 이 말이 결코 일면적인 관찰이 아닌 것은 다음의 사실로써도 충분히 이해할 수 있는 일이 아닐까?

지난날 그들이 의장擬裝할 수 있는 어느 신념의 기억을 더듬어 수많은 문제가 제의되었고 그 중에도 휴머니즘의 문제는 해를 거듭해 논의되었건만 어떠한 작품의 소산을 위한 박차의 역할을 하였던가. 다만 천학淺學한 나 같은 사람에게는 그 지면에 들어찬 난삽한 활자의 나열에 고만 벽역[166]하여짐은 물론이고 세밀한 주의 하에서 문단 서식의 인종에 대한 관심과 문단 시장에의 이해를 타산하는 그들의 필설 위에 올릴 수 있는 부인문학에의 관심이라는 것은 실로 부인문학의 치욕이나 오점이 아니면 극히 지엽적인 것을 가십적인 흥미의 정도로 요리하는 것에 지나지 않았다.

(여기에서 우리는 잠깐 생각할 수 있다. 이러한 종족들에게 저 자유도시 피렌체 시민의 독설의 특권이 주어진들 무의미하리라는 사실을.)

혹시 그들은 말하는지 모른다. 이렇다 운위할 무엇이 있기나 하였던가라고. 그렇다! 이렇다할 아무것도 없었다. 이렇다 할 아무것도 없었다는 것은 얼마나 우리들로 하여금 커다란 용기를 부여한 자부의 영토이었던가?

그렇다 하여 우리는 지금 그 책임의 태반을 여성 자신의 대외에다 전가

---

165) knight : 기사. 기사도.
166) 벽역辟易 : 상대편을 두려워하여 물러나 피함.

시키려는 구구한 자위는 뜻하지도 않는 것이다.

요컨대 이러한 심한 고독 속에서 새로운 각오를 필요로 할 것을 말하고 싶었다. 이 각오란 우리들의 문학생애에 있어서 그처럼 여러 번 가질 수 있는 것이 아님을 또한 명심할 것이다.

그러면 새로운 각오를 위하여 기왕에 가졌던 소지素地에 대하여는 앞서도 말한 것처럼 도저히 낙관을 용서치 않는 것임에 이 새로운 각오에 참여하는 자의 성실히 배분倍分이나 요구되는 것이다. 참여하는 자의 밟아온 경로를 토대로 한 인생면과 미래할 광범위의 인생면을 종합하여 격문格鬪하는 열성만도 아닐 것은 문학을 생명과 대치하려는 자의 이미 체득한 세계에서 발견하였을 것이다. 우리들은 현재 '여류문학'이란 구각167)에 대한 처치에 피로해한다.

우리들은 파충류 가운데 탈피라는 생리작용이 있음을 알고 있다. 그리고 또 한 마리의 누에가 좋은 고치를 낳기 위하여 필사적인 창조력을 기울이는 고귀한 정신을 알고 있다.

구태여 우리는 인간 이외의 조그마한 생물에다 그 예를 구할 것은 없다.

네안데르탈의 동굴을 나온 이후의 장구한 세월 속에서 변전하여온 인간 ― 더욱이 여성의 운명사를 조용히 마음속에 펼쳐볼 때 우리들은 어느 엄숙한 계시에 부딪친다.

결코 벨벳의 치마를 지어놓고 외출할 기회를 노리는 정도의 용의用意로써 문학에 임할 수 없다는 것을 나는 몇 번이고 역설하고 싶은 것이다. 그러나 잠시 그 계시를 미래의 양식으로 저장하려는 여유를 가졌다한들 어쨌건 지금까지의 발을 디뎠던 현재의 주위를 돌아다 보지 않을 수 없는 것이다.

167) 구각舊殼 : 케케묵은 제도나 관습.

현재 부인문필가 중 장덕조 씨를 제외하고는 이선희, 최정희, 모윤숙 삼씨 다 북조선 출신이다

오늘날 씨들의 작품을 에워싸는 분위기가 있다면 우리는 씨들의 출신지의 사회성과 관련하여 생각할 수 있어 의미 있는 일이다.

무심코 우리는 이조 이후의 남북 조선의 정치성에 기인된 차이 ― 문화 경제 습속 심지어 일상적인 언행에 이르기까지의 역사적 동향을 규지할 수 있음은 씨등의 작품세계가 빈한하면 할수록 반비례하여 그 속에 비어져 나온 인상의 확대로써 짐작되는 것이다. 말하자면 경상도 출신인 장덕조 씨의 보수적인 가정 본위에서 생긴 기품과 대비하여 함경도 출신인 다른 삼씨의 놀라울 만큼 전형적 신개지 풍습을 보여주는 작품세계……. 우리들의 낡은 세대는 후자를 가리켜 왈, '상스럽다' 한다. 가령 시인 모윤숙 씨나 소설가 최정희 씨들이 그 자유스러운 시상, 산문정신을 기울여 춘향적인 정렬貞烈을 찬양하고 '꽃당혜'나 '반짇고리의 실꾸리'를 매만질지언정 우리는 의젓한 전설이거나 고전에의 동경은커녕 여행협회에서 만들어낸 왜곡화한 향토색에서 느끼는 불유쾌한 인상만을 자아내게 하는 것이다.

이와는 좀 색채가 다른 이선희 씨는 즐겨 고도孤島의 편력을 계속하며 커다란 사회라는 동태에서 유리遊離한 그나마 빤히 들여다보이는 관념적인 고뇌를 아슬아슬한 기교를 부려가며 향락하기 시작한 지 수 년이 되었다.

인생의 정면에서 밀려나간 자의 영락한 면영은 이 씨의 작품 속에서는 유난히 눈에 띈다. 무슨 까닭일까? 뒤비비의 영화가 가져온 감화만이 아닌 것은 씨에게 있어서는 상당한 근거와 복잡성을 띠고 있어, 그것은 우리들의 상식과 도덕과 윤리에 대한 반발로서 「계산서」를 비롯하여 「탕아」에 이르기까지의 작품으로써 구체화되었다.

한동안 보들레르의 아류인 위악의 정신에 중독된 이 땅의 어중 떠중이의 시인의 역역域을 일보도 벗어나지 못했고 게다가 병적인 경련과 정시正視할 수 없는 의식적인 코켓트[168])까지 가미되어 실로 우리는 불쾌하다.

가정귀착론家庭歸着論의 와옥[169])을 배낭에 예비하고 수박 겉핥기의 인생 행각을 단시일에 끝마치고 언제나 와각 속에 숨어버리는 장덕조의 의도에는 확실히 의의가 있지 않으면 안 된다. 소위 문화의 표면에 참여하려는 인간 이전의 무수한 '여류'들의 주류 없는 심신의 부동성에 대한 반동의 산産인 것에 우리들은 주목함과 동시 하나의 교훈을 얻는 것이다. 만일 장덕조 씨의 경우에 있어서 예기치 않았던 태풍이나 해소[170])가 돌연히 습격하였을 때에도 오히려 '남편의 하얀 투명한 손길'을 찾는데 그치는 장 씨라면 번쇄한 가정생활의 틈을 타서 감히 문학과 씨름하려는 의기도 가졌을 것인가? (사람들은 씨를 가정부인의 여기라고 부질없는 입놀림을 할 필요는 없는 것이다.) 적어도 장 씨만은 어느 누구의 '여류소설가'보다도 착실한 문제에다 착안점을 두고 겸손하게 자기의 창작대상으로서 키우려는 성의를 일병一甁의 작품 「자장가」를 제외한 최근의 '여류작가' 속에 볼 수 있는 것이다. 이러한 씨의 노력은 창작대상이 어느 정한 높이와 심도를 갖추어진 우연성을 기다릴 것 없이 씨의 문학시야는 높고 넓어질 수 있을 것을 믿지 않고는 우리는 최정희, 모윤숙 씨의 세계에 허전하여 발을 디딜 수 없는 것이다.

최정희는 최근 속속 출품을 하였다. 「지맥」, 「초상」, 「인맥」 등등.

씨의 소설을 읽고 우리는 무엇을 생각해야 하며 무엇을 받아들였는가?

---

168) 코켓트 : coquette. 요염함.
169) 와옥蝸屋 : 달팽이 집.
170) 해소海嘯 : 삼각형의 하구에서 바닷물이 역류하여 일어나는 거센 파도.

그 애틋한 하소연에 시종하는 퇴색한 감상에 또다시 우리의 이마를 찌 푸리게 한다. 여자 혼자 살아가는 데에 따르는 정신과 물질의 양면의 생활 에서 생기는 마찰 ─ 불안, 동요, 오뇌를 추구하려는 성실이 보이는가 하면 어느덧 씨는 교묘히 '모성'이란 미명 아래 은둔소를 만들었다. 그 은둔소에 숨는 것은 씨의 자유라고 하지만 화를 입는 것은 '아이' ─ 생명과 동일한 '아이'였다. 우리들의 이상理想할 수 있는 '어머니'들은 자신의 불행에 대하 여 자녀 앞에서 한번도 과장하거나 푸념한 일이 없던 것을 생각할 때 최 씨 의 추구하는 '모성애'에 길들인 '아이'의 장래가 우리는 우려되는 것이다.

최근 모윤숙 씨가 소설을 썼다고 하나 아직 읽어보지 못했으나, 씨가 구 사한 미사여구의 시의 세계에서 질식한 나머지 타개책이기를 바라는 바이 다. 씨는 참으로 신선과 같이 아지랑이를 먹고 사는가 보다. 천상의 노래와 같은 미사여구를 눈앞에 놓고 우리들은 공연히 걱정을 한다. 씨에게 있어 서는 행여 모험 삼아서라도 기아에 대한 감각을 가져 보려 했었던가 하고 .

언제나 씨의 시상 속에 산재하는 것은 다함이 없는 생명에 대한 신비성 이며 그것은 포롱포롱 타오르는 촛불로써 상징하나 그 촛불은 고딕 건물 속에서 비로소 성광聖光을 발하는 것을 씨는 알아야 할 것이다.

이상 나는 우리의 부인문학계의 불충실한 산책이나마 피로해졌을 뿐이 다. 우리들이 오래 그리던 고향을 찾아 기차를 탔을 때 우리들은 강마른 연 선의 풍경에 고만 고개를 돌려버린다. 단조로운 산, 황토산, 시들어 가는 초목, 이러한 것들이 지금 나의 안전을 스쳐 지나간다.

나는 그 메마른 산야가 기름진 옥토로 그 왜목倭木이 울창한 초목지대로 변해야 할 먼 미래를 상상 할 수 있다. 그리고 저 먼 하늘가에는 지상의 일 체를 신뢰한 한 마리의 솔개가 한가히 맴을 쳐 나르는 것을 생각할 수 있다.

이제 솔개는 사람의 간을 쪼을 필요가 없을 것이다. 그리고 코카사스의 암벽에 매달린 프로메테우스의 희생도 지구상에서는 존재하지 않을 것이다.

우리들은 이러한 미래를 사랑할 수 있음으로써 잘 살려고 하는 것이다. 부질없이 개인의 완성만을 바라는 변질적인 정신녀는 마음대로 지상에서 사라지기를 바라는 바이다.

『여성』, 1940.9.

『인간문제』를 읽고 _{간단한 약력소개를 겸하여}

    우리 조선에 신문학이 대두한 후 근 반세기에 걸친 동안 우리들은 아까운 여러 작가들을 앞서 보냈다. 일찍이 「홍염」, 「탈출기」 같은 작품을 남겨놓은 서해曙海며, 「낙동강」의 작가 포석抱石 같은 선배들을 잊을 수 없는 것처럼 장편소설 『인간문제』의 작가 강경애 씨를 잊을 수 없다. 더구나 강경애 씨는 우리 조선 문학계에 있어서 드물게 보는 녀성작가로서 우리에게는 특별히 귀중한 존재였다. 그러나 씨가 일부 유의有意의 인사 외에는 널리 일반문학 독자들에게 알려져 있지 못한 감이 있다는 것은 매우 유감스러운 일이 아닐 수 없다. 생각건대 그것은 씨의 작품세계가 일관一貫하여 소위 시류에 속한 것이 아니었다는 것을 말하는 것이 아닌가 한다. 사실 「하수도공사」, 「한귀旱鬼」 등을 쓰던 초기의 박화성 녀사를 제외하고는 강경애 씨와 같이 광범한 사회적 주제를 자기의 창작적 세계로 하여 그 주제를 일정한 과학적 세계관에 여과시켜 어데까지나 자기의 창작사업을 '사회생활의 도구'가 되게 하며 '사회적 투쟁에 참가하는 적극적 수단'이 되게 하며 따라서 '사회와 인민을 위하여 중요한 의의를 가진 사상의 표현형식'으로 삼았던 녀성작가는 거의 없었다고 하여도 과언이 아니다. 씨와 동시대의 녀성작가들의 작품세계가 과연 어떠한 것이었던가. 그에 대해서는 일일이 묻지 않기로 하더라도 어떠하든 그들의 작품이 진정한 인민의 벗이 되기에는 너무도 부패한 자본주의적 퇴폐가 아니면 유독한 세기말적 니힐에 빠져 불건전한 신음呻吟을 일삼고 있지 않았던가. 때로는 비록 민족을 일컫는 일이 있었다 할지라도 통틀어서 그것은 비인민적이며 적어도 인민의 괴로움과 또는 앞으로의 그의 희망과 행복을 위한 투쟁과 승리의 세계와는 거리도 인연도 먼 것이었다. 그리고 그는 반드시 당시의 녀성작가에만 한한 문제가 아니다. 그만큼 또 어려운 시대적 제약을 부정할 수 없었던 것도 사실이다. 그러나 가난한 농민의 딸로 태어난 작가 강경애 씨가 능히 끝까지 반항의 작가로서 자기를 확보하여 왔다는 것은 또 결코 우연한 일이 아니거니와 이런 의미에서 오늘 우리는 작가 강경애 씨의 문학적 위치와 그 작품이 표시하는 진보적 정신을 또 한 번 높게 평가하지 않을 수 없는 것이다.

이제 우리는 그의 창작세계를 이해하기 위하여 우선 그의 자라난 생애를 씨의 자서전의 일절에서 엿보기로 하자.

일찍이 아버지를 잃은 나는 다섯 살에 의붓아버지를 섬기게 되었으며 의붓아버지에게는 소생 아들, 딸이 있었으니 그들이 어쩌나 세차고 사납던지 거의 날마다 어린 나를 때리고 꼬집고 머리를 뜯어서 도저히 나는 집에 붙어 있을 수 없었다. 그래서 어머니만 빨래나 혹은 어디 볼일로 집에 안 계시면 언제나 쫓겨서 울 뒷산에 올라 망연히 어머님이 오시기를 기다리곤 했습니다.

이렇게 씨는 자기의 비참한 유년시기를 말하고 있다. 씨는 16세 되던 해 의붓집과 그 횡포한 환경을 박차버리고 평양으로 와서 형부의 후원으로 숭의여자고보에 입학하였다. 그러나 이 학교는 일본제국주의와 야합한 미국 선교사들의 손으로 세워진 만큼 그 종교적인 노예교육이 가뜩이나 예민한 그의 반항정신에 기름을 부었던 것이었다. 드디어 그는 학교에서 출학을 당하였다.

이때로부터 씨에게는 당시 불합리한 사회의 질서를 깊이 해부할 수 있는 비판적인 충동을 받았으며 따라서 씨는 "항상 부자를 증오하고 가난한 사람들을 동정하였다." 그리고 모든 모순과 불합리를 타파하고 인민의 진정한 생활을 찾기 위하여 무엇을 하지 않으면 안 된다는 것을 깨닫게 되었으니 그는 우선 이 '생활의 새 길'을 자기의 우수한 예술적 방법으로써 표현하기 시작하였다. 씨의 예술적 소질과 천품이 얼마나 풍부했던가는 씨가 여덟 살 적에 이미 『삼국지』, 『옥루몽』 같은 구소설을 거의 독파하였으며 동리 할아버지와 할머니에게 '도토리 소설쟁이'란 별명으로 불리웠다는 에피소드로도 넉넉히 알 수 있는 바이지만, 마침내 씨는 근로대중을 위한 적지 않은 예술적 작품 『인간문제』를 비롯하여 「원고료 이백 원」,[171] 「마약」, 「어둠」, 「소금」, 「지하촌」 및 기타 등을 창작해 내었다. 그러므로 이러한 씨의 작품세계에서 우리는 더 한층 씨가 누구를 사랑하고 누구를 미워하였으며 무엇을 희구하고 무엇을 원수로 하였는가를 볼 수 있는 것이며 참다운 근로인민의 희비애로의 모든 생활감정을 얼마나 소중히 하였으며 그를 매개의 모습을 우리 눈앞에 어떻게 눈동자가 따갑도록 그려놓고 갔는가를 찾아볼 수 있는 것이다.

이것은 더 말할 것도 없이 그의 실생활이 또한 그러하였다는 것을 말하는 것이 아닐 수 없다.

---

171) 원문은 '원고료 육백 원'으로 되어 있으나 바로잡았다.

씨는 일찍이 생활에 쫓겨 간 먼 이역 간도에서 빨치산의 진면목을 포착하고서 유격대에 들어가려고 한 일도 있었다. 그러나 씨는 천부의 예술적 재질을 들여 작가의 과업을 수행하였다. 그리하여 씨의 창작세계는 곧 씨의 향수의 노래이기도 하였던 것이다. 그러기에 씨에게 있어서는 국내에서 땅을 빼앗기고 유랑민으로 간도에 이르러 또 중국인 지주에게 착취를 당하는 동족의 참상에 견딜 수 없었고 그 쫓긴 유랑민이 비참하게 패배의 잔명殘命을 이어가는 것이 아니라 조국광복의 투사로서 삭북172)의 바위 밑을 뚫고 수림 속을 헤쳐 혁명적 력량을 장성시키는 그 영용한 모습을 누구보다 재빨리 볼 줄 아는 눈을 가졌던 것이다. 그러기에 당시 문인으로서 너무도 끔찍한 사실에 아연실색할 뿐 누구 한 사람 감히 엄두도 못 내던 간도공산당 20여 명의 사형사건을 단편 「어둠」 속에서 측면적으로나마 우리 인민들에게 보여 주었던 것이다. 또 단편 「유무」에서도 꿈의 형상을 빌어 원수 일제가 애국자들을 학살하는 장면을 보여주려 애썼던 것이다. 이렇듯 씨는 죽지 않은 조선인민의 혈투의 숨소리를 전 인민에게 전달하려 고심하였던 것이다.

당시 '잃은 것은 예술이요 얻은 것은 이데올로기라' 하여 비겁한 이중 헛바닥을 놀린 패배자를 향하여 강경애 씨는 실로 작품으로서 '엄정한 역사의 흐름 밖에서 창작의 자유를 얻으려고 노력하는 문인들의 사상과 감정의 어리석음'을 경고하였으며 그 역사의 흐름 속에서 저반173) 로동신문사에서 발간된 자기의 장편소설 『인간문제』는 1930년대에 있어서의 '일제의 철망을 휘잡아 끊어버리려고 결심한 조선 청년남녀 로동자들의 애국주의

---

172) 삭북朔北 : 북방.
173) 저반這般 : 이번.

적 필승의 투지를 묘사한', 다시 말하면 '1930년대의 조선의 정치정세를 예술적으로 표현한 사상적 작품'인 것이다. 이 작품의 전편을 흐르고 있는 고도의 민주정신은 몇 천 년을 누려오던 인간사회의 제 모순 즉 인간이 인간을 착취하고 억압하고 모멸하는 불합리한 모든 현상을 없애기 위하여 가장 기본적 군상인 로동대열을 선두로 한 혁명의 필연성을 인식시켰으며 그리하여서만이 그 근본적인 해결을 볼 수 있다는 세계의 예견을 보여준 것이다. 인간문제를 해결할 전위부대들의 전신前身을 보여주는 조선의 농민생활을 상징하는 '원소'의 전설에 대한 기술로부터 시작한 이 소설은 당시 일제하의 가혹한 검열을 피하기 위하여 갖은 완곡한 수법을 다하여 인민의 투지를 형상화하려고 애썼다. 또 씨는 비록 소리높이 외칠 수는 없었을망정 그러나 대담히 일제의 패망을 예견하였다. 그것은 가을 낙엽이 우수수 떨어지는 조락凋落의 장면에서 간난이와 선비로 하여금 '조선신궁'과 북악산 하에 진좌174)한 백악관인 조선총독부 건물을 보이게 하는 데서 넉넉히 그 숨은 뜻을 알 수 있다. 그뿐만 아니라 이 소설은 1930년대 일제의 만주침략을 전후하여 심각하여진 조선농촌의 공황상에서 발생하는 농촌 기아군이 장차 도시의 산업예비군으로 밀려 나가기까지의 수 면을 무서운 현실적 긴박감 밑에서 그림으로써 생활의 아수라를 보여주었다. 앞으로 인간문제의 해결을 위한 주요 담당자로 나설 첫째와, 반봉건적 지주의 유린과 마침내는 자본주의의 철쇄 아래 항거하다 직업병으로 죽고 마는 선비와의 목적인 초련 비슷한 장면에서 사건이 발단되는 이 작품 속에는 굶주리는 허다한 조선농민의 각 형상이 차례로 나타난다. 이제 겨우 둥지나무를 해 나르는 어린 첫째의 어렴풋이 철이 들어 하는 소리는 "나도 김이 매고 싶

---

174) 진좌鎭坐 : 자리잡아 앉은 것.

어!"였다. 그래서 그는 무엇보다도 내 손으로 농사를 지어 끼니를 굶지 말았으면 하는 것이 유일한 소원이었다. "너 김맬 밭이 있니?" 차마 이와 같이는 입 밖에 내어 반문하지 못한 그와 가장 가까운 리서방의 짧은 입 안의 말 속에는 그의 성한 육신이 병신이 되도록 있는 자와 싸우던 원한이 서리어 있는 것이다. 이렇듯 농민의 자식으로 태어나 밭갈이할 땅이 없으매 더구나 일제의 만주 침략을 계기로 하여 계급적 분열의 첨예화와 함께 정치적 경제적 위기에 처한 조선의 지주계급인 정덕호의 단말마적 악랄한 비인간적인 착취방법을 눈앞에서 보고 있을 때 첫째는 거의 본능적으로 계급적 반항심이 치받치는 것이었다. 그리하여 놈들이 만들어 놓은 법에까지 회의를 품게 되는 것이다. 일년 내내 피땀 흘려 지은 농사를 먹지는 못할망정 눈이나 배부르게 초가집 문전에 놓았다가 빼앗겼으면 덜 원통할 동무 개똥이의 당하는 분함이 곧 자기의 분함으로 인식되니 첫째가 지주에게 약탈된 볏섬 실은 달구지를 와지끈 차서 부셔 버렸다 해서 법에 걸리고 마는 현실이었으니 첫째는 생활에서 원수를 본능적으로 가리게 되었다.

그에게 있어서는 생활이 곧 '학교'였던 것이다. 마찬가지 영세한 빈농의 딸로서 무지몽매한 채 악덕지주의 농락적 희생물이 된 간난이와 선비가 점차 녀자도 이중 삼중의 굴레를 박차고 떳떳한 인간으로 살 수 있다는 자각으로부터 녀성로동자가 되어 부두로동자의 대열과 손을 잡고 그들에게 할 수 있는 공동적 전투로 활약하는 것은 그들이 처한 절실한 현실생활이 가르쳐 준 지상명령이었고 그들을 둘러싼 계급적 립장에서 당연히 도달할 귀착점이었다.

농촌 처녀 선비가 앞에 죽음이 기다리는 것도 모르고 근 이십 년 가까이 자란 고향을 빠져 나올 때 작자는 천둥번개 치는 풍우의 밤을 반주하여 그렸으니 그것은 바로 선비의 마음속에 서린 비상한 결의를 자연으로써 상징한 것이었다. 머지 않아 역사의 심판대 위에서 단죄받을 친일적 악덕지주 정덕호 도배들에 대한 단호한 복수심이 선비의 마음속에 배태되었음을 엿볼 수 있는 것이다. 이리하여 이『인간문제』속에 나타나는 인물과 사건들은 하나도 현실성을 아니 띈 것이 없으니 잠시 미곡통제 연설을 하러 나오는 군수의 전형적 친일분자, 안일과 소비면에만 길들인 정덕호의 딸 옥점의 착취계급, 한 번 당하는 적의 탄압에 투항하고 마는 신철의 소시민 인텔리 출신, 날로 투쟁의식이 강화해 가는 첫째와는 반대로 과거의 로동계급의 지도자로부터 급전직하 일제의 앞잡이 만주국 관리로 전락하는 배신이 그것이다.

특히 선비의 아버지 민수가 지주 정덕호의 심부름으로 눈길에 빚을 받으러 가서 목격하는 대문은 그 표현에 있어서 작중의 압권일 뿐만 아니라 씨가 역시 기교의 작가가 아니라는 것을 말해주는 좋은 증거가 되는 것이다. 이와 같이 이 작가의 침착한 문학적 표현이며 붙잡는 소재의 어느 하나가 계급적 양심과 진실성 아닌 것이 없은 즉 우리의 감동은 자못 큰 것이다. 그러나 작자는 독자로 하여금 언제까지 그러한 감동에만 멎게 하는 데 다하지 않음은 물론이다.

"원수들이 짜먹고 유린하다 못해 죽어지니 죽은 고기덩이로 변하니 엣다 받아라 하고 던져주지 않는가. 이것이 오늘의 현실이다" 하고 첫째는 선비의 주검을 놓고 부르짖는다. 첫째는 이것이 비단 자기만이 당하는 현실이 아님을 알게 된다. 또 자기만이 당하는 일개의 비극이 아님을 깨닫는다. 첫째는 그것이 끝까지 절멸되어야만 할 진상眞相이며 인간의 정신과 기억으로부터 그리고 우리의 전 생활로부터 뿌리와 갈래를 뽑아버려야 할 진상인 것을 알기 때문에 그것의 박멸을 위하여 자기와 같은 운명에 처한 사람들과의 단결을 의식하게 되는 것이다. 이러한 의미에서 강경애 씨의 이 『인간문제』는 생활의 심연 속에 감추어져 있는 법칙을 해명하려고 하였으며 또 해명에만 그치지 않아 오늘 우리 북반부의 승리를 가져오게 할 선진적 노동계급의 위대한 역할을 가장 암흑한 반동적 시기였던 1930년대의 현실에서도 신망하였다는 것은 실로 씨의 견고한 사상성을 말하는 것이다. 그러한 씨는 비단 작품 『인간문제』에 한해서만 아니지만 대담하게 리얼리즘의 방법으로써 조선의 제반 생활을 묘사하였다는 데에 우리는 또한 크게 주목하지 않을 수 없다. 물론 그 예술적 표현에 있어서 완전하게 리얼리즘 방법을 이용하지 못한 어느 정도 자연주의적 경향을 볼 수 있는 것이며 □□인물묘사에 있어서 구체화된 형상화를 하지 못한 □□□□ 없는 것은 아니다. 그러나 이 『인간문제』는 민촌의 『고향』과 함께 해방 전 조선 문학 작품 중에서 사상적으로 예술적으로 우수한 것의 하나일 뿐만 아니라 새로운 우리의 민주주의적 문학예술 창건에도 이바지하는 바가 많을 하나의 유산으로 남는 것이라고 생각한다.

『문학예술』 2-8, 1949.8

제2부 | 임순득 작품 선집 |

/3/ 수필

늪의 쐐기풀에 부침
타부의 변
작은 페스탈로치
오하(吳下)의 아몽(阿蒙)
처음 글 쓰는 분들을 위하여

늪의 쐐기풀에 부침[175]

A씨가 죽은 남편의 5주기에 어린 윤을 데리고 귀향한 지 벌써 일 주일이 지났지만 저쪽에서는 아무런 연락이 없었다. 그녀가 없는 동안 집을 봐 주는 할머니는 거의 하루 건너 나한테 와서 이러쿵 저러쿵 불안하다며, "무슨 일일까요?" 라고 걱정스러운 얼굴로 물었다. 나도 처음에는 바로 돌아오겠거니 하고 편하게 생각했지만 너무 오랫동안 소식이 없자 좀 걱정이 되기 시작했다. 무슨 전언이 없을까 하고 그녀가 다니던 양장점에 전화를 걸어 보기도 했다. 양장점에서도 모르겠다고 하면서 오히려 유명한 디자이너에게만 자기가 있는 곳을 가르쳐준 건 아닌지 비꼬듯이 되묻는 것이었다.

그녀가 짊어지고 있는 불행을 따뜻한 눈으로 보기보다는 진상도 모르면서 멋대로 판단하고 자기의 판단으로 모든 것을 재는 세상 사람들의 비열함에 화가 났다. 그리고 여자 혼자 힘으로 살아가야 하는 A씨의 앞길이 험난하리라는 생각에 눈시울이 뜨거워지는 것이었다.

"연락 기다리고 있음."

벽촌에 있는 그녀에게 보내는 특별 배달의 전보를 치고 집에 돌아와 보

---

175) 원제는 '澤のいらら草に寄せて'이다. 김미란이 번역하고 이상경이 조금더 다듬었다.

니 A씨에게서 온 편지가 기다리고 있는 것이 아닌가! 우표가 세 장이나 붙어있는 두꺼운 편지였다. 겉봉만 보고서도 그 내용을 알 것 같았다. 나는 바로 성북동에 있는 그녀의 집으로 가 집을 봐 주는 할머니에게 소식을 전했다.

"병이 들었다는군요."

할머니는 이 말만으로 눈물이 그렁그렁한 눈을 깜박이며 정말 불쌍하다고 몇 번이나 한숨을 쉬고는 내 얼굴을 쳐다보다가 눈을 피하는 것이었다.

생각해 보면 A씨는 너무 무리를 했다. 쥐꼬리만한 수입으로는 모녀 둘의 생활을 유지할 수 없어 가정 부업을 하지 않으면 안 되었다. 어린 윤의 장래를 위한 것이었지만, 어린아이의 가슴에 어둡고 음울한 그림자를 드리우고 싶지 않다는 눈물겨운 모성으로 A씨는 윤이 잠들지 않으면 결코 일에 손을 대지 않았다. 그러니 그녀는 새벽녘까지 쉴 수가 없었던 것이다.

그녀는 지쳐 있었다.

오랜만에 고향의 품에 안기자 남편 없는 시집이었지만 지금까지의 긴장이 한꺼번에 풀려 아픈 건 아닐까? 아프기라도 하지 않고는 휴식을 취할 수 없는 그녀를 생각하면 이번의 와병으로 편히 쉬었으면 하는 바람이었다. 불행조차 그녀를 위해 축복하고 싶은 기분이었던 것이다.

나는 A씨의 모습을 좀 더 확실히 하기 위해 설명을 덧붙여 그녀의 편지를 옮겨보고자 한다.

A씨는 스물다섯의 미망인입니다. 그리고 여섯 살이 되는 여자아이를 둔 어머니입니다.

그녀는 경성에 있는 여학교를 졸업한 뒤 곧 상급학교에 진학하려고 했으나 이는 무자비하게 꺾여 고향으로 돌아가지 않을 수 없었습니다. 귀향을 하자마자 부모가 미리 정해둔 바에 따라 결혼해 버렸지요. 결혼이라는 것이 좋은지 어떤지도 모르고, 사람을 사랑한다는 것이 무엇인지 알기도 전에 그녀는 어머니가 되고 곧바로 남편은 폐결핵으로 죽었습니다.

"나는 말이야, 남편이 죽었다는 사실에는 전혀 슬프지가 않았어. 그냥 젊은 사람이 죽는다는 것이 좀 슬펐을 뿐이야."

A씨는 언젠가 나에게 이런 소리를 했습니다. 저는 A씨의 자기자신을 생각하는 슬픔이 아니라 죽은 사람의 죽음을 슬퍼하는 그 순수한 슬픔에 존귀한 모성을 느꼈습니다.

스물 하나에 과부가 되었습니다 …….

반듯한 코에 검은 눈썹이 아름다운 그녀였지만 남편을 잃었을 때는 도시 물을 먹은 사람조차도 '과부 팔자'라고 백안시했고 시골의 시집 사람들은 아들이 죽고 집안이 기우는 것을 종손도 낳지 못하고 딸만 얻은 그녀 탓으로 돌렸습니다. 그러나 A씨는 무신경하게 보일 정도로 침착하게 순종적인 며느리의 역할을 다 하였습니다.

"당신 같은 사람을 달관했다고 하는가 봐."

라고 내가 언젠가 반쯤 농담으로 말했습니다. 그러자 그녀는,

"내 표정이 가면처럼 보일 거야. 나도 그건 알아. 알고 있어."

라고 말하고는 내 손을 꼭 잡으며 눈물을 떨어뜨렸습니다. 나는 당황했습니다.

남편의 삼년상을 묵묵히 치르고 난 뒤, 그녀는 세 살이 된 어린 윤을 친정에 맡기고 친정에서 보내주는 적은 돈으로 동경에 건너가 양재를 배웠습니다. 어떤 생활을 했는지 자세하게는 모르지만 아침은 우유 한 병, 점심은

건너뛰고 저녁은 물에 만 밥으로 때웠다는 그녀의 술회로 추측하건데, 윤이와 함께 살려고 그녀가 얼마나 필사적으로 노력했는지 알 수 있었습니다. A씨의 생활보다, 퀴리 부인이 소르본느에 다니던 학생 때, 버찌의 영양 칼로리가 그녀를 배신하여 파리의 다락방에서 졸도했다는 에피소드에 감동하는 인간이 있다면 이는 필시 무신경한 사람일 것입니다.

내가 설명하는 그녀는 이 정도로 하고 그녀의 편지를 필요한 부분만 옮겨보지요.

…… 내가 하루 종일 밖에 나가 일하고 있을 때, 좁은 방에서 할머니와 같이 색종이로 학이나 배를 접고 지내는 윤이가 나중에 유년기를 기억하고 어떤 기분이 들까 하는 생각을 하면 마음에 편하지 않습니다. 나는 어머니라기보다는 그 아이의 의를 채우는, 그것도 빈약한 기계에 지나지 않는다는 초라한 생각이 들어 마음이 아픕니다.

윤이는 시골의 넓은 집이 마음에 드는 모양입니다. 대청이랑 사랑을 뛰어다니며 사촌이나 마을 아이들과 함께 친하게 소꿉놀이를 하기도 하고, 뒤뜰의 대숲에서 대나무 잎을 따 마을 아이들에게 배운 대로 배나 수저를 만들어 내 병상을 장식해 줍니다. 경성에서의 쓸쓸한 표정도 사라지고 꽤 건강하답니다.

『國民新報』 3, 1939.4.16.

타부의 변[176]

요즘에도 거리를 지나자면 대문간에 인줄을 늘어뜨린 것을 가끔 보게 된다. 근대문화의 세련을 뼛골 속까지 받았다고 자부하는 지식인들은 그런 것들을 보게 될 때 직접 자기 자신들과는 관련 없는 먼 시대의 폐풍으로 밖에는 감각치 않으면서도 정작 그 집에 들어가게 될 때에는 주저치 않을 수 없을 것이다. 물론 그들의 행사의 가치라든가 그것의 중요성을 긍인肯認하여서는 결코 아니리라.

추장의 위엄을 너무나 존중하는 나머지, 추장이 잘못하여 손댄 것을 다시는 쓰지 못하여 새로이 장만한다거나, 건드리면 동티난다는 나뭇가지로 인하여, 그들이 살고 있는 집이 위태롭게 되는 경우에 무난히 방지할 수 있는 방법을 잘 알면서도 집을 뜯어 옮겨야만 하는 거역스러운 일을 하는 것은 미개인의 사회에서 흔히 볼 수 있는 항다반사라 할 수 있다. 만일 우리들이 그들의 유치한 생활 방식에 제약 당함을 묵과할 수 없다 하여 사실의 구명이라거나 보다 나은 생활에로의 진로를 지시한다면, 그들은 곧 자기네의 사회 질서를 문란시키는 악마로 여겨 기탄忌憚할 뿐만 아니라 마침내 목

---

176) 타부 : 터부(taboo).

을 잘리워 그들의 등장인^{登場人} 감이 되리라.

　우리는 우리와 격리된 사회의 사상^{事象}에 관해서는 때로는 천재적라 할 만치 그 자체의 통찰에 현명하나 자기가 서식하고 있는 사회에 대하여는 역시 미개인의 무지를 못 면하고 있다. 역사의 전진에 헌신한 선인에게 우리는 무엇으로써 보은하였던가? 범인^{凡人}은 위인의 선견^{先見}에 증오를 퍼붓고 생명을 앗았고 후세에 와서는 자신들의 망동을 후회도 아닌 후회로 중얼거려 본다. 생명에 대한 위협을 느끼는 나머지 그 장애물¹⁷⁷⁾을 멀리 하기 위하여는 설혹 귀중한 것을 상실되는 한^恨이 있을지언정 그것의 발현에 유효한 사유와 행동도 기피하는 것이 범인의 운명이었다.

『조선일보』, 1939. 5. 17.

---

177) 원문은 '장애풀'.

작은 페스탈로치

T가 상성[178]하기는 참으로 뜻밖이었다. 그만치 또 퍽이나 반가웠다.

본래로 우아하고 침착한, 그리고 총명한 그니까 시골 가 오래 있었다 하여 성격이나 태도가 변할 리야 없겠지만 나는 그와 대면하여 몇 마디 말을 건네는 동안 그의 정열과 탄력 있는 건강한 의욕 앞에 다소 위압을 당한 느낌이었다.

지난 봄에 황해도 어느 고을 사립 소학교의 교유로 간다고 하던 때만 해도 긴 동안 여러 가지 사정으로 그는 어지간히 괴로워하던 나머지라 몹시도 침울하였다. 그가 떠나던 날은 날씨마저 음산하였다. 차가 움직이자 "눈이 오려나 봐" 하고 혼잣말 비슷이 중얼거리며 차창을 닫았었다.

그러던 그가 불과 1년 미만에 우리에게 가져진 본질적인 것과 그렇지 않은 것을 잘 정리하고 나타났다.

그가 말하는 시골의 사정과 어린이들의 동심은 나로 하여금 생각을 달리 하게 하였다. 처음에는 도회에서 왔다는, 더구나 여자란 것에 무슨 이국적인 것이나 대하는 듯이 섬섬히 굴던 마을 사람들이나 어린 아이

---

178) 상성上城 : 상경.

들과도 시일이 지남에 따라 친하여지고 동시에 그는 자기라는 것을 새로운 관점에서 반성해 보고 특유의 금선을 울려보도록 자연을 관찰해 봤다고 한다.

"나 있는 데는 말야 저 봉산탈춤인가 뭔가 요즈음 갑자기 유명해진 거 있잖어? 그것과 같은 것이 있는데 단오날 밤에 횃불을 피워 놓고 그 속에서 노는데 참 뭐라고 할 수 없이 좋아. 그리고 그것을 구경하는 사람들도 물론 남녀노소 할 것 없이 시간 가는 줄도 모르고 놀이하는 사람들의 심정과 한데 엉키어 있는 그 융합된 미란 뭐라면 좋을까."

그는 소견머리 없는 보수주의자처럼 '조선 것'이라는 것을 억지로 좋다는 것은 물론 아니었다. 그것이 비록 거칠고 소박할지언정 인간이 가지고 있는 진지한 것을 표현하는 데 그 미美를 보았다는 것이다.

어린 아동한테 대하여서도 마찬가지, 전일에 느끼지 못하던 것을 감득했다고 그는 말했다. 처음에 그들을 대했을 때 아이들은 하나같이 모두 입을 헤 하니 벌리고 있는 것이며, 세수도 아니 한 얼굴이며, 더러운 의복이며, 모두 다 그의 마음을 어설프게만 했으나, 인제는 입도 다물고 세수도 하고 의복도 깨끗이 가지려고 하는 것이, 그의 말이 강제나 위협도 아니 하였지만 누누이 타이르는 동안 그것이 곧 언행에도 옮길 때, 그리고 그 이상의 것을 가지려고 애쓰는 것에는 관념적으로 가졌던 아동관을 일변시켰다 한다. 생각하여 보면 생장력이 왕성한 아동들에게는 이런 것도 당연한 일이거니와 그가 일찍부터 간절히 원해도 이루지 못한 수많은 꿈을 그 어린이들에게 구현해 보고자 하는 의욕에 붙잡힌 것이다.

내가 모처럼 서울 올라온 벗을 대접한다 하여 영화관에 안내했다. 그러나 그는 그것을 좋아하지 않고 자기를 따라 오라 하면서 나를 덕수궁 미술관으로 끌고 갔다.

거기서 나는 두 가지의 사실을 경험했다.

하나는 부끄러운 말이나 나 자신 처음으로 고려자기란 것을 본 것이었다. 세상 사람들이 고려자기의 좋은 점을 선전하는 것을 다만 관념적으로 내 임의로 처리하고 임의의 관념을 가졌을 뿐이다. 그러나 그 관념은 실물 앞에서 여지없이 깨어지고 새로운 눈으로 새로운 세계를 보아야 하는 것을 느꼈다. 둘째로는 T가 한 가지 비록 조그마한 수반 하나에도 지루할 만치 이모저모 들여다보고 그것을 스케치도 하며 짤막한 인상을 적어 넣는 것이다. 무얼 그렇게 하느냐는 나의 물음에 그는 서슴지 않고 담임한 아이들에게 얘기해 주겠다는 것이었다.

이틀 밤을 묵고 그는 떠났다. 더도 말고 하루만 더 있다 가라고 붙들어 보았지만 그는 아이들과 꼭 그날 간다고 약속하였기 때문에 어길 수 없다고 하였다.

"아니, 서울 온 것도 아이들 허락 맡고 왔나?"

나는 좀 비꼬는 듯이 한 말이었건만 그는 그 말을 바로 받아,

"그러믄요. 추석 때 어머님 산소에 성묘를 못하였기에 이번에는 노는 날이 끼고 해서 토요일 하루만 결근하면 되겠기 말을 하였더니 아이들이 떠나던 날 자동차 정류장에 제각기 사과며 밤, 대추를 한 봉지씩 싸 가지고 와서 어머님 산소에 바치라겠지!" 그러니 그런 순실한 아이들에게 불신을 주고 싶지 않다는 것이었다.

작은 페스탈로치! 문득 나는 그러한 위대한, 오래간만에 만난 벗이 남기고 간 인상은 이외에도 또 있으나 허여된 지면에다 적기에는 너무나 많다.

처음 떠날 때와는 딴판으로 행복스러운 마음으로 임지로 향한 벗의 면모가179) 지금도 경건스러이 회상되는 것만 첨가해 둔다.

『매일신보』, 1939.11.5.

---

179) 원문은 '면모를'.

오하吳下의 아몽阿蒙　연두감

　　누구의 글 가운데서 이러한 뜻의 글을 읽은 일이 있다.

　　하루아침 머리에 빗질을 하려고 거울을 향하고 있노라니까 거울 속에는 흰털이 생기고 주름살이 잡혀 있는 자기가 비쳐 있어서 해 놓은 일이란 보잘 것이 없는데 어느덧 자기는 이 모양으로 변했나 하여 일변 놀라며 일변 슬퍼함을 마지않았다. 연년이 피는 꽃은 같으나 연년이 만나는 사람은 같지 않고 왕자王子 공손公孫과 더불어 호사스럽게 지내던 홍도 흐트러진 실광주리 같은 백발을 흩날리게 되었음에 무한한 자격지심이 들어 자기의 지난날의 홍안의 미소년을 그리워하며 겨우 그것으로나마 자위하던 사람의 심경이든지, 그러한 덧없음을 달게 받기가 싫어 설날 아침 해골바가지를 긴 지팡이 끝에 달고 다니며 죽음의 길로 재촉하는 정월이 기쁠 게 없다 한 중[僧]의 해괴한 짓이든지, 우리는 이해할 수 있다.

　　희망을 잃고 살맛이 없게 된 앞날이란 누구나 다 상상만 하여도 괴로운 일이지만 참되게 살아 보려고 하는 사람들에게는 더욱 견딜 수 없는가 보다. 그러기에 파우스트는 악마에게 지옥행을 약속하면서까지 희망의 원천인 젊음을 사지 않았던가.

나는 아직 옛일을 회고할 만치 나이가 많은 것도 아니고 염세할 만한 경험을 쌓아 놓은 것도 아니며 명일을 부정하는 것도 아니다. 하지만 새해를 맞이하고 보니 과연 과거를 돌아다보며 현재의 자기와 둘러싼 환경에 대하여 무어라고 말하고 싶은 충동을 느낀다.

내가 처음으로 서울에 올라와 여학교 기숙사에서 맞이한 정월[180]에 그려본 10년 후는 퍽이나 진보된 세상이었고 그 속에서 움직이는 사람들과 함께 나도 사는 보람이 있는 존재였다. 이것은 단지 소녀의 부질없는 감상이 아닌 것은 10년 후의 오늘에 있어서도 오히려 절실히 원하고 있는 것이다.

그때 겨우 걸어 다니던 조카아이가 지금은 여학교에 다니고, 젖먹던 그 애의 동생은 제법 의견을 내세워 고집을 부리는 등 신변의 변화는 무척 큰 것에 비하여 나는 여전히 아무런 진전이 보이지 않는 오하의 아몽[181]이다.

이것은 자기에게 대한 기대가 큰 겸양의 헛말도 아니다. 그것은 그렇다 하더라도 그동안 몇 번이고 역사 위에 크게 기록될 사건이 일어났고 문화적 시설에 있어서도 괄목할 만한 것이 많이 생겼다 하지만 그런 것들이 도무지 진보라고 생각되지 않음은 어쩐 일인가.

『매일신보』, 1940.1.7.

---

180) 임순득은 1929년 4월 이화여고보에 입학했다. 기숙사에서 처음 맞이한 정월이라면 1930년 1월이 될 것이다.
181) 오하아몽吳下阿蒙 : 몇 해가 지나도 진취함이 없이 그냥 그대로 있는 사람. 삼국三國시대의 오吳나라에 여몽呂蒙이란 사람이 있어 임금 손권孫權이 여몽에게 글 읽기를 권했는데, 뒤에 노숙魯肅이 여몽을 만나서 그의 지식이 진보한 것을 보고 감동하여 군君은 이제 오하의 아몽이 아니라고 한 고사에서 나온 말. '아'는 의미 없는 발어사이고 '몽'은 지식이 없는 어리석은 사람이란 뜻.

처음 글 쓰는 분들을 위하여

(필자 자신 아직 습작기에 있으니 만치 감히 애국과 같은 내용의 글을 충분히 쓸 수 없습니다만 함께 그간의 글을 배우는 한 사람으로서 약간의 소감을 적고자 합니다.)

대부분의 우리 근로 녀성들은 해방 후에 비로소 문맹을 퇴치하였습니다. 그리하여 한꺼번에 육신의 눈과 마음의 눈을 뜨게 되었습니다. 옛 신화에 나오는 이야기처럼 마치 앞뒤에 눈이 달린 듯 갑자기 세상은 환해졌습니다. 뿐만 아니라 이 환해지는 세상에서 복된 살림의 주인공이 되고자 우리는 전에 없던 희망과 용기와 자신감이 생겼습니다. 따라서 모든 사물을 무심히 보고 지나칠 수 없게 가치와 비판을 내리는 자각적 의견이 솟아나오게 되었습니다.

여기에서 우리는 그러한 자기의견이나 판단을 혼자만 마음속에 넣어두는 것이 아니라 대중적인 토론에도 부치며 동시에 문장으로서 기록하여 널리 전달하는 욕구를 갖게 됩니다. 이것은 인간이 사회적 동물인 이상 누구도 말릴 수 없는 자연한 일입니다. 비근한 례로서 우리가 맛있는 음식을 대하면 곧 자기의 가장 친근한 사람과 같이 즐기고 싶은 것과 같이 아름다운 경치를 보아도 그렇고 좋은 소설을 읽어도 그렇습니다.

그와 마찬가지로 기쁜 일이 있으면 역시 자기 혼자만은 주체할 수 없는 충동에 못 이겨 가장 친한 사람에게 달려갑니다. 그 친한 사람이 듣고 역시 자기 혼자만 들을 수 없는 아까운 이야기며 즐거운 일일 때는 또 다른 자기의 친지에게 전할 것입니다.

이렇게 사람의 본능 가운데는 전달의 욕구가 강합니다. 이것은 사람에게만 부여된 일종의 예술적 충동이라고도 설명할 수 있는 지극히 아름다운 인간의 순정적인 세계이기도 합니다. 그러면 이 전달의 수단으로 우리는 앞에서 말한 바 토론 즉 말로도 할 수 있고 연극으로도 할 수 있고 그림 음악으로도 할 수 있는 것입니다. 그 중에도 시간적 공간적 제약을 받지 않고 또 가장 보편화된 영구성 있는 방법으로는 글로써 나타내는 것입니다.

그러면 글이란 무엇인가. 말을 문자로써 옮겨놓은 것입니다. '을지문덕은 고구려의 용맹한 장수였다.' 하는 것을 귀로 들으면 말이나, 눈으로 읽으면 글입니다.

글은 그림과 같이 눈으로만 보는 것이 아닙니다. 음악처럼 순전히 귀를 기울여 서만 듣는 것도 아니요, 혹은 연극이나 영화처럼 일정한 장치와 복잡한 경로와 수단을 통해서만 볼 수 있는 것과는 다릅니다. 또 그 때를 지나면 희미한 기억으로 사라지는 말과 달라 한번 종이 위에 옮겨놓으면 보관 여하에 따라 오래 남습니다.

이와 같이 글은 인류의 문화재 가운데 가장 간단한 형태를 한 것이기도 합니다. 그렇다고 해서 우리가 보통 쓰는 말들을 아무런 선택과 조직이 없이 그저 문자로써 늘어놓는다고 글일 수는 없는 것입니다. 우리는 흔히 그 사람 참 말 잘한다고 합니다. 그것은 곧 옳은 사상이나 혹은 유익한 내용에 대하여 군소리 없이 누구나 알아듣기 쉽게 명확하고 요령 있게 머릿속에 잘 들어오도록 그러면서도 구수하게 수월스럽게 털어놓는 것을 두고 하는 말입니다. 글도 마찬가집니다. 몇 번 읽어봐도 모를 소리는 제 아무리 하늘에 별을 따오는 박사논문이라도 우리는 그것을 좋은 글이라고 하지 않습니다.

그렇다고 이제 겨우 문맹을 벗어난 사람이 원자 리론에 대해서나 고차 수리학의 방정식에 대한 해설을 아무리 쉽게 썼다 한들 자기의 생활범위에서 모를 말이라 하여 글 아니라고 한다면 그것처럼 또 어리석은 말은 없을 것입니다. 여기에서 우리가 말하고자 하는 것은 그런 특수한 례가 아닌 것은 말할 것도 없습니다.

어떤 외국 부인작가 한 사람은 그가 소설가가 된 동기를 이렇게 말하고 있습니다.

"나는 평범한 한 사람의 아낙네였다. 그런데 놀러오는 남편의 동무들이 대개는 문화방면의 일꾼이었다. 화가 시인 그 중에는 문학하는 녀성도 있었는데 그들은 모두 내가 하는 이야기를 참 재미있다고 그것을 글로 써보라고 하였다. 처음에 나는 나의 하찮은 이야기가 그렇게 훌륭한 사람들에게 재미있게 들리다니 이것은 공연히 나를 놀리는 것이 아닐까도 생각했으나 그다음은 여태껏 가만히 있던 남편까지도 자꾸 써보라고 권하였다. 그래도 나는 내가 무얼 아느냐고 펄쩍 뛰었으나 이야기하듯 쓰면 된다고 하였다. 그래서 나는 시험 삼아 사람들이 재미있게 들어주던 고향의 이야기부터 쓰기 시작하였다. 쓰는 도중 나는 그것을 쓰기 위해서도 사물을 보는 눈이 정확해지며 이것저것 필요에 의해서 공부도 더하게 되었거니와 또 자연 고심하는 중에 문리도 터져 지금은 과히 부끄럽지 않은 작품집도 내고 있다……"

물론 이것은 그에게 묻혀 있는 예술적 천품이 주위사람들에게 발견되었다고 할 수 있으나 우리들 가운데도 장래 그러한 부인작가가 된 '이야기 잘 하는 아낙네'가 없으리라고 단정 못할 것입니다.

즉 우리는 그러한 례를 통하여서도 일종의 용기를 얻을 수 있습니다. 입때까지는 '글'이라면 무슨 특수한 사람만이 가지는 것이며 또 그들만이 마음대로 할 수 있는 것처럼 여겼지만 쏘련의 례만 보아도 매일같이 신문이나 잡지에 무명인의 논문과 수기 및 일개 로동자가 '스탈린상'까지 받는 소설이 실리고 있습니다. 우리 공화국 북반부에서도 해방 후 흥남공장에서는 두 번째의 문집이 나오고 그밖에도 지상의 군중 문화란에는 새로운 사람들의 시, 콩트, 감상문, 기행문 등이 다채롭게 발표됩니다. 그 필자진은 로동자, 농민. 사무원. 학생, 근로녀성 기타 광범위의 인민들이 참가하고 있습니다. 이중에서 누가 후일의 위대한 조선의 새로운 문호가 아니 나오리라고 단언하겠습니까.

이것은 오로지 문화가 인민 전체의 공동소유로 된 민주사회에서만 볼 수 있는 광활한 전망을 약속하는 상징인 것입니다.

과거에도 소위 신문잡지에 독자란이란 게 있어 투고를 환영한다 하여 포인트 활자로 손바닥만한 지면을 내놓기도 했으나 이것은 순전히 독자의 호기심을 끌려는 상업적 미끼의 수단에 불과하다 하여도 과언이 아닐 만큼 그 투고란을 통하여 신인이 발견된다는 것은 가뭄에 콩나기 격의 '좁은 문'이었습니다. 그것은 일반 대중의 문화적 향상에 대한 심심한 고려 대신 먼저 자본주의적 산판[182)이 앞섰기 때문입니다.

---

182) 산판 : 수판, 주산.

그러나 오늘날에는 내용만 훌륭하다면 언제든지 발표할 기회가 있습니다. 자본주의 사회에서는 흔히 내용보다 먼저 이름을 보았습니다만 우리 민주주의 사회에서는 그러한 일체의 허위적인 것은 없어졌습니다. 내용 본위입니다. 또 인민 본위이며 인민의 문화향상을 종국의 목적으로 삼고 있습니다. 지금의 우리들은 오풍십우[183]의 좋은 토양 아래 뿌려진[184] 씨앗처럼 성장하는 식물인 것입니다. 어찌 우리가 좋은 결실을 위하여 스스로 로력하며 태양의 자외선과 지상의 자양분을 마음껏 쬐이듯 많이 읽고, 많이 보고, 많이 생각하며, 또 많이 쓰지 않겠습니까. 그전에는 어머니가 멀리 떨어져 있는 아들에게 편지 한 장 쓰려 해도 남의 손을 빌리고 보니 자연 하고 싶은 말도 마음대로 전해지지 않을 뿐더러 한 번 부탁 두 번 부탁에 벌써 그 사람의 수고가 미안스러워 대필 편지도 사양하는 동안 어느새 피차 소식이 끊어지다가 마침내는 서로 생사를 모르게 되는 경우도 없지 않았습니다.

그러나 해방 후에는 어떻습니까. 리태준 선생의 단편소설 「호랑이 할머니」에도 나오듯 육십이 넘은 산골 할머니까지도 단기간에 문맹을 퇴치하여 인민군대 나간 손자에게 옆에서 이야기하나 다름없이 술술 편지를 써 보내게 되었습니다. 민주사회의 새로운 풍습을 그와 같은 로할머니도 따르게 되었는데 항차 젊은 우리 녀성들이 그 앞장을 못서간대야 이는 너무나 공화국의 공민된 자격에서 벗어나는 것입니다.

우리는 농촌에서 직장에서 혹은 광산 어촌에서 증산투쟁의 여가에 자기

183) 오풍십우五風十雨 : 닷새에 한 번씩 바람이 불고 열흘 만에 한 번씩 비가 온다는 뜻으로, 날씨가 순조롭고 풍년이 들어 천하가 태평한 모양을 이르는 말.
184) 원문은 '뿌리운'.

의 생활을 조용히 돌아다보고 우선 일기를 쓰는 습관을 가지도록 합시다. 혹은 통일되면 보여드릴 작정으로 남반부에 있는 자매들에게 자기의 해방 후의 성장과정을 차근차근 편지로 써두기도 합시다. 물론 처음 쓰려면 입으로 말하듯 자연스럽게 새어나오지 않습니다. 그것은 우리가 처음 연단에 나아가서 토론할 때도 그랬던 것입니다. 그러나 다른 사람의 하는 것도 듣고 또 조용히 자기가 하는 말의 앞뒤를 생각해서 한두 번 해보는 동안 저절로 담력도 생겨 서슴지 않고 술술 나오게 되는 것입니다. 그렇다면 말주변이 있는 사람은 글을 잘 쓸 수 있는 소질이 있느냐 하면 그렇지도 않습니다. 오히려 그와 반대로 사람에 따라 말은 잘 못해도 글은 잘 쓰는 사람이 있습니다.

이와 같이 글이란 쉬운 듯도 하나 한번 들어가 놓고 보면 한정 없이 어려운 것입니다. 그러므로 유사 이래 실로 수많은 인재들이 나왔으나 저마다 괴테, 톨스토이 같은 사람이 되지 못하는 것이 아닙니까. 반드시 우리가 그러한 위대한 문호들은 못 된다 할지언정 오늘의 민주사회의 문화를 사랑하는 한 사람으로서 완전히 지식의 소유자가 되려면 남의 글을 읽는 것만을 위주하는 것이 아니요, 자신의 조촐한 생활기록이라도 자기 손으로 손수 옮겨 쓸 줄 알아야만 할 것입니다.

그리하여 우리는 자기가 써놓은 글을 통하여 자기를 재발견하게 될 것입니다.

예로부터 글은 곧 그 사람이라 하였습니다. 즉 글은 그 사람의 인격을 거울처럼 반영시키는 것입니다. 우리는 생전 못 본 외국사람일지라도 그 사람의 작품을 통하여 몇십 년 사귄 사람보다 더한 친밀감과 존경을 가지며 어떤 기회에 우연히 그와 만났다 하더라도 결코 낯이 설거나 서먹하는 일이 없을 것입니다. 그러니까 좋은 글을 쓰기 위해서는 불가불 사람이 되는 공부가 더욱 필요할 것입니다. 글이란 어떠한 짤막한 소품이든 혹은 대작이든 그 사람의 생활의 반영일진대 그 필자의 사상 취미, 교양, 성격 및 음성까지도 짐작하게 되는 것입니다. 진실한 사람은 참되게, 재주 있는 사람은 묘하게, 명랑한 사람은 낙천적으로 독자에게 각이한 인상을 줄 것입니다.

그러므로 우리는 자기의 인격과 환경을 분리해서 문장도를 생각할 수는 없는 것입니다. 그렇다고 해서 성인군자는 문장을 절로 잘한다는 론리는 서지 않습니다. 거기에는 무엇보다도 우수한 기술이 필요합니다. 우리가 버선볼을 하나 예쁘게 받자 해도 솜씨가 있어야 되듯이 아무리 좋은 사상 좋은 취미 높은 교양 총명한 식견을 가졌다 할지라도 그것을 정리하고 조직하고 연마하는 기법을 모르면 청산에 묻힌 옥처럼 모처럼의 그 가치도 못 나타내는 것입니다. 가령 어떤 사람이 남조선 유격대에 대하여 다음과 같이 썼다고 합시다.

영용하고도 용감스러운 지리산 유격대는 엄동설한 추운 겨울에도 높은 산 깊은 골짜기 험산준령을 넘나들며 산매[185]와 같이 날쌔게, 표범과 같이 용감하게 싸움으로써 철천의 원수 미제의 주구배인 민족반역자의 도배 리승만의 무리를 소탕 격멸하고 있다. 우리는 이와 같은 영웅적 전사들에게 조국의 이름으로 최대의 영예와 열렬한 시대적 성원을 보내자.

만일 이것을 같은 의미의 중복과 부자연은 피하여 다음과 같이 고쳐보기로 합시다.

---

185) 산매 : 산에서 자란 굳센 매. 새매. 새를 잡는 매.

영용한 지리산 유격대는 엄동설한에도 높은 산 깊은 골짝구니를 넘나들며 산 짐승이 부러워라 날쌔고 용맹스런 싸움으로써 우리의 원쑤이며 미제의 주구인 리승만 역도를 격멸하고 있다. 우리는 조국의 이름으로서 그 영웅적 전사들에게 최대의 영애와 뜨거운 형제적 성원을 보내자.

여기에서 전문에 비하여 석 줄 가까이 짧아졌습니다. 다시 이것을,

지리산 유격대는 깊은 겨울 대자연의 폭위暴威 속에서도 불굴의 영용성을 다하여 싸움으로써 우리의 원쑤인 미제의 주구 리승만 역도를 소탕하고 있다. 우리는 그들에게 조국의 이름으로서 최대의 영예와 뜨거운 형제적 성원을 보낸다.

라고 더 짧게 고칠 수도 있는 것입니다.

이와 같이 같은 뜻이면 될 수 있는 대로 간략하게 써야 할 것입니다. 처음 글 쓰는 사람들이 빠지기 쉬운 통폐로는 암만해도 자기가 한 말이 모자란 듯하여 자꾸 서투른 글씨에 개칠하듯 덧붙이기 형용사와 부사를 늘어놓든가 혹은 문장의 꼬리를 따라다니다가 당초에 의도한 내용과는 다른 딴청을 부리고 마는 수가 있습니다.

해방 직후 필자는 지방 어느 녀학교에서 작문을 맡아 본 일이 있는데 학생들의 정도를 짐작할 수 없어 잠자코 「겨울」이란 제목을 내본 일이 있습니다. 근 오십 명이 다되는 삼분의 이 이상 학생은 하나같이 천편일률로 따뜻한 봄이 가고 여름이 지나 ……식의 겨울과는 아무 상관도 없는 서두를 늘어놓기에 지면을 거의 채우고 있습니다. 우리가 찾고자 하는 겨울의 특징이라든가 겨울다운 짜릿한 맛이라든가 풍경 혹은 겨울과 인간 생활과의

관계 또는 과거생활에 있어서의 겨울이 주는 위협과 참상은 어떻게 끝나고 우리는 새로운 겨울을 어떻게 맞이하고 있다든가 하는, 겨울이란 그 내용을 직접 들고 료리하여 묘사와 표현을 자유로 해서 한 개의 '겨울'을 보여주지 못하고 있습니다. 그런 중에 이런 글들이 있었습니다.

"…… 어시장에 나갔다 산더미처럼 쌓인 동태 무데기를 보고 나는 해방된 북조선의 겨울을 마음껏 느끼었다."

또는,

"어떤 소련군이 마차를 달려 덕원으로 나가는 벌판으로 사라졌다. 나는 문득 동해의 파도 소리가 들리는 고향의 언덕에 서있으면서도 씨비리 눈벌판에 서있는 착각을 일으켰다. 그만큼 쏘련군과 눈은 잘 어울렸으며 또한 북극적이었다. ……"

이러한 싱싱한 감각과 날카로운 표현에 부닥쳤을 때 소위 선생이라는 립장을 떠나서 한 사람의 독자로서의 기쁨은 '이것이다!' 하고 외치치 않을 수 없고 이튿날 학교를 나가면 그 학생을 찾아서 아무 소리 말고 껴안아 주리라는 충동까지 일으켰습니다.

이와 같이 그 글을 쓴 소녀의 존재가 보배스러웠습니다. 좋은 글은 참으로 언제나 사람의 마음을 친화親和의 세계로 정화淨化의 경지로 이끌고 가는 것입니다.

제정시대 러시아의 어떤 양심 있는 학자는 많은 내용을 짧게 알기 쉽게 쓰기 위하여 (물론 어려운 글을 읽을 힘이 없는 그리고 한가하게 글 같은 것을 읽고 있을 틈이 없는 로동자나 농민들을 위하여서) 그다지 내용도 없는 글을 길게 어렵게 쓰는 사람보다 더 많은 공력과 시간을 들였다고 합니다. 그것은 글 자체를 위하여서도 좋은 일입니다. 글이란 어디까지 분명하게 알기 쉽게 써야 할 것임을 강조하는 의미도 되는 것입니다. 결코 분명하고 알기 쉽게 쓴 다해서 좋은 사상을 못 표현하는 것은 아닙니다. 그것은 좋은 례로 이미 우리가 많이 읽어온 스탈린 선생의 글을 생각하여 보면 깨치는 바가 있을 것입니다. 어떤 의미에서는 이러한 글이 더 힘드는 것인지도 모릅니다. 그러므로 글을 쓰는 노력이 있다면 차라리 이 점에 있어야 할 것입니다. 그러나 처음으로 글을 쓸 때는 답답하게도 쉬운 말로 그대로 쓰면 손해나 보는 듯이 멀리 둘러서 간단한 것을 복잡하게 꾸미고만 싶습니다.

끝으로 처음 글을 쓰는 분들의 참고가 되시도록 중국 어떤 문학자가 그의 문장론에서 말한바 몇 가지 조목을 들어보겠습니다. (이하 청년생활사 발행 리태준 선생「신문장강화」에서)

1, 언어만 있고 사물이 없는 글을 짓지 말 것. (즉, 헛된 관념만을 꾸미지말 것)

2, 병 없이 신음하는 글을 짓지 말 것. (공연히 오! 아! 하는 식의 애상에 쏠리지 말 것)

3, 전고를 일삼지 말 것. (남의 글에서 따다 채울 생각을 말 것)

4, 란조투어爛調套語를 쓰지 말 것. (어조만을 찬란하게 다듬는다든지 이미 투식화해서 돌아다니는 말 즉 '벌써' 해도 좋은 말을 '어언 간에' 하는 식으로 미사려구美辭麗句에 끌리지 말 것)

5, 대구對句를 중요시하지 말 것. (하늘은 높고 땅은 넓은데! 이런 대구법이 물론 필요하나 이것을 지나치게 남용 말라는 것)

6, 문법에 맞지 않는 글을 쓰지 말 것

7, 고인을 모방하지 말 것.

― 1949년 12월 ―

『조선녀성』, 1950.1.

부록 1
임순득 관련 자료

임순득 연보
임순득 작품 목록

임 순 득 연 보

1915년(1세) 2월 11일, 전북 고창에서 태어남. 본적은 전북 고창군 고창면 월곡리月 谷里 276번지, 아버지 임명호任命鎬(1878~1950.2.1, 본관은 豊川)와 어머니 전주 이씨(1877~ ?) 사이의 2남 3녀 중 막내딸이었다. 임명호는 양반으로서 전북에서 군속으로 일한 적이 있다. 형제로는 큰 오빠(1903~1998), 큰 언니, 둘째 언니(1906~ ?), 둘째 오빠 임택재任澤宰(1912~1939)가 있었다. 이 중에서 둘째 오빠인 임택재와 제일 가까이 지냈던 것으로 보인다. 임택재는 식민지의 사회주의 운동에 관여하고 수 차례 일제에 체포, 구금 당한 끝에 일제 말에 병사한 인물이다. 임순득의 작품에는 이런 임택재의 모습이 비치는 인물이나 사건이 자주 등장한다.

1929년(15세) 4월, 이화여고보에 입학한 것으로 추정됨(이화여고보 맹휴 사건 당시 서대문 경찰서 자료에 1931년 6월에 3학년이라고 쓰고 있음). 이때의 동급생으로 수필가 전숙희가 있었다.

1930년(16세) 1월 15일, 임순득이 아직 1학년일 때 이화여고보에서는 전해 11월 3일의 광주학생운동을 이어받은 서울여학생만세운동이 일어났다. 주동자 중한 사람인 4학년의 최복순은 근우회 간부 허정숙과 의논하여 서울 시내 다른 여고보 학생들과의 연합 시위를 계획, 실행에 옮겼다. 당시 최복순과 한 방에서 자취하던 학생이 2학년 조숙현인데 임순득은 조숙현과 함께 다음해 이화여고보 동맹 휴학의 주동자로 나서게 된다.

1931년(17세) 6월 25일, 이화여고보의 동맹휴학을 주동했다. 3학년이었던 임순득은 4학년인 조숙현과 함께 서대문 경찰서에 연행되어 3개월 동안 치안유지법 위반 혐의로 조사를 받았다. 임순득은 기소유예 처분을 받았고 조숙현은 다른 조직 사건에 얽혀 기소되어 재판을 받았다. 두 사람은 이 사건으로 이화여고보에서 퇴학당했다. 조숙현은 일본에 유학한 뒤, 간도 용정의 여학교 교사가 되었고, 나중에 임순득의 큰 오빠와 결혼하여 두 사람은 올케, 시누이 사이가 되었다.

1932년(18세) 4월 경, 이화여고보에서 퇴학 당한 뒤 동덕여고보 3학년에 편입한 것으로 보인다.

• 10월, 동덕여고보에서 이경선, 김영원, 박인순 등과 함께 이관술이 지도하는 독서회 활동을 했다.

1933년(19세) 1월 말, 동덕여고보 3학년에 재학 중, 사상 사건에 관련되어(독서회) 이경선과 함께 종로서에 피검됨. 이때 임순득의 오빠인 임택재도 이어서 피검됨.

• 2월 20일, 당재건사건과의 관련이 드러나 동대문서로 이송됨. 이 사건으로 이관술은 학교를 그만두게 되지만 학생들은 불기소 처분되어 학교를 계속 다니게 됨.

• 4월, 4학년이 된 임순득은 김재선과 독서회를 조직하고 학생 자치 단체 구성을 시도함.

• 7월 2일, 임순득, 김영원이 퇴학 처분 받음.

• 7월 3일, 동덕여고보생들은 임순득, 김영원의 복교를 요구하는 동맹휴교를 벌였다.

• 7월 4일, 전주로 내려감.

• 7월 7일, 전주경찰서의 보고에 의하면 국내에서 더 이상 학교를 다니기 어렵다는 판단 아래 9월에 일본으로 유학 갈 계획을 세우고 있었다고 함.

• 이후 일본 유학을 한 것 같으나(일본에서 여고사를 다녔다고 함), 아직 확인되지 않았다.

1934년(20세) 3월 오빠 임택재가 '미야께 교수 사건'에 연루되어 피검되었다.

1935년(21세) 12월 오빠 임택재는 징역 2년에 집행유예 4년형을 선고 받고 석방되었다.

1936년(22세) 9~10월경, 임택재는 성북동에서 미곡상을 경영하고 있으며 임순득은 견지동에 있는 '조선미술공예사'에서 기자로 일하고 있었다.

1937년(23세) 2월, 『조선문학』에 단편소설 「일요일」로 등단함. 등단 후 계속 여성
해방문학을 주장하는 비평문을 발표함.

- 6월, 『조선일보』(1937.6.30~7.5)에 「여류작가의 지위—특히 작가 이전에
관하여」를,
- 10월, 같은 지면(1937.10.15~10.20)에 「창작과 태도—세계관의 재건을 위
하여」를 발표함.

1938년(24세) 1월, 『조선일보』(1938.1.28~2.2)에 「여류작가 재인식론—여류문학
선집 중에서」을 발표함.

1939년(25세) 2월 16일, 오빠 임택재가 옥살이의 휴유증으로 병사했다.

- 4월, 일본어로 쓴 수필 「늪의 쇄기풀에 부침(원제는 澤のいらら草に寄せ
て)」(『國民新報』3,1939.4.16) 발표.
- 5월, 수필 「타부의 변」(『조선일보』, 1939.5.17) 발표.
- 11월, 수필 「작은 페스탈로치」(『매일신보』, 1939.11.5) 발표.

1940년(26세) 1월, 수필 「오하奏下의 아몽阿蒙」(『매일신보』, 1940.1.7)을 발표.

- 8월, 호적상에는 1940년 8월 5일 '씨 설정'으로 가족 전체가 토요카와豊川로
창씨한 것으로 되어 있다. 토요카와는 임씨 성의 본관인 '풍천豊川'을 가져다
가 일본식 씨로 만든 것이다(창씨). 이 창씨개명에 따라 호적상 큰 오빠는 토
요카와하지메豊川肇, 임순득은 토요카와쥰豊川淳으로 바뀌었다. 다만 토요카
와쥰豊川淳이란 이름으로 발표한 글은 보이지 않는다.
- 9월, 「불효기에 처한 조선여류작가론」(『여성』 1940.9)을 발표.

1941년(27세)

1942년(28세) 10월, 창씨개명정책을 비판하는 일본어 소설 「대모(원제는 名付親)」를
『문화조선文化朝鮮』에 발표함. 그의 일본어 작품은 비록 일본어로 쓰여졌지만
일본의 식민주의에 저항하는 자세를 견지하고 있음.

- 12월, 일본어 소설 「가을의 선물(원제는 秋の贈り物)」(『每日寫眞旬報』
1942.12)을 발표.

1943년(29세) 2월, 일본어 소설 「달밤의 대화(원제는 月夜の語り)」(『春秋』 1943.2)
를 발표.

- 일제 말기 언젠가 시를 공부하던 장하인(?)이란 사람과 결혼해서 해방이
  될 때까지 강원도 회양군 쪽에서 살았던 것 같다. 결혼 당시 임순득의 집에
  서 반대가 심해 강원도로 도망가서 결혼을 하고 살았다고도 한다. 그런데 호
  적상으로는 1950년까지도 혼인신고 같은 것은 되어 있지 않다.

1945년(31세) 해방 후 원산 지역에 살면서 여학교 교사를 하고 문학 단체에서도 활
동했다.

1947년(33세) 이해 말쯤 평양으로 이사했다. 평양에서는 조선부녀총동맹의 기관지
인 『조선녀성』사에서 일했다.
- 10월, 수필 「10월 밤 이야기」(『조선녀성』, 1947.10) 발표.
- 12월, 소설 「솔밭집」(『조선문학』 2,1947, 12) 발표.

1948년(34세) 1월 수필 「그날 12월 5일」(『조선녀성』 1948.1) 발표.

1949년(35세) 2월, 소설 「눈 오는 날」(『조선녀성』 1949.2) 발표.
- 8월, 강경애의 소설 『인간문제』가 노동신문사에서 단행본으로 출판된 것
  을 기념하여 평론 「인간문제를 읽고—간단한 약력 소개를 겸하여」(『문학예
  술』 2~8,1949.8) 발표.
- 10월, 수필 「강반(江畔)에서」(『문학예술』 2~10, 1949.10) 발표.
- 12월, 소설 「딸과 어머니와」(『문학예술』 2~12, 1949.12) 발표.

1950년(36세) 1월, 수필 「처음 글 쓰는 분들을 위하여」, 「애국 녀성들의 군상을 그
리고 싶다」(『조선녀성』, 1950.1) 발표.
- 2월, 소설 「먼저 온 병사」(『조선녀성』, 1950.2) 발표.
- 3월, 수필 「녀성과 절약」(『조선녀성』, 1950.3) 발표.
- 4월, 수필 「녀성과 근로」(『조선녀성』, 1950.4) 발표.
- 5월, 수필 「녀성과 미화」(『조선녀성』, 1950.5) 발표.
- 6월, 한국전쟁 발발.
- 8월, 꽁트 「모녀의 상봉」(『순간 문화전선』, 1950.8.12) 발표. 소설 「녀빨
  찌산의 수기—인민군대 전사인 아들을 위하여」(『조선녀성』, 1950.8) 발표.

1951년(37세) 3월, 정론 「영웅적 조선 녀성들—3·8 국제부녀절을 맞으며」(『로동
신문』, 1951. 3. 8) 발표.

- 6월, 소설 「조옥희趙玉姬」(『문학예술』1951.6) 발표.

1954년(40세) 10월, 오체르크 「수고하였습니다!-떠나는 중국인민지원군들에게」
(『조선문학』1954.10) 발표.

1955년(41세) 8월, 소련과 북한의 관계를 주제로 한 작품들을 모은 작품집 『잊을 수
없는 사람들-조쏘친선작품집』을 조선녀성사에서 출간했다.

1957년(43세) 2월, 오체르크 「따뜻한 손길 속에서」(『조선문학』1957.2) 발표.

- 3월, 정론 「잊지 말자!」(『문학신문』1957.3.7) 발표.
- 6월, 소설 「어느 한 유가족의 이야기」(『조선문학』1957.6) 발표.

이후 소련파 숙청 사건에 휘말린 것 같고 이후의 행적에 관해서는 알 수
없다.

임 순 득 작 품 목 록

| 해방 전 |

작품제목	장르	발표 혹은 창작 시기	수록 지면
일요일	소설	1937.2	조선문학
여류작가의 지위 —특히 작가 이전(以前)에 대하여	평론	1937.6.30~7.5.	조선일보
창작과 태도 —세계관의 재건을 위하여	평론	1937.10.15~20.	조선일보
여류작가 재인식론 —여류문학선집 중에서	평론	1938.1.28~2.2.	조선일보
늪의 쐐기풀에 부침 (원제는 澤のいらら草に寄せて)	수필, 일본어	1939.4.16	국민신보
타부의 변	수필	1939.5.17	조선일보
작은 페스탈로치	수필	1939.11.5	매일신보
오하(吳下)의 아몽(阿蒙)	수필	1940.1.7	매일신보
불효기(拂曉期)에 처한 조선여류작가론	평론	1940.9.	여성
대모(원제는 名付親)	소설, 일본어	1942.10.	문화조선
가을의 선물(원제는 秋の贈り物)	소설, 일본어	1942.12.	매일사진순보
달밤의 대화(원제는 月夜の語り)	소설, 일본어	1943.2	춘추

작품제목	장르	발표 혹은 창작 시기	수록 지면
들국화	소설	1947.9.*	잊을 수 없는 사람들
10월 밤 이야기	수필	1947.10.	조선녀성
솔밭집	소설	1949.12.	조선문학
기우	소설	1948.1.*	잊을 수 없는 사람들
그날 12월 5일	수필	1948.1.	조선녀성
손풍금	소설	1948.3.*	잊을 수 없는 사람들
4월의 축가	소설	1948.4.*	잊을 수 없는 사람들
우정	소설	1948.12.*	잊을 수 없는 사람들
누나	소설	1948.12.*	잊을 수 없는 사람들
눈 오는 날	소설	1949.2.	조선녀성
『인간문제』를 읽고 ―간단한 약력 소개를 겸하여	평론	1949.8.	문학예술
강반江畔에서	수필	1949.10.	문학예술
녀성과 독서	수필	1949.10.	조선녀성
딸과 어머니와	소설	1949.12.	문학예술
처음 글 쓰는 분들을 위하여	수필	1950.1	조선녀성
애국 녀성들의 군상을 그리고 싶다	수필	1950.1.	조선녀성
먼저 온 병사	소설	1950.2.	조선녀성
녀성과 절약	수필	1950.3.	조선녀성
녀성과 근로	수필	1950.4.	조선녀성
녀성과 미화	수필	1950.5.	조선녀성
모녀의 상봉	꽁트	1950.8.12.	순간 문화전선
녀빨찌산의 수기 ―인민군대 전사인 아들을 위하여	소설	1950.8.	조선녀성
영웅적 조선 녀성들 ―3·8 국제부녀절을 맞으며	정론	1950.3.8.	로동신문
조옥희趙玉姬	소설	1961.6.	문학예술
한 쌍의 사과나무	소설	1951.8.*	잊을 수 없는 사람들
한 장의 전보문	소설	1952.4.*	잊을 수 없는 사람들
그 이튿날	수필	1953.7.*	잊을 수 없는 사람들
수고하였습니다! ―떠나는 중국인민지원군들에게	오체르크	1954.10.	조선문학
해방의 기치	수필	1955.2.*	잊을 수 없는 사람들
안또노브 아저씨와 연희	소설	1955.3.*	잊을 수 없는 사람들

평화의 명절	소설	1955.3.*	잊을 수 없는 사람들
안도리호	소설	1955.7.*	잊을 수 없는 사람들
잊을 수 없는 사람들 －조쏘친선작품집	작품집	1955.8.	조선녀성사
따뜻한 손길 속에서	오체르크	1957.2.	조선문학
잊지 말자!	정론	1957.2.	문학신문
어느 한 유가족의 이야기	소설	1957.6.	조선문학

* 표시는 작품집 『잊을 수 없는 사람들』에 기록된 창작 시기로 발표 시기와 지면은 확인하지 못했다.

『조선녀성』, 『조쏘문화』, 『조쏘친선』 같은 잡지에 임순득의 글이 더 있을 것으로 생각되나 아직까지는 다 확인하지 못했다.

부록 2
임택재 관련 자료

임택재 연보

시

진정서

증인신문조서

임택재 연보

(호적과 고창고보 학적부, 일제 경찰이 작성한 피의자신문조서 등에 의함)

1912년 3월 22일 전북 고창군 고창면 월곡리 276번지 본적지에서 태어난 것으로 되어 있음. 임명호의 2남3녀 중 네 번째, 둘째 아들로 태어남. (1934년 5월 5일에 작성된 경찰의 피의자신문조서에는 신분이 '양반'이라고 되어 있다.)

1924년 3월 고창공립보통학교 졸업. 4월 사립 고창고보 입학.

1925년 4월 중앙고보로 전학.

1926년 1월 8일 고창고보 2학년으로 재입학.

1929년 3월 고창고보 제6회 졸업. 남아 있는 고창고보의 학적부에 따르면 문예부원으로 활동했고, 20명 한 학급에서 늘 2~3등을 했다고 한다.

1929년 4월 일본 야마구찌山口고등학교 입학.

1931년 여름 방학 때 귀향하는 길에 금산군 예수교 성결교회의 설교를 방해한 죄로 금산서에 검거되었다가 불기소 처분을 받고 10월에 풀려났다.

1932년 1월 일본노동조합 전국협의회 오노다 시멘트 분회 명의로 반일 격문을 뿌렸다.

1932년 3월 치안유지법 위반 혐의로 검거되어 5월 기소유예 처분을 받았고 이 사건으로 야마구찌 고등학교에서 제적당했다. 이후 귀향했다가 경성제대 입학 준비를 하기 위해 서울로 왔다. 10월 경에는 이관술 집에 하숙을 하면서 이관술 중심의 반제 동맹에 참가했다.

1933년 1월 5일경 적색독서회를 조직한 혐의로 종로경찰서에 구속되어 취조를 받고 같은 해 2월 중순 경 석방됨. 석방된 다음날 경성 동대문경찰서에 구속,

와다和田獻仁 일파의 반제동맹 사건에 취조받고 송국되어 3월 하순 기소됨.

여름 경 임택재는 남만희, 정용산과 함께 『신계단』의 기자로 있을 때 이재유를 만났다고 함.

1934년 3월 이재유, 남만희와의 관계로 서대문 경찰서에 검거됨. 서대문 경찰서 유치장에서 최호극을 만나 서로 알게 됨.

5월 5일의 「피의자신문조서」 남아 있음. 이때의 주소는 전북 전주읍 청수정 46번지.

1935년 12월 6일 「진정서」 남아 있음. (이 진정서에 의하면 당시 형은 평안도 선천에 있다고 했으나 누이 동생 임순득에 대한 언급은 없는 것으로 미루어 이때 임순득이 일본에 유학 가 있었던 것이 아닐까 한다.)

12월 20일 징역 2년에 집행유예 4년 언도 받고 석방됨. 집행유예로 출옥한 뒤 임택재는 달팽이 껍질 속에 들어 앉아 있는 것처럼 일상의 삶을 영위했다. 이 껍질 속에 갇혀 있는 것에 대한 언급은 「일요일」에도 오빠의 편지 대목에 나온다. 또한 이정구가 임택재가 죽은 뒤에 바친 시에도 그와 유사한 언급이 있다. 34년 3월 경 체포되어 1935년 12월 20일 집행유예로 석방될 때까지 2년 가까이 임택재의 심신은 피폐해 졌던 것 같다. 당시 가혹한 고문을 서슴지 않았던 일제 경찰의 수사 관행을 미루어 생각해도 그렇고, 남아 있는 세 장의 사진, 신상 기록카드의 사진을 보면 세 번째(1934년 3월 체포 후) 찍은 사진은 거의 딴 사람 같아 보일 정도로 늙고 인상도 어두워져 있다.

1936년 9월과 10월 경 최호극이 찾아 옴. (이 무렵 임순득은 견지동의 경성미술공예사에서 기자 노릇을 하고 있다고 함)

1936년 11월에 발행된 『낭만』 창간호에 임사명任史冥이란 이름으로 「고향」, 「어두운 방의 시편들」, 「독백」을 발표함.

1937년 3월 4일 「증인신문조서」 남아 있음. 주소는 경성부 성북정 184-3번지이고 미곡상을 하고 있다고 함. 오래 도피생활을 하던 이재유가 경찰에 붙잡히면서 임택재도 불려 가서 조사를 받은 것으로 보임.

1938년 3월 『비판』 3월호에 임사명이란 이름으로 시 「말」 발표.

4월 이정애李貞愛, 1913~ ? 란 여성과의 혼인신고를 한다.

1939년 2월 16일 전주부 본정 1정목 97번지에서 사망.

5월 임사명이란 이름으로 『시학』 제2호에 유고시 「십년 또 십년」이 실림. 원산 태생의 이정구가 그에게 쓴 시 「병상에서—고 사명에게」가 함께 실렸다.

시

고향

임사명任史冥

I

하늘과 따에
백광이 넘쳐 있는
이 한여름 낮
도회의 한 구석 먼지 이는 길가
싸전에 일을 보며
등에 이마에 지렁이처럼 땀이 기도다
혼마저 안식을 잃고
진즉 안아주던 고향 없는 사람같이
부질없이 되질하고 리어카를 끄을고
주인의 짜증이 채질186)하지만

---

186) 채질 : 채찍질.

내 마음 가는 곳이 없을까부냐

심금이 울리고 벅차 튀나니

고향 내 고향

마음이 향해 마지않도다.

고향!

자란 곳이니 철든 곳이니

유방乳房이 있고 요람搖籃이 있던 곳이니

나도 어느 향토예술가에 못지 않도록

아름다운 서경敍景으로

즐거웠던 짜릿한 감정으로

샅샅이 그려볼까.

내 함께 한 작대기에 말 탔으니

반등산半豋山187) 깊은 골에 산울림을 놀렸으니

옛 벗 곰보, 셋째, 싸움 잘하는 두승斗承이

이제 어디메서 무엇을 생업生業하나 불러도 볼까

고향

영계 한 마리 두 마리 홰를 치면

번한 동천東天이

---

187) 반등산 : 방등산, 방장산으로도 불린다. 정읍, 고창, 장성에 경계해 있는 산으로 지리산, 무등산
과 함께 호남의 삼신산으로 추앙받아 왔다. 반등산이란 하늘의 절반 가까이 오를 정도로 높고 장
엄하다는 뜻이다. 백제가요의 하나인 「방등산」, 혹은 「반등산곡」은 방등산의 도적떼에 잡힌 아
낙이 자기를 구하러 오지 않는 남편을 원망하며 불렀던 노래라 한다. 고창군 사람들은 이 도적떼
가 통일 신라 말기 백제유민으로 구성된 의적을 일컫는다고 하며, 이들의 본거지였던 도적성이
라는 성터가 지금도 남아있다. 벽오봉이라는 봉우리도 있다.

이뿐이의 선 뵈인 두 볼같이 붉어오고

두런 두런 마을이 일어나

짚신 발굽 맨발 풀 위에 잠든 이슬을 깨치며

하루가 시작하였도다

어느 미식가美食家도 모를 쓸 참 밥의 미각味覺

꿈 없는 오수午睡

의식意識치 않는 협력協力의 둥지

이리하여 해가 지고

어둑해지면

물꼬에서 세수하였도다

꼴지게에 앞선 송아지의 핑경188)이 마루턱을 넘어오면

보랏빛 장막帳幕의 영화映畵였도다

어수선한 귀로歸路를 섞은 부피 없는 정적에

쓰르라미 남긴 정서를

두견이 받아 애끓는 삽곡揷曲이 흘러왔도다

모기에 귀찮은 소, 발을 굴러도

모닥불 가 평상平床에 단란히 소근타가

마을은 잠들었다 그리고 정적마저도 ………

또 그뿐인가

새틋한189) 후정厚情

---

188) 핑경 : 산사의 처마 밑에 달려 있는 풍경, 상여 소리꾼이나 무당이 흔드는 종, 소의 양쪽 귀 옆
    에 달아 주는 쇠방울 등을 가리키는 전라도 방언.
189) 새틋하다 : 새뜻하다. 새롭고 산뜻하다.

단순한 기쁨

꽹과리의 튀는 박자에 맞추어

밤이 으슥토록 춤도 추었도다

고향!

그러나 네가 나에게 이뤄주는 심상은 무엇인가

나의 노래가 고흔 것을 찾고 찾아도 ……….

나는 가게가 그래도 한산한 틈을 타면

자전거를 몰아 써들린 사람처럼

이웃 삼선평三仙坪에 나가보다

거북 잔등을 이뤄 짜개진 논 땅

두렁에 억센 잡초가 무성하여도 초조하게 비꼬여가는 모

물꼬는 말랐도다

가뭄 잘 타는 내 고향 논같이

이끼조차 말라 냇바닥 조약돌이 하얗게 백골된 보洑

한숨을 쉬다 못해 삿갓을 벗어치고

굽어앉아 지선地線을 투시하면 화염火炎인 듯 샘샘이가 기어 올라가는

마을 앞 시내

눈에 보이듯이 마음에 떠와 보이도다.

주름진 얼굴 얼굴

머뭇거리는 눈 눈

그 표정같이 보이지 않는 무게에 계절마다 시달린 마음 마음

멀미난 속처럼 토해질 듯이 많은 이 생각 저 생각

고향이여

왜 그리도 강마른 기억인가

어떤 행복한 미문美文의 보드라운 상념을 왜 나에게 안 주는가.

스타하노프190)도

과학의 여력餘力이 탐구하는 신비

우주선 연구도

이 지구 이 세대 위에 살건만

내 고향 영세한 농인農人의 무리

아무것도 모르도다

아무것도 못하도다

아무것도 없도다

고향!

오오 이게 내 고향 이야기로다.

II

이 따를 무궁화 가득히 피는

녹수와 청산과 금수를 깔아놓은 땅이어니 믿어 믿어보아도

부끄러움 없는 매녀賣女같이 살을 내놓은 황토산黃土山과

메마른 냇바닥이 고향 산천이로다

---

190) Alexey Grigoryevich Stakhanov : 1906~1977. 소련의 광부. 새 기술을 최대한으로 이용하고 공정을 변혁함으로써 1935년에 기준량의 14배에 달하는 석탄을 캐는 기록을 세웠다. 이후, 전국 노동자에게 '그에게 배우라'는 스타하노프운동이 전개되었고, 높은 기록을 올린 노동자는 '스타하노프 노동자'라고 하여 높은 임금을 받았다.

심신에 박힌 이 모습 저 모습 내 고향이로다!

높이 빼어난 반등산 봉우리가

밤새 안개 끼어 보이지 않으면

번연히 알면서도 내 어린 마음은

아아 峨峨한 그 용자容姿를 잃은 듯이 공허하였도다

의적 벽오劈梧의 전설 젊은 의병 박포대朴包大191)의 혼이 서식하는 산이여.

메마른 삶, 가난한 경치, 못난 백성

그릇된 껍질 두꺼운 속에 숨겨진 정신 피

이를 사랑하고

저를 미워하고

마음 불타

이 따의 잃은 세기를 되찾으려 마음먹다

정신을 차려 문명文明의 사기詐欺에서 지키려 하다

역사가 차려놓은 정식定食을 아침, 낮 두 끼나 잃은 뒤

지금 조악粗惡한 식상食傷을 나수어

성대한 만찬을

내 고향이여! 준비하리로다!

(7월 18일)

『낭만』 1, 1936.11.

___

191) 박포대 : 1908~1909년 사이 활동한 한말의병장. 일제는 1909년 9월1일부터 10월30일까지 전
라도와 그 외곽지대에서 항일의병 초토화 작전, 이른바 '남한폭도 대토벌작전'을 전개했다. 박포
대도 장성군 옥동에서 체포되어 순국했다. 건국훈장 독립장이 추서되었다.

어두운 방房의 시편詩片들

任史冥

1
타지도 않고
마자 꺼지도 않이
내 노여움!
혁노赫怒란 시를
써볼까 하다.

2
탁 탁 튀는 소릴
내지도 않다
아궁지에
타다만 장작개비
피글 피글 연기만 내는구나.

3
이것 저것
모두가
될 대로 되어 보럼
내 자리를 차고 일어서

넓은 풀밭에
다름질쳐 돌리라.

4
너 혼자 가려건 가라.
바다는 뒤 끌어라
산ㅆ은 무너지고
해,
달,
별,
돋지 마라!

5
이 어두운 방에 남아
내 홀로이
바삭 바삭 말라서
길이
길이 잠들을까.

6
별이, 별이, 또 별이
고흔 빛깔을 내려 뿌릴 때
이 밤의 깊은 어둠

깊은 어둠이여.

7

오목대梧木臺 잔디 위에
사지를 펴고
땅을 안으려 하다
창공을 보아 지쳐서.

8

도회라 하는 영靈을 만나
꾸중 당하다
그 무게를
짊다 못해 업드려
위대한 촉수 가진
도회에서 울다.

9

눈물아!
(낡은 말이나)
강처럼 흘러라
격랑을 일으켜라
도회를 삼키고 완강한 성벽도
부시어라!

10

창밖에 뵈는

잊혀진 가등街燈이

밤도 깊어가고 행인야 없건

너는 밝힐 걸

밝히고 있누나.

(3월~6월)

『낭만』1, 1936.11.

독백

임사명

아무것도 바라지 안 하리다
팔을 끼고 가만히 앉아보리라
차라리 나는 돌과 같이 말을 버리고 생각조차 다물어버리리라
되짚어 그것만 생각하여 본다
그러면 이럴 때는 전설에서 그런 일이 있듯이
구심력을 잃은 내 마음의 방황하는 운행에
커다란 소리가 들려올 것도 같이

"하나님이 너를 돌보시니라" 하는 속삭임이
전설의 사람의 마음을 부르르 떨리었던 행복을
이제 어지러운 마음인 내가
상처 난 파랑새의 마음인 내가
더 세기적이고 위세 좋은 말로
얻어 볼까말까
(패배한 네가
더 비참한 포즈를 지으면
여기저기 모퉁이에서 치소^{嗤笑}192)가 일어나리라!
할 수 없느니라!)

---

192) 치소 : 비웃음.

그러나 이런 얕게 중얼대는 소리만
눈감은 나의 머리 속에 더듬어 들린다.

원리에 대하여
미래에 대하여
진실의 논리와 창조 그 깊이와 넓이에 대하여
어느 때든지 약한 자의 구변이 되어 있는 운명에 대하여 그리고
　너는 배교자背敎者 배교자 백골조차 마사져도 그 신념을 버리지 못하리라 맹서하던 네가 아니냐 하는 주위와 양심의 비난에 대하여
　옴낫 못하고
　때로는 쉐스토프193)의 애규哀叫194)에까지 마음을 내던지는 나의 생각은
　밑 없는 항아리에 물 길듯이 벅차는 숨만 내여쉬인다

양심!
양심이라고 한다
절조요 순결이라고 한다
　나의 생명의 소리가 한 소녀에 향하는 연정을 가지면 그것을 참회승과 같이 백안白眼으로 흘겨보아 나의 피부신경까지 오므라트리는 나

---

193) Lev Isakovich Shestov : 1866~1938. 러시아의 철학자. F.M. 도스토예프스키와 F.W. 니체로부터 결정적인 영향을 받았다. 이에 『도스토옙스키와 니체—비극의 철학』, 체호프론인 『허무로부터의 창조』 등을 집필하였다. 현대 실존철학의 선구자의 한 사람으로 간주된다.
194) 애규 : 슬픈 부르짖음.

"어두운 방에 가만히 있는 탓이네 밖엘 나가보게

밖으로 나가보게!"

이제는 거대한 빌딩에 가죽가방을 들고 조석 드나드는

금강산의 로케이션을 다녀온 씨크한

쩌나리즘의 조고만 일각에서 편집을 도맡는

또는 새로운 정열로 인간탐구의 작품을 쓴다는

아아 나의 친애하는 전날부터의 벗들은 고이 충고를 하여주는구나[195]

"너의 철학이 고갈한 탓이다

이리이치가 말하지 않았는가

......"

클로즈업하여 오는 엄격한 얼굴이

나의 눈앞에 치밀어 다가온다

다가오는구나

가슴을 짓밟는 발 거대한 것의 발!

그 무수한 발이 내 위에 터널을 만들고자 아득한 끝은 보이지 않는다

나아가지 않는가

어느 편인가 어느 방향인가

향해진 발끝을 보려고 나는 나아가본다

거대한 발은 **빠르다** 점점 나를 남기고 물러나간다

물러나 물러나 나의 치어다 보는 우는 오월의 하늘.

쥐어 박힌 눈퉁이 속과 같이

도회의 가로 위에 열리는

---

195) 원문은 '하여주는나'.

뒤헝크린 잡료雜鬧196)를 둘러보고

외줄기 쪽 곧은 한길 위에서

난잡한 군집을 질서지어 보려

나의 상상은 팽팽이 펴진다

골목에 선 채 엿보이는 작은 직장에서

이 서울의 동·서·남의 어마한 기구에까지

거기에서 탄토呑吐되는 무리의 약속된 의지를

분위기나마 담아볼까 하여 찾아도 본다.

터가 바꾸어지면 이 속에서 스타하노프가 얼마나 나올까 하는 상상!

(자위, 자위!

얄미운 입이 비쭉거리지 않는가)

그보다도 교외 조고만 나의 셋방이 있는 골목에

바람에 불려온 노랑나비의 비실춤이

어젯밤 궂은 비도 겪은 날개로 추어지는가 하는 사색 ……

배암 한 마리가

제 꼬리를 물고 점점 먹어가면

드디어 어찌되나?

내가 괴로움이

왜 그런가 빤하고

내 욕구에서

---

196) 잡료 : 복잡하고 시끄러움.

왜 타는가 뚜렷하여도

허위 좋은 말에 안정을 얻지 못하는 나

용설(冗舌197)에 못 견디는 나

병든 나

이 따를 어머니라 부르고

우둥켜 쥐고

산에 올라 "이놈들아" 외치고 싶은 나

그리하여 그 소리의 반향에 대꾸하려는 나

오오. 오오.

(5월 12일)

『낭만』 1, 1936.11.

---

197) 용설 : 쓸데 없는 말.

말

임사명

I
말소리가 왜 이리 높은가

확신이 있는 것 같어
행여 들어주는 군중이 앞에 파도치는 것 같어

숨과 마음과 모다 마시고
판정判廷에 서서 어릿어릿하는 무고無辜처럼 입만 딸싹거려도
속에서는 타오르는 거화炬火 같어
오오, 도도滔滔한
나의 소리없는 말이여!

II
흩어져
제각기의 살림에 쫓기다가도 우연히 이 한길 위에서 서로의 체취를 서로 갖는
인민이여
나는 말의 격류激流를 가슴에 품고 바라보는 것이다. 동대문에서 아득한 저쪽 종로 끝을

그리고 넌지시 생각도 한다

난사亂射한 뭇 발밑에 엎드려 짓밟히는 아스팔트 ─ 이 도시의 개기름 흐르는 살결

나는 꿈을 꾸었다─

초라한 옷을 입은 백성들이

나를 왕궁에 모셨을 때 무엇보다 먼저

망건과 행건을 벗으라 포고하고

잡초 우거진 청기와집 앞에 우뚝 서서 나의 궁전에 짙은 그림자를 던진 요술사의 주가住家에

옥좌를 옮고자 하였다

그러나 내가 나의 인민과 함께

마르스의 방패와 창에 덮여 굳이 문 닫은 그 거대한 건조물의 여가리198)를 헤매었을 때

군집群集이 적송赤松의 몸동아리에 포플러의 잎을 피이도록 변형됨을 보았고

거기 깃들인 까치 떼는 까마귀 새끼를 품고 있었다

나는 울었다!

가슴을 쥐어주었다 ─ 길어진 손톱 밑에서는 선지피가 뚝 뚝 떨어지도록

울다가 울다가 자지러진 속에서 마지막 파열해 나온 나의 말

아아 그것도 기어

---

198) 여가리 : 언저리.

나의 창맹^{瘡氓}인 까치 떼의 새끼 까마귀의 문서에 씌운 말

서투른 말 억양과 음색^{音形}도 다른 말

피에서 움트지 않고 핏속에 섞이지 않은 말

―나는 꿈을 깨었다

『비판』1938. 3

십년 또 십년 ─유고─

임사명

편집자의 말

사명은 불우한 젊은이의 한 사람이었다. 시에 대한 정열이 남만 못하지 않았음에
도 불구하고 그가 남기고 간 시는 12편에 불과하였다. 그가 '가슴'을 앓아 일조일석 동
안에 요절한 것을 슬퍼하는 뜻으로 여기에 그의 유고 한 편을 실리는 바이다. 그는 전
주 태생으로 야마구찌山口에 학적을 두었다가 모종 사정으로 중도 퇴학하고 시작에
전념을 바치려했으나 뜻을 이루지 못하고 가버린 것이다. 마침 그의 벗 정구貞求199)
씨의 시를 얻어 같이 실리게 된 것은 기쁜 일이다.

그만 망설이겠습니다
말에 올라 길을 달려야겠습니다.

좁은 골목길에서는
처마에 끄른 거미줄이 자꾸만 얼굴에 얽힐 것이오.

들에 나서면
활짝 열린 한 들 복판
영화影畵같이 또렷한 나에게
사방에서 총 끝을 향하고,

---

199) 이정구 : 원산 태생의 시인. 허방후 북한에서 활동했다.

그리고 나의 말을 겨누기도 할 것이오.

할아버지의 이야기에는
비루먹은 망아지가 있습니다
나의 말도 그 비루먹은 망아지요
나도 이 땅에다 또 하나의 전설을 심을 것이오.

(누이야. 저 커다란 대야, 그때 항상 아버지께서 쓰시던 놋대야에
찬물을 하나 가뜩 떠오렴)

나는 허리에서 비수를 하나 빼어
그 정한 물에 던져놓았습니다
그리고 대야속의 변화를 가리키며 외쳤습니다.
— 오오 고토故土에서 솟는 물은 이처럼 피가 아니냐, 이렇게 생생한 핏
속에서
칼날은 시퍼렇다만
내가 헛되이 죽는 날에는 구더기가 스을 것이다. 칼도 녹슬어질 것이다!

아아, 나는 나의 어린 아들도 섞여있는 무리에게 하직하고
정定한 방위方位로, 말을 쏜살같이 달려야겠습니다.

—(3월)—

『시학』 제2호, 1939.5.

병상에서
고故 사명史冥에게

이정구

대낮이 되면
아실아실
몸에 한기寒氣가 찾아오고

조고만 방속에
문은 닫기고
문은 굳게 굳게 닫기었건만
밖은 여전히 요란하다

긴장이 풀린 때문이다

내 몸이
내 가슴이
이렇게 무거워지는 건
긴장을 잃은 때문이다

민중을 사랑했던 마음이
오랜 인고의 생활 뒤끝에

문과 문과 문 속에
갇혀 살기 때문이다

아하 밝은 오월
소란한 생명의 음향音響이
문을 두드리고 두드리고
있건만 ―

『시학』 제2호, 1939.5.

진정서200)

진정서陳情書

서대문 형무소 재감 치안유지법 위반 피고인 임택재

결심結審 전에 제가 진술할 때 미리부터 말씀드리고자 생각하고 있었습니다. 저의 흉중을 숨기지 않고 충분히 말할 수 없으므로 지금 서툰 문장이지만 재판을 받는 자로서보다는 오히려 한 사람의 인간이 되려고 하는 자로서 말씀드리고자 합니다. 그렇지만 이미 판사님 앞에서 말씀드린 것과 중복될지도 모르겠습니다. 어쨌든 저는 여러 사람 앞에서 말해 본 적이 없었기에 쓸데없이 침착함을 잃고 격앙되어 진술할 때 저는 저의 마음에 있는 것을 말하는지 어쩌는지도 생각나지 않았습니다.

지금 새삼스럽게 붓을 잡고서 말씀드리고자 하는 것은 오직 한 마디뿐입니다. 저를 조속히 내보내 주십시오. 어떤 형식으로라도 제가 부모님께 돌아갈 수 있도록 해주십시오. 저에게는 오직 나가겠다는 것 하나만이 유일한 당면의 희망입니다. 제가 해야 하는 모든 것은 이것 하나로부터 나온

---

200) 이것은 임택재가 1935년 12월 6일 경성지방법원 판사 앞으로 낸 것이다. 일종의 전향서로서 1934년 3월에 검거된 임택재는 이것을 제출한 후 1935년 12월 20일 징역 2년에 집행유예 4년을 받고 석방되었다. 원문은 일본어로 된 것을 번역한 것이다.

다고 생각합니다.

　부모님에 대해서 생각하면, 지금까지 그다지 생각한 적도 없으면서 지금에 와서!라고 조소하는 것이 들려옵니다.

　"무슨 벌 받은 놈이!"

　이 소리 앞에서 저는 심신이 마비되는 것을 느낍니다. 이에 대해 저는 한 마디도 못합니다. 저는 저 자신을 돌이켜 봅니다. 학생 시절 그렇게도 불성실했습니다. 쓸데없이 막무가내로 깊은 뜻이 없는 격정에 사로 잡혀 건실하지 못하였습니다. 친척이나 가족에게서 받는 애정을 오직 구세기적인 것으로, 숨이 꽉 막히는 것 같은 것으로밖에 안 느꼈습니다. 효양[201]이란 청년을 꽉 닫힌 조그만 껍질 속에 들어앉은 달팽이로 만들기 위해서 부르짖는 것이라고 생각하고 있었습니다. 그랬기에 제가 좌익적인 흥분에서 차차 깨어나오면서도 저의 생각의 중심에 부모님은 조금도 들어오지 않았습니다. 내가 어떻게든 나 자신에 대해 프라이드를 가지고 다른 사람에 대한 주장을 가지더라도 이것만은 항상 마음의 부담으로 남습니다. 제가 그 당시 아직 어렸다고는 하지만 자기에 대한 확고함, 외부적인 것에 대한 능동성을 가지고 있었다면, 고등학교 생활에서 받은 환멸에 지는 일은 없었겠지요.

　아닙니다. 당시에 저의 이념이 그만큼 자각을 가지지는 못했더라도, 아무리 그 당시의 나의 격정이 여전히 상궤를 벗어나 있었다고 해도, 신통찮은 저에 대해 지치지도 않고 걱정하고 의견을 내시는 부모님의 애정을 가슴에 새길 정도의 진정성을 가지고 있었다면, 현재의 제가 이렇게 부끄럽게도, 부모님의 번민의 원인이 되어 있지는 않았을 것입니다.

---

201) 효양 : 효도하여 봉양함.

저 때문에 부모님이 얼마나 마음이 아프신지 저는 차마 말할 수가 없습니다. 부모님의 아픈 마음은 부모님이 저에게 하는 말이나 저에게 보내는 편지에서보다도 저의 마음이 벌써 느낍니다. 건강하니까 안심하시라고 제가 말씀드리면 "아무렴, 안심한다"고 말해 주십니다. 저는 가슴이 꽉 막힙니다.

저번에 말씀드린 것과 같이 지금 육순을 넘어 건강도 좋지 않은 부모님은 끝없는 적막 가운데서 오직 제가 돌아오는 것만을 기다리고 계십니다. 저는 '하다못해'라고 말하는 심정으로 이전부터 부모님께도 저에게도 불쾌의 원인이 되었던 '아내'라고 하는 사람에게까지 저의 집에 있어줄 수 없겠는가고 간청해 보았습니다. 또 부모님께 전주의 집을 잠시 비워두더라도 선천宣川의 형네 집에 가시라고 권해 보기도 했습니다. 보통학교에 다니는 어린 조카가 조부모의 슬하에 있어줄 수 없느냐고도 부탁해 보았습니다. 그렇지만 그 중 한 가지도 실현하지 못하고 가능성마저 일축 당했습니다. 그 중 어느 것 하나, 혹은 그것들 모두가 저 때문에 생긴 부모님의 슬픔을 삭혀드리지 못하는 줄 뻔히 알면서도 고식姑息적인 수단에 의해 저의 괴로움을 잠시 덜어보려고 했던 부끄러움만이 오히려 더 사무쳤습니다.

아아, 재판장님!

이전의 저의 태도나 행동을 돌이켜 보면 지금 부모님에 대해 이런 저런 많은 말씀을 드리는 것이 낯부끄럽고 창피하고 슬프기도 합니다. 자식이 받은 은혜는 바다보다 깊고 산보다 높기에, 그 정도로 부모가 자식을 사랑하기에 자식은 그 대신 부모에게 효양하여야 한다고 생각하는 것은 아닙니다. 저는 효를 이런 식으로 말하거나 간주하는 것은 일종의 장사꾼 근성으로 공리적인 비열한 생각에서 비롯된 위선자의 목소리라고 봅니다. 저는 효에 대한 설명도 이론도 가지고 있지 않습니다. 저에게 '생'이 하나의 본연의 자세인 것처럼 효는 자식의 부모에 대한 하나의 본연의 자세wesen라고 생각합니다. 머리로 생각하는 것이 아니라 가슴으로 느낍니다. 저의 존재 전체가 느끼고 있습니다. 부모를 대하는 저의 본연의 자세의 정당성 속에서 살아가려고 합니다. 이 정당한 행위 하나를 행했을 때 제가 할 수 있는 정당한 일들의 기조가 드러날 것입니다. 하다못해 행해야 하는 정당함의 비유라도 얻을 수 있을 거라 생각합니다. 이렇게 함으로써 한 사람의 윤리인으로서의 존재의 발판이 저에게 주어집니다. 저의 이 부끄러울 수밖에 없는 금일은 부모에 대한 정의 정당한 본연의 자세를 어기는 것에서 비롯되었습니다. 저는 법률적으로는 무죄를 주장하기도 하였습니다만 지금의 저는 아무리 후하게 쳐도 올바른 것은 아니라는 것을 통감할 때 내가 올바르다는 것을 보이기 위해서는 먼저 나의 원초적인 올바른 본연의 자세를 보존하여야 된다고 생각하는 바입니다. 효는 하나의 감정입니다, 신앙이 신에 대한 감정인 것처럼.

저는 이제 차가운 이론의 삭막함이나, 공허하게 울려퍼지는 앙분怏忿의 쉰 목소리나, 자기에 대한 신념을 동반하지 않는 메마른 열정을 참고 견딜 수 없습니다. 이전에 그렇게도 저를 끌어당긴 '가능'이라고 하는 추상이, '이상'이라고 하는 아름다운 겉모습을 가지고 저를 고혹시킨, 저 빵의 권리의 주장이 이제는 저의 앞에 단지 잔해로만 가로 놓여 있는 것을 봅니다. 저의 사색에서 지금이야말로 사적 유물론의 붕괴를 느낍니다. 저는 세계를, 현실을 있는 그대로 감성적으로 파악하고 싶습니다. 그리고 이 기초 위에서 인생길을 헤쳐 가고자 합니다. 제가 말씀드리는바 부모에 대한 자식의 올바른 관계에 서려고 하는 것도 저의 본연의 자각에서입니다.

저는 생각해 봅니다. 제가 부모님과 함께 있었던 때, 작년 가을 이후의 시간을.

"아무데도 가지 말고 집에 있어다오."

어머니도 아버지도 말씀하셨습니다.

그해 9월 아버지의 환갑 잔치 때문에 곳곳에서 나의 형제, 자매와 많은 친지들, 그 중에서도 아버지의 손자들이 모여 즐겁게 웃은 뒤, 갑자기 다 돌아가고 저 이외에 아무도 없었던 때의 부모님의 마음을 지금도 또렷하게 떠올립니다.

"예."

신통하게 대답하였습니다만, 그때 저는 (사찰당하고 있었을 것이라고 생각합니다) 애정, 태양처럼 살 것이라고 하면서 떠나간 그 사람과 저와의 정신의 대비, 아니 의지의 대비에서 오는 거리감에서 느낀 슬픔 때문에, 거꾸로 부모님께 응석부리는 것으로 저 자신 위로받겠다고 하는 기분에서 그렇게 대답한 것입니다.

어린 조카들이 떠난 뒤에도 저는 부모님과 함께 그들의 천진한 애정을 그리워하며 그들이 남기고 간 향내라도 맡으려는 듯 동요 레코드를 틀어놓고 따라 부르면서 하다못해 동심의 그림자라도 좇아보려 하였습니다. 아버지께서 좋아하시는 시조창을 틀어놓고 아버지와 함께 읊조리기도 하였습니다. 아버지께서 읽으시는 『장자』를 번역하여 아버지를 웃게 하고, 어머니를 위하여 구소설을 낭독하고, 윷놀이 하고, 그렇게 긴 밤과 밤을 보냈습니다. 일하는 사람까지 포함하여 겨우 네 사람의 가족은 그 단란한 때를 즐겼습니다. 그리고 그것은 제가 집에 있다는 것에 의해, 제가 들떠서 설치는 것에 의해서만 그렇게 되었습니다.

(이때 저에게 한 가지 일이 생겼습니다. 저를 떠나간 사람으로부터 주소도 서명도 없는 편지가 왔습니다. 그것은 영웅의 수기는 아니고 태양 어쩌고 하는 뜻을 가진 것도 아니고 오로지 제가 사랑하는 사람의 것이며 저에 대한 절실한 감정의 표백이었습니다. 저는 그 사람이 조만간 정상적인 상태로 돌아올 것이라고 하는 좋은 예감이 들었습니다. 그리고 지금 저는 그 예감이 맞았다는 것, 게다가 더 많은 기쁨과 함께 그 사람의 복귀를 기뻐하게 될 즐거움에 가슴이 떨리고 있습니다.)

그때는 제가 지금 생각하고 있는 것처럼 부모에 대한 자식의 올바른 관계를 의식하지 못하고 단지 부모의 슬하에 있었을 뿐인데도 얼마나 기뻐하셨던가, 제가 사소하게 부모님을 챙겨드리는 일에도 모든 것에 얼마나 기쁨과 즐거움을 드러내셨던가를 생각해 보면 저는 사무치는 환희에 불타오릅니다. 지금 확신을 가지고, 새로운 정신적 내용과 상쾌하고 맑은 마음을 가지고, 부모의 품에 안겨들려고 하는 저이기에 저는 이제 이전의 제가 아니고 지금부터의 저라는 것에 강한 긍지와 자각을 가지는 것이지요. 피어나는 꽃이여! 어떻게 나의 마음이 부모의 가슴 안에서 좋은 냄새를 풍길까! 어떻게 부모님의 한없는 애무에 생생하고 아름다운 소리로 화답하는 내 마음 속의 어떤 곳을 부모님이 찾아낼 수 있을까!

아, 저의 열망을 방해하려고 하십니까. 제가 이 환희의 이면에 이렇게 강한 힘을 느끼는데도 불구하고 방해를 받아야 할 정도로 허약한 저의 열망이겠습니까. 제가 가장 사랑하는 사람이 적어도 정신적으로 나에게 돌아오고, 게다가 저보다 더 높은 단계에 도달하여 이제 벌써 저로 하여금 그 높음에 순응하게 할 정도로 강렬하게 끌어당기는 힘을 느끼고 그 힘이 등 뒤에서 저를 강하게 독려하고 있는 데도 저의 열망이 저지당해서야 되겠습니까?

아아, 돌아가게 해주십시오. 집으로 돌아가게 해주십시오. 천백 번이라도 부르짖고 싶습니다. 많은 말을 늘어놓더라도 그 글자 하나 하나는 오로지 한 가지를 의미할 뿐입니다. 돌아가게 해주십시오.

세상에 작은 진실 하나가 행해질 수 있도록, 못된 자식이 착한 일을 하려는 싹이 트는 것을 북돋을 수 있도록, 저의 조그만 노력에 의해서 부모님이 인생의 종말에 다가가면서 자신들이 살면서 했던 온갖 일들이 그래도 열매를 맺게 되었다고 하며 미소 지을 수 있도록 저는 돌아가지 않으면 안 됩니다.

저는 이 일념으로 재판장님께 요구라도 하고 싶습니다. 강청도 하고, 애원도 하고, 법복자락에 눈물을 흘리고 싶기도 합니다. 제가 어릴 적에 어머니께 써서 언제나 성공했던 그런 어리광을 부려보고 싶기도 합니다.

재판장님!

여기까지 써 놓고 다시 읽어보았습니다. 그런데 이런 문자가 저의 진심을 전하는 데 얼마나 무력한가를 느낍니다. 마음을 대신하는 말을 기록한 문자 탓이겠습니까. 심장을 도려내어 이 종이에 싸서 드리고도 싶습니다.

한 마디 더 말씀드리겠습니다. 저의 진실을 가상히 여기시고 곧 부모님께로 돌아갈 수 있도록 해 주십시오.

쇼와 10년 12월 6일

임택재

경성지방법원

재판장 조선총독부 판사 야마시타 히데키山下秀樹 전殿

증인신문조서

증인신문조서[202]

증인 임택재

이재유 등에 대한 치안유지법 위반 등 피의 사건에 관한 쇼와 12년 3월 4일 경기도 경찰부에서 사법 경찰리 경기도 순사 이태순李泰淳을 입회시켜 신문한 것이 아래와 같음.

문 : 주거, 직업, 씨명, 연령은 무엇인가?
답 : 경성부 성북정 184-3번지, 미곡상, 임택재, 당 26세.

여기서 형사소송법 제 186조 제 1항에 기재한 것 중에서 '부(否)'를 물어 그 해당되지 않는다는 것을 인정해서 증인으로서 신문하는 취지를 알렸다.

문 : 너는 이재유를 아는가?

---

[202] 1937년 3월 4일에 경기도 경찰부에서 작성한 것. 아마 이재유가 마지막으로 잡힌 후, 이재유와 관련된 사실을 확인하기 위해 불려가서 작성한 것 같다. 임택재는 이렇게 여러 차례 관련 사건의 피의자로서, 증인으로서, 붙잡혀 가서 신문을 받았다. 보통 그 신문은 고문을 동반하는 것이었고, 결국 임택재는 젊은 나이에 죽었다. 일본어로 된 것을 번역했다.

답 : 그렇습니다. 잘 알고 있습니다.

문 : 알게 된 경위는 무엇인가?

답 : 1933년 여름경 공산주의자 남만희南萬熙의 소개로 알게 되었습니다.

문 : 동인과 계급운동의 관계는 없었나?

답 : 동인과 직접으로 계급적 관계는 없었습니다. 다만 남만희가 소개했
을 때 『신계단』에서 나와 같이 기자로 근무하고 있는 정용산鄭龍山도 동석
해 있었는데 그때 동인은 우리들에게 『신계단』 잡지는 공명公明하게 편집
하여 계몽적 역할을 다하여 달라는 부탁을 한 일이 있습니다. 그 후 이재
유, 남만희와의 관계로 동 1934년 3월 경성 서대문 경찰서에 검거되어
1935년 12월 경성지방법원에서 치안유지법 위반으로 징역 2년 4년간 집행
유예 처분을 받아 아직 집유 기간 중에 있습니다.

문 : 그 후는 이재유와 계급 운동 관계는 없는가?

답 : 그 후는 동인과 만난 적도 없고 그러한 관계도 없었습니다.

문 : 너는 최호극崔浩極을 아는가?

답 : 예 알고 있습니다.

문 : 동인을 알게 된 동기는 어떠한가?

답 : 1934년 내가 서대문 경찰서에 검거되었을 때 같은 방에 구속되어
있었으므로 그 때부터 알게 되었습니다.

임순득, 대안적 여성주체를 향하여

문 : 최호극은 공산주의자인가?

답 : 그때 계급운동에 관계하는 모양인 것 같아서 그렇게 생각하고 있습니다.

문 : 그 최호극이가 1936년 중에 너에게 찾아온 일이 있는가?

답 : 예. 동년 가을 경 몇 차례 내방한 일이 있습니다.

문 : 언제 언제였나?

답 : 동년 9월과 10월경이 아니었던가 생각합니다.

문 : 내방의 이유는 무엇인가?

답 : 9월 경 내방했을 때는 그간 건강은 어떤지, 또 상업은 번창하고 있는지, 또 금후 상업에만 힘쓸 생각인지, 또 지금 이경선李景仙은 무엇을 하고 있는지, 또 윤금자尹金子의 주소는 어디인지 하는 말을 저한테 물은 일이 있습니다.

문 : 그때 어떻게 하였는가?

답 : 나는 출옥한 이래 건강하고, 상업도 이 정도라면 별로 부족한 것 없으므로 계속하여 이쪽으로 노력할 생각이라고 말하였으며 또 이경선의 일에 대하여서는 그동안 장티프스로 입원하여 요즘 경성에 와 있는 모양이나 동인도 계급운동은 하지 않을 것이라고 답하였으며, 윤금자는 돈암리에 있으면서 간호부 견습을 위해 대학병원 간호부 양성소에 다니고 있는 중이라고 말한 적이 있습니다.

문 : 그 외에 또 문답한 일은 없었나?

답 : 예. 또 서대문서 사건 당시 같은 방에 있던 자가 찾아온 적은 없는가고 물은 일이 기억납니다. 그 일은 공성회孔成檜가 약 3,4회 정도 내방한 것이 있었기에 그것을 말해준 적이 있습니다. 기타의 일은 기억이 없으며, 나의 누이 임순득의 일을 물어서 부내 견지정 조선미술공예사에서 기자로 근무하고 있다고 하는 일도 말하여 준 적이 있습니다.

문 : 그때 최호극으로부터 계급운동에 대하여 권유받은 일은 없는가?

답 : 그러한 일은 없습니다만 동인하고는 그간 별로 친분이 없었으므로 갑자기 찾아와서 여러 가지 일을 묻는 것을 보고 그 행동을 의심스럽게 생각하였었습니다.

문 : 어떠한 점이 의심스럽다고 생각했느냐?

답 : 지금 진술한 바와 같이 갑자기 찾아온 것과 또 전에 운동에 관계했던 인물 관계를 물어보기도 하고 나에게 금후 상업을 할 생각이냐고 하는 등 여러 가지를 묻는 점으로 보아 암암리에 저의 움직임을 조사하기 위해 온 것이 아닌가라고 느낀 일이 있기 때문입니다.

문 : 그때 소요시간과 회합 장소는 어떠한가?

답 : 오후 1시경부터 2시경까지 약 1시간 정도 나의 주소지의 점포에 앉아서 이야기하였습니다.

문 : 그 후 10월 말경 내방한 이유는 무엇인가?

답 : 10월 중순경 낮에 최호극이가 무언가 말하러 온 것 같았지만 마침 손님이 오거나 상품 진열을 하느라고 바빴고, 자기는 상공(商工)학원에 다니고 있다고 말한 적이 있었으므로 오늘은 노느냐고 물어보니까 노는 날이라고 말했는데, 별로 이야기도 못하고 있다가 간 일이 있습니다.

문 : 그때 이재유에 관한 말은 않았는가?

답 : 동인과 말한 적이 없습니다,

문 : 그 후 동인이 또 내방한 적은 없었는가?

답 : 없습니다.

문 : 그 외에 말할 것은 없는가?

답 : 없습니다.

위 본인에게 읽어 들려주니까 상위 없다는 뜻을 말하고 서명 날인하였음.

공술자供述者 임택재

쇼와 12년 3월 4일

경기도 경찰부

사법경찰관 사무취급순사 김승종

입회인 경기도 순사 이태순